lapa
UITGEWERS

Uit die bloute

Chanette Paul

LAPA Uitgewers
Pretoria
www.lapa.co.za

© Teks: Chanette Paul 2018
© Publikasie: LAPA Uitgewers (Edms.) Bpk.
Bosmanstraat 380, Pretoria
Tel: 012 401 0700
E-pos: lapa@lapa.co.za

Geset in 9.7 op 12 pt Leawood
deur LAPA Uitgewers
Teksredakteur: Jeanette Ferreira
Omslagontwerp: Flame Design
Gedruk en gebind deur Novus Print
'n Novus Holdings-maatskappy

Eerste uitgawe 2018

ISBN 978-0-7993-8894-7 (gedrukte boek)
ISBN 978-0-7993-8895-4 (ePub)
ISBN 978-0-7993-8896-1 (mobi)

Karakters in *Uit die bloute*:

Amanda – Diana se skoolvriendin
Antonie de Wet – vermis toe hy gaan aas maak het
Antoinette (Nettie) – Soekie se dogter
Ayla Hurter – handskrifdeskundige – voorheen sielkundige. Nimue se suster, Vivien se dogter, Marja se kleindogter

Bertie Visagie – Ayla se klant, in 'n verhouding met Monica

Carmichaels – buurman van Bonthuyse en IPIN

Danie Uys – vermis toe hy perlemoen gaan duik het
Dao Sakda – Thaise meisie
Diana Krause – Irene se suster, Nimue se boesemvriendin

Emsie Prinsloo – eienaar van IPIN-eiendom

Frederik Malan – regter

Gert Bonthuys – woon langs IPIN, Rita se man

Hestie – gastehuiseienares in Bientangsbaai

Irene Krause-Richter – Valk se tweede vrou

Jimmy Andersson – Soekie se kêrel. Raak saam met haar en haar ma vermis. Sy liggaam is later naby Elim gevind.
Joachim Weyers – Jojo se geliefde
Johan Hurter – Vivien se eksman wat Ayla en Nimue aangeneem het
Jojo Richter – navorser, Valk se eerste vrou
Julian Jackson – loodgieter wat verdwyn het. Sy liggaam is in Perlemoenbaai se hawe gevind.
Jules – Julian se seun

Kallie Bekker – Gert se drinkeboer en Jojo se informant
Karel Bouwer – beskuldigde wat vrygespreek is van sameswering tot moord op sy vrou
Kimberley Bell / Serfontein – Strach se eksvrou
Kleinjim – Soekie se seun

Marja Venter – Ayla en Nimue se ouma / Vivien se ma
Mia Drotsky – Tiaan Nel se verloofde
Monica Walters – Bertie Visagie se geliefde

Nimue Hurter – Ayla se suster / Vivien se jongste dogter / Marja se jongste kleindogter

Nols Jackson – Julian se pa

Rita Bonthuys – woon op eiendom langs IPIN, Gert se vrou

Selma Bouwer – Karel Bouwer se vrou

Shelley – Kimberley se dogter uit 'n vorige verhouding, Strach se stiefdogter

Sjerien Willemse – Ayla se ontvangsdame

Soekie Hough – Susan Hough se dogter, Jimmy se meisie. Vermis.

Sterretjie – jongmeisie op IPIN

Strach Serfontein – dermatoloog, getuie in regter se moordsaak, Kimberley se eks

Susan Hough – Soekie se ma. Vermis.

Tiaan Nel – vermis toe hy gaan vis koop het by hawe in Perlemoenbaai. Sy liggaam is later in die Duineveld gevind.

Triton (Titus Jantjies) – IPIN se handlanger

Valk Richter – gewese speurder, nou privaat speurder, Irene se man, Jojo se eks

Vivien Venter – Ayla en Nimue se ma / Marja se dogter

Uit ander boeke:

Siende Blind en ander

Cara van der Linde – Jojo se vriendin en weldoener

Kevin Ryan – Cara se geliefde en 'n skrywer vir wie Jojo navorsing doen

Gys Niemand-reeks:

Faan Fortuin – voorheen in Gys Niemand se speurspan, tans forensikus

Gertjie Niemand – Gys se vrou, 'n prokureur

Gys Niemand – voorheen speurder, tans deel van Valk se span

Profeet Sias (*Meetsnoer*) – leier van die Meetsnoer-godsdiensgroep

Rose-Anne Lockwood (*Boheem*) – misdaadskrywer

Xanthe Tredoux, nou Augustine (*Fortuin*) – joernalis by *In Diepte*

Who are we?
We find that we live on an insignificant planet of a humdrum star lost in a galaxy tucked away in some forgotten corner of a universe in which there are far more galaxies than people.
Carl Sagan

Absence of evidence is not evidence of absence.
Carl Sagan

Vooraf

Sondag 10 September

Wraak is nie soet nie. Dit het 'n bitter nasmaak. Dis 'n primitiewe manier van balans bring. Maar soms is dit die enigste uitweg. Al moet dit op so 'n mooi namiddag voltrek word.

Die lug is poskaartblou. Die see wat van die voet van die kranse af dein tot waar dit die onmeetlike op die horison ontmoet, nog 'n dieper blou. Die son skyn vol somerbeloftes al is dit nog vroeglente. Seemeeue krys in vlug en swarttobies swiep oor die rotse.

Die rolskaatse sing grinterig onder haar voete, vibreer in haar kuite en knieë. Die kranspad is ongelyk, maar begaanbaar met die sagter, smaller wieletjies. Op haar rug wip die rugsakkie spesiaal gemaak vir die inhoud. Die boog se punt steek uit sodat sy dit maklik hand oor skouer kan raakvat, maar vir 'n verbyganger sal dit hopelik na 'n stuk dryfhout of 'n musiekinstrument lyk.

Die sjor-sjar-ritme van die skaatse is hipnotiserend. Die kranspad is stil. Die inwoners van Bientangsbaai sal eers later met hulle honde kom stap. Die naweekgaste is al huis toe en die toeriste slaap nog hulle middagete af. Net 'n paar benut die vele baaitjies wat met steil paadjies van die kranspad af bereikbaar is. Dis vir 'n verandering windstil en die afgelope paar dae se soelte is uitsonderlik vir dié tyd van die jaar.

Bientangsbaai is die soort vakansiedorp wat mense soos die teiken lok. Dis al sy derde besoek hierdie jaar. Elke keer saam met 'n ander slet. Hierdie keer 'n klein, fyn, Asiatiese meisiekind wat hom seker aan die plesiere van sy vele besoeke aan Thailand herinner.

Sedert hulle Vrydag hier aangekom het, stap die twee elke middag na dieselfde beskutte strandjie toe. Een wat van die kranspad af feitlik onsigbaar is. Dis net op een punt waar die plantegroei oopmaak dat 'n mens kan afkyk op die baaitjie wat 'n ent ondertoe ingewig lê tussen rotse aan beide kante. Hulle behoefte aan privaatheid pas haar uitstekend.

Sy skrik toe sy moet uitswaai vir 'n drawwer wat onverwags om 'n draai kom. Sy ignoreer hom, maar haar hartklop skiet die hoogte in.

'n Entjie verder kom sy onder 'n melkhout tot stilstand en kalmeer doelbewus. Dit was 'n vlugtige ontmoeting en die meeste mense is onoplettend. Hy sal die rolskaatse onthou. 'n Vrou in swart noupassende klere. Haar hare en oë is verberg. Nee, hy sal haar nie op herkenbare wyse kan beskryf nie.

Sy visualiseer die taak wat voorlê en maak seker haar hande bewe nie meer nie voor sy weer die paadjie aandurf.

Sekondes later swiep sy verby die opening na die trappies wat ondertoe lei tot by die baaitjie waar die teiken is. Ongeveer honderd meter verder draai sy om. Niemand in aantog nie. Sy skaats terug en kom tot stilstand. Met die rolskaatse aan moet sy mooi trap om by die gaping te kom wat haar 'n uitsig op die strandjie gee.

Soos 'n uitgespoelde rob, pens in die lug met net 'n swembroek aan, lê hy. Die meisiekind in 'n piepklein bikini sit wydsbeen oor sy bobene terwyl sy hom masseer. Dáár. Daar waar die kwaad in 'n man uitbroei. Daar waar dít sit wat van mans barbare maak.

Sy hou haar kop skuins. Klink nie asof iemand aankom nie.

Haar bewegings is so geoefen soos tande borsel toe sy die boog uittrek, die drie pyle gereed kry. Sy haal diep asem, bring alles in haar tot ewewig, sentreer haar denke.

Sy lig die boog, span die pyl, mik, laat vry. Om te verneder en angs te skep. Volgende pyl. Span, mik, laat vry. Om dood te maak. Volgende. Span, mik, laat vry. Vir die wis en die onwis.

Die Thaise meisiekind het verstar van skok en spring eers op toe die derde pyl die oorgewig oumanslyf diep binnedring. Haar gil los op in die gedruis van 'n brekende brander en die gekrys van 'n meeu.

Daar is nie tyd om te kyk wat verder op die strand gebeur nie. Boog in die rugsak. Terug op die paadjie. Sjor-sjar-sjor-sjar. Nie te vinnig nie. As sy iemand teenkom, moet sy nie meer aandag trek as wat nodig is nie.

Die voertuig staan by die afgespreekte plek op 'n grondpaad-jie wat buite seisoen min gebruik word. Boogkuttershandskoen uit. Rolskaatse af. Valhelm los.

Sy stap vinnig, maar nie oorhaastig nie, na die voertuig. Gooi die rugsak, valhelm en skaatse agterin. Klim in. Die bestuurder trek weg nog voor haar deur behoorlik toe is.

Sy haal haar beanie af. Skud haar hare los. Rits die swart top oop en pluk dit uit. Trek die moulose T-hempie reg. Ver-vang die sportsonbril met 'n ander een.

In die kantspieël lyk sy nou soos 'n sorgvrye vakansiegan-ger pleks van 'n speler in 'n Roller Blade-fliek.

Eers toe hulle by die blouvlagstrand se teerpad indraai en deel word van die verkeer na Bientangsbaai se hoofpad kyk die bestuurder na haar, die blou oë vraend.

Sy knik. "Dit is volbring."

Een

Die *Rapport* fladder toe Jojo dit eenkant toe smyt. Die foto van Karel Bouwer wat by die hof uitstap nadat die saak teen hom uitgegooi is, laat haar siek voel. Dit verbyster haar dat die bliksem wragtig die vermetelheid het om nog te glimlag ook.

Die sleutelgetuie was 'n privaat speurder, aangestel deur Selma Bouwer nadat sy begin vermoed het haar man wil van haar ontslae raak. Die motief was niks nuuts nie. Selma het uitgevind Bouwer het 'n skelmpie en sy wou skei. Hy was nie lus om 'n groot deel van sy miljoene aan haar af te staan nie. Huurmoord het na 'n beter opsie gelyk. Net mooi alles het daarop gedui.

Saam met die res van Suid-Afrika moes Jojo egter verslae hoor die regter reken die staat het nie bo alle twyfel bewys Bouwer wou sy vrou laat vermoor nie. Bouwer het 'n buite-egtelike verhouding gehad, ja, maar dis nie teen die wet nie. Daar is onder meer nie afdoende getuienis dat dit Karel Bouwer is wat duisende rande in die vermeende huurmoordenaar se rekening gedeponeer het nie, en nog minder dat dit vergoeding was om Selma Bouwer te laat vermoor.

Natuurlik sal daar nie genoeg bewyse wees as die regter sleutelgetuienis nie in die hof toelaat nie. Soos 'n gesprek wat die privaat speurder opgeneem het waarin Bouwer die roete wat Selma weekliks na haar jogaklas toe volg aan die vermeende huurmoordenaar verduidelik.

Toe die staat wou appelleer, aangesien hulle sowel die uitspraak as die regter ernstig bevraagteken, het Jojo weer moed geskep. En Vrydag kom die nuus die versoek om appèl is geweier. Die regter en sy uitspraak is bo verdenking.

Volgens 'n anonieme familielid het Selma Bouwer 'n belaglike skikking aanvaar en is in die proses van emigrasie. Die land waarheen sy gaan, word geheim gehou omdat sy glo Karel Bouwer wil hom op haar wreek.

En wie is die regter wat gesorg het dat hierdie vrou vir die res van haar lewe oor haar skouer sal moet loer? Frederik Malan. Dieselfde varkasem wat laas jaar sy bes gedoen het om 'n rykmanskind te bevoordeel en só amper vir Hugo Swiegelaar laat vrykom het.

Geld en status praat tale wat gewone mense nie verstaan nie. Dit het Jojo baie deeglik tydens die Swiegelaar-saak agtergekom en nou is dit weer bevestig. Maar dit help net mooi niks sy sit hier en stoom daaroor nie.

'n Southern Comfort in die laatmiddaglenteson wat haar stoep nou-nou gaan tref, sal dalk help met die frustrasie. En ook met haar ergerlikheid oor sy haar laat ompraat het om haar eksman se vrou môre douvoordag op die lughawe te gaan haal en ná 'n afspraak weer terug te karwei. Sy het waaragtig beter dinge om te doen.

Maandag 11 September
Pretoria
Ayla

Die papier van die eerste brief het al effens vergeel en die ink is verbleik. Dis nie gedateer nie en net onderteken met 'n redelik flambojante D. Die brief wat daarnaas lê, is nie onderteken nie maar wel twee maande gelede gedateer. Dis hierdie twee briewe wat die meeste van haar tyd die afgelope veertien dae in beslag geneem het.

Ayla kyk na haar kliënt oorkant die lessenaar en beduie na die bruin A4-koevert by haar elmboog. "Alles is reeds in die verslag. Ek weet nie of dit enige doel dien dat ons daaroor gesels voor jy gelees het nie."

"Papier is geduldig." Die vrou aan die oorkant van die lessenaar kyk haar strak aan. 'n Aantreklike vrou. Die sandblonde hare, vasgevang in 'n lae poniestert, is aan die versilwer, die blou oë eiesinnig. "Ek het spesiaal opgevlieg om jou bevindings uit jou mond te hoor."

Ayla onderdruk haar ongemak. "Nou goed. Oor watter brief sal ons eerste gesels?"

"Die tweede. Gee net jou hoofindrukke."

Ayla knik. "Dis 'n vrou se handskrif. Sy is regshandig." Die tekstuur van die brief is growwerig tussen haar vingerpunte toe sy die rugkant só hou dat haar kliënt kan sien. "Die letters maak op verskeie plekke riffies op die agterkant. Frustrasie, spanning of woede spreek uit hoe hard sy met die pen op die papier gedruk het asook die inkonsekwentheid waarmee die druk uitgeoefen is."

Sy sit die brief met die skryfkant na bo neer en beduie met 'n meetpasser. "Onbestendige lettergroottes en spasies tussen die woorde dui daarop dat die skrywer emosioneel ongebalanseerd is ten tye van die skrywe, moontlik ook buierig van geaardheid is."

Die vrou hier voor haar gaan geen waardering hê vir blote interpretasie nie, besef Ayla. Sy is 'n sien-is-glo-mens wat dinge wil verstaan. Sy soek redes agter die interpretasie. Bewyse.

"Die wisselvallige grootte en vorm van laer lusse van letters soos g en y dui weer eens op emosionele onbestendigheid. Die woord 'gely' kom twee keer voor, naby aan mekaar. Kyk na die eerste een se g-lus en vergelyk dit met die y-lus in dieselfde woord. Eersgenoemde is groot en oop, laasgenoemde maak toe en is smaller. Net 'n entjie verder aan, in die tweede 'gely', is dit egter andersom."

Die vrou staar haar net stoïsyns aan.

"Die lusse in die boonste sone – die bene van die d's en b's byvoorbeeld – is min of meer konstant, maar die hoogte en wydte van die lus dui op aggressie en rigiditeit."

Daar is steeds geen reaksie nie – net die stip staar.

"Die letters wat soms vorentoe, soms agtertoe leun, dui onder meer op 'n gebrek aan 'n gevoel van sekuriteit. Moontlik 'n gebrek aan innerlike balans." En dis sagkens gestel.

Ayla pas 'n liniaal van deursigtige perspeks oor een van die reëls in die brief. "Soos jy kan sien, word die horisontale lyn, selfs op die gelinieerde papier, nie konsekwent gevolg nie. Sy skryf soms ietwat bokant die lyn, soms daaronder. Die geleidelike val in die basislyn, effens na onder, dui op depressie of negatiwiteit."

Ayla sit terug, wik en weeg 'n oomblik. Die vrou moet maar aanstoot neem as sy wil, maar dis sy wat met haar gewete sal moet saamleef. "Mevrou Richter …"

"Irene. Noem my asseblief Irene. Mevrou Richter laat my dink aan my man se eerste vrou." Daar is eerder wrange humor agter die woorde as venyn. Interessant.

"Irene, wanneer ek 'n handskrif ontleed, kyk ek net na die wyse waarop die skrywe fisiek uitgevoer is. Selfs al was die brief in 'n taal geskryf wat ek nie magtig is nie, sou ek my afleidings kon maak. Omdat ek bekommerd was oor wat ek gesien het, het ek egter ná my ontleding die inhoud gelees."

Iets roer aan die stroewe mond. Ayla kan sweer dit het met hartseer te doen. "Wanneer ek ná my ontleding gevolgtrekkings maak, is dit in die lig van die som van die dele – in Engels, cluster evidence op grond van cluster analysis. Volgens hierdie geheelbeeld sal die skryfster van die tweede brief nie

huiwer om iemand kwaad aan te doen nie. Jy moet haar ern-
stig opneem."

Vir die eerste keer kyk Irene Richter af. Toe sy weer opkyk,
is haar oë onnatuurlik blink. "En die eerste brief?"

"Alle mense se handskrif verander deur die jare en word
ook beïnvloed deur die skrywer se emosionele toestand wan-
neer 'n brief geskryf word. Handskrif in 'n opregte, liefdevolle
brief verskil byvoorbeeld van die handskrif van iemand wat ten
tye van die skrywe ontsteld of kwaad of nie eerlik is nie. Maar
sekere konstantes bly herkenbaar. Dis soos 'n vingerafdruk.
Dis waarom forensiese handskrifontleding in die hof toelaat-
baar is as bewysstuk, terwyl grafologiese analise – dit wil sê
die sielkundige interpretasie van handskrif – nie noodwendig
is nie, maar wel gebruik kan word vir profilering.

"Die konstantes in die handskrif bewys albei briewe is deur
dieselfde persoon geskryf, maar op sielkundige vlak is die skry-
wes ver van mekaar verwyder. Daar is wesenlike afwykings wat
dui op 'n persoonlikheidsverandering, selfs die ontwikkeling
van 'n persoonlikheidsversteuring."

"Jy dink dus werklik sy sal haar dreigement uitvoer."

Dis nie 'n vraag nie, maar Ayla knik in elk geval. Sy laat
haar oë oor die oudste van die twee briewe dwaal. Al is daar
nie 'n datum by nie, weet sy dis sowat vyftien jaar gelede
geskryf, kort voor Diana Krause en Nimue Hurter mekaar ont-
moet het.

> Irene
> Ma-hulle maak my mal. As Ma my nog een keer
> aansê om op daardie pH-papier te pie, skree ek.
> Liewe hemel, ek is amper drie en twintig! Nie
> 'n tiener nie. Die rehab het hierdie keer gewerk.
> Let's get over it.
> Ek moet wegkom, sus. Cover vir my en sê ek is
> by jou? Net vir die naweek, asb., man. Ek belowe
> ek sal niks sterker as bier of wyn gebruik nie.
> Dalk 'n siggy, maar hoogstens menthol. Ek sweer
> op my heilige erewoord.

'n Nuwe pel het my na hulle huis toe genooi vir die naweek. Hulle bly op 'n kleinhoewe êrens anderkant Hartbeespoortdam. Sy is sterk gekant teen drugs. Hulle is born again Christians.

Miskien kan ek daar, vir 'n rukkie ten minste, wegkom van die prentjie in my kop. Jy weet watter een.

Liefde

D.

In samehang met die res van die brief is daar geen teken dat die "Liefde" opreg bedoel is nie en die ornate D dui op selfgerigtheid. Diana wou net haar sin kry.

"Gaan jy nie vra nie?" 'n Bitter glimlaggie speel om Irene Richter se mond.

Ayla sit terug in haar stoel en vou haar arms. "Irene, ek weet na watter prentjie sy verwys. Jou suster Diana het ses jaar voor hierdie eerste brief geskryf is, dit wil sê ongeveer een en twintig jaar gelede, gesien hoe haar vriendin Amanda van die Van Stadensbrug afspring. En ek weet dit het daartoe gelei dat Diana met dwelms deurmekaar geraak het in 'n poging om die traumatiese gebeurtenis te probeer verwerk.

"Ek weet ook jy hét toe daardie naweek vir haar 'gecover'. Diana het haar belofte in die brief nagekom en nie dwelms gebruik nie. En ek weet dit, want mý sussie Nimue was ook daar en het nes Diana daardie naweek sterk onder die invloed van 'n charismatiese godsdiensgroep gekom. En ek weet jy weet dat ek weet."

Irene haal 'n sigaret uit en steek dit aan sonder om te vra. Ayla haal gelate 'n asbak uit haar onderste laai. 'n Voorsorgmaatreël wat sy oorgehou het van haar kort loopbaan as sielkundige.

Irene blaas die rook uit asof dit 'n sug is. "En wat weet jy nog, Ayla? Of moet ek hou by doktor Hurter?"

"Ayla is gaaf." Sy kyk Irene takserend aan. Dié is iets soos veertien jaar ouer as Diana en Nimue, onthou sy. Dus nou ongeveer twee en vyftig. Tien jaar ouer as sy. Soms kan Ayla nie glo sy is al in haar vroeë veertigs nie, soms voel sy dubbel so oud. "Ek weet ook jy is nie die soort mens wat normaalweg 'n grafoloog sal raadpleeg nie. Dis vir mense soos jy te naby aan esoterie, al word dit partykeer vir profilering gebruik.

"Verder weet ek jy het dit net as 'n verskoning gebruik. Al het ek watter beroep beoefen, sou jy op 'n manier steeds by my uitgekom het. Wat ek nié weet nie, is wat jy wil bereik."

Irene trek weer diep aan haar sigaret voor sy dit skaars halfgerook dooddruk. "Goed. Kom ons speel oop kaarte."

Ayla twyfel of Irene Richter ooit haar hele hand sal wys.

"Ek weet al 'n geruime tyd waar jy werk. Jy het 'n paar jaar gelede as forensiese handskrifontleder vir Valk, my man, help bewys daar is gepeuter met 'n handgeskrewe testament. Ek het destyds nie dadelik die kloutjie by die oor gebring oor wie presies doktor Hurter is nie tot Valk jou naam laat val het. Dis redelik ongewoon."

"Ayla is 'n Turkse naam. Dit beteken 'halo of light around the moon'." Dis nie 'n leuen nie, maar dis nie hoekom haar ma die naam gekies het nie. Daardie rede gaan Irene egter nie aan nie.

"Ek sien."

Nee, jy sien nie, wil Ayla sê. Jy weet nie hoe dit voel om 'n eksentrieke en, in haar tyd, berugte ma te hê nie. Oor haar uitgelag te word. Nee, aantreklike, atletiese Irene wat uit die vooraanstaande Krause-familie kom, sal nie weet hoe dit voel om 'n freak te wees nie.

Irene haal nog 'n sigaret uit, maar sit dit feitlik dadelik weer terug in die pakkie. "Jy is reg, ek glo nie in enigiets wat na esoterie ruik nie. Dis juis Diana wat my finaal van airy fairy bullshit genees het. En nou sit ek as gevolg van haar brief hier en luister na jou psycho-babble. Vrywillig. Is dit nou nie donners ironies nie?"

"As grafoloog kan ek net vir jou sê wat ek uit haar handskrif aflei. As jy eintlik by my wil weet wat van Diana geword het, soos ek vermoed, klop jy aan die verkeerde deur.

"Ek weet daar het 'n besonder hegte vriendskap tussen Nimue en Diana ontstaan tydens daardie Naweek van Gebed. 'n Hele ruk daarna is hulle saam oor na 'n End-of-Days-groep en ook weer saam daar weg nadat die leier selfmoord gepleeg het. Daarna weet ek niks. Ek het elf jaar laas van Nimue gehoor."

"Dieselfde hier. Tot ek hierdie brief gekry het."

Ayla kyk weer na die tweede brief, laat haar oë daaroor gaan al ken sy dit al uit haar kop.

> Irene
> Hugo Swiegelaar is dalk dood, maar dit verontskuldig jou nie. Hy het nie gely soos hy in die tronk sou gely het nie. Maar hy sou in elk geval nie tronk toe gegaan het nie, nè? Want jy en mense soos jy – mense wat veronderstel is om aan die Onskuldiges se kant te wees – is te useless om te sorg dat varke soos hy hulle regverdige straf kry. Te useless om te sorg dat die mense wat die Skuldiges met hulle sondes laat wegkom, boet.
>
> Soos Albert Einstein gesê het: The world is a dangerous place to live; not because of the people who are evil, but because of the people who don't do anything about it.
>
> Julle het julle beurt gehad om reg te laat geskied. Nou sal ons as verteenwoordigers van die Onskuldiges doen wat julle te treurig was om te doen.
>
> Voor die Geëvolueerdes binnekort met die moederskip na die nuwe Aarde geneem word, sal Amanda gewreek word en die bloed wat gestort word, sal aan die hande wees van die Onskuldiges wat nie gesorg het dat Skuldiges vir hulle booshede gestraf word nie.

Dat die naam Hugo Swiegelaar in die brief opgeduik het, het Ayla verras. Sy het weer gaan nalees oor die hofsaak waarvan die koerante verlede jaar vol was. Ook oor die lewe wat hy sy stiefma, nou bekend as Zaan Mentz, gelei het en sy pa se moord. 'n Moord waarmee Hugo waarskynlik sou weggekom het as dit net van die regter in die saak afgehang het.

"Klink kranksinnig, nè?"

"Ja, en dis wat my laat wonder waarom jy ses weke gewag het voor jy my gekontak het om vas te stel of dit werklik jou suster is wat dit geskryf het." Ayla beduie na die datum.

"Aanvanklik was ek nie seker wat om daarvan te maak nie, maar ek was uit die staanspoor oortuig Diana het dit geskryf."

"Waarom my dan betrek?"

"Dis 'n bietjie van 'n lang storie."

"Ek luister."

Irene sit terug in haar stoel. "Nadat Diana by die End-of-Days-groep weg is, het dit 'n ruk geduur voor ek besef het sy gaan nie soos gewoonlik ná 'n paar maande weer druipstert na my toe terugkom omdat nog 'n groep haar teleurgestel het nie.

"Ná 'n jaar of wat se voelers uitsteek na waar sy kan wees, het ek aktief begin soek. Ek het haar spoor in Swellendam ver- loor. Dis waar sy oor 'n tydperk van 'n paar weke elke laaste sent wat nie vas belê was nie, onttrek het. 'n Enorme bedrag. Ons het albei baie goed geërf."

Dit klink bekend. Nimue het ook al haar beskikbare geld onttrek. Presies wat Irene met 'n enorme bedrag bedoel, kan Ayla nie raai nie, maar Nimue het met net minder as 'n miljoen rand in die niet verdwyn. En elf jaar gelede was dit nog regtig baie geld.

"Sedertdien," vervolg Irene, "het ek my ore heeltyd oopge- hou vir stories oor vreemde gelowe en sektes. Nadat Diana heroïen gelos het, was alternatiewe lewensbeskouings haar drug of choice. Haar vriendskap met Nimue, glo ek, het daartoe bygedra. Hulle het albei altyd die buitengewone bo die gewone verkies. En hoe weirder, hoe beter."

Aan die een kant wil sy Nimue verdedig, maar aan die an- der kant weet Ayla dis waar. Irene sou dalk beter verstaan het as sy hulle agtergrond geken het.

"Laas jaar was ek in die middel van twee ander sake – onder meer die Hugo Swiegelaar-saak – toe ek 'n voëltjie hoor fluit dat êrens in die Overberg 'n groep is wat glo ruimtewesens het in die verlede die omgewing besoek en sal weer hulle opwagting maak. Daar was nie toe tyd om behoorlik daaraan aandag te gee nie. Dit was ook hoogstens 'n gerug. Ek het ook nie regtig gedink Diana kan deel wees van so 'n groep nie. Die Bybel en vreemde interpretasies daarvan is een ding, ET's iets heel anders. Tot ek haar brief gekry het.

"'Moederskip' het 'n hele paar klokkies laat lui." Irene se glimlaggie is amper simpatiek. "Diana het destyds gedink dis baie cool dat julle, pleks van 'n pophuis of boomhuis, 'n rondawel met 'n dak wat soos 'n vlieënde piering lyk op julle plot gehad het."

"Dis die Flying Saucer Roadhouse van desjare wat my ma glo die plan gegee het." Ayla hoor die wrewel in haar eie stem deurslaan. Na ander kinders is verwys as die dokter se dogter of die prokureur se seun of die kind van die vrou wat in die poskantoor werk. Sy en Nimue was altyd die kinders met die vlieënde piering op hulle plot.

Irene frons. "Maar jy moet in die middel sewentigs gebore wees. Het die roadhouse nie in die vroeë sewentigs al afgebrand nie?"

"Ons vlieënde piering is voor my geboorte al gebou. My ma was ... eksentriek." Om van haar ouma nie te praat nie.

"Diana het genoem dat jou ma regtig in UFO's geglo het."

Verleentheid syg deur haar. "My ma was 'n aandagsoeker. 'n Narsis met 'n verbeelding van formaat."

Irene kyk haar 'n oomblik takserend aan. "Het jou ma se eienaardighede en persoonlikheid iets daarmee te doen gehad dat jy 'n doktorsgraad in sielkunde verwerf het?"

"Deels." Ja, sy het gehoop om haar ma en ouma beter te leer verstaan. Hoekom hulle was soos hulle was; gedoen en geglo het wat hulle gedoen en geglo het. Dit was nie 'n geslaagde eksperiment nie en het haar in 'n beroep laat beland waarin sy totaal misplaas was, maar dit hoef sy nie aan Irene te erken nie.

"Maar jy praktiseer nie meer as sielkundige nie?"

"Ek het agtergekom ek het nie die persoonlikheid daarvoor nie. My belangstelling in sielkunde is akademies." Sy wens Irene wil nou by die kruks van die saak kom.

"'n Akademiese doktor in sielkunde wat haar verdiep in mense se handskrif en wat dit van hulle sê. Forensies en grafologies. En in lyftaal. En as ek dit nie mis het nie, ook forensiese linguistiek." Irene se skeptiese blik ontgaan Ayla nie.

"Ek het klaarblyklik 'n talent vir interpretasie, maar nie om direk met mense te werk nie. En ek is bekend met forensiese linguistiek, maar nie daarin gekwalifiseer nie. Handskrif is my spesialiteit al was dit nie deel van my opleiding as sielkundige nie. Waarop stuur jy af? Ek het nog 'n afspraak hierna." Ayla weet sy klink kortaf, maar Irene karring nou waar sy nie moet nie.

Irene kyk haar 'n oomblik stil aan. "Jammer as ek op tone trap. Ek probeer maar net die legkaartstukke bymekaarsit. Ek wil uitvind wat van Diana geword het. Ek wil weet of sy dalk deel van die UFO-groep is waarvan ek gehoor het."

"Behalwe vir die verwysing na die moederskip, wat laat jou dink sy is? Jy weet immers nie eens waar op die aarde sy haar bevind nie." Sy verstaan die behoefte om te weet wat van 'n suster geword het. Sy soek steeds na Nimue se profiel wanneer sy tussen mense is. Haar ma s'n ook. Maar van enigiets wat te doen het met Vreemde Vlieënde Voorwerpe het sy meer as genoeg gehad.

"Toe ek die brief gekry het, het ek besef Diana moet steeds, of weer, in die Overberg-omgewing wees en moes uiteraard uitgevind het ek en Valk het ná haar verdwyning hierheen getrek. Dis juis ná ons haar spoor in Swellendam verloor het dat ons op Birkenshire afgekom en op die plek verlief geraak het.

"Hoe dit ook al sy, die brief was in 'n koevert sonder adres of seël en onder die voordeur ingestoot. Op die koevert het net gestaan: 'Irene. Privaat'. Sy moes ons huis dopgehou het, want die brief is afgelewer toe Valk vir 'n paar dae noorde toe was en net mooi toe ek een oggend Bientangsbaai toe was.

"Toe kry ek – met groot moeite – my man se eks om op die dorpe naby ons te gaan rondvra."

Ayla se wenkbroue wip onwillekeurig op. "Jou man se eks?"

"Sy werk soms vir my en Valk. Of het in die verlede. Deesdae is sy steeks. Nietemin, Jojo is een van daardie mense wat 'n Benediktynse non van haar swygeed kan laat vergeet. Nog nooit iemand gesien wat mense so maklik aan die praat kan kry nie. Anyway, ek het gesê sy moet meer probeer uitvind oor die storie wat ek van die UFO-groep gehoor het."

Gesê sy moet, nie gevra nie, let Ayla op. Sy wonder of mense ooit besef hoeveel hulle deur hulle woordkeuses van hulle persoonlikheid verklap.

"Op 'n obskure plekkie in die omgewing hoor Jojo toe van 'n paar vroue wat op 'n plasie in een van die valleie daar naby bly. Dis blykbaar iets soos 'n retreat waar niemand van buite toegelaat word nie. Volgens Jojo se bron is hulle skadeloos, maar glo die Bybel wemel van bewyse dat UFO's die aarde al eeue lank besoek en ook dat 'n UFO hulle gaan kom haal en wegneem na 'n sondelose planeet. En dít klink vir my dêm baie na die soort ding wat Diana, en sekerlik Nimue ook, sal aanstaan."

Ayla hou haar gesig neutraal – darem iets wat haar onbesonne beroepskeuse haar geleer het. "Miskien is hulle gelukkig daar. Tussen enersdenkende mense. Dis nou ás hulle daar is. En as Nimue gelukkig is, gun ek haar dit. Ons het nie 'n maklike jeug gehad nie. Dit laat altyd 'n letsel. En as sy nie gelukkig is nie, weet sy waar om my in die hande te kry as sy my nodig het. My naam is in die telefoongids. Sy hoef net te bel." Nie dat sy graag weer haar suster onder haar dak wil hê nie, maar Nimue weet sy sal altyd weer help.

"Dit gaan nie oor gelukkig wees of nie, Ayla. Selfs sonder enige grafologiese interpretasie, bewys die brief hulle is nie so skadeloos soos Jojo se bron beweer nie. Hulle is gebreinspoel. Dis al wat ek kan dink. En gebreinspoelde mense dink nie helder nie. Hulle soek nie hulp nie, want hulle besef nie hulle het hulp nodig nie."

Ayla lig haar wenkbroue. "Wat laat jou dink hulle is gebreinspoel, Irene? Wat laat jou dink hulle is nie dalk die stigters van die groep of minstens in leiersposisies nie? Wat het jou laat besluit dis nie dalk hulle wat die ander breinspoel nie?" Sy onthou Diana net van 'n paar keer se sien, maar haar handskrif verraai baie. En Nimue het beslis die vermoë om mense te manipuleer en te indoktrineer, al sal 'n mens dit nooit met die eerste oogopslag raai nie.

Irene skud haar kop. "Diana klink dalk nou van haar trollie af en sy het 'n paar knoue weg, maar voor Amanda selfmoord gepleeg het, was daar niks fout met my suster se sanity nie. Soos jy dalk weet, het Amanda haar lewe geneem ná 'n aborsie. Ek weet egter nie of jy weet Amanda het beweer Hugo Swiegelaar het haar verkrag nie. Vermoedelik nadat hy haar 'n date rape drug gevoer het."

Ayla skud haar kop. "Nimue het my net vertel van die verwoestende invloed wat Amanda se selfmoord op Diana gehad het." Dan is die verwysing na Hugo Swiegelaar nie net as 'n voorbeeld bedoel nie. Dis persoonlik.

"Dis presies die punt. Diana is 'n mens met empatie. Dis hoekom sy haar die ding van Amanda so aangetrek het. Dis hoekom sy my ma-hulle tot die dag van hulle dood verwyt het dat hulle eerder Hugo se liegbekma geglo het as vir Amanda. Huberta Swiegelaar het naamlik verkondig Hugo was tuis toe Amanda verkrag is. Boonop het sy altyd die stertjie bygelas: 'as dit werklik verkragting was'. Dit het Diana verpletter dat Amanda selfs ná haar dood verguis is – juis omdat my suster soveel medemenslikheid in haar het."

Ayla beduie weer na die tweede brief. "Moontlik, maar haar empatie het verword en wraaksug na vore laat kom. Selfs al lees mens nie die woorde raak nie, verklap haar handskrif dat 'n persoonlikheidsversteuring wat moontlik voorheen latent was, nou wasdom bereik het."

"Wel, soos jy weet, glo ek nie in hierdie soort esoteriese bullshit nie. Ballistiese toetse ja, DNS, vingerafdrukke, bloedspatselpatrone – dis gebaseer op feite, dis fisieke bewyse. Forensiese handskrifontleding om vervalsings uit te wys aanvaar ek ook, maar nie jou psycho-babble nie." Irene kom orent.

"Omdat grafologie steun op interpretasie of bloot omdat my afleidings jou nie pas nie?"

"Ek het vrede met grafologie. Ek wou by jou uitvind of jy weet waar Nimue is en of sy kontak met Diana het."

"Dit kon jy met een telefoonoproep uitgevind het. Waarom

die briewe na my toe koerier, my dubbel my tarief betaal omdat jy die antwoord so gou as moontlik wil hê en boonop al die pad hierheen vlieg om persoonlik te kom hoor wat my bevinding is?"

"A, die brief was net 'n aanknopingspunt. B, ek was haastig toe ek eers besluit het wat om te doen en C, ek trust nie fone nie, oukei?" Irene klik haar tong toe haar foon juis begin lui. Sy loer na die skerm. "Fokkit, ek het vir Valk gesê ek wil nie gesteur word nie." Sy staan en op druk die foon teen haar oor. "Yes?"

Ayla kan nie onthou dat sy al ooit iemand letterlik sien doodsbleek word nie.

"Wié?" Die vingers van haar vry hand gaan na haar voorkop, haar handpalm verskuil haar linkeroog. Ek verstaan nie, ek wil nie sien nie, sê hierdie onwillekeurige gebaar.

"Wáármee?" Haar tande byt diep in haar onderlip in terwyl sy met toegeknypte oë luister.

Ayla staan op en gaan skakel die ketel agter die afskorting aan. Al kan sy steeds elke woord hoor, laat dit hopelik vir Irene effens meer privaat voel. En dan hoef sy ook nie heeltyd voyeur van Irene se reaksie en emosies te speel nie.

"My vlug is halfeen. Sien jou so vieruur se kant in Bientangsbaai." Irene se paniek lê rou in haar stemtoon.

Twee

Jojo staar grimmig in haar Wimpy-koffie af. Eintlik het sy 'n Comfortjie nodig. Al is die dag nog so jonk.

Net mooi 'n jaar gelede het sy vir Valk gesê sy is moeg vir sy en Irene se buie, en sy het die geld dalk nodig, maar haar sielerus is ook belangrik. En teenoor Irene het sy braaf verklaar dis die laaste keer wat sy saam met hulle werk. Sy gaan nou net vir skrywers navorsing doen.

Dis ook presies wat sy gedoen het. Die betaling is nie te vrot nie en sy het meer as genoeg werk. Sy het boonop inderdaad sielerus begin kry. Wat haar werk betref, in elk geval.

En wat vang sy aan? Stem twee maande gelede in om vir Irene navraag te doen oor die UFO-groep wat glo in die Overberg bly. Haar nuuskierigheid sal nog haar ondergang wees, maar wie sal nie meer wil weet van mense wat in ruimtewesens glo nie? Dis ook nie asof sy die navrae gratis gedoen het nie. Boonop kon sy toe sommer weer vir Joachim ook sien en dit op Irene se onkoste. Sy het ten minste by haar woord gehou en nie betrokke geraak by een van hulle sake nie, dit was suiwer navorsing.

Dit was die heel, heel laaste, het sy besluit.

En nou sit sy hier en brand om te weet wat Irene hier kom maak het, want as Irene weier om oor 'n ding te praat, kan jy maar weet iets is aan die broei.

Jojo Richter is haar eie bleddie grootste vyand. Dis wat sy is.

Ayla

Irene staan voor die venster en uittuur toe Ayla met die beker soet kruietee agter die afskorting uitkom.

"Ek neem aan dis slegte nuus. Jy kan maar drink; dis nie kokend nie."

Irene neem die beker en sluk dorstig. Sy maak haar oë 'n paar oomblikke toe voor sy na Ayla kyk.

"Dis klaar op die digitale nuusblaaie al word die slagoffer se naam nog weerhou, dus kan ek maar vir jou sê. Daar is 'n man op een van Bientangsbaai se strandjies vermoor. 'n Sluipmoord. Met 'n fokken pyl en boog."

"Jy weet wie die slagoffer is?"

Irene knik.

Ayla wag terwyl sy nog 'n sluk tee neem. "Iemand wat jy ken?"

"Nie persoonlik nie. Maar sy identiteit is baie betekenisvol. Dalk vir jou ook."

"Wie?"

"Frederik Malan. Die regter wat onlangs vir Karel Bouwer vrygespreek het. Dieselfde regter wat gedurende die Hugo Swiegelaar-saak besonder tegemoetkomend was ten opsigte van die beskuldigde en die katspronge wat sy regspan gemaak het."

Dit neem 'n paar oomblikke voor die implikasie tot Ayla deurdring. "Jy kan nie bedoel …"

"Ek weet nie, Ayla, maar klink dit nie vir jou ook asof die regter dalk uitgehaal is omdat mense soos ons – en ek haal aan – 'te useless is om te sorg dat die mense wat die Skuldiges met hulle sondes laat wegkom, boet' nie? Wat de fok sy ook al bedoel met Skuldiges en Onskuldiges."

Ayla stry teen 'n paniek wat haar skielik wil oorval. Nee, Nimue kan nie deel wees van so iets nie. Sy is wacko, selfsugtig en selfgesentreerd soos hulle ma, maar betrokke by moord?

Buitendien, sy het geen rede om te dink Nimue is in die Overberg nie, behalwe dat die kanse uitstekend is dat Diana sal wees waar Nimue haar ook al bevind.

"Ek hoop werklik ek is verkeerd, Ayla. Maar dis net te toevallig dat Diana skaars twee maande gelede met soveel haat na Hugo Swiegelaar verwys, en onderneem het om Amanda te wreek. En nou word die regter skielik vermoor." Irene bêre die briewe en verslag in haar aktetas. "Ek glo vir geen oomblik Diana is regstreeks betrokke by die moord nie, maar êrens is daar 'n slang in die gras en dis nie 'n molslangetjie nie."

Die suster wat jy geken het, wil sy vir Irene sê, is nie die dieselfde persoon wat die tweede brief geskryf het nie. Maar dit het sy reeds gesê. Sy het net nie uitgespel presies hoe ver Diana werklik verwyderd is van die werklikheid soos die gemiddelde mens dit ervaar nie.

Irene glo haar in elk geval nie. En sy kan haar nie kwalik neem nie. Grafologie as implement om 'n mens se geaardheid te bepaal, wat nog te sê persoonlikheidsversteurings uit te wys, staan sterk onder verdenking. Sy is soms self nie seker of sy nie maar net 'n ander vorm van wiggelary beoefen as iemand wat teeblare of handpalms lees nie.

Irene knip haar aktetas toe. "Ek neem aan daar bestaan tussen jou en jou kliënte dieselfde vertrouensverhouding as tussen 'n dokter en pasiënt of prokureur en kliënt?"

"Natuurlik."

"Gaaf, want ek moet daarop aandring dat jy die briewe, jou interpretasie daarvan asook die verslag aan absoluut niemand sal noem sonder my toestemming nie.

"Onthou, as Diana betrokke is, is Nimue waarskynlik ook," speel Irene haar troefkaart sonder skroom.

Jojo

Daar is akkies in die land van Kanaän, soos haar oorlede broer sou gesê het. Dit kan Jojo onmiddellik sien toe Irene die Wimpy se rookarea binnestorm.

"Kom, Jojo. Jy moet ons by die lughawe kry."

Jojo lig haar halfgedrinkte koffie. "Ek maak net eers hier klaar. Jou vlug is eers halfeen. Ons het meer as genoeg tyd."

"Daar is tyd vir niks." Irene gryp die koppie en maak dit met drie groot slukke leeg. "Daar. Klaar. Jy kan by die toonbank betaal. En dan sal jy jou gat behoorlik moet roer as jy nog by jou huis wil aangaan en iets in 'n suitcase gooi. Gelukkig bly jy so naby die lughawe, anders sou jy moes gaan nes jy is."

"Wat bedoel jy?"

"Valk probeer as we speak vir jou plek kry op dieselfde vlug of die vroegste een daarna."

"Ek gaan g'n …"

Irene is egter al op pad na die glasdeur toe.

No kind deed ever goes unpunished. Stem in om Irene 'n guns te doen, en kyk wat gebeur.

Irene trippel al van ongeduld toe Jojo by die Wimpy uitkom.

"Ek sal jou lughawe toe karwei soos ons ooreengekom het, Irene, maar ek gaan nêrens heen nie. Ek het laas jaar al vir jou gesê ek raak nie weer betrokke by jou en Valk se sake nie." Jojo moet draf om by te hou by Irene se lang treë. "En stap verdomp stadiger."

"Dis nie nou die tyd om koppig te wees nie. Regter Frederik Malan is vermoor. Op Bientangsbaai."

"Wát?"

"Ons praat in die kar." 'n Pieng laat Irene afkyk na die foon wat sy nog heeltyd in haar hand hou. "Valk. Hy het vir jou plek gekry. Op dieselfde vlug."

Jojo is uitasem toe sy haar sit agter die stuur van haar tien jaar oue kar kry. Teen die tyd dat sy haar asem terughet en die enjin aanskakel, sit Irene al en stook in die passasiersitplek.

"Irene, dis nie net koppigheid nie. My navorsing vir Kevin Ryan se nuwe boek sal my nog vir 'n ruk besighou." *Wat nie*

waar is nie, maar benewens haar beswaar om weer vir Irene-
hulle te werk, sien sy ook nie kans om Joachim in die oë te kyk
nie. Sy wens sy het nooit sy boeke begin lees nie. Sy kan seker
skynheilig wees en vir hom sê sy is mal daaroor, maar dié soort
lieg hoort nie in hulle soort vriendskap nie.

"Kevin se navorsing sal nie wegloop nie. Buitendien, dis al
twee maande vandat jy laas in Bientangsbaai was en dit was
behoorlik net 'n heen-en-weertjie. Verlang jy nie na jou lover-
boy nie?"

"Ons is nie lovers nie, ons is vriende. Kry dit in jou kop."
Maar ja, sy verlang na die man met die sagte oë en die sag-
te vat op wie sy verlede jaar verlief geraak het. Daar is egter
net soveel kwessies tussen hulle wat sy nie weet hoe om te
hanteer nie. Een of ander tyd gaan hy moeg raak vir haar ver-
skonings om nie 'n kooi te deel nie. En sy sien nog nie kans
nie. Nie met haar lyf soos dié lyk nie. En haar pogings om te
dieet het op net mooi niks uitgeloop nie, behalwe dat sy dees-
dae meer aan soetighede en smulgoed dink as ooit tevore. Sy
droom al van black forest cake.

"Could've fooled me, maar sal jy hom nie anyway weer
graag wil sien nie?"

"Los Joachim hier uit, Irene. Jy het laas my arm gedraai om
te gaan navraag doen oor daardie UFO-groep, maar dit was
die heel, heel laaste." Sy wonder wat Irene sal sê as sy weet
waarop sy intussen afgekom het. Want nee, sy kan mos nie 'n
ding wat haar nuuskierigheid prikkel, uitlos nie. Sy het meer
tyd aan haar eie navorsing afgestaan as aan Kevin s'n en weet
nou meer van UFO's as wat gesond kan wees vir enigiemand
se geestestoestand.

Irene sug gefrustreerd. "Dis juis oor jy daardie inligting op
Baardskeerdersbos bekom het dat ek nie anders kan as om
jou te betrek nie. Glo my, ek wil nie, maar ek het nie veel van 'n
keuse nie. Jy het kontakte gemaak en ek kan dit nie self opvolg
nie."

"Hoekom nie? Ek het die man wat met my oor die groep
gesels het se naam vir jou gegee. En wat de hel het die UFO-
spul in elk geval met die moord op die regter te doen?"

"Vergeet voorlopig van die donnerse regter. Ek het jou nie destyds gesê nie, maar die eintlik rede waarom ek meer van die UFO-groep wou weet, is dat my suster en haar vriendin moontlik by hulle betrokke kan wees. Ek wou nie hê hulle moet my dalk herken voor ek weet wat aangaan nie. Dis waarom ek jou feitlik gesmeek het."

Irene sal nie weet wat smeek is as sy daaroor val nie. "Hoekom het jy my nie gesê nie?"

"Hoe sal jy voel as jou suster geneig is om by bisarre groepe betrokke te raak? Sal jy dit sommer net so wil uitblaker?"

"Ek weet nie. Ek het nie 'n suster nie, maar hoekom dink jy Diana kan dalk by die UFO-groep betrokke wees?"

"Dit sal ek jou vertel as jy vandag saam met my Bientangsbaai toe gaan."

"En wat moet ek nogal daar gaan doen? Al wat verander het van vanoggend af, is dat jy uitgevind het die regter is vermoor. Dit moet dus iets te doen hê met jou skielike besluit dat ek nou Bientangsbaai toe moet foeter."

Irene gee die soveelste diep sug. "Oukei, ek kan sien ek gaan maar moet clean kom, maar Jojo, as jy vir Valk of enigiemand sê wat ek nou vir jou gaan sê, sal ek jou nooit vergewe nie. Behalwe dalk met gif."

"Dan moet jy dit liewer nie sê nie." Die wil-weet brand in haar, maar sy dink nie sy het Irene al ooit desperaat gesien nie. En 'n desperate Irene kan net 'n onding wees. Sy is het genoeg nukke en grille, selfs wanneer sy nie desperaat is nie.

"Ek haat dit om dit te erken, maar jy is die enigste mens aan wie ek kan dink wat my kan help."

"Irene, los dit liewer. Ek wil nie ..."

"Die moord op die regter en die groep waarby Diana dalk betrokke is, kan moontlik met mekaar verband hou," praat Irene bo-oor haar protes.

"Wát?" Die stryd teen die nuuskierigheid is 'n verlore een, sy kan dit maar netsowel aan haarself erken.

"Jy mag dit nooit, ooit aan enigiemand noem nie."

"Jy weet ek kan my mond hou as ek moet."

"Sweer?"

Jojo vermoed sy maak die grootste fout van haar lewe toe sy knik. Sy lieg dalk en verdraai die waarheid wanneer sy mense aan die praat wil kry, maar beloftes neem sy ernstig op.

"Kort voor ek jou gevra het om navraag te doen oor die UFO-groep, het ek 'n brief gekry." Irene vroetel met haar briewetas en haal 'n stuk papier uit 'n lêer.

Jojo luister met toenemende kommer terwyl Irene vir haar die briefie voorlees. Die verwysing na Hugo Swiegelaar stuur reeds 'n rilling teen haar rug af, maar 'n moederskip? "En jy het seker net vergeet om te sê jy stuur my om navraag te doen oor mense wat sonder twyfel van lotjie getik is?"

"Jy moes tog sekerlik besef het mense wat vir 'n UFO wag, moet van lotjie getik wees?"

"Daar is 'n enorme verskil tussen mense wat ewe rustig sit en wag vir hulle maatjies uit die ruimte en mense wat sulke briewe skryf. Wat sê Valk daarvan?"

"Valk weet nie. Hy dink ek is hier om 'n potensiële kliënt te sien – 'n denkbeeldige een wat uiteraard op niks gaan uit-loop nie – maar my afspraak was met doktor Ayla Hurter wat Diana se brief grafologies ontleed het. Toevallig is sy ook Diana se beste maatjie se ouer suster. "

"Liewe donner, Irene. Hoe kan jy jou eie man so belieg? En toevallig jou suster se maatjie se suster, my alie. En 'n gra-foloog? Van wanneer af raadpleeg jy mense wat uit handskrif profileer? Jy glo dan nie eens in profilering nie."

"Dit was hoofsaaklik bedoel as 'n aanknopingspunt. As sy nie 'n grafoloog was nie, sou ek iets anders bedink het. Die feit bly staan, die moord op die regter het alles nou verander."

"Dan kan jy mos nie vir my sê ek moet voorlopig van die regter vergeet nie? Wat het gebeur?"

Irene sug. "Ek weet nog baie min, maar dis wat ek weet: Die regter is met 'n pyl en boog geskiet. Mense op die kranspad het die Thaise meisiekind wat saam met Malan op die strand was, hoor skree. Die regter was reeds dood toe die polisie daar aangekom het.

"Die Thaise meisiekind praat skaars 'n woord Engels en is so verskrik dat hulle feitlik niks uit haar kan uitkry nie."

Jojo moet rem vir 'n minibus wat skielik voor haar inswaai.

"Fokken idioot!" Irene druk haar hand teen die paneelkassie om haar balans te behou.

"Was die regter getroud?" vra Jojo onverstoord. Dit het sy voordele om gewoond te wees aan stadsverkeer.

"Hy was. Ek het laas jaar tydens die Hugo Swiegelaar-saak uitgevind die regter se vrou is een van die voorvroue in die Pretoria-elite. 'n Absolute lady van net oor die sestig – en ek bedoel dit nie sarkasties nie. Sy is regtig 'n lady. Hulle het twee kinders, maar dié bly in Kanada. En ek weet waar loop jou gedagtes nou heen: na die Thaise meisiekind en jaloesie of wraak. Maar hoekom sal 'n ryk, vername vrou haar man spesifiek met 'n pyl en boog laat skiet?"

"Sekerlik nie om Kupido te probeer speel nie." Jojo kyk in haar truspieël en skakel die flikkerlig aan.

"Snaaksie."

Jojo steek die minibus wat voor haar ingeswaai het verby. Sy maak asof sy nie sien toe Irene 'n zap sign vir die bestuurder gooi nie. Sy kry waarskynlik een terug, want sy prewel iets wat baie naby aan "doos" klink.

"Dalk het die huurmoordenaar besluit 'n skoot uit 'n vuurwapen sal te gou, te veel aandag trek?" spekuleer Jojo.

Irene sit terug in haar sitplek en stoot haar benydenswaardige lang bene voor haar uit. "Moontlik, maar onwaarskynlik." Sy bly 'n ruk lank stil. "Diana was altyd aan die underdog se kant."

Die sagtheid in haar stem, die vrees wat daaragter huiwer, betrap Jojo onkant. "Wat is dit presies wat jy wil hê ek in Bientangsbaai moet gaan doen?"

"Alles wat jy kan, uitvind oor die UFO-groep en veral vasstel waar hulle retreat is. Ek moet Diana opspoor. As sy 'n lid is, en as daar dalk 'n verband is tussen die groep en die moord, wil ek haar daar uitkry voor sy in die gemors geïmpliseer word. Sy kan beslis nie direk betrokke wees nie."

Jojo bly lank stil terwyl sy haar aangebore nuuskierigheid vir die soveelste keer vervloek. Maar dis nie net dit nie. Sy het Irene nog nooit so op die agtervoet gesien nie.

"Wat gaan jy vir Valk sê?" vra sy uiteindelik.

"Ek het dit reeds vir hom gesê, op pad Wimpy toe. Dat ek en jy oor die UFO-groep gesels het en jy wil graag verder navraag doen noudat jou navorsing vir Kevin Ryan klaar is, maar ek dink jy soek 'n verskoning om by Joachim uit te kom sonder om oorgretig te lyk."

"En jy beskuldig my altyd daarvan dat ék los en vas lieg?"

"Jojo, asseblief. Ek vra jou mooi. Dis my suster van wie ons praat."

Jojo sug diep. Sy kan Irene dalk 'n rat voor die oë probeer draai, maar die navorsing wat sy die laaste paar maande vir skrywers gedoen het, is vaal teen hierdie uitdaging. En sy het hoeka al haar huiswerk oor UFO's gedoen.

"Oukei. Ek sal saam met jou gaan en agter die kap van die UFO-byl probeer kom, maar ek bly hoogstens tot Vrydag." Drie of vier dae waarin sy Joachim min hoef te sien is darem seker nie te veel gevra nie. Hulle moet net nie oor sy boeke praat of aan die vry raak nie.

Dis iets wat haar amper meer bekommer as die wete dat Irene iets wegsteek. Iets belangriks. Dit kan sy sien aan die manier waarop Irene haar nie mooi in die oë kan kyk nie. En as Jojo moet raai, het dit iets te doen met hoe seker Irene is dat haar suster nie betrokke kan wees nie.

Drie

Pretoria
Ayla

Sy sukkel om haar aandag by haar volgende kliënt te bepaal.
'n Man wat sy meisie se brief na 'n grafoloog bring om se-
ker te maak sy is opreg en nie net agter sy geld aan nie, moet 'n
diep geseltelde minderwaardigheidskompleks hê.

Waar sy kan, vermy sy direkte kontak met kliënte, maar hy
het aangedring om self die brief te oorhandig en 'n sessie daar-
voor bespreek.

Hoekom Bertie Visagie dink sy meisie is dalk agter sy geld
aan, kan sy nie eintlik bepaal nie. Sy klere lyk asof dit uit Woo-
lies kan kom. Sy horlosie lyk ook nie besonder duur nie.

"Ek is jammer, meneer Visagie, maar my program is werk-
lik vol. Dis sal ten minste drie weke duur voor ek die ontleding
kan doen. Ek sal eers oor 'n maand uitsluitsel kan gee." Dis nie
die volle waarheid nie, maar dié soort versoeke maak haar baie
senuagtig. Dis te persoonlik.

"Kan jy nie net gou kyk nie?" Hy stoot die brief wat al taam-
lik gehawend daar uitsien oor na haar toe. Sy vingernaels het
lanklaas 'n naelborsel gesien.

Ayla skud haar kop. "Dis ongelukkig nie hoe dit werk nie. Dis nie soos palmlees nie. Ek gebruik spesiale meettoerusting en instrumente, en werk baie noukeurig voor ek enigsins 'n uitspraak kan maak." Selfs so onderstebo kan sy sien die hoofletters staan apart van die res van die woorde. Dit kan dui op teensinnigheid. Die t's wat verskillend gevorm is, op 'n gebrek aan eerlikheid. Die feit dat die naam 'n hele ent onder die res van die brief geteken is, dui moontlik daarop dat "Monica" haar distansieer van wat sy geskryf het en dit kan beteken dat sy nie eerlik was oor wat ook al daar staan nie.

Maar dit sal onprofessioneel wees om haar net op eerste indrukke te verlaat en ook nie sinvol nie. Gevolgtrekkings gebaseer op 'n oppervlakkige kyk verskil dikwels van die resultaat verkry deur die samehang van elemente na te gaan.

"My pel het dan op YouTube gesien hoe een van julle tjoptjop uit iemand se handskrif kon agterkom of die ou 'n liegbek is of nie?"

Ayla probeer haar irritasie onderdruk, maar kry dit nie heeltemal reg nie. "Meneer Visagie, ek is nie 'n YouTube-swendelaar nie. My werk is my erns en ek benader dit professioneel en met integriteit."

Die man sug diep. "Ek kan nie 'n maand wag nie. Ek wil my girl vra om te trou en ek moet weet waar ek met haar staan voor ek dit doen."

En so 'n groot besluit wil hy neem op grond van 'n blitsige abrakadabratoertjie. Behoede die arme vrou. "As ek jou kan raad gee, meneer Visagie, maak eers seker hoe julle werklik oor mekaar voel. Jou agterdog is reeds 'n teken dat jy baie onseker is oor die verhouding. Dis nie 'n goeie basis vir 'n huwelik nie. Praat dit eerder uit as om agter haar rug te knoei."

"Maar sy is pregnant. Sewe maande al. En ek weet miskien nie of sy regtig vir my lief is nie, maar ek weet dis my kind." Hy is nie werklik so seker van sy vaderskap nie, dit kan sy aflei uit die manier waarop hy aan sy horlosie vroetel en só sy regterarm as verskansing voor sy lyf gebruik.

Ayla kom regop. "Jammer, meneer Visagie, maar ek kan oor 'n maand my bevinding gee, niks vroeër nie. Ek raai jou egter steeds aan om die saak uit te praat of saam na 'n berader te gaan – veral aangesien daar binnekort 'n kind betrokke gaan wees."

Die man spring op. "Fine. Dankie vir niks nie. Moet net nie dink ek gaan jou rekening betaal nie."

"Jy hoef net vir die halfuur konsultasietyd te betaal."

Hy gryp die brief. "Ek betaal nie vir 'n diens wat nie gelewer is nie."

"Jy het 'n halfuur van my tyd bespreek. Daarvoor is betaling verskuldig nes in enige ander professie. Jy kan by die ontvangsdame betaal."

"Fok jou, sussie. Jy het my in minder as 'n halfuur niks behalwe kakstories gegee nie." Hy stap met lang hale by die deur uit. Die deur dawer agter hom toe.

Ayla sak in die stoel neer en staar na die lessenaar se blad terwyl sy in haar gedagtes weer deur die gesprek gaan. Nee, daar is niks wat sy anders sou gedoen of gesê het as hulle nou weer van voor af kon begin nie. Maar miskien was Irene reg. Miskien is grafologie nie 'n professie nie. Miskien is sy nie veel meer as 'n fortuinverteller met 'n doktorsgraad nie.

Die foon op haar lessenaar gee 'n kort lui. Sy druk die knoppie vir ontvangs. Sjerien Willemse bedien die hele vloer se kantore as ontvangsdame en het maar min rede om Ayla te kontak omdat sy selde kliënte ontvang. Dit moet met Visagie te doen hê.

"Doktor, meneer Visagie is hier uit sonder om te betaal," bevestig Sjerien haar vermoede.

Ayla onderdruk 'n sug. Daar het die laaste paar maande min genoeg werk ingekom. Bitter min mense skryf nog met die hand. Daar sal seker 'n tyd kom wat niemand meer skryf nie. Wanneer selfs handtekeninge met iets anders vervang sal word. En sy het dalk 'n neseier, maar dis nie naastenby groot genoeg om net op die rente te kan leef nie.

"Dis oukei, Sjerien, los maar. Dis nie die moeite werd om ons koppe daaroor te breek nie."

"Hy het my 'n meid genoem, Doktor." Die stemmetjie wat van nature fynerig is, bewe.

'n Magtelose woede neem van haar besit. Sjerien verwys graag na haarself as 'n coloured van Barkly-Wes. Sy is trots daarop, dis deel van haar identiteit, sê sy. Sy is een van die maklikste mense wat Ayla ken om mee oor die weg te kom. Intelligent, vriendelik, behulpsaam en van nature vrolik. Hoe durf 'n miserabele verskoning van 'n man soos Visagie sy eie minderwaardigheidskompleks op iemand soos Sjerien uithaal? Maar woede gaan niks help nie. "Take it from whence it comes, Sjerien. Die lewe is vol varke. Dit sê alles van hom en niks van jou nie. Sy kierangs sal êrens braai."

"En hy het gesê ek moet – quote – vir daardie dik bus sê sy kan haar graad in haar dik gat druk – unquote. Dis wat my die kwaadste gemaak het, Doktor."

"From whence it comes, Sjerien," herhaal sy met 'n ligte sug.

"Ek kan hom blacklist. Aankla van rassisme."

"As dit jou beter sal laat voel, maar wat my betref, kan hy maar net in sy maai vlieg." Ayla glimlag suur toe sy weer opstaan en voor die venster gaan staan. Die jakarandas se blare, drie verdiepings ondertoe, lyk vars al het die lentereëns nog nie 'n opwagting gemaak nie. Die lug is ylblou en wolkloos.

Ja, Sjerien behoort hom aan te kla van rassisme. Maar waarvan kan die dik bus met die dik gat hom aankla?

Die visuele ingesteldheid van die manlike spesie en die mensdom se huidige siening van mooi en lelik, is bloot wreed verwoord deur 'n rassistiese idioot. Sy weet sy behoort haar nie daaraan te steur nie, maar dit maak tog seer. Kon sy nie maar in Rubens of Botticelli se tye geleef het nie? Eintlik enige tyd voor Twiggy – haar ma se ikoon toe dié nog 'n tiener was.

Anders as Nimue het Ayla nie 'n enkele atletiese geen by hulle pragtige, ratsvoetige ma beërwe nie. Wat sy wel geërf het, is haar ouma se neiging tot aknee, haar uitstaantande en 'n swaar onderlyf, al is haar bolyf "normaal". Aan die tande kon sy met verdrag iets doen, die aknee het mettertyd verdwyn, maar aan die onderlyf kon sy ondanks volgehoue pogings nie veel verander nie.

'n Beweging trek haar aandag. Die man wie se muwwe lig-

gaamsreuk nog in haar kantoor hang, stap van die kantoor-
blok se ingang af oor die straat. Die voertuig waarin hy klim, is
'n doodgewone Yaris en nie eens 'n nuwe een nie.

Miskien moes sy hom tog maar gewaarsku het teen sy
Monica. Die M en die n wat in die boonste en middelsone be-
hoorlik soos spiese gevorm is, is uitsonderlik en die gepunte
dele van die M in die onderste sone, gelukkig nog uitsonder-
liker. Dit dui op iemand wat in staat is tot uiterste geweld.

Bertie Visagie sal maar moet ligloop vir sy vermoedelik
smalheupige aanstaande.

Benoni
Jojo

"Ek moet bieg, ek het nog nie een van sy boeke gelees nie.
Ek verkies mos niefiksie." Irene staan met een van Joachim se
speurromans in haar hand toe Jojo haar haastig gepakte tas
die voorportaal binnesleep. Gelukkig is pak vir haar maklik
aangesien sy net kaftans dra. Na gelang van die seisoen ver-
skil net die soort lap en goed wat sy daaronder aantrek. Haar
handsak is altyd reg vir enige gebeurlikhede en haar skootre-
kenaar altyd op datum.

"Kom laat ons in die pad val." Hoe gouer hulle hier weg-
kom, hoe beter. En nie net omdat hulle 'n vlug het om te haal
nie. Die rooibaksteenhuis in die skadu van mynhope moet vir
Irene soos 'n krot lyk. Dis nie nodig dat sy ook raaksien hoe
gehawend die meubels is nie.

"En hou jy van loverboy se boeke?" bly Irene karring nadat
Jojo die verskeie deurslotte en die veiligheidsdeur gesluit en
die alarm aangeskakel het.

"Klim. Ons het nie heeldag tyd nie."

Jojo ry by die hek uit en hou stil om in die truspieël seker te
maak die veiligheidshek skuif behoorlik toe.

"O wee, o wee. Jojo hou nie van loverboy se krimi's nie,"
kom Irene tot min of meer die regte gevolgtrekking.

"Twak. Dis goed geskryf." Dis nie 'n leuen nie.

"En die stories? Is dit opwindend?"

Jojo draai by die hoofpad in. "Dit is."

"Nou wat staan jou dan nie aan nie?"

"Niks wat my nie aanstaan nie. Dis lekker boeke."

"Te veel seks? Te min? Growwe vloekwoorde?" probeer Irene weer.

Jojo snork net.

"Te veel sexy girls?"

"Kry nou end Irene, ek moet konsentreer."

"A! Almal perfek gebou met lang hare en groot boobs, neem ek aan."

Dis waar, maar dis nie al wat haar pla nie.

"En die mans? Soos Bond, James Bond? Smooth, suave, sexy, superslim en total charmers? Womanizers?"

"Inteendeel," glip dit uit.

"Wat dan?"

Jojo sug. "Hulle is wimps."

"O fok. En nou is jy bang Joachim is eintlik ook in sy siel der siele 'n wimp."

Partykeer kan sy regtig Valk se tweede vrou amper haat.

Pretoria
Ayla

Sy kry net eenvoudig nie gekonsentreer nie en dit terwyl die verslag oor 'n vervalste handtekening môreoggend by die prokureur wat haar genader het, ingelewer moet word.

Dis nie net die Visagie-vent wat haar gedagtes heeltyd aan die dwaal het nie. Irene se besoek het herinneringe aan Nimue weer na die oppervlak gestoot. En herinneringe aan haar ma. Vivien Venter wat vir drie jaar Vivien Hurter geword het voor sy weer haar nooiensvan teruggeneem het.

Haar dogters het egter Hurter gebly ná die kortstondige huwelik wat net lank genoeg gehou het dat Johan Hurter sy tweede vrou se kinders wettig kon aanneem. En toe uit hulle lewe verdwyn het – vermoedelik omdat hy dit nie meer by Vivien en haar beheptheid met ruimteskepe kon uithou nie.

Sou Vivien dalk 'n doodgewone vrou en ma kon gewees het

as ouma Marja nie oortuig was sy het in 1946 – nog voor die term bestaan het – 'n vlieënde piering gesien nie? Of as Vivien nie 'n praatjie bygewoon het van Elizabeth Klarer nie – die vrou wat in die 1950's al beweer het sy is weggevoer deur 'n ruimtetuig? Wat gesê het Akon, 'n man uit die ruimte, is die liefde van haar lewe. Dat sy aan Akon se seun geboorte geskenk het, maar die kind moes agterlaat op die planeet Meton, deel van die Alpha Centauri-sisteem.

Sy sal seker nooit weet nie. Sy weet net sy en Nimue is van jongs af bespot omdat Vivien 'n rondawel met vlieënde piering as dak op haar plot laat bou het om ruimtewesens te lok.

Dis wat haar laat besluit het om eerder Potch toe te gaan ná matriek. Die meeste van haar klasmaats is Tukkies toe. Nie dat dit toe gehelp het nie.

Nimue is nie universiteit toe nie. Sy het 'n sekretariële kursus voltooi en 'n baie lonende pos gekry as 'n persoonlike assistent vir een van die grootbase van 'n ingenieursfirma.

Ayla het nog in haar ma se stokou Golfie rondgery terwyl sy haar internskap voltooi, toe kon Nimue al haar eerste eie motor uit die boks koop. Terwyl Ayla in 'n opgeknapte buitekamer op 'n ou tannie se werf gebly het, het Nimue al haar eie woonstel gehuur en gemeubileer. Ayla se enigste inkomste, benewens beurse en lenings, was haar helfte van die bedrag wat hulle gekry het van die mense wat die huis op die plot gehuur het.

Dis omdat Nimue haar hart vir Liewe Jesus gegee het dat alles so voor die wind gaan met haar, moes Ayla ad nauseam hoor vandat Nimue in matriek bekeer is. Wat moontlik so is, maar die kat wat Nimue en haar baas sommer gou al in die donker geknyp het, het sekerlik bygedra. En toe die kat so hard begin skree dat die baas se vrou daarvan te hore kom, moes Ayla help om Nimue se stukkende hart te probeer heelmaak. Want die baas het, voorspelbaar genoeg, sy huwelik belangriker geag as die knypies in die donker.

Nimue het egter kort daarna nog 'n toppos losgeslaan. Liewe Jesus het die eer gekry, maar Ayla vermoed Nimue se perfekte lyf, haar diepblou oë, blonde haredos en die manier waarop sy haar wimpers kon fladder, het daartoe bygedra.

Teen die tyd dat Ayla haar doktorsgraad voltooi en van Potch af teruggetrek het na die plot by Hartbeespoortdam, het Nimue se geskiedenis hom herhaal. Dié keer het sy nie so gou weer reggekom met werk nie en toe Ayla haar oë uitvee, het Nimue by haar ingetrek.

Enkele weke daarna het sy die Naweek van Gebed op 'n kleinhoewe aan die ander kant van die damwal bygewoon en daar vir Diana Krause ontmoet.

As Irene Richter maar weet hoeveel keer sy Diana verwens het. Nimue was erg genoeg op haar eie, maar nadat sy Diana ontmoet het, was dit asof sy sanksie gekry het vir haar oortuigings. Maar Irene deel waarskynlik haar wrokkigheid, want die teenoorgestelde is seker ook waar. En Irene ken nie eens die werklike storie agter die rondawel met die pieringdak nie.

Maar wie en wat Nimue ook al is, besef Ayla met 'n swaar, bang gevoel in haar, sy moet haar laat opspoor en haar waarsku. Enigiemand wat die hedendaagse Diana verkeerd opvryf, kan in lewensgevaar verkeer.

Vier

Dit voel vreemd om met soveel oorgawe vasgedruk te word ten aanskoue van jou eksman en sy vrou. Jojo weet nie waar om te kyk toe Joachim haar uiteindelik laat gaan nie. Gelukkig steur Valk en Irene hulle klaarblyklik nie aan Joachim se vreugde om haar weer te sien nie. Hulle staan eenkant en praat, albei met fronse op die gesig.

"Dis die beste nuus en grootste verrassing wat ek in 'n lang ruk gekry het toe Valk my bel en sê jy is op pad hierheen, Jojo." Joachim se stem is skoon heserig.

"Dis lekker om jou weer te sien, Joachim." Daardie grysblou oë van hom en die blydskap wat daaruit straal, is inderdaad salf vir haar onseker gemoed. "Jammer dit het so holderstebolder gebeur, maar jy ken vir Irene."

Irene draai na hulle kant toe. "Ja, toe, hou op skinder van my. Onthou net Jojo is hier om te werk, Joachim."

Hoe de hel het dít gebeur? wonder Jojo toe dit finaal tot haar deurdring dat sy waaragtig al weer deur Irene in 'n ding ingesleep is. Sy moet haar kop laat lees.

Irene was stil gedurende die vlug – merendeels die verslag van die grafoloog gesit en lees en daarna gewag dat Jojo dieselfde doen. Jojo het ook weer Diana se briewe gelees.

Sy kan goed verstaan waarom Irene ontsteld is. Dit gaan sit nie in mens se klere om te hoor jou suster het 'n sielkundige probleem en wil "Skuldiges" laat boet nie.

Eers gedurende die rit Bientangsbaai toe, het Irene haar vertel wat sy van Ayla Hurter en dié se suster en ma weet. Klink asof daar 'n paar groterige skroewe los is.

"Kom ons gaan sit sommer op jou kothuis se stoepie sodat Valk ons op datum kan bring," onderbreek Irene haar gedagtes. "Jy kan daarna insettle, oukei?" Irene wag nie vir 'n antwoord nie, stap net met haar lang treë na die rietdakhuisie agter Joachim se huis waar Jojo nou al soveel keer oorgebly het.

"Hallo, Jojo. Ek het die bakkie vir jou gebring wat jy laas ook gebruik het. Dis in Joachim se garage. Hy het die sleutels." Valk lyk ingedagte toe hy haar 'n wangsoen gee voor hy met haar tas in sy hand agter Irene aanstap.

Gelukkig lyk dit asof dinge tussen hom en Irene weer klopdisselboom verloop. Daar is ook geen teken van die jaloesie wat Valk laas jaar laat blyk het oor haar en Joachim se groeiende vriendskap nie.

Joachim trek haar weer nader en soen haar talmend. Sy is effens lam in die bene toe hy sy arm om haar skouers slaan en saam met haar tot by die kothuis se stoepie stap waar Irene en Valk al sit. "Praat julle prate. SMS my wanneer julle klaar is. Ek sal die bakkie se sleutels saambring." Nog 'n soen land op haar kroontjie.

"Net vriende, nê?" grinnik Irene toe Joachim om die hoek verdwyn.

Jojo gee haar net 'n kyk.

"Valk sê hulle het toe iemand opgespoor wat 'n vrou op die kranspad gesien het. Op rolskaatse. En toe hulle dit hoor, kon hulle vars tekens sien dat iemand met rolskaatse naby 'n gaping gestaan het waarvandaan die regter sigbaar sou wees. Op die oog af is dit die enigste plek van waar die boogskutter sou kon skiet."

"Rolskaatse? Wie het haar gesien?" vra Jojo al het sy eintlik niks met die hele moordgedoente uit te waai nie. Nee, sy word mos na vlieënde pierings gedelegeer.

"Strach Serfontein, 'n dermatoloog hier in Bientangsbaai." Valk leun terug in sy stoel. "Hy woon al die afgelope vyf jaar hier. Het een van daardie huise reg op die see in die Whale Haven-ontwikkeling. Op die oog af is hy 'n betroubare getuie. Hy het met die kranspad langs gedraf toe die vrou byna in hom vasgeskaats het. Serfontein moes eers sy afsprake skuif, maar hy het onderneem om later vanmiddag sy amptelike verklaring by die speurders af te lê."

Irene gee 'n snork. "Watse soort ouers saal hulle seunskind op met 'n naam soos Strach?"

"Dis 'n afkorting vir Strachan. Sy ouma aan vaderskant se nooiensvan en ook sy pa se naam."

"Newwermaaind. Wat het hy nog te sê gehad?"

Valk kyk Irene met 'n frons aan. "Irene, dis nie ons saak nie. Op die oomblik weet ek net wat aangaan omdat kaptein Bosman meer wou hoor van die regter se agtergrond. Hy weet ons was betrokke by die Swiegelaar-sage en dat dit deel was van Malan se loopbaan."

"Nou maar sê vir ons wat jy gehoor het. Dit bly mos net tussen ons. En ons het mos nou al die afgelope jare 'n paar raaisels tussen die drie van ons uitgefigure."

"In ruil daarvoor dat jy en Jojo julle hier uithou?"

"Vanselfsprekend."

Valk lyk nog vertwyfeld, maar gee tog bes. "Een van die goed wat Serfontein glo gesê het, is dat die vrou met die eerste oogopslag soos 'n alien gelyk het. Dis nou soos sogenaamde aliens dikwels in sketse uitgebeeld word. Die groot, amandelvormige oë sonder pupille, die styfpassende, effens glimmende klere."

Jojo weet sy moenie nou na Irene kyk nie, maar haar hart slaan 'n paar slae oor.

"Dis nou tot hy besef het sy het 'n sportsonbril gedra en dat dit dalk maar net die soort klere is wat rolskaatsers dra vir vaartbelyndheid – soos mens spesiale fietsryklere ook kry. Sy het hoeka ook 'n valhelm gedra wat nes fietsryers s'n lyk."

"Hoe seker is hulle hierdie Strach-vent het nie self 'n vinger in die paai nie?" Irene klink verstommend kalm.

"Daar is geen rede om te vermoed hy was betrokke by die moord nie. Skoon rekord, behalwe vir 'n insident in sy jeug, en sedertdien 'n upstanding citizen. Baie gerespekteer as dermatoloog. En hoekom sou hy as getuie na vore kom as hy iets met die moord te doen het?"

"Miskien om verkeerde inligting te gee? Die polisie op 'n dwaalspoor te plaas? Uit te vind of iemand hóm gesien het?"

"Nee wat, ek glo nie. Maar soos ek gesê het, ons laat dit aan die polisie oor om die ondersoek te doen."

Toe Jojo weer na Valk kyk, besef sy hy sit oopoë vir hulle en lieg. Hy het reeds verklap hy het self met Serfontein gepraat, dis hoe hy weet waar sy noemnaam vandaan kom. Valk is klaar betrokke, maar hy wil nie hê Irene moet weet of ook betrokke raak nie.

Hy weet immers hoe passievol sy daaroor was dat Hugo Swiegelaar moes boet. Al kon dit nie wees vir sy aandadigheid aan Amanda se selfdood en die vernietigende invloed wat dit op Diana gehad het nie, wou Irene seker maak Swiegelaar boet ten minste vir die moord op sy pa. En toe lyk dit waaragtig asof Frederik Malan hom met daardie moord gaan laat wegkom.

As Valk van Diana se brief of Irene se vermoedens en vrese oor haar suster geweet het, sou hy egter nog groter rede vir kommer gehad het.

Sou Valk se betrokkenheid in sy persoonlike hoedanigheid wees, of as deel van daardie geheimsinnige groep waaraan hy en Irene behoort? 'n Groep wat bestaan uit oud-Dienslede sowel as 'n verskeidenheid kundiges wat in hulle vrye tyd ondersoek instel na onopgeloste sake. En ook na sake wat oënskynlik opgelos is, maar waar daar moontlik ongerymdhede was.

"Enige teorieë?" Irene laat haar nie sommer stilmaak nie.

Valk gaan binnekort sonder asem wees as hy so aanhoudend sug. "Dao Sakda, die Thaise meisie, het dalk 'n kêrel of 'n familielid wat eksepsie kon geneem het oor haar verhouding met die regter."

Net Valk wat nog van 'n kêrel sal praat. En ook net hy wat sal verwys na – wat ook al tussen die meisie en die regter aan die gang was – as 'n verhouding.

"Of regter Malan se vrou het moeg geraak vir haar man se indiskresies en iemand gehuur – wat werklik baie onwaarskynlik is. Of daar was dalk 'n ander jaloerse minnares, wat nog onwaarskynliker is."

"Maar dit lyk my die teorieë neig eerder na iemand wat sy bekwaamheid as regter in twyfel getrek het. Moontlik het dit met sy laaste saak te doen – die Bouwer-saak wat hy uitgegooi het. Iemand kan kwaad wees dat Bouwer skotvry daarvan afgekom het. Of omdat regter Malan toe nie ondersoek is en sy uitspraak nie in die appèlhof getoets is nie. Dit klink vir my persoonlik na die sterkste motief, gegewe die omstandighede."

Jojo steek haastig 'n sigaret aan sodat sy vir niemand hoef te kyk nie. Irene sal vir Valk van daardie ellendige brief moet vertel. Van Diana wat Amanda wil wreek, al is Swiegelaar nou saliger.

Diana se woorde pas darem net te netjies by Valk se teorie in. Diana het immers direk verwys na "mense wat die Skuldiges met hulle sondes laat wegkom". En die Einstein-aanhaling is ook net te in die kol.

Bouwer se vrou of een van haar familie kon natuurlik reg in eie hande geneem het, maar hoekom dan nie eerder vir Bouwer uithaal nie? Die regter se dood baat Selma Bouwer immer niks. Hoe dit ook al sy, sy en Irene maak hulle waarskynlik skuldig aan regsverydeling deur stil te bly oor Diana se brief. Dis egter Irene wat met die mandjie patats vorendag sal moet kom aangesien sy stilswye op haar lakei afgeforseer het.

Irene snork. "Met ander woorde, die polisie het vergesogte teorieë, maar weet eintlik fokkol. Wat gaan van die Thaise vroumens word?"

"Ons probeer 'n tolk in die hande kry. Haar visum verstryk oor 'n paar dae. Sy het die regter in Thailand ontmoet en hy het haar vir twee weke hierheen genooi. Dit is die eerste keer wat sy in Suid-Afrika kom. En dis al wat hulle nog kon wys word. Ons kan haar nie keer om terug te gaan nie. Dit klink asof sy gesien het toe die pyle hom tref, maar verder niks weet nie."

"H'm. Ek sê weer, kyk 'n bietjie dieper in daardie Serfontein-man se persoonlike sake. By the way, Jojo sê my sy het navorsing gedoen oor handskrifontleding en 'n interessante grafoloog ontmoet."

Jojo laat val amper haar sigaret. Waarheen foeter Irene nou? En hoekom is sy skielik die een wat die grafoloog ontmoet het?

Irene glimlag engelagtig vir haar. "Dis toe wraggies Ayla Hurter. Sy het mos een keer vir jou gehelp met 'n testament waarmee daar gelol is, Valk. Miskien moet ons Serfontein se handskrif grafologies laat ontleed."

Valk frons. "Om wat mee te maak?"

"Jojo sê Ayla het 'n ongelooflike vermoë om 'n mens se persoonlikheid uit jou handskrif af te lei en op te som."

Valk grinnik. "Miskien werk jy deesdae te veel met skrywers se verbeeldingsvlugte, Jojo?"

Praat van patroniserend. En dit terwyl sy verdomp onskuldig is. "Dit kan sekerlik nie kwaad doen nie, Valk," speel sy maar noodgedwonge saam. "Kry 'n voorbeeld van sy handskrif, dan kyk ons wat kom daarvan."

"Maar hy moenie weet ontleding is die rede daaragter nie, anders verander hy dalk sy skrif. En Jojo sê Ayla verkies die oorspronklike skrywe, nie 'n kopie nie." Irene lyk so onskuldig soos 'n lam.

Valk klik sy tong ergerlik. "Met ander woorde, ek stap na Serfontein toe en sê, hei, skryf vir my gou iets in ink op papier, maar moenie vra hoekom nie?"

"Valk! Jy kan darem seker 'n bietjie oorspronkliker as dit wees." Irene weet net hoe om haar man met 'n glimlaggie te manipuleer.

Jojo dink 'n oomblik na. "Vra hom om die beskrywing van die vrou op rolskaatse met die hand uit te skryf en ook om sover moontlik te beskryf wat daar gebeur het. Sê vir hom daar is bewys dat handgeskrewe verklarings die geheue beter aanwakker as dié wat uitgetik of afgeneem word."

Valk se wenkbroue wip. "En wie het dit nogal wanneer bewys?"

"Hulle bewys deesdae duisende goed elke dag. Ek is seker iemand het dit al êrens bewys." Jojo druk haar sigaret dood.

Valk sug. "Jy, Jojo, lieg jou teen 'n stink spoed die hel in en nou wil jy my deel maak daarvan."

"Alle mense lieg, Valk. Om sosiaal aanvaarbaar te wees en die ratte van die samelewing geolie te hou. As ek agter die waarheid wil kom in my ondersoeke, kan ek nie altyd die waarheid vertel nie. Dis die intensie agter die leuen wat tel, nie die leuen self nie.

"In hierdie geval probeer ons nie die man kwaad aandoen nie. As hy onskuldig is, sal hy hom sekerlik nie op grond van sy handskrif kan inkrimineer nie." Sedert verlede jaar dink sy baie aan eerlikheid en leuens in haar beroep. Daaroor opgelees ook, juis omdat dit haar gehinder het dat sy in die Hugo Swiegelaarsaak so vir Zaan Mentz gelieg het. En nou sit sy en Irene saamsaam en lieg, en dwarsboom boonop moontlik die gereg. En die intensie? Om Irene se suster te probeer beskerm. Seker 'n goeie bedoeling, maar net as die suster werklik onskuldig is.

Sou Irene nou met hierdie wilde plan kom om Ayla Hurter se bekwaamheid te toets? Want as Ayla 'n fout maak met hierdie Serfontein-man se skrif, hoef Irene nie te glo dat Diana aan 'n persoonlikheidsversteuring ly nie. Of sal dit haar net pas as Serfontein onder verdenking kom om haar kans te gee om Diana op te spoor voor die UFO-groep dalk ter sprake kom?

"Dis 'n mors van tyd en geld, maar ek sal met kaptein Bosman praat. As hy nie beswaar het nie, sal ek kyk of ek 'n voorbeeld van Serfontein se handskrif kan kry. Maar die ontleding sal vir ons rekening wees, nè. Ás ons toestemming kry." Valk druk met sy kneukels op die stoeptafel en kom orent. "Een ding moet julle net baie mooi verstaan. Jy, Jojo, hou jou by die UFO-groep as dit jou behaag – wat jou redes ook al is. Jy het laas uitgevind die groep is onskadelik, dus weet ek nie waarom jy verder daarin belangstel nie. Ek neem aan dis navorsing vir een van jou skrywers. Jy meng egter nié in met die regter se dinge nie.

"En Irene, ek sal jou op hoogte hou waar ek kan, maar ek herhaal: Met hierdie een sit jy uit. Heeltemal." Hy hou sy hand in die lug toe Irene begin protesteer. "Dis die voorwaarde, anders los ek alles net so. Jy gaan nie jou neus insteek in enigiets wat met Hugo Swiegelaar te doen het nie. Jy is te emosioneel daaroor. En dis finaal."

As oë-rol 'n Olimpiese sportsoort was, het Irene die goue medalje gekry.

Dink Valk regtig sy gaan gehoorsaam? Pleks sy Irene dadelik na haar peetjie gestuur het. Maar nou het sy nie en sy lieg dalk dikwels, maar haar woord is haar eer en sy was dom genoeg om Irene haar woord te gee. Vrydag kan nie gou genoeg kom nie.

Schoemansville
Ayla

Meesal ry sy verby Melodie sonder om te dink aan die hoewe waar sy en Nimue – soos hulle ma – gebore en getoë is. Vandag sien sy egter weer in die verte die meenthuisontwikkeling, 'n klipgooi van Hartbeespoortdam af, wat die plek ingeneem het van die plaashuisie en die vlieënde piering wat 'n ent daarvandaan gestaan het.

Sy het die twee hektaar grond wat voorheen 'n maplottereiendom was teen 'n yslike bedrag aan 'n ontwikkelaar verkoop. Genoeg om 'n verwaarloosde huis met 'n weidse uitsig oor die dam te kon koop en laat opknap. Daar was selfs genoeg oor vir 'n stewige neseier. En dis benewens Nimue se deel. Daarvan het Ayla die grootste gedeelte namens Nimue vas belê omdat sy bang was sy skenk die hele kaboedel aan die End-of-Days-groep.

Nimue was woedend, maar Ayla het vasgeskop. Die res het sy wel in Nimue se rekening oorgeplaas en aanbeveel dat sy dit verantwoordelik belê. Dit was kort voor sy die laaste keer van Nimue gehoor het. Toe die volgende bankstaat opdaag, het Ayla die koevert oopgemaak en gesien die rekening is leeggetrek en gesluit. Wat sy met die geld aangevang het, weet net Nimue.

'n Paar kilometer verder, 'n entjie voor die damwal, draai Ayla links in die dienspaadjie wat vier erwe bedien. Ná 'n tweede inbraak was sy genoodsaak om die eiendom met hoë mure en 'n sekuriteitshek te laat beveilig.

Gelukkig lê die huis hoog genoeg teen die berg dat die beveiliging nie haar uitsig bederf nie. Drie terrasse en ses en dertig trappe bring haar net tot by die voordeur, en die huis is ook op verskillende vlakke gebou.

In die begin het haar kuite gebrand en haar asem gejaag wanneer sy bo kom, maar sy het die trappe gewoond geraak en ook geleidelik vir haar oefenapparaat aangeskaf. 'n Fiets wat nêrens heen gaan nie, 'n roeimasjien en 'n paar ander. Bertie Visagie kan haar maar 'n dikgat noem, maar ondanks haar gebrek aan atletiese gene is sy so fiks en ferm as wat iemand met 'n dik agterstewe kan wees.

Ayla skakel die alarm af en sluit die glasvoordeur oop. Die geur van grasdak, en nog vaagweg van die winter se kaggelvure, verwelkom haar saam met Griet se fyn miaaugeluidjies.

Sy maak eers die deur na die binnehof met sy varingtuin en potte vol affodille, irisse en freesias ook oop en asem die lentegeure diep in.

Die voorstoep se uitsig op die seiljagklub is voortreflik, maar die subtropiese agtertuin met die swembad aan die ander kant van die binnehof verskaf haar net soveel plesier.

In die ruim kombuis kry sy Griet se kos uit die yskas en skep vir haar in. Die wit Persiese kat pik met haar plat snoet en al soos gewoonlik eers die sappigste deeltjies uit.

Die lys benodighede wat Joyce oudergewoonte Maandae vir haar onder 'n magneet teen die yskas gelos het, bêre sy in haar beursie. Sy sien haar huishulp feitlik nooit nie. Soggens ry sy reeds voor Joyce uit haar woonstel bo die motorhuis kom en smiddae is sy reeds weg. Manfred, Joyce se boyfriend, kom twee maal 'n week in om na die tuin om te sien. Dié sien sy letterlik nooit nie, los net vir hom lysies oor take waaraan sy wil hê hy moet aandag gee. Dis asof onsigbare hande die nodige doen om haar lewe makliker te maak.

Ayla kry vir haar 'n botteltjie water uit die yskas en gaan

staan voor die kombuisvenster wat 'n panorama bied oor die dam en, aan die oorkant, Pecanwood en die ander gholfont-wikkelings.

Sy was bitter gelukkig om die huis te kry teen 'n prys wat sy kon bekostig. Dit was waarskynlik te wyte aan die grasdak wat vervang moes word en die elektriese bedrading en lood-gieterswerk wat sy moes laat oordoen. Daar was heelwat an-der opknappingswerk ook. Die swembad en visdam het gelek en die tuin was verwaarloos. En natuurlik het die baie trappe kopers ook afgeskrik.

Dit het twee jaar se ongerief en heelwat geld gekos, maar elke sent wat sy hier bestee het, elke oomblik van aanvank-like ongerief was die moeite werd. Saans wanneer sy tuiskom, voel dit of die huis haar omhels en 'n drukkie gee.

Sy hou nie daarvan om weg te gaan nie. Nie eens met vakansie nie. Sy neem gewoonlik twee tot drie weke verlof oor Desember, maar sy bring dit hier deur. Maak haar huis en tuin nog mooier. Neem Joyce en Manfred se take oor terwyl dié hulle onderskeie families besoek. Swem en lees en luister musiek. Oefen op haar masjiene. Hou die seiljagregattas dop van die voorstoep af. Wat meer wil sy hê?

Hier weet sy wie sy is. Nie 'n menssku bondel senuwees voor 'n klas, of 'n soort ghoeroe wat met 'n verbale towerstaf moet probeer regmaak wat in ander mense se lewe verkeerd geloop het nie. Dankie tog, daardie dae is verby. Die handskrif-ontleding in welke vorm ook al, pas haar soos 'n handskoen al is dit nie naastenby so winsgewend nie.

Voor sy haar ware talent ontdek en besef het sy kan haar afsonder in 'n kantoor met 'n rekenaar en 'n klein laborato-rium langsaan, was haar lewe suiwer hel.

Die jaar wat sy as kliniese sielkundige deel van 'n praktyk was, was 'n ramp. Amper nog erger as haar internskap by die Witrand Psigiatriese Hospitaal en die jaar gemeenskapsdiens. Die intieme situasie tussen sielkundige en kliënt was vir haar kloustrofobies. Die paar jaar wat sy by die universiteit klas ge-gee het, was eweneens een lang nagmerrie. Elke oomblik wat sy voor 'n klas gestaan het, was vir haar skreiend.

Nou is haar lewe so na as wat kan kom aan perfek.

Of dit was tot die koerier Diana se briewe by haar afgelewer en daarmee 'n deur na die verlede oopgegooi het.

Sy weet sy het min afsprake vir die volgende week. Sy kan die paar wat daar is seker skuif en self na Nimue gaan soek, maar sy sal nie eens weet waar en hoe om te begin nie. Sy sal eerder kyk of sy iemand kan kry wat weet wat hulle doen. Dié hoef net vir Nimue die boodskap te gee dat sy haar suster dringend moet kontak. Of Nimue dit sal doen, is 'n ander saak, maar dan het sy minstens probeer.

Miskien oorreageer sy in elk geval. Miskien het sy te veel in Diana se skrif ingelees. Miskien hou daardie briefie glad nie verband met die regter se moord nie. Maar selfs 'n suster wat meer verdriet as vreugde verskaf het, moet darem attent gemaak word op moontlike gevaar.

Van die heel eerste dag af het Nimue haar nog altyd onkant betrap. Sy kan nie onthou dat haar ma Nimue verwag het nie. Sy was vier jaar oud toe daar ewe skielik net 'n baba in die huis opgedaag het nadat haar ma en ouma een aand in die vlieënde piering verdwyn het.

Ouma Marja was haar lewe lank 'n vroedvrou, dus is dit nie vreemd dat Vivien haar twee babas tuis wou kry nie, maar waarom in die vlieënde piering? Dis 'n vraag wat haar as kind gepla het. Op 'n dag het haar ma verduidelik dat hulle albei in die pieringrondawel verwek is en sy hulle daarom ook daar in die wêreld wou bring.

Later het haar ma meer daaroor te sê gehad.

Tot Ayla se spyt.

Bientangsbaai
Jojo

"Dan is jy regtig hier om te werk?" Joachim lyk soos 'n hond wat 'n skop gekry het. En dit nadat hy vir hulle slaaie en wyn aangedra en hier op haar stoepie kom kabeljou braai het. Nogal met patats daarby.

"Jammer, Joachim, maar ek is. En ek is ook doodmoeg ná

hierdie deurmekaar dag. Ek wil nou eers alles waaroor ek en Irene-hulle gepraat het op rekord kry voor ek gaan stort en dan wil ek in die bed kom."

"En jy gaan weer nie vir my sê waaraan jy werk nie?"

"Ek kan nie." Selfs al kon sy, sou sy nie vir hom gesê het sy hardloop agter mense aan wat in vlieënde pierings glo nie. Dit klink darem waaragtig te bisar.

Gelukkig was daar heelwat ander dinge waaroor hulle wel kon gesels so tussen die braai en etery deur. Merendeels oor Jojo se navorsing vir Kevin Ryan en 'n nuwe skrywer wat haar genader het. Sy het doelbewus wye draaie om hulle persoonlike sake geloop.

"Goed, ek verstaan, maar gaan ek en jy darem kans kry om oor óns te praat, Jojo? Oor …"

"Net nie vanaand nie, Joachim. Ek is regtig moeg." Dis nie 'n leuen nie, maar sy weet nie of sy ooit die krag gaan hê om te praat oor waarheen hulle verhouding op pad is nie. Laas het sy haar byna uit haar bloedgroep geskrik toe hy haar gevra het om te trou. Op haar aandrang het hulle besluit om net vriende te bly en dis hoe sy dit wil hou. Maar sy weet dis onregverdig teenoor hom.

"Jojo, ons word nie jonger nie. Maar goed, rus vanaand lekker uit en dan kyk ons wat môre oplewer. Ek sal die char stuur om hier te kom opruim. Sy kom Dinsdae in. Los alles net so."

"Dankie, Joachim."

Sy nagsêsoen is nog passievoller as gewoonlik en haar hele lyf is in oproer toe hy haar laat gaan. Tog kan sy net eenvoudig nie die laaste hekkie oor nie. Sal sy ooit die moed hê om daardie sprong te waag? Sy weet nie. Sy weet net sy skaats op baie gladde ys. Joachim is 'n jintelman en hy mag drie en sestig wees, maar hy bly 'n man. Een met behoeftes. Behoeftes wat sy nie vir ewig sal kan pypkan as sy Joachim in haar lewe wil behou nie.

"Nag, Jojo. Lekker slaap." Sy stem nog rasperiger as gewoonlik, sy pupille groot en blink.

"Nag, Joachim. Jy ook."

Sy voetstappe klink eers op nadat sy die deur gesluit het.

Daar is ineens 'n knop in haar keel en 'n branderigheid in haar oë.

Hoe kan sy toelaat dat haar pieperige selfbeeld haar en Joachim van mekaar vervreem? Tot onlangs toe het sy saam met die mense wat haar ken, geglo sy is 'n grootbek met 'n oormaat van selfvertroue. Iemand wat die wêreld in die oë kyk al het die dobbelsteen nou nie juis perfek vir haar geval nie.

En toe kom Zaan in haar wentelbaan en sy besef sy het in haar diepste dieptes nog steeds 'n minderwaardigheidskompleks van formaat. Besef sy sal nooit ontkom aan waar sy vandaan kom nie. Soos Zaan, het sy gedink – tot sy nou die dag van Zaan gehoor het.

Jojo kry Tabby4 uit haar handsak. Cara, voorheen 'n kliënt en nou 'n wonderlike vriendin, het haar al weer Kersfees met 'n nuwe tablet bederf. Sy rol na die deeltjie in Zaan se laaste e-pos wat haar so diep getref het.

> Ek het besef ek is my eie paaiboelie, Jojo. Dis die paaiboelie binne-in my wat my oortuig het ek is nie goed genoeg nie en sal nooit wees nie – wat my te bang gemaak het om uit te vind wie ek werklik is.
>
> Die afgelope jaar het ek hard daaraan gewerk om Antjie Somers padaf te stuur.

Die woorde vervaag en Jojo vee oor haar wange. Dié is waaragtig nat. Zaan Mentz het meer moed in haar middel veertigs aan die dag gelê as Jojo Richter wat op amper een en sestig nog met issues en Antjie Somerse sit en nie weet hoe om wat ook al daaraan te begin doen nie.

Wel, selfbejammering gaan sekerlik nie die wa deur die drif trek nie.

Jojo kry haar skootrekenaar uit en maak haar lêer oor die UFO-groep oop. Werk is die antwoord, al is die vraag ietwat duister.

Vyf

Haar oë voel geswel en branderig toe sy skuins voor ses weer die skootrekenaar oopmaak. Sy het darem so ses ure se slaap ingekry, maar 'n goeie nagrus was dit nie. Drome het haar kop geteister en oumenspyne haar lyf.

Sy tik Baardskeerdersbos in die soekvenster en gaan na Google Earth.

Die piepklein dorpie, net so oor die sestig kilometer van hier af en pragtig geleë in die berge, het haar verras toe sy laas daar gaan uitvis het.

Die man wat haar van die UFO-groep vertel het, het by die kroeggedeelte van die restaurantjie gesit toe hy hoor sy doen navraag by die eienares, wat net te besig was om behoorlik na Jojo te luister terwyl sy middagete bedien. Hy was nie heeltemal beskonke nie, maar die glas brandewyn en Coke wat hy in sy groot, skurwe hande gekoester het, was nie sy eerste nie.

Hy het aangebied om vir Jojo 'n dop te koop terwyl hy wag om na 'n tafel geroep te word vir sy middagete. Gesê hy weet

nie veel nie, maar die mense van die sogenaamde retreat is sy
klante.

Jojo gaan na die opname van hulle gesprek wat sy in die
UFO-lêer op haar rekenaar oorgelaai het en klik daarop. Daar-
na roep sy weer die Chrome-bladsy op en trek haar muis oor
die Google-kaart terwyl sy luister.

"In die vallei hier anderkant. Daar waar die Uilenskraal-
rivier sy loop loop. Of is dit nou die Waboomsrivier? Gits, ek
onthou nou nie so mooi nie. Maar dis in daardie vallei aan die
voet van die Akkedisberge waar die spul vroumense nou al
jare so stil-stil hulle gang gaan. Pla niemand nie en wil deur
niemand gepla word nie.

"Hulle koop groente en eiers direk by my en suiwelprodukte
by die kaasplasie anderkant Salmonsdam. Vis in Perlemoen-
baai. By die meisiekind wat minder gereeld kom, die een wat
bietjie vriendeliker is as die ander een, vir die eerste keer die
woord pescetariër gehoor. Hulle glo rooivleis maak mense ag-
gressief en hoenders word mishandel, daarom eet hulle net vis
pleks van vleis.

"Ook net agtergekom hulle glo in vlieënde pierings omdat
een van my werkers, nou al saliger, gesê het hy het jare gelede
help bou aan 'n rondawel op hulle plasie. 'n Dak in die vorm
van 'n vlieënde piering. Later het hy by bouers gehoor daar is
nog rondawels gebou, maar toe het hy al permanent by my
gewerk.

"Ek het die vriendeliker meisiekind eenkeer gevra oor die
pieringdakhuis. Sy het gesê hulle wag vir die moederskip om
hulle te kom haal. Dat hulle weggeneem gaan word na 'n son-
delose planeet omdat die aarde 'n onheilsnes is en die mens dit
so gemaak het. Hulle gaan 'n nuwe begin maak. Sy het ook iets
genoem van die aarde wat soos Australië is. Iets van 'n strafko-
lonie van 'n ander sterrestelsel of so iets. Maar dit het ek nie
mooi gevolg nie. Daarna het sy nooit weer daaroor gepraat nie
en ek wou nie vra nie. Wil nie met 'n goeie customer karring
nie. Hulle doen niemand skade nie. Dis 'n vry land, elkeen mag
glo wat hy of sy wil glo al is dit ..."

"Oom Kallie, jou kos is op die tafel." Dis 'n vrou se stem wat hom in die rede geval het, een van die meisies wat kos help aandra het. En dit was die einde van die gesprek. Kallie was honger.

Sy wou hom nog vra wat die vriendeliker een se naam is en hoe sy lyk, maar dit sou in die omstandighede opdringerig en selfs verdag geklink het.

Irene het geluister terwyl Jojo verslag doen, maar nie veel te sê gehad nie. Jojo het afgelei sy was tevrede omdat dit nie geklink het asof daar iets ongerymds is nie. Dis nou behalwe die moederskipding en dat die aarde 'n strafkolonie is, maar soos Kallie gesê het, dis hulle goeie reg om te glo wat hulle wil.

Eintlik is dit nogal jammer daar is nie 'n sondelose planeet waarheen mens kan uitwyk nie. Sy sou self nie omgegee het om daarheen te ontsnap nie. Solank daar net nie rookwette is nie.

En soms voel dit inderdaad asof planeet Aarde hoofsaaklik deur skelms en geweldenaars bewoon word. Miskien hét een of ander planeet sy misdadigers hier kom dump en gesê: Toe, sien kom klaar. Ja, en miskien bestaan Krismisvader. Die feit bly staan, die groep wat glo die moederskip kom hulle haal, bestaan wel.

Sy het nie eens vir Irene gevra waar sy die eerste keer van hulle gehoor het nie. Sy wou by die huis kom en met Kevin se navorsing klaarmaak. Ook 'n bietjie van Joachim af vlug.

Jojo fokus weer op die Google-kaart in satellietformaat en volg die loop van die Uilenskraalrivier. Sy spoor ook die Waboomsrivier op. Soek heen en weer tussen die twee. Maak die kaart groter telkens as sy iets sien wat soos 'n huis of geboue lyk. Daar is 'n magdom plase. Ook 'n hele klomp privaat natuurreservate, retreats en venues.

Net toe sy die muis weer in 'n ander rigting sleep, trek iets haar aandag. 'n Klompie spikkels, sommige groter as ander, in 'n eienaardige vorm. Sy vergroot die area, en vergroot dit toe weer tot dit haar hele skerm vul.

Sy eien een groot driehoekige gebou. 'n Groot ronde kol krul om die boonste punt daarvan en bokant die kol is nog drie losstaande kolle van medium grootte. Langs die lang sye van die driehoek af is drie kleiner kolle teen die buitekant van die linkersy en ook drie teen die buitekant van die regtersy.

Dus tien ronde geboue om een groot driehoekige een gerangskik.

Sy neem 'n skermgreep van die beeldmateriaal en stoor dit in jpeg-formaat. Op 'n nuwe dokument plak sy die URL asook die koördinate en 'n kopie van die foto. Sy stoor die dokument as Pieringplek? in die UFO-groep se lêer.

Sou Valk toegang hê tot Irene se e-pos? Sy kan nie die kans waag om die foto te stuur voor sy seker gemaak het nie. Net voor hulle gister by Joachim se huis stilgehou het, het Irene haar dit vir die soveelste keer op die hart gedruk dat alles wat Jojo uitvind net aan haar gerapporteer moet word.

Dus kan sy ook nie waag om Joachim te vra om die foto uit te druk nie. Maar sy is mos in diens van Irene, magtig. *Het drukker nodig vir goeie kwaliteit kleurfoto's*, sms sy.

Haar foon lui feitlik onmiddellik. "Iets gekry?"

"Môre, Irene."

"Ja, hallo. Het jy?"

"Ek is nie seker nie. Is jou e-pos veilig?"

"Moet liefs nie stuur nie. Valk gebruik soms my groot PC en dis 'n gmail-adres, dus wys my pos op al my toestelle. Ons het gewoonlik niks om vir mekaar weg te steek nie. In die vervolg sal jy 'n alternatiewe adres moet gebruik. Sal een skep om net op my skootrekenaar te gebruik. Sodra die winkels in Bientangsbaai oopmaak, koop ek 'n drukker en ink en bring dit vir jou. Dan wys jy my sommer wat jy gekry het."

"Oukei, maar ek wou eintlik binnekort gery het."

"Waarheen?"

"'n Plek wat ek op Google Maps raakgesien het. Sal jou wys."

"Wag vir my. 'n Uur hierdie kant toe of daardie kant toe sal mos nie saak maak nie."

Seker nie, maar Irene kon darem vir die antwoord gewag het.

Ná 'n vinnige Kaapse stort gaan sit Jojo buite op die stoepie met haar skootrekenaar en maak die dokument oop wat sy so elke dan en wan aangevul het vandat Irene 'n jaar gelede die eerste keer na die UFO-groep verwys het. Oor die maande heen het die inligting aangewas tot 'n ellelange lys van UFO-voorvalle en verwante dokumentasie.

Natuurlik was dit 'n Amerikaner wat in 1947 'n eienaardige vlieënde voorwerp gesien en vir die eerste keer na "flying saucers" verwys het. So het Kenneth Arnold die moderne UFO-era ingelui al is vreemde vlieënde voorwerpe lank tevore ook gerapporteer.

Hordes mense het ná Arnold pieringvormige voorwerpe in die lug gesien. Wat Jojo egter nooit besef het nie, is dat daar soveel opgetekende gevalle in Suider-Afrika is. Ook voor Arnold met sy vlieënde pierings gekom het.

Die eerste Suid-Afrikaanse inskrywing in die tabelle wat sy later begin optrek het, verwys na 'n voorval in Johannesburg in Maart 1946. Twee vroue het 'n vreemde vlieënde voorwerp met insittendes gesien. Reaksies van diere is genoem, maar daar word nie in een van die bronne daaroor uitgewei nie.

In Julie 1953 is 'n VVV wat naby Warmbad, nou Bela-Bela, neergestort het, gerapporteer. Volgens een bron het vyf ruimtewesens in die ongeluk omgekom. Volgens 'n ander bron net twee en het die ongeluk in "Johanishburg" plaasgevind.

Wat Jojo laat wonder hoe goed mense hulle feite bymekaar het as hulle nie eens van hulle spelling kan seker maak nie. Of kan tel hoeveel liggame daar was nie.

Die ruimtewesens het egter beslis nie in daardie voorval uitgesterf nie. Sommer net die volgende jaar, in 1954, sien die meteoroloog Elizabeth Klarer vir die eerste keer haar springlewendige geliefde deur die venster van 'n vlieënde piering.

Daar is 'n oorvloed inligting oor die vrou, het Jojo agtergekom en later 'n aparte lêer net vir Elizabeth Klarer geskep, 'n lêer waarby sy telkens nog inligting voeg. Onder meer oor haar verhouding met Akon – die geliefde van die planeet Meton – wat 'n seun, Ayling, tot gevolg gehad het.

Vlieënde pierings was egter nie net Engelssprekendes beskore nie. Op 16 September 1965, op die Pretoria-Bronkhorstspruit-pad, het polisiekonstabels De Klerk en Lockem net ná middernag 'n VVV gesien toe dit geland en volgens hulle "'n 30 voet wye merk met 'n 6 voet diep impak" op die pad gelos het. Die insident is glo deur luitenant-kolonel J.B. Brits van die Pretoria-Noord-polisiestasie in 'n persverklaring bevestig.

En dis maar enkele van die voorvalle wat sy nou al opgeteken het. Een ding is duidelik, vlieënde pierings het nie vooroordele oor waar hulle gesien word nie. Dit is wyd en syd gerapporteer. Op Loxton, by Uitenhage, in Krugersdorp, Richardsbaai, Vereeniging, Bloemfontein, Fort Beaufort. Verskeie plekke in en om Pretoria, ook in Mamelodi. Op die Mosambiekse grens, in die Kalahari, Sasolburg, Warrenton, Trichardt, Graaff-Reinet, Warden, Durban, Middelburg, Witbank, Harrismith. Ook in Zimbabwe en Lesotho.

En dit het ook nie net destyds gebeur toe vroue nog frilletjiesvoorskote gedra het en mans beskou is as godjies wat behaag moet word nie. So onlangs soos 2015 was die sosiale media in beroering oor vreemde voorwerpe oor Kaapstad, en in 2016 het die loods van 'n Boeing 737-vragvliegtuig 'n vreemde groen voorwerp gerapporteer.

Alles het Jojo met 'n knippie sout gevat tot sy afgekom het op 'n verslag oor laerskoolkinders in Ruwa, Zimbabwe, wat in 1994 gedurende pouse verras is deur vreemde voorwerpe wat net buite die speelterrein geland het.

Dit was toe sy op soek was na meer inligting hieroor dat sy afgekom het op Cynthia Hind se nalatenskap van twee en twintig pamflette van ongeveer agt en veertig bladsye elk en geskryf vanaf 1988 tot met haar dood in 2000.

Cynthia klink allermins koekoes. Sy erken ruiterlik sy het nog nooit 'n VVV gesien nie, maar sy glo tussen die vele gevalle wat as hoax afgemaak kan word, kan daar dié wees waarin daar waarheid steek. Sy het dit haar lewenstaak gemaak om te probeer uitvind.

Jojo wens eintlik sy het nie die pamflette ontdek nie. Sy wens veral sy het nie verder nagelees oor hierdie spesifieke voorval in Ruwa nie. Dan kon sy nog in alle eerlikheid vlieënde pierings en hulle insittendes met minagting afgelag het.

Pretoria
Ayla

Met haar verslag aan die prokureur per e-pos en per koerier gestuur, kan sy uiteindelik haar aandag bepaal by wie haar sal kan help om Nimue op te spoor.

Seker iemand in die Overberg, maar die Overberg is 'n wye stuk aarde. As sy net by Irene uitgevind het waar haar man se eks gehoor het van die sogenaamde retreat, sou dit sake vergemaklik het.

Jojo, onthou sy was die eks se naam. Ook net omdat dit haar laat dink het aan die skrywer Jojo Moyes. En toe Ayla haar as "mevrou Richter" aanspreek, het Irene gesê dit laat haar aan haar voorganger dink. Staan sy dus nog bekend as Jojo Richter?

Sy google die naam.

Niks op Facebook of Twitter nie. Daar is wel 'n skakel na 'n ene Juliana W.B. Richter se webwerf. Dié is laas in 2013 opgedateer, sien sy toe sy die skakel volg. Juliana Richter is 'n vryskutnavorser en lewer 'n hele paar dienste, onder meer die opsporing van mense.

Sinchronisiteit? Toeval? 'n Teken? Wat dit ook al is, dit kan nie skade doen om haar te kontak nie. Ayla klik op die e-posadres en begin tik.

Beste me Richter

Ek stel moontlik belang om van dienste soos geadverteer op u webwerf gebruik te maak.

Daar is iemand wat ek dringend wil opspoor. Ek het elf jaar gelede laas van haar gehoor, maar onlangs uitgevind sy bevind haar moontlik in die Overberg.

Ek hoor graag of u sou belangstel, wat so 'n ondersoek sou behels en ook wat u fooie bedra.

Vriendelike groete

A.H.

Ayla onthou net betyds om die stuuradres te verander van haar werksadres na haar persoonlike adres – een wat sy feitlik nooit gebruik nie en nie haar naam bevat nie.

Sy huiwer lank met haar hand op die muis. Daar is net twee moontlikhede. Óf Juliana is Jojo Richter óf sy is nie. En as sy is, sal sy Irene inlig oor A.H. se navraag? Op die webwerf word benadruk dat alle navrae streng vertroulik hanteer sal word. Maar talk is cheap.

"Doktor?"

Ayla ruk van die skrik toe sy Sjerien se stem agter haar hoor.

"Ja, Sjerien?" vra sy, maar haar oë is nog op die skerm gerig waar die e-pos pas verdwyn het. Sy moes per ongeluk op die stuurembleem geklik het.

Tot daarnatoe. Sy swaai in haar draaistoel deur se kant toe.

Sjerien glimlag verskonend. "Skuus as ek Doktor laat skrik het, maar ek dag ek sal liewer self vir Doktor kom sê."

"Wat sê, Sjerien?"

"Ek het nou net iets op Jacaranda FM gehoor, Doktor. Ek weet ek behoort nie eintlik te luister nie, maar my werk is op datum en dis amper lunchtyd, Doktor, toe luister ek bietjie musiek oor die earphones. En daar is mos nuus elke uur."

"Wat het jy gehoor, Sjerien?"

"Dis Bertie Visagie, Doktor. Hy is in die hospitaal. Hy is gisteraand met 'n mes gesteek. In sy huis. Die polisie soek na 'n ene Monica Walters aangesien sy dalk meer inligting oor die voorval het."

Ayla se hand gaan onwillekeurig na haar mond toe. Net omdat sy lyftaal kan lees, vrywaar dit haar nie van instinktiewe reaksies nie.

"Doktor het mos gesê sy kierangs sal braai en kyk nou. Nou nie dat mens iemand so iets toewens nie, maar ek dag ek sê vir Doktor."

Ses

Nou toe nou. 'n E-pos na haar ou adres toe. Moet seker van haar uitgediende webwerf af kom. Sy moet die ding afhaal noudat sy besluit het om uitsluitlik vir skrywers navorsing te doen. Die meeste van die programme wat sy tot 'n ruk terug nog met vrug in daardie soort ondersoeke kon gebruik het, is in elk geval al in hulle maai in verouderd of onbetaalbaar duur om te hernu of op te dateer.

Jojo sit regop toe sy die briefie deurlees. 'n Vrou van wie die briefskrywer elf jaar gelede gehoor het. In die Overberg. Dit lui nie net 'n klokkie nie, dit laat 'n verskeidenheid kerkklokke beier.

Streng gesproke kan sy seker enige ander vermiste persoon ook probeer opspoor, solank dit nie inbreuk maak op die werk wat sy vir Irene doen nie. Sy het voorheen al tegelyk aan twee verskillende kliënte se sake gewerk. Maar dit was onverwante sake. En as A.H. Ayla Hurter is, kan dit net haar suster wees wat sy wil opspoor.

Net toe sy op reply wil klik, kom daar nog 'n e-pos deur. Ook na die ou adres toe. Van dieselfde adres af.

Beste me Richter
Is jy Jojo Richter wat vir jou eksman se vrou in-
ligting ingewin het?
    Indien nie, ignoreer asb. albei my skrywes. In-
dien wel, kontak my asb. dringend, maar moet
asb. nie vir IR sê ek het jou genader nie.
Ayla Hurter

Drie assebliefs in so 'n kort briefie dui op haas en dringend-
heid. Dis nie net kenners wat afleidings kan maak nie, dis plein
common sense. En sy gee haar naam. Iets het gebeur tussen
die stuur van die twee briewe al kon daar nie meer as tien,
vyftien minute verloop het nie.

Hallo Ayla
Ja, ek is Jojo. Ek moet jou egter daarop wys dat ek
tans vir IR werk en as dit jou suster is wat jy wil
opspoor, sal dit nie eties wees om vir jou ook te
werk nie.
Jojo

Haar sigaret is halfpad toe die volgende e-pos aangekondig
word.

Jojo
Gister het ek nagelaat om iemand te wys op
moontlike gevaar waarvan ek bewus was. Die
gevolg was rampspoedig. Ek wil nie dieselfde
fout herhaal nie.
    Ek het nie besef jy werk weer vir Irene nie. Ek
was onder die indruk jy het reeds twee maande
gelede jou ondersoek afgehandel. Waar is jy op
die oomblik?
A.

Jojo sit haar sigaret in die asbak neer.

Ek is tans in Bientangsbaai.
   Ek gee my selnommer hieronder. Skakel my.
Dit sal dalk makliker wees.
   J.

Haar foon lui enkele minute nadat sy op die stuurknoppie ge-
klik het. Onbekende selnommer.

"Jojo, hallo?"

"Dis Ayla." Mooi, heserige stem. "My ontvangsdame pro-
beer op die oomblik vir my 'n vlug môreoggend Kaap toe kry
asook verblyf in Bientangsbaai. Kan ons mekaar ontmoet?"

"Soos ek gesê het, ek is in Irene se ..."

"Ek neem aan sy het jou gevra om Diana op te spoor. Ek
verstaan dit sal 'n presedent skep as ek jou vra om Nimue ook
te help opspoor, maar die kanse is uitstekend dat hulle op die-
selfde plek is. Ek wil graag met jou gesels voor jy aktief begin
soek."

"Hoe so?"

"Irene sal vir jou net eensydige agtergrond kan gee. Dis be-
langrik dat jy Nimue s'n ook verstaan."

"Dit kan help," erken Jojo traag. Irene gaan haar braai. "Ver-
tel my 'n bietjie meer van jou suster?"

"Goed, baie kortliks. Nimue is 'n manipuleerder. Sy het die
vermoë om 'n mens na haar pype te laat dans sonder dat jy dit
agterkom en selfs al kom jy dit agter, dink jy nie daar is veel
fout mee nie."

Klink nogal soos Irene.

"Ek sal nie verbaas wees as Nimue in beheer of minstens
een van dié in beheer is van 'n groep nie – of dit nou die groep
is wat jy geïdentifiseer het of nie. Dis een van die redes waar-
om sy nooit lank by een godsdiensgroep kon bly nie. Sy wou
nie beheer word nie, sy wou in beheer wees. Sy is selfsugtig en
selfgesentreer, maar sy is nie tot moord in staat nie."

"En Diana?"

Ayla aarsel lank. "Daar bestaan 'n vertrouensverhouding
tussen my en Irene."

"Ek weet alles van julle ontmoeting. Ook dat jy vermoed

Diana ly aan 'n persoonlikheidsversteuring. Ek het jou verslag gelees. Jy sal dus nie julle vertrouensverhouding verbreek nie."

Ayla huiwer nog effens, sug dan hoorbaar. "Die verslag is geskryf voor ons van die regter se moord gehoor het en ek het probeer diplomaties wees."

"Spel dit liewer uit, Ayla. Diplomasie kan misverstande veroorsaak."

"Nou goed. Diana se handskrif dui daarop dat sy ontvanklik is vir manipulasie en indoktrinasie. Sy is geneig tot fanatisme en ook om blindelings lojaal te wees. Sy het van nature nie 'n gebalanseerde siening nie en kan maklik oorgehaal word tot ander se standpunte as hulle die regte knoppies druk. Nimue weet nou weer presies hoe om die regte knoppies te druk, maar verstaan moontlik nie die gevaar wat dit vir haar kan inhou nie.

"Nimue is nie fisiek gewelddadig nie, maar sy speel sielkundige speletjies om haar sin te kry. Sy het 'n gebrek aan empatie en kan haar nie in 'n ander se skoene indink nie.

"Diana daarenteen, vermoed ek, is wel tot fisieke geweld in staat as sy in 'n saak glo. Dit kan wees dat Nimue vir Diana sal kan opsteek tot geweld – bewustelik of onbewustelik. Ek weet nie in hoe 'n mate Nimue die afgelope elf jaar verander het nie, maar ek weet Diana se sluimerende probleme is ná elf jaar nie meer sluimerend nie. Dit spreek baie duidelik uit sowel die briefinhoud as haar handskrif."

"Jy dink dus Diana sou die regter kon vermoor het? Veral as iemand soos jou suster haar aangemoedig het?"

"Ek kan nie honderd persent seker wees nie, maar teoreties gesproke bestaan daar 'n sterk moontlikheid. Nimue besef waarskynlik nie dat Diana ook teen haar sal draai, teenoor haar gewelddadig kan raak, as sy voel Nimue het haar te na gekom nie."

Jojo dink 'n oomblik na. "Weet jy of Diana kan rolskaats?"

"Ekskuus?"

"Rolskaats. Kan …"

"Ek weet nie van rolskaats nie, maar hulle kan albei ysskaats. Nimue het Diana geleer. Nimue het weer by my ma ge-

leer. My ma was 'n goeie ysskaatser op haar dag en het in 'n
stadium oor naweke by Sterland se ysskaatsbaan geboer."

Sy en Valk was ook een keer Sterland toe terwyl hulle
op Potch studeer het, onthou Jojo. Nog in sy stokou Hillman.
Saam gespaar vir die opwindende uittog Pretoria toe. Hy het
nog min of meer reggekom op die skaatse, maar sy het haar te
pletter geval.

"Jou ma, is sy oorlede?" keer Jojo terug na die hede.

Daar is 'n kort stilte. "Daaroor kan ons praat wanneer ons
mekaar sien."

Jojo frons. 'n Mens se ma is dood of nie. Hoekom die uit-
stel? "En jou ma se naam?"

Nog 'n stilte. "Vivien," kom dit uiteindelik. "Vivien Venter.
Maar kom ons praat môre. My ontvangsdame het so pas 'n
e-pos gestuur oor die vlug wat sy vir my gekry het. Ek behoort
so teen twaalf-, eenuur môremiddag in Bientangsbaai aan te
kom."

"Bel of sms my, dan ontmoet ek jou êrens." Irene moet net
nie uitvind nie.

"Ek maak so. En Jojo, ek weet dit bemoeilik dalk sake vir
jou, maar sal jy asseblief, minstens voorlopig, dit stil hou dat
ek Bientangsbaai toe kom en ook dat ons gepraat het? Ek sou
verkies dat Irene nie weet ek probeer Nimue in die hande kry
nie."

"Dit pas my ook. Soos ek gesê het, ek kan nie vir jou werk
nie, Ayla, maar ek kan jou as 'n informant beskou. En ek ver-
klap nooit wie my informante is as dié anoniem wil bly nie. Nie
eens aan die persoon in wie se diens ek is nie. Maar Irene is
nie onder 'n kalkoen uitgebroei nie. Ons sal dit nie onbepaald
geheim kan hou nie."

"Dankie, Jojo. Ek laat weet jou sodra ek by my gastehuis
aankom."

"Terloops, Irene gaan jou moontlik vra om nog 'n handskrif
te ontleed."

"Miskien later, maar ek dink nie ek het nou die tyd of krag
nie."

Irene het natuurlik nooit eens daaraan gedink dat Ayla

dalk sal weier nie. "As ek jy is, bly ek liewer in haar goeie boe-
kies."

Ayla bly 'n oomblik stil. "Jy is seker reg. Ek behoort darem
die nodigste instrumente in my bagasie te kan inpas."

Jojo sit lank en staar na die foon nadat sy Ayla gegroet het.
Vivien Venter. Dis 'n naam wat sy onlangs teengekom het.
Baie onlangs.

Schoemansville
Ayla

Ayla moet op 'n drietrapleertjie klim om by haar koffer op die
boonste rak van die instapkas uit te kom. Langs die koffer
staan die vierkantige koekblik met katjies op. Die rande is al
effens geroes en die blou agtergrond skilfer hier en daar af.

Sy sit die koffer en die blik op haar bed neer voor sy deur
haar klere begin blaai. So vroeg in die lente sal sy moet voor-
siening maak vir koel en warmer weer. Die meeste van haar
klere bestaan uit langbroeke – grootte 40 – en bostukke –
grootte 34. Soms dra sy rompe, maar rokke werk nie vir haar
figuur nie. 'n Veertig sit hopeloos te ruim aan haar bolyf en 'n
vier en dertig pas nie eens naastenby oor haar onderlyf nie.

Sy kies 'n paar meng-en-pas-kombinasies. Onderklere.
Slaapklere. Beslis nie swemklere nie. Al sou die water al warm
genoeg wees vir swem, en al is sy baie lief vir swem, verskyn
sy voor niemand in swemklere met haar donderdye nie.

Die katjies op die koekblik lyk asof hulle haar vraend aan-
kyk. Sy vee eers die roesplekkies met toiletpapier af voor sy die
blik in 'n plastieksak sit en tussen haar klere in die tas indruk.

Haar pogings om gedagtes aan Bertie Visagie op die agter-
grond te stoot, slaag net gedeeltelik. Volgens Jacaranda FM se
nuusbulletins waarna sy die afgelope paar uur geluister het, is
die steekwond glo ernstig, maar Visagie is nie in lewensgevaar
nie. Daar is geen verdere nuus oor Monica Walters nie. Ook nie
op RSG nie.

Rede sê vir haar Bertie Visagie sou in elk geval nie geluister
het as sy hom gewaarsku het nie. Dat sy so sonder konteks en

net op die oog af nie so 'n waarskuwing kón rig nie. Onrede sê vir haar sy kon Visagie ten minste op sy hoede geplaas het as sy wel vir hom gesê het Monica is moontlik gewelddadig. Dis onrede wat haar gewete ry. En seker ook onrede wat haar nou dwing om self na Nimue te gaan soek.

Bientangsbaai
Jojo

Sy trek Serfontein se handgeskrewe dokument in die deursigtige plastiekomslag nader. Uit die hoek van haar oog sien sy Irene venster toe stap waar sy in die sterker lig kyk na die Google Map-skermgreep wat Jojo so pas op die nuwe drukker gedruk het.

"Het Valk enigiets verder oor Serfontein te sê gehad?"

"Net gesê hy was 'n bietjie verras oor Valk se versoek dat hy die beskrywing met die hand moet uitskryf, maar het heel geredelik ingestem al het hy reeds sy amptelike verklaring afgelê."

"En die kaptein het toe nie 'n probleem daarmee gehad dat Serfontein se skrif ontleed word nie?"

"Die kaptein is maar net te bly oor die beskrywing. Dis ietwat vollediger as die een in Serfontein se amptelike verklaring."

Dis nie presies wat sy gevra het nie, maar Valk sou die dokument seker nie vir Irene gegee het as daar 'n probleem was nie. Jojo sit haar leesbril op en begin met moeite lees. Die man se skoonskrifjuffrou moet haar kop in skaamte laat sak.

Op 10 September het ek met die kranspad langs gedraf, soos meesal Sondagmiddae. 'n Entjie voor die restaurant, op die blouvlagstrand, het ek teruggedraai. Ek het dus van die strandmeer se kant af gekom, in die rigting van die dorp.

Eers het ek die vreemde geluid gehoor, toe kom die rolskaatser van voor af om die draai. Van die dorp se kant af. Vir 'n oomblik het sy vir my soos 'n alien in 'n UFO-fliek gelyk. Ek het geskrik, padgegee en sy is rakelings by my ver-by.

Sy het styfpassende swart klere aangehad. Die rolskaatse was ook swart en so ook die valhelm op haar kop. Dié het gelyk soos 'n fietsryer s'n. Sy het 'n groot sportsonbril gedra. Haar hande was agter haar rug. Toe sy verby is, het ek omgekyk, maar sy was blitsig buite sig. Ek verbeel my sy het 'n rugsak op haar rug gehad. Eweneens swart.

Ek kan nie onthou dat ek haar hare gesien het nie. Miskien het sy 'n beanie of iets soortge-lyks onder die valhelm aangehad. Ek verbeel my so.

Sy is van Kaukasiese afkoms. Gemiddelde lengte, slank, atleties gebou.

Ek dink nie sy was bloedjonk nie. Sou raai in haar laat dertigs of vroeë veertigs. Sy het grim-mig gelyk. Moontlik omdat sy ook geskrik het toe ek om die draai kom.

Dis al wat ek van daardie paar oomblikke ont-hou. En dat sy effens na sweet geruik het.
Strachan Serfontein

Jojo kyk op. Irene kom nadergestap.

"En wat dink jy?"

"Dit bevat eintlik nie soveel meer as wat Valk ons vertel het nie, maar ek dink die ouderdomskatting is belangrik." Diana en Nimue is albei ongeveer agt en dertig, het Jojo intussen uit-gewerk.

"Daar is baie vroue in daardie ouderdomsgroep," snap Irene dadelik wat sy impliseer. "Wat het jy intussen uitgerig?"

"My net van 'n paar goed vergewis." Jojo sit terug in haar stoel.

"Soos?"

Soos waarvandaan sy die naam Vivien Venter onthou. En ander dinge waaroor sy nie nou met Irene kan of wil praat nie. "Ek het 'n bietjie gaan loer na wat ek kon kry oor Strach Serfontein, maar dit was nie veel nie." Dit het sy wel gedoen, maar daar was nie genoeg tyd om werklik te vorder nie.

"Dis nie nodig nie. Konsentreer jy maar net op die UFO-groep. Ek het reeds agtergrondinligting oor hom. Hy het in die Riebeek-Kasteel-, Tulbagh-omgewing grootgeword. Was in Wellington op skool. Akademies goed presteer en was ook goed in sport, veral krieket. Daarna medies by Maties studeer. Nadat hy gekwalifiseer en sy Zuma-jaar gedoen het, het hy 'n ruk lank vir Dokters sonder Grense gewerk. Toe as gewone GP in Stellenbosch gepraktiseer.

"In 2007 begin hy in dermatologie spesialiseer en trou die-selfde jaar met 'n voormalige pasiënt. 'n Amerikaner. In 2012 trek hy Bientangsbaai toe en maak hier 'n praktyk oop as der-matoloog. In 2014 skei hy, en sy vrou gaan terug VSA toe met haar dogtertjie uit 'n vorige verhouding.

"Hy is glo besonder toegewy aan sy beroep. Hy het egter wel 'n humeur aan hom. In sy matriekjaar was daar 'n saak van aanranding teen hom. Omdat hy reeds agtien was, is hy as volwassene verhoor. Opgeskorte vonnis gekry en dit lyk asof hy hom daarna gedra het.

"En ... ta-dah! Sy grootjie of iemand – aan moeders-kant – was lid van die Groenewoud-sekte oftewel Wederdo-pers in Wellington. Hulle het geglo hulle gaan weggeraap word. Klink dit nie bekend nie?"

"Sy grootjie? In watter jaar was dit?"

"In die 1860's rond."

"En jy hou dit meer as honderd en vyftig jaar later nog teen Strach Serfontein?"

"Oukei, dis dalk 'n bietjie far-fetched, maar nogtans."

"En waar kom jy aan al hierdie inligting?"

"Verskillende bronne, maar 'n oproep na een van die voor-vroue in 'n Stellenbosch-skinderkring was besonder vrug-baar."

Elke dorp het so 'n kring, weet Jojo uit ervaring. Dit was al dikwels haar hoofbron van inligting wat sy vir haar sake moes inwin, al moet mens omsigtig daarmee omgaan.

"Nou toe. Ek wou vergange al gery het." Jojo bêre Serfontein se beskrywing by die uitgedrukte dokumente wat betrekking het op Ayla Hurter.

"Ek dag jy het aangebied om dit by PostNet af te gee sodat ek nie die onnodige draai hoef te ry nie?" frons Irene.

Oeps. Sy kan nie nou erken dat sy die ding môre persoonlik vir Ayla gaan gee nie.

"Irene, kry jou ry en gaan doen wat jy ook al moet. Ek gaan nou-nou PostNet toe. Daarna gaan ek bietjie in die berge rondry om te sien of ek daardie plek kan opspoor." Jojo wys na die kaart wat Irene nog vashou.

"Maar dis maklik. Jy gebruik mos net die GPS?"

"En die bakkie wat ek by julle leen het een?"

"Nee, maar jy het mos jou foon."

Ja, sy het haar foon en dis 'n slim een, maar GPS is die een funksie wat sy nog nooit onder die knie kon kry nie. Buitendien, sy kan kaartlees en sy hou nie daarvan om voorgesê te word deur 'n spookagtige stem nie.

"Kry jou ry en los my uit. Ek weet wat ek doen."

"Het jy 'n kamera?" bly Irene karring.

"Ek het Tabby4 en 'n selfoon."

Irene skud haar kop. "Jy gaan 'n kamera met 'n ordentlike lens nodig hê. Daardie geboue sal nie sommer maklik van die pad af sigbaar wees nie. Te veel bome, as ek reg kyk op die drukstuk. Ek het altyd 'n kamera in die kar. Stap saam, dan gee ek dit vir jou. Jy kan dit sommer hou. Daar het onlangs 'n nuwe model uitgekom wat ek graag wil hê."

Jojo volg haar gedwee. Laat daar nie van haar gesê word dat sy 'n gegewe perd in die bek kyk nie.

"Dit het 'n lekker sterk lens vir 'n bridge. Ek wil net die geheuekaart uithaal. Daar is persoonlike foto's op. Gelukkig hou ek altyd 'n nuwe kaart in die sysakkie. Die batterylaaier is ook daarin."

Nie dat Jojo weet wat 'n bridge is nie, maar gelukkig hoef sy nie van lense te verander nie, kom sy agter toe Irene vir haar wys hoe dit werk en sommer die nuwe geheuekaart ook insit. Lyk redelik eenvoudig en sy het darem al voorheen met 'n SLRkamera gewerk al was dit nog voor die goed digitaal geword het.

"Dankie, ek sal nou regkom." Jojo neem die kamera by Irene en toe ook die sakkie daarvoor.

"Laat weet my wat jy te siene kry van die retreat. Moet nou net nie alleen daar gaan infoeter nie. Jy gaan net voorlopige verkenningswerk doen, nè."

"Ja, Irene. Dankie, Irene. Baai, Irene."

Irene voer weer die perfekte oogrol uit voor sy in haar nuwe viertrek klim en wegry. Die arme Steyn Tredoux voel nou nog skuldig nadat hy haar vorige viertrek laas jaar in 'n rivier laat versuip het in sy poging om Zaan te red. Irene het ewe groot-moedig geweier dat hy dit vervang.

'n Rykgatsnob is sy wel, maar niemand kan Irene daarvan beskuldig dat sy suinig is nie. En Jojo sal vrek voor sy dit erken, maar heimlik bewonder sy die vroumens. In elke saak waar-aan hulle saamgewerk het, was dit Irene wat die finale knoop deurgehak het. Wat nie beteken dat sy van haar eksman se vrou hoef te hou nie, maar sy voel 'n klein bietjie sleg dat sy haar op die oomblik bedrieg.

Hopelik kan sy dit regstel sodra sy en Ayla môre dinge uit-gepraat het.

Jojo haal weer die handgeskrewe dokument uit, skandeer dit en stuur dit vir Ayla aan. Dit gee die meisiekind darem bie-tjie van 'n voorsprong al werk sy net van die oorspronklike af.

Nou moet sy Irene net genoeg kans gee om weer in Birken-shire te kom voor Jojo dieselfde pad agter haar aanvat na die vallei toe. Dit sal nie deug as Irene agterkom daar is geen rede vir Jojo om PostNet toe te gaan nie.

Miskien kan sy intussen meer oor Vivien Venter uitvind terwyl sy wag dat Irene uit die pad kom.

Sewe

Bientangsbaai
Jojo

Geen wonder die naam Vivien Venter klink bekend nie. En geen wonder Ayla swyg oor 'n UFO-verbintenis van 'n heel ander aard as net 'n rondawel met 'n pieringdak op 'n plot nie.

Vivien Venter word 'n hele paar keer genoem in die lyste van beweerde UFO-insidente wat Jojo die afgelope twee maande deurgegaan het.

Berigte uit die 1960's is maar skaars op die internet, kom Jojo agter toe sy verder soek. Net toe sy wil moed opgee, kom sy op 'n webwerf af wat 'n opsomming van Vivien se bewerings gee.

Alhoewel sy klaarblyklik by verskeie geleenthede ruimtetuie gesien het, word net een insident beskryf, naamlik Vivien se eerste ervaring.

Dit was vroegaand op 18 September 1965. Vivien was alleen in haar ma se DKW op 'n verlate grondpad naby Mooinooi in die Brits-omgewing. Sy was op pad terug van 'n plaas af waar sy 'n kollega ná werk gaan aflaai het. Hulle was albei leerlingverpleegsters in Brits se hospitaal.

In die sterk skemer het sy helder ligte voor haar in die pad gesien. Sy het met die eerste oogopslag gedink dis dalk 'n vliegtuig wat 'n noodlanding uitgevoer het, maar feitlik dadelik besef dit kan nie een wees nie. Die tuig was rond en die lig wat dit uitgestraal het, het aanhoudend van blou na groen na silwer verander. Die deursnee van die tuig was groter as die grondpad se breedte.

Oomblikke later het die DKW se enjin uitgesny en die kopligte afgegaan. Dis toe dat sy sien daar is ronde ruite soos patryspoorte al om die tuig en dat daar "mense" in die tuig was. Een van hulle het uit die tuig geklim en in haar rigting in die pad afgestap gekom. Hy was lank en blond en geklee in 'n silwerkleurige, styfpassende oorpak. Voor die motor het hy tot stilstand gekom en sy hand gelig asof hy groet.

Die volgende wat sy onthou, is dat haar motor se enjin weer vanself aan die gang gekom en die kopligte weer in die pad afgeskyn het. Die tuig was weg.

Sy het naar en duiselig gevoel en 'n brandpyn in haar naeltjie ervaar. Terwyl dit sterk skemer was toe sy stilgehou het, was dit nou pikdonker. Toe sy op haar horlosie kyk, het sy besef daar het meer as twee ure verloop ná sy haar kollega afgelaai het terwyl sy net tien minute van die plaasopstal af weg was toe sy die tuig gesien het. Sy het huis toe gery en haar ma Marja Venter van haar ondervinding vertel.

Sy het geweet Marja sal haar glo, want Marja het in Maart 1946 op agtienjarige ouderdom 'n soortgelyke ondervinding gehad. Ook sy het twee ure "verloor" waarvan sy nie rekenskap kon gee nie. Die uiteinde van Marja se ervaring verskil egter aansienlik van Vivien s'n.

Marja het kort daarna besef sy is verwagtend. Sy kon dit nie verklaar nie aangesien sy nog nooit geslagsgemeenskap gehad het nie en nie eens in 'n verhouding was nie. Die enigste afleiding wat Marja kon maak, was dat haar swangerskap verband moet hou met die ruimteskip wat sy gesien het. Haar familie wou haar egter nie glo nie en het haar verwerp.

So wonderbaarlik as wat Marja se storie klink, is dit nie waar dit eindig nie.

Op 3 Julie 1979, drie en dertig jaar ná Marja haar eerste UFO gesien het, en twee dae ná die geboorte van Vivien se jongste dogter, Nimue, het sy vir Vivien gesê 'n ruimteskip kom haar daardie aand haal. Vivien moet haar vergewe, maar sy wil by haar geliefde wees al beteken dit dat sy na 'n ander planeet moet gaan.

Die volgende oggend was Marja nie in haar kamer of elders in die huis nie. Ook nêrens op die plot nie. Sy is nooit weer gesien nie. Niks was weg nie, behalwe Marja se handsak asook een paar skoene en een stel klere wat sy moes aangehad het. Die motor wat hulle gedeel het, het nog net so buite gestaan. Dit was asof haar ma net in die niet verdwyn het.

Die polisie het ondersoek ingestel. Daar was geen teken van vuilspel nie en die gevolgtrekking was dat Marja dalk genoeg gehad het van haar UFO-verskrikte dogter en twee woelige kleinkinders. Hulle kon nie verklaar waarom daar geen geld uit haar en haar dogter se gesamentlike bankrekening getrek is nie, maar het die vermoede uitgespreek dat sy dalk haar eie geld elders gespaar het, juis om te kon ontvlug. Marja Venter was een en vyftig jaar oud ten tye van haar verdwyning.

Jojo bekyk weer die lys van VVV-insidente. Daar was een voorval in dieselfde jaar wat Marja verdwyn het. Op 3 Januarie 1979 in Mindalore, Krugersdorp, het 'n vrou en haar twaalfjarige seun 'n groep hominiede wesens langs 'n tuig sien staan. Een het haar aangemoedig om permanent saam met hulle weg te gaan. Toe sy weier, het die wesens weer die tuig bestyg en dertig sekondes later was die tuig nie meer sigbaar nie.

Twee beweerde insidente presies ses maande uit mekaar en geografies nie baie ver van mekaar nie.

Toeval? Natuurlik is dit. Marja het sekerlik nie 'n soortgelyke aanbod as die Mindalore-vrou gekry en, anders as dié, dit aanvaar nie.

Jojo maak haar skootrekenaar toe. Nou moet sy eers die Akkedisberge gaan aandurf.

Akkedisberge
Jojo

Sy is in haar peetjie in verdwaal, besef Jojo toe sy stilhou en weer die Google-kaart wat sy gedruk het, probeer ontsyfer.

Sy moes 'n verkeerde afdraai geneem het. Minstens een. Nêrens in hierdie doolhof van grondpaaie is daar ook bleddie aanwysingsborde nie. Op die oomblik het sy nie die vaagste benul waar sy is nie en ook nie hoe om weer by die R326 uit te kom nie.

'n Bleddie gemors, dis wat dit is. Irene gaan haar bekners lag as sy haar nou bel om hulp te vra. Of haar uitdinges. Irene beskuldig haar hoeka van verouderde tegnologiese metodes. As sy boonop erken sy weet nie hoe om 'n ellendige GPS te gebruik nie, sal sy nooit die einde daarvan hoor nie.

Joachim? Nee, hy sal wil weet wat sy hier tussen die berge soek en hoekom en dan kry sy weer 'n lesing oor die gevare wat haar werk inhou.

Valk is ook nie 'n opsie nie. Sy wil regtig nie probeer verduidelik wat sy hier in die Akkedisberge maak nie.

Jojo laat sak die kaart en kyk om haar rond. As sy hier links draai, sal sy op die hoogtetjie 'n ent verder kan stilhou en moontlik beter kan sien wat aangaan.

Op die hoogte gekom, klim sy uit en bekyk die wêreld om haar. Sy raak nog steeds nie veel wys nie, maar sy kan sweer sy is naby die plek wat sy soek. Wat dit ook al is. As sy net 'n verkyker gehad het. Wag. Die kamera. Die ding het mos 'n zoemlens.

Die digitale skermpie help niks nie, kom sy agter, maar dit werk goed toe sy op die outydse manier die kamera voor haar een oog hou en die ander toeknyp. Sy trek aan die watsenaampie wat die lens beheer tot die lens halfpad uitgeskuif is.

'n Plaat water blink in die verte, maar dis nie naastenby groot genoeg om Salmonsdam te wees nie. Sy draai stadig in die rondte. Hier en daar sien sy 'n gebou wat 'n huis of skuur kan wees, maar verder is daar meesal net landerye en fynbos. Links, 'n ent verder aan met die pad, flits iets tussen bome deur. Moet 'n sinkdak van 'n aard wees, maar die bome keer dat sy meer kan sien, selfs toe sy die lens tot op sy uiterste laat uitskuif. Dis 'n hele entjie van die pad af geleë, maar dis die naaste teken van moontlike lewe.

Miskien kan sy padaanwysings daar kry. Of miskien slaan sy die jackpot. Sy is dalk verdwaal, maar dit bly vir haar voel asof daardie plek met die driehoekgebou hier êrens naby moet wees. Haar intuïsie, waarop sy haar nog altyd beroem het, het haar al voorheen sleg in die steek gelaat, maar nie deurgaans nie.

Jojo klim terug in die bakkie en terwyl sy ry, hou sy haar oë oop vir 'n ingang van 'n aard. As sy nie bedag was daarop nie, sou sy waarskynlik die hek naby 'n reusebloekom misgekyk het. Dis 'n hoë hek, maar al oud en smelt met die omgewing saam.

Sy draai by die tweespoorinrit in en hou voor die toe hek stil.

Hier gaan sy nie regkom nie besef sy toe sy die eerste van drie kennisgewingborde op die hek lees.

IPIN
GEEN toegang.
STRENG privaat.
Oortreders SAL vervolg word.

Dieselfde boodskap volg op die ander twee kennisgewingborde in Engels en vermoedelik in Xhosa.

Soos die hek, is die rande van die kennisgewings ook al effens verroes. 'n Ketting met 'n yslike slot sluit die hek aan die hekpaal vas. Die slot hang aan die binnekant. Die lemmetjiesdraad bo-op maak 'n finale, onverbiddelike stelling.

Dit lyk asof die hek 'n pypsteeleiendom bedien. Aan weerskante van die tweespoorpad anderkant die hek, tot so ver sy kan sien, is daar 'n doringdraadheining. Albei heinings is van binne en buite dig beplant met turksvybosse.

Jojo laat die bakkie se enjin luier, klim uit en kyk rond of daar nie 'n interkom of deurklokkie van 'n aard weggesteek is nie, maar daar is niks. Ook nie 'n verskuilde kamera sover sy kan sien nie.

Sy is op die punt om bes te gee toe 'n gonsgeluid haar aandag trek. Sy maak haar hand bak teen die skerp lig en kyk verskrik rond. Hier moet nou net nie 'n swerm bye op haar kom staan en toesak nie.

Jojo knipper haar oë toe sy 'n dynserige vorm teen die blou lug sien. Iets blits in die wasigheid. Dis ten minste nie bye nie. Dit lyk eerder soos ...

Nee hel, sy het te veel oor VVV's gelees. Haar oë bedrieg haar. Buitendien, as dit 'n VVV is wat sy sien, is die insittendes so groot soos die smurfies wat die BP-vulstasies weggegee het toe sy opgeskote was.

Sy gee 'n paar tree nader aan die ding. Dit val terug maar bly op dieselfde afstand van haar af. Sy retireer 'n paar tree. Dit volg haar maar bly steeds op dieselfde afstand.

Daar is geen twyfel nie. Die ding hou haar dop en reageer op haar bewegings.

Jojo gooi haar hande in die lug. "Ek is verdwaal, oukei?"

Die gonsende ding pyl ineens op haar af. Jojo koes. Sy kan die roering van lug voel waar dit met 'n woer-woer-geluid verby haar skiet.

Met 'n hart wat in haar keel klop, spring sy in die bakkie. Die bande gly op die grond terwyl sy tru. Toe sy by die inrit uit is, wys die bakkie se neus in die rigting waarvandaan sy gekom het. Enige rigting is goed genoeg, solank sy net kan wegkom.

Eers 'n paar kilometer verder bedaar sy effens en trek van die pad af. Niks in die truspieël nie en so ver sy kan sien ook niks om haar nie. Haar hande bewe en sy is natgesweet al is dit allesbehalwe warm.

Dit verg twee probeerslae voor sy die botteltjie water wat sy altyd saamry, oopkry. Sy neem 'n paar groot slukke en sit vir 'n paar oomblikke met toe oë terwyl sy tot haar sinne probeer kom.

Oukei. Wat kan vlieg, maak 'n gonsgeluid, kan sien wat mens doen en op jou bewegings reageer? Dis letterlik 'n unidentified flying object, maar beslis nie uit die buitenste ruimte nie.

Jojo begin meteens lag. 'n Droë, krakerige laggie. Die skrik sit nog in haar, maar sy dink sy weet wat sy gesien het.

Sy kry Tabby4 uit haar handsak. Geen sein nie. Sy ry tot by 'n hoër punt in die pad en probeer weer. Die sein is flou, maar daar.

Haar hande bewe nog steeds toe sy die vyf letters van die Engelse term intik.

Binne sekondes is die voorwerp is nie meer ongeïdentifiseer nie. 'n Hommeltuig. 'n Bleddie hommeltuig wat haar amper 'n hartaanval gegee het. Sal haar leer om UFO's kop toe te vat.

Sy laat toe dat Tabby4 haar lokaliteit aandui, gaan na Google Maps en tik Bientangsbaai in. Sy weet miskien nie hoe om koördinate te gebruik om by 'n onbekende adres uit te kom nie, maar haar pad terug kan sy darem vind. Solank die selsein hou.

Schoemansville
Ayla

Die son sak skouspelagtig agter die poort in, gooi slierte pienk, purper en brons oor die toksiese water van die dam. Mooi wat, in hierdie dralende oomblikke, stank veredel.

Vivien het nog die dam van voor die hiasintprobleem onthou. Ayla nie. Sy onthou wel die groenoortrekte wateropper-vlak en ook dat die probleem een of ander tyd "opgelos" was. Dit was nog voor die eiendomsontwikkelings en gholfbane. Sy onthou die dam op sy laagste watervlak ooit. En sy onthou dat die damwal in die laat negentigs, toe 'n elf jaar lange El Niño-droogte gebreek is, gesidder het van die watermassa en die vrees laat ontstaan het dat dit nie sal hou nie.

Die dam was nog altyd deel van haar lewe, altyd deel van haar geografie in die wydste sin van die woord.

Behalwe toe sy gestudeer en as sielkundige haar Zuma-jaar gedoen het, het sy nog nêrens anders as binne sigafstand van die dam gewoon nie. Eers op die plot en nou die afgelope paar jaar in haar huis teen die hang van die Magaliesberge.

Haar hart klop met swaar slae as sy dink aan die reis wat voorlê. Omdat die vlugte nie anders kon uitwerk nie, gaan sy vir twee weke heeltemal uit haar gemaksone beweeg.

Sy is waarskynlik die enigste wit, relatief gegoede Pretoria-
ner wat nog nie in Bientangsbaai was nie, al weet sy darem
dis een van dié plekke om walvisse te sien. En sy is seker ook
die enigste een wat so opsien daarteen om daarheen te gaan.

Die sielkundige met 'n sosiale fobie. Vrees om vir langer as
'n paar uur van die veilige hawe van haar huis weg te gaan,
vrees vir reis, vrees om voor ander op te tree, vrees vir vriend-
skappe, vrees vir bespotting, vrees vir verwerping. Vrees vir
die lewe.

Geen wonder sy kon nie as sielkundige of dosent funk-
sioneer nie. Sy kwalifiseer beter vir pasiëntstatus.

Maar dit weet sy darem al lankal. Sy kon eers vrede maak
daarmee dat haar mensskuheid normale grense oorskry toe sy
uiteindelik verstaan het die oorsprong daarvan is haar vrees vir
verwerping. 'n Mens vrees dit wat jou seergemaak en onveilig
laat voel het. En daardie vrees veroorsaak op sy beurt dat jy
telkens weer seergemaak word en van voor af onveilig voel.

Haar eerste herinnering aan verwerping was toe ouma
Marja twee dae nadat Nimue haar opwagting gemaak het net
nie meer daar was nie en nooit weer teruggekom het nie. En
vandat Nimue daar was, het sy ook nie meer 'n ma gehad nie.
Vivien het aan al haar oudste dogter se fisieke behoeftes vol-
doen, maar Ayla was 'n lastigheid in die intieme en eksklu-
siewe verhouding wat daar uit die staanspoor tussen Vivien en
Nimue ontstaan het.

Nimue was die kind wat Vivien gehoop het Ayla sou wees
en wat sy toe nie was nie. Perfekte Nimue. En haar perfeksie
was vir Vivien bewys van waar sy glo Nimue vandaan gekom
het – in teenstelling met haar oudste dogter.

Partykeer het Ayla gewens Nimue was nooit gebore nie,
maar vandat Nimue in die niet verdwyn het, treiter skuldge-
voelens haar. Sy is vier jaar ouer as Nimue, sy moes haar beter
beskerm het. Teen die buitewêreld, maar veral teen haarself.
Want Nimue, soos Vivien en danksy Vivien, het geglo sy is die
as waarom die wêreld draai.

Geen wonder Nimue het na grashalms gegryp toe Vivien
op 'n dag besluit het haar twee dogters het haar nie meer no-

dig nie. Eers seks, sigarette en drank. Toe godsdiens. Tussendeur getroude mans wat haar bederf het voor hulle belangstelling verloor of uitgevang is. En toe die ongesonde verhouding met Diana.

As hulle gay was, was dit nog oukei. Maar Nimue en Diana het 'n simbiose gevorm wat nie tot voordeel van enigeen gestrek het nie. Dit was asof hulle op mekaar geparasiteer het.

Die oomblik toe die kleurespel op die dam wegsypel, word die wateroppervlak donker en onheilspellend. Die son het gegroet en ook die hitte saamgeneem na 'n ander wêrelddeel.

Ayla gaan binnetoe, 'n gevoel van verlatenheid soos 'n bres in haar binneste – 'n gaping in die skansmuur waardeur vrees toegang kry.

Bientangsbaai
Jojo

Sy het skaars stilgehou of Joachim is by en maak die bakkie se deur oop. "Hemel, Jojo, ek het my morsdood bekommer oor jou. Waar op aarde was jy?"

"Gewerk, Joachim. En waar ek rondgery het, was daar dikwels nie 'n selsein nie." Sy SMS'e het eers deurgekom toe sy uiteindelik weer die R326 gekry het.

"Waar het jy rondgery?"

"In die berge. Kry nou end, Joachim, ek is doodmoeg. Ek het dringend 'n Comfortjie nodig." Hy staan terug dat sy kan uitklim, maar die bekommerde uitdrukking op sy gesig het vererger.

"Dis gevaarlik so alleen op afgeleë paaie, Jojo. Sê nou jy het karprobleme gekry? Hoe sou jy kontak kon maak as daar nie 'n sein is nie? En dan wil ek nie eens dink wat kon gebeur het terwyl jy gestrand was nie."

Jojo ignoreer hom en kry koers kothuis toe. Sy het nie oordryf nie. Sy is regtig moeg. En sy sien waaragtig nie kans vir sy gekerm nie. Sy is gewoond daaraan om haar eie besluite te neem en die gevolge daarvan op haar eie te dra. Vir agtien jaar al is sy op haarself aangewese en sy het nog altyd reggekom. En voor dit het Valk hom in elk geval ook nie veel aan haar handel en wandel gesteur nie. Nog minder enigiemand anders voor Valk in haar lewe gekom het.

Joachim is kort op haar hakke toe sy die kothuis se voordeur oopsluit.

"Jojo, moet nou nie só wees nie. Ek was maar net bekommerd."

Sy plak haar handsak op die bed neer en stap yskas toe, ruk die deur oop dat die blikkies tonic daarvan ratel.

"Los. Ek sal. Gaan sit solank op die stoep. Ek bring vir jou 'n Comfortjie." Die boetvaardigheid in sy stem laat haar effens vermurwe.

Sy kyk op na hom. "Joachim, ek is nie jou eiendom nie. Ek maak soos ek wil en ek gaan waarheen my werk my vat. Ek is mooi groot. Oukei?"

Hy vou sy groot hande om haar gesig en soen haar sag op die mond. "Oukei. Ek sal probeer verstaan, maar ek was bekommerd."

Jojo leun met 'n sug teen hom aan, laat haar wang teen die growwigheid van sy trui rus. Sy arms gaan om haar, hou haar teen hom vas. Nie te styf nie, nie te los nie. Net reg. "Ek het jou gewaarsku ek is harde werk."

"Jy het. En jy het nie oordryf nie."

Sy loer op na hom.

Sy oë is sag en liefderik. "En ek is lief vir jou nes jy is. Juis daarom bekommer ek my oor jou. Dit moet jý nou weer probeer verstaan."

"Ek probeer, maar asseblief, Joachim, moenie my versmoor nie." Sy draai uit sy omhelsing uit. Die gevoelens wat hy in haar losmaak as hy só na haar kyk, kan net weer tot die ander mynveld lei.

"Jojo, wag." Hy hou haar met 'n hand op haar boarm terug. "Dis die ander ding. Elke keer as ek jou vashou, net as ek dink ..."

"Joachim, nie nou nie. Een ding op 'n slag is genoeg. Ek sien regtig nie nou kans vir nog 'n meningsverskil nie." Sy het 'n goeie idee waarna hy verwys en dis die laaste ding wat sy vandag nodig het. Sy is al klaar ontsteld oor haar onvermoëns.

Ondanks sporadiese hulp van haar tablet, het sy nog steeds in haar maai in verdwaal op pad terug. Dit ondermyn haar selfvertroue, laat haar wonder oor die effek van ouderdom, oor hoe sy in so 'n vinnig veranderende wêreld gaan byhou.

"Ek weet nie of ek weer die moed gaan hê om dit te sê nie. Dit vreet my van binne af op."

Jojo sug diep. Miskien moet sy dit nou maar verby kry. "Wat, Joachim?"

"Ons is nie net grootmense nie, Jojo, ons stap al aan na bejaard toe. Ons was albei getroud, ons is nie onskuldige maagde nie."

Ja-nee, hier kom dit.

"Ek weet nie hoe lank ek nog in staat sal wees om liefde te maak nie. As ek jou nie ontmoet het nie, sou dit nie saak gemaak het nie. Maar ek het jou lief en wil jou bemin. Ek wil die vrymoedigheid hê om dit te kan aanvoor wanneer die tyd reg is. En dit was al reg, maar jy skram heeltyd weg."

Sy ruk haar arm los. "Kry iemand anders om jou viriliteit aan te bewys, Joachim. Ek sien nie kans nie."

Sy kan behoorlik sien hoe die seerkry intrek in sy oë neem.

"Ek wil niks bewys nie en beslis nie by iemand anders nie. Dis vir jou wat ek begeer. Is ek dan vir jou so afstootlik?"

"Jy is allermins afstootlik, maar ek kan nie en ek wil nie. Jy sal dit moet aanvaar." Dit voel asof daar 'n tennisbal in haar keel vassit, maar sy forseer die woorde uit: "Ek vra jou mooi, los my nou net verdomp alleen."

Sy plooierige ooglede sak oor die seerkry. Hy byt sy onderlip 'n oomblik vas, knik dan net, draai om en stap by die kothuis uit.

Daar. Dis gesê. Sy kan nie en sy wil nie.

Hoekom voel sy dan nie verlig nie?

Hoekom is haar hart ineens so seer dat sy sweer dit gaan enige oomblik sommer net verskrompel en ophou klop?

Hoekom voel dit asof sy op hierdie oomblik die eensaamste, miserabelste mens in die wye wêreld is?

Agt

"Het jy van die aardbol afgeval, of wat?" Irene se sarkastiese stem oor die foon is die laaste ding wat Jojo agtuur in die oggend ná 'n slapelose nag nodig het.

"Moenie sukkel nie, Irene. Ek wou jou in elk geval netnou bel. Ek soek ander blyplek."

"Jy wát?"

"Ek kan 'n bybetaling maak as dit duurder is as wat jy vir die kothuis betaal." Sy kan nie eintlik nie, maar hier moet sy weg.

"Moet jou nou nie besimpeld hou nie. Buitendien, ek betaal al vergange nie meer vir jou verblyf daar nie. Joachim het ná die eerste keer geweier."

Jojo se moed sink in haar skoene. 'n Nare vermoede vat by haar pos. "En die yskas waarin daar altyd kos en drank vir 'n menigte is, wie het tot dusver daarvoor gesorg?'

"Ek en Valk, die eerste keer, daarna het Joachim self gesorg en self daarvoor betaal. Maar wat is dit met jou en Joachim?"

"Dit werk net nie uit nie." Sy hoop tog net nie Irene kom agter sy is al weer op die punt om aan die tjank te raak nie. Asof sy nie al tranerig genoeg was vandat Joachim gistermiddag hier weg is nie.

"Maar die man is mal oor jou en jy oor hom ook. Dit kan enige aap sien."

"Wel, die aap sien verkeerd. Los dit nou, Irene. Dit werk nie en basta. Die redes het niks met jou uit te waai nie."

"Fokkit. Jy is waaragtig ernstig. Het jy op jou kop geval of iets? Joachim is seker die grootste catch wat jy in sy ouderdomsgroep kan kry."

"Dan sal jy maklik iemand anders aan hom kan afsmeer, soos jy met my gemaak het. Die punt is, ek moet hier uit. Vandag nog."

"Nou maar gaan soek dan vir jou plek in 'n gastehuis, maar ek betaal nie."

"Dis deel van ons ooreenkoms dat jy verblyf verskaf!"

"Wel, jy het verblyf, het jy nie? Nêrens staan daar in die ooreenkoms jy kan pick en choose waar die verblyf is nie. As dit jou nie aanstaan nie, is dit jou eie indaba. En vir jou eie rekening."

"Maar ..."

"Wat het jy gistermiddag uitgerig? Dis al waarin ek nou belangstel," val Irene haar dwarsweg in die rede.

Jojo kners heimlik op haar tande. "Ek dink ek het dalk die plek opgespoor. Ek is deur 'n bleddie hommeltuig gebuzz."

"'n Wat?"

"'n Drone. Oftewel 'n RPAS, 'n remotely piloted aircraft system. Oftewel 'n vlieënde kamera. Take your pick."

"Het jy foto's geneem?"

Ag donner, tog. Daaraan het sy nie eens gedink nie. Hoe kan sy so op haar oudag ewe skielik so nikswerd wees? Drie jaar gelede was sy nog op en wakker en voor in die koor op die meeste gebiede. En kyk nou. "Nee, dit sou agterdog gewek het," behou sy darem haar teenwoordigheid van gees. "Ek het vir die ding geskree ek het verdwaal. Hopelik glo hulle dit." Irene hoef nie te weet dit was van skrik of dat dit in elk geval die waarheid was nie.

"Gedink daar is maer groen mannetjies in en hulle sal die boodskap oordra aan die moederskip?"

"Irene, vlieg hel toe. Ekonomiese klas." Sy lui met 'n verwoede druk van haar duim af.

Sy het net haar tweede koppie koffie ingeskink, haar sit op die stoepie gekry en haar derde sigaret aangesteek toe daar 'n SMS deurkom. Irene. *Sorry, ek was bietjie hard op jou. Het met J gepraat. Hy sê jy is welkom om te bly. Kan hoor sy hart is baie seer. Maar dis tussen julle. Sorteer dit net uit, julle is perfek vir mekaar. Gaan lugfoto's laat neem. Het mos koördinate. Stuur vir my intussen volledige verslag oor gebeure. Drone et al. Het Ayla probeer bel, maar ontvangsdame sê net sy is nie beskikbaar nie. Weier om selnr te gee. Sal dit in die hande probeer kry.*

Jojo vou haar arms op die tafel en laat rus haar voorkop op haar voorarm. Sy kry die trane nie meer gekeer nie.

Julle is perfek vir mekaar se agterent. Jojo Richter is perfek vir niemand nie. Sy is net 'n perfekte swaap. Dis wat sy is.

Wat het van hardegat Jojo met die wêreld se selfvertroue geword? Wat geglo het in haar vermoëns en dat haar dienste buitensporige fooie werd is?

Wat besluit het dis Jojo Richter teen die wêreld en die score is een-nul. Besluit het Jojo Richter sorg vir Jojo Richter en basta met die res.

Sy het die afgelope paar jaar mense ontmoet wat agting vir haar het en haar laat voel het sy maak darem ook 'n verskil in die wêreld, al is dit hoe klein. En nou skielik is sy hierdie tjankende wrak wat niks meer kan reg doen en geen vertroue in haarself en haar vermoëns het nie. Nie eens 'n verdomde padkaart kan lees nie. Of daaraan dink om foto's te neem nie. En nie die guts het om liefde aan te gryp nie.

Wat haar verknies oor hoe sy kaal in 'n kooi gaan lyk.

"Jojo?" Joachim se stem is rasperig.

Haar keel is te toegetrek om te antwoord en sy kan nie waag om nou op te kyk nie.

"Ek is jammer. My tydsberekening kon seker nie vrotter gewees het nie. Jy was moeg ná 'n lang dag." Sy hand streel vertroostend oor haar hare. "Moenie hier weggaan nie. Dis nie nodig nie. Ek sal jou uitlos. As jy wil praat, kan jy my net sms. As jy nie wil nie, is dit ook reg. Oukei?"

Sy bly net so sit. Sy kan hom nie nou in die oë kyk nie. En sy weet nie wat om te sê nie.

"Ek is ook jammer ek het dalk soos 'n orige ou man geklink. Ek is nie gewoonlik so nie. Dis net dat jy dinge in my wakker maak. Maar dis nie jou skuld nie. Ek sal my van nou af gedra."

Sy skud net haar kop. Praat is steeds 'n saak van onmoontlikheid.

"Oukei, ek sal jou nou uitlos. Ek wou net vir jou kom sê."

Sy wil nie uitgelos wees nie, wil sy vir hom sê. Sy wil haar seer hart teen sy bors uithuil en sy arms om haar hê. Sy wil weer gekoester en geborge voel soos sy altyd by hom voel – vir die eerste keer in haar lewe by enigiemand voel. Sy wil hê hy moet haar na haar bed in die kothuis vat en passievol met haar liefde maak. Al is sy amper een en sestig en al is elke jaar en elke kilojoule wat sy ooit ingeneem het op haar vet lyf afgeëts en ingewroet.

Toe sy uiteindelik haar kop lig, het Joachim so stil verdwyn as wat hy verskyn het.

Dit voel soos ure later voor sy weer die krag het om op te staan, haar gesig te was en agter haar skootrekenaar in te skuif. Laat sy die ellendige verslag vir Irene skryf en klaarkry.

Sy het net begin toe iets haar byval. Sy gryp haar selfoon. *Nie goeie plan om lugfoto's so gou ná my besoek te laat neem nie. Weet jy dalk waarvoor IPIN kan staan? Op hek gestaan saam met geen-toegang-kennisgewing.*

Jojo maak Netwerk24 oop terwyl sy wag vir 'n antwoord. Zuma dit, Zuma dat. Dlamini-Zuma sus, Malema so. Nog 'n verdomde plaasmoord. Trump wat weer iets buitensporigs kwytgeraak het. Noodlottige motorongelukke. Nog 'n brand. Die droogte knel steeds. 'n Man wat met 'n mes gesteek is, gee 'n sielkundige die skuld.

Jojo wil net die blad toemaak toe sy 'n bekende naam in die lokteks van die laaste berig sien. Ayla Hurter. Sy klik haar tong ergerlik toe haar selfoon 'n SMS aankondig.

Irene. *Sal wag tot Vrydag en helikopter gebruik. Een wat al voorheen wild getel het vir 'n privaat natuurreservaat daar naby. Geen idee waarvoor IPIN staan nie.*

Jojo antwoord haastig. *Oukei. Sal google oor IPIN.* Met die SMS gestuur, klik sy op die skakel na die berig.

Volgens 'n ene Bertie Visagie het hy doktor Ayla Hurter, 'n sielkundige, genader oor verhoudingsprobleme. Sy het hom afgeraai om met Monica Walters, die ma van sy ongebore kind, te trou.

Die hoogswanger Monica was oorstuur ná 'n moeilike dag en het gedink hy gaan die jawoord vra toe hy haar daardie aand inlig wat Hurter aanbeveel het.

In 'n oomblik van ontsteltenis het sy hom met die mes waarmee sy kos aan die voorberei was, gesteek. Die wond is ernstig, maar nie lewensgevaarlik nie.

Visagie verkwalik doktor Hurter.

Dit het aan die lig gekom dat doktor Hurter nie as sielkundige mag praktiseer nie aangesien haar registrasie reeds 'n geruime tyd gekanselleer is.

Monica het haar vrywillig by die polisie aangemeld nadat sy Visagie hospitaal toe geneem het. Visagie het Monica intussen vergewe en haar toe tog gevra om met hom te trou. Sy oorweeg sy huweliksaansoek en Visagie oorweeg regstappe teen Hurter. Doktor Hurter was nie beskikbaar vir kommentaar nie.

Jojo skud haar kop. Soos Totius, is hierdie wêreld regtig nie haar woning nie.

Sy sou Joachim dus ook moes vergewe as hy haar gisteraand met 'n mes gesteek het omdat sy nie wil toegee aan sy toenadering nie. Wat 'n klomp twak. Maar wat het Ayla besiel om die man in haar hoedanigheid as sielkundige te sien en sulke blatante raad te gee as sy nie meer geregistreer is nie?

Met 'n frons soek sy Ayla se e-pos van gister op en lees weer daardeur. *Gister het ek nagelaat om iemand te wys op moontlike gevaar waarvan ek bewus was. Die gevolg was rampspoedig.*

Sou die "iemand" Bertie Visagie wees?

Ayla

Drie oproepe van Sjerien af, sien Ayla toe sy uiteindelik voor haar gastehuis in Bientangsbaai stilhou en onthou sy het nog nie weer haar foon ná die vlug aangeskakel nie. Dêmmit! Sy hoop nie daar is probleme nie.

Ná 'n oggend gekenmerk deur vertwyfeling of sy die regte ding doen, 'n skreeuende Griet wat sy by die kennels afgelaai het, een verkeersknoop na die ander en 'n ongemaklike vlug in 'n te nou sitplek, het sy nie lus vir nog probleme nie.

"Sjerien? Ayla. Ek sien jy het my gesoek."

"Doktor! Die joernaliste bel en ek weet nie wat om te sê nie." Sy klink na aan trane.

Ayla frons diep. "Joernaliste? Waaroor, Sjerien?"

"Daardie Bertie Visagie-skarminkel. Staan en liegstories verkoop. Dis in die *Beeld*. Ek sal vir Doktor lees."

"Sjerien, ek wil net eers by my gastekamer uitkom. Ek sit nog in die kar. Ek bel jou nou-nou weer, dan lees jy vir my die berig." Sy kan ook net soveel op een slag hanteer.

"Maak so, Doktor. Ek sal maar net aanhou sê Doktor is nie beskikbaar nie. Dis mos die waarheid. En ek gee nie Doktor se selnommer uit nie. Moenie worry nie."

"Jy is 'n sterretjie aan my hemeltrans, Sjerien. Praat later."

Ayla klim met 'n swaar hart uit die motor. Sjerien is ook die enigste sterretjie aan haar hemeltrans en dié trans lyk bra donker op die oomblik.

Jojo

Die verslag wat sy vir Irene aanstuur, is maar kort. Nie veel om oor verslag te doen nie al was gister 'n veelbewoë dag.

Haar IPIN-soektog op die internet het wel antwoorde opgelewer. Ongelukkig beteken die antwoorde vir haar niks. Sy kyk weer na haar aantekeninge.

IPIN staan vir International Player Identification Number – iets met tennis te doen.

Nog 'n IPIN-akroniem staan vir International Property In-
vestment Network.

En dan is daar 'n iPin Spatial Ruler. Een of ander goetertjie
vir iPhones waarmee mens glo kan mates neem. Of so iets.

Thanks for nothing. Sy weet nie veel van tennis, eiendomme
of iPhones af nie, maar sy is redelik seker die IPIN op die hek
verwys nie na een van die drie nie. En al is daar dalk 'n ant-
woord op die internet, is die soektog daarna toegegooi onder
inligting oor die ander drie.

Jojo kyk na die hoekie van die skerm waar die tyd aangedui
word. Ayla moet vergete al op Bientangsbaai wees.

Tensy die verkeer kwaai is. Sal nie kwaad doen om 'n SMS
te stuur nie. Hoe gouer sy vir Ayla kan sien en hulle hul prate
kan praat, hoe gouer kan sy dit van haar gewete afkry dat sy
agter Irene se rug knoei.

*Hi Ayla. Hoop jy het veilig aangekom? Laat weet asb. hoe
laat en waar ek jou kan kry. Ek stel Tapas voor. Dis op die wa-
terfront net bokant die ou hawe.*

Daar kan sy ten minste rook.

'n SMS kom deur. Ayla. *Reg. Sien dis stapafstand van hier af.
Oor 'n halfuur?*

In die haak. Ek is die kort bont een.

Ek is die dik blonde een.

Ayla

Die gastekamer is mooi met 'n balkon wat oor die see uitkyk
en Hestie, die eienares, vriendelik. Dit help.

Die berig wat Sjerien vir haar voorgelees en toe geskan-
deer en per e-pos aangestuur het, het egter 'n klipharde knop
op haar maag gevorm. Langs die ander knoppe.

Sy moes 'n afskrif van Visagie se brief gemaak het. Nou het
sy geen bewys dat hy haar as grafoloog en nie as sielkundige
genader het nie. En daar is natuurlik geen bewys van enigiets
wat tussen hulle gesê is nie.

Toe sy nog as sielkundige kliënte gespreek het, het sy ge-
sprekke opgeneem. Dit was vir haar beter om behoorlik te

luister terwyl die kliënt praat as om aantekeninge te maak. Met die opnames kon sy ook altyd teruggaan na die gesprek voor die kliënt se volgende afspraak.

Daar is egter geen rede om as grafoloog gesprekke op te neem nie. Sy werk immers met die geskrewe woord en sien meesal nooit eens haar kliënte nie.

Maar nou moet sy eers dié debakel voorlopig op die agtergrond skuif. Konsentreer op haar gesprek met Jojo Richter. Op die vliegtuig het sy van voor af bedenkinge gekry, maar sy weet ook sy sal haarself nie vergewe as Nimue iets moet oorkom nie. Hulle is en bly susters al het Nimue haar hoe seergemaak.

Dis asof sy haar nou nog hoor toe sy gesê het die enigste manier waarop Ayla 'n man sal kry, is om verwagtend te raak en die pa te kry om met haar te trou ter wille van die kind. "Jy sal hom maar net goed moet dronk maak om hom sover te kry om daardie eerste keer by jou te slaap, Ayls," het sy nog gelag.

Wel, sy het toe niemand dronk gemaak nie. En daarom is sy seker die oudste virgin op die planeet. Not so sweet forty-two and never have been kissed. Dis sy.

Dis nou as mens nie die een keer in matriek tel toe een van die seuns haar wou soen en haar uitstaantande in die pad gekom het nie.

Dit het 'n klein fortuin aan ortodontiste gekos om uiteindelik 'n soenbare mond te hê, en nou is daar niemand wat haar wil soen nie.

Jojo

Sy eien nie dadelik iemand wat aan Ayla se beskrywing voldoen nie. Daar is 'n vrou met lang blonde hare, maar sy is allesbehalwe dik.

Eers toe die vrou haar raaksien en agter die tafel uitskuifel om op te staan, besef Jojo dit moet wel Ayla wees. Skraal bolyf, maar haar heupe en dye is buite proporsie groot. Sy het egter die pragtigste paar blou oë wat Jojo nog aan iemand gesien het.

Letterlik hemelsblou, omraam met lang wimpers en afgerond deur netjiese wenkbrouboë.

Ayla se glimlag is inkennig toe sy haar hand uitsteek. "Jojo Richter, neem ek aan?"

"Dis net sy daai. Hallo, Ayla." Ayla se greep is sag, maar nie pap nie.

"Voor ek vergeet." Jojo gee vir Ayla die koevert met Strach Serfontein se skrywe en bestel 'n cappuccino.

Jojo plant haar elmboë op die tafel. "Volgens Irene het ek dit via PostNet vir jou gestuur. Die rekening vir die ontleding moet na haar toe gaan."

Ayla knik en laat sak die dokument in 'n dun briewetas van sagte leer. Sy buk na die sykant toe, voel-voel onder haar stoel en bring 'n outydse, vierkantige koekblik te voorskyn. Sy sit dit voor haar op die tafel neer en laat rus haar ineengestrengelde hande daarop asof sy eintlik nie wil hê dit moet oopgemaak word nie.

Jojo lig haar wenkbroue.

"Uitknipsels, uit koerante en tydskrifte. Dit was my ma s'n. Sy het alles gebêre wat oor haar geskryf is. Ek het dit saamgebring om te staaf wat ek jou gaan vertel oor my en Nimue se grootwordjare."

Praat van met die deur in die huis val.

Jojo haal 'n stemopnemer uit haar handsak en hou dit in die lug. "Gee jy om as ek ons gesprek opneem?"

Ayla huiwer 'n oomblik. "Jy mag, maar ek soek 'n kopie van die gesprek en jy mag dit net gebruik om jou geheue te verfris. Jy mag niemand daarna laat luister of oor die inhoud inlig sonder my toestemming nie. Dit moet jy hardop onderneem sodra jy die opnemer aanskakel."

Ayla Hurter is toe nie die softie wat sy met die eerste oogopslag lyk nie.

Toe die cappuccino voor haar neergesit word, prewel Jojo 'n dankie, maar sy registreer dit skaars. Wat wel registreer, is die lawaai om hulle. Dis gewone klanke wat 'n mens in 'n restaurant met 'n bedienende kroeg verwag, maar vir hulle doeleindes klink dit na 'n kakofonie.

"Ayla, kom ons geniet ons drinkgoed, gesels sommer 'n bietjie in die algemeen en dan ry ons na my kothuis toe." Die meisiekind moet ook eers op haar gemak kom. "Dis aansienlik stiller daar.

Ayla knik. "Dit pas my."

Jojo bêre die stemopnemer en strooi bruinsuiker oor die skuim van haar cappuccino. Ayla het net 'n glas water met suurlemoen voor haar. "Kon jy al iets wys word uit Strach Serfontein se skrif? Of werk 'n geskandeerde dokument glad nie vir jou doeleindes nie?"

"Ek kan net voorlopige afleidings maak uit die e-dokument, maar 'n paar goed het my al opgeval. Ongelukkig is dit 'n relatiewe kort voorbeeld en ek het nog nie tyd gehad om behoorlik na die samehang te kyk nie."

"En?"

"Is dit nie aan Irene wat ek verslag moet doen nie? Jy sê dit is sy wat my betaal."

"Wanneer ek vir Irene werk, deel ons alle inligting en knoop saam die toutjies."

"Oukei. Solank jy wat ek vir jou sê as vertroulik beskou."

Jojo knik.

Ayla kyk haar nog 'n oomblik lank vertwyfeld aan voor sy haar besluit neem. "Soos jy seker gesien het, het hy nie die mooiste skrif op aarde nie."

Eufemisme van die jaar.

"Daar is al baie redes aangevoor oor waarom sommige mense 'n lelike of onleesbare handskrif het. Nie dat syne heeltemal onleesbaar is nie, maar dis ook nie maklik om te lees nie. Moontlik omdat hy vinniger dink as wat hy kan skryf, wat onder meer op intelligensie kan dui. Of dalk het hy nie respek vir wie ook al sy skrif moet uitmaak nie, wat 'n gevoel van meerderwaardigheid kan verklap. 'n Lelike handskrif kan egter ook op kreatiwiteit of genialiteit dui.

"Picasso, Freud en Beethoven het byvoorbeeld al drie vrek lelik geskryf. Aan die ander kant het Napoleon en Jack the Ripper ook lelike, feitlik onleesbare handskrifte gehad. Mense met komplekse persoonlikhede skryf soms ook lelik, soos byvoor-

beeld Robert Oppenheimer, die fisikus wat atoom- en water-
stofbomme help ontwikkel het. Hy was in 'n ernstige stryd met
sy gewete en dit wys in sy handskrif."

"En behalwe dat Serfontein lelik skryf? Enige ander aflei-
dings?"

"Ja, maar dis afleidings wat nog verkeerd bewys kan word.
Dit bekommer my bietjie dat hy doelbewus netjies probeer
skryf het, al lyk dit nie met die eerste oogopslag so nie. Veral
die eerste deel. Ek neem aan dis omdat die dokument dalk vir
amptelike doeleindes gebruik kan word, maar dit kan ook dui
op 'n persoonlikheid wat van nature wil mislei. Hierdie poging
tot netheid kan veroorsaak dat my bevindings nie in alle opsigte
akkuraat sal wees nie. Ek sal dit ook so in my verslag uitstippel."

Sou dit nou 'n agterdeur wees wat Ayla ooplaat ingeval
sy die pot missit? Jojo voel effens skuldig oor haar agterdog,
maar die hele spulletjie klink vir haar maar vrek baie na horo-
skooptwak.

Ayla glimlag effens, amper asof sy weet wat Jojo dink. "Die
doelbewuste poging tot netheid," gaan sy nietemin voort, "kan
ook die rede wees waarom dit lyk asof daar teenstrydighede is
in sy persoonlikheid. Enersyds het ons te doen met 'n man met
integriteit. Andersyds is daar moontlik tekens van misleiding –
en nie net as gevolg van die poging tot netheid nie. Daar is aan-
duidings van 'n humeur, hy is iemand wat nie te ver gedryf moet
word nie, maar ook tekens van gemoedelikheid en 'n sin vir
humor. Ook van 'n soort moedeloosheid, wat ek sou raai 'n ty-
delike neerslagtigheid is, want daar is ook plek-plek optimisme
wat deurslaan.

"Benewens hierdie teenstrydighede, staan 'n paar dinge uit.
Hy is intelligent en het 'n ondersoekende ingesteldheid. Hy is
opmerksaam en het 'n fyn waarnemingsvermoë. Hy voel sterk
oor reg en verkeerd – sy eie interpretasie daarvan – en haat on-
regverdigheid. Daar is tekens dat hy sensitief is, idealisties ook.
En soms moedswillig."

"En dit lei jy net af uit iemand se handskrif?" Selfs dat hy 'n
humeur het wat, volgens Irene se inligting oor die aanranding
in sy matriekjaar, presies in die kol is.

"Dis waarvoor ek opgelei is en betaal word."

Een ding is seker, sy sal sorg dat Ayla nêrens Jojo Richter se handskrif te siene kry nie. "En die inhoud?"

Ayla skud haar kop. "Ek het nog nie daarna gekyk nie, net na die skrif. Ek blok altyd eers die inhoud uit, kyk net na die letters en die samehang daarvan binne die woord, die woord wat dit voorafgaan en die een wat daarop volg, tot ek 'n goeie idee gevorm het oor die skrif. Anders kan dit mens se bevindings beïnvloed."

Jojo drink ingedagte aan haar koffie. Voel sterk oor reg en verkeerd, haat onregverdigheid. Dit klink nogal soos iemand wat 'n regter kan kwalik neem omdat hy 'n man wat 'n moord beplan het, laat loskom het. Tel sy humeur en dalk ook die gevoel van moedeloosheid daarby, en mens begin wonder oor Strach Serfontein.

Sy twyfel of hy 'n Picasso of 'n Beethoven kan wees. Hoe kreatief kan 'n dermatoloog immers wees? En genieë skop jy nie agter elke bos uit nie. Kompleks? In stryd met sy gewete soos Robert Oppenheimer? Moorddadig soos Jack the Ripper? Of skryf sekere mense bloot leliker as ander? Sommer omdat dit so is. Of omdat hulle poffertjies vir hande het. Soos sy.

Nie dat sy naastenby so lelik skryf soos Strach Serfontein nie, maar kalligrafie is dit beslis nie. En vandat artritis sy greep op haar duime gekry het, is dit erger as ooit. Verdomde ouderdom.

"Sal ons ry?" vra Ayla toe Jojo haar leë koppie neersit. Sy moes intussen betaal het, lei Jojo af van die beursie wat sy in haar briewetas laat glip.

"Ons kan maar. Dankie vir die koffie."

"My plesier." Ayla druk die koekblik onder haar arm in. "As jou motor naby is, stel ek voor jy neem my gastehuis toe om myne te kry, dan volg ek jou sodat jy nie weer hoef te ry om my terug te bring nie."

"Beplan jy altyd so deeglik vooruit?"

Ayla glimlag. 'n Pragtige glimlag wat tot in haar oë strek. "Sover dit moontlik is."

"En is jy altyd so haastig om dinge af te handel?" vra Jojo toe hulle buite kom.

"Nie regtig nie, maar ek sal dalk vroeër moet teruggaan as wat ek beplan het. Daar het iets voorgeval wat komplikasies kan hê."

Sou Bertie Visagie die rede wees? Sy kan nie eintlik vra nie. Miskien weet Ayla nog nie eens daarvan nie en sy wil nie die een wees wat haar inlig nie.

"Was dit dan in *Die Burger* ook?"

Jojo kyk verras na haar.

"Ek kan sien jy wil iets vra, voel ongemaklik daaroor en weet nie mooi hoe om dit te hanteer nie. Ek neem aan dis oor die berig wat vanoggend verskyn het waarin Bertie Visagie my beswadder."

"Nie *Die Burger* nie. Netwerk24. Die digitale koerant. Berigte uit al die dagblaaie verskyn daarop." Jojo grawe solank haar motorsleutels uit 'n kantsakkie van haar handsak.

"Net vir die rekord, hy het my kom spreek in my hoeda-nigheid as grafoloog. Nie as sielkundige nie. Die raad wat ek hom gegee het, is die soort raad wat enige ander mens – met of sonder kennis van sielkunde – vir hom kon gegee het. Ek het gesê hy moet eerder eerlik met sy meisie wees as om agter haar rug te knoei deur haar handskrif te laat ontleed."

"Wat het jy in haar handskrif gesien?"

"Oneerlikheid en 'n neiging tot gewelddadigheid, onder meer, maar omdat dit net 'n vlugtige en dus onbetroubare oor-deel was, het ek dit nie vir hom gesê nie en toe word hy met 'n mes gesteek."

"En toe voel jy skuldig en nou maak hy boonop asof jy die vark in die verhaal is."

"Net so."

"Hier is my bakkie." Jojo sluit oop.

"Jojo?"

Jojo kyk op.

"Dankie dat jy my glo. Al is jy skepties oor die aard van my werk." Ayla wag nie vir haar reaksie nie, stap net om na die passasiersdeur en klim in.

Sy is reg, besef Jojo. Sy het Ayla dadelik geglo. Maar dis nie te sê dat sy gemaklik daaroor voel dat die meisiekind dinge raaksien wat geen mens die reg het om in ander raak te sien nie.

Nege

Wat sou Jojo Richter so hartseer maak? wonder sy toe sy met haar gehuurde Etios die wit bakkie begin volg.

Aan die effens geswelde ooglede kan Ayla aflei iets het onlangs gebeur. Daar is egter ook 'n ou hartseer wat diep gesetel is. Een wat Jojo agter flambojantheid probeer verberg. En agter 'n soort parmantigheid of dalk eerder uitdagendheid.

Maar dit het seker niks met haar uit te waai nie. Sy maak Jojo al klaar ongemaklik. Die hoofsaak is, sy weet sy kan Jojo vertrou. Nie om altyd die waarheid te praat nie, maar wel haar goeie bedoelings.

As Jojo aan jou kant is, sal sy jou nie in die steek laat nie. Maar sy sal nie noodwendig altyd met jou oop kaarte speel nie, al kan sy dalk in ander gevalle weer te reguit wees.

En as Jojo sou weet wat sy nou sit en dink, sal sy verontwaardig voel. Seker met reg. Enigeen is geregtig op privaatheid.

Soms verwens sy haar talent vir interpretasie. Miskien het dit ontwikkel omdat sy nog altyd eerder die waarnemer as die deelnemer was. Omdat sy altyd die tekens moes probeer lees om te bepaal wat haar ma se bui was, probeer bepaal of sy maar kan ontspan of op haar hoede moes wees. Later was dit dieselfde met Nimue.

Miskien moes sy hierdie talent nie 'n stap verder gevat en doelbewus lyftaal begin bestudeer het nie.

Tog is daar mense wat haar kan flous. Merendeels mans. Dalk is dit omdat sy mans nie goed kan lees nie dat sy nog nooit 'n man kon vertrou nie.

Die basiese dinge kan sy wel interpreteer, maar nie dieper dinge nie. Mans kan vir haar wegsteek wat hulle wil wegsteek. Waarskynlik omdat die meeste van kleins af geleer is om nie emosie te wys nie.

Of miskien omdat daar nooit 'n manlike rolmodel in haar lewe was nie. Net Johan Hurter en dit slegs vir 'n kort rukkie. Sy was net-net vyf toe Vivien met hom getrou het en hy is weg voor haar agste verjaardag.

Daar was voortdurend woordewisselings en haar ma het soms dae lank in die vlieënde piering deurgebring terwyl Johan die fort moes hou met die twee meisiekinders wat hy aangeneem het.

Al was Ayla so jonk, was sy bewus van die onderstromings. Tog het dit nie eens by haar opgekom dat hy hulle sal verlaat nie. Sy het hom verafgood. Hy was die enigste mens wat ooit aandag aan haar geskenk het. Maar op 'n dag het hy nie huis toe gekom van die werk af nie. Hulle het hom nooit weer gesien nie.

Eers jare later, ná Vivien ook weg is, het sy hom probeer opspoor in die hoop dat hy dalk weet waarheen Vivien is. Maar Johan Hurter het verongeluk, moes sy uitvind. Dalk nie per ongeluk nie. Die vermoede bestaan dat hy doelbewus agter in 'n stilstaande trok vasgery het.

Teen die tyd dat hy hulle verlaat het, het sy vriende hom lank reeds begin vermy. 'n Man wat trou met 'n vrou wat glo in VVV's, was nie welkom in sy vriendekring nie.

Ná die egskeiding het Johan glo begin drink en sy werk verloor. Daar was niks om op terug te val nie. Die helfte van alles wat hy gehad het, het hy in sy eerste egskeiding verloor. Met sy egskeiding van Vivien het hy die helfte van daardie helfte afgestaan. Toe hy afgedank word, het hy nie meer geweet hoe om weer op die been te kom nie.

Ayla skrik op uit haar gedagtes toe Jojo by die inrit van 'n grasdakhuis indraai. Nee, in die Kaap is dit rietdakke, onthou sy. Op 'n manier laat die rietdak haar 'n bietjie tuiser voel al lyk die huis glad nie soos hare nie. Meer Kaaps, terwyl hare aan Bosveld-styl herinner.

Sy volg Jojo te voet na 'n kothuisie agter die hoofhuis. Binne is dit klein maar knus.

Jojo beduie haar stoep toe voor sy 'n draai gaan loop. Ayla sit die koekblik op die tafel neer. Die enigste ding van haar ma wat sy gehou het en dis in twintig jaar nie oopgemaak nie. Asof 'n mens herinneringe kan blik en vergeet daarvan. Op die boonste rak van jou inloopkas bêre, ja, dit kan jy doen. Vergeet? Nee.

Jojo

Sy skakel die opnemer aan, gee hulle name, die tyd, datum en plek en noem die voorwaardes wat Ayla vroeër geopper het. "Ayla, het ek jou toestemming om die gesprek op te neem?"

"Onder daardie voorwaardes, ja."

Jojo sit terug in haar stoel. Die mikrofoon is sensitief genoeg en sy wil hê Ayla moet geleidelik van die opnemer vergeet. "Gaaf. Waar wil jy begin?"

Ayla blaas haar asem uit. "Eintlik weet ek nie. Alles het seker by my ouma Marja Venter begin." Sy vee oor haar voorkop asof sy só haar gedagtes beter agtermekaar kan kry.

"Jou ouma het beweer sy het in 1946 'n vreemde vlieënde voorwerp teengekom," help Jojo en probeer haar stem egalig hou.

Ayla se oë rek effens.

"Sy glo jou ma Vivien Venter is die kind van 'n ruimtewese wat haar bevrug het in die twee uur waarvan sy niks kan onthou nie."

"Ja, dit was ouma Marja se storie en my ma het gedink dit het haar, Vivien, baie spesiaal gemaak. En sy het nog meer spesiaal gevoel ná sy ook sogenaamd kontak met 'n UFO gemaak het. In 1965 naby Mooinooi. Ek neem aan jy het jou inligting op die internet gekry, dus sal jy ook daarvan weet."

Jojo knik.

"Wel, ek is bly jy weet reeds. Dat ek jou nie hoef te verras met die nuus dat my familie vrot is van UFO-stories nie. Ek het gedink jy gaan my uitlag."

"Uitlag, nee, maar ek was beslis verras."

"Wat jy nie op die internet sou gekry het nie, Jojo, is dat ouma Marja se jongste suster ons in 1991 besoek het."

Jojo sit vorentoe. "Ja?"

"My ouma was toe al lankal uit ons lewe. Ek was sestien, Nimue twaalf, my ma drie jaar ouer as wat ek nou is. Die suster het uit die bloute op 'n Sondag by die plot opgedaag. Vir die eerste keer het ons uitgevind wat nou eintlik in my ouma se lewe aangegaan het voor my ma se geboorte.

"Dis nie vir my maklik om hieroor te praat nie, maar ek hoop dit help jou om ons agtergrond, en spesifiek Nimue, beter te verstaan. Te verstaan hoekom sy beland het waar sy is, as sy deel van daardie groep is." Ayla haal 'n slag diep asem.

"In 1946 was dit die toppunt van skande om ongehuud verwagtend te raak. Veral as jou familie vooraanstaande boere is. Ouma Marja se pa was hoofouderling in die kerk, haar ma voorsitster van die Sustersvereniging. Jy kan maar sê hulle was die pastoriepaar se regterhand.

"Albei was in die voorgestoeltes van 'n verskeidenheid verenigings en organisasies. My oupagrootjie het ook politieke aspirasies gehad as die Nasionale Party die verkiesing in 1948 sou wen." Ayla kry 'n snesie uit haar briewetas en blaas haar neus.

"Niemand het aanvanklik besef Marja is swanger nie. Dis net nie die soort ding wat in die familie gebeur het nie. Buitendien, sy was nie baie aantreklik nie. Ek het my uitstaantande en swaar onderlyf by haar geërf. Maar ná 'n paar maande kon niemand dit meer miskyk nie.

"Haar pa het haar onder kruisverhoor geneem. Sy het gesê sy weet nie hoe dit gebeur het nie. Sy het nog nooit geslagsgemeenskap gehad nie.

"Daar is bereken dit moes iewers in Maart van daardie jaar gebeur het. Marja moes in detail verslag doen van elke dag in Maart. Dis toe dat sy sê sy onthou net 'n skerp lig, een aand toe haar ouers uit was en die kinders alleen op die plaas agtergebly het. Dat die skerp lig af- en aangegaan het, maar verder onthou sy niks.

"Marja se ma het besef daar was 'n aand in Maart toe sy by 'n Sustersverenigingvergadering was en haar man saam met Dominee huisbesoek gedoen het. Die kinders het alleen by die huis gebly. 'n Vermoede het by hulle posgevat.

"My ouma is na 'n huis vir ongehude moeders gestuur. Intussen het haar pa 'n hoewe naby Hartbeespoortdam gekoop, vir Marja 'n huis daar gebou, dit gemeubileer en 'n bankrekening vir haar oopgemaak. Sy het ook 'n motor gekry – iets wat destyds feitlik ongehoord was. Alles op voorwaarde dat sy nooit weer haar voete op die plaas sal sit nie.

"Daar is finansieel vir haar en Vivien gesorg, maar nie een van die familie het haar ooit weer besoek nie.

"Die waarheid, het haar jongste suster vir ons kom sê, is dat Marja aan die slaap was toe hulle oudste broer haar in haar bed verkrag het. Die skerp lig wat sy sien af- en aangaan het, was moontlik 'n lantern wat sy tussen sy aksies deur kon sien. Sy het vermoedelik die insident blokkeer as 'n verdedigingsmeganisme omdat sy nie die waarheid in die oë kon kyk nie en toe die storie van die verlore twee uur opgemaak. Marja se suster het al die jare gewag tot haar ouers en broer oorlede is voor sy ons kom sê het."

Jojo kan Ayla net aanstaar.

"Ons is klaarblyklik die nageslag van 'n bloedskandelike daad, nie van 'n liefdesverhouding met 'n ruimtewese nie." Ayla staan op. "Kan ek vir my 'n glas water gaan haal?"

Jojo knik. "Natuurlik. Daar is gebottelde water in die yskas. Kry vir jou."

Ayla se oë is rooierig toe sy terugkom, maar sy lyk kalm.

Jojo skakel die stemopnemer weer aan. "Het die broer ooit erken dat hy Marja verkrag het?"

Ayla skud haar kop. "Nee, hy het dit ten sterkste ontken. Maar hy het 'n reputasie gehad dat hy graag snags strooise toe is – soos werkers se huise toe nog bekend gestaan het. Al vandat hy sestien is. Hy was negentien, 'n jaar ouer as Marja, toe sy verwagtend geraak het. 'n Paar maande nadat Marja van die plaas af weg is, is hy in 'n huwelik gedwing met 'n meisiekind wat hy voorhuweliks verwagtend gemaak het. Ses kinders later is hy in 'n trekkerongeluk dood."

Ayla glimlag skeefweg. "En as jy nou so teleurgesteld lyk?"

Jojo gee 'n laggie. "Ek dink ek is. Die storie van die minnaar uit die buitenste ruim is nogal romanties. Ek wens vir Marja se onthalwe dít was eerder waar as die storie wat haar suster kom vertel het."

Ayla knik. "Dis seker ook hoekom Vivien haar onbekende tante se storie as leuens afgemaak het. Om 'n alien se dogter te wees is verreweg verkiesliker as om te weet jou biologiese pa is eintlik jou oom.

"Sy het die suster van die plot afgejaag en gesê nie een van die familie mag ooit weer hulle voete daar sit nie. Hulle het ook nie. Vivien het ons die dood voor die oë gesweer as ons teenoor enigiemand 'n woord van die suster se 'leuens' rep.

"Ongelukkig het die geld wat maandeliks uit die Venter-trust aan ons oorbetaal is ewe skielik opgedroog. En dis waar die volgende hoofstuk inskop. Om geld te maak het my ma haar en Marja se UFO-stories aan die destydse geelpers verkoop.

"Ons was altyd die onderwerp van bespotting oor die vlieënde piering op ons werf. Ná 'n reeks artikels oor Vivien se aansprake is ons egter verguis."

"Wat het in die artikels gestaan?"

"Die eerste een het gegaan oor Marja se ondervinding en Vivien wat uit die ontmoeting voortgespruit het. Die tweede het gegaan oor Vivien se eerste ondervinding in 1965. Dis waarskynlik die inligting wat op die internet beland en jy onder oë gekry het.

"Die derde artikel het dit gehad oor die vlieënde piering wat Vivien later op die plot laat bou het om haar geliefde uit die buitenste ruim terug te lok, asook sy besoeke aan haar.

"Sy het vertel hoe sy haar minnaar oortuig het om hulle liefde vir mekaar eerder in haar vlieënde piering van steen en sement te volvoer aangesien sy bang was hy neem haar die ruimte in as dit in sy werklike vlieënde piering sou gebeur. Sy het verduidelik dat ek só verwek is en vier jaar later Nimue. Sy het ook gesorg dat ons albei in haar vlieënde piering gebore is met my ouma se hulp. Marja was 'n vroedvrou.

"In die vierde artikel het Vivien my ouma se verdwyning uiteengesit en gesê sy wag net tot ons groot genoeg is voor sy ook aan haar geliefde se versoek gaan voldoen om saam met hom na sy planeet op te vaar. My en Nimue se van, Hurter, is nie genoem nie, maar wel ons name. En dié is albei uitsonderlik genoeg dat mense geweet het wie ons is. Mense in ons omgewing, maar ook elders."

Jojo kan haar nie indink dat 'n ma haar kinders so kan blootstel aan bespotting nie. En dit in hulle tienerjare wanneer 'n meisiekind op haar broosste is.

"Die joernalis wou vir 'n opvolgartikel by my en Nimue weet hoe dit voel om 'sterrekinders' te wees. Ek het geweier. Nimue het ingestem, maar die artikel het nooit verskyn nie. Vermoedelik omdat Nimue soveel onsin kwytgeraak het dat selfs die geelpers dit nie wou publiseer nie. Ek het gehoop dis die einde van die vernedering. En toe, in 1994, is Elizabeth Klarer oorlede. Weet jy van haar?"

Jojo knik. "Nie alles nie, net dat sy 'n meteoroloog was en uit 'n welaf familie met 'n plaas in die Drakensberge gekom het. Sy het opspraak verwek toe sy beweer het 'n ruimtewese genaamd Akon, is haar minnaar. Sy het selfs foto's van dié se tuig geneem. Later het sy 'n boek geskryf oor hierdie liefdesverhouding en die tyd wat sy op Meton, die planeet waarvandaan Akon kom, deurgebring het. Daar het sy geboorte aan 'n seun geskenk, maar moes terugkom en haar kind agterlaat omdat die planeet se atmosfeer nie met haar geakkordeer het nie. So iets."

Ayla se glimlag is wrang. "'n Ruk ná Elizabeth Klarer se dood het my ma te vertelle gehad sy kon niks sê terwyl Elizabeth nog leef nie, maar Ayling, Elizabeth se seun by Akon, is haar geliefde. Ayling is my en Nimue se pa. Ek is juis na hom vernoem."

Jojo kan net haar kop skud.

"Een van die joernaliste was slim genoeg om Elizabeth Klarer se bewerings na te gaan. Hy het uitgevind Ayling is, sogenaamd, in 1958 gebore. Hy het Vivien gevra hoekom 'n sewentienjarige alien kinders sou wou verwek by 'n aardbewoner elf jaar ouer as hy. Haar antwoord was dat tyd nie dieselfde op Meton verloop as op Aarde nie en ouderdom is nie 'n faktor nie. Vir die Metoniete is die enigste maatstaf dat 'n man en 'n vrou sielsgenote moet wees en sy en Ayling is.

"Ek was in my eerste jaar op Potch toe die bom gebars het. Ek kan nie vir jou sê wat die effek daarvan op my was nie. Die geskinder agter my rug, die manier waarop my medestudente na my gekyk en my openlik uitgelag het ..." Sy neem 'n diep teug asem en blaas dit stadig uit.

"Ek is formeel ingeroep deur die universiteit en moes aan 'n paneel dosente verduidelik wat aangaan. Dit was 'n nagmerrie. Dankie tog daar was nog nie sosiale media nie."

"En tog het jy op universiteit gebly. Jou doktoraat behaal." Jojo kom agter sy het skoon vergeet om te rook terwyl Ayla praat.

"As dit nie vir een simpatieke sielkundedosent was nie, het ek waarskynlik opgeskop. Sy het my ingeroep en lank met my gepraat. Daarna het sy gereël dat ek weeklikse beradingsessies by haar kry. Sy het vir my voorspraak by my ander dosente gemaak. Gesê hulle kan my nie kwalik neem vir iets wat my ma aangevang het nie. Gelukkig was ek akademies sterk. Ek het onderskeidings in al my vakke behaal ondanks al die emosionele chaos.

"Aan die einde van daardie jaar van hel is die dosent getroud en agter haar man aan Grahamstad toe. Sy het egter eers seker gemaak ek kan my studie voltooi – selfs gesorg dat 'n beurs aan my toegeken word. Een wat jaarliks hernubaar was op grond van akademiese prestasie. Sy het teen daardie tyd ook vir my verblyf gekry in 'n opgeknapte buitekamer agter in 'n weduwee se erf en borg geteken vir 'n banklening om die onkoste daarvan te dek tot ek klaar studeer het. Dit was onuithoudbaar in die koshuis."

Jojo kan nie onthou dat sy al ooit soveel seerkry in iemand se oë gesien het nie. En sy het altyd gedink sy het dit moeilik gehad. "Hoe het Nimue dit hanteer?"

Ayla glimlag skeefweg. "Sy het haar in al die aandag verlustig. Sy was vyftien toe die artikel verskyn het. Sy het haar daarop beroem dat sy Ayling se sterrekind is. Daar was natuurlik baie van haar skoolmaats wat haar die rug toegekeer het, maar sy het ook 'n klomp bewonderaars gehad wat aan haar lippe gehang het. Sy was intelligent, maar nie akademies sterk nie. Sy het egter uitgeblink in sport. Dit het bygedra tot haar grootheidswaan. En die feit dat sy buitengewoon mooi en pragtig gebou is. Sy het gesê sy het haar atletiese talente by Ayling gekry en haar looks by haar ma. Vivien was inderdaad 'n mooi vrou. Hulle moes op 'n ander voorsaat as Marja getrek het."

"En wat het Vivien daarvan gesê?"

"Sy was trots op Nimue. Het haar ondersteun. Dis nou tot sy by ons weg is."

"Wat het van jou ma geword?" vra Jojo toe Ayla stil raak.

"Twee jaar ná sy beweer het Ayling is haar geliefde, was ek vir die wintervakansie by die huis. Die aand voor ek die trein sou haal terug Potch toe het sy ons ingelig sy is nou vyftig en dis tyd dat sy haar eie behoeftes in ag neem.

"Sy het vir ons finansieel voorsiening gemaak tot Nimue die volgende jaar matriek maak. Nimue bly reeds in die koshuis op Brits en is dus onder sorg. 'n Klein polis word aan die einde van haar matriekjaar aan haar uitbetaal, genoeg om haar vir iets te bekwaam, en ek het genoeg beurse en lenings om my studie te voltooi. Die plot is nou in my naam en ek is amptelik as voog oor Nimue aangestel.

"Dié reëlings het sy getref want Ayling gaan haar binnekort kom haal om saam met hom Meton toe te gaan. As sy eers aan

Meton se atmosfeer gewoond geraak het, sal sy nie meer kan terugkeer Aarde toe nie."

Weer eens lekker gesteel by Elizabeth Klarer, besef Jojo, maar met 'n kinkel.

"'n Paar weke later, op 31 Augustus, het Vivien tussen neus en ore verdwyn. Dit het 'n baie negatiewe invloed op Nimue gehad. Sy kon nie glo Vivien het ons regtig verlaat nie.

"Sy het wild en wakker begin rondslaap, gedrink, begin rook. Sy het die einde van die jaar deurgeskraap. Die volgende jaar het sy op een of ander manier vriende gemaak met 'n klasmaat uit 'n baie Christelike huis. Ek vermoed die meisie wou haar siel red. Nimue is saam met haar na 'n Christelike jeugkamp en het as 'n bekeerde Christen teruggekom.

"Ek het die plot uitverhuur toe Nimue ná matriek Pretoria toe is. Sy het 'n sekretariële kursus voltooi en daarna werk daar gekry. Ek en Nimue het mekaar selde gesien en ons het al hoe verder van mekaar verwyderd geraak. Veral toe ek my internskap en daarna my gemeenskapsdiensjaar gedoen het. Teen daardie tyd het ek besef ek sien nog nie kans vir die praktyk van my beroep nie en het besluit om eers verder te studeer.

"Ek was amper klaar met my doktorsgraad toe Nimue Diana Krause by 'n Naweek van Gebed ontmoet het. Daar het hulle onder die invloed van 'n charismatiese godsdiensgroep met eienaardige idees gekom. Teen die tyd dat ek my graad behaal het, is Nimue en Diana egter oor na 'n End-of-Daysgroep wat hulle lidmate finansieel gemelk het."

Jojo luister met 'n bietjie afguns terwyl Ayla verduidelik hoe sy die plot verkoop en die geld tussen haar en Nimue verdeel het. Hoe sy 'n gedeelte van Nimue se geld belê het om haar só teen die godsdiensgroep te probeer beskerm.

"Nimue was woedend. Kort daarna het sy al haar beskikbare geld onttrek en verdwyn. Ek het nooit weer van haar gehoor nie."

Ondankbare klein pes, kan Jojo nie help om te dink nie.

Ayla knoop haar vingers. "Dis teen hierdie agtergrond wat jy Nimue moet sien, Jojo. Sy is 'n narsis sonder deernis met ander. Onder meer. Maar sy sal nie 'n man met 'n pyl en boog kan doodskiet nie. Dit weet ek, want Vivien het dit altyd by ons ingeprent dat ons sterrepa geweld in enige vorm verwerp.

"Ons is vegetaries grootgemaak en het so ekologies vriendelik geleef as wat destyds moontlik was omdat Ayling sterk krities gestaan het teenoor die mens wat die aarde vernietig met sy aggressie en selfbelang. Dis die waardes waarmee ons grootgeword het.

"As jy Elizabeth Klarer se boek *Beyond the Light Barrier* lees, sal jy beter verstaan. Alles wat Akon aan Elizabeth sou oorgedra het, het Ayling volgens Vivien telepaties met háár gedeel."

"Wie dink jy was regtig julle pa?"

"Johan Hurter." Ayla huiwer nie eens nie. "Al is hulle eers ná Nimue se geboorte getroud. Jy sien, hy en sy bouspan het die vlieënde piering destyds gebou. Ek glo daar het 'n verhouding ontstaan en hy en Vivien het mekaar klandestien in die piering ontmoet nadat dit voltooi is – lank voor hy van sy eerste vrou geskei is."

"Het hy ooit so iets teenoor jou genoem?"

"Nee, maar onthou, ek was nog nie eens agt toe hy daar weg is nie."

"En jy het hom nooit weer gesien nie?"

Ayla skud haar kop en kyk weg, maar Jojo sien hoe trane in haar oë opwel.

Sal 'n pa werklik sy twee biologiese dogters net so agterlaat? By 'n vrou wat duidelik die kluts kwyt is?

Ayla blaas haar neus en kom orent. "Dis voorlopig al wat ek jou kan vertel." Sy stoot die outydse koekblik na Jojo toe oor. "Die uitknipsels van die artikels wat oor Vivien verskyn het, sal alles in meer detail bevestig. Ek het die blik ontdek nadat my ma weg is. Ek kon dit nie oor my hart kry om dit tot niet te maak nie. Dis net vir jou oë, oukei?"

"Natuurlik." Jojo staan ook op.

"Jojo, ek moet net eenvoudig vir Nimue uit hierdie gemors kry voor Diana haar dalk iets aandoen. Ek raak al hoe meer oortuig sy sou die regter kon vermoor het."

Maar jou suster is ook omtrent agt en dertig, dink Jojo. Sy

kan ook ysskaats en waarskynlik dus ook rolskaats. Sy het uitgeblink in sport en is tien teen een ook atleties gebou. Sy voldoen moontlik ook aan Serfontein se beskrywing. Sy sal nie die eerste mens wees wat die waardes waarmee sy grootgeword het oorboord gooi nie.

Vir Ayla se onthalwe hoop sy dit was Diana. Vir Irene se onthalwe hoop sy dit was Nimue. Nee, vir hulle almal se onthalwe hoop sy dit was nie een van die twee nie.

Tien

Bientangsbaai
Ayla

Haar foon lui net mooi toe sy ná 'n stort uit die badkamer gestap kom.

Sjerien. As sy haar so kort voor huistoegaantyd bel, moet dit belangrik wees.

"Ek is jammer om weer te pla, Doktor, maar ek het gedink Doktor sal wil weet van 'n joernalis wat hier was."

Ayla onderdruk 'n sug. Die stort het gehelp vir haar liggaamlike tamheid, maar die emosionele moegheid ná haar gesprek met Jojo laat dit nie sommer afwas nie. "Wat wou hy hê, Sjerien?"

"Hy wou met Doktor praat oor Doktor se registrasie as sielkundige. Toe sê ek Doktor is in die Kaap. En toe wys ek hom wat op Doktor se kantoordeur staan. Dat Doktor 'n handskrifdeskundige is en Doktor nie uitgee as 'n sielkundige nie. En ek hoop nie Doktor gee om nie, maar toe vat ek hom na die lab toe en wys hom die mikroskope en die Electro... e... Daai ding waarmee Doktor kan sien wat op die vorige bladsy van 'n dokument geskryf is."

"Die Electrostatic Detection Apparatus." Engels is nie Sjerien se sterk punt nie.

"Ja, en die Video Spectral ... dinges. Wat nou weer wat doen?"

"Video Spectral Comparator, waarmee 'n mens kan vasstel of daar onregmatige veranderings op 'n dokument aangebring is."

"Ja, daai ding. En die Infrarooi-watsenaam en UV-ding en ander apparaat. Hom natuurlik verbied om aan enigiets te raak. Weet mos hoe heilig Doktor oor die goed is. Vra toe vir hom of dit lyk soos 'n sielkundige se plek. Sê toe ook die Visagie-man het geweier om te betaal vir sy afspraak en het ons albei beledig. En hoe befoeterd hy was. Ek wou nog vir hom die opgefrommelde papier ook wys, maar toe kry hy 'n oproep en raak haastig."

"Opgefrommelde papier?"

"Ja, Doktor. Terwyl Visagie my geskel het, het hy van viesgeid iets opgefrommel en in die asblik by die deur gegooi."

Laat dit tog asseblief Monica se brief wees, stuur Ayla 'n skietgebed op. "Het jy dit nog?"

"Ek het dit in die groot sak saam met ons ander robbies gegooi en wou dit juis nou op pad huis toe in die buitedrom gooi. Dis mos môre asblikdag. Moet ek dit dalk hou?"

"Asseblief, Sjerien. Hanteer dit met handskoene aan – daar is 'n boksie op my lessenaar. Lyk soos 'n tissueboks. Die handskoene is daarin. En wees asseblief baie versigtig wanneer jy die papier oopvou. Moenie dit onnodig platvryf nie, net genoeg dat jy dit vir my kan scan. Hoë resolusie. Stuur die scan vir my per e-pos aan en dan bêre jy die dokument in my liasseerkabinet. In een van daardie spesiale omhulsels, oukei? En sluit die kabinet." Hopelik het sy nou 'n bewys van 'n aard waaroor Visagie haar in werklikheid kom spreek het. As dit die Monica-brief is.

"Ek maak so, Doktor. Hoop Doktor hou nog lekker vakansie. Baai, Doktor." Sjerien lui af voor Ayla kan antwoord.

Jojo

Sy loer na die koekblik wat sy met ysere wil bo-op die yskas gebêre het sodat sy moeilik daarby kan uitkom. Jojo kan nie wag om deur die knipsels te gaan nie, maar eers moet sy haar eie data georden kry sodat sy objektief kan bly en nie beïnvloed word deur Vivien se stories aan die geelpers nie. Anders kyk sy dalk goed mis of maak aannames wat haar later kan berou.

Op haar skootrekenaar maak sy 'n nuwe dokument oop en skep 'n tabel.

Die Venters se geboortedatums tik sy in volgorde in een kolom en in die volgende kolom beskikbare inligting oor elkeen.

Sy maak die dokument met haar lys van VVV-insidente oop en plaas die twee dokumente langs mekaar op die skerm.

Niks in 1928 toe Marja gebore is nie.

In Maart 1946, dieselfde maand wat Marja Venter verwagtend geraak het, was daar die tuig wat die twee vroue in Johannesburg gesien het. Dalk dieselfde tuig wat Marja gesien het? Nee, nou is sy laf.

Vivien sien haar VVV in 1965 naby Mooinooi. Dis dieselfde jaar wat die polisiekonstabels Lockem en De Klerk een op die Pretoria-Bronkhorstspruit-pad sien land het. Albei insidente vind in September plaas. Die konstabels op die sestiende en Vivien twee dae daarna.

Jojo se oë rek toe sy haar inskrywing onder 1975, Ayla se geboortejaar, sien.

Danie van Graan, 'n boer in die Loxton-omgewing, het op 31 Julie in een van sy lande afgekom op 'n ovaalvormige tuig met ronde vensters. In die tuig was vier hominiede wesens van ongeveer vyf voet lank, met langwerpige gesigte, hoë voorkoppe, hoë wangbene en ligte hare, geklee in roomkleurige oorpakke. Hulle oë was amandelvormig. Een het 'n instrument van 'n aard vasgehou en 'n ander het naby 'n instrumentpaneel met driehoekige liggies gestaan.

'n Polsende, gonsende geluid was hoorbaar. Toe Van Graan

nadergaan, het 'n luik naby een van die vensters met 'n klap-geluid oopgegaan en 'n ligstraal in sy oë geskyn. Sy neus het begin bloei. Ná tien minute het die gonsgeluid harder geword en die tuig het opgestyg.

Landingsmerke is op die terrein gevind – vier ewe ver van mekaar af en een in die middel waar 'n groen, kleiagtige stof agtergebly het. Hierdie groen klei is deur die South African Geological Survey Department ontleed. Daar was ook voet-spore.

Niks wou weer op die landingsplek groei nie en Van Graan ly sedert die insident aan dubbelvisie.

Jojo kan geen uitsluitsel opspoor oor die groen klei nie.

Maar wag 'n bietjie. Ayla is op 23 Februarie gebore. Kon-sepsie sou dus ongeveer teen einde Mei van 1974 plaasgevind het. Jojo gaan 'n jaar terug op haar tydlyn en soek vir Mei. Wraggies. Peter en Frances MacNorman van Zimbabwe – toe nog Rhodesië – was gedurende die nag van 31 Mei onderweg Suid-Afrika toe. Toe hulle Beitbrug bereik, het hulle besef hulle het 'n uur "verloor". Onder hipnose het Peter laat blyk hulle is kar en al gekaap deur 'n silwergrys pieringvormige tuig waar mediese toetse op hom uitgevoer is voor hulle weer vrygelaat is.

Jojo ril asof iemand oor haar graf loop. VVV-insidente rond-om konsepsie- én geboortedatums?

Sy gaan na 1979, Nimue se geboortejaar en die jaar toe Marja verdwyn het. Net die Mindalore-insident is opgeteken. Die vrou van Krugersdorp wat wyslik die aanbod om na 'n an-der planeet te gaan van die hand gewys het.

Jojo se oë dwaal na 1994 – die jaar toe Elizabeth Klarer oorlede is en Vivien beweer het Elizabeth se seun Ayling is Ayla en Nimue se pa.

'n Boer van Warrenton het in September en Oktober van daardie jaar verskeie kere 'n vlieënde voorwerp waargeneem wat teen 'n hoë spoed oor sy plaas vlieg en soos 'n Volkswa-gen Beetle klink. Vier ander persone het dit bevestig.

En ook in 1994, was daar die voorval wat Jojo geweldig ont-stel het toe sy die eerste keer daarvan gelees het. Die een in

Ruwa, Zimbabwe, toe die laerskoolkinders betrokke was. Die een insident wat sy nie sommer net as 'n bogstorie kan afmaak nie.

Jojo stuur haar gedagtes doelbewus weg van Cynthia Hind en dié se verslae oor die insident. Sy kyk verder af op die lys.

Die jaar toe Vivien haar dogters aan hulle eie lot oorgelaat het, 1996, lewer ook 'n besonder interessante insident op.

Om vieruur die oggend van 28 Augustus het ene sersant Becker 'n glimmende skyf naby die Adriaan Vlok-polisiestasie in Pretoria opgemerk. 'n Rooi driehoekige, polsende lig het heldergroen tentakels uitgestraal. 'n Radaroperateur by Johannesburg Internasionaal het dit bevestig.

Twee honderd polisiemanne en 'n helikopter het die voorwerp gejaag. Die helikopter moes die vervolging op tien duisend voet staak toe die voorwerp vertikaal die lug in opgeskiet het. Die tuig is weer in die vroeë oggendure van 31 Augustus en 1 September gewaar.

31 Augustus. Die aand toe Vivien verdwyn het.

Jojo leun terug in haar stoel. Dis maar net 'n paar van die lang lys VVV-insidente wat sy opgeteken het, maar dis datums wat ooreenstem met belangrike datums in die Venter/Hurter-sage. En elke datum wat van betekenis was vir Ayla en haar familie het 'n maatjie in haar UFO-lys.

Ayla

Die aanhegsel wat Sjerien se e-pos vergesel, is toe wraggies Monica se brief. Ayla kan sien die papier is sleg gekreukel, maar die letter is gelukkig nog heel leesbaar.

Nuuskierigheid kry die oorhand en al is dit teen haar beleid, lees sy die brief wat toe eintlik net 'n nota is.

> Hi Bertie
> Die girls kom my netnou haal. Seker 'n stork-
> paartie. Hulle was nogal gehymsinnig.
> Hoenderpaai is in die louoond. Die deeg het

biekie verbrand, maar ek het die swart afgekrap.
Behoort okay te wees.
 Ons moet praat. Ek kan nie net jou houvrou
wees nie. Jy sal moet commit. Ons kind moet 'n
wettige dadda hê. En jy sal vir ons moet sorg. Ek
wil my kind self grootmaak, nie by die werk sit
terwyl anner mense na haar kyk nie.
 As jy wil kleinkoppie trek moet jy weet daars
baie visse in die see. Wil jy hê jou kind moet deur
'n anner man groot gemaak word?
Monica

Die tekens van teensinnigheid val Ayla weer op, maar binne
die konteks maak dit nie sin nie. Tensy Monica heimlik teen-
sinnig is om met Bertie te trou, maar weet dis die beste opsie
vir haar en haar kind.

Ayla kry haar vergrootglas uit en kyk weer na die M van
Monica. Selfs op die kopie lyk die onderste drie punte behoor-
lik soos hooivurktande.

Haar kop is te voos van al die herinneringe wat sy opge-
diep het om verder te kyk. Nie net herinneringe wat sy met
Jojo gedeel het nie, ook die res. Herinneringe wat te persoon-
lik is en buitendien niks met Nimue se opsporing te doen het
nie.

Net voor die Ayling-bom gebars het, het sy gedink sy het
haar heil gevind by 'n skreeulelike admissiestudent wat hom
nie vasgestaar het teen haar donderdye en toe nog uitstaan-
tande ook nie. Wat, soos sy gedink het, haar raaksien vir wie en
wat sy is agter die vet, die onaantreklikheid en die skanse wat
sy om haar opgebou het.

Braam het immers geweet hoe dit voel as mense jou met
afsku aankyk. Daarvoor het sy gepokmerkte vel en mank been
gesorg. Maar selfs Braam het nie kans gesien vir iemand wie se
ma uitgeblaker het dat haar dogters die kinders is van Ayling
die alien nie.

Die tydskrif met die artikel in het die rondte op die kampus
begin doen die oggend voor hulle eerste amptelike afspraak

wat vir daardie aand beplan was. Hy het nie opgedaag nie. Nie eens gebel nie.

Maande later eers het hy vir haar 'n brief gestuur. Sy gewete pla hom dat hy nie hulle afspraak nagekom het nie, maar hulle gevoelens vir mekaar kan nie op enigiets uitloop nie. Hy moet die bediening tegemoet gaan met 'n onbesproke vrou aan sy sy. Hy hoop dit sal in die toekoms met haar goed gaan en dat die Here haar sal seën.

Die pastoriemoedertoets is toe die een toets in haar lewe wat sy met onderskeiding gedop het.

Agterna beskou, was dit good riddance. Lelik is een ding, lafhartig iets heel anders. Maar verwerping is altyd pynlik, soos sy soveel keer moes ervaar.

Waarom sy die brief gehou het, kan sy nie verklaar nie, maar sy het. En dit was die eerste handskrif wat sy ontleed het nadat sy haar as grafoloog bekwaam het. As hy toe wel 'n predikant geword het, kry sy sy gemeente jammer as hulle dink hulle kan op hom staatmaak deur dik en dun.

Die tekens van 'n diepgesetelde minderwaardigheidskompleks was opsigtelik. As predikant, het hy geglo, sou mense na hom opsien al is hy lelik en mank, en al is hy lafhartig. Daar was geen teken van innerlike integriteit, aangebore opregtheid of eerbaarheid nie. Sy beginselvastheid was so vals soos sy goeie wense vir haar toekoms en dit was baie duidelik dat hy nie vir 'n oomblik geglo het die Here sal haar seën nie.

Ayla haal Strach Serfontein se dokument uit en staar na die kontoere van sy skrif. Sy sal wat wil gee om die man in lewende lywe te sien. Natuurlik op 'n afstand. Net naby genoeg dat sy haar interpretasie van sy skrif kan probeer verifieer met sy lyftaal.

Sy wou gister net vinnig 'n oog gooi oor die e-dokument wat Jojo vir haar aangestuur het aangesien dit net 'n kopie is, maar die moeilik leesbare skrif het haar onmiddellik interesseer en toe sy haar weer kom kry, het sy gebukkend oor die drukstuk gesit, aan die werk met haar meetinstrumente.

Dis die eerste keer in haar loopbaan dat sy 'n handskrif soos Strach Serfontein s'n teenkom. Dis nie net dat die man vrek lelik skryf nie, die komplekse persoonlikheid agter die skrif fassineer haar.

Voorlopig lyk dit asof hy 'n man uit een stuk kan wees, al is dit een met sy eie waardes. Sy vermoed hy is nie bloedjonk nie, maar ook nie stokoud nie.

As sy 'n meer optimistiese mens was, sou sy gehoop het hy is ongetroud, in sy middel veertigs en lelik. Verkieslik 'n vege- tariër en 'n lid van Green Peace.

Sy grinnik by die verspotte gedagte. Laat sy maar eers na die oorspronklike dokument kyk.

Jojo

Jojo is dadelik geïrriteerd toe haar foon lui net toe sy haar eerste Comfortjie vir die dag geskink, maar nog nie die blikkie tonic oopgemaak het nie. Irene kan op die simpelste tye pla.

"Ja, Irene?" Sy knyp die foon tussen haar ken en skouer vas en probeer die blikkie oopkry. Sy plak dit egter ergerlik neer toe haar nael in die slag bly.

"Sê asseblief vir my jy het nog nie Strach Serfontein se hand- skrifvoorbeeld vir Ayla Hurter gepos nie?" Irene klink benoud.

Nee, ek het dit gister al per e-pos gestuur en vandag per- soonlik die oorspronklike dokument vir Ayla gegee, sal nie goed afgaan nie. "Wat nou? Jy het dan gesê ek moet?"

"Fok. Valk wil kraam."

"Maar Valk het dit dan vir jou gegee om vir Ayla te stuur?"

"Wel, Valk het dit nie exactly vir my gegee nie. Nadat hy die ding gekry het, wou hy mos eers by kaptein Bosman seker maak of ons die skrif mag laat ontleed. Maar hy het nog nie daarby uitgekom nie en ek het besluit ons mors net tyd.

"Intussen het Serfontein lont geruik en uitgevind die hand- geskrewe beskrywing is nie in die eerste plek deur Bosman aangevra nie en dat Valk in besit is van die oorspronklike doku- ment. Serfontein het Valk daaroor gekonfronteer. Hy wou weet waarvoor Valk dit wou gebruik en met dié dat my dierbare man nie goed is met lieg nie, het hy met die mandjie patats voren- dag gekom. Serfontein het amper 'n hartaanval gekry. Valk het hom om verskoning gevra en onderneem om die dokument so gou moontlik aan hom terug te besorg."

"En nou?"

"Nou het Valk agtergekom ek het die ding van sy lessenaar af gevat en wou weet waar dit is. Ek het gesê ek het dit vir jou gegee om te hoor wat jy dink. Hy het 'n gasket geblaas.

"Ek het Ayla in die hande probeer kry, maar sy antwoord nie haar huisnommer nie. Haar ontvangsdame was wonder bo wonder nog op kantoor, maar sy weier point blank om Ayla se selfoonnommer te gee en sê net sy is nie beskikbaar nie. Met die ding oor daardie Visagie-man in die koerante kan ek haar seker nie kwalik neem nie, maar ek moet die donnerse dokument terugkry. Hopelik nog voor sy die koevert oopgemaak het, laat staan al daarna begin kyk het. Die ontvangsdame weet egter niks van 'n posstuk by PostNet nie. Toe hoop ek maar jy het dit nog nie gepos nie. "

"Wel, jy sal maar eerlik met Valk moet wees, want Ayla het klaar die dokument." Dis so naby as wat sy voorlopig aan die waarheid kan bly sonder dat sy Ayla verraai.

"Fokkit! En hoe weet jy dit?"

"Sy het my vanoggend laat weet sy het dit ontvang." Eintlik haat sy dit dat sy so maklik kan lieg.

"Dan het jy haar selnommer?"

"Nee, sy het per e-pos bevestig."

"Wel, gee vir my die e-posadres dat ek kan kyk wat ek nog kan red."

En sy haat dit nog meer wanneer sy soms nie dadelik aan 'n geloofwaardige kluitjie kan dink nie. "Ek het reeds my laptop afgesit. Sal dit weer aansit en vir jou die adres stuur." Tyd koop om Ayla te waarsku, is al wat sy nou kan doen.

"Maar jou e-pos wys seker op jou foon en tablet ook? Kyk gou, ek sal wag."

"My tablet se battery is pap en ek gaan nie nou op my selfoon heen en weer sukkel tussen my e-pos en 'n oproep nie. Ek stuur sodra ek kan."

"Maak net so gou moontlik. Ek is sleg in die dog box."

"Irene, 'n kwartier diékant toe of daardie kant toe gaan nie jou dog box geriefliker maak nie. Bye." Jojo lui ergerlik af. Met haar oorhaastigheid het Irene self haar probleem veroorsaak en nou word die res van hulle boonop betjorts.

Jojo kry die blikkie tonic oop met behulp van 'n mes en vat 'n groot sluk van haar Comfortjie voor sy Ayla bel.

Ayla luister in stilte terwyl Jojo verduidelik.

"Ek weet net nie hoe jy dit aan haar gaan terugbesorg sonder om te verklap jy is hier nie," sluit Jojo af.

"Ek haat leuens, Jojo. Nog elke keer wat ek probeer jok het, is ek uitgevang. Ek sal maar vir haar moet sê ek is hier en het die dokument by my."

Dis Ayla se kant van die saak, maar hoe goed haar eie bedoelings ook al was, as Irene uitvind Jojo het geweet Ayla is hier en haar nie laat weet het dié is op soek na Nimue nie, gaan sy ontplof.

"Maar as die waarheid uitkom, is jy in die moeilikheid, nè?" som Ayla haar gedagtes netjies op.

Die meisiekind het klaarblyklik nie eens lyftaal nodig om te kan interpreteer nie. Jojo gee nog 'n sug. "My eie skuld. Ek moes geweier het om by jou betrokke te raak en met Irene eerlik gewees het daaroor. Kan ek dus maar jou adres vir Irene gee?"

Ayla bly 'n oomblik stil. "Gee liewer vir my Irene s'n. Miskien help dit as ek haar eerste nader. Ek gaan nie jok nie, maar ek sal alles sover moontlik in 'n positiewe lig stel."

"En gaan jy aanhou soek na Nimue?"

"Ek moet my vergewis dat sy veilig is."

"Dis ook Irene se doel met Diana. Miskien sien sy in dat ons jou en haar soektog kan kombineer. Jy hoef nie te sê jy dink Diana hou gevaar vir Nimue in nie."

"Kom ons kyk maar hoe sy op my brief reageer."

Jojo gee Irene se alternatiewe adres vir haar. "Cc my?"

"Ek maak so. Lekker aand."

Nadat sy afgelui het, stap Jojo buitetoe met haar Comfortjie en sigarette. Lekker aand? Not bloody likely.

Sy wens sy kan met Joachim praat. Sy wens sy kan hom vertel van Ayla en Nimue en hulle ma en ouma. Van dinge wat sy uitgevind het oor VVV's. Die korrelasie tussen datums van

VVV-insidente en datums van belang vir Ayla-hulle. En van Irene wat haar seker dié keer nie gaan vergewe nie.

Maar nee, jaag mos die man met die sagte oë weg. Maak hom seer. En dit met 'n onwaarheid. Net omdat sy verdomp skaam is oor haar lyf.

Ayla

Gewoonlik druk sy haar maklik in die geskrewe woord uit, maar vanaand sukkel sy.

Uiteindelik besluit sy op 'n kort e-pos sonder gedetailleerde verduidelikings.

> Beste Irene
> Jojo het my gevra of sy my adres vir jou kan gee. Ek het egter verkies om eerder self vir jou te skryf.
> Ek het Jojo in 'n moeilike posisie geplaas. Een wat daartoe gelei het dat sy jou nie kon inlig dat ek sedert vanmiddag in Bientangsbaai is en sy die oorspronklike dokument persoonlik aan my oorhandig het nie.
> Sy het my pas geskakel en julle dilemma verduidelik. Ek het nog net 'n paar voorlopige gevolgtrekkings oor Strach Serfontein se handskrif gemaak, maar uiteraard nie kans gehad om die dokument in diepte te bestudeer nie.
> Ek stel voor ons ontmoet mekaar môreoggend waar en wanneer dit jou pas sodat ek die dokument aan jou kan terugbesorg.
> Groete
> Ayla Hurter

So ja, geen leuens nie. Nie soos sake op hierdie spesifieke moment staan nie. En sy het tot môre om wel na die oorspronklike dokument te kyk.

Elf

Sy kan nie glo dat sy waaragtig sommer so met haar kop op haar arms by die stoeptafel aan die slaap kon geraak het nie. Dalk was dit te wyte aan daardie laaste Comfortjie wat sy effens onverskillig geskink het.

Eers toe dit regtig koud geraak het, het sy wakker geword en toe net so met kaftan en al in die bed gekruip.

Nou proe haar mond na katpiepie en 'n mannetjie met 'n beitel sit in haar kop en probeer haar skedel verder uithol.

Ná 'n stort, 'n hoofpynpil en haar eerste koppie koffie sien Jojo eers kans om na haar e-pos te kyk. Sy lees Ayla se brie-fie aan Irene en toe Irene se antwoord waarin sy 'n afspraak maak om die dokument by haar te kry.

Die volgende e-pos is ook van Irene en net aan Jojo gerig. Dit bestaan uit een sin: *Jy sal moet please explain, jou tweegat-jakkals, maar jy is anyway gefire.*

Jojo kan amper hoor hoe Irene op haar tande moes gekners het terwyl sy die woorde tik. Laas jaar het Jojo haarself gefire. Hierdie keer het Irene haar voorgespring.

Daar gaan die hoop op 'n lekker inkomstetjie. Al wat sy
uit die hele gemors gekry het, is dat sy Joachim verloor het as
vriend en potensiële lover.

"Dankie, Irene. Dank jou die duiwel," prewel sy wrewelrig.

Een troos, aangesien sy gefire is, hoef sy verdomp niks te
please explain nie. Irene se agterent. Ten minste kan sy nou
huis kry. Teruggaan na waar sy daaraan gewoond is om alleen
en miserabel te wees.

Ayla

Haar oë brand van moegheid toe sy in haar motor klim vir haar
afspraak met Irene. Dit was al ná drie toe sy Strach Serfontein
se dokument gebêre en in die bed geklim het.

Ayla wens sy het toegang tot 'n ESDA gehad. Daar is beslis
indentasies op die papier. 'n Onsigbare, onleesbare bewys van
iets anders wat hy aangeteken het op die vorige bladsy van die
eksamenblok waarop hy geskryf het. Dit sou natuurlik totaal
oneties gewees het om die indentasies met die elektrostatiese
apparaat leesbaar te maak, 'n growwe inbreuk op privaatheid,
maar Strach boei haar.

Strach, ja, nie net sy skrif nie. Die man agter die skrif. 'n
Komplekse man. Een wat sy eie kode van reg en verkeerd volg.

Sy fyn waarnemingsvermoë kom ook na vore in die manier
waarop hy sy sintuie inspan. Hy onthou hy het eers iets gehoor
voor hy visueel waargeneem hoe die rolskaatser lyk, min of
meer hoe oud sy is en wat sy aangehad het. Daarna olfaktories,
hoe sy geruik het.

Hy analiseer nie net nie, hy bring ook sintese by. Hy kan
hom in iemand anders se skoene indink. Dis hoekom hy 'n
moontlike rede kan gee waarom sy grimmig gelyk het.

In sy skrif en die manier waarop hy hom uitdruk, is daar ook
tekens van intuïsie of aanvoeling benewens bewustelike waar-
neming. Hy is egter versigtig om uitsprake te maak oor hierdie
aanvoeling, vertrou dit nie volkome nie. Daarom gebruik hy
woorde soos "moontlik", "miskien" en "dalk".

Ayla draai by die parkeerterrein in. Irene sit al by een van die houttafeltjies buite die restaurant aan die oorkant van die winkelsentrum, 'n sigaret tussen haar vingers en 'n koppie voor haar op die tafel. 'n Ongeduldige mens. Een wat dinge so vinnig as moontlik wil afhandel. Iemand wat glo in aksie en vinnige reaksie. Soms oorhaastig.

Irene sien haar aangestap kom, druk haar sigaret dood en staan op. "Hi. Wil jy liewer binne gaan sit?"

"Hallo, Irene. Nee wat, dis lekker hier buite." Sy skuif by die bankie in.

"Koffie?" Irene wink 'n kelner nader nog voor Ayla kan antwoord.

"Rooibostee met heuning, asseblief. Geen melk nie."

Ayla haal die dokument uit haar aktetas en gee dit vir Irene toe sy weer haar sit kry. "Jy moet Jojo asseblief nie kwalik neem nie. Ek het haar genader om Nimue te help opspoor, sonder dat ek geweet het sy werk reeds vir jou. Sy het dadelik gesê sy kan nie vir ons albei werk nie, en dat sy my net as informant kan beskou."

"Nè?"

Ayla knik. "Ek het haar gevra om nie vir jou te sê ek is op pad Bientangsbaai toe nie. Ek het geweet jy sal weldra uitvind ek wil Nimue probeer opspoor, maar wou eers die kat uit die boom kyk. Jojo het ingestem, maar gesê ons sal dit nie onbepaald kan geheim hou nie."

"Jojo weet beter as om agter haar werkgewer se rug te heul. Sy moes my dadelik ingelig het."

Ayla kyk haar peinsend aan. "Waarom voel jy so wrewelrig teenoor jou man se eksvrou as jy eintlik van haar hou? En ek bedoel nie net op die oomblik nie, ek bedoel wrewelrig in die algemeen."

Irene se mond val effens oop. "Waar kom jy nou vandaan?"

Die kelner wat hulle bestelling bring, spaar Ayla 'n antwoord.

Toe hy wegstap, glimlag Irene ietwat wrang. "Jojo irriteer my, dis wat. Sy vat hier, los daar, volg geen behoorlike protokol nie, maar kry ewe wonderbaarlik goeie resultate. Meesal, in elk geval.

"En sy irriteer my omdat dit maklik is om van haar te hou terwyl sy eintlik vol streke is en net doen wat sy bleddie wil."

Ayla roer 'n lepel heuning in die tee in. "Is jy as kind gestraf as jy impulsief was?"

"Gestraf? Nee. Impulsiwiteit was net nooit 'n opsie nie. 'n Krause tree altyd op soos 'n Krause behoort op te tree. Met waardigheid. Dit kry jy saam met jou moedersmelk in. Nie dat my ma ons geborsvoed het nie. Dis 'n bietjie te barbaars."

"Maar Jojo het anders grootgeword?"

"Haar pa was 'n boilermaker op die Spoorweë, haar ma 'n huisvrou en haar broer 'n shunter. Die broer is jonk dood in 'n spoorwegongeluk. Jojo was die slim een. Sy het dit nie maklik gehad nie. Valk sê sy voel sy het nog nooit êrens ingepas nie. Te slim vir mense uit haar eie sosiale stand, te laag op die sosiale leer grootgeword om by mense wat intellektueel haar gelyke is in te skakel."

Irene sug. "Jojo is haar eie soort mens. Miskien is ek 'n bietjie afgunstig daarop dat sy nie met 'n sosiale borstrok opgeskeep sit nie. Nie altyd uitnemend hoef te probeer wees nie. Kan doen wat sy wil hoe sy wil sonder 'n innerlike stemmetjie wat heeltyd voorsê hoe jy veronderstel is om op te tree, bedag te wees op ander se opinies van jou en jou optrede."

"En sy was jou man se eerste vrou."

Irene laat sak haar oë. "Dit ook, ja."

Ayla drink haar tee in die stilte wat volg. Toe sy haar koppie neersit, betrap sy Irene se blik op haar.

"Het sy vir jou gesê ek het haar gefire? Op jou skouer gehuil en nou probeer jy my laat sleg voel daaroor?"

"Jy het haar gefire? Nee, ek het nie geweet nie. En hoekom sal ek jou wil laat sleg voel? Buitendien, niemand kan iemand anders laat sleg voel nie. Dis iets wat 'n mens net aan jouself kan doen."

Irene gee 'n suur laggie. "Jy gee jouself dalk uit as grafoloog, maar die sielkundige in jou is alive and well, and thriving."

Ayla skud haar kop. "Jammer as dit so klink. Dit was nie die bedoeling nie. Maar aangesien jy Jojo afgedank het, kan ek nou seker van haar dienste gebruik maak sonder dat daar botsing van belange is?"

"Se gat. Sy weet dit nog nie, maar sy is klaar weer gehire. Deur my."

"Hoekom?"

Irene vroetel met 'n sakkie suiker. "Jy het my laat besef ek was oorhaastig. En dalk 'n bietjie onregverdig."

"En sy mag nie haar eie keuse uitoefen oor vir wie sy wil werk nie?"

"Jojo is lojaal en sy weet aan watter kant haar brood gebotter is. Jy sal haar dienste net eenmalig gebruik terwyl sy weet sy kan vorentoe nog werk by my en Valk kry."

"En tog het jy gesê jy het haar net met groot moeite sover gekry om navraag te doen oor die UFO-groep."

"Sy sal elke keer oor haar steeksheid kom om vir my en Valk te werk, want sy is 'n gebore agie en as sy eers begin snuffel, kan sy nie ophou tot sy antwoorde kry nie."

Ayla sit haar leë koppie terug in die piering. "Ons wil albei weet waar ons susters is en seker maak hulle is oukei. Kan Jojo nie maar vir ons albei werk nie? Dit sal net soveel meer sin maak."

"Ons soek ons susters vanuit verskillende perspektiewe, Ayla. Jy glo Nimue is onskuldig en ek weet Diana is onskuldig."

"Albei kan onskuldig wees. Ons weet nie eens of die groep enigsins betrokke was by die moord nie."

"Nee, ons weet nie, maar Diana se brief gee ons genoeg rede om te glo dat die moontlikheid bestaan. En selfs al was nie hulle of die groep betrokke by die regter se moord nie, het daar iets anders na vore gekom. Iets wat my diep bekommer."

"En dit is?"

Irene sit terug en vou haar arms. "Kaptein Bosman wat Frederik Malan se moordondersoek lei, is nuut hier op Bientangsbaai. Hy en Valk ken mekaar van hulle speurderdae in die Oos-Rand af; daarom het hy by Valk kom kers opsteek toe hy iets raakgesien het wat sy voorgangers misgekyk het of dalk net te besig was om op te volg. Of hulle het nie die verband tussen die afsonderlike voorvalle ingesien nie omdat dit jare uit mekaar gebeur het en speurpersoneel kom en gaan."

'n Knop begin op Ayla se maag vorm.

"Al voor die regter vermoor is, het Bosman deur Bientangs-baai en omstreke se cold case files gegaan om hom te vergewis van sy voorgangers se werk. Daar het hy gelees van 'n relatief onlangse onopgeloste saak.

"'n US-student, Tiaan Nel, het in 2011 gedurende die Desember-vakansie tussen neus en ore verdwyn. Hy en sy meisie was op Bientangsbaai se blouvlagstrand waar hulle saam met 'n paar pelle geswem en getan het. Sy ma het hom gebel en aangesê om Perlemoenbaai toe te ry en vir hulle te gaan vis koop vir 'n visbraai daardie aand. Sy meisie was nie lus om saam te gaan nie en hy was vies daaroor. Hulle het baklei. Hy is alleen daar weg, en dit was die laaste keer wat hy lewend gesien is.

"Sy oorskot is in Januarie 2016 in die duineveld 'n hele ent uit Perlemoenbaai gevind. Die outopsie het egter bepaal hy was net ongeveer twee maande lank dood. Die vraag is: Waar was hy tussen Desember 2011 en November 2015? Hy was ten tye van sy verdwyning 'n sterk, fris jongman, maar toe hy dood is, was hy uitgeteer. Hy is waarskynlik dood aan verhonge-ring."

Ayla frons. "Hoekom vertel jy my hiervan en wat het dit met Nimue-hulle te doen?"

"Ek vertel jou, want ek wil hê jy moet weet jou soektog kan gevaarlik wees. Jy sien, die kaptein kom toe agter dit was nie die enigste onopgeloste saak waar iemand in die omgewing verdwyn het nie. Daar was nog 'n fris jongman in die fleur van sy lewe wat soek geraak het. Weer gedurende 'n somervakansie. Desember 2001.

"Antonie de Wet het pas klaar gestudeer as tandarts en sou die volgende jaar met sy Zuma-jaar begin. Hy was 'n kra-nige hengelaar en het vroeg die oggend gaan aas maak by die riviermonding naby Perlemoenbaai. Hy sou daarna Plaat toe gegaan het om iets vir die kole te probeer vang. Sy verloofde het nog geslaap toe hy daar weg is. Niemand het hom ooit weer gesien of van hom gehoor nie. Aanvanklik het die polisie vermoed hy het verdrink.

"Daar was egter ook 'n gerug dat hy nie lus was vir die Zuma-jaar nie en eintlik nie kans gesien het vir die huwelik wat in Mei sou plaasvind nie. Die vermoede het ontstaan dat hy 'n duck gemaak het. Moontlik oorsee. Daar was egter geen aanduiding dat dit is wat gebeur het nie en ook nie dat hy verdrink het nie. Sy liggaam is nooit gevind nie."

"Ek kan sien daar is nog." Eintlik wil Ayla nie nog hoor nie. Sy het 'n goeie idee waarop Irene afstuur.

"Nog tee vir jou?"

Ayla knik.

Irene plaas hulle bestelling voor sy voortgaan. "Die kaptein kom toe af op aantekeninge van een van sy voorgangers. Daaruit blyk dat die vorige speurder die Antonie de Wet-voorval probeer knoop het aan 'n verdwyning wat in April 2000 plaasgevind het. Dit was egter onsuksesvol. Daar was te min ooreenkomste.

"Julian Jackson was 'n fris jongman wat hom onlangs as loodgieter bekwaam het. Hy het vir sy pa in die familie se loodgietersaak in Perlemoenbaai gewerk. Omdat hy die jongste in die besigheid was, moes hy die werk wat buite Perlemoenbaai val, doen.

"Hy het vir sy pa gesê hy is uitgeroep om 'n geiser wat gebars het te vervang, maar nie waarheen hy uitgeroep is nie. Dit was gedurende die Paasvakansie en hulle was toegegooi onder werk. Daar was nie tyd vir admin deur die dag nie. Hulle het glo gewoonlik so sesuur saans bymekaargekom en verslag gedoen van wat wie gedurende die dag uitgerig het. En toe daag Julian daardie aand nie op nie en sy familie het hom nooit weer gesien nie." Irene bly stil toe hulle drinkgoed arriveer.

Eers toe die kelner weg is, kyk sy weer na Ayla. "In Julie 2001 het Julian se lyk op die dolosse van Perlemoenbaai se vissershawe uitgespoel. In die lykskouing is bepaal dat hy ongeveer ses weke tevore dood is, klaarblyklik aan verdrinking. Weer eens is die vraag gevra: Waar was hy tussen April 2000 en Junie 2001? Niemand kon nog by 'n antwoord uitkom nie."

Ayla proe aan haar tee, maar bly oor die koppie se rand na Irene kyk.

"Nog is dit het einde niet. In 1995 het nog 'n student, Danie Uys, gaan perlemoen duik by 'n afgeleë baaitjie. Dit was toe mens nog 'n permit kon kry. Daar is aangeneem hy het verdrink. Later was daar sprake dat perlemoenstropers eksepsie geneem het dat hy in hulle gebied duik, maar sy liggaam is nooit gevind nie en daar was geen uitsluitsel oor die saak nie.

"En dan is daar 'n verdwyning wat ietwat anders daar uitsien. Ene Susan Hough, haar dogter Soekie en die dogter se boyfriend Jimmy Andersson kampeer einde 1993 net buite Perlemoenbaai. Op 'n dag klim hulle in hulle kar, ry by die hekke uit. Sê vir niemand waarheen hulle gaan nie. Hulle karavaan met al hulle besittings bly net so staan. Hulle het vir twee weke bespreek waarvan een week nog oor was. 'n Rooster wat aan die een kant met nuwe foelie bedek was en hout wat in die braaiplek gepak was, net reg vir die aansteek, dui daarop dat hulle beplan het om daardie aand te braai. Patats was ook reeds in foelie toegedraai.

"Die ma en dogter is nooit weer gesien nie. Die boyfriend se verkoolde lyk word agtien maande later naby Elim gevind. Daar is bepaal hy kon nie langer as ses maande tevore gesterf het nie. Waar was hy die hele 1994 lank?" Haar blik daag Ayla uit om te probeer antwoord.

Ayla skud haar kop. "Ek is seker dis alles baie interessant vanuit 'n speurder se oogpunt, maar wat het dit met Nimue of Diana te doen? Die verdwynings het plaasgevind tussen 1993 en 2011. In 1993 was ek in matriek en Nimue in graad agt. Diana ook. Hulle het eers in 2006 die pad gevat en dis nie te sê hulle het dadelik die UFO-groep gestig of by een betrokke geraak nie. Ek kan ook nie sien waarom jy die verdwynings enigsins aan die UFO-groep probeer knoop nie."

"Die mense verdwyn in die Perlemoenbaai-omgewing. Nie vrek ver van waar die UFO-groep bly nie. Drie van die liggame is in dieselfde omgewing gevind.

"Die feit dat Julian Jackson en Jimmy Andersson albei ongeveer 'n jaar lank en Tiaan Nel 'n volle vyf jaar nog geleef het ná hulle verdwyn het, kan daarop dui dat hulle êrens aangehou is. Op 'n plek so afgesonder dat hulle nooit gesien of gehoor is terwyl hulle in aanhouding was nie."

"Of hulle is vrywillig daarheen." Ayla begin die rasionaal van Irene se redenasie insien, maar dit klink steeds vergesog.

Irene gee haar 'n skeptiese kyk. "En toe sterf drie van hulle en die groep besluit hulle moet van die liggame ontslae raak, maar bel nie vir AVBOB nie?"

Ayla sug. "Daaroor kan ek nie spekuleer nie. Die punt is, Nimue en Diana is eers in 2006 weg. Dis net Tiaan Nel wat sedertdien verdwyn het."

"Dit kan beteken dat hulle by 'n reeds bestaande groep aangesluit het en dus nie die stigters van die UFO-groep is nie. Dat dit nie hulle is wat ander breinspoel soos jy beweer nie, maar dat dit hulle is wat gebreinspoel is."

"En jy is werklik oortuig die groep kan iets met die verdwynings te doen hê?"

Irene haal haar skouers op. "Ek erken dis 'n baie tingerige grashalm, maar ek wil uitvind of daar êrens 'n gemeenskaplike deler is. Byvoorbeeld, of hierdie vermiste mense dalk 'Onskuldiges', om Diana se terminologie te gebruik, te na gekom het. En aangehou is, soos jy tereg sê, lank voor Diana aangesluit het. Wat kan beteken sy word dalk self aangehou."

Ayla bly lank stil. "Ek kan my net nie indink hoekom so 'n groep mense sal wil aanhou nie. Om wat te doen? Ek dink steeds hulle kon dalk eerder vrywillig by die groep aangesluit het. Hoe ontvoer mens immers 'n fris jongman, laat staan drie mense op 'n slag?

"Miskien is hulle vrywillig daarheen, maar wou later om een of ander rede die groep verlaat en is nie toegelaat om dit te doen nie. Dink maar aan wat daardie profeet Sias van die Meetsnoer Tempel by Houthaalbos destyds aangevang het met die lede wat oorbodig geraak het of ongehoorsaam was." Ayla was angsbevange toe die Meetsnoer-bom in 2009 in die media gebars het. Dit was die soort godsdiensgroep wat Nimue sou getrek het, maar dit het gelukkig gou duidelik geword dat sy nie een van die sogenaamde profeet se uitverkorenes was nie.

"Ek weet nie wat in die UFO-groep aangaan nie, Ayla, maar ek en Valk ken die speurder wat destyds die Meetsnoer-saak ondersoek het. Gys Niemand het vir ons heelwat meer vertel as wat in die koerante gepubliseer is. Die fanatisme van die mense was verbysterend en die invloed wat daardie Sias-vark oor hulle gehad het, slaan mens stom. Daar is mense wat soveel mag oor hulle volgelinge uitoefen dat dié alle sin vir reg en verkeerd verloor. Die UFO-groep klink vir my na dieselfde soort ding as ek so na Diana se brief kyk."

'n Rilling kruip teen Ayla se ruggraat af. "Het die UFO-groep 'n naam?"

"Jojo het net 'n akroniem gesien in 'n kennisgewing op die hek van 'n eiendom wat sy vermoed hulle tuiste is. Ons weet egter nie waarvoor dit staan nie. Dis dalk nie eens die naam nie en ons is ook nie seker of dit die regte eiendom is nie."

"En die akroniem is?"

"IPIN."

Ayla hoop sy steek haar skok weg.

"Maar om terug te kom na jou aanvanklike vraag, Jojo sal my moet help om te probeer uitvind wat aangaan. Ek wil weet of die verdwynings iets met die UFO-groep te make het. En as dit het, kan Diana dalk 'n gebreinspoelde slagoffer wees."

"Is dit nie die polisie se taak om die verdwynings te ondersoek nie?"

"Dit is, maar die polisie is oorlaai met werk. Hulle het nie die tyd om cold cases ook nog na te gaan nie. Daar is ook nie geld om mense van buite aan te stel om dit op te volg nie. As ek nie gedink het Diana is dalk in die kloue van hierdie groep nie, sou ek dit aan hulle oorgelaat het, maar die moontlikheid bestaan. En ek sal myself nooit vergewe as dit Diana se lyk is wat op 'n dag gevind word nie."

Of dit kan Nimue s'n wees. "En weet die polisie van jou bereidwilligheid om te help?"

"Nee. Valk weet nie eens nie. Hy besef nie ek het steeds toegang tot sy gmail-pos nie. Sy rekenaarvaardighede is baie beperk. Outlook het hy eers so twee jaar gelede bemeester. Hy weet dus nie ek het die e-pos wat gaan oor die verdwynings laas nag gesien en die aanhangsel met al die inligting daaroor op my rekenaar gestoor nie.

"En hy mag nie uitvind nie. Hy sal my verbied om enigiets daarmee te doen te hê aangesien ek persoonlike belang daarby het. Ek vertel jou net sodat jy besef jy kan meer kwaad as goed doen deur in te meng. As ek geweet het wat ek nou weet, sou ek jou uiteraard nooit genader het nie. Jy wil regtig nie hierby betrek word nie. Ek en Jojo sal dit hanteer."

Ayla kyk haar berekenend aan. As Irene dink sy gaan nou net ewe gehoorsaam terug Pretoria toe, misgis sy haar deeglik. "En jy wil seker regtig nie weet waarvoor IPIN staan nie?"

Irene se oë rek. "En jy weet?"

"Ek dink so."

"As dit 'n poging tot afpersing is, bad luck, Ayla. Ek en Jojo sal dit wel uitfigure."

"Dis nie bedoel as afpersing nie. Ek is 'n goeie bron van informasie wat dinge baie makliker kan maak. Ek leef al my hele lewe lank saam met UFO-lore. En hoe meer ek hoor van verdwynings en goed, hoe meer vasbeslote is ek om Nimue op te spoor. Met of sonder julle hulp. En dis nou as Jojo wel besluit om eerder vir jou as vir my te werk nadat jy haar gefire het en sommer nou weer wil hire."

"Los Jojo uit."

"Net as jy my toelaat om Nimue te help vind. Ek is net so bang soos jy dat my suster in gevaar verkeer. Dat sy dalk vrywillig daar aangesluit het, maar daar wil uitkom en nie kan nie. Buitendien, dit sal net soveel produktiewer wees as ons almal kan saamwerk. Ek sal my kant bring."

"Bloot as informant?"

"En as iemand wat kan waarde toevoeg. Gratis."

Irene kou haar onderlip ingedagte. Ayla kan die wik en die weeg in die amper onopmerklike wieg van haar skouers sien.

"Ek weet darem nie, Ayla. Ons praat lankal nie meer net van 'n klompie stupid mense wat handjies gevou vir 'n moederskip wag nie."

"Nee, ons praat onder meer van IPIN. Dit staan vir Interplanetêre Intelligensie Netwerk. Dit werk in Engels ook: Interplanetary Intelligence Network," speel sy haar troefkaart.

Irene se mond gaap oop. "My donner, dit klink presies in die kol. Het Jojo vir jou van IPIN vertel? En hoe het jy by die verklaring uitgekom?"

"Jojo het niks van IPIN gesê nie. My ma het voor sy ons verlaat het, beweer dis deur IPIN wat sy en Ayling weer by mekaar gaan uitkom."

"Wie de hel is Ayling?"

"Lang storie. Dit kom daarop neer my hele familie, van my ouma af, is UFO-verskrik. Dis hoekom jy my nodig het."

Irene se hande bewe effens toe sy nog 'n sigaret aansteek. "Gee my die lite weergawe."

Ayla som haar en Nimue se agtergrond kortliks op. "Ek dink Nimue het IPIN gaan soek en gevind. Of hulle het haar gevind," sluit sy af.

In Irene se oë sien sy dat sy tot dieselfde gevolgtrekking as sy gekom het. Daar is nou bitter min twyfel dat minstens Nimue, maar waarskynlik ook Diana, wel aan die groep in die vallei tussen die Akkedisberge behoort. Sy weet net nie of Irene, soos sy, wonder of Vivien Venter haar dalk ook daar bevind nie.

Twaalf

Sy ignoreer Irene se oproep wat deurkom net toe sy haar tas begin pak. Die tweede oproep ook. Sy is nie lus om uitgedinges te word nie.

Jojo lees wel die daaropvolgende SMS. *Bel my verdomp of antwoord ten minste jou foon. Dis dringend.*

Sy wik en weeg nog toe 'n e-pos van Irene af deurkom. In die onderwerpblokkie staan FYEO. Sy neem aan dit staan vir For your eyes only, maar dis ge-cc aan Ayla. In die e-pos self staan niks. Daar is egter 'n aanhangsel. Jojo maak dit oop.

Aanvanklik wil sy net hier en daar kyk om te sien wat nou skielik met Irene aangaan, maar toe sy eers die eerste paragraaf lees, kan sy nie ophou nie.

Sewe mense wat oor 'n tydperk van bietjie meer as twintig jaar verdwyn het. Drie se lyke gevind. Benewens 'n ma en dogter, is almal klaarblyklik intelligente jongmans in die fleur van hulle lewe. Anders as die verdwynings op Crystal Crags wat hulle verlede jaar ondersoek het waar die meeste vroue was.

Jojo het feitlik deur die hele dokument gelees toe Irene weer bel. Dié keer antwoord sy.

"Ek neem aan jy het my e-pos gekry."

"Ek het. Ek dag ek is gefire."

"Jy was. Jy is nie meer nie."

"Wie sê ek wil nie gefire bly nie?"

"Jy. By implikasie. Die oomblik toe jy my oproep beantwoord het. Los die egospeletjies en sit die ketel aan. Ek en Ayla is op pad na jou toe."

"Ayla?"

"Sal verduidelik as ons daar is. Maar voorlopig, sy het my van hulle agtergrond vertel en die IPIN-geheim opgeklaar. Interplanetêre Intelligensie Netwerk. Haar ma Vivien Venter is moontlik betrokke. En ek het 'n spesmaas die verdwynings het iets met IPIN te doen. Ons is nou daar."

"Maar Vivien het dan ..." Sy praat met 'n dooie foon, kom Jojo agter.

Joachim se huis is so tien minute se ry uit die middedorp. Langer as die verkeer swaar is. Tyd wat sy beter kan benut as om 'n ketel aan te sit.

Jojo maak 'n nuwe dokument oop en skep 'n tabel.

Desember 1993, tik sy in die eerste kolom en *Ma, dogter en dié se boyfriend* in die tweede kolom voor sy in haar lys van opgetekende UFO-voorvalle soek. Ja, wraggies.

Op 18 November 1993 om 22:15 het twee mans van Sasolburg 'n VVV uit Vereeniging se rigting sien aankom. Die voorwerp het blitsig van rigting verander en na Parys se kant toe beweeg, maar was drie minute later terug. Die voorwerp het hulle aan 'n waterdruppel laat dink. Dit het voortdurend van kleur en vorm verander. Toe individuele ligte geleidelik doof, blyk die tuig egter sigaarvormig te wees. Dit was omgewe van geel lig en het blou lig afwaarts gestraal voor die tuig weer blitsig opwaarts verdwyn het. Ongeveer twee maande later het 'n inwoner van 'n nabygeleë dorp beweer hy het die spore van die tuig se onderstel gevind.

Jojo kopieer en plak die stuk in die derde kolom en tik in die tweede ry van die tabel: *1995: April – Danie Uys verdwyn ge-*

durende die Paasvakansie. Junie – Jimmy Andersson se verkoolde lyk naby Elim opgespoor.

Die UFO-lys lewer weer 'n inskrywing vir 1995 op. Verskeie VVV-waarnemings word van laat Maart tot middel April in die media gerapporteer. Volgens 'n boer, Jan Pienaar, het 'n tuig suid van Coligny geland.

Sy tik en kopieer en plak so vinnig as wat sy kan.

Paasvakansie 2000 – Die jong loodgieter Julian Jackson verdwyn.

Polisie-inspekteur Kriel beweer hy het op 8 Mei 2000 om 03:24 'n VVV gesien. Hy was onderweg op die N3, sewentig kilometer noord van Warden in die Oos-Vrystaat. Die oranje ovaalvormige lig het 'n koepel bo en ook een onder gehad en was so breed soos vier bane van die deurpad. Nadat dit vinnig nadergekom het, het dit weer wegbeweeg. Die gebied is klaarblyklik bekend daarvoor dat bewegende ligte daar waargeneem word.

2001: Julie – Julian se lyk in Perlemoenbaai se vissershawe gevind. Desember – die tandarts Antonie de Wet verdwyn.

Daar is niks ampteliks in die koerante opgeteken oor VVV's wat in 2001 opgemerk is nie, maar wel 'n inskrywing op 'n blog waar VVV-waarnemings gerapporteer kan word. Nie baie betroubaar nie, maar Jojo voeg dit tog by.

'n Man van Stellenbosch beweer hy het in Oktober 1997 langwerpige VVV's in pare, maneuvers in die lug sien uitvoer en toe weer by twee geleenthede in Julie 2001. Die voorwerpe was oranje. 'n Vriend was een aand 'n getuie hiervan.

Desember-vakansie 2011– die Matie Tiaan Nel verdwyn. 'n Hele tien jaar ná die vorige verdwyning, let Jojo op. Jojo gaan haastig na haar UFO-dokument toe sy 'n motor hoor stilhou. Daar is meer as een voorval.

Op die aande van 11, 20 en 21 Mei 2011 is 'n klomp geluidlose oranje ligte met bestendige ligsterkte respektiewelik oor Krugersdorp en Tierpoort naby Pretoria waargeneem. Die ligte het vinniger as 'n kommersiële vliegtuig beweeg en by Tierpoort was daar ongeveer twintig ligte. Op 15 Junie is sewe van hierdie voorwerpe gefotografeer terwyl dit op 'n streep oor Tierpoort beweeg het.

Om 22:00 op 30 Oktober 2011, naby Harrismith, fotografeer ene meneer Van Greuning twee van vyf geluidlose vuurballe wat hy waarneem terwyl dié suidwaarts beweeg in lae wolkbedekking.

Januarie 2016. Tiaan Nel se liggaam word 'n ent buite Perlemoenbaai gevind, maar dit blyk hy is in ongeveer November 2015 oorlede.

Op 28 November 2015 is 'n VVV in Kaapstad waargeneem en die sosiale media was aan die gons met verskeie berigte van 'n groen lig wat oor die stad skyn.

"Jojo?"

Natuurlik sal Irene nie soos enige ordentlike mens aan die voordeur klop nie, maar eerder omstap na die stoep toe en haar aankoms deur die oop agterdeur aankondig.

"Ek kom." Jojo stoor die nuwe dokument in die regte lêer en maak haar skootrekenaar toe. Op pad stoep toe skakel sy die ketel aan.

Ayla en Irene sit reeds by die tafel.

"Hallo, Jojo." Ayla lyk effens verleë.

"Nou ja toe. Wat dink jy van die nuutste inligting?" vra Irene met 'n breë glimlag.

"Hallo, Ayla." Jojo gaan sit ook. "Jammer om jou teleur te stel, Irene, maar ek het reeds vir my plek op die vliegtuig bespreek. Ek vlieg vanaand terug."

"Bog. En al is dit waar, kan jy die bespreking mos kanselleer."

"Sommer in een sin sê jy vir my ek lieg en besluit jy boonop namens my wat om met my lewe te doen. Ek aanvaar nie meer sulke behandeling nie, Irene. Ek is nie jou slaaf nie."

"Fokkit, Jojo. Moet jou nou nie so opruk nie. Ek weet jy het daardie verslag van die kaptein oor die verdwynings gelees. En ek weet jy ..."

"Ek laat my nie 'n tweegatjakkals noem nie, Irene. Ek het genoeg gehad. Jy is 'n bleddie boelie as jy die dag lus het en ek is gatvol daarvoor."

Irene rol haar oë soos net sy kan. "Asse-bleddie-blief! Sal dit help as ek sê ek is jammer dat ek te gou tot die verkeerde gevolgtrekking gekom het? Te gou op my perdjie gespring het? Oukei. Ek is jammer, Jojo. Ek vra nederig om verskoning."

"Too little, too late, Irene, en jy sal nie eens weet hoe om nederig te spel nie."

"Jojo, ons het jou nodig." Ayla kyk haar pleitend aan.

"Ons? Is jy en Irene nou 'n 'ons'? Behoede jou, Ayla."

"Irene het, onderhewig aan 'n klomp voorwaardes, inge-stem dat ek deel kan wees van julle ondersoek. As informant en klankbord. Ons soek immers na dieselfde antwoorde. En ek het haar vertel van my familie se UFO-geskiedenis."

"As Jojo uit is, is jy ook uit, Ayla." Irene vou haar arms en gee Jojo 'n vermakerige kyk.

"Ek laat my nie afpers of manipuleer nie, Irene. Jammer, Ayla, maar ek weier om saam met hierdie ondankbare outokraat te werk."

Irene gee Ayla nie kans om te antwoord nie. "Wil jy vir my sê jy gaan alles net so los? Dat jy nie brand om te weet wat nou eintlik aangaan nie?"

"Ek wil weet wat aangaan, dit kan ek nie ontken nie. Ek wil net nie saam met jou uitvind nie."

Irene kyk haar lang oomblikke peinsend aan. "Jy het reeds 'n vermoede van 'n aard. Een wat jy anyway gaan opvolg. Dis hoekom jy dink jy het ons nie nodig nie."

"Tee of koffie?" vra Jojo toe sy die ketel hoor afklik.

"Jojo ..." begin Irene ergerlik, maar Ayla val haar in die rede.

"Rooibostee met heuning as jy het, dankie, Jojo. Anders net 'n glas water."

"Sal groentee werk? Ek het heuning."

Ayla knik. "Wonderlik, dankie."

"En jy, Irene?" vra Jojo asof botter nie in haar mond sal smelt nie.

"Koffie. Sterk. Twee suikers."

Jojo knik asof dit nuus is en gaan binnetoe. Sy hoor Ayla iets sê, maar sy praat te sag om die woorde uit te maak.

"Onder geen omstandighede nie," protesteer Irene hard genoeg dat Jojo hoor.

Hulle is stil toe Jojo met die skinkbord uitkom. Ayla se oë rus op die bedding waar een of ander fynboslelie blom asof dit die laaste lente op aarde gaan wees, maar sy lyk ingedagte. Irene staar dikbek na die tafelblad voor haar.

Sy kyk op toe Jojo die skinkbord neersit. "Oukei, ek sal jou fooi verdubbel."

Jojo lig haar wenkbroue, maar gee net die beker koffie vir Irene aan.

"Goed, verdriedubbel."

Jojo skud haar kop. "Dit gaan nie oor geld nie." Sy skink vir haar en Ayla groentee uit die teepot.

"Van wanneer af drink jy kruietee?" brom Irene en roer haar koffie.

Vandat sy probeer gewig afgooi, maar dis die laaste ding wat sy aan Irene sal erken. Sy gee Ayla se koppie aan en stoot die heuningpotjie nader.

"Dankie, Jojo." Ayla kyk op na haar. "Ek het vir Irene gesê ek sal jou vra of jy wel kans sal sien om vir my te werk. Sy weier. Die punt is, elkeen van ons het albei die ander nodig om by antwoorde uit te kom."

Jojo sug. 'n Mens kan seker ook net so lank teen die prikkels skop. Sy kyk na Irene. "Verdriedubbel en jy betaal die kansellasiekoste van my vlug."

Irene se kaak ontspan opsigtelik. "Done. Wat is jou vermoede?"

"Dis eerder iets wat my opgeval het as wat dit al 'n vermoede geword het. Eintlik weet ek nie mooi wat om daarvan te maak nie." Jojo roer heuning by haar tee in. Help seker nie veel om groentee te drink en haar dan te vergryp aan die soetigheid nie, maar dit laat haar voel sy probeer ten minste. Al is daar nou geen rede meer om gewig te probeer verloor nie. Nee, sy het Joachim mos padaf gestuur.

"Wat het jou opgeval?"

Jojo ruk haar reg. Dis nie nou die tyd om aan Joachim en haar tekortkominge te dink nie. "Datums. Aanvanklik sleuteldatums in Ayla en haar familie se lewe. Toe Marja Venter verwagtend geraak het. Die UFO-ervaring wat Vivien gehad het. Ayla en Nimue se geboortedatums. Die jaar wat Marja verdwyn het. En die jaar toe Vivien haar voorbeeld gevolg het."

"Wat van daardie datums?" frons Irene en Ayla kyk Jojo ook vraend aan.

"Die presiese datums stem nie ooreen nie. Dag en maand bedoel ek, maar in dieselfde jaar van elkeen van daardie sleutelgebeure is daar UFO-aktiwiteit in Suider-Afrika opgeteken. Amptelik opgeteken, nie net wild en wakker beweer deur individue nie. Minstens een waarneming, soms meer."

"En wat dink jy beteken dit?" Irene probeer nie haar skeptisisme verbloem nie.

"Ek is nie seker nie, maar ná daardie verslag oor die verdwynings wat op so 'n misterieuse wyse by my uitgekom het, het ek weer vinnig na my lys van insidente gaan kyk. In elke jaar wat daar 'n verdwyning was, was daar – op een uitsondering na – ook 'n amptelike optekening van 'n UFO-voorval. Die uitsondering was 2001, maar daar was wel 'n nieamptelike insident in Stellenbosch."

"Goed en wel, maar wat probeer jy sê? Dat hierdie klomp jongmans asook die ma en dogter deur UFO's ontvoer is en drie se lyke weer op Aarde agtergelaat is toe die aliens met hulle klaar was?"

Jojo gee Irene 'n kyk wat deur staal sal kan sny.

"Oukei, sorry. Wat dink jy beteken dit?"

"Ek weet nie. Ek weet net dit moet meer as toeval wees." As dit nie vir die Ruwa-insident was nie, sou sy dit wel aan blote toeval kon toeskryf, maar sê nou die UFO-aktiwiteite hou regtig verband met die sleuteldatums? Sê nou Marja en Vivien het nie hulle ervarings uit hulle duim gesuig nie? Sê nou die verdwynings in die Perlemoenbaai-omgewing is tog gevalle van UFO abductions? ... Nee, nou raak sy regtig belaglik.

"En wanneer het jy tyd gehad om al hierdie inligting oor opgetekende UFO-insidente te bekom, Jojo?" onderbreek Irene haar gedagtes.

"In die twee maande sedert ek op Baardskeerdersbos was."
Irene gee 'n laggie. "Gedink die storie gaan jou hook. Nie-
temin. Die inligting oor die UFO-insidente is goed en wel as
agtergrond, maar ons moet nou fokus op die IPIN-groep en
hulle moontlike betrokkenheid by die regter se moord en dalk
ook die verdwynings.

"Voor jy verder foeter met UFO's, kyk eers of jy meer oor die
verdwynings kan uitvind. Begin by Tiaan Nel. Dis die jongste
voorval, dus sal jy makliker inligting kry, en sy liggaam is ge-
vind. Ek sal kyk wat ek by Valk en ander bronne kan uitvind."

Jojo ril effens toe sy die laaste slukkie groentee neem. Warm
is dit drinkbaar, koud smaak dit soos kakiebos ruik.

"O, en Jojo, ek het uitgevind wie IPIN se bure aan die linker-
kant is. Die eienaars woon egter in die Kaap. Hulle het vroeër
jare gereeld naweke en vakansies daarheen gegaan, maar is
nou bejaard en gaan selde.

"Ek probeer nog uitvind hoeveel ander eiendomme aan
IPIN se grond grens en wie die eienaars is. Ook wie die eie-
naar van die IPIN-eiendom is en wanneer dit gekoop is."

Irene kom orent. "Maar laat ek nou eers my ry kry en Ser-
fontein se bleddie dokument in Valk se hande gaan druk voor
hy verder kraam."

"Irene, Ayla sê Serfontein het 'n humeur en is iemand wat
nie te ver gedryf moet word nie. Hy voel sterk oor reg en ver-
keerd, en haat onregverdigheid."

"Nè?" Irene kyk vraend na Ayla.

"Ja, maar dis 'n klein deeltjie van 'n veel groter prentjie. Dit
was 'n voorlopige indruk." Ayla lyk ietwat ongemaklik.

"Wel, dis 'n geldige indruk," kom Irene tot die gevolgtrekking
waarop Jojo gehoop het. "Hy is op agtien aangekla van aan-
randing en is skuldig bevind. En wat in sy huwelik aangegaan
het, sal ek nou nie kan sê nie, maar hy was sewe jaar getroud
voor sy vrou haar dogter uit 'n vorige verhouding gevat en VSA
toe gewaai het waar sy vandaan kom."

Ayla se wange raak effens pienk. "Hy is nie 'n geweldadige
man nie, as dit is wat jy insinueer. Hy is 'n man met integriteit.
Meer as die meeste mense."

Irene lig haar wenkbroue. "Dit klink nie meer na 'n voorlopige indruk nie?"

Jojo frons ook. "Ek dag jy het gesê daar is sprake van misleiding?"

Die pienk sak weg uit Ayla se wange. "Dis in elk geval nie meer ter sake nie. Sal julle my verskoon? Ek moet 'n paar oproepe gaan maak. Hoor wat by my kantoor en huis aangaan. Dankie vir die tee, Jojo." Sy hou haar hand op toe Jojo wil saamstap. "Dis nie nodig nie."

Irene wag tot Ayla om die hoek verdwyn voor sy na Jojo kyk. "En wat maak jy van Ayla se veelbewoë agtergrond?"

"Jy kan haar net so min kwalik neem daarvoor as wat jy my oor myne of jouself oor joune kan kwalik neem."

"Jy is seker reg." Irene staar 'n oomblik voor haar uit. "Miskien moet ek en jy kyk of ons hierdie Serfontein-man te sien kan kry. Met hom praat. Net ons. Ons eie opinies vorm."

Jojo skud haar kop. "Ayla moet by wees. Sy is deel van die span en sy sien dwarsdeur 'n mens. Partykeer voel dit asof sy gedagtes kan lees."

"H'm. Sy klink darem baie op die verdediging oor 'n man wat sy nie van Adam af ken nie."

Die agterdog in Irene se stem eggo Jojo se eie vermoede. Ayla het nie meer net voorlopige indrukke oor Serfontein nie. Sy het reeds 'n oorwoë opinie gevorm. En dit sou sy net kon doen as sy die oorspronklike dokument verder ontleed het. Op hierdie oomblik ken sy Strach Serfontein waarskynlik beter as baie van sy vriende. En dit klink al asof sy baie hou van wat sy van die man weet. "Dis eintlik half grillerig dat iemand so baie kan aflei uit so min."

"Ja. Herinner my dat ek tog nooit vir haar iets met die hand skryf nie." Irene tel die dokument en haar karsleutels op. "En Jojo, dankie dat jy bereid is om te bly. Al roei jy my uit."

Jojo grinnik. "Ek kan aan niemand dink wat ek met groter graagte sal wil uitroei nie."

Ayla

Ayla parkeer voor die gastehuis en kry haar briewetas uit.

Miskien moes sy tog maar nie verder betrokke geraak het nie. Sy mis haar gim en vir Griet. Haar huis en haar tuin. Sy mis selfs haar kantoor. Die laboratoriumpie. Sjerien se opgeruimde gebabbel.

Maar sy is nou hier en deel van die span.

Geen wonder Irene was so vasbeslote om weer vir Jojo in haar kamp te kry nie. Irene is intelligent, maar sy het nie Jojo se intuïsie nie, is nie in staat tot werklik oorspronklike denke soos Jojo nie. Irene is skerpsinnig, maar 'n pragmatis sonder veel verbeelding. Haar analitiese brein, noukeurigheid en oog vir detail vergoed nie ten volle vir daardie gebrek nie. Die feit dat sy haar nie in 'n ander se skoene kan indink nie, nie 'n oop gemoed kan handhaaf nie, help ook nie. Nie dat sy 'n onaangename mens of sonder kompenserende karaktereienskappe is nie, sy is net te gewoond daaraan om haar sin te kry en haar wil op ander af te dwing. Hoe Jojo dit met haar uithou, is eintlik 'n raaisel.

Besef Jojo dat Irene haar beny? Dat sy Jojo probeer oordonder omdat sy eintlik bedreig voel deur haar man se eksvrou?

Nie dat dit iets met haar te doen het nie. Jojo en Irene is heeltemal daartoe in staat om hulle geskille te besleg.

Dis al oor een, sien sy toe sy op haar horlosie kyk. Geen wonder sy voel honger nie. Sy het nie ontbyt geëet nie en gisteraand se groentedis het vergange sy werk gedoen. Gelukkig is daar 'n restaurant nie te ver van die gastehuis af nie. Sy kan sommer stap.

Eers toe sy haar quiche en slaai bestel het, bel sy vir Sjerien.

"Het Doktor my e-pos gekry?" Sjerien klink angstig.

"Ek het nog nie vandag kans gehad om na my e-pos te kyk nie. Is daar iets nuuts?"

"Ai, Doktor, dis daardie Visagie-man. Daar was weer 'n berig in die *Beeld*. Sê hy het nou alles verloor as gevolg van Doktor se raad. Die Monica-vrou het sy huweliksaansoek geweier en uit sy huis getrek. Sy gaan hom dagvaar vir haar kind se onderhoud sodra dié gebore is en hy moet haar onderhou tot dit gebeur. Hy sê dis Doktor se skuld dat die ma van die kind skielik niks meer met hom te doen wil hê nie en dat hy nou nie sy eie kind gaan sien grootword nie. Hy win regsadvies in oor stappe wat hy teen Doktor kan neem."

Ayla sug diep. Die joernalis wat deur haar laboratorium is, het seker gedink dis nie nuuswaardig genoeg dat sy 'n handskrifontleder is nie. "Hy moet maar kyk hoe ver hy kom, Sjerien. Ek kan hom nie keer nie. Visagie sal wel agterkom mens kan nie ander mense blameer vir jou eie tekortkominge nie en dat leuens 'n manier het om na jou toe terug te kom." Gelukkig het sy nou die brief wat bewys hy het haar nie as sielkundige kom sien nie, maar dit kan 'n onnodige gesukkel afgee as hy haar by die Raad op Gesondheidsberoepe gaan verkla.

"Ek wens ek kon so maklik vergewe soos Doktor."

Doktor is glad nie so vergewensgesind as wat sy klink nie, sy het net belangriker dinge om aan te dink. Maar dit sê sy liewer nie vir Sjerien nie.

"O, en Doktor, hier het 'n ander man gebel. Valk Richter. Iets van 'n dokument wat nie ontleed mag word nie. Ek het gesê ek sal Doktor inlig, maar sover ek weet, hou Doktor vakansie by die see en werk nie aan enige dokumente nie."

"Dis in die haak, Sjerien. Die probleem is reeds opgelos."

"Dan is ek bly, want nog 'n man het gebel. Ek dink oor dieselfde dokument. Hy het glad nie gelukkig geklink toe ek sê Doktor sal eers oor meer as 'n week terug wees nie."

Ayla frons. "Het hy sy naam gegee?"

"Ja, ek het dit neergeskryf. O, hier is dit. Strach Serfontein."

Ayla kom skaars agter dat haar kos voor haar neergesit word. "Wat presies het hy gesê?"

"Iets van skending van privaatheid en Doktor moet hom onmiddellik bel. As Doktor 'n pen byderhand het, kan ek vir Doktor die nommer gee."

Ayla pluk 'n pen uit die sysakkie van haar briewetas en trek 'n papierservet nader. "Gee maar."

Lank nadat sy afgelui het, die quiche skoon vergete, staar sy steeds na die selfoonnommer. Strach Serfontein. Die man agter die handskrif. Die een met die humeur en fyn waarnemingsvermoë. En sy kon ook nie miskyk dat hy 'n man met 'n gesonde seksdrang is nie.

Ayla tel vervaard haar mes en vurk op. Soms sien sy regtig te veel raak.

Dertien

Jojo

Tiaan Nel se Facebook-blad bestaan nog. Dit verstom Jojo altyd dat mense boodskappe aan die dooies laat. Op Facebook van alle plekke. Asof Mark Zuckerberg se reikwydte selfs tot in die hiernamaals strek.

Die boodskappe op Tiaan se blad kom meesal van mense wat saam met hom studeer het of op skool was. 'n Besonder ontroerende een is van Tiaan se ma af.

> My liefste kind. Die vyf jaar vandat jy verdwyn het tot jy gevind is, was die hel self. Die een en 'n half jaar sedert jou liggaam, so ontdaan van wie en wat jy was, opgespoor is, vat ons verby die hel. Ons leef nou in 'n plek van onhoudbare pyn en verwarring. Waar was jy vir vyf jaar, Tiaan? Ons weet ten minste dat jy nou by God is, maar die vrae maak ons mal.

Jojo rol verder af na ander boodskappe. Lees hier en daar. Almal mis hom. Almal verlang. Die meeste deel 'n herinnering. Sommige vra vrae.

Mia Drotsky, 'n pragtige blondine volgens haar foto, vertel hom dat sy drie jaar ná sy verdwyning eers weer haar lewe op koers het. Dat sy nou iemand anders ontmoet het en moet besluite neem oor haar toekoms. Sy sluit af met: *Tiaan, kontak my. ASSEBLIEF.* Die boodskap is einde 2014 geskryf en het uiteraard onbeantwoord gebly.

Jojo slaan die res oor en rol af na Desember 2011. Die laaste inskrywing voor Tiaan verdwyn het, is 'n foto van hom en Mia op 'n strand. Twee mooi, gelukkige mense, wat behoorlik lewenslus uitstraal.

Sy rol weer van daardie plasing af stadig boontoe. Verskeie vriende doen 'n beroep op Tiaan om hulle dringend te kontak. *Hei, pel, ons is almal moer bekommerd oor jou. Dis nie meer snaaks nie. Kontak ons,* lui een.

Dis toe sy by einde Januarie 2012 kom dat 'n bekende naam uitspring.

Tiaan word nou reeds 'n maand lank vermis. Enigiemand wat hom sien of enige inligting het oor waar hy kan wees, moet asseblief die polisie in Bientangsbaai dringend kontak. Of my persoonlik. As Tiaan se peetpa probeer ek saam met sy ouers die polisie bystaan om hom op te spoor. Alle inligting sal as vertroulik beskou word.

Die kontakbesonderhede asook die saaknommer word gegee.

Op 'n duidelike kop-en-skouers-foto van Tiaan in 'n rugbytrui kyk diepblou oë onder 'n strooiblonde kuif direk in die lens. Aantreklike kind.

En die skrywer van die boodskap? Strach Serfontein.

Ayla

Sy kan skaars onthou hoe die quiche gesmaak het toe sy haar leë bord terugskuif.

Haar besluit is egter geneem. Sy gaan nie die man bel nie. Sy het al heeltemal te veel tyd en aandag aan hom bestee. Veral in haar gedagtes. Hy het seker in elk geval al teen hierdie tyd by Valk Richter gehoor die dokument is weer terug by hulle.

Ayla frommel die servet waarop sy die nommer neergeskryf het op en laat val dit met finale oortuiging in haar bord net toe Sjerien bel.

"Doktor, die Serfontein-man het weer gebel. Dié keer het hy nie so kwaai geklink nie. Hy sê die Richter-man het laat weet die dokument is toe nie ontleed nie en terugbesorg. Ook by hom gehoor Doktor is so goed in Doktor se job. Nou wil hy Doktor in Doktor se professionele hoedanigheid nader."

As Valk Richter haar lof besing het, moet dit iets met forensiese handskrifontleding te make hê. Dis die enigste soort werk wat sy voorheen vir hom gedoen het.

"Ek het gesê Doktor sal bel sodra Doktor weer op kantoor is. Ek hoop dis oukei?"

"Dis gaaf so, Sjerien. Wat het hy toe gesê?"

"Dat dit dringend is. Dis hoekom ek Doktor toe maar gebel het. Net sodat Doktor daarvan weet."

"Dankie, Sjerien. Ons praat later weer." Ayla groet en lui af.

"Anything else?"

Sy gryp instinktief na die opgefrommelde servet toe die kelner die leë bord optel. "No, just the bill, thanks," antwoord sy outomaties.

"Can I bring you a clean serviette?"

Ayla skud haar kop. "This is fine, thanks." Sy vryf die servet oop nadat die kelner weg is, tik gelate die nommer op haar foon en stoor dit onder S. Serfontein. Dis nie te sê sy gaan die man bel nie.

Presies hoekom sy so teensinnig is om enigiets met hom te doen te hê, kan sy nie honderd persent verklaar nie. Miskien het dit te make met die misleiding wat sy raakgesien het. Nie dat hy mislei het met wat hy geskryf het nie, maar sy is amper seker hy mislei deur middel van wat hy nié geskryf het nie. Die huiwering waarmee hy die eerste letters van veral die laaste sinne gemaak het, dui beslis daarop.

Een sin is die uitsondering. *Dis al wat ek van daardie paar oomblikke onthou,* is sy amper seker, bevat 'n blatante leuen. En sy vermoed dis waarom hy dit opgevolg het met *En dat sy effens na sweet geruik het.* Daar is geen teken dat hy daarmee probeer mislei het nie, maar sy sal haar kop op 'n blok sit hy wou die leuen van die tweede laaste sin met die waarheid van die laaste een versag.

Die vrou het inderdaad effens na sweet geruik, maar dit en die res van die beskrywing is nie al wat hy onthou nie.

Jojo

Toegang tot Strach Serfontein se Facebook-blad moet op "public" ingestel wees, besef Jojo toe sy sien sy kan alles lees wat daar verskyn sonder dat sy 'n vriendskapversoek hoef te stuur.

Dis gou duidelik waarom hy nie omgee wie sien wat op sy blad aangaan nie. Al die plasings draai om Tiaan. Versoeke dat mense met inligting na vore moet kom, verskyn van Desember 2011 tot Januarie 2016 – eers elke week, later elke twee weke en nog later elke maand. Van daar af bly dit konstant 'n maandelikse plasing.

In Maart 2012 is daar 'n afwisseling. *Enigiemand wat moontlik gesien het dat Tiaan Nel op die dag van sy verdwyning, 30 Desember 2011, by Perlemoenbaai se vissershawe, 'n ent van die viswinkel af, met 'n blonde vrou gesels het, skakel my asb. dringend.* Hy gee 'n selnommer.

Die versoek word oor die volgende paar maande gereeld herhaal.

Op 31 Januarie 2016 is daar 'n foto van Tiaan in swart geraam en 'n skakel na die berig op Netwerk24 waarin bekend gemaak word dat sy liggaam gevind is.

In Mei is daar 'n foto van 'n padkaart met 'n kruisie daarop. *Dis die duineveld waar Tiaan Nel se liggaam gevind is. Daar is vasgestel dat hy in November 2015 oorlede is. As daar enigiemand is wat dalk iets gesien het in die omgewing van die plek waar hy gevind is, kontak my asseblief dringend.* Serfontein gee weer sy selfoonnommer.

Jojo frons. Hoekom gee hy weer net sy persoonlike nommer en nie die polisie s'n nie?

Dieselfde gebeur in 'n boodskap wat in Julie 2016 by nog 'n foto van 'n padkaart geplaas is. Hierdie keer word 'n paar roetes in verskillende kleure aangedui. Al die roetes begin by Perlemoenbaai se hawe en eindig by die plek waar Tiaan gevind is. *Het enigiemand tussen 30 Desember 2011 en einde November 2015 enigiets buitengewoon op een van hierdie paaie gesien? Dit hou verband met Tiaan Nel se verdwyning en dood. Skakel my asb. dringend.*

Jojo klik op die foto en druk haar leesbril stywer op haar neus om die vergrote beeld beter te kan sien. Met haar pinkie volg sy een na die ander roete. Een gaan oor Baardskeerdersbos. 'n Ander maak 'n draai by Elim. Nog een maak 'n nog wyer draai voor dit kronkel deur die omgewing waar sy nou die dag so verdwaal het.

Dis baie duidelik dat Strach Serfontein alles in sy vermoë gedoen het om inligting oor sy peetkind se verdwyning en dood in te win. Maar hoekom sluit hy in sy latere plasings die polisie se kontakbesonderhede uit?

En hoekom klink dit nou skielik net té toevallig dat juis hy – van alle moontlike mense – die rolskaatser op die kranspad raakgeloop het net voor sy die regter met 'n pyl en boog uit die lewe gehelp het?

Ayla

Ayla kry haar skootrekenaar uit en laai Monica se brief op 'n geheuestafie sodat sy dit kan laat uitdruk, maar haar gedagtes bly draai om Strach Serfontein.

Wat is dit wat hy weerhou het? Het hy dalk die rolskaatser herken? Maar hoekom sal hy enigiets wegsteek wat dalk 'n moordenaar kan help vastrek?

Sy sal oor haar teensinnigheid moet kom en hom bel. Noudat hy haar in haar professionele hoedanigheid genader het, het sy nie meer 'n verskoning nie. Dis dalk juis 'n geleentheid om te probeer agterkom wat hy verswyg het.

Ayla sug, tel weer haar selfoon op en gaan na die S. Serfontein-nommer.

'n Vrouestem antwoord feitlik dadelik, maar dis 'n stempos. 'n Lang een, wat onder meer tye gee wanneer dokter Serfontein beskikbaar is. Uiteindelik kom die pieng.

"Dokter Serfontein, dis Ayla Hurter wat praat. My ontvangsdame het my laat weet jy het gevra dat ek jou skakel. Jy kan my by hierdie nommer bereik."

Sy hou nie daarvan om haar selnommer vir kliënte te gee nie en weet nie of dit 'n goeie ding is dat Strach Serfontein dit nou het nie, maar dit kan nie juis anders nie.

Ná 'n oomblik van huiwering haal sy weer die drukstuk van sy dokument uit. Hierop kon sy nie die tekens van huiwering sien wat sy laat gisteraand wel op die oorspronklike dokument raakgesien het nie.

Sy het wel uit die staanspoor opgemerk dat hy nie die dokument met 'n handtekening onderteken het nie, maar bloot sy naam onderaan geskryf het. Dié is in effens groter letters as die res van die teks. Dit dui op selfvertroue, op iemand wat hom nie laat onderkry nie.

Die afstand tussen sy naam en die laaste sin van die teks is effens groter as normaal. Soos Monica in haar nota distansieer hy hom van wat hy geskryf het, maar nie naastenby soveel soos sy nie.

Ayla ruk van die skrik toe die foon lui. S. Serfontein, wys die skermpie.

"Ayla Hurter," antwoord sy en hoop haar stem verklap nie die spanning wat sy ineens voel nie.

"Doktor Hurter, Strach Serfontein." 'n Diep stem. Hy moet 'n groot man wees om met soveel resonansie te praat.

"Middag, dokter Serfontein."

"Dit sal makliker wees as ons die heen en weer gedokter-doktor daar laat. Jammer ek kon nie jou oproep netnou neem nie. Ek was in konsultasie. Ongelukkig wag my volgende pasiënt ook al, dus kan ek nie lank praat nie. Ek stel voor ons ontmoet mekaar later vanmiddag."

Ayla skrik effens. Hoe op aarde weet hy sy is hier in Bientangsbaai?

"Ek het van Valk Richter verneem jy is heel toevallig hier

met vakansie, daarom dat hy die dokument so gou weer in sy besit het." Dis asof hy geweet het wat sy dink.

Die "heel toevallig" klink nogal sarkasties. Sy was 'n gek om hom te bel. Hoe het sy gedink gaan sy inligting uit hom kry oor 'n dokument wat sy kastig nie ondersoek het nie? "Dis korrek, maar soos meneer Richter tereg gesê het, ek is met vakansie. Indien jy my dienste as handskrifdeskundige benodig soos my ontvangsdame my laat verstaan het, stel ek voor jy koerier solank die dokument na my kantoor toe. Ek sal werk maak daarvan sodra ek weer ..."

"Dis mos nou laf. Ek kan die dokumente persoonlik vir jou gee terwyl jy nou hier is. Kom ons maak dit halfses by The Whale Crier. Dis by die nuwe hawe, net verby die seiljagklub. Ek moet ongelukkig nou aflui anders raak ek te ver agter met my pasiëntelys."

Voor sy kan teëpraat, voeg hy die daad by die woord. Is hy van nature so arrogant? Nee, arrogansie het nie in sy skrif gefigureer nie. Hy is net vasbeslote om haar te siene te kry. Maar hoekom?

As sy wil uitvind, sal sy haar mensskuheid in haar sak moet steek, haar voorgevoel dat sy moeilikheid soek, opsyskuif en die afspraak nakom.

Veertien

Bientangsbaai
Jojo

Sy is nie so gelukkig met die ander vermistes soos met Tiaan Nel nie. Hulle het verdwyn voor Facebook ontplof het.

Die inligting wat Jojo wel op die internet kan kry, lewer nie veel meer op as die inhoud van die verslag nie. Sy kry wel foto's by berigte van hulle verdwynings. Danie Uys wat ewe trots 'n yslike perlemoen in die lug hou. Julian Jackson glimlaggend saam met sy pa en broer by 'n trokkie waarop Jackson & Sons Plumbing staan. Van Antonie de Wet is daar een by sy gradeplegtigheid in Stellenbosch en een saam met 'n oulike brunet wat haar hand met die verloofring vir die fotograaf wys.

'n Huiwerige klop aan die voordeur laat Jojo se blik daarheen vlieg.

"Jojo, dis Joachim. Kan ons praat, asseblief?"

Jojo bly oomblikke lank sit asof sy op haar stoel vasgevries het.

"Asseblief, Jojo."

Die rasperstem is soos musiek in haar ore, maar waaroor

kan hulle tog praat? Dit kan net eenvoudig nie tussen hulle werk nie.

Terwyl haar verstand nog vir haar probeer voorsê, vat haar hart oor en maak sy die deur oop.

"Naand, Joachim." Hy het darem net die mooiste, sagste oë. Selfs agter die baard lyk sy mond weerloos en tog straal vasbeslotenheid uit hom.

"Naand, Jojo." Hy tree binnetoe en maak die deur agter hom toe, druk sy hande in sy sakke en kyk af na haar. "Jojo, ek het jou lief. En ek glo jy vir my, al is dit nie naastenby soveel soos ek vir jou nie. As jy nie seks wil hê nie, bly ons daarsonder, maar ek gaan nie toelaat dat ons mors met hierdie wonderlike ding tussen ons nie."

Jojo kan hom net aanstaar. Dis nie 'n wimp wat so praat nie. Dis 'n man wat sy man kan staan.

"Ek wil net een ding weet." Hy kyk haar stip in die oë. "Jy sê jy kan nie en wil nie met my liefde maak nie. Is dit omdat jy nog romantiese gevoelens het vir Valk?"

"Nee." Eers toe sy dit sê, weet sy dis die waarheid. "Ek ontken nie ek het nog gevoelens vir hom gehad tot onlangs toe nie, maar nie meer nie. Ek dink dit was meer uit eensaamheid en dalk 'n bietjie jaloesie as iets anders." Daar's hy. Sy het dit gesê. Aan haarself ook erken. En nou kan sy ook maar netsowel erken sy het laas vir Joachim en haarself gelieg. Sy wil in Joachim se arms wees en saam met hom ook die liggaamlike sy van hulle gevoelens ontdek. Of sy kan, is natuurlik 'n ander kwessie.

Joachim bly lank stil. "Ek waardeer jou eerlikheid, Jojo. Ek glo dit het moed gekos om dit vir my te sê."

"Dit het, maar die waarheid is dikwels moeiliker as leuens. En die moeilikste waarheid om te erken is dat ek met jou wil liefde maak, maar skaam is vir my lyf." Dalk het daardie paar eerlike grysblou oë haar getoor. Sy kan nie glo sy erken so iets so ruiterlik nie.

Joachim se groot hande vou warm om haar wange. "Hoe kan jy skaam wees, Jojo? Jy is dan perfek vir my. Jou lyf maak dinge in my wakker wat geen vrou nog in my wakker gemaak het nie. Ek is 'n man, ek het nog altyd vroue se liggame aantreklik gevind, nog altyd seks geniet as die geleentheid hom daartoe leen. Maar jy? Een kyk na die sagtheid van jou borste, die astrantheid in jou stappie en ek wil net aan jou vat, jou troetel en bemin."

Jojo voel asemloos toe hy haar teen hom vastrek en haar soen dat sy sterre sien. Sy is nog duiselig toe hy haar na die bed toe lei.

"Ek weet nie of ek kan onthou hoe nie, Joachim," probeer sy nog keer al klop haar lyf van die koors. Dáárdie koors. Die soort koors wat die regte man by die regte vrou op die regte oomblik veroorsaak.

"Ek weet nie of ek al ooit geweet het hoe nie, Jojo. Maar ek wil uitvind of ons saam weet hoe. So graag uitvind."

En toe gebeur alles tegelyk. Hulle los en vat en druk en vryf en streel en soen en meet en pas. Tyd en plek en ouderdom en verleentheid is van geen belang nie.

Hulle hyg en hy is te swaar so bo-op haar, maar dis wonderlik. Wonderlik, wonderlik, wonderlik.

Hy gee 'n skor kreun. "Jojo. Jojo. Jojo." Die bas van sy stem ontmoet haar sopraan toe haar lyf ook oomblikke later ontplof.

'n Tydlose ewigheid later rol hy van haar af, sy arms nog om haar skouers. En hy soen haar en begin lag. En alles aan hom bewe. Sy maag, die slapte om sy tepels en dáár.

En sy begin lag en haar maag skud en haar spanspekborste bewe, en dit bewe seker óók dáár, maar niks maak saak nie. Want vir die eerste keer in haar lewe voel Jojo geborge. Tuis. Reg. Maatpas. Glorious. Ja, glorious.

"Ons weet hoe, Jojo. Liewe donner, weet ons nie hoe nie."

En hy is reg. Hulle weet waaragtig hoe.

Ayla

Dis 'n gesellige, informele restaurant met 'n lieflike uitsig op die vissershawe. Sy wou vroeg daar wees sodat sy Strach Serfontein kan takseer voor hy haar raaksien, maar sy het êrens verkeerd afgedraai in die nuwe hawe se miernes van paadjies.

Nou is dit op die kop halfses en die restaurant verbasend genoeg reeds bedrywig so vroeg in die aand.

'n Kelnerin met 'n vriendelike gesig kom na haar toe aangestap. "Soek Mevrou 'n tafel of is Mevrou dalk die dame vir wie dokter Strach gesê het hy wag?"

"Is hy reeds hier?"

"A ja a. Daar in die hoek aan die seekant. Al klaar 'n bottel wyn bestel en gekry ook."

Ayla kyk waarheen die kelnerin beduie. Daar is net een man wat alleen aan 'n tafel sit. 'n Groot man, soos sy afgelei het aan sy stem. Hy lyk ook asof hy in sy laat veertigs kan wees, maar haar hoop dat hy 'n lelike man moet wees, beskaam. Hy is vrek aantreklik. Die donker hare, deurspek met grys en langerig in die nek, is effens deurmekaar asof die wind dit beetgekry het. Sterk gelaatstrekke, stewige ken, bruin gebrand. Lagplooie om die oë is diep geëts, maar nie op die oomblik aan die werk nie. Hy lyk half befoeterd.

Hy staan op toe sy in sy rigting beweeg. Sy is intens bewus van die omvang van haar heupe, haar dye wat teen mekaar skuur en die manier waarop Strach Serfontein haar op en af kyk. Hoe sou hy hom voorgestel het sal sy lyk? Wilgerlatlyf? Of dalk die bibliotekaressetipe met 'n bril en bolla? Sekerlik nie 'n dik bus nie.

Hy trek vir haar 'n stoel uit toe sy by hom kom en steek sy hand uit. "Strach."

Sy hand is groot en warm. 'n Droë soort warm. Sy oë is groen-blouerig. Takserend.

"Ayla," hou sy dit ook kort en kragtig.

"Vernoem na Jean Auel se heldin in The Clan of the Cave Bear?"

Dit is sy al meerdere kere gevra. "Nee, die boek is gepubliseer lank nadat ek my naam gekry het. Dis 'n Turkse naam." Hy moet nou net nie verder uitvra nie.

"Ek sien." Hy wag dat sy haar sit kry voor hy ook sy sitplek weer inneem. "Wyn? Dis 'n chenin."

Ayla skud haar kop. "Nee, dankie. Ek sal iets bestel wanneer die kelner 'n draai maak." Sy drink nou en dan wyn, maar dit vang haar gou en dit kan sy nie nou bekostig nie.

Strach steek sy hand in die lug en die kelnerin wat haar by die deur ontmoet het, haas haar in hulle rigting. Hy tip seker goed.

"Water met suurlemoen, asseblief."

"Sparkling of stil, Mevrou?"

"Stil, asseblief."

"Op dieet?" vra Strach toe die kelnerin wegstap.

Haar wange word warm. "Is dit nie 'n bietjie van 'n ongeskikte vraag nie?"

"Dis nie so bedoel nie. As jy is, kan ek net vir jou sê dit gaan nie help nie. Jy is klaar so maer as wat jy kan wees."

Ayla kyk hom verdwaas aan.

"Kyk jou gewrigte. Amper breekbaar dun. En jou sleutelbene staan uit."

"Met so 'n fyn waarnemingsvermoë is ek seker het jy die res ook raakgesien. Die deel wat nou nie so breekbaar dun is nie."

Haar sarkasme het geen effek nie. "Dis wat ek eerste raakgesien het."

Ayla gaap hom 'n oomblik aan. "Jou onvermoë tot diplomasie is verstommend, dokter Serfontein."

"Doekies omdraai dien geen doel nie. Jy het 'n probleem met jou onderlyf. 'n Aangebore probleem. Dit help nie jy misgun jouself alles wat lekker is net omdat jy probeer verander wat nie verander kan word nie. Ten minste nie met 'n dieet nie."

"Mevrou se water."

Ayla prewel 'n dankie, maar sy is skaars bewus van die kelnerin wat die glas voor haar neersit.

"Wat stel jy voor? Dat ek maar net toelaat dat die res van my ook vet raak? Dink jy dit sal dan meer in proporsie wees?"

"Natuurlik nie, maar 'n bietjie meer gewig aan jou bolyf sal nie kwaad doen nie. Jy is te maer."

Ayla versluk haar amper en begin dan lag. "Ek is te maer? Ek moet sê, dis die heel eerste keer in my lewe dat iemand dít vir my sê."

"'n Spesialis sal jou uiteraard eers moet ondersoek, maar ek dink ek weet wat die probleem met jou onderlyf is. Ek het voorheen 'n soortgelyke geval behandel."

"'n Geval. En dis behandelbaar. Deur 'n dermatoloog." Die sinisme lê bitter op haar tong.

Strach knik. "Jy was waarskynlik tussen twaalf en veertien toe jy skielik begin gewig optel het. Al die gewig wat jy aangesit het, het om jou bene saamgepak. So erg dat jou bene later begin pyn het daarvan, pyn waarskynlik steeds as jy te veel staan. Jy doen maklik kneusplekke op en vogretensie is 'n probleem. Van die begin af het niks gehelp nie. Nie dieet nie, nie oefening nie, net mooi niks."

Ayla kyk hom net stil aan. Dis presies wat gebeur het.

"Dis dikwels 'n genetiese toestand. Ons noem dit lipedeem. Dis ongeneeslik."

"Ongeneeslik," papegaai sy.

"Maar daar is 'n oplossing. Dit sal nie van jou 'n Kate Moss maak nie, maar jou lyf sal meer in proporsie wees en dit sal help vir die pyn en ongemak. Ongelukkig is die behandeling duur en pynlik en die resultate kom nie oornag nie. Moet soms herhaal word."

"En die behandeling sluit in?"

"Onder meer CDT, oftewel Complete Decongestive Therapy, en vetafsuiging oftewel liposuction."

"Liposuction?" Net toe sy wou moed skep. "Vertel dit vir die plastiese chirurg wat vyftien jaar gelede vir my gesê het ek moet liewer probeer minder eet as om so 'n drastiese stap te neem." Sy sal nooit vergeet hoe verneder sy gevoel het nie. En dit nadat sy haar as af gespaar het om die behandeling te kan bekostig. Uiteindelik het sy die geld gebruik om haar tande te laat regmaak.

"Gee my sy naam en ek sal vir hom sê hy is 'n opperste swaap. En dis 'n skreiende skande dat hy 'n pragtige vrou soos jy nie wou help om jou lewenskwaliteit te verbeter nie. Want dit gaan nie oor voorkoms nie. Jy is mooi nes jy is. Maar jy verduur pyn en ongerief. Klere koop is seker 'n nagmerrie. Smal stoele skep verleentheid. Beknopte toilette. Vliegtuigsitplekke in ekonomiese klas. En dan praat ek nie eens van die sielkundige letsels wat dit moes gelaat het nie. Maar sover ek verstaan, is sielkunde jou gebied, dus sal jy daardie skade self beter kan evalueer."

Ayla sluk swaar. Pragtige vrou? Mooi net soos sy is? Dit het niemand ook nog ooit vir haar gesê nie. En hy verstaan die moontlikhede van verleentheid wat noutes skep.

"Jammer as ek ongeskik geklink het, en jammer as ek jou gevoelens seermaak, maar dit maak my kwaad as mense onnodig ly."

Sy eie kode vir reg en verkeerd, het sy skrif mos verklap. "In daardie geval aanvaar ek jou verskoning, maar dokter Serfontein, jy kan werklik aan jou takt werk."

Hy grinnik. "Dis nie die eerste keer dat ek dit hoor nie."

Sy glimlag skewerig terug. "Jy moet maar die rekening vir die konsultasie stuur."

Strach skud sy kop. "Ek is feitlik seker ek is reg, maar jy sal 'n spesialis wat lipedeem verstaan, moet gaan sien vir 'n behoorlike ondersoek."

"Is dit hoe jy pasiënte werf?"

"Nie gewoonlik nie. Buitendien, ek weier om jou as my pasiënt te hê."

"Hoe so?" vra sy onkant betrap.

"Ek het my redes."

Die geslote uitdrukking wat by die glimlag oorgeneem het, laat haar vir die eerste keer onthou wie hy eintlik is en waarom hulle hier is. "Jy wil egter van my dienste gebruik maak?"

Hy frons effens verward.

"Dis hoekom ons afgespreek het om mekaar hier te ontmoet? Alhoewel jy dit eerder afgedwing het as wat dit afgespreek was."

"O ja, natuurlik. Daar is 'n brief. Ek wil die brief se skrif laat vergelyk met twee handtekeninge. Ek wil graag weet of dit dieselfde persoon is."

"Ek kan probeer, maar ek sal dit waarskynlik nie nou kan doen nie. Ek sal van die apparaat in my laboratorium nodig hê."

"Maar my dokument kon jy ontleed daarsonder?"

"Dit was 'n grafologiese ontleding, nie vergelykende forens..." Ayla bly stil en besef dadelik dat juis die stilbly haar skuld bevestig, maar dis te laat.

"Dan het jy wel my dokument ontleed. Grafologies."

Sy kan lieg en sê dit was net voorlopig en oppervlakkig, maar die leuen wil nie oor haar lippe kom nie.

"Om te dink Valk het my verseker dat jy skaars tyd gehad het om daarna te kyk voor sy vrou jou gekeer het."

"Hulle weet nie dat ek toe wel daarna gekyk het nie."

"En wat het jy gesien?"

Dat jy 'n humeur het, sal sy kan sê, maar hy lyk al befoeterd genoeg. "Dat jy 'n vrek lelike handskrif het."

"En dis al?" Haar poging tot humor amuseer hom beslis nie.

"Nee."

"Wat nog?"

"Kyk, Strach, ek weet ek het jou privaatheid geskend. Al verskoning wat ek kan bied, is dat 'n mens nie dikwels die geleentheid kry om so 'n komplekse skrif te bestudeer nie. Dit was vir my 'n uitdaging. Noem dit 'n akademiese oefening. Ongelukkig sonder jou toestemming."

Strach leun terug. "Ek glo nie vir 'n oomblik in grafologiese snert nie en om dit 'n akademiese oefening te noem is ietwat lagwekkend. Dit het niks met enigiets akademies uit te waai nie. As jy net 'n New Age-stooge was, sou ek my nie daaraan gesteur het nie. Maar jy is 'n vrou met 'n doktorsgraad in sielkunde en dus nie 'n idioot nie. Jy het egter oneties opgetree en daarvoor kan ek jou hof toe vat. En vir Jojo Richter en Irene Richter ook."

Ayla voel asof haar strot toegedruk word. Sy sal alle kredietwaardigheid in die forensiese wêreld verloor as hy dit sou doen.

"Waarom Jojo Richter?" kwaak sy deur 'n droë keel. "Sy was net 'n tussenganger."

"Volgens Valk Richter was dit juis sy wat jou in die eerste plek gaan sien het in Pretoria en 'n klomp bog in sy vrou se kop geprop het. Sy was deel van die manipulasie. Dit was ook sy wat die dokument vir jou gegee het."

"Sy het die dokument vir my gegee in opdrag van Irene. En dit was nie Jojo wat my in Pretoria kom sien het nie, dit was ook Irene. Oor iets totaal anders. En die oomblik toe sowel Irene as Jojo besef ek het nie toestemming tot die ontleding nie, het hulle alles in hulle vermoë gedoen om my te keer. Ek is die een wat oneties opgetree het, nie hulle nie. Vat my hof toe as dit jou sal laat beter voel, maar los hulle uit."

"Daardie dokument moes nooit eens by jou uitgekom het nie. Hulle is net so skuldig soos jy."

"As jy dan nou so verontreg is, waarom neem jy nie Valk Richter ook hof toe nie?"

"Valk was eerlik met my. Dis duidelik dat sy vrou en eks-vrou hom gemanipuleer het."

"Foeitog, dat 'n man so uitgelewer kan wees. Maar as jy nie in grafologiese snert glo nie, waarom is jy so ontsteld?"

"Dis die prinsiep van die saak. Ek kan mense wat maak en breek nes hulle wil sonder om enigiemand in ag te neem nie verduur nie."

"Snaaks, ek het nie wraaksug of nydigheid in jou skrif gesien nie. Ook nie misoginie nie."

"Ek is nie 'n vrouehater nie. Ek is mal oor vroue. Maar ek weet hoeveel mag hulle oor mans kan uitoefen as hulle die dag lus het. En ek is nie wraaksugtig of nydig nie, ek weier net om die slagoffer van onetiese gedrag te wees. Te veel mense kom weg daarmee."

"En dis nie oneties om die polisie te mislei in 'n moordsaak nie?" Ayla kan haar tong afbyt toe die woorde uit is.

Strach verbleek onder sy sonbruin vel. "Wat bedoel jy? Ek het niemand mislei nie."

Die koeël is deur die kerk, sy kan nou maar netsowel haar graf dieper grawe. "Beskou jy dit nie as misleiding as jy inligting van die polisie weerhou nie? Inligting wat hulle moontlik kan help om 'n moordenaar vas te trek."

"Waar kom jy daaraan?"

"Is dit dalk hoekom jy so ontsteld was toe jy hoor 'n grafoloog gaan jou handskrif analiseer? Selfs my kantoor gebel het al het almal reeds probeer sorg dat ek tog net nie die dokument ontleed nie? En my toe hierheen geboelie het omdat jy wou uitvis of ek nie dalk tog na jou skrif gekyk het nie? Net ingeval daar miskien regtig iets in grafologiese snert skuil?"

Ayla skuif haar stoel agteruit en staan op. "Vat my hof toe as jy wil, maar moenie maak asof jy enigiets van etiek af weet nie." Haar heup stamp teen die tafel toe sy omdraai. Sy hoor 'n glas omval, maar kyk nie om nie. Dis al moeilik genoeg om haar pad buitetoe te navigeer.

Jojo

Sy word geleidelik wakker. Dis sterk skemer. Joachim se arm is steeds om haar lyf, die spiere ontspanne. Hy snork liggies.

Jojo verwonder haar aan wat vanaand hier gebeur het. Sy verwonder haar aan die kalmte, die diep tevredenheid wat sy in haar voel.

Tussen haar en Valk was seks altyd 'n statige wals tot 'n kortstondige foxtrot oorneem, maar vanaand saam met Joachim ... Dit was meer van 'n jive.

Niks van statig nie. Niks van bekommernis oor 'n drillerigheid hier of daar nie. Hulle lywe was meer as net lywe. Hulle lywe was ook geleiers van iets anders. Veel meer as net 'n seksdaad. Alles was net goed en reg. En wonderlik. En herhaalbaar. Hopelik.

Joachim se arm verstyf om haar. Sy oë flikker oop. Die liefde in die nog dromerige grysblou is amper tasbaar.

"Hei." Hy vee oor haar hare – sagkens, amper eerbiedig.

"Hei, jouself." Haar glimlag kom vanself.

"Jojo, ek gaan begin push-ups doen. My arms weer sterk maak. Ek het nou weer 'n rede. Sodat ek jou nie weer byna versmoor nie."

"Jy hoef nie." Maar dis lekker om iemand se rede te wees. En dat hy omgee vir versmoor.

Valk ... Eintlik kan sy nie nou op hierdie oomblik onthou van Valk nie. En eintlik is dit so lekker om nie van Valk te kan onthou nie. Alles is net te goed en reg om dit te staan en versteur met herinneringe. Boonop verromantiseerde herinne-

ringe waarop sy moes teer, net om te kan vasklou aan die idee
dat sy dalk iewers, êrens vir iemand iets beteken het.

"Jojo?"

"H'm?"

"Op hierdie oomblik weet ek wat volmaakte geluk is."

En met sy woorde en die soen wat daarop volg, maak hy
die oomblik vir haar volmaak.

Vyftien

Strach het haar doelbewus gelok met sy storie oor die
handtekeninge, net om haar te probeer uitvang. Dit was nie
so moeilik om gedurende haar rustelose nag uit te werk nie. Dit
was moeiliker om te verstaan waarom hy eers daardie klomp
onsin oor haar lyf en voorkoms kwytgeraak het. Hoekom haar
eers laat dink dat hy iemand is wat regtig vir ander omgee?
Regtig ontsteld raak as mense onnodig ly. Hoekom nie net sy
uitviswerk doen en klaarkry nie?

Nou in die daglig is dit nie meer so onverklaarbaar nie.
Hy het bloot haar aandag afgelei van die eintlike rede agter
hulle ontmoeting sodat hy haar kon uitoorlê. En het hy nie uit-
muntend daarin geslaag nie.

Stomonnosel. Dis wat sy is. En dit terwyl sy kastig lyf-
taal kan interpreteer. Kastig 'n intuïtiewe aanvoeling het vir
mense, vir hulle emosies en hulle motiewe. Aan die ander
kant, hy is 'n man – daardie spesie wat nog altyd vir haar 'n
enigma was.

Ayla klim ergerlik uit die bed. Laat sy hierdie dag aan die gang kry. Besluit wat om te doen en wat om te ignoreer in die deurmekaarspul waarin haar lewe binne enkele dae ontaard het.

Eers toe sy 'n beker warm suurlemoenwater in die hand het, loer sy na haar e-pos. Jojo het nog nie geantwoord op haar brief van gisteraand waarin Ayla erken dat sy wel Strach se handskrif ontleed het en waarsku dat hy hulle moontlik wil hof toe sleep nie. Dis nogal eienaardig. Sy het die brief vroegaand al gestuur en Jojo het nog altyd vinnig gereageer.

Sy sal vir Irene ook moet laat weet van Strach se dreigement.

Miskien kan Irene of Valk verklaar waarom Strach regtig so woedend is as hy nie in grafologie glo nie. Nie dat dit enigiets gaan verander nie. Sy het sake werklik nie verbeter deur hom van misleiding te beskuldig nie.

Jojo

Sy kan nie onthou wanneer laas sy negeuur in die oggend eers wakker geword het nie.

Die bed langs haar is leeg. Het sy gedroom?

Nee, die gevoeligheid van die meer geheime dele van haar anatomie bewys die teendeel.

Sy onthou nou ook vaagweg dat Joachim in die vroeë oggendure opgestaan het, haar op haar voorkop gesoen en gefluister het hy is lief vir haar en sy moet lekker verder slaap.

Aan die een kant is sy verlig dat sy nie so dadelik vir Joachim in die oë hoef te kyk nie. Aan die ander kant wens sy sy kon in sy arms wakker geword het. Maar wens in die een hand en dinges in die ander, het haar broer altyd gesê, en kyk waarmee sit jy.

Jojo stort talmend terwyl herinneringe aan die vorige aand weer oor haar spoel. Die eerste keer. Die slapie daarna. Die tweede keer. Toe die diep, geborge slaap tot sy netnou eers wakker geword het.

Nie een van hulle het aan kos of drinkgoed gedink nie,

maar nou is sy bleddie honger. En lus vir koffie. En 'n sigaret.

Die oggendlug ruik na kelp en lente toe sy op die stoepie gaan sit om aan ten minste twee van haar behoeftes te voldoen. Kos kan maar bietjie wag.

Met die slaap afgewas en die herinneringe verfris, kan sy nie help om te wonder hoe mens nou eintlik ná so 'n episode optree nie. Dis nie asof sy ervare in dié soort ding is nie. Valk is haar enigste verwysingsraamwerk.

Omdat hy twee jaar weermag toe is en sy 'n jaar in George in die Vroueleërkollege was, het hulle op universiteit saam as eerstejaars begin klasdraf, al is hy 'n jaar ouer as sy. Sy hoofvakke was Sielkunde en Kriminologie, hare Sielkunde en Geskiedenis, met Kriminologie as byvak.

Misdaad en die redes daaragter het haar op teoretiese vlak geboei. Vir Valk op praktiese vlak.

Hulle het in hulle tweede jaar begin uitgaan, een aand ná 'n piekniek by Potch-dam in die kooi beland en hulle van daar af as 'n couple beskou. Sy kan nie onthou dat Valk haar ooit amptelik gevra het om vas uit te gaan nie. Ook nie of hy haar amptelik gevra het om met hom te trou nie. Hulle het maar net albei aanvaar hulle gaan trou en saam besluit dit sal die beste wees om te wag tot hulle klaar studeer het. 'n Verlowing was in elk geval uit. Daar was nie geld vir 'n ring nie.

Valk se ouers het sy studie vir hom betaal, maar dit het maar broekskeur gegaan om hom op universiteit te hou.

Sy het met 'n TOD-beurs en 'n Barclays Bank-studentelening studeer. Sy wou nie 'n onderwyseres word nie, maar daar was geen ander manier hoe sy die binnekant van 'n universiteit sou sien nie. Hulle lyn van die Koekemoer-familie het nog nooit in die akademie belanggestel nie. Haar ouers het nie eens daaraan gedink om te probeer voorsiening maak daarvoor dat Jojo wel so 'n upstairs streek sou ontwikkel nie.

Miskien moes sy en Valk nie so vars uit varsity getrou het nie. Daar was soveel omwentelinge tegelyk. Getroude lewe, haatlike skoolhou, die studielening wat sy moes begin terugbetaal. Valk wat sy loopbaan in die polisie takel met 'n toewyding wat grens aan obsessie. En dié toewyding het selfs vererger 'n paar jaar later toe Jojo nie kon swanger word nie en daar vasgestel is die probleem lê by hom.

Jojo het met hulle kinderloosheid vrede gemaak, maar nie Valk nie. Hy het begin voorkeur gee aan misdade teen kinders en al hoe langer ure begin werk. Uiteindelik was hy meer weg as tuis.

Ná nog 'n vakansietjie op die nippertjie afgestel is, was dit sy wat voorgestel het hulle skei. Eintlik net om hom te laat wakker skrik nadat haar besware deur die jare net nooit tot hom deurgedring het nie. Hy het egter sonder sprak of sprook die dokumente laat optrek en toe hy so maklik boedel oorgee, was sy te trots om vir hom te sê sy wou nie regtig skei nie.

In die jare daarna het sy eintlik nog maar altyd gehoop Valk sal terugkom, maar uiteindelik het sy al hoe minder aan hom gedink. Tot sy uitgevind het hy is met mooi, bekwame, skatryk Irene Krause getroud en hulle deel van haar lewe geword het toe hulle saam aan die Von Fürstenberg-saak gewerk het.

Dis waar die jaloesie ingeskop en sy weer drome oor Valk begin droom het. Swaap wat sy was. En laas jaar kom sy agter Valk kan dit nie verduur dat Joachim haar soen nie. Gelukkig is dit gou en relatief pynloos uitgesorteer al loop Irene se agterdog klaarblyklik nog diep.

Negentien jaar getroud, en al sewentien jaar geskei toe sy Joachim verlede jaar ontmoet het.

'n Sagte warmte sprei deur haar lyf as sy net aan hom dink. Aan die emosie in sy oë wanneer hy na haar kyk. Die kraak in sy stem wanneer hy ernstig of ontstig is. Die koestering van sy hande wat haar weer jonk en vir die eerste keer in haar lewe mooi laat voel.

Die geur van spek en eiers bereik haar net voordat Joachim om die hoek gestap kom met 'n oorlaaide skinkbord in sy hande.

"Breakfast is served, Madam." Hy glimlag van oor tot oor. 'n Glimlag wat haar van voor af week in die knieë maak.

Hy het skaars die skinkbord neergesit toe Jojo se foon lui. Irene.

Met 'n sug antwoord sy. "Nie nou nie, Irene, ek bel later terug."

"Wanneer gaan jy eendag na jou e-pos kyk?"

"Ná ontbyt."

"Magtag, Jojo, dis al ná tien. Jy is nie met vakansie nie. Ek betaal reeds driedubbel jou fooi. Ek verwag dat jy daarvoor werk. Die gort is gaar. Ayla het toe Strach Serfontein se donnerse skrif ontleed en dit boonop aan hom erken. Nou gaan hy ons dalk sue."

"Wát?"

"Ja. En ek het die lugfoto's gekry wat vanoggend vroeg uit 'n helikopter geneem is. Die wit kolle wat jy op Google Maps gesien het, is verskillende groottes rondawels met dakke in die vorm van vlieënde pierings. Ek en jy en Ayla moet so gou as moontlik bymekaarkom."

Jojo kyk op na Joachim. Hy kyk haar pleitend aan.

"Gee my tot halftwaalf, Irene, dan ontmoet ons mekaar ..."

"Ek is reeds op pad na jou toe en Ayla seker ook."

"Nee. Nie hier nie. Ek kry julle by Tapas. Reël met Ayla."

"Maar ..."

"Nie hier nie." Irene moet haar en Joachim nie vanoggend van alle oggende saam sien nie.

"Nou maar fok, oukei. Tapas. Oor twintig minute. En die hemele behoed jou as jy laat is. Vir al wat ons weet, het Serfontein al klaar die wiele aan die rol gesit."

Irene lui af voor Jojo nog kan teenpraat.

"Ek neem aan ek sal maar op my eie brekfis moet eet." Hy gee 'n skewe glimlaggie, maar die teleurstelling in sy oë sny deur haar.

"Ek is jammer, Joachim, dis 'n krisis." Hoekom klink sy nou vir haarself soos Valk destyds? Jammer, Jojo, maar 'n kind se toekoms is op die spel. Dis belangriker as ons vakansie, hoor sy hom weer in haar gedagtes sê. Sy kan nie onthou watter saak dit was nie, daar was so baie, maar dit was net een keer te veel vir haar.

"Ek het so hier en daar gehoor wat Irene gesê het," bring Joachim se stem haar terug na die werklikheid. "Sy praat nou nie juis sag nie. Waaroor wil Strach Serfontein julle dagvaar?"

"Lang storie." Sy kyk op haar horlosie. "Ek kan darem seker nog gou 'n eiertjie eet. Ek dood van die honger."

Sy moes maar liewer dadelik gery het, besef Jojo toe sy 'n happie afwurg. Nou voel sy skuldig teenoor albei. Teenoor Joachim omdat hy soveel moeite gedoen het en klaarblyklik groot verwagtinge gehad het van hulle eerste oggend as lovers. En teenoor Irene omdat sy reg is. Sy betaal Jojo Richter 'n klomp geld om vir haar te werk, nie om muisneste te hê nie.

Wat 'n bleddie antiklimaks ná so 'n hoogtepunt in haar lewe.

"Jojo?"

Sy kyk op.

"Soos Lincoln die digter John Lydgate aangehaal en só die gesegde beroemd gemaak het: You can please some of the people all of the time, you can please all of the people some of the time, but you can't please all of the people all of the time." Hy vou sy hand oor hare. "Ja, ek is teleurgesteld dat ons nie 'n romantiese oggend saam kan deurbring nie, maar ek verstaan."

Sy kry nie die knop in haar keel weggesluk nie. Eers ná 'n sluk koue koffie kry sy haar stem terug. "Dankie, Joachim."

"Dis ek wat vir jou moet dankie sê." Hy trek haar orent en teen hom vas. "Gisteraand was die wonderlikste aand in my lewe. Niks kan dit ooit bederf nie. En ek glo dit gaan die eerste van vele wonderlike dae en nagte wees." Sy talmende soen laat die bloed van voor af deur haar are bruis. "Toe, kry jou ry, voor ek my weer aan jou vergryp. Ek sal opruim."

Ayla

Sy was net op pad uit toe Irene gebel het. Tapas is stapafstand, dus het dit haar nog 'n bietjie tyd voor die skootrekenaar gegee.

Op die vergrote foto van die grootste huis op die IPIN-eiendom kan sy sien selfs die detail is feitlik identies aan die vlieënde piering waarmee sy op die hoewe in Melodie grootgeword het, al was dié heelwat kleiner. Dieselfde soort patryspoortvensters reg rondom in die koepeldak van blink aluminium wat op die ronde gebou van steen en sement rus. Een ding wat anders is, is die magdom antennas op die koepel.

Haar keel voel droog. Iemand wat vertroud was met die struktuur van Vivien se pieringdak moes hierdie weergawe daarvan laat bou het. Benewens enkele baie ou foto's van die Flying Saucer Roadhouse voor dit afgebrand het, kon sy nêrens 'n soortgelyke gebou op die internet opspoor nie.

Daardie kennisgewing wat die akroniem IPIN bevat, kan ook nie toeval wees nie.

Ayla laai die foto's wat uit die helikopter geneem is op haar geheuestafie om dit ná haar afspraak met Irene-hulle te laat druk en kry koers restaurant toe.

Irene wag haar reeds in, haar mond op 'n stroewe plooi getrek.

"Serfontein is glo livid. Wat de fok het jou besiel, Ayla?"

"Sy skrif het my gefassi..."

"Nee, dis nie wat ek bedoel nie. Ek sou waarskynlik ook sy skrif ontleed het as jy was, maar hoekom de hel het jy dit teenoor Serfontein erken? Belangriker, hoekom de hel het jy enigsins met hom kontak gehad?"

"Hy het 'n afspraak gemaak. Wou kastig handtekeninge laat verifieer. Hy het my in 'n strik gelei en ek was onnosel genoeg om daarin te trap."

"Ek dag jy het gesê hy is 'n man met integriteit?"

"Hy is, maar hy het sy eie sin vir regverdigheid. En hy is reg, ek het oneties opgetree. Ek het vir hom gesê hy moet julle uitlos, dat ek die skuldige is."

"Hoe eerbaar van jou, maar dit help ons niks. My en Valk se reputasie, ons hele besigheid kan daarmee heen wees as daar selfs net sprake is dat ons nie kliëntkonfidensialiteit handhaaf nie."

"Wel, dan moes jy nie so voortvarend gewees het om die dokument vir Jojo te gee voor jy seker was jy mag nie." Sy het haarself al genoeg gekasty. Sy hoef nie toe te laat dat Irene boonop sout in die wonde vryf nie.

"Moenie jy ook nog daaroor begin sanik nie. Ek is nou al genoeg verwyt. Valk gaan my nooit vergewe nie. En uiteindelik was dit jy wat selfs nadat jy uitgevind het jy mag nie, die ding tog gaan staan en ontleed het."

"Dit help nie ons sit mekaar oor en weer en blameer nie, Irene. My reputasie as forensiese handskrifontleder is ook in die gedrang. Ek kan ook my besigheid verloor. Die punt is, hoe gaan ons die gemors beredder?"

"Valk gaan met Serfontein probeer praat. Of dit gaan help, weet ek nie."

"Lieflike dag, is dit nie?" Jojo klink so vrolik soos 'n voëltjie met dagbreek toe sy haar plek langs Ayla inneem. Haar wange is bloesend en haar oë skitter.

"Is dit nou 'n tyd om hier aan te kom? En wat de fok het jou lewe in 'n lied verander?" grom Irene terwyl sy agterdogtig na Jojo loer.

"Soos ek sê, dis 'n pragtige dag en hier is pragtig mos sommer vanself in die oortreffende trap. Kyk hoe mooi is die berge, die see …"

"Jojo?" 'n Suurderige grinnik neem stadig oor by Irene se stroewe gesigsuitdrukking. "A! Ek sien. Hoog bleddie tyd."

Ayla kyk van Irene na Jojo en terug.

"Onse Jojo is verlief. Smoorverlief. En dit lyk my sy en …"

"Shut up, Irene. Jy weet nie waarvan jy praat nie. Ek is maar net in 'n goeie bui." Jojo se wange vlam bloedrooi.

"Goeie seks het 'n manier om dit aan 'n mens te doen. Net jammer jy gaan binnekort met jou gat op 'n bank in die hofsaal sit. Die beskuldigdebank."

"Ek het maar net my opdragte uitgevoer, Irene. Jy is die een …"

Ayla skud haar kop vir Jojo en sy kry klaarblyklik die boodskap. 'n Mens kan Irene ook net só ver druk.

"Nietemin. Die man moet maar sue as hy wil. Ek stel meer belang in die IPIN-eiendom. Waar is die foto's?"

"Ek het vir jou aangestuur, maar dit lyk my my e-pos was die laaste ding waaraan jy vandag gedink het."

"Die internet was af." 'n Vlugtige handbeweging in die rigting van eers haar mond en toe haar neus verklap dat Jojo jok.

"Hoe gerieflik." Irene laat haar klaarblyklik ook nie om die bos lei nie.

"Inteendeel, dit was ongerieflik." Jojo grawe in haar handsak en kry haar tablet uit. "No harm done, ek kan gou kyk."

Irene sug. "Die driehoekige gebou is klaarblyklik yslik groot. Die fotograaf sê die grootste weermaghelikopter sal met gerief op die plat betondak kan land mits die gebou stewig genoeg is. Die drie mediumgrootte rondawels is losstaande bokant die driehoek gerangskik en deel 'n ommuurde binnehof met die grootste rondawel wat aan die boonste punt van die driehoek vasgebou is. Die drie rondawels langs elkeen van die twee buitesye van die driehoek se pieringdakke hang oor die driehoek se betondak en beteken waarskynlik elkeen het 'n ingang daarheen.

"Die hele plek is omhein met doringdraad en turksvye is aan weerskante van die heining aangeplant. As jy wil in- of uitkom en nie deur die hek kan gaan nie, gaan jy jou lelik beseer. En sonder sleutel of iemand wat vir jou oopmaak, kan jy nie by die hek inkom tensy jy die slot knip of jou kans wil waag met die lemmetjiesdraad bo-op nie.

"Die vlieënier en fotograaf het ook 'n drone gesien. Die vlieënier sê privaat hommeltuie van minder as sewe kilogram, soos hierdie een, is wettig sonder lisensie. Geen hommeltuig mag egter nader as vyftig meter aan 'n mens of groep mense vlieg nie en dit mag nie 'n eiendomseienaar se privaatheid skend nie.

"Burgerlugvaart is baie ernstig hieroor. Oortreders kan tien jaar tronkstraf kry en/of 'n boete van vyftig duisend rand. En ons het reeds rede tot 'n klag. Jy het mos gesê die ding het jou gebuzz, Jojo? Dit klink asof dit minder as vyftig meter van jou af was."

"Baie minder, veral die laaste keer toe dit op my afgepyl het."

Ayla skud haar kop. "Ek dink ek weet waarop jy afstuur, Irene, maar dis nie 'n goeie plan om IPIN trompop te loop nie. Of dit nou deur Burgerlugvaart is of iemand wat maak asof hulle van Burgerlugvaart is. Dit sal hulle net op hulle hoede stel."

"Een of ander tyd sal iemand daar moet probeer inkom om die situasie te evalueer." Irene is opsigtelik nie gewoond daaraan om teengegaan te word nie.

"Ja, maar dit help nie om oorhaastig te wees nie. Ek stel voor ons probeer eers alles uitvind wat ons kan voor enigiemand persoonlike kontak probeer maak." Hoe sê sy vir Irene haar suster is 'n tydbom wat wag om te ontplof? Dat Diana sál ontplof as sy enigsins voel sy of haar bestaan word bedreig.

"Kon jy al uitvind wie se eiendom dit is?" vra Ayla toe Irene nie dadelik antwoord nie.

"Jip. By die Overstrand-munisipaliteit inligting gekry. Emsie Prinsloo, voorheen van die Oos-Kaap – Uitenhage-omgewing. 'n Weduwee. Of sy was toe sy dit in 1984 gekoop het. Sy moet dus al oud wees as sy meer as dertig jaar gelede reeds 'n weduwee was. Tensy sy 'n jong weduwee was, natuurlik, maar dis steeds vir my duidelik dat daar 'n jonger persoon ook op die plek moet wees. Jonk genoeg om te weet hoe om 'n drone te beheer."

Ayla frons. Prinsloo? Uitenhage? 1984? Daar gaan haar vae vermoede dat Vivien moontlik die groep gestig en later vir Nimue daarheen gelok het. Vivien het hulle eers twaalf jaar later verlaat.

"Ek kon nie glo hoe goedkoop grond destyds hier was nie," gaan Irene voort. "Behoorlik 'n appel en 'n ei daarvoor betaal. Daar was indertyd net 'n verwaarloosde rondawel op, maar die weduwee het volgens bousketse geleidelik meer rondawels bygebou. Natuurlik nie laat blyk sy gaan pieringgedoentes boop sit pleks van riet- of ander dakke nie. Die driehoekige gebou en sy ses satellietrondawels word egter nêrens aangedui nie. Bouinspekteurs het seker nie veel van 'n saak met sulke afgeleë hoewes gehad nie. Was waarskynlik nie eens bewus daarvan dat daar nog geboue opgerig word nie.

"Op die lugfoto's kan mens sien daar is drie aangrensende buurplasies. Weerskante en agter. Dis toe nie 'n pypsteeleiendom nie, hulle het self hulle paadjie afgekamp tot waar die geboue begin. Seker om toegang te beperk. Die huise van die drie hoewes is buite sig- en hoorafstand van mekaar af. Ek het nou die name van al drie die bure ook. Ek sal die inligting wat ek het vir julle albei e-pos."

Irene kyk na Jojo. "Ayla is dalk reg. Pleks van foeter met Burgerlugvaart, dink ek jy moet eers by die bure uitkom. Meer van die Prinsloo-vrou en hulle buurskap probeer uitvind. Dalk het hulle ook klagtes oor die drone of oor wat ook al. Dit kan ons saak uiteindelik versterk en if all else fails kan ons regtig Burgerlugvaart kontak."

Jojo knik, maar dit lyk nie asof die opdrag behoorlik tot haar deurdring nie.

"Nietemin. Voor Valk sy moer vir my gestrip het, het hy my meer vertel van die ma, dogter en boyfriend wat uit die woonwapark verdwyn het. Dis nou die eerste verdwyning waarvan ons weet. Die een in 1993."

Irene is vandag soos 'n seekat. Vat hier en vat daar met agt verskillende pote en 'n magdom suiers wat telkens van posisie verander.

"Susan Hough was agt en dertig, Soekie sewentien en Jimmy Andersson negentien. Susan het ses maande tevore haar werk bedank as klerk by Binnelandse Sake in Bellville en na 'n goedkoper woonstel in Kuilsrivier getrek. Dieselfde woonstelblok as Jimmy. Susan kon nog nie weer werk kry nie en hulle het finansieel gesukkel, maar sy sou in die nuwe jaar weer begin soek het vir 'n pos. Boonop was Soekie en Jimmy 'n bietjie stout. Teen die tyd dat hulle met vakansie gegaan het, was Soekie al 'n paar maande swanger.

"Die woonwa was Jimmy se oom s'n. Hy het dit vir Jimmy geleen om sy girl en haar ma met vakansie te neem. Jimmy het vir die oom gewerk. Iets met glasinstallasies te doen gehad. Die oom en dié se vrou is intussen oorlede, niemand weet iets van Jimmy se ouers of ander familie nie en Valk kon dus net uitvind wat destyds bekend was."

Ayla kan sien Irene bou op na wat eintlik belangrik is.

"Raai waarom het Susan uit haar standvastige werk, waar sy relatief binnekort 'n promosie te wagte was, bedank?" Sy kyk van Jojo na Ayla en toe weer na Jojo.

"Ons wag in spanning, Irene." Jojo glimlag kommerloos. Dit lyk nie asof enigiets haar vandag gaan ontstel nie.

"Dis juis hoekom Valk my vertel het en gesê het jy sal moontlik daarin belangstel."

"Wat?"

"Susan en haar destydse verloofde is een naweek Weskus toe. Tussen Dwarskersbos en Elandsbaai het hulle verdwaal. Vermoedelik omdat hulle êrens afgedraai het om te kafoefel.

"Dit was al sterk skemer toe hulle besef hulle weet nie waar hulle is nie. Dis toe dat hulle 'n vreemde lig in die lug sien. Die motor se enjin het gestol. Die man kon dit nie weer aan die gang kry nie. Die vreemde voorwerp het eienaardige bewegings uitgevoer en aanhoudend van kleur verander.

"Susan se verloofde het uitgeklim en foto's probeer neem. Die VVV het egter telkens so vinnig van koers verander dat daar nie 'n duidelike beeld was toe hy die foto's laat ontwikkel het nie. Dit was voor digitale foto's. Hy het dit nietemin saam met sy storie en 'n beskrywing van die VVV en hulle ervaring na Die Burger gestuur en Susan Hough se naam genoem as sy medegetuie. 'n Berig in 'n honende trant is geplaas. Iets in die lyn van, hoekom is foto's van UFO's altyd onduidelik?

"Haar medewerkers het Susan begin spot dat sy eerder nou vir Buiteruimtelike Sake moet gaan werk. Aangestook deur 'n vrou wat gereeld met Susan vasgesit het, het die gespot so erg geword dat sy bedank het. Daarna het sy uitgevind dit is nie so maklik om werk te kry nie. Dalk as gevolg van die UFO-stigma. Julle weet reeds wat daarna gebeur het."

"Die UFO-konneksie kan nie toeval wees nie," neem Jojo die woorde uit Ayla se mond. "Hoekom het niemand al toe hulle verdwyn het ..." Jojo bly stil.

"Dis reg," knik Irene. "Niemand het toe geweet dat daar 'n groep in die omgewing is wat glo 'n UFO gaan hulle kom haal nie. Daardie storie het eers jare later die rondte begin doen. Daar was dus niks om Susan se UFO-ervaring aan hulle verdwyning te knoop nie.

"Die ondersoek het dadelik op die verloofde gekonsentreer

wat toe lankal reeds haar eksverloofde was. Hy het gesê hy het in maande nie van Susan gehoor nie. Hulle is nie op goeie voet uitmekaar nie. Sy het hom kwalik geneem oor hy die voorval aan die koerant uitgeblaker het en só haar lewe in 'n nagmerrie laat ontaard het. Sy alibi was ook solied. Hy was saam met sy nuwe vriendin in Elandsbaai vir die vakansie, amper vier honderd kilometer van Perlemoenbaai af.

"Jimmy se oom is eweneens onder 'n vergrootglas geplaas asook die res van sy familie. Niks. Soekie se pa, met wie Susan nooit getroud was nie, was in Roodepoort en het in jare nie van Susan gehoor nie."

Ayla is so verdiep in die storie en haar gedagtes daar rondom, sy hoor skaars haar foon lui.

"Gaan jy nie antwoord nie?" vra Irene teen die derde lui.

Ayla loer na die skerm. "Dis Strach Serfontein."

"Nou maar dêmmit, antwoord. Hoe vriendeliker jy met hom is, hoe beter."

Ayla kyk hulpsoekend na Jojo. Dié knik net. Met 'n sug aanvaar sy die oproep.

"Ayla."

"Strach hier."

Die tafels staan te naby aan mekaar vir haar breë heupe om nou te probeer wegstap al sou sy graag wou. Sy draai net haar rug skuinsweg op Jojo en Irene. "Ek sien so."

"Kan ons mekaar tussen een en twee ontmoet?"

"Ek dink nie ons het veel vir mekaar te sê nie."

"Ons het. En ek het Kimberley se goed by my."

"Kimberley? Watse goed?"

"My eks. Die goed wat ek wil hê jy moet verifieer. Die brief en handtekeninge. Ek sal verduidelik wanneer ons mekaar sien. Kan ons mekaar dalk weer by The Whale Crier kry? Dis naby my spreekkamer."

Ayla sug diep. "Oukei, maar as dit weer 'n agterbakse streek is ..." Daar is niks waarmee sy hom kan dreig nie.

"Ek is nie agterbaks nie. Sien jou eenuur. Pasiënt wag. Bye."

"En?" Irene kyk haar met opgetrekte wenkbroue aan.

"Ek ontmoet hom eenuur." Ayla kyk op haar horlosie.

"Dis eers oor 'n halfuur," protesteer Irene toe Ayla haar goed bymekaarkry.

"Ek moet nog terugstap gastehuis toe om my motor te kry en ek wil 'n paar goed laat druk."

Jojo kyk met 'n frons na haar. "Luister, Ayla, ek gaan vir jou 'n skakel stuur. Lees eers daar voor jy Serfontein gaan sien. Ek het skoon vergeet daarvan, maar Serfontein was baie betrokke by die soektog na Tiaan Nel."

"Hoe so?" frons Irene.

"Serfontein was Tiaan se peetpa."

"Wát? En jy sê ons nou eers?"

"Dit het my ontgaan, oukei? Iets anders het voorgeval." Jojo lyk so skuldig soos 'n hond wat 'n tjop van die braairooster afgesteel het.

"Die 'iets anders' se naam is nie dalk Joachim Weyers nie?" Irene is beslis nie geamuseer nie. "Magtig, Jojo, jy kan nie toelaat dat jou vrysake in jou werk se pad kom nie. Dit kan 'n verskriklik belangrike stuk inligting wees. Dit werp 'n heel ander lig op die saak."

Ayla kom orent. "Stuur maar deur, Jojo, ek sal lees voor ek gaan."

"Wees net versigtig, Ayla. Irene is reg. Dis darem baie toevallig dat dit juis die vermiste Tiaan se peetpa is wat die rolskaatser gesien het kort voor die regter vermoor is."

"Ek sal dit in gedagte hou." Ayla lig haar hand in 'n groet voor sy wegstap. Hulle moet verkeerd wees. Strach is 'n man met integriteit. Daarvan bly sy oortuig. Al het hy mislei. Al het hy vir haar 'n strik gestel om haar te uitoorlê. Al het hy gedreig om hulle hof toe te vat. Al het hy 'n humeur en is voorheen skuldig bevind aan aanranding. Al ... Daar is net te veel al-het-hy-gevalle. Dit kan sy nie miskyk nie. En sy het nog nie eens almal opgenoem nie.

Grafologie is dalk tog snert.

Sestien

Jojo

"Liewe fok, Jojo. Hoe kon jy net vergeet het om vir ons te sê daar is 'n verbintenis tussen Serfontein en die mees onlangse verdwyning? Tiaan Nel se peetpa nogal."

Jojo stuur eers die skakel na sowel Irene as Ayla se e-posadresse voor sy opkyk. Sy kan haar nie lekker in die oë kyk nie. Irene is reg. Dis onvergeeflik. "Daar is nog. Hy het aktief na Tiaan gesoek. Gedurig gevra dat enigiemand met inligting óf vir hom óf die polisie moet kontak. Hy het albei se nommers gegee. En op een inskrywing vra hy of enigiemand gesien het dat Tiaan op Perlemoenbaai se vissershawe met 'n blonde vrou praat."

"Die viswinkel was by die hawe. Dit kan beteken dat Tiaan wel daar uitgekom het om vis te koop soos sy ma gevra het," kom Irene tot die logiese gevolgtrekking.

"Van daardie inskrywing af begin Serfontein net sy eie nommer verskaf. Nie meer die polisie s'n nie. Ek het gewonder of hy dalk die inligting vir homself wou hou. Maar waarom?"

"Miskien het die polisie gevra dat hy die ondersoek aan hulle moet oorlaat. Dalk het hulle gevoel hy meng te veel in. Dalk het hulle te veel crank calls gekry."

"H'm." Dis seker 'n moontlikheid. Jojo dink weer 'n oomblik na. Vis gaan koop. Iets roer aan haar geheue. Toe onthou sy. "As mens vis braai, wat eet die Kapenaars gewoonlik daarby?"

"Ek weet nie. Ek is ook maar 'n oud-Transvaler, onthou, en boonop nie 'n wafferse kok nie. Seker ook maar rys en goed."

"Joachim het nou die aand vir ons kabeljou gebraai."

"Jojo, ek glo dit was 'n wonderlike geleentheid vir jou, maar wat de fok het dit met verdwynings en moorde te doen? Jy sal regtig jou aandag weer moet bepaal by ..."

"Irene, shut up en luister. Toe Joachim vir ons vis gebraai het, het hy patats in foelie toegedraai op die vuur gaargemaak. Hy het die onderste deel van die rooster ook met foelie bedek. Hy sê dis hoe hy die vis so sappig kry."

"Hoe wonderlik dat die man weet hoe om vis te braai. Kom by die bleddie punt, Jojo!"

"Die 1993-verdwyning. Susan, Soekie en Jimmy. Wat het hulle in en om die woonwa gekry?"

"Ek kan nie onthou nie. Wat?"

"Patats in foelie toegedraai en 'n rooster aan die een kant met foelie bedek. Daar was geen vleis wat ontdooi is of gereed gemaak is vir braai nie."

"Jy bedoel ..."

"Klink nogal vir my of hulle van plan was om vis te koop. Tel nou bietjie alles bymekaar: Volgens die man in Baardskeerdersbos het die vrou van die UFO-groep wat by hom groente en eiers koop, gesê hulle is pescetariërs en koop hulle vis in Perlemoenbaai. Tiaan Nel se ma het hom gebel en gevra dat hy gaan vis koop by Perlemoenbaai se hawe. Serfontein het navraag gedoen oor 'n blonde vrou wat moontlik met Tiaan Nel gepraat het by Perlemoenbaai se hawe waar die viswinkel is. Susan en kie het waarskynlik 'n visbraai beplan, maar het nog nie die vis gekoop nie. Die naaste viswinkel van die kampeerplek af is die een by Perlemoenbaai se hawe."

"Dit beteken nog steeds niks nie, Jojo. Selfs al het Susanhulle in 1993 gaan vis koop, het dit niks te doen met 'n jongman wat dit ook gedoen het in 2011 nie. In daardie agtien jaar het miljoene mense miljoene visse in Perlemoenbaai gekoop.

"Buitendien, Danie Uys het gaan perlemoen duik. Julian Jackson is met 'n geiser op sy bakkie weg. Antonie de Wet het gaan aas maak by die riviermonding. Niks te doen met die viswinkel of hawe nie." Irene skud haar kop. "Twee uit vyf is nie goeie statistiek nie. Veral nie oor so 'n lang tydperk nie."

Jojo weet Irene is reg, maar iets wil tog êrens knoop. "Julian se lyk is by die vissershawe gevind."

"H'm. En die riviermonding waar Antonie gaan aas maak het, is naby die kampeerplek waar Susan en kie verdwyn het. Maar dis 'n klein area in en om 'n klein vissersdorp en daar is baie vakansiegangers in seisoen. Alles kan lyk asof dit verband hou sonder dat dit noodwendig so is."

"Miskien moet ek by die hawe gaan vis koop."

"Dit sou 'n briljante idee gewees het as die viswinkel nog daar was. Dit is nie. Daar is twee viswinkels in Perlemoenbaai, maar die een op die hawe het toegemaak. Die ander twee is nuwerig. Hulle het ná 2011 oopgemaak as ek reg onthou."

"Dêmmit." Jojo gaan in haar gedagtes oor alles wat hulle so pas kwytgeraak het. Vis, perlemoen, aas. Daar moet tog 'n verband wees. Of is Irene reg? Is dit maar net die aard van 'n vissersdorp wat gedurende vakansies ontplof met vakansiegangers? Sy kyk op. "Watter kleur hare het Diana?"

"Soos myne. Dalk 'n bietjie ligter." Sy raak aan haar sand-kleurige poniestert, nou deurweef met silwer.

"En Nimue?"

"Ook blond, maar meer goudblond soos Ayla s'n. En ek weet jy dink aan die vrou wat blykbaar met Tiaan Nel gepraat het, maar het jy enige idee hoeveel blondines daar in die omgewing is? Veral gedurende vakansies? En vroue kleur hulle hare – sel-de van blond na brunet."

"Het jy 'n foto van Diana, dalk een van haar en Nimue saam?"

"Nie van die twee saam nie en niks van Diana wat sal help nie. Die laaste een wat ek van haar het, is geneem voor Aman-da se dood. Diana was sewentien. Daarna wou sy nooit toe-laat dat iemand 'n foto van haar neem nie. Sy het baie sleg

gelyk terwyl sy met die dwelms deurmekaar was. En daarna ...
Ons was in elk geval nog nooit 'n fotonemerige gesin nie." Dit
lyk of Irene nog iets wil sê en toe daarteen besluit.

"Wat is dit?"

Irene sug. "Ek twyfel of dit belangrik is, maar Nimue het
destyds nogal 'n bietjie soos Amanda gelyk. Omtrent ewe lank.
Baie dieselfde gebou. Amanda was toevallig ook blond en het
ook blou oë gehad. Maar daar was ook iets in die gelaats-
trekke. Nie dat hulle soos familie gelyk het of iets nie. Hulle
was maar net op dieselfde manier mooi. Ek dink dis waarom
Diana so opgetrek was met Nimue. Sy het dalk gevoel asof sy
iets van Amanda teruggekry het. En daar was natuurlik hulle
gedeelde belangstelling."

Hulle sit 'n rukkie in stilte. "My kop draai skoon," erken Jojo.
"En dis nie muisneste nie, voor jy my weer daarvan beskuldig.
Daar is net te veel goed. Die moord op die regter. Die verdwy-
nings. IPIN. Ayla se ma en suster. Ayla self. Strach Serfontein.
Diana en die brief. Die hele UFO-besigheid.

"Alles wil-wil lyk asof dit aanmekaarknoop, maar dit knoop
nog nie lekker nie. Ons aanvaar eintlik maar net Nimue en Di-
ana is deel van die UFO-groep wat ons vermoed in die IPIN-plek
gesetel is. Ons vermoed maar net dat Diana se brief iets met die
regter se moord te doen het. En dan is daar nog die verdwy-
nings. Daar is geen bewys dat dit enigiets met die UFO-groep of
IPIN te doen het nie. Dis meesal net afleidings wat ons maak uit
die sameloop van omstandighede."

"Uit 'n 'cluster of evidence', soos Ayla sou sê," sê Irene half
ingedagte.

"Eerder 'n cluster of presumptions. Dis nie goed genoeg
nie. Ons sal êrens 'n vaste punt moet kry. 'n Bewese een. Op
die oomblik is alles net te wollerig, dink ons te herwaarts en
derwaarts. Ons moet sistematiseer."

Irene bly lank stil. "Jy is reg. Ons het alles gekompliseer. Jy
met jou UFO-insidente wat ooreenstem met sleuteldatums
in Ayla-hulle se lewe en ek deur die verdwynings hierby te
probeer betrek. Die ding is, ek het maar net aanvaar Diana het
vrywillig saam met Nimue by die groep aangesluit en bly vry-

willig aan. Sê nou Diana is dalk een van daardie verdwynings en word daar aangehou?"

"Irene, volgens haar brief is sy uit eie oortuiging deel van die groep. Daar is geen aanduiding dat sy teen haar wil daar is nie."

Irene sug. "Maar die ander mense wat verdwyn het, was dalk ook uit eie oortuiging deel daarvan. Het dalk ook vrywillig aangesluit. Vat nou maar vir Susan Hough. Niemand wou glo dat sy en haar verloofde 'n UFO gesien het nie. Sy is daaroor verguis. Sê nou sy het regtig daardie ondervinding gehad, sal sy haar nie tuis voel by mense wat geen twyfel daaroor het dat UFO's bestaan nie?"

"Maar wat van Soekie en Jimmy? Hoekom sou hulle bly?"

Irene dink 'n oomblik na. "Soekie verwag. Die kanse dat sy die jaar daarna matriek gaan maak, is skraal. Sy besluit sy bly saam met Susan by die groep. Jimmy ... Oukei, ek weet nie van Jimmy nie. Hy bly 'n jaar daar, wil dan weggaan, maar word nie toegelaat nie?"

"Maar hulle los die oom se woonwa net so? Slaan nie eens kamp af nie, wat nog te sê die ding terugbesorg? En hoe kom hulle in die eerste plek in aanraking met die UFO-groep?" Jojo sit regop. "Tensy dié kontak gemaak het met Susan nadat die berig in *Die Burger* verskyn het."

"Hier gaan ons al weer. IPIN se bure, Jojo. Dis nou jou eerste verantwoordelikheid. Ek e-pos hulle besonderhede. Los die verdwynings voorlopig vir my. En hopelik kom Ayla met iets vorendag oor Serfontein. Kyk jy nou maar net eers wat jy by die bure kan uitvind."

Jojo knik. Joachim gaan kraam as hy weet sy gaan weer die berge infoeter, maar dis die logiese beginpunt.

Joachim. Haar hart word week. Sy wens sy kan alles net so los en haar aandag slegs toespits op die wonderlike ding wat tussen hulle gebeur het. Maar sy het Irene haar woord gegee, die geld is baie welkom en die weetgierigheid vreet haar van binne af op.

Ayla

Strach sit weer by dieselfde tafel. Staan weer op toe hy haar ge-
waar. Hy lyk nie soos 'n dokter in sy oopknoophemp en jeans
nie.

"Hi." Sy gaan sit selfbewus in die stoel wat hy vir haar uit-
trek.

"Hallo, Ayla. Iets om te drink?"

Voor hom op die tafel staan 'n halfgedrinkte koppie koffie.
Daarnaas lê 'n wit koevert.

"Rooibostee met heuning." Laat hy nou net weer iets daar-
oor te sê hê.

Hy knik egter bloot, roep die kelner nader en bestel vir haar.
Met sy elmboë op die tafel, vleg hy sy vingers inmekaar en ont-
moet haar oë. Die gebaar vorm 'n kontras met die selfvertroue
wat hy tot dusver openbaar het. Iets laat hom onseker voel.

"Valk het met my kom praat. Eintlik was dit nie nodig nie.
Ek het in die middernagtelike ure al besef ek het oorreageer.
En as ek wil eerlik wees, ook 'n bietjie gewroeg omdat ek jou
stief behandel het. Sommige reaksies, miskien veral heethoof-
digheid, is maar deel van 'n mens se bagasie uit die verlede.
Soos jy as sielkundige beter as enigiemand sal weet.

"Dit sal niemand enigiets baat as ek verder 'n kabaal opskop
omdat jy my handskrif ontleed het nie. Dis nie te sê dat ek nie
steeds dink jy het inbreuk op my privaatheid gemaak nie. Jy het.
En Irene se optrede was onprofessioneel. 'n Klag teen jou en die
twee mevroue Richter sal egter niks aan die situasie verander
nie." Sy hande ontspan effens, maar bly ineengevleg.

"Ek is bly jy sien dit so in." Sy knik dankie toe haar tee voor
haar neergesit word. "Jy het my stief behandel, maar ek het
ook onprofessioneel opgetree. Ek vra amptelik om verskoning
vir my indiskresie." Nie dat sy vir 'n oomblik spyt is nie.

"Apologie aanvaar. Kom ons beskou die saak as afgehan-
del." Hy ontknoop sy vingers, loer op sy polshorlosie en tel die
koevert op. "Eintlik was die verifiëring van die handtekeninge 'n
voorwendsel om uit te vind wat aangaan, maar ek sal tog wel
van jou dienste wil gebruik maak. As jy nog bereid is?"

Ayla knik. "Ek weet nie hoeveel ek hier sonder 'n laboratorium uitgerig kan kry nie, maar laat ek hoor."

"Ek het so vier, vyf maande gelede 'n brief van my eksvrou gekry. Dit was al klaar vir my eienaardig dat sy vir my sou skryf. Ons is nie op goeie voet uitmekaar nie. En dis nog eienaardiger dat sy dit met die hand geskryf het en nie 'n SMS of iets gestuur het nie. As sy nie soms twee hande nodig gehad het of moes slaap nie, het haar slimfoon aan haar palm vasgegroei.

"In die brief sê sy Shelley, haar dogter uit 'n vorige verhouding, wil my graag weer sien. Sy het gevra dat ek hulle by een van die strandjies hier in Bientangsbaai ontmoet. Ek het aangeneem sy is hier vir 'n vakansie of 'n geleentheid of iets, want sy is ná ons egskeiding permanent terug VSA toe. Ek was 'n hele ruk voor die tyd by die afgespreekte plek en het gewag tot dit feitlik donker was. Sy het nie opgedaag nie.

"Ek het met haar in aanraking probeer kom, maar ek kry haar nêrens in die hande nie. Sy antwoord nie haar selfoon nie. Facebook en Twitter lewer niks op nie. Die landlady by die adres in die VSA wat Kimberley vir my prokureur gegee het, weet niks van haar af nie. 'n Kimberley het wel navraag na verblyf gedoen, maar niks het daarvan gekom nie. Ek het selfs Kimberley se tante in Arizona opgespoor en gebel al weet ek Kimberley het alle bande met haar familie verbreek toe sy Suid-Afrika toe gekom het, maar dié het in jare nie van haar gehoor nie.

"Toe ek nou van jou bedrewenheid verneem, het ek gewonder of jy na die brief kan kyk. Ek het niks waarmee dit vergelyk kan word nie behalwe haar handtekening waarvan ek nog twee voorbeelde het, maar dalk kan jy tog sê of jy dink die brief is deur haar geskryf."

"Is haar handtekening op die brief op die oog af dieselfde as die ander voorbeelde wat jy het?"

"Nee, op die brief het sy net haar naam geteken. Kimberley. Die een voorbeeld wat ek van haar handtekening het, is 'n dokument geteken as K. Serfontein. Die ander een is as K. Bell geteken. Dit was voor ons troue."

"Is haar brief gedateer?"

"Ja, 5 Mei. Sy wou my Sondag 7 Mei ontmoet. Sedertdien gaan ek elke Sondag na die strandjie toe, gebruik dit sommer as 'n geleentheid om te draf, maar ek het haar nog nie weer met 'n oog gesien nie en ook nie weer van haar gehoor nie. Dis toe dat ek begin wonder het of dit ooit Kimberley was wat die brief geskryf het al lyk die skrif op die oog af vir my soos hare."

"Voor jy die brief ontvang het, wanneer laas het jy van haar gehoor?"

"'n Paar weke voor die egskeiding deur is. 'n SMS om te hoor of my motor al op haar naam geregistreer is soos die skikkingsooreenkoms bepaal. 'n Motor wat, terloops, kort ná die egskeiding verkoop is."

"Hoe het jy gevoel oor die egskeiding?" Dit glip sommer net uit.

Strach frons. "Ek het reeds gesê ons is nie op goeie voet uitmekaar nie."

"Jammer, dit was 'n ondeurdagte vraag."

Hy kyk haar 'n paar oomblikke peinsend aan. "Met ander woorde, jy wil graag weet, maar dit het niks te doen met die diens wat ek jou gevra het om te lewer nie."

Verleentheid moet oor haar hele gesig geskryf staan. "Ek is jammer."

"Dis oukei. Ek wonder oor jou ook. Ek sal byvoorbeeld graag wil weet waarom jy nie 'n trouring dra nie. Waarom jy jou in so 'n twyfelagtige beroep bevind terwyl jy gekwalifiseer is as sielkundige. Waarom jy die een oomblik in jou skulp terugtrek, maar jou kan laat geld wanneer jy voel dis nodig. Dis seker net menslik dat twee mense wat mekaar onder eienaardige omstandighede ontmoet en al 'n bietjie van 'n stel afgetrap het, meer van mekaar wil weet." Hy glimlag skeef. "Veral as een van die twee met hulle ontmoeting baie onkant betrap was."

Ayla ontspan effens. "Wat het jou so onkant betrap?"

"Ek het gedink ek gaan 'n wise-ass charlatan ontmoet. En toe is jy nie een nie en het 'n broosheid aan jou al is jy sterk. En jy het 'n mediese probleem waarmee jy vergete al gehelp kon gewees het. Een waarmee ek kan help. Maar die laaste ding wat ek in my lewe nodig het, is 'n belangstelling in iemand wat 'n lewe maak uit 'n soort waarsêery en boonop daarin glo."

'n Belangstelling? Sy laat sak haar oë en staar in die leë koppie af.

"Jammer. My takt laat regtig veel te wense oor. Dis net, ek het regtig 'n kleintjie dood aan enigiets wat selfs net effens na New Age of esoterie neig. Dit het my huwelik verwoes. En my ook ontneem van die moontlikheid om 'n volwaardige pa te wees vir Kimberley se dogter."

"Wil jy daaroor praat?" kry die sielkundige die oorhand. "Jy hoef nie," voeg sy vinnig by.

Hy wik en weeg 'n oomblik, roer dan sy skouers effens asof hy vir homself sê wat maak dit tog saak. "Kimberley was maar altyd 'n bietjie New Agerig. Ek het haar beheptheid met pendulums, kristalle en astrologie en allerhande ander snert aanvaar as deel van wie sy is. Dit was eintlik vir my half oulik dat sy so hippierig is. Algaande het dit egter 'n strydpunt tussen ons geword.

"So twee jaar voor ons geskei is, het ek egter agtergekom daar is nie net meer 'n paar haakplekke in ons huwelik nie, daar skort iets drasties en dit skort al lankal. Eers het ek gedink sy het maar net die sewe jaar-itch 'n paar jaar te vroeg gekry. Toe begin ek vermoed sy het 'n affair. En toe kom ek agter sy het 'n, wel, noem dit 'n amper fanatiese belangstelling, wat sy al die jare vir my geheim gehou het. Ek het haar gekonfronteer en sy het dit erken. Ook dat dit al hoe meer van haar tyd en aandag in beslag neem vandat sy 'n vrou ontmoet het wat die belangstelling deel. Ek het dit sleg hanteer, moet ek bieg." Hy hark deur sy hare.

"Ek het haar uitgelag toe ek uitvind wat dit is. Dit was gemeen van my, maar dit was 'n spontane reaksie. Sy het my besware geïgnoreer en uiteindelik so in hierdie belangstelling opgegaan dat ek gevoel het ek is self met 'n ellendige alien getroud." Sy blik skiet na haar en weer weg. Hy het hom verspreek.

Ayla bly stil. Deels omdat dit is wat sy sou gedoen het as sielkundige, maar eintlik omdat sy skielik nie asem het nie.

"Oukei, sy was into aliens. UFO's. Sulke snert."

Ayla knik net, onmagtig om iets te sê.

"Toe ek eers weet van haar beheptheid, wou sy my ook oortuig. Ek moes alles hoor van sewe soorte aliens wat al geïdentifiseer is. Reptilian aliens, Ancient aliens, Grey aliens, Nordic aliens, Men in Black, Neonate aliens en Roswell aliens. Ook van die sogenaamde Saurian race.

"Sy kon omtrent elke donnerse UFO-insident van die afgelope jare siteer. Elizabeth Klarer se boek het permanent op haar bedkassie gelê; dis nou 'n vrou wat verkondig het sy het 'n kind by 'n alien gehad. Kimberley het alle leesstof oor die vrou en haar napraters verslind. Sy het my vertel daar is selfs 'n Suid-Afrikaanse vrou – Venter, dink ek is haar van – wat verkondig haar twee dogters is verwek deur die Klarer-vrou se sogenaamde hibriede seun wat op die planeet Meton woon. Dis nou seker wanneer hy nie Suid-Afrika toe kom om kinders te maak nie."

Ayla klem haar hande in haar skoot vas.

"Die stroom onsin het net nooit einde gekry nie. Ek kon dit later nie meer verduur nie. Veral toe ek agterkom dit was die groot rede waarom daar nooit enige band tussen my en haar dogter kon vorm nie.

"Aanvanklik het ek gedink dis my skuld. Bedags het ek gewerk, saans was Shelley al in die bed of besig met iets anders. Boonop het ek in die begin van ons huwelik nog gespesialiseer in dermatologie. Ons het skaars saamgeëet. Naweke het dit nie veel beter gegaan nie.

"Ek het later agtergekom dis nie net my skuld nie. Ek het begin vermoed Kimberley probeer doelbewus afstand skep tussen my en Shelley. As ek Shelley by enigiets wou betrek, het Kimberley altyd 'n verskoning gehad. As ek met Shelley gespeel het, het sy tussenbeide gekom en Shelley weggeneem. As ek Shelley oor swak maniere of 'n stoutigheid aangespreek het, het Kimberley gesê ek moet my neus uit die opvoeding van haar kind hou. Shelley is spesiaal en ek verstaan haar nie.

"Nadat Kimberley erken het sy is met UFO's en dergelike dinge deurmekaar, het die waarheid uitgekom. Ek het vir Shelley weer oor iets berispe. Kimberley het haar arm om Shelley se skouers geslaan en gesê: 'Ignore his stupid ignorance, Shelley. You just be the wonderful Crystal child you were born to be.'

"Dis toe dat sy my vertel het sy is 'n Indigo child en dat ek nie eens weet hoe om met haar te werk te gaan nie, laat staan 'n Crystal child soos Shelley."

Dis asof 'n sweer oopgebars het en die etter moet uit. Sy wonder of Strach homself sal kan keer selfs al wou hy. Hy het waarskynlik nog nooit met iemand oor Kimberley se beheptheid gepraat nie en noudat hy 'n gewillige oor gevind het, kan hy dit nie meer binnehou nie.

"Jammer as ek nou vir jou Grieks praat. Dis regtig nie die moeite werd om jou op te saal met die betekenis agter die wacko terminologie nie, maar dit kom daarop neer dat hulle star children is. Hulle hoofdoel is om die mensdom na die volgende evolusionêre vlak te neem en elke geslag is meer geëvolueer as die vorige. Tans skenk die oudste Crystal children glo geboorte aan Rainbow children. Nietemin, ek het vir Kimberley in 'n oomblik van desperaatheid gesê dis ek of die aliens. Sy het die aliens gekies.

"Die volgende dag het ek haar om verskoning gevra en my ultimatum teruggetrek, maar sy het gesê sy haat my en wil skei."

Hy beduie na die wit A4-koevert. "Dis hoekom ek nie kan begryp dat sy en Shelley my ewe skielik weer wou sien nie." Hy druk sy hand oor sy oë, skud sy kop en gee 'n suur laggie voor hy weer na haar kyk. "Jy moet dink ek is die wacko een. Ek kan nie glo wat ek alles kwytgeraak het nie."

"Dis oukei. Ek is nie 'n goeie sielkundige nie, maar ek is 'n goeie luisteraar. Dis al wat jy nodig gehad het."

Sy gesig raak stroef. "Jy moet 'n goeie grafoloog ook wees. Daardie beskrywing. Dit is so, ek het iets teruggehou."

Die koersverandering verras haar. Sy wag met ingehoue asem.

"Met die eerste oogopslag het die figuur my inderdaad aan 'n alien laat dink. Jy kan dalk nou beter verstaan waarom so 'n belaglike gedagte so geredelik by my opgekom het. Maar feitlik

onmiddellik daarna het ek besef die vrou lyk 'n bietjie na Kim-
berley. Nie dat dit sy was nie. Kimberley is kleiner, fyner gebou.
Nie so gespierd nie. Ek het nogtans omgekyk toe sy verby my
is om seker te maak. Haar hande was agter haar rug. Dis toe
dat ek die drievingerhandskoen gesien het. So vlugtig dat ek
nie seker was nie."

"Drievingerhandskoen?"

"Boogskuttershandskoen."

"En jy weet hoe so 'n handskoen lyk omdat ...?"

Strach drink van sy koffie wat vergete al yskoud moet
wees, sy oë neergeslaan.

Hy sug toe hy opkyk. "Ek het boogskiet beoefen. Jare gelede
toe ek nog tyd gehad het en my aggressiewe streek probeer
afwerk het."

Ayla kan aan niks dink om te sê nie.

"Ek neem aan jy verstaan waarom ek nie in my verklaring
wou sê sy het 'n boogskuttershandskoen aangehad nie."

Ayla knik. "Die feit dat jy geweet het wat dit was, sou tot
vrae gelei het. As jy erken het jy het boogskiet beoefen, en die
rede daaragter, sou jy onmiddellik op die lys van verdagtes ge-
wees het."

"Ongelukkig het ek nie dadelik besef dat die handskoen
die rolskaatser met baie groter sekerheid aan die moord sou
verbind het nie. Maar omdat ek dit aanvanklik nie genoem het
nie, was ek huiwerig om dit in die handgeskrewe beskrywing
te noem. Dit sou verdag lyk dat ek dit nie in die eerste verkla-
ring genoem het nie."

Dit verklaar die huiwering wat sy in die skrif gesien het
perfek.

Hy kyk haar stip aan. "Gaan jy my nie vra of dit ek was nie?"
Sy skud haar kop.

"Het my handskrif aan jou verklap dat ek onskuldig is?" Sy
mond trek weer op 'n siniese plooi.

"Dis nie net jou skrif wat daarop dui nie. Ons praat van 'n
cluster observation en cluster analysis. 'n Klomp klein dinge-
tjies wat gesamentlik bydra tot 'n finale gevolgtrekking."

"Dis nou in sielkunde?"

"Onder meer. Dit word in verskillende wetenskappe asook in ander, minder wetenskaplike velde gebruik." Sy sal maar liewer nie lyftaal noem nie.

"En as ek tot jou sogenaamde cluster byvoeg dat ek op 'n manier verstaan waarom iemand dit goedgedink het om die regter uit te haal?"

"Hoe so? Jy kan tog nie moord goedpraat nie?"

"Nee, ek praat dit nie goed nie. Natuurlik nie. Maar op 'n atavistiese vlak begryp ek so 'n klein bietjie van die motivering daaragter. Soos Einstein gesê het: The world is a dangerous place to live; not because of the people who are evil, but because of the people who don't do anything about it."

Swart spikkels wip rond voor haar oë en dit voel asof die wêreld 'n oomblik lank kantel. Sy neem 'n sluk van haar koue tee, sit die koppie met 'n bewende hand in die piering terug.

"Waar het jy dit gehoor of gelees?"

"Ek dink dis 'n redelik bekende Einstein-aanhaling? Soos: Only two things are infinite, the universe and human stupidity, and I'm not sure about the former."

"Bekend dalk, maar ek ken nie baie mense wat Einstein verbatim aanhaal nie."

"Oukei, seker nie. Kimberley het in 'n stadium kalligrafie as stokperdjie beoefen. Daar was vir jare 'n hele versameling sulke aanhalings teen een muur van my spreekkamer. Ek het elke dag daarteen vasgestaar tussen pasiënte deur. Ek kon elkeen later soos 'n resitasie ..." Dit lyk of hy skrik. Hy kyk op sy horlosie en vlieg op. "Ayla, ek is in my moer in laat. My pasiënt wag al." Hy plak 'n noot langs sy koppie neer. "Ek bel jou." In die verbygaan gee hy haar skouer 'n drukkie en weg is hy.

Sewentien

Akkedisberge
Jojo

Haar rug trek effens hol toe sy verby die verwaarloosde maar steeds onverbiddelike IPIN-hek ry. Daar is gelukkig geen teken van 'n hommeltuig nie.

Die eiendom links van IPIN is die mense van die Kaap s'n. Die bure regs se ingang kry Jojo so vier honderd meter verder en 'n bordjie dui die eienaars aan as Gert en Rita Bonthuys, nes Irene laat weet het. Hier lyk alles baie meer besoekersvriendelik. Amper te besoekersvriendelik. Die hek staan oop.

Het die mense dan nog nie van plaasaanvalle gehoor nie? 'n Rilling loop teen haar rug af, maar dit keer Jojo nie om in te ry en die plaaspaadjie wat na links koers te volg nie.

Ná drie honderd meter van 'n geskud en gerammel spoeg die kronkelpaadjie haar voor 'n plaashuis uit. Dis beslis nie ontwerp met die oog op estetiese meriete nie en boonop verwaarloos.

Sy het nog skaars stilgehou toe 'n monster van 'n hond op die bakkie afstorm met 'n geblaf en 'n gegrom en 'n gewys van tande wat die duiwel self die hasepad sal laat kies.

Jojo bly doodstil sit terwyl die hond teen die bakkie op-spring. Uitklim klim sy beslis nie uit nie. Maar onverrigter sake wegry, oorweeg sy ook nie. Sy druk vlugtig die toeter. Dit maak die hond nog meer berserk.

Dit voel soos 'n ewigheid voor die voordeur oopgaan. 'n Man met 'n wilde grysrooi baard en haredos kom krom-krom uitgestap, sy hand op sy rug.

"Boel! Sit!" skree hy op die hond, wat wonder bo wonder gehoorsaam. Die opdrag het egter geen effek op die kwyl wat uit Boel se bek drup en die dreigende grom wat deur die hon-delyf bly vibreer nie.

Jojo laat die venster halfpad oopgly toe Rooibaard nader-gesukkel kom. Dit lyk asof hy in pyn verkeer. "Middag, jammer om te pla."

"Nie so jammer soos ek nie." Die oë is befoeterd. "Die vrou is nie hier nie."

"Is dit nou mevrou Bonthuys?"

"Wie anders?"

"En u is meneer Bonthuys?"

"Wie anders? Dit staan so op die bord by die hek mos." Sy asem ruik suur.

"Nee, ek wou net seker maak dat ek met mevrou Prinsloo se buurman self praat. Wil nou nie sommer aan enigiemand uitblaker sy is in die moeilikheid nie."

"Prinsloo? Moeilikheid?"

Sy vorder nie juis nie. "Daar is 'n klag ingedien by Burger-lugvaart oor 'n hommeltuig wat onverantwoordelik hanteer is vanaf mevrou Prinsloo se grond. Ek ..."

"'n Watse ding?"

"'n Drone. Daardie kameras wat met afstandbeheer vlieg."

"Gehoor van, maar ken dit nie. En wat het dit met my uit te waai?"

"Ek probeer eintlik by haar uitkom, maar die hek na haar eiendom is gesluit en ek sien nêrens waar ek kontak kan maak met die inwoners nie. Haar nommer is ook nie in die foonboek nie. Toe wonder ek of julle as haar bure nie kan help nie."

"Ons het niks met die spul te doen nie."

"Die spul?"

"Snaakse mense."

"Hoeveel mense woon dan daar?"

Hy haal sy skouers op. "Geen mens weet nie. Sien net af en toe die meisiekinders in hulle panel van ry. Groet nie eens as hulle verby jou jaag nie."

"Meisiekinders?"

"Ja, blondes. Partykeer is twee saam in die van, maar meesal net een."

"Jy weet nie dalk wat hulle name is nie?"

"Sê dan hulle groet nie eens nie. Jaag net verby. Hoe sal ek nou weet wat hulle name is? Al wat ek weet, is dat daar onheilige goed hier langsaan aangaan. Veral vandat die meisiekinders daar aangekom het."

"Wanneer was dit?"

"Paar jaar terug. So 'n jaar of wat ná die rivier so kwaai afgekom het. Maar laat ek jou sê, as daar iemand is wat 'n klag kan lê, is dit ek en my buurman hieragter. Ou Carmichaels."

"Hoe so?"

"Ligte in die nag. Snaakse zoemgeluide. Deesdae so 'n snaakse groenerige gloed wat daar opslaan. Goed wat rondvlieg. En geen hond is veilig nie. Vra maar vir Carmichaels. Al wat goed is, is dat die mal kind nie meer die honde met klippe bestook nie. Dis nou van so 'n ruk ná die meisiekinders hier aangekom het."

"Mal kind?"

"Snaakse oë, sê my vrou. Dié het gehoor die hond tjank weer en het gaan kyk wat gaan aan. Sien toe die kind aan die ander kant van die turksvyboshening. Met die kind probeer praat, wou haar kapittel omdat sy die hond met klippe gooi, maar sy sê die kind het haar net aangekyk sonder om haar oë te knip. My vrou so aardig laat voel dat dié maar net omgedraai en weggestap het."

"Hoe oud was die kind?"

Hy krap aan sy baard. "Die vrou het gesê seker so twaalf. Bytjies het net-net begin steek. Maar dis 'n hele paar jaar terug.

Kind is vertraag of iets. Die vrou het gesien een van die klippe lyk wit. Tel dit op en daar is 'n stuk papier omgevou. Daar is op geskryf, maar dis toe net letters wat niks sê nie."

Opwinding kriewel op Jojo se maag. "Julle het nie dalk nog die papier nie?"

"Weet nie wat die vrou daarmee gemaak het nie. Seker weggegooi. Maar wat nou met al die vrae? Dag jy is van Burgerlugvaart?"

"Nee, hulle het my maar net gestuur om uit te vind wat aangaan. Ek wou nie vooraf sê nie, maar hulle wil hoeka ook weet van die ligte in die nag."

"Moet net nie vir my sê hulle dink ook die Marsmanne is op ons nie?" Sy maag skud soos hy lag. "Dis mos net mooitjies wat die spul graag sal wil hê ons moet glo. Mos vir ou Kallie gesê hulle wag vir die moederskip." Hy lag weer.

"Kallie?" Die man wat sy in Baardskeerdersbos teengekom het? Maar die dorpie lê ver van hier af. Maklik dertig kilometer of verder.

"Ja, ou Kallie Bekker. Het 'n plaas hier anderkant. Die spul langsaan koop glo groente en eiers by hom. Ek en ou Kallie praat maar so as ons Saterdae onse doppie gaan maak by B-bos. Naaste watergat vandat Hennie sy kroeg in Birkenshire toegemaak het. Ou Carmichaels het ook altyd saam ..." Hy kom regop en kyk oor die bakkie se dak in die pad af. "Hier kom die vrou nou."

Die geluid van 'n voertuig klink op. Jojo kyk in die truspieël en sien 'n ouerige bakkie aangehobbel kom. "Ek sal haar graag wil ontmoet."

Die dowwe bruin blik swaai weer na haar toe. "Vir wat dan nou? Sy weet ook niks van vlieënde kameras en dinge nie."

"Eintlik ... Dis 'n bietjie van 'n verleentheid, veral om vir 'n man op sy eie te vra, maar ek moet dringend ... jy weet ... Noudat jou vrou hier is ... Ek sal graag die badkamer wil gebruik."

Verbeel sy haar of lyk hy ietwat agterdogtig?

Die bakkie trek langs Jojo s'n in en 'n vrou wat ooglopend nie skrik vir 'n stewige bord kos nie, klim uit en kom aangestoom.

Sy gee Jojo 'n kyk en plant haar vuiste in haar sye. "Wat gaan hier aan, Gert?"

"Die vrou het net hier aangekom, Rita. Ken haar van g'n kant nie." Hy klink effens verbouereerd. "Wou weet van langsaan en nou het sy 'n pie."

Rita kom tot by die venster, kyk Jojo op en af. "Ons weet niks van langsaan af nie. Niks. Ons is Christenmense. Ons hou ons nie op met vlieënde pierings en goed nie."

"Ek verstaan so van jou man. Maar kan ek asseblief die badkamer gebruik? Ek kan amper nie meer hou nie."

"Ja, as mens ouer word, raak die ou knypers gedaan, weet ek dit nie. Nou maar kom in. Ek dag Gert haal weer een van sy streke uit. Nie dat hy met daardie rug van hom nog kapabel is nie, maar mens weet nooit."

Jojo hoop maar sy verstaan verkeerd. Die gedagte dat Rooibaard die kat in die donker knyp, is besonder grillerig.

"Dankie. Jammer om lastig te wees. Ek is Jojo."

"Rita. Gert, hou Boel vas, netnou raak hy weer byterig."

Jojo wag tot Gert die hond aan die halsband beetkry voor sy die bakkie se deur oopmaak en uitklim. Die hond grom en begin spartel, sy oë op haar vasgenael.

"Gaan maak hom liewer vas," gee Rita opdrag en Gert dwing die teensinnige monster in die rigting van 'n paal met 'n ketting aan.

Met 'n benoude kyk oor die skouer, volg Jojo vir Rita stoep toe en in die huis in.

Binne ruik dit na hond en katpiepie. Na kookkos, doodgedrukte sigaretstompies en mense wat nie graag bad nie.

Bientangsbaai
Ayla

Haar skouer voel nou nog asof dit brand waar daardie terloopse drukkie geland het. Die skok sit ook nog in haar vas.

Sy wil nie eens dink aan wat Strach se reaksie gaan wees as hy uitvind sy weet presies wie Elizabeth Klarer is nie. As hy agterkom die sogenaamde oudste dogter van Elizabeth se seun Ayling het oorkant hom gesit en weet presies wat 'n Indigo child is omdat Ayling se jongste dogter vas glo sy is een.

Volgens die skepper van die konsep, Nancy Ann Tappe, is Indigo-kinders die volgende stap in die evolusie van die mens. Daar is verskillende soorte Indigo's en een soort, die sogenaamde Interdimensional child, word dalk gesien as 'n boelie, maar sal nuwe religieuse bewegings lei. Nimue kon dadelik daarmee identifiseer.

Die Indigo-konneksie kan beteken Kimberley was in aanraking met Nimue en moontlik IPIN. Kimberley kan egter ook maar net een van vele New Agers wees wat in UFO's glo en kon iemand anders raakgeloop het wat dieselfde belangstelling deel.

Die enigste ding waaroor daar min twyfel bestaan, is dat Strach nie met 'n tang aan haar sal wil raak wanneer hy besef sy en haar agtergrond verpersoonlik alles wat hy minag nie.

Of het hy vir haar gelieg? Goed en wel dat hy aanhalings teen sy muur gememoriseer het, maar waarom het hy juis die presiese aanhaling wat Diana in haar brief gebruik het dan in verband met die regter aangehaal? Net omdat dit toepaslik is?

Daardie aanhaling is 'n gemene deler tussen Kimberley, Diana en Strach.

Strach, die boogskutter wat stilgebly het oor die drievingerhandskoen. Wat sy aggressiewe streek met boogskiet afgewerk het. Wat in sy jeug skuldig bevind is aan aanranding. Wat op atavistiese vlak begryp waarom iemand soos regter Malan gestraf moet word.

Is sy lelike handskrif, soos Robert Oppenheimer s'n, 'n teken van 'n stryd wat hy met sy gewete voer?

Akkedisberge
Jojo

Sy is dankbaar toe sy uit die badkamer kan ontsnap. Daar is iets baie onsmaakliks aan 'n bad met 'n paar vetterige rande en 'n oorvol wasgoedmandjie met gerekte onderbroeke en bra's wat bo-op lê. Om nie van die taai kol op die vloer voor die toilet te praat nie.

Nadat sy by 'n paar oop deure ingeloer het, kry sy vir Rita waar sy in die kombuis doenig is.

"Baie dankie, Rita. Dit was nou 'n groot verligting."

"As mens moet gaan, moet jy gaan. Kom sit, ek maak tee."

Jojo onderdruk 'n rilling toe sy sien hoe vuil die vadoek is waarmee die koppie uitgevee word, maar gaan sit op die puntjie van een van die kombuisstoele by 'n tafel met 'n eens rooi Panelite-blad.

"Gert sê vir my jy wou meer weet van die mal kind."

"Dit interesseer my dat sy 'n briefie om 'n klip gevou het."

"Ook gedink dis 'n briefie, maar toe net krom en skewe letters. Ook laaste wat sy ons hond met klippe gegooi het." Rita steek 'n sigaret op en suig diep daaraan. "Eienaardige kind. Lang wit hare, en ek bedoel regtig lank. Tot amper op haar hakskene. So 'n spierwit vel asof sy nooit in die son kom nie. Sy het my behoorlik die rillings gegee. Nie 'n woord gesê nie. Net na my gekyk. Sulke ligblou oë. Voel asof mens dwarsdeur haar koppie na die blou lug agter haar kyk."

"Jy het nie dalk nog daardie papier nie?" Jojo weet dis seker onmoontlik ná al die jare, maar is tog teleurgesteld toe Rita haar kop skud.

"Nee, maar miskien het ou Carmichaels syne gehou. Gooi mos niks weg nie."

"Daar was nog 'n briefie?"

"Jip. Sy hond het ook deurgeloop onder die klippe. En daar was 'n papier om die een. Ook krom en skewe letters daarop. Dit was so drie jaar ná ek die kind gesien het. "

"Kan jy onthou min of meer in watter jaar Carmichaels haar gesien het?"

"H'm." Rita krap aan haar ken. "Seker so agt jaar terug, 2009."

Die jaartal lui nie 'n klokkie nie.

"Maar Carmichaels het haar nie gesien nie. Net die hond hoor tjank en later die klip met die papier om opgetel. 'n Paar dae later het die hond 'n gat onder die heining deurgegrawe, turksvybosse ofte not. Jack Russel-mongreltjie gewees. Kom toe terug met iets aan sy bek wat soos bloed lyk. Stink glo ten hemele. Die volgende dag is die hond weg, die gat onder die heining met ogiesdraad toegemaak en nog turksvyblare daarin gedruk. Hy het die polisie gebel oor sy hond wat verdwyn het, maar wat, hulle het nie eens uitgekom nie."

Honde word doodgery of deur ander honde of wildekatte en goed doodgebyt of 'n slang gepik. Hulle byt self ook goed dood. Die verdwyning en die bloed aan die bek, as dit is wat dit was, hoef niks met die bure te doen te hê nie. Hulle kon maar net die gat toegemaak het om die hond uit te hou.

Rita skink vir hulle tee in uit 'n vlekvryestaal-teeketel. "Melk? Suiker?"

Jojo loer na die glasbeker met melk waarop stukkies room dryf. "Net suiker, dankie."

Rita verjaag 'n vlieg van die suikerpot af en gee dit saam met die tee vir Jojo aan. Sy sit haar eie koppie op die tafel neer en gaan sit steunend oorkant Jojo. "En nou kan jy maar vir my sê wat jy eintlik hier kom maak het."

Jojo roer haar tee met omsigtigheid voor sy opkyk. "Daar is 'n klagte oor die hommel..."

"Dis 'n kakstorie. Niemand kom naby daai plek nie. Wie sal nou 'n klag lê as dit nie ons of Carmichaels is nie? Die twee oues aan die ander kant kom al jare nie meer hier nie. En Carmichaels is hoeka in die hospitaal ná hy laas week so sleg van die trap afgeval het."

Ai, en sy het juis beplan om die man hierna te gaan opsoek.

"Jy sien, hier rond ken ons mekaar omtrent almal. Ek sou geweet het as iemand oor iets gekla het. Die pad wat hier voor ons verbyloop, word omtrent net gery deur ons klomp wat hier bly. So af en toe val een van Gert se drinkebroers hier uit, maar hier kom amper nooit vreemdes nie, tensy hulle verdwaal. Dis nou behalwe vir daardie doktertjie laas jaar."

"Doktertjie?"

"Die een wie se peetkind verdwyn het. Ná hulle die peetkind se lyk gekry het, het hy al die moontlike paaie gery tussen die plek waar hy verdwyn het en waar die lyk gekry is. Hierdie was een van die paaie. Dit 'n paar keer op en af gery. Oral rondgevra. Hier ook kom vra of ons enigiets gesien het."

Jojo proe versigtig aan haar tee. Dis bitter ondanks die drie lepels suiker. "Het hy enige inligting gekry?"

Rita skud haar kop. "Niemand het enigiets gesien of gehoor nie."

"Was hy langsaan?"

"Glo voor die hek gestaan en toet, maar niemand het gekom nie." Rita drink aan haar tee. "Nou toe, wat is dit wat jy eintlik hier maak?"

"Ek kan ongelukkig nie sê nie. Dis vertroulik."

Jojo ruk van die skrik toe Rita met haar hand op die tafel klap dat die koppies in die pierings ratel. "Ek het geweet. Ek is nie 'n dom poephol soos Gert nie. Ek kyk nie net sport soos hy nie. Ek ken my CSI. Is jy 'n undercover cop?"

Jojo hou haar gesig met moeite op 'n sedige plooi getrek en skud haar kop. "Ek kan niks sê nie. Dis regtig vertroulik, Rita." Jojo staan op. "Baie dankie vir die gebruik van jou badkamer en die tee. Jammer ek kan nie dit klaarmaak nie, maar ek moet nou ry."

"Ek verstaan, Jojo. Plig roep."

"Weet jy dalk wanneer meneer Carmichaels weer tuis sal wees?"

"Nee, maar dit sal nie gou wees nie. As dit ooit gebeur. Sy kinders was al klaar soos aasvoëls hier. Sê Carmichaels kan nie meer so alleen daar bly nie. Praat van die huis opknap om te verkoop. Good luck to them. Daai plek val omtrent inmekaar en dit sal hulle jare vat om al sy junk daar uit te kry. 'n Opgaarder soos min. Maar 'n goeie man. Sjym.

"Maar, luister, skryf jou nommer vir my neer, dan bel ek jou as ek iets sien of hoor of as Carmichaels dalk tog terugkom."

Jojo grawe haar notaboek uit. "Dit sal gaaf wees. Moet asseblief tog net onder geen omstandighede langsaan toe gaan of probeer kontak maak nie."

"Moenie worry nie, ek weier om my voete daar te sit."

Jojo skryf haar nommer neer en skeur die bladsy uit. "Kan ek julle nommer ook kry?"

Rita knik en gee 'n landlyn- en selnommer terwyl Jojo dit neerskryf. "Die huisfoon is beter. Hier tussen die berge het ons nie altyd 'n sein nie."

Jojo bêre haar notaboek en kyk op. "Nog 'n ding, Rita, as jy vir enigiemand anders van my besoek vertel, kan my lewe asook ander mense s'n in gevaar wees."

"Nie 'n woord sal oor my lippe kom nie en ek sal sorg dat Gert ook sy bek hou."

"Dankie, Rita." Jojo hoop sy het pas vir Rita gelieg, maar sy het so 'n spesmaas wat sy pas kwytgeraak het, is dalk net die heilige waarheid.

Bientangsbaai
Ayla

Die A4-koevert bevat twee blaaie van die effens dikker soort papier wat vir amptelike dokumente gebruik word en 'n opgevoude skryfblokbladsy waarop Ayla kan sien daar met die hand geskryf is.

Strach het die dokumente wat onderteken is, uitgeblok deur tikpapier daaroor te plak sodat net die handtekeninge onderaan die dokumente sigbaar is. Seker bang sy lees sy privaat goed. Op die een is K. Serfontein geteken en op die ander K. Bell. Dié sit Ayla voorlopig eenkant.

Die brief is al baie hanteer, maar uit gewoonte trek sy tog maar haar handskoene aan en gebruik 'n pinset om dit uit die koevert te haal en oop te vou.

Die fyn, krullerige skrif, kan sy uit die staanspoor sien, straal selfbeheptheid uit. Die skrywer voel verhewe bo ander. Sy is spesiaal. Die ornate K as aanvangsletter van haar naam, bevestig ydelheid, eiewaan en verwaandheid.

Maar haar opdrag is nie om die skrif te ontleed nie, net die handtekeninge met mekaar te vergelyk. Sy trek die uitgeblokte dokumente nader en sit dit langs die brief neer.

In albei gevalle is die hoofletters van die handtekeninge op die dokumente heelwat groter as die res. Dieselfde ornate, krullerige styl as die K van Kimberley onder aan die brief.

Ayla tel haar vergrootglas op. Die manier waarop die laaste letter van 'n woord eindig, is dikwels 'n leidraad wanneer 'n mens probeer vasstel of daar vervalsing ter sprake is. Dis uiters moeilik vir 'n nabootser om nagebootste skrif so natuurlik te laat vloei as wat dit is vir die een wie se skrif nageboots word. Veral wanneer daar van een woord na 'n ander beweeg word. Ongelukkig beteken dit weinig in die geval van die handtekeninge. In elkeen is daar net een oorgang van die voorletter na die hoofletter van die van. En dis twee verskillende vanne, dus 'n oorgang na verskillende hoofletters.

Twee ure nadat sy Kimberley se brief vir die eerste keer oopgevou het, sit sy terug met oë wat brand van die konsentrasie. En van ergernis.

Sy luister met toenemende ongeduld na die vrou se lang stempos voor sy haar boodskap vir Strach op sy foon los.

"Bel my. En wees asseblief voorbereid om te verduidelik hoekom jy my tyd mors."

Agtien

Bientangsbaai
Jojo

Sy was toe verniet bekommerd dat Joachim haar weer gaan kapittel oor haar ryery die berge in. Enersyds was sy verlig toe sy die briefie lees wat teen haar voordeur geplak was, andersyds teleurgesteld.

> My liefste Jojo
> Ek is so jammer ons loop mekaar mis. Ek is op pad na 'n buurtwagvergadering en sal seker eers laat by die huis kom aangesien ons daarna gaan oefen om te patrolleer.
> Hoop jou dag was meer produktief as myne. Ek kon glad nie aan die werk kom nie. Ek het net heeltyd aan jou gedink en ons wonderlike aand oor en oor herleef. Ek sal hierdie droomtoestand waarin ek verkeer egter vir niks verruil nie. Ek voel soos 'n nuwe, beter mens. So vervuld.
> Liefde
> Jou Joachim

"My Joachim," prewel sy en druk die brief teen haar hart. Met 'n lied in haar hart skink sy haar Comfortjie, al het sy nie eintlik enige bykomende comfort nodig as die wete dat Joachim nou regtig in haar lewe is nie.

Sy skryf haar verslag oor die besoek aan die Bonthuyse in 'n rekordtyd en stuur dit vir Irene en Ayla.

Dis toe sy die tweede Comfortjie skink dat sy weer die koekblik op die yskas raaksien.

Ayla

Strach bel haar eers net ná halfses terug.

"Ek sien hier is 'n oproep van jou. Jammer ek bel nou eers. Ek het toe nooit weer opgevang met my pasiëntelys tot oomblikke gelede nie. Sal my leer om met 'n mooi girl te sit en ginnegaap en dan skoon van die tyd te vergeet."

"Het jy nie na my boodskap geluister nie?"

"Nee, ek het net jou naam gesien en gebel."

"Ek het gevra waarom jy reken jy maar my tyd mag mors."

"Tyd mors? Hoe so?"

"Jy het my onder die indruk gebring die handtekeninge op die twee dokumente is deur dieselfde persoon gemaak en dat ek dit net met die naam onderaan die brief moet vergelyk. Ek neem aan jy wou kyk of jy my kan uitvang. As jy aan my bekwaamheid twyfel, moenie van my dienste gebruik maak nie. Ek het beter dinge om te doen."

"Uitvang? Hoe? Glo my, Ayla, ek het nie die vaagste benul waarvan jy praat nie. Jy weet wat ek van grafologiese ontleding dink, daaroor was ek eerlik met jou, maar ek het die volste vertroue in forensiese handskrifverifiëring." Hy klink opreg. Moeg ook.

"Wel, dan het jy 'n probleem. In daardie geval sit jy met een ongeldige dokument. Die K. Serfontein-handtekening is nie gemaak deur dieselfde persoon wat haar naam as K. Bell geteken het nie."

Daar is 'n lang stilte aan die ander kant.

"Strach?"

"Dis nie moontlik nie." Sy stem is skor.

"Ek is bevrees dit is. Na my mening is die K. Serfontein-handtekening vervals. Daar is oral tekens van huiwering in die vloei van die letters. By die hoofletter S bespeur ek wat ons noem 'criminal tremor'. Is dit 'n belangrike dokument?"

Hy gee 'n skor laggie. "Dis my egskeidingsdokument."

Ayla kan nie aan enigiets dink om te sê nie.

"As jy reg is, as dit nie Kimberley is wat dit geteken het nie, is ek nie geskei nie."

"Maar hoe op aarde ..."

"Ek verstaan dit ook nie. Die balju het die dokument op haar beteken. Hulle sal nie so 'n fout begaan nie. Sy sou tog haar ID moes gewys het."

"Waar het sy gebly toe dit op haar beteken is?"

"Ek het 'n meenthuis aan die ander kant van die dorp vir haar gehuur tot sy terug is Amerika toe."

"Wanneer laas het jy haar gesien?"

"Die oggend voor sy uit my huis getrek het. Dit was so drie maande voor die egskeiding gefinaliseer was. Hier in Maart 2014 rond."

"Was sy nie in die hof op die dag van julle egskeiding nie?"

"Nee, net ek. Sy het gevra dat ek die egskeiding aanhangig maak." Hy sug diep. "Ek sal mooi moet dink oor wat my te doen staan. Die vraag is, is K. Bell se handtekening gemaak deur die persoon wat die brief geskryf en as Kimberley onderteken het?"

"Ek is nie seker nie. Die K is relatief maklik om na te maak omdat dit enkelstaande is en die Bell is net te kort om te verifieer of dit dieselfde persoon is wat die brief geskryf het. Is jy seker die K. Bell-handtekening is deur jou vrou gemaak?"

"Doodseker. Dis op ons huweliksvoorwaardekontrak en ek was by toe sy geteken het."

"Wel, die brief is nie geskryf deur die persoon wat K. Serfontein geteken het nie, maar ek is nie honderd persent seker dit is K. Bell se handskrif nie. Ek kan dus nie vir jou enige uitsluitsel oor die handtekening onder aan die brief gee nie. Net oor die handtekeninge op die dokumente. Jy het nie dalk 'n ander voorbeeld van jou eks se handskrif nie? 'n Nota? 'n Lysie van 'n aard? Enigiets."

"Niks. Sy het alles gevat wat voor ons troue aan haar behoort het, alles wat sy daarna aangeskaf het en helfte van wat aan ons saam behoort het. Sy was baie, baie deeglik. Niks van haar het agtergebly nie. Nie eens 'n foto nie. Die twee dokumente was in my kluis by my spreekkamer. Dis die enigste dokumente wat sy nie kon saamneem nie."

"Het jy dalk die koevert gehou waarin die Kimberley-brief was?"

"Nee, maar daar was in elk geval niks op geskryf nie. Sy het dit by die sekuriteitshek van die kompleks waar ek woon, gelos met die opdrag dat die wag dit vir my moet gee."

"En sal die wag kan bevestig dat dit Kimberley self was?"

"Ek twyfel. Ek dink nie hy het daar gewerk toe Kimberley nog daar gewoon het nie. Personeel wissel gereeld. Daar sou seker fotomateriaal op die sekuriteitskameras gewees het, maar dis nou al meer as vier maande gelede. Ek twyfel of hulle dit nog sal hê."

Ayla dink 'n oomblik na. "Jammer as dit 'n te persoonlike vraag is, maar betaal jy onderhoud en indien wel, betaal jy dit in Kimberley se rekening?"

"Ek betaal nie onderhoud nie. Daar is 'n eenmalige bedrag uitbetaal die dag toe die egskeiding bekragtig is. Die rekeningnaam was nog Serfontein al glo ek sy sou ná die egskeiding haar nooiensvan teruggeneem het. Hoekom vra jy?"

"As jy weet wat die rekeningnommer is, kan daar nagegaan word wanneer die rekening laas aktief was."

Hy is 'n oomblik stil. "Ayla, insinueer jy dat Kimberley moontlik vermis is?"

"Die gedagte het by my opgekom," erken sy huiwerig. "Jy kan haar nêrens opspoor nie. Sy maak 'n afspraak wat sy nie nakom nie. Jy is nie seker of sy die brief waarin sy die afspraak maak, geskryf het nie. En dit lyk asof dit nie sy is wat die egskeidingsdokument onderteken het nie."

Die stilte aan die ander kant rek.

"Strach, ek het soos jy gevra het net die handtekeninge

vergelyk, daarom het ek nie die inhoud van die brief gelees nie. Ek het net in die brief die letter k en die letters wat Serfontein en Bell spel met die handtekeninge vergelyk. Ek weet jy glo nie aan grafologiese ontleding nie, maar met jou toestemming kan ek kyk of ek nie enigiets daarin kan optel wat kan lig werp nie."

'n Diep sug kom na haar toe aangesuis. "Nadat jy my uitgevang het op misleiding, wonder ek in elk geval of ek dalk nie te gou die baba met die badwater uitgegooi het nie. Kyk maar."

"Ek maak so. En, Strach, ek stel voor jy praat met Irene Richter oor die hele Kimberley-aangeleentheid. Sy werk saam met Jojo aan 'n saak wat ooreenkomste toon met dinge wat jy my vertel het. Ek kan nie vir jou inligting gee nie, maar praat met hulle." Sy weet sy skiet haarself nou finaal in die voet. As hy haar raad volg, is dit net 'n kwessie van tyd voor hy gaan uitvind sy is nie net per toeval iemand wat handskrif vir hulle ontleed nie.

"Hoe bedoel jy ooreenkomste? Kan ek nie liewer met Valk praat nie?"

"Nee, glad nie. Net met Irene of Jojo. En ek kan regtig niks verder sê nie."

"En jy? Watter rol speel jy in hierdie sogenaamde saak?" Agterdog lê dik in sy stem.

"Ek is betrokke as handskrifontleder maar ook op persoonlike vlak." Sy aarsel. Moet sy vir hom sê dit het te doen met 'n groep wat in UFO's glo? Sodat hy voorbereid is? Moet sy nie dalk maar erken wie sy is, of liewer wie haar ma is, en klaarkry nie?

"Jy is dus nie toevallig hier met vakansie nie?"

"Nee." En nee, sy kan niks vir hom sê voor hy by Irene of Jojo uitgekom het nie. "Totsiens, Strach." Nie dat daar weer 'n "siens" sal wees as hy hulle wel gaan nader nie.

Jojo

Sensasiebeluste geelpers op sy beste. Nou verstaan sy waarom Ayla nie weer na haar ma se knipsels wou kyk nie.

Elke berig skree Vivien se selfgesentreerdheid en egotisme uit en die poniejoernaliste hits die sensasie aan. Dis om van naar te word.

Omtrent halfpad deur die knipsels voel Jojo nie eens lus om verder te lees nie, maar hier en daar is tog iets wat sy by haar eie aantekeninge kan voeg. En daar is die foto's by die artikels. Die meeste het al verdof of verkleur, maar Vivien Venter was onteenseglik 'n mooi en sexy vrou vir haar tyd. Daar is selfs 'n foto van haar by die rondawel met die pieringdak.

Uit Ayla se oogpunt moet die skreiendste van die artikels die een wees waarin Vivien onthul dat Ayling haar geliefde en die pa van haar twee dogters is. By die artikel is daar die bekende skets van Akon wat deur Elizabeth Klarer versprei is en ook 'n foto van Vivien by haar twee dogters. Dié is volgens die onderskrif 'n jaar tevore geneem. Dus 1993, Ayla se matriekjaar.

Selfs op sewe en veertig straal Vivien seksualiteit uit en Nimue het daardie soort seksualiteit by haar ma geërf. Op veertien lyk sy meer volwasse as Ayla op agtien. Wilgerlatlyf, oë vol beloftes en 'n kom-soen-my mond. Vir Ayla herken Jojo skaars. Dis net haar mooi oë en lang blonde hare wat bevestig dis sy. Sy was werklik nie 'n aantreklike kind nie. Baie molliger as nou en selfs al glimlag sy nie, is dit duidelik dat haar botande ver oor haar ondertande stoot. In teenstelling met haar ma en suster se vlekkelose velle, het sy minstens drie zits op haar gesig. Praat mense nog ooit van 'n puisie as 'n zit? Maar call a rose by any other name, die feit bly staan Ayla het 'n velprobleem gehad.

Wel, dit gee haar soveel meer respek vir Ayla. Die lelike eendjie het 'n swaan geword, al is dit nou 'n swaan met 'n groter onderlyf as wat sy verdien. Met haar tande mooi reggemaak, die gewig wat sy afgegooi en haar aknee wat sy seker ontgroei het, is Ayla nou 'n pragtige vrou. Die huidige Ayla trek nou veel meer op haar ma en suster, al straal sy nie daardie seksualiteit uit nie. Dis tot haar voordeel. Die ander twee is dalk skraal en sexy, maar teen die hedendaagse Ayla lyk hulle bra kommin.

Die volgende knipsel is klein en vergeel. Anders as die ander is hierdie een in Engels. Die skrif is dof. Jojo kan net-net die jaartal, 1979, in die een hoek uitmaak, maar nie die datum of bron nie. Sy sukkel om die woorde uit te maak. Iets van 'n "midwife" wat gesoek word. Enigiemand wat inligting het, moet die polisie in Brits kontak.

Nou wat maak dié berig tussen Vivien se knipsels?

Jojo sit terug in haar stoel. Midwife? Dit lui 'n klokkie. Ayla en Nimue wat in die pieringhuis gebore is. Met behulp van 'n vroedvrou. Hulle ouma. Marja Venter.

En Marja Venter het enkele dae ná Nimue se geboorte, in Julie 1979, by haar geliefde van 'n ander planeet gaan aansluit. Dieselfde jaar wat die beriggie geplaas is.

Ayla

Twee handgeskrewe briewe word persoonlik afgelewer en albei die briefskrywers is UFO-entoesiaste. Diana se brief gebruik presies dieselfde aanhaling as die een wat Kimberley se eksman, of dalk nog haar huidige man, met soveel gemak verbatim aangehaal het. Daar moet 'n verband wees.

Ayla buig oor die Kimberley-brief om eers net met die blote oog te lees – woorde, dié keer, nie afsonderlike letters nie.

> Hi, Strach
> Shelley would like to see you. I agreed to it as it would be the last opportunity to do so.
> You can meet us at "our" little beach, Sunday 7th May at three. Please come alone, it is awkward enough as it is.
> Best wishes
> Kimberley Bell

Onder haar naam is 'n swierig streep met 'n krul en 'n draai. 'n Hartjie dien as punt aan die einde daarvan.

Ayla hou die vergrootglas soos vantevore nader aan die "Be" van "Best" en toe weer die "Be" van Bell. In "Shelley" is daar twee l'e wat op mekaar volg, maar dis nie aan die einde van die woord soos in Bell nie en nie een van die woorde in die briefie eindig op l nie.

Vier letters, vyf saam met die voorletter, is net eenvoudig nie genoeg nie. Die brief is ook te kort.

Sowel die Bell- as die Serfontein-handtekening is ook met 'n mate van swier onderstreep, maar nie naastenby so ornaat soos onder Kimberley nie. Dié is besonder windmakerig en kan dui op 'n oorontwikkelde ego. Of dra dit 'n boodskap oor?

Ayla hou 'n tweede, sterker vergrootglas oor die brief. Gewoonlik veroorsaak dit dat te veel detail wys, maar dalk help dit tog.

Oomblikke later sit sy terug. Sy moes dit eintlik met die blote oog al raakgesien het, maar die swier van die onderstreping oordonder die hartjie op die oog af. Eerstens, die brief is in 'n kil trant geskryf. Kimberley vra nie eens of Strach bereid is om hulle te ontmoet nie. 'n Hartjie hoort nie by die intonasie nie.

Tweedens is dit nie 'n gewone hartjie nie. Dis twee vraagtekens in spieëlbeeld langs mekaar. En daar is besonder baie druk uitgeoefen. Meer as in die res van die brief.

Ayla huiwer 'n oomblik, maar tel dan tog haar selfoon op. *Beteken 2 vraagtekens in spieëlbeeld langs mekaar iets vir jou en/of K?*

Dit duur 'n rukkie voor die antwoord kom. *Het al daarvan vergeet. Het in die begin notas vir mekaar gelos. Haar manier om 'n hartjie te maak. Eenkeer gevra waarom. Gesê dis omdat sy nie seker is of ek en sy regtig vir mekaar lief is nie. Sad, nê?*

Ja, dit is hartseer. Maar nou is dit meer betekenisvol as hartseer. *Dan dink ek K het brief geskryf en wou jou herinner julle het mekaar eens op 'n tyd liefgehad. Maar ek kyk nog verder vir aanduidings.*

Oukei, is sy kort terugvoer.

Ayla voel versigtig aan die agterkant van die brief. Waar die hartjie gemaak is, voel dit grof. Die papier is amper geskeur.

Dis doodgewone, gelinieerde eksamenblokpapier. Hierdie soort druk op hierdie soort papier sou 'n latente indentasie minstens drie of vier blaaie ondertoe gelaat het.

Dis dieselfde soort as die blaai waarop Strach sy beskrywing neergepen het. Daar is seker in die meeste huise en kantore in Suid-Afrika so 'n eksamenblok, maar daar was latente indentasies op die blaai waarop Strach geskryf het. Dalk die indentasie van hierdie hartjie?

Maar waarom sou Kimberley Strach se skryfblok gebruik het? Wanneer? Hoe kry sy toegang tot Strach se huis of spreekkamer? Sy sou verby sekuriteit moes kom as dit in sy huis was. Of verby sy personeel by die spreekkamer.

En as Kimberley haar briefie in Mei op dieselfde eksamenblok geskryf het as Strach sy beskrywing in September, is dit baie onwaarskynlik dat daar intussen net 'n paar bladsye uitgeskeur sou wees. Of is dit? Niemand skryf meer nie.

Ayla sit regop. Strach het gevra dat sy dokument aan hom terugbesorg word, maar het Valk dit al teruggegee?

Sy is op die punt om Irene te sms toe sy tot haar sinne kom.

Dis nou weer een van daardie kere wanneer sy tot 'n gevolgtrekking kom sonder enige logiese rede of bewys. Sy haat dit wanneer dit gebeur. Dis soos om hoofrekene te maak en, sonder om deur die logiese berekening te gaan, by die regte antwoord uit te kom. Sonder dat jy weet hoe. Maar dié keer kan dit nie die regte antwoord wees nie.

Dis hoekom sy so gesteld is op uitgebreide clusters of evidence as sy nie direkte bewys het nie. En hier is nie sprake van 'n cluster nie. Net 'n vae gevoel dat een van daardie indentasies op Strach se dokument 'n hartjie is. En dis beslis nie genoeg nie.

Jojo

Die kloppie aan die voordeur is aarselend.

Jojo vlieg op en sukkel met die sleutel in haar haas om die deur oopgesluit te kry.

Joachim vou haar in sy arms toe en hou haar 'n lang ruk styf teen hom vas voor hy haar laat gaan. "Ek wou aanvanklik nie kom pla nie, maar toe ek sien jou ligte brand nog kon ek nie wegbly nie. Ek hoop nie jy gee om nie?"

Jojo skud haar kop en druk die deur agter hom toe. "Ek is bly. Ek was juis 'n bietjie afgehaal omdat jy dink 'n buurtwagverga- dering is belangriker as ek." Sy probeer dit spottend sê, maar toe die woorde uit is, besef sy dis stupid, maar waar.

"Dis juis omdat jy vir my so belangrik is dat ek dit bygewoon het." Joachim maak die yskas oop en haal 'n halfvol bottel wyn uit. "Bientangsbaai is nie meer die veilige plek van vroeër nie. Vir my eie onthalwe sou ek nie die moeite gedoen het nie, maar jy is kosbaar. Ek moet sorg dat jy veilig is." Hy haal 'n wynglas uit die kas en hou dit vraend in die lug. "Vir jou ook?"

"Asseblief."

"En dié?" Hy beduie met sy kop na die knipsels wat die hele koffietafel vol lê toe hy haar glas vir haar aangee.

"Navorsing. Nee," keer sy toe hy een hopie eenkant toe wil skuif. "Dis in volgorde."

Joachim frons. "Vrou skenk geboorte aan twee kinders by man uit ruimte," lees hy die opskrif van die boonste berig. "Watse gemors is dit wat jy navors?"

"Dis nie gemors nie. Dit bevat belangrike inligting."

Joachim kyk haar skepties aan voor hy sy oë oor die boon- ste berig van die tweede hopie laat dwaal. "'n Ruimteskip op die Mooinooi-pad," lees hy hardop. "Jojo? Moenie vir my sê jy glo in sulke twak nie?"

Ergernis stu deur haar. Sy weet nie mooi waarom nie. Dalk die spottende kyk in sy oë. Sy het van haar skooldae af al genoeg gehad van spottende kyke. "Wat maak dit saak of ek daarin glo of nie? Ek sê mos dis navorsing."

"*UFO AfriNews*," lees hy op die drukstuk wat sy van Cyn- thia Hind se pamflet van Februarie 1995 gemaak het en nou lê op die sytafeltjie waarop hy sy wynglas wou neersit. Hy gaan sit, parkeer sy wyn op die boekrak en tel die pamflet op, begin daardeur blaai en prewel die opskrifte hardop. "*Commentary on Abductions. UFO Flap in Zimbabwe.*" 'n Ongelowige glim- laggie speel om sy mond toe hy opkyk. "Jojo?"

Nee, magtig. Vir Cynthia Hind moet hy nie staan en bespotlik maak nie. Sy het te veel respek vir die vrou ontwikkel. "Ek sê jou wat, Joachim, vat daai pamflet en die ander een van Julie 1995 wat ook daar lê en dan gaan lees jy die storie oor die kinders in Ruwa. Gaan kyk na hulle sketse in die Julie-uitgawe. En dan kyk ons of jy my steeds met soveel minagting aankyk."

"Ek kyk jou g'n met minagting aan nie. Ek is net ... wel, verras. Dat jy jou met so 'n vergesogte onderwerp ophou. Is dit navorsing vir Kevin Ryan se nuwe storie? Nie gedink hy sal oor so iets wil skryf nie."

"Dis nie vir Kevin nie en verder sê ek niks." Geen wonder die arme Susan Hough het haar werk bedank as gevolg van die spottery oor die UFO nie. Geen wonder daar is soveel mense wat anoniem wil bly wanneer hulle 'n UFO-geval aanmeld nie. Of dit verswyg. Dis nie maklik om bespotting te hanteer nie. Veral nie van iemand vir wie jy omgee nie.

"Een van jou ander skrywers?" probeer Joachim weer.

"Hou op uitvis." Sy klink so dikbek as wat sy voel en sy gee nie eens om nie.

Joachim kom met 'n sug en 'n steun orent. "Ek kan sien jy het jou nou vir my gewip. Laat ek jou liewer in vrede laat en die huiswerk wat jy vir my gegee het, gaan doen. Oor Ruwa." Hy tel die tweede pamflet ook op.

'n Snaakse hartseer pluk aan Jojo se binneste. Joachim is toe nie so perfek as wat sy gedink het nie. 'n Mens gee immers iemand wat jy liefhet altyd die voordeel van die twyfel. Sy weet sy is onregverdig, die meeste mense sal enigiets te make met UFO's as belaglik afmaak, maar sy houding ontstel haar meer as wat sy gedink het moontlik is.

"Kan ek darem 'n drukkie en 'n nagsoen kry?" Die onsekerheid in sy oë is terug.

Jojo sug diep, stap na hom toe en slaan haar arms om sy lyf. Dis lekker om deur hom vasgehou te word. Deur hom gesoen te word. En tog voel sy soos 'n geprikte ballon toe hy die deur agter hom toetrek.

Ayla

Die hartjie en moontlike indentasies bly haar pla. Miskien moet sy tog nie haar instink sommer afskryf nie. Somtyds registreer iets by 'n mens sonder dat jy dadelik daarvan bewus is en bring jy eers later die kloutjie by die oor. Dis nie hokus-pokus nie. Dit gebeur met die meeste mense. Dit is dus moontlik dat sy die indentasie van die hartjie op Strach se dokument gevoel en nie dadelik besef het dat sy eintlik die vorm onbewustelik geïdentifiseer het nie.

Dis hoogs onwaarskynlik dat Kimberley of wie ook al Strach se huis sonder sy medewete sal kan binnegaan. By sy spreekkamer sou dit net so moeilik gewees het. As die indentasies op Strach se dokument ooreenstem met Kimberley se brief, kan dit bewys hy het vier maande gelede nog kontak met Kimberley gehad. En as Kimberley iets met IPIN te doen het, kan dit 'n hele paar implikasies inhou.

Dis al ná nege, eintlik te laat om Irene te bel, maar sy moet seker maak.

Die foon lui lank, maar uiteindelik antwoord Irene tog. Die groet is kortaf.

"Jammer ek bel so laat."

"Jy weet nie hoe jammer ék is nie. Wat is dit wat nie tot môre kon wag nie?"

"Strach se dokument. Die beskrywing. Het julle dit al aan hom terugbesorg?"

Sy kan Irene hoor stap en hoe 'n deur oop- en toegemaak word.

"Valk het nog nie daarby uitgekom nie. Strach het gesê daar is geen haas nie aangesien jy tog klaar jou analise gedoen het."

Ayla se hart klop ineens in haar keel. "Irene, sal julle dit kan toets vir indentasies? Met 'n ESD-apparaat?"

"Die forensiese laboratorium in die Kaap sal dit natuurlik kan doen, maar dit sal maande vat. Jy weet seker hoe gaan dit by die staatslaboratoriums. Maar daar sal ook 'n baie goeie rede daarvoor moet wees."

"Is daar enige manier dat ek êrens toegang kan kry tot 'n ESDA? 'n Privaat lab of ondersoeker dalk? Ek is gekwalifiseer en lid van onder meer die internasionale Association of Certified Fraud Examiners. Ek het 'n ESDA in Pretoria, maar dit help my nie veel terwyl ek hier is nie. Tensy ek terugvlieg."

"Waarom jy wil kyk vir indentasies?"

Ayla wik en weeg 'n oomblik. "Ek het 'n vae vermoede Kimberley se brief is op dieselfde eksamenblok geskryf as Strach se beskrywing." Sy verduidelik kortliks hoe sy tot die gevolgtrekking gekom het.

Irene is 'n oomblik stil. "Gys Niemand, 'n eksspeurder en goeie vriend van Valk, se gewese sidekick Faan Fortuin is in die proses om sy eie, baie beperkte laboratoriumpie in te rig vir privaat ondersoeke. Gys en sy vrou Gertjie, 'n prokureur wat in testamente en kontrakte spesialiseer, is sy hoofborge. Gertjie sal beslis van sy dienste gebruik maak waar sy kan, maar ek weet nie of Faan al oor 'n ESDA beskik nie."

"Ek het al werk gedoen vir Gertjie Niemand. 'n Testament wat vervals is. Rose-Anne Lockwood, die misdaadfiksieskrywer, s'n. Seker so sewe, agt jaar gelede. Dit was een van my eerste sake."

In die agtergrond hoor sy 'n manstem, maar kan nie die woorde uitmaak nie. "Klein wêreld. Bel jou môre." Irene klink laggerig en Ayla kan hoor haar aandag is nie by wat sy sê nie.

Ja, so groot as wat die misdaadwêreld is, so klein is die wêreldjie bevolk met mense wat misdaad probeer bestry. Sy verbeel haar selfs sy het al die naam Faan Fortuin êrens teengekom.

As Faan inderdaad 'n ESDA het, sal sy môre weet of Strach en Kimberley dieselfde skryfblok gebruik het. En as dit wel die geval is? Kan dit beteken hy is dalk betrokke by IPIN? Dalk nog by die moord op regter Malan? Hy het immers boogskiet beoefen. En hy was die enigste persoon wat die rolskaatser gesien het.

The world is a dangerous place to live; not because of the people who are evil, but because of the people who don't do anything about it.

'n Man met 'n eiesoortige integriteit kan moontlik op sy manier probeer regstel wat volgens hom verkeerd is. Al is dit op 'n siek manier.

Negentien

Sy kan nie help om suurderig te glimlag toe sy vroegdag haar skootrekenaar aanskakel en sien wat die datum is nie. Dit kwalifiseer sekerlik as sinchronisiteit.

Dis vandag presies drie en twintig jaar gelede dat twee en sestig kinders van die Ariel Laerskool in Ruwa, Zimbabwe, beweer het hulle het gedurende pouse drie of vier blink, sigaarvormige voorwerpe in die lug gesien en die voorwerpe ook sien land. Hulle kon gonsgeluide hoor en het gepraat van 'n wit silweragtige lig wat die voorwerpe uitgestraal het.

Die onderwysers was in 'n personeelvergadering. Die enigste ander volwassene op die skoolterrein was die vrou wat verantwoordelik was vir die snoepwinkel. Sy wou nie haar pos verlaat toe 'n klompie kinders daar instorm en haar opgewonde van die vlieënde voorwerpe begin vertel nie.

Nie een van die volwassenes was gedurende die voorval buite nie. Die skoolhoof het egter wel ná die tyd die teenwoordigheid van gees gehad om die kinders almal terug te stuur na hulle klaskamers toe en aan te sê om te teken wat hulle gesien het.

Die sketse van die tuie het verskil. Sommige was pieringvormig, die meerderheid sigaarvormig. Die tekeninge en beskrywings van die man wat na hulle toe aangestap gekom het, was egter konsekwent.

Hy was ongeveer een meter lank, baie bleek van vel, geklee in 'n blink swart oorpak wat soos 'n duikpak lyk. Hy het lang swart hare gehad en 'n buitengewoon groot kop op 'n maer nek. Sy oë was besonder groot, amandelvormig soos 'n kat s'n en pikswart. Die neus was klein en die mondjie net 'n reguit lyn.

Die kinders was verteenwoordigend van die deursnee-Zimbabwiese bevolkingsgroepe. Swart, bruin, wit en Asiërs; seuns en dogters tussen die ouderdomme van sewe en twaalf. Die skoolfooie was hoog, dus het die kinders uit gegoede huise gekom. Hulle is as intelligent beskou.

Daar was kultuurverskille. Die meeste van die wit kinders het geweet van UFO's en aliens, maar nie die swart en van die ander kinders nie. Tog het almal se tekeninge besonder sterk ooreengestem.

Terwyl die meeste van die jonger kinders uit vrees die skoolgebou binnegehardloop het, het van die ouer kinders buite gebly. Dis hierdie kinders wat beweer het die mannetjie, moontlik meer as een, het telepaties met hulle gekommunikeer deur na hulle te staar met daardie eienaardige oë. Sy boodskap was dat die mensdom planeet Aarde vernietig deur besoedeling. Die kinders het almal die indruk gekry dat die mannetjie hulle probeer oortuig hulle moet die aarde red.

Die voorval het in sy geheel ongeveer 'n kwartier geduur voor die blink tuie verdwyn het.

Van die kinders is later in hulle volwasse jare opgespoor en 'n groot persentasie van hulle is betrokke by ekovriendelike aksies of projekte. Hulle glo steeds wat hulle gesien het en is oortuig van die boodskap wat hulle ontvang het.

Die laaste deel van die storie sal Joachim nie in Cynthia Hind se pamflette raaklees nie. Die berigte daarin is immers net 'n paar maande ná die voorval geskryf. Maar hy sal afbeeldings van sommige van die tekeninge kan sien en lees wat verskillende kinders oor die voorval te sê gehad het.

Eintlik hoop sy hy kom met 'n oortuigende teorie vorendag. Dan kan sy ten minste ook die hele UFO-gedoente finaal afmaak as belaglik. Iets wat sy maklik sou kon doen, as dit nie was vir hierdie kinders se weergawes nie. Want niemand kan haar vertel twee en sestig kinders van verskillende ouderdomme, oor verskillende rasse en kulture heen, kan sommer op 'n dag, en binne die bestek van vyftien minute, besluit hulle gaan saamlieg oor vreemde voorwerpe in die lug en 'n ruimtemannetjie wat hulle genader het met die boodskap dat hulle die aarde moet red nie.

Birkenshire
Ayla

Sy behoort bly te voel. Opgewonde. Nie soos iemand wat na 'n begrafnis toe gaan nie. Faan Fortuin het toe 'n ESDA, het Irene haar pas meegedeel. Nou moet sy net Strach se dokument by Irene-hulle gaan optel en by Faan se laboratorium uitkom.

Om te dink sy het Strach van agterbaksheid beskuldig. Nou is sy die een wat agter sy rug gaan knoei.

Sy het tot in die vroeë oggendure vir Irene en Jojo per e-pos uiteengesit wat die moontlikhede en implikasies kan wees as die indentasies ooreenstem. Sy voel skuldig dat sy vir Jojo-hulle alles van Kimberley vertel het, maar dit kon nie anders nie. Net die feit dat Strach boogskiet beoefen, het sy verswyg. Waarom, weet sy nie.

Toe Ayla Birkenshire binnery, voel dit asof sy 'n ander tydsone betree. Boomryke strate. Victoriaanse huise. Restaurantjies en snuisterywinkels hou aan weerskante van die hoofstraat wag asof hulle deel het daaraan om tyd hier te laat stilstaan.

Irene en Valk se huis is nie een van die oorspronklike Victoriaanse huise nie, maar dra 'n duidelike Kaaps-Victoriaanse stempel. Sy parkeer in die skadu van 'n plataan en stap met die keisteenpaadjie na die voordeur.

Nog voor sy kan klop, gaan die soliede eikehoutdeur oop.
"Hallo, Ayla. Kan jou nie innooi nie." Sy hou 'n koevert, voorsien van 'n Post-it waarop 'n adres en selnommer geskryf is, na Ayla toe uit. "Strach se dokument en Faan se adres en nommer. Ek hoef seker nie vir jou te sê dat jy die dokument dadelik en onbeskadig moet terugbesorg as jy klaar is nie."

Ayla neem die koevert by haar. "Ek hoop nie jy het op die Post-it geskryf nadat jy dit op die koevert geplak het nie?"

"Ek het."

Ayla se gesig vertrek onwillekeurig. Dit gaan sake bemoeilik as daardie indentasie nou ook op die dokument teenwoordig gaan wees.

"Maar die dokument was toe nog nie in die koevert nie." Irene gee 'n moedswillige grynslag. "Ek is al lank in die land, Ayla. Amper dertig jaar al doenig met misdaadbewysstukke."

"Jammer. Dis nie dat ek jou bekwaamheid in twyfel trek nie, maar jy kan nie glo met watse flaters ek al te kampe gekry het nie."

"Ek kan jou wel glo. Ek kan ook vir jou van 'n paar rillers vertel. Besmette DNS, polisie se vingerafdrukke oor dié van die misdadiger s'n, dieselfde met voetspore, motorbande ... Die lys is lank. En dit gebeur maklik."

"Enige vordering met die regter se moordsaak?" Ayla doen haar bes om dit terloops te laat klink.

"'n Tolk is opgespoor, maar die Thaise meisiekind weet boggerôl, behalwe dat haar sugar daddy in haar teenwoordigheid met drie pyle geskiet is. Sy het niks en niemand gesien nie. Sal nie eens help om haar as getuie te roep as daar ooit eendag 'n hofsaak is nie. Is ook nie die skerpste mes in die laai nie. Goedgelowig soos min. Gedink die regter gaan met haar trou. Nie eens geweet daar is reeds 'n mevrou Malan in die prentjie nie."

"En wat het mevrou Malan te sê?"

"Haar man het aan ernstige rugpyn en spierspasmas gely. Hy het met haar medewete Dao Sakda as masseuse in diens geneem om die pyn te verlig. Sy het ook as 'n soort Girl Friday vir hom take verrig. Die feit dat hulle op die strand en in swemklere was, beteken bloot dat hy vir haar die omgewing gaan wys het. Dit was immers 'n Sondag. Mense moet hulle vuil gedagtes vir hulleself hou. Haar man was bo enige indiskresies verhewe. Sy behoort te weet, hulle was amper veertig jaar getroud. Kan almal haar nou uitlos; sy rou. Ek dink 'n mens noem dit eerder 'n state of denial."

Ayla huiwer, vra dan tog. "Ek het nou die dag gewonder oor die pyle. Was dit pyle wat vir jag gebruik word of vir skyfskiet?"

"Nee, dit sal ek nie weet nie, maar dis glo handgemaak deur Spink Wooden Bows in Arkansas. Die kaptein probeer Spink glo nog in die hande kry."

VSA. Waar Kimberley vandaan kom. Maar dit sê natuurlik nie veel nie. Oor die internet kan 'n mens feitlik enigiets van enige plek ter wêreld bestel.

Irene loer vlugtig oor haar skouer toe 'n deur êrens oop- en toegaan. "Skuus, maar ek moet gaan."

"Oukei, ek moet in elk geval my ry kry. Het jy my e-pos gekry?"

"Nog nie by my rekenaar uitgekom nie."

"Ek het 'n paar goed uiteengesit." Ayla kyk af na die koevert. "Ek sien Faan Fortuin se plek is in Niemandsdorp. Hoe ver is dit hiervandaan?"

"Ongeveer twee ure se ry. Vat die Riviersonderend-pad en daarna die N2. Dis nie die kortste pad nie, maar die maklikste. Jy sal die borde sien waar jy moet afdraai. Gatkant-van-die-aarde-plek." Irene kyk weer om. "Mooi ry en groete vir Faantjie." Irene begin die deur toemaak.

Ayla groet en kry koers na haar motor toe. Laat hierdie dag met sy onsekerhede net verbykom.

Bientangsbaai
Jojo

Sy luister met 'n halwe oor na Irene wat haar op datum bring. Sy bly deur die venster loer of sy Joachim êrens sien beweeg. Kan hy nie nou maar net hierheen kom en sê hy dink nog steeds sy is belaglik en klaarkry nie?

"Jojo."

"H'm?"

"Hoor jy ooit wat ek vir jou sê?"

"Natuurlik. Ayla is op pad Niemandsdorp toe – waar dit ook al is – en mevrou Malan speel mol-mol. Die meisiekind is useless en op pad terug Thailand toe. Got it."

"En jy is nie verbaas dat Ayla vermoed Kimberley se brief is op dieselfde skryfblok as Strach se beskrywing geskryf nie?"

Dit het sy nie mooi raakgehoor nie. "Natuurlik is ek verras, maar ek weet mos Ayla is baie bekwaam."

"Jimmel, Jojo. Dit beteken Strach kan iets met IPIN uit te waai hê. Dalk die moord ook, soos ek van die begin af vermoed het."

Jojo frons. "Nou hoe de hel kom jy daarby uit?"

"Fokkit, Jojo. Lees jou donnerse e-pos. Ayla sê daarin wat Strach vir haar van Kimberley vertel het. Dat dié ook UFO-befok was. Geglo het haar kind is 'n Crystal child. Nee, magtig, ek kan nie my tyd so mors nie. Kom by of gly, Jojo." Die foon klik dood.

Sy het gesien daar is 'n e-pos van Ayla, maar sy het haar eers weer van haar feite oor die Ruwa-voorval vergewis en toe natuurlik skoon van die tyd vergeet soos dikwels gebeur wanneer sy oor iets nalees. Boonop het sy weer gaan lees wat Elizabeth Klarer gesê het van Akon se siening dat die mensdom die aarde vernietig en hoe dit verhoed moet word. Iets wat ooreenstem met die ouer kinders van Ruwa se bewerings dat die aliens 'n soortgelyke boodskap telepaties aan hulle gekommunikeer het.

Jojo gaan sit weer agter haar skootrekenaar en roep haar e-posprogram op. Sy sal haar moet regruk. Konsentreer op haar werk en vergeet van Joachim en sy spottende oë.

'n Halfuur later lees Jojo Ayla se opsomming van die inligting wat sy uiteengesit het vir die derde keer deur.

Die opsomming wemel van woorde soos "moontlik", "feitlik seker" en "kan wees". Dit bevestig wat sy vir Irene gesê het, daar is weinig vas of seker in al hulle bespiegelinge.

Kimberley was in kontak met 'n enersdenkende, dus moontlik met iemand van IPIN. Dis moontlik dat sy en haar dogtertjie vrywillig IPIN toe is. Dis egter ook moontlik dat sy verdwyn het. Strach kan aandadig wees of nie. IPIN kan betrokke wees of nie. Sy kon egter ook net besluit het om haar en haar dogter onopspoorbaar te maak – om welke redes ook al.

Dit kan wees dat Strach haar handtekening destyds nagemaak het omdat Kimberley nie die skeibrief wou teken nie.

Al waarvan Ayla redelik seker is, is dat Kimberley in Mei self die brief vir Strach geskryf het. As haar brief op Strach se skryfblok geskryf is, beteken dit dat hy en Kimberley nog kontak het, maar volgens hom het hy haar laas drie maande voor die egskeiding gesien.

Tussen al hierdie onsekerhede deur, het die Bonthuyse ten minste nou finaal bevestig dat IPIN wel die UFO-groep is waarvan Kallie haar vertel het en dat daar minstens twee blonde vroue bly. Dis 'n logiese afleiding dat minstens Nimue of Diana een van hulle is, maar daar is steeds geen tasbare bewys daarvan nie. Kimberley kan ook een van hulle wees. Of heeltemal iemand anders.

Die foto in die uitknipsel! Die een van Vivien, Nimue en Ayla. Nimue is wel nog bitter jonk daar, maar miskien kan Rita of Gert bevestig of sy een van die twee is wat hulle al 'n paar keer in die paneelwa gesien verbyry het.

Jojo skandeer die knipsel, sny dit tot net die foto oorbly en druk dié.

Die kwaliteit laat veel te wense oor, maar dis hopelik duidelik genoeg om Nimue te kan identifiseer.

Jojo kry haar notaboek uit en bel die selnommer wat Rita vir haar gegee het. "The subscriber …" Sy druk dood en bel die landlynnommer.

"Ja?" kom die bruuske antwoord eers ná die vyfde lui.

"Hallo. Praat ek met Gert Bonthuys?"

"Ja. Wie's dit?"

"Hallo, Gert. Dis Jojo Richter. Ek was gister daar by jul…"

"Ja. Wat wil jy hê?"

Jojo kners op haar tande. "Is Rita dalk daar?"

"Nee. Sy is al vroeg vanoggend na Carmichaels se huis toe. Fok weet waarom."

"Weet jy dalk wanneer sy sal terug wees?"

"Seker nou-nou."

Die man is waarlik die behulpsaamheid vanself. "Gert, daar is iets wat ek vir julle wil wys. Ek kan so oor 'n uur by julle wees. Sal Rita dan al terug wees, dink jy?"

"Sy moet sorg dat ek elfuur my tee kry en iets om te eet. Ek is 'n diabeet. Wat wil jy wys?"

"'n Foto."

'n Snork is die enigste antwoord.

"Sien julle dan so net ná elf. En Gert, sal jy asseblief vir Boel vasmaak? Hy het my bakkie gister sleg gekrap." Valk gaan waarskynlik 'n oorval kry. Sy het die krapmerke eers gesien toe sy by die huis kom.

'n Brom net voor hy die foon neersit, beteken hopelik dat Gert instem.

Twintig

'N klop aan die voordeur laat Jojo verstyf. Nie nou nie, Joachim!

"Jojo, maak oop!"

Irene. Dankie tog. Joachim sal net weer haar aandag van haar werk aftrek.

Sy het skaars die deur oopgesluit of Irene is binne.

"Ek dink ek het kak aangejaag." Irene plak haar op een van die leunstoele neer.

Met 'n sug skakel Jojo die ketel aan. "Hoe so?"

"Ayla het gisteraand gebel. Op 'n ietwat ongeleë tyd. Ek en Valk was ... kom ons sê maar net ons was op pad kamer toe en albei in 'n goeie bui."

Jojo lig net haar wenkbroue. Sy stel werklik nie belang in haar eks se sekslewe nie.

"Ek het net geantwoord omdat dit Ayla was. Dis toe dat sy met die storie van die indentasies vorendag gekom het. Ek het nie die ding baie mooi deurdink nie. Ek het beter dinge gehad om te doen. Vanoggend, ongelukkig eers nadat ek gereël het dat sy by 'n ESDA kan uitkom, het ek besef ons soek moeilikheid. Voor ek Ayla nog kon bel om te kanselleer, het sy by ons huis opgedaag. "Valk was in die stort. Dit was amper soos 'n teken. Toe dink ek as die twee briewe nie op dieselfde skryfblok geskryf is nie, hoef niemand te weet die dokument is vir indentasies getoets nie. En as dit is, is dit 'n goeie rede om ondersoek daarna in te stel.

"Ek het die dokument skelm vir Ayla gegee. Nooit gedink Valk sal 'n uur gelede vir my sê hy gaan Bientangsbaai toe en wil sommer Serfontein se dokument vir hom gaan teruggee nie. Toe hy dit begin soek en nie kon kry nie, het ek gesê ek het dit seker verlê. My char is met vakansie en die huis is 'n varkhok, dus het dit geloofwaardig geklink. Ek het onderneem om hom te laat weet sodra ek dit kry."

"Irene, leer jy dan nooit nie? Net nou die dag nog het jy dieselfde dokument wederregtelik ..."

"Ja, ja, ja. Dis oor ek so gefrustreer is, Jojo. Ek moet heeltyd draaie om Valk loop in woord en daad sodat hy nie weet wat ons agter sy rug aanvang nie. En hy is al klaar agterdogtig. Het my vanoggend weer gewaarsku om my neus uit die regter se moordsaak te hou. Herhaal dat ek emosioneel te betrokke is en hy gaan onttrek aan die saak as ek inmeng. Hy vertel my wel hier en daar goed, soos oor mevrou Malan en die Thaise meisiekind, maar dis blote omkopery sodat ek nie self betrokke raak nie. Die vader alleen weet wat hy gaan maak as hy uitvind waar ons trek met die UFO-groep."

"Jy het hom nog steeds nie vertel van Diana se brief nie?"
"Nee! Natuurlik nie. Hy sal dadelik 'n stok in die wiel steek."
"Weet hy darem van IPIN?"
"Nee."
"Wat weet hy van Ayla?"
"Sover ek weet, net dat sy hier is met vakansie en Serfontein se dokument wederregtelik ontleed het."
Jojo sug diep. "Wat weet hy dan van ons ondersoek na die groep?"
"Hy is steeds onder die indruk dit is hoofsaaklik 'n voor-

wendsel van jou kant af om by Joachim te kan kuier. Hy weet ook uiteraard nie ek betaal jou nie. Gelukkig beheer ek die geldsake."

"Irene, jy soek moeilikheid. Groot moeilikheid. As IPIN betrokke is by die regter se moord gaan Valk jou nooit, ooit vergewe dat jy hom nie oor die brief ingelig het nie. Minstens daaroor."

"Ek kan nie vir hom van die brief sê voordat ek weet hoe Diana in die prentjie pas nie – al is dit bloot op grond van assosiasie."

Jojo kan aan haar eiewyse stemtoon hoor dit gaan nie help om Irene verder die leviete voor te lees nie. "Wat gaan jy doen?"

"Ek gaan hier wegkruip tot Ayla terug is, en dan in Valk se oor Eureka! skree wanneer ek die donnerse dokument vir hom gee."

"Wegkruip? Hier by my?"

"Ja. Ek het my skootrekenaar gebring. Ek sal jou nie pla nie. Ek het baie werk."

"Wel, ek ook. En ek gaan binne die volgende paar minute ry. Ek het 'n afspraak."

"Oukei, dis eintlik goed. Dan trek ek sommer my kar in die bakkie se plek in die garage. Net ingeval Valk dalk hier verbyry."

"Hy hoef net vir Joachim te vra of jy hier is."

"Hoekom sal hy? Met wie het jy 'n afspraak?"

"Die Bonthuyse. Daar is iets wat ek by hulle wil verifieer."

"Wat?"

"Ek vertel jou wanneer ek terugkom."

"Waarom so geheimsinnig?"

"Ek is nie geheimsinnig nie. Ek is haastig. Ek gaan gou 'n draai loop en dan moet ek laat waai as ek nie laat wil wees nie."

Niemandsdorp
Ayla

Dis tien voor elf toe sy stilhou voor die tweeverdiepinggebou waarin Faan Fortuin se laboratorium is, en vertwyfeld bly sit. Die gebou is redelik vervalle en die omgewing mistroostig. Dit lyk nie asof hier 'n siel is nie.

Dalk het Google Maps 'n fout gemaak. Sy bel die nommer op die Post-it.

"Faan Fortuin." Die antwoord kom feitlik onmiddellik.

"Faan, dis Ayla Hurter. Irene Richter het met jou gepraat oor die gebruik van jou ESDA. Ek is by die adres wat sy vir my gegee het, maar is nie seker of ek by die regte plek is nie."

'n Beweging by een van die vensters op die tweede verdieping trek haar aandag.

"Doktor Hurter, as jy in 'n wit Etios is, sien ek jou. Ek is hierbo. Wag in die motor, ek kom haal jou."

Twee minute later sien sy 'n skraal man die voordeur en toe die traliehek oopmaak. Ayla skuif die koevert in haar briewetas, klim uit en stap hom tegemoet.

"Jammer vir die omgewing. Ek moes maar koste besnoei waar ek kon. Hallo, doktor Hurter. Faan Fortuin." Die skraal hand is koel toe dit om haar natgeswete een vou.

"Noem my asseblief Ayla."

Faan knik en sluit weer die deure agter hulle. "Eendag gaan hier hopelik 'n praggebou staan met state-of-the-art-toerusting in elke lab, maar 'n mens moet êrens begin." Hy beduie na die sementtrap met 'n mankolieke balustrade. "Skuus, die trappe is nogal steil. Oom Gys moan altyd daaroor."

"Ek is gewoond aan trappe. Oom Gys, dis nou Gys Niemand?"

"Ja, ek het onder hom gewerk in die speurafdeling en was later sy spanmaat voor ek gaan swot het. Oom Gys is nou afgetree, maar help nog vir meneer Valk met cold case-sake. Meneer Valk was onse superintendent jare gelede, maar net vir 'n kort rukkie. Hy het destyds waargeneem tot hy sy eie privaat speuragentskap saam met mevrou Irene begin het."

"En Gertjie Niemand, het sy nog haar prokureurspraktyk?" vra sy terwyl hulle in die gang afstap, hulle voetstappe luid in die hoofsaaklik leë gebou. "Ek het jare gelede vir haar werk gedoen."

"Sowaar? Mevrou Gertjie het nog die praktyk, maar sy het nou mense wat vir haar daar werk. Sy gaan net so een of twee keer 'n week in. Sy en oom Gys is mos destyds getroud en het Kruisbaai toe getrek. My ma woon daar naby en ek gaan loer altyd by hulle in wanneer ek vir haar gaan kuier. Dis hulle wat my help om die lab aan die gang te kry. Hulle en meneer Valkhulle en 'n paar ander mense hier rond. Meesal mense wat self onder misdaad deurgeloop het. Die meeste se sake is deels deur my en oom Gys opgelos." Faan gaan staan voor 'n helderrooi deur.

"My klein koninkryk," grinnik hy en hou die deur vir haar oop.

Die vertrek is spierwit uitgeverf en mens kan van die vloer af eet. Die apparaat is min, maar duidelik nuut. Die rekenaar lyk indrukwekkend.

"Alles is nog baie beperk. My verloofde spesialiseer in DNSanalise, maar werk op die oomblik in Kaapstad by EasyDNA. Ons wil graag trou, hier kom bly en saam in die lab werk, maar geld vir DNS-apparaat is daar nie en sal seker nog lank nie daar wees nie. Ook nie vir ballistiese toetse nie. Ek kan darem vinger-, palm- en ander afdrukke hier doen asook bloedspatselpatrone en veselontleding. Ons werk ook heelwat met bevraagtekende dokumente. Dikwels juis vir mevrou Gertjie se praktyk. Vandaar die ESDA."

"Wel, alle sukses. Ek dink dis 'n uitstekende plan."

Faan glimlag trots. "Dankie. Koffie of tee voor ons begin?"

"Net water, asseblief."

Ayla trek die dokument uit die koevert toe Faan dieper die vertrek in verdwyn. Versigtig voel sy met haar vingerpunte oor die agterkant en hou dit in die rigting van die venster sodat die lig van agter af daarop skyn. Nie so effektief soos 'n ligkas nie, maar haar hart begin dadelik vinniger klop.

Sy haal Kimberley se brief ook uit en skuif die twee blaaie

oormekaar. Daar is nie genoeg lig in die agtergrond om seker te wees nie, maar sy sal haar kop op 'n blok sit die diepste indentasie op Strach se dokument stem ooreen met die hartjie op Kimberley se brief.

Dit verg al Ayla se selfbeheer om nie onmiddellik na die ESDA toe te stap en aan die gang te kom nie.

Akkedisberge
Jojo

Sy is laat. Bleddie Irene.

Die bakkie waarin Rita laas aangery gekom het, staan darem op die werf. Boel gaan soos 'n mal ding te kere, maar die ketting en die paal hou. Arme hond. Daar is darem sekerlik beter maniere om hom weg te hou van gaste af.

Jojo klim uit en stap na die huis toe sonder om die hond uit sig te verloor. As hy nou daar loskom, is dit tickets. Sy maak dit darem heelhuids tot op die stoep. Die voordeur staan oop.

"Hallo?" roep sy binnetoe en klop terselfdertyd. "Dis Jojo."

"Kom in, Jojo. Kom kombuis toe," weergalm Rita se stem in die gang af.

Gert sit dikbek by die panelite-tafel en slurp aan 'n beker tee terwyl 'n vlieg luiters op 'n halfgeëte toebroodjie op sy bord rondloop.

Rita, daarenteen, straal. "Jy sal nooit glo wat ek reggekry het nie. Hallo, Jojo. Kom sit. Tee vir jou?"

"Nee, dankie, ek het so pas gedrink en soos jy weet, is die ou blaas nie waffers nie." Sy gaan nie weer in daardie strik trap nie. "Wat het jy reggekry?" Jojo gaan sit so ver as moontlik van Gert af.

Rita haal 'n verkreukelde stuk papier uit haar langbroek se sak en plak dit voor Jojo neer. "Kyk."

Jojo kyk fronsend na die onsamehangende letters op die papier. Dis duidelik deur iemand gemaak wat min weet van skryf.

"Jy kan nie glo hoe 'n deurmekaarspul dit daar by ou Carmichaels se huis is nie, maar wie soek, sal vind. Dis dieselfde soort briefie wat die mal meisiekind om die klip gevou het waarmee sy onse hond gegooi het."

Jojo voel sommer hoe haar oë vanself rek. "Hoe het jy by Carmichaels se plek ingekom?"

"Ons en Carmichaels het mekaar se spaarsleutels en remotes. Net vir ingeval. Ek het gistermiddag al gaan soek, maar daardie deurmekaarspul het my ondergekry."

Dit moet erg wees as dit erger is as hierdie deurmekaar huis.

"Toe dink ek vanoggend wat ou Carmichaels sou gedoen het die dag toe hy die klip met die papiertjie gekry het. En ek besef hy moes mos buite gewees het. Naby die turksvyheining. Daar was destyds 'n groentetuin. Carmichaels was mos so lief vir tuinmaak. Kon net nie meer alles byhou nie. Hy het juis so om en by daardie tyd die tuinmakery laat staan. Dit het nou 'n wildernis geraak daar.

"Toe dink ek hy hoor die hond tjank, sien die klippe toe hy daar kom en tel die een met die papiertjie op. Hy kyk daarna en wat toe? Toe is dit maklik. Was in sy ou tuinbroek se sak. Dié hang toe nog in die stoortjie met sy tuingereedskap. Ná al die jare."

"Maar sal Carmichaels nie beswaar hê dat jy daar gaan grawe en dit gevat het nie?"

"Nee wat, hy is lankal nie meer lekker in sy kop nie. En nou ná die val van die trap af minder as ooit. Hy weet glo te vertel hy is afgestamp. Sjym. Ook al amper tagtig, jy weet."

Gert waai die vlieg van die res van sy toebroodjie af en druk dié in sy mond.

Jojo kyk weg. Sy wens sy kon hom ook nie hoor kou nie. "Baie dankie vir jou moeite, Rita. Ek waardeer dit baie."

"Ek help graag en nou weet jy ten minste ek het nie gelieg nie. Maar Gert sê vir my jy wil ons iets wys?" Rita kom sit ook by die tafel.

Jojo knik en haal die drukstuk van die foto uit haar sak. "Herken julle dalk een van hierdie drie?"

Rita frons en trek die foto nader. "Hierdie een lyk bekend, maar sy lyk ouer hier." Sy druk met haar wysvinger op Vivien se gesig.

Dis Jojo se beurt om te frons. "Jy bedoel sy lyk ouer op die foto as in lewende lywe?"

Rita knik.

"Gee, laat ek sien," laat hoor Gert nors, pluk die foto nader en swaai dit om. Hy sit sy bril op en bekyk dit lank. "Ja, sy lyk soos een van die meisiekinders wat hier in die pad op en af jaag, maar die meisiekind is jonger." Hy bring die foto nader aan sy oë. "Dis dalk die jong meisiekind op die foto wat nou ouer is en soos die ouer een begin lyk."

Natuurlik. Nimue is nou agt en dertig. Vivien was destyds seker al so sewe en veertig. Hulle trek baie op mekaar. Nimue sal nou meer soos haar ma lyk as toe sy veertien was. Uiteindelik sekerheid. Seker nie honderd persent nie, maar so na as wat hulle in hierdie stadium kan kom.

"Wie is sy? En wie is die twee by haar op die foto?" vra Rita en trek die drukstuk weer uit Gert se hande. "Ek kan sien dié twee is ma en dogter, maar wie is die lelike, vet enetjie?"

"Ek is bevrees dis vertroulik." Vertroulik is darem so 'n lekker afwerende woord. Jojo kom regop. "Julle het my oneindig baie gehelp. Baie dankie."

Gert kyk op. "Ek kan vir Kallie wys as jy wil. Ek gaan hierna pub toe."

Hoekom het sy nie daaraan gedink om dit vir Kallie te wys nie? Maar nee, netnou sê hy iets vir sy klant.

"Dis regtig gaaf van jou, Gert, maar liewer nie. En ek sal dit waardeer as jy dit nie aan hom noem nie."

Gert grom net. Sy kan sien hy het hom al weer vererg. Sy verstaan half. Dis die eerste keer dat hy aanbied om te help en hier weier sy sy hulp.

"Nou sal ek julle in vrede laat. Nogmaals dank, ek sal nie weer pla tensy dit regtig nie anders kan nie."

Sy is verlig toe Rita saam stap buitetoe. As daardie monster van 'n hond loskom, is sy mince-meat.

"Ek weet jy mag niks sê nie, Jojo, maar ek ken 'n speurder as ek een sien. Ek is so trots daarop dat ons jou kon help. En so trots om te sien dat vrouespeurders sulke verantwoordelike werk kry soos jy. Jy het seker 'n gun in daardie handsak?"

Jojo glimlag net. Haar "gun" is in haar kluis by die huis. Dis te veel van 'n beslommernis om dit elke keer te verklaar as sy vlieg.

"Ag ja, ek weet," lag Rita. "Dis vertroulik."

Eers toe sy weer veilig in die bakkie sit, ontspan Jojo. Daardie hond is genoeg om 'n mens nagmerries te gee.

Sy waai vir Rita toe sy wegry en voel 'n bietjie sleg dat sy bitter bly is sy hoef nie weer haar voete hier te sit nie.

Die IPIN-hek staan nog sy staan. Nêrens is daar 'n beweging in die nabyheid nie.

Jojo rem. Laat sy tog 'n foto van die ding neem. Sy laat gly die syvenster oop, sukkel eers met die lens, maar kry 'n paar foto's geneem. So ja.

Haar venster is pas weer toe en sy is net gereed om weg te trek toe sy die beweging in die lug sien. Die verdomde drone.

Jojo sit voet in die hoek. Eers toe sy op die R326 kom, raak haar rug minder hol.

Bientangsbaai
Jojo

Sy kan nie glo Irene se viertrek staan nog steeds in Joachim se garage nie. Met 'n sug maak sy weer die garagedeur met haar afstandbeheerder toe en parkeer die bakkie in die straat.

Irene het haar behoorlik tuisgemaak. Die asbak langs haar skootrekenaar is vol stompies en daar staan minstens drie leë bekers met koffierande in. Sy kyk op van die rekenaarskerm toe Jojo inkom en loer oor haar leesbril.

"En toe? Enige nuus?"

Jojo vul eers die ketel en skakel dit aan voor sy na Irene toe draai.

"Ek het vir die Bonthuyse 'n foto gewys. Hulle het Nimue geëien." Jojo verduidelik van die artikel met die foto en Gert se teorie.

Irene lyk 'n bietjie bleek. "Dan is die kanse uitstekend dat Diana ook daar is."

Jojo knik.

"Fokkit."

"Weet jy al of Ayla iets uitgerig het?" probeer Jojo die onderwerp verander.

"Sy is op pad hierheen." Irene se antwoord kom meganies, haar gedagtes duidelik nie by haar woorde nie. "Ek moet Diana waarsku."

"Jy moet Valk inlig oor die brief, dis wat jy moet doen. As jy seker is Diana was nie direk by die moord betrokke nie, is dit die beste ding wat jy in haar belang kan doen." Dis tyd dat Irene die waarheid in die oë kyk. "En as sy medepligtig is, Irene, sal sy die gevolge moet dra."

Irene sluk swaar en probeer dreigende trane terugknip. "As ek Valk nou vertel, gaan hy my nooit vergewe dat ek in die eerste plek stilgebly het nie. En selfs al is Diana nie direk betrokke nie, wie weet wat alles gaan uitkom as Valk-hulle daar gaan rondkrap? En hoe gaan die lede en hulle leiers reageer? Sê nou hulle maak soos daardie Jim Jones-groep se mense en pleeg massaselfmoord as die polisie daar probeer ingaan?"

Irene vee oor haar nat oë. "Selfmoord is juis nie vir Diana ondenkbaar nie. Destyds, toe sy met die drugs deurmekaar was, het sy een nag 'n oordosis geneem. Doelbewus. Gelukkig het een van haar druggiepelle op haar afgekom en die ambulans gebel. Sy het dit net-net gemaak."

Jojo het simpatie met haar, maar dinge het nou te ver gegaan. "Irene, Valk is reg. Jy is emosioneel te betrokke. Jy neem die afgelope tyd onbesonne besluite. Êrens gaan dit op 'n ramp uitloop. Vertel eerder nou vir Valk en laat die reg sy loop neem."

"Jy verstaan nie, Jojo. Ek was desjare so besig met my eie lewe dat ek Diana afgeskeep het. Ek was en is steeds skuldig daaraan dat Diana geword het soos sy geword het. Hoe kan ek nou toelaat dat Valk-hulle daar instorm voor ek haar kan uitkry?"

"Diana het self haar besluite geneem. Daarvoor kan jy nie die verantwoordelikheid aanvaar nie. En miskien reken Valk nog ons sien te veel in die brief."

Irene gee haar 'n kyk. "Staan daar stupid op my voorkop geskryf?"

Jojo sug net.

"Jy weet so goed soos ek dat daardie brief iets beteken. Nie noodwendig dat hulle die regter vermoor het nie, maar hulle is gereed en bereid om bloed te laat vloei as hulle dit nie reeds gedoen het nie."

"Presies. Jy kan die oorsaak wees dat iemand sterf omdat jy vir Diana skerm." Jojo ruk van die skrik toe daar 'n klop aan die deur is, al is dit nie hard nie.

"Moet Ayla wees," raai Irene en blaas haastig haar neus.

Jojo ontspan effens en maak die deur oop.

"Hallo, Jojo. Irene." Ayla se gesig is strak.

"En?" vra Irene dadelik.

Ayla frons effens toe sy na Irene kyk, maar al moes sy ag-tergekom het Irene is ontsteld, sê sy niks daaroor nie. Sy hou 'n koevert na Irene toe uit. "Hier is jou dokument terug. Onbe-skadig."

Sy sit haar briewetas op die toonbank neer en haal nog 'n dokument uit. Dit lyk amper asof dit gelamineer is. Jojo leun nader. "Is dit die ESDA-resultaat?"

Ayla knik.

"Hoe werk dit?"

"In 'n neutedop, 'n ESDA-afdruk dra die indentasies op die oorspronklike dokument deur middel van 'n elektrostatiese la-ding oor na 'n deursigtige polimeerfilm en word daarna verseël met deursigtige kleefplastiek."

"Wat sê die indentasies?"

"Daar is 'n kruidenierswarelys op die bladsy direk bokant die een waarop hy geskryf het. Wat ons daarvan kan aflei, is dat Strach klaarblyklik 'n soettand het. Die indentasies op die bladsy wat geskryf is voor die kruidenierswarelys gemaak is en voor Strach sy beskrywing uitgeskryf het, was uiteraard dow-wer. Daar is egter geen twyfel nie. Dis Kimberley se brief aan hom."

Ayla

Sy hou die ESDA-afdruk na Jojo toe uit. "Skandeer, asseblief?"

Jojo gehoorsaam in 'n stilte wat net deur die drukker se geluide versteur word – eers die skandering en toe die druk van drie kopieë.

Die verg al haar selfbeheersing om nie haar ontsteltenis te laat blyk nie. Vandat sy die ESDA-resultaat van die indentasies vir die eerste keer gesien het, bly sy terugkeer na een gedagte. Strach is nie 'n man met integriteit nie. Hy is 'n leuenaar. En as hy oor een ding kan lieg, plaas dit 'n vraagteken agter elke liewe ding wat hy teenoor haar kwytgeraak het.

Ayla neem die oorspronklike ESDA-afdruk toe Jojo dit weer na haar toe uithou.

Irene staar stroef na die kopie wat Jojo vir haar gegee het voor sy diep sug. "Oukei. Ek besef ek kan nie hierdie inligting van Valk weerhou nie. Serfontein kan deel van die hele opset wees. Ek sal moet erken wat ek aangevang het en die music moet face."

"Miskien het Diana en Nimue niks met enigiets te doen nie." Ayla betwyfel dit ten sterkste, maar die trooswoorde kom vanself.

Jojo skud haar kop. "Jammer, Ayla, maar minstens Nimue is deel van IPIN."

Ayla luister terwyl Jojo vertel van die foto en die Bonthuyse, haar moed in haar skoene. Sy neem die verkreukelde stukkie papier toe Jojo dit vir haar gee terwyl sy daardie deel van die storie verhaal. Ayla laat haar oë vlugtig oor die krom en skewe letters dwaal.

mi na = ✿ iki
ak fewa
ak wi baga ho
jel mi
an goni = pa = do = nimi

"Wat dink jy?" vra Jojo.

Ayla skud haar kop. "My eerste indruk is dat dit geskryf is deur iemand wat letters leer maak het, maar nie weet hoe om dit te gebruik nie. Elke letter is met moeite en baie huiwering gevorm. Ek sal in meer detail daarna moet kyk."

"Dink jy 'n boodskap is daarin vervat?" Jojo lyk skepties.

"Hoekom sou die kind anders die moeite gedoen het om dit te skryf, om 'n klip te vou en by die buurman te probeer uitkry?" Nie dat dit vir haar belowend lyk nie.

"Sy is nie meer 'n kind nie. As Rita reg skat, is die briefie agt jaar gelede geskryf. Die vorige een, die een wat Rita weggegooi het, drie jaar voor dit. Dus, elf jaar gelede en sy skat die kind was so twaalf toe sy haar die eerste keer gesien het. Sy behoort dus nou min of meer drie en twintig te wees."

Ayla staar weer na die letters. "Sy was dus ongeveer vyftien toe sy die briefie geskryf het. Hoekom kan sy op vyftien nie skryf nie?"

"Rita vermoed sy is verstandelik gestrem. Lyk ook glo vreemd. Of sy het vreemd gelyk toe sy twaalf was. Lang wit hare tot byna op haar hakke. Baie bleek en ligte blou oë wat sy nie knip nie. Glo nie 'n woord gesê nie."

Irene klap haar skootrekenaar se deksel toe. "Oukei, terwyl julle die meisiekind kontempleer, moet ek my gat in rat kry en besluit hoe ek Valk gaan meedeel dat ek hom belieg en bedrieg het en elke kode in ons boek oortree het." Sy druk die rekenaar in die sak en rits dit met 'n ergerlike gebaar toe. "Julle kan saam met my die komende egskeiding van Valk en Irene Richter kom vier. Waarskynlik teen môre se kant al." Haar oë is vol trane toe sy opkyk.

"Irene …" begin Jojo, haar stem simpatiek.

"Shut up, Jojo. Ek weet dis my eie skuld. Ek kan net nie na julle gewarra-warra luister terwyl hierdie berg voor my lê nie. En by the way, daardie 'kind' is in ongeveer 1994 gebore as jou informante reg geskat het. Hoekom gaan kyk jy nie wie het waar watter soort UFO daardie jaar gesien nie? Dalk het hulle haar as baba daar gedrop. UFO's is mos al waarin jy belangstel, pleks jy my lankal daarop gewys het dat ek onbesonne besluite neem wat op 'n ramp afstuur en aangedring het dat ek met Valk oop kaarte speel."

Jojo laat die verwyt by haar verbygaan, sien seker in dis maar Irene se manier om van haar frustrasie met haarself te probeer ontslae raak.

"Nou ja. Laat ek gaan please explain en begin uitfigure wat ek in die post-Valk-fase van my lewe gaan aanvang."

"Wag, ek stap saam," keer Jojo. "Ek moet die motorhuis se remote by jou kry voor jy ry."

"As jou kar in die motorhuis is, staan myne agter joune geparkeer, Irene." Ayla begin haar motorsleutels soek.

"Los. Ek vat sommer die bakkie, Jojo." Sy sit die viertrek se sleutels op die kombuistoonbank neer en lig die bakkie s'n van die hakie af.

"Wag nou …"

Irene gee Jojo net 'n kyk, pluk die deur oop en laat dit agter haar toeklap.

Jojo gee 'n tree agter haar aan en gaan staan dan met 'n sug. Besef seker ook Irene sal self haar probleme moet oplos.

"Waar was ons?"

"Irene wat gesê het van 1994. Elizabeth Klarer is in 1994 dood," mymer Ayla. "Die jaar toe my ma besluit het om uit te blaker dat Ayling my en Nimue se pa is."

Jojo dink 'n oomblik na. "Dis ook die jaar van die Ruwavoorval. Vandag presies drie en twintig jaar gelede. Weet jy daarvan?"

"Die kinders by die laerskool in Zim?" Ayla knik. "Vivien het ons nog daarvan vertel."

"En as ek reg onthou, is dit ook die jaar toe 'n plat-op-dieaarde-boer van Warrenton beweer het hy het 'n UFO gesien," vul Jojo aan. Sy frons. "En dis die jaar waarin Jimmy Andersson skoonveld was voor sy lyk in '95 gevind is." Haar oë rek. "Ayla! Jimmy en die Houghs het in Desember 1993 verdwyn. Soekie was verwagtend."

Ayla volg dadelik wat sy bedoel. "Met ander woorde, Soekie se kind is in 1994 gebore."

Jojo knik. "En dalk, net dalk, probeer sy al vandat sy twaalf is 'n noodroep uitstuur na haar bure wat haar afgemaak het as net 'n mal kind."

Een en twintig

Bientangsbaai
Jojo

Die bleddie Irene antwoord nie haar foon nie. Sy kan nog nie terug wees in Birkenshire nie, dus is die landlyn uit.

Jojo skink vir haar 'n glas wyn en gaan sit op die agterstoepie.

Irene het in elk geval groter probleme as om haar nou nog op te hou met wie die briefieskrywer is. Valk is nie iemand vir skree en raas nie, maar as hy regtig kwaad is, is sy ysigheid veel erger as wat enige uitbarsting kan wees. En hy vergewe nie sommer nie. Of hy het nie destyds nie. Miskien is dit nou anders gesteld, maar sy wil haar steeds nie eens in Irene se posisie probeer indink nie.

Sy sal sekerlik ook voor stok gekry word, maar ten minste hoef sy nie saam met Valk te leef ná Irene gebieg het nie.

"Jojo?"

Sy skrik haar oor 'n mik toe sy Joachim se stem hoor en hom om die hoek sien loer.

"Is jou besoekers uiteindelik weg?"

Jojo knik en teug diep aan haar wyn.

Joachim stap nader, 'n lêer onder sy arm vasgeknyp. "Kan jy dalk 'n tydjie aan my afstaan?"

Jojo stry teen die weekheid wat die sagte oë in haar losmaak. "Wat is dit, Joachim? Wil jy nou weer kom staan en insinueer dat ek belaglik is omdat ek oor UFO's navorsing doen?"

"Ek het nie geïnsinueer jy is belaglik nie." Hy sit die lêer op die tafel neer, haal die twee Cynthia Hind-pamflette uit en sit dit bo-op voor hy sy pyp en twaksak uit sy broeksak grawe en oorkant haar gaan sit. "Ek wil graag met jou gesels oor die Ruwa-voorval." Hy beduie na die lêer. "'n Hele dag se navorsing. En dis net drukstukke van die goed wat my die meeste interesseer. Daar is nog hope ander op my rekenaar."

"Klink my ek gaan nog wyn nodig hê. Vir jou?"

"Asseblief."

Teen die tyd dat sy terugkeer met twee gevulde glase, het hy sy pyp aan die brand en is 'n spul dokumente voor hom op die tafel uitgesprei.

"Nou toe." Jojo gaan sit en vou haar arms.

"Ek glo ons is nie die enigste planeet in die heelal waarop daar lewe is nie. Dit word al hoe duideliker." Hy tik op een van die drukstukke. Lyk soos 'n koerantberig. "Vroeër vanjaar is TRAPPIST-1 met Nasa se Spitzer-ruimteteleskoop en die Liverpool-teleskoop ontdek. Veertig ligjaar van die aarde af. Die sewe eksoplanete wat daarom wentel, is opgemerk soos hulle voor die ster verbybeweeg het. Volgens kenners kan minstens drie van dié sewe planete oseane huisves en as sulke sterrestelsels algemeen in die Melkweg is, is dit moontlik dat daar 'n magdom aardagtige planete in ons buurt is."

"Joachim, ek vra nie vir uitgebreide wetenskaplike motivering vir jou oortuigings nie. Sê vir my in leketaal wat jy dink en voel, dan luister ek. Ek is nie lus vir lesings nie."

"Oukei. Ek dink daar is waarskynlik ander planete waarop daar lewe is. Selfs ontwikkelde lewe. Dis selfs moontlik dat daar wesens op daardie planete is en selfs wesens wat ons aardbewoners tegnologies en op ander gebiede ver vooruit is. Maar hulle is bliksems ver.

"Kom ons vat net daardie veertig ligjaar wat ek netnou genoem het. Dis veertig keer so ver as wat lig in 'n jaar kan trek. En lig beweeg teen 300 000 kilometer per sekonde. Anders gestel: Veertig ligjaar is ongeveer 12,3 parsek en een parsek is 30,86 miljoen miljoen kilometer. Veertig ligjaar is dus omtrent 380 000 miljoen miljoen kilometer. En nee, ek hakkel nie, ek bedoel regtig miljoen miljoen. Veertig ligjaar is egter nog relatief naby. Die Sewe Susters, byvoorbeeld, is meer as tien keer verder, 136 parsek volgens die nuutste berekening en nou is ons nog net in die Melkweg, nè."

"Joachim, somme is nie my forte nie en ek het nie die vaagste benul wat 'n parsek is nie en stel ook nie belang om uit te vind nie. Kom by die punt."

"Goed. In die eerste plek, hoe kom besoekers uit die buitenste ruim binne afsienbare tyd hier as hulle sulke afstande moet reis? Tweedens, waarom sal hulle so 'n reis wou aanpak? Wat de hel sou hulle hier op ons agterlike planeet kom soek as hulle so ver gevorderd is?"

"Die twee oudste argumente in die boek en daar is verskeie moontlike antwoorde op elkeen van die vrae." Jojo steek 'n sigaret aan en skud haar kop. "Jy sal beter moet doen as dit."

Joachim glimlag skewerig. "Die twee oudste argumente in die boek was nog altyd vir my genoeg om die hele kwessie as vergesog af te skryf. Die moontlike antwoorde oortuig my nie, omdat dit blote spekulasie is. Tot ek nou oor die Ruwa-voorval gaan lees en toe later ook bronne geraadpleeg het oor ander goed."

Hy sit terug in sy stoel. "'n Paar goed het my opgeval. Een daarvan is die oorweldigende magdom voorvalle wat opgeteken is. En daar is geen twyfel dat ek net by 'n minuskule persentasie daarvan uitgekom het nie.

"Tweedens is daar die ooreenkomste. Dit kan aan baie redes toegeskryf word en ek glo die meeste is napratery van mekaar of blote aandagsoekery, maar daar is die ander. Die uitsonderlikheid van sekere waarnemers soos vader William Booth Gill, om maar net een te noem. En die eerstes in 'n spesifieke soort ervaring soos dié van Barney en Betty Hill. Hulle storie het omtrent die bloudruk geword van die tipiese encounter of the third kind. 'n Motor op 'n eensame pad. Meesal in die nag of teen skemer. Enjin sny uit. Tyd wat verlore gaan."

Nes Vivien Venter haar insident beskryf het, sou sy kon sê, maar sy kan Ayla nie verraai nie.

"Maar daar is baie vraagtekens wat selfs oor die uitsonderings en eerstes hang. Die Ruwa-voorval val egter vir my in 'n liga van sy eie. Twee en sestig kinders." Hy skud sy kop. "Die enigste piering waarin ek glo, is die een waarin my teekoppie staan, maar ek kan waaragtig nie verklaar wat daar gebeur het nie. En ek het wyd gaan lees daaroor, nie net Cynthia Hind se weergawe nie.

"Ek het op YouTube gaan luister na wat 'n paar van die kinders nou as volwassenes sê, die sketse en foto's bekyk en vergelyk." Hy klop sy pyp uit in die asbak. "Ek is steeds nie oortuig van enigiets nie en sal waarskynlik nooit wees tensy ek self iets sien nie, maar dit gee mens stof tot nadenke. En ek is jammer ek het so beterweterig en meerderwaardig opgetree. Dit was regtig ongevraag."

"Joachim, net omdat ons powere breintjies sekere goed nie kan begryp nie, is dit nie te sê dinge wat buite ons ervaring van die werklikheid val, is nie moontlik nie." Sy tel haar selfoon op toe dit 'n SMS aankondig. Valk. *Waar de hel is Irene? Sy antwoord nie haar foon of boodskappe nie.*

Sy gaan waaragtig nie vir hom sê Irene het heeldag hier weggekruip en is nou op pad om oor haar sondes te bieg nie. Hy behoort enige oomblik self uit te vind.

"Gaan jy nie antwoord nie?"

Jojo skud haar kop. "Dis Valk en daar is akkies in die land van Kanaän waaraan nie ek of jy enigiets kan doen nie."

"Enigiets te doen met Irene wat die hele dag lank in die kothuis was terwyl jy geskitter het in jou afwesigheid?"

"Soort van."

"En die blonde meisiekind wat hier opgedaag het? Ek wil nou nie my neus insteek waar hy nie hoort nie, maar waar pas sy in die prentjie in?"

"Ayla is my informant. Dis al. En hou daardie neus waar hy veilig is. Toe, jou beurt om te gaan wyn skink."

"Is ek darem vergewe?"

"Ek besluit nog." Maar hy is en aan sy glimlag kan sy sien hy weet dit. Hoeveel mans sal 'n hele dag lank gaan navorsing doen en boonop om verskoning vra? Sy ken net een.

Haar foon pieng weer. *Jojo, ek is regtig bekommerd oor Irene. Bel my.*

Jojo kyk op haar horlosie. Valk behoort binne die volgende paar minute sy geliefde te sien en te hoor wat sy aangevang het. Sy gaan verdomp nie inmeng en haar tyd saam met Joachim daaraan afstaan nie. Sy kan dit nie vir Irene of Valk beter of makliker maak nie.

Sy skakel die klank van haar foon af. Mens weet nooit wat Joachim dalk in gedagte het nie en sy wil beslis nie hê dat hulle deur 'n bleddie foon onderbreek word nie.

Ayla

Die letters op die stukkie papier staan los van mekaar en is met 'n balpuntpen geskryf. 'n Hele paar lyk asof dit ná die tyd duideliker gemaak of effens verander is.

Dis 'n verligting om op iets anders te konsentreer as Strach en sy leuens. Ayla sit die vergrootglas neer en kyk na die eerste reël as geheel: *mi na = ✿ iki.*

As sy betekenis agter die letters wil soek, moet sy aanvaar dit is inderdaad 'n brief met 'n boodskap. Sy mag egter nie toelaat dat die aanname haar so beïnvloed dat sy iets doelbewus probeer inlees nie.

Wat soek die ster daar? Die twee driehoeke is met heelwat meer selfvertroue as ander letters oormekaar gepas om die ster te vorm. Asof die persoon gewoond is om die ster te maak.

Is dit 'n Joodse simbool of net bedoel as 'n gewone ster? 'n Afkorting vir sterkind dalk? Mi na is sterrekind? Sou Mina die kind se naam wees?

Maar waarom staan "mi" en "na" dan apart? Sy kyk na die res van die letters.

Twee keer "mi" en twee keer "ak" in 'n baie kort skryfsel. Sy dink 'n oomblik na. 'n Brief word in eerstepersoon geskryf.

"Ak" kan dus "ek" beteken. "Mi" kan in daardie geval "my" wees.

Ayla skryf die letters oor en vervang "mi" met "my" en "ak" met "ek".

> my na = ✿ iki
> ek fewa
> ek wi baga ho
> jel my
> an goni = pa = do = nimy

Dit lyk asof die skrywer die basiese alfabet ken, maar nie goed soos diftonge en ander saamgestelde klanke nie. Sy weet klaarblyklik nie hoe om langer en korter klanke uit te beeld nie. Sy sal dus nie die verskil in spelling ken van klanke wat dieselfde klink nie.

"My na is ster iki," lees Ayla die woordstukkies hardop. "Ek ferwa. Ek wil baga ho. Jel my." 'n Rilling gaan deur haar. "Jel my," lees sy weer hardop en nog 'n keer.

Help my? Is dit wat die kind probeer sê het? Waarom is daar nie 'n p na "jel" as sy die woord "help" op haar manier probeer naboots het nie?

Ayla soek na ander p's. Net een. 'n Aanvangsletter. Pa.

Ayla lees die laaste sin ook hardop. "An goni is pa is do is nimy." Sy herhaal dit 'n paar keer, telkens vinniger.

Sy skud haar kop en kyk weer na die "jel". As dit staan vir "help" ... P is 'n sagte klank, veral as 'n woord daarop eindig. Skryf die meisiekind dalk net op gehoor?

Ayla skryf nog 'n paar klanke neer wat sag is aan die einde van 'n woord – onder meer f, g, l, n, m, p – en toets dit een na die ander aan die einde van die woorddele wat op vokale eindig.

Dis al donker buite toe sy uiteindelik terugsit en na haar transkripsie staar. Die laaste sin ontwyk haar steeds grotendeels. Sy het 'n vars oog en oor nodig.

Jojo

Wat help dit Joachim probeer haar veilig hou en dan veroorsaak dit dat hulle nie bymekaar kan wees nie? Nie dat sy te veel rede het om te kla nie. Hulle het darem die tyd voor hy hier weg is om saam met 'n ander lid van die buurtwag te gaan patrollie doen goed benut. Haar hele lyf gloei nog. En al is sy spyt Joachim kon nie bly nie, kry sy nie opgehou glimlag nie. Dat twee sulke ou lywe nog soveel vreugde aan mekaar kan verskaf, bly vir haar 'n wonderwerk.

Jojo trek haar kamerjas aan en maak die deurmekaargewoelde bed weer op voor sy in die stort klim. Eers toe sy met 'n koppie soet groentee in die sitkamertjie gaan sit en 'n laaste sigaret vir die dag aansteek, onthou sy van die foon se klank en skakel dit weer aan. Netnou wil Joachim dalk nagsê.

Sy frons toe sy sien daar het 'n hele paar oproepe en SMS'e deurgekom. Dis mos nou nie asof die foon vir 'n ewigheid af was nie.

Behalwe een oproep van Ayla, is die res van Valk af. Dinges haar seker uit. Ayla se oproep het 'n halfuur gelede gekom, sy is dus seker nog wakker. Dis in elk geval nou eers halftien. Laat sy haar maar eers bel voor sy na Valk se boodskappe luister en sy SMS'e lees. Dit gaan haar tog net ontstel.

"Hallo, Jojo." Ayla klink half ingedagte.

"Skuus ek het nie geantwoord nie, maar my foon se klank was af."

"In die haak. Ek het gebel oor daardie stukkie papier met die letters op. Ek dink ek het 'n deel van die samehang uitgewerk gekry, maar sal bly wees as jy miskien verder kan probeer help. Of moet ek jou dalk eerder môre bel?"

"Nee wat, ek is nog wakker genoeg om die breinselle aan die gang te kry. Wag net 'n oomblik, dan kry ek die afskrif wat ek vir my gemaak het." Jojo grawe deur haar papiere en kom op die kopie af. "Oukei. Ek het dit hier voor my."

"Maak jou oë toe en luister net eers voor jy na die letters kyk."

"Oukei." Jojo maak haar oë ewe gehoorsaam toe.

"Goed, hier kom die eerste sin. Mi na is ster-iki. Ek reken dit beteken my naam is Sterrekind. Of dalk Sterretjie. Ek dink die meisiekind weet nie hoe om sagte klanke aan die einde van 'n woord in skrif om te skakel nie. Daarom 'na' pleks van 'naam'."

"Waarom dink jy skryf sy nie sagte klanke nie?"

"Dalk kan sy nie sagte klanke hoor nie."

"Jy bedoel sy is dalk doof?"

"Nee, nie stokdoof nie, maar dalk hardhorend."

Jojo loer na die letters op die briefie. "En die res?"

Sy hoor hoe Ayla haar asem intrek en stadig uitblaas. "Die tweede reël ontstel my, maar ek het nou al geherwaarts en gederwaarts en ek kan net tot een gevolgtrekking kom."

"En jou gevolgtrekking is?"

"Nie een van die ander sagte klanke maak sin aan die einde van 'fewa' nie. Net die sagte g. Ek dink daar staan 'ek verwag'."

Jojo kyk fronsend na die tweede reël. *Ak fewa.* "Maar die r wat tussenin kom as dit 'verwag' is, is nie sag nie?"

"Ek besef dit maar luister na die derde reël. 'Ak wi baga ho'. Ak is ek. Wi beteken waarskynlik wil. Dus 'ek wil baga ho'. Die g is waarskynlik nie sag nie, eerder die gh-klank soos in gholf, maar sy weet nie hoe om klanksamestellings te skryf nie. Met ander woorde 'ek wil bagha ho' en 'wil' vra vir 'n werkwoord wat daarmee saamgaan. Daarom dink ek 'ho' is hou."

Jojo weet nie of sy mooi volg nie. "Jy bedoel daar staan 'ek wil bagha hou'?"

"Plaas dit in konteks met 'ek verwag' en sê dit vinnig."

"Jy bedoel ..." Jojo snap dadelik toe sy die woorde hardop prewel. "Ek verwag. Ek wil baba hou."

"Einste. Die vierde reël was eintlik die een wat ek eerste ontsyfer het. Ek is feitlik doodseker 'jel mi' staan vir 'help my'. Dit pas ook in die konteks."

Jojo vorm die woord met haar lippe en knik asof Ayla haar kan sien. "Goed, ek is met jou."

"Die vyfde reël kry my onder. Dit begin met 'an goni is gelyk aan pa is gelyk aan do' of net 'an goni is pa is do'. Sy skryf 'ak' vir 'ek' - 'n e word dus 'n a - en 'mi' vir 'my' - dus word i 'n y. Sy gebruik nie die sagte g nie. Dus kan dit wees: 'en ghoni is pe is do'. Saam met die res van die sin wat ek ook nie kan uitmaak nie, lees ek: 'en ghoni is pe is do is ni my'."

"Wag 'n bietjie." Jojo kyk na die kopie en prewel die letters 'n paar keer na mekaar met die klem op verskillende letter-grepe. "Dink jy sy sal konsekwent een letter vir 'n ander gebruik? Soos 'a' in die plek van 'e'?"

"Nie noodwendig nie," gee Ayla toe.

Jojo kyk weer na die laaste reël. "An ghonie is pa is do is nimi," sê sy hardop en trek haar asem in. "Ayla, ek gaan haal hierdie een baie wyd, maar klink 'an ghonie' nie vir jou soos Antonie nie?"

"Jy bedoel ... Antonie is pa? Letterlik?"

"'n Meisiekind raak nie vanself verwagtend in 'n plek waar net vroue in afsondering leef nie. En Antonie de Wet het in die Perlemoenbaai-omgewing verdwyn."

"Maar dit was wie weet hoe lank gelede."

"Desember 2001. En die briefie is in ongeveer 2009 geskryf."

"En jy dink 'n man sal sy loopbaan as tandarts asook sy verloofde sommerso opoffer en by 'n UFO-groep aansluit? Vir minstens agt jaar lank daar bly? Nou nog dalk?"

"Ek weet nie, Ayla, maar as jy jou vyfde reël weer lees, dink ek nie hy is nog daar nie." Sy hoop sy is verkeerd.

"Antonie is pa is do ... Jy bedoel?" Jojo kan hoor hoe Ayla sluk. "Antonie is pa is dood?"

"Dit pas by die konteks van 'help my'. Dus: Help my. Antonie is my baba se pa maar hy is dood."

Ayla bly lank stil. "En het jy 'n teorie oor 'is nimy' of 'is nimi'?"

"Ek kan maar net herhaal wat jy netnou gesê het. Sy weet nie hoe om diftonge en klankkombinasies te skryf nie. En sy het natuurlik ook geen begrip van leestekens of hoofletters nie."

"Jy dink sy verwys na Nimue?"

'n Gedreun laat Jojo die foon van haar oor af wegpluk. "Ayla, ek het 'n ander oproep wat inkom. Kom ons slaap daaroor. Bel jou môre."

"Oukei. Lekker slaap." Die diep sug laat Jojo skuldig voel. Sy weet Ayla gaan heelnag lê en wonder oor daardie briefie en soos sy, wonder presies wat Sterretjie bedoel het as "do" dood beteken en "nimi" staan vir Nimue.

Maar dis die minste van haar bekommernisse, besef sy toe sy Valk se naam op die skerm sien. Met 'n gevoel van gelatenheid antwoord sy. "Ja, Valk?" Laat hy haar nou maar uitskel en klaarkry.

"Jojo! Waarom antwoord jy nie jou donnerse foon nie? Bel ook nie terug nie. Ek is fokken rasend van bekommernis. Waar de fok is my vrou?"

"Wát?"

"Irene. Waar de fok is sy? Sy is nog nie by die huis nie."

"Valk, sy was heeldag in die kothuis, maar is vanmiddag al hier weg."

"Hoe laat was dit?"

"Laatmiddag. Vieruur. Dalk halfvyf. Daar rond."

"Fok! Dan is sy al minstens ses ure wie weet waar."

"Sy wil iets vir jou vertel. Sy is vrek bang vir jou reaksie. Miskien sit sy êrens en moed bymekaarskraap."

"Irene is bang vir niks nie. Allermins vir my."

Laat hom maar so dink. "Miskien sal sy antwoord as ek haar bel."

"Dis nie net dat sy nie antwoord nie. Haar foon is dood. The subscriber-bla-bla skakel nie eens meer aan nie."

"Dan weet ek nie hoe om te help nie, Valk."

"Ek het gedink sy is by jou of Ayla."

"Nee, sy is ook nie by Ayla nie. Ek het so pas met dié gepraat."

"Kyk, Jojo, ek is nie onder 'n kalkoen uitgebroei nie. Ek weet die drie van julle konkel agter my rug. Julle is vrek lastig, en ek hoop werklik nie julle lol met die regter se moordsaak nie. As dit is waaroor Irene by my wil kom bieg, is daar groot moeilikheid. En ja, ek gaan woedend wees. En daar sal reperkussies wees. Ook dalk gevolge wat buite my beheer sal wees. Maar ons sal dit kan uitwerk. As jy van Irene hoor, sê dit vir haar."

"Valk, jy dink steeds ek weet waar sy is. Ek weet nie. Regtig nie."

Hy bly 'n oomblik stil. "Oukei, dan gaan ek Tracker vra om uit te vind waar die viertrek is."

"Die viertrek is hier. By Joachim se huis. Sy het die bakkie gevat omdat die viertrek vasgeparkeer was."

"Fok! Die ding het nie 'n Tracker in nie." Die frustrasie in Valk se stem het 'n klank van paniek bygekry. "Dink jy ... Net 'n oomblik, hier kom nou 'n SMS deur."

Jojo word summier afgesny. Nie dat sy omgee nie. Sy is maar net te bleddie verlig Irene laat van haar hoor.

Dit voel soos 'n ewigheid voor 'n SMS van Valk deurkom. *Nie Irene nie. Gaan haar nou soek. Laat weet as sy dalk by jou uitkom of bel.*

Twee en twintig

Die son is nog nie behoorlik op toe sy haar suurlemoentee maak en op die balkon uitstap nie. Sy het vars lug nodig ná die angswekkende drome wat haar deur die nag geteister het.

As sy by die huis was, sou sy haar frustrasies in die gim kon uitwerk en 'n paar lengtes gaan swem het. Sy mis haar oefening.

Maar sy mis veral vrede in haar hart. Is Jojo dalk reg? Sê Sterretjie se boodskap dalk tog dat Nimue ... Nee, sy wil nie eens daaraan dink nie.

Sy dink weer terug aan alles wat Jojo se informante oor die sogenaamde "mal kind" kwytgeraak het. Miskien moet sy self ook met die Bonthuyse gaan praat. Maar nee, netnou laat val sy iets wat Jojo in die moeilikheid kan bring. Carmichaels dalk? Jojo het nog nie met hom gaan praat nie. Maar die man is in die hospitaal. Hy sal dit sekerlik nie waardeer as sy hom gaan lastig val nie.

En nou het sy geen ander verskonings oor nie. Sy sal die

Strach-kwessie in die oë moet kyk. Sy gaan sit by die tafeltjie voor die venster met die afskrifte van Strach se beskrywing en Kimberley se brief langs mekaar voor haar.

Die ESDA-afdruk van die indentasies het genoeg van die kruidenierswarelys opgelewer om die woorde te kan uitmaak en ook om te bevestig dat dit deur Strach geskryf is. Sy skrif daarop is heelwat slordiger as wat die geval is met die beskrywing. Natuurliker dus. En selfs in dié natuurliker vorm val dit haar steeds op dat integriteit en kompleksiteit op verskeie grafologiese vlakke deurskemer.

'n Uur later is sy seker Strach het nie sy vrou se skrif of handtekening probeer namaak nie.

Skrif kan nie lieg nie, het sy nog altyd geglo. En sy glo dit steeds. Maar haar interpretasie moet verkeerd wees. Kyk sy dalk iets mis wat teenstrydig is met die aspekte wat sy dink integriteit verklap? Of het sy 'n enorme flater begaan toe sy Strach onder verdenking gebring het?

Sy loer na haar horlosie toe haar foon lui waar dit nog op haar bedkassie lê. Op die kop agtuur. Op 'n Sondagoggend?

Strach, sien sy toe sy die foon optel.

Daar is 'n SMS ook wat gisteraand moes deurgekom het of netnou terwyl sy in die stort was.

Sy haal diep asem voor sy antwoord.

"Môre, Strach."

"Ek het gedink ek gaan minder kwaad wees ná 'n nag se slaap, maar ek is nie. Daarom gaan ek nie eens om verskoning vra dat ek so vroeg bel nie."

Ayla maak haar oë toe. Hy het uitgevind van die indentasie-toets.

"Dink jy nie jy kon my ordentlikheidshalwe eers ingelig het jy vermoed Kimberley se brief is op my skryfblok geskryf nie? Dink jy nie dit sou net ordentlik gewees het om my eers te vra of en hoe so iets moontlik kan wees nie?" bevestig hy haar vermoede. "Maar nee, ek sit gisteraand ewe rustig 'n bier en drink toe die sekuriteitswag my bel en sê daar is 'n Irene Richter by die hek wat aandring om my te sien. En raai wat hoor ek toe by Irene Richter? En, moet ek byvoeg, 'n irrasionele Irene

Richter wat my van goed beskuldig wat ek nou nog nie mooi snap nie."

"Waarvan het sy jou beskuldig?"

"Dat ek met 'n groep UFO-entoesiaste heul. Onder meer. Sy wou my sommer daar en dan dwing om Kimberley te bel en vir haar te sê iemand met die naam van Diana moet Irene dadelik kontak."

Wat op aarde het Irene besiel? Sy moes baie meer ontsteld gewees het as wat sy laat blyk het.

"En dis toe dat ek uitvind dat jy nie net alles vir haar vertel het wat ek vertroulik teenoor jou kwytgeraak het nie, maar boonop dat jou suster ook deel is van die groep. En dat julle nie sommer net Indigo children is nie, maar volgens julle ma – Vivien Venter, no less – die nakomelinge van 'n alien."

Sy het geweet dit kom, maar sy neerhalende stemtoon is steeds 'n skok.

"Goed, Strach. Kom ons begin by die begin. Ek vra jou nou ordentlikheidshalwe hoe Kimberley haar brief op dieselfde skryfblok as jou beskrywing kon geskryf het as jy haar meer as twee jaar gelede gesien het. Daarna kan ons die res uitpluis."

"Nie oor die foon nie. Daar is net te veel dinge wat ons moet uitpraat. Is daar 'n plek in jou gastehuis waar ons privaat kan gesels?"

Die gastehuis se sitkamer is beslis nie privaat nie. Gaste kom en gaan en skoonmakers ook. Haar kamer is te beknop en hier is te veel goed wat rondlê wat hy liefs nie moet sien nie. Soos Sterretjie se briefie en al haar aantekeninge. "Nee. Ons sal moet wag tot 'n restaurant of koffieplek oopmaak."

"Dis ook nie privaat nie en ek kan nie waarborg dat ek nie my stem gaan verhef nie. Jy sal maar die kans moet waag en na my huis toe moet kom."

"Sodat jy op my kan skree?"

"Die feit dat ek jou nog nie verskree het nie, is 'n teken van my selfbeheersing. Goeie fok, Ayla. Hoe kan jy goed agter my rug doen – wederregtelik boonop – terwyl ek jou genoeg vertrou het om selfs Kimberley se brief vir jou te gee? Terwyl ek ..."

Dis asof hy hom net betyds keer om iets te sê wat dalk onver-
antwoordelik kan wees.

"Dis maar hoe aliens se kinders is. Kan hulle nie vertrou
nie."

"Dit help nie om sarkasties te wees nie."

"Nee, maar jy beskuldig my van dieselfde ding as waaraan
jy skuldig is. Kon jy nie uit ordentlikheid vir my gevra het waar
Irene aan die storie kom dat ek kastig 'n alien se kind is nie?"

"Aanval is nie altyd die beste vorm van verdediging nie.
Veral nie as jy die simpelste aspek van die hele kwessie ge-
bruik om jou aanval te loods nie."

"Vir jou mag dit simpel klink, maar vir my is dit beslis nie."

'n Swaar sug klink aan die ander kant op. "Kom hierheen.
Dis net 'n entjie uit die dorp. Anderkant die nuwe hawe. Ek sal
met sekuriteit reël dat jy inkom."

Ayla luister na sy aanwysings, maar alles in haar skop
daarteen om alleen saam met Strach in sy huis te wees. Selfs
al is dit nie 'n lokval van 'n aard nie, sal hy in sy huis nog meer
met haar kop kan smokkel as op neutrale terrein.

"Ek maak solank koffie. En nee, ek het nie rooibostee nie.
Bring saam as jy wil hê."

"Ek dink nie dis ..." begin sy maar hy het reeds afgelui.

Met 'n gefrustreerde kreun gooi sy die foon op die bed neer.
Sy loop 'n paar keer op en neer in die klein vertrek, tel dan
weer die foon op om hom te sms dat sy nie kom nie. Sy frons
toe sy sien dit was Jojo wat gisteraand ná hulle gesprek 'n SMS
gestuur het wat sy nie gehoor het nie.

*Irene het nog nie by die huis uitgekom nie. Valk soek haar
nou. Laat weet asb. as sy dalk met jou kontak maak.*

Ayla tik vinnig. *Skuus. Sien nou eers boodskap. Irene al tuis?*

Jojo se antwoord kom byna dadelik. *Nog nie. Valk is rasend.
Op pad hierheen. Wil alles weet van wat ons aangevang het om
'n plan van aksie te probeer bedink.*

Nog 'n SMS volg net toe Ayla klaar gelees het. *Sal met die
hele mandjie patats vorendag moet kom. Self bekommerd oor
Irene. Sy was ontsteld, maar dis nie hoe sy is nie.*

Ayla dink 'n oomblik na voor sy antwoord. *Niks van haar*

gehoor vandat ek haar laas by jou gesien het nie, maar sy was glo by Strach. Hy het nou net gebel. Ek gaan na hom toe om indentasiekwessie uit te praat. Hy het by Irene daarvan uitgevind. Hou my op hoogte asb. Sal probeer uitvind of hy dalk weet waarheen sy gegaan het nadat sy by hom weg is.

Sy druk haar selfoon in haar briewetas, kry haar motorsleutels en sluit die deur agter haar.

Nog 'n SMS kom deur, hoor sy vanuit die dieptes van haar briewetas. Sy sal kyk wanneer sy in die kar is.

Jojo

Valk se oë is bloedbelope toe sy die deur vir hom oopmaak. Die sakkies wat daaronder bult, lyk soos kneusplekke. Dis duidelik dat hy nie 'n oög toegemaak het nie.

"Die goeie nuus," sê hy in 'n moeë stem, "is dat sy nêrens in 'n hospitaal opgeneem is nie, nie gearresteer is en ook nie in 'n ongeluk betrokke was binne 'n radius van twee honderd kilometer nie. Die slegte nuus is niemand weet waar sy kan wees nie."

"Ek het nou net by Ayla gehoor Irene was by Strach ná sy hier weg is. Ayla is op pad na hom toe en sal probeer uitvind of hy weet waarheen sy daarna is."

"Fok!" Valk ruk sy foon uit en stap buitetoe terwyl hy bel.

Die ketel kook nog nie eens toe Valk weer binnekom nie. "Sy het hom glo van allerhande goed beskuldig en is in 'n toestand daar weg. Serfontein weet nie waarheen nie. Jy sal moet praat, Jojo, en ek wil alles weet sodat ek kan probeer agterkom wat in haar kop aangaan. Begin by die heel begin."

Jojo maak vir hulle koffie terwyl sy praat. Sy begin met Irene se afspraak by Ayla en werk sistematies deur die res. Sy vertel hom van Diana se brief en gee vir hom 'n afskrif. Sy gee kortliks weer wat sy weet van IPIN, van Ayla en Nimue, van wat IPIN se buurmense te sê gehad het. Van Strach en ook wat Ayla sedert haar ontleding uitgevind het. Valk onderbreek haar net af en toe met 'n vraag.

"Dit is die kort weergawe," sluit sy uiteindelik af. "Ek het ná jou oproep 'n opsomming gemaak en het ook alle relevante dokumente, onder meer my verslae aan Irene, bymekaargesit. Ek kan dit vir jou e-pos of druk. Nes jy wil."

"Beide, asseblief." Klink asof hy klem-in-die-kaak het. "Fok, Jojo. Hoe kon julle dit alles stilgehou het? My nie gesê het nie?"

Jojo antwoord nie, gaan sit net by haar skootrekenaar, maak die lêer oop wat sy vir Valk geskep het, stuur die dokumente na sy e-posadres en begin dit daarna druk.

"Alles draai dus eintlik om Diana en dié Nimue-vriendin van haar," praat Valk bo-oor die gehakkel van die drukker. "Julle het inligting verswyg wat moontlik van kardinale belang in 'n moordsaak kan wees, omdat Irene en Ayla bekommerd was oor hoe dit hulle susters sou raak. Fokkit, Jojo. Veral jy, wat nie emosioneel betrokke is nie, moes van beter geweet het. Veel beter."

"Ek weet, maar Irene het gistermiddag gesê sy gaan jou alles vertel. Hoekom sy na Strach toe is, weet geen mens nie. Miskien wou sy uitvind of hy iets van IPIN weet voor sy jou trotseer. Sy was doodsbenoud, oortuig jy gaan haar nooit vergewe nie en sal van haar wil skei. Ek dink jy onderskat Irene se gevoelens vir jou. Ook haar skuldgevoelens jeens Diana. En ek dink Irene het veel vroeër al besef sy het drooggemaak, maar het nie die moed gehad om dit teenoor jou te erken nie. Ek is verbied om enigiets vir enigiemand te sê, maar ja, ek moes van beter geweet het."

"Ek weet van Irene se skuldgevoelens oor Diana. Ek is saam met haar deur krisis na krisis terwyl Irene na haar gesoek het. Dis eers toe ons in Birkenshire kom bly het dat sy vrede gemaak het." Hy skud sy kop. "Hoe kan 'n mens se eie vrou vir jou bang wees? Natuurlik is ek die bliksem in en met rede, maar haar daaroor skei? Dit het nooit eens by my opgekom nie. Ek verwyt eerder myself. Ek ken mos vir Irene. Ek moes haar deel van die ondersoek gemaak het en haar só onder my duim gehou het. Ek is net so skuldig soos ..."

Valk gryp na sy foon toe dié begin lui. "Ja, Kaptein?"

Hy het skaars begin luister of sy oë gaan toe en hy laat rus sy voorkop in sy hand.

Whale Haven
Ayla

Strach lyk nog groter as wat sy hom onthou toe hy die deur vir haar oopmaak. "Uiteindelik. Ek het gedink jy kom nie meer nie. Veral nadat Valk gebel het."

"Hy het?"

"Ja, hy het my gesê van Irene wat soek is en ek het hom vertel wat ek weet."

"Ek het stadig gery, 'n paar draaie ook, en eers my gedagtes probeer agtermekaar kry," erken sy. Jojo se laaste SMS wat haar maan om versigtig te wees vir Strach het haar van voor af laat twyfel of sy die regte ding doen, maar sy het besef sy moet maar net die bul by die horings pak.

"Kom binne." Hy staan terug sodat sy kan verbykom.

In die woonkamer gaan staan sy verdwaas. Sy het afgelei dat die huise op die seefront van die kompleks 'n mooi uitsig moet hê, maar sy het nie gedink 'n uitsig soos hierdie een is moontlik nie. Dit lyk behoorlik of die branders enige oomblik oor die stoepmuur kan slaan.

Ayla kyk hom vraend aan toe hy 'n stel sleutels met die afstandbeheerder na haar toe uithou.

"Dis my spaarsleutels. Die rooie is die paniekknoppie. Dit neem glo ongeveer agt minute om iemand te verwurg. Ons sekuriteit hier op die perseel is egter uitstekend. Dit neem hulle vier minute om hier in te bars. Jy behoort dus te oorleef solank jy die knoppie druk." Die plooitjies om sy oë verdiep. "En ek het my eie stel, dus is ek ook relatief veilig."

Ayla kan nie help om suurderig terug te glimlag nie. "Jy het 'n vreemde sin vir humor."

Hy raak weer ernstig "En 'n kriminele rekord waarvan jy glo bewus is. Ek neem jou nie kwalik dat jy ongemaklik voel om alleen saam met my in my huis te wees nie. En glo my, gisteraand sou ek jou kon verwurg. By wyse van spreke." Hy sit die sleutels op sy eetkamertafel neer toe sy dit nie by hom neem nie en trek vir haar 'n stoel uit. "Ons kan sommer hier sit."

"Jy het 'n pragtige huis," sê sy toe sy gaan sit.

"Dit was nie so pragtig toe 'n fratsbrander 'n paar jaar gelede hier binnegebars het nie. Uitsig kom teen 'n prys. Soos alles in die lewe. Ek gaan vars koffie maak. Het jy jou tee gebring?"

Sy skud haar kop. "Maar ek dink ek het kafeïen nodig. Ek sal saam met jou koffie drink."

"Bravo!" Hy stap na die oopplankombuis en raak bedrywig met 'n koffiemaker en bekers.

"Jy lyk in 'n redelike goeie luim vir iemand wat eintlik vir my kwaad is."

"Een kyk in daardie blou oë en hoe kan ek kwaad bly?" Hy loer oor sy skouer. "Maar moenie 'n fout maak nie, ek voel steeds veronreg en ek wil steeds weet wat de hel nou eintlik aan die gang is. Net omdat ek nie meer heeltemal so moorddadig voel nie, beteken nie dat ek nie antwoorde soek nie en ek kan nie waarborg dat daardie antwoorde my nie van voor af bemoerd gaan maak nie."

"Kan ek jou badkamer gebruik?" Sy moet eers haar ekwilibrium terugkry.

"Links in die gang af." Hy beduie na 'n deur 'n entjie van 'n reusekaggel af.

In die gastebadkamer haal Ayla 'n paar maal diep asem. Wat is dit met die man? Hy weet immers nou wie en wat sy is. Sy was gereed vir iemand wat woedend is. Iemand wat haar en haar herkoms gaan kleineer. Wat haar gaan beskuldig dat sy weer eens onprofessioneel opgetree het. Onwettig 'n dokument forensies getoets en boonop sy huweliksake aan ander uitgelap het.

Sy kyk haarself in die oë in die spieël bokant die wasbak. "Hou net kop. En moenie toelaat dat hy jou soos 'n viool speel nie," prewel sy. Hy het dit immers al vantevore reggekry.

Bientangsbaai
Jojo

"Die kaptein kan nie verder help met die soektog na Irene nie," sê Valk toe hy uiteindelik terugkom van die agtertuin waarheen hy gestap het terwyl hy oor die foon gepraat het. Hy vee moeg oor sy oë en toe oor sy ken. Hy het nie vanoggend geskeer nie, sien sy. "Daar was 'n plaasmoord en hulle kan nie mense spaar nie."

"'n Plaasmoord? Hier?"

Valk knik. "Ek kan dit ook nie glo nie. Dis die eerste in die omgewing."

"Waar het dit gebeur?"

"Êrens in die Akkedisberge. 'n Man het bekommerd geraak nadat sy drinkebroer nie gistermiddag vir hulle weeklikse kroegkuier opgedaag het nie en hy nie die man of sy vrou in die hande kon kry nie. Hy het vanoggend op die man en vrou se lyke afgekom."

Dit voel vir Jojo of haar hart vergeet het om te klop. "Wie was die vriend en wie was die slagoffers? Hoe is hulle vermoor?"

"Ek weet nie, Jojo. Dis 'n verskriklike ding wat gebeur het, maar Irene is nou my prioriteit."

"Bel die kaptein nou dadelik en vind uit, Valk. Moenie vra hoekom nie, bel net." Die Akkedisberge beslaan 'n groot stuk aarde. Hopelik is sy verkeerd.

Valk frons, maar hy moes agtergekom het sy is ernstig. Hy gehoorsaam met 'n sug en stap op die stoep uit terwyl hy wag dat die kaptein antwoord.

Jojo bly staan asof sy in sement gegiet is.

"En?" vra sy toe hy terugkom.

"Die vriend is 'n ene Kallie Bekker van Baardskeerdersbos. Die slagoffers is Gert en Rita Bonthuys. Hulle is vermoedelik dood aan steekwonde."

Drie en twintig

Whale Haven
Ayla

"Waarom het jy my nie ten minste gevra hoe ek dink dit kon gebeur het dat Kimberley se brief en my beskrywing op dieselfde skryfblok geskryf is nie?" Strach se gesig is ontdaan van enige teken van die relatiewe gemoedelikheid waarmee hy haar ontvang het.

Ayla laat sak net haar oë.

"Omdat jy dink ek het iets daarmee te doen dat Kimberley onopspoorbaar is sedert sy daardie brief geskryf het." Dis 'n stelling, nie 'n vraag nie. "Dis ook hoekom jy gedink het jy kan maar my huweliksprobleme aan ander uitblaker."

"Hét jy 'n teorie oor die skryfblok?" ignoreer sy die beskuldiging.

"Toevallig, ja. Dit het my 'n rukkie geneem om by die antwoord uit te kom, maar net tot ek onthou het Kimberley het nooit haar sleutels, sekuriteitskaart vir die hek en die remote vir die alarm en motorhuisdeur teruggegee nie."

"En jy het nie die slotte of alarmkode ná die egskeiding verander nie?"

"Nee, hoekom sou ek? Sover ek weet, is sy terug Amerika toe. En daar was geen rede waarom sy weer hierheen sou wou kom nie. Ons het niks meer vir mekaar te sê gehad nie en hier was niks meer van haar nie. Die plek was feitlik leeg nadat sy hier uitgetrek het. Ek moes 'n binnehuisversierder inkry om dit net weer vir my leefbaar te maak aangesien ek nie tyd gehad het vir meubels en goed koop nie. Sy is selfs met die beddens weg."

"En jy het gedink sy het dit alles saam met haar Amerika toe gevat?"

"Nee. Sy het dit in die meenthuis gebruik en gesê sy gaan dit aan haar vriendin skenk wanneer sy daar uittrek. Sy het gerieflikheidshalwe vergeet dat ek daarvoor betaal het, maar dis ná die huwelik aangekoop, dus kan sy dit seker as hare beskou."

Hy sit met 'n sug terug. "Maar my skikkingsake tersyde, die vraag is nou, ná die uitslag van die indentasietoets, waarom sy hierheen sou kom om 'n briefie vir my te skryf en by sekuriteit te laat? Buitendien, as Shelley my werklik wou sien, kon Kimberley haar mos hierheen gebring het. Waarom my vra om haar op die strand te ontmoet as sy hier toegang het? En toe daag sy boonop nie op nie. Dit verstaan ek glad nie."

"Enige rede waarom jy die skryfblok so min gebruik? Kimberley se brief was immers al in Mei daarop geskryf."

"Die ding moet al wie weet hoe lank in my lessenaarlaai lê. Ek kan nie eens onthou dat ek dit gekoop het nie. Ek doen feitlik alles op die rekenaar of gebruik ou drukstukke se agterkante vir notas. Gewoonlik skryf ek my lysies vir my huishoudster wat my aankope ook doen sommer op die swartbord." Hy beduie na een wat met magnete teen die yskasdeur vassit. "Maar op 'n dag was daar 'n langerige lys. Ek het na iets gesoek om op te skryf en toe op die skryfblok afgekom. En toe Valk my gevra het om die beskrywing met die hand uit te skryf het ek van die blok onthou."

Hy kon besef het die lys sal ook op die ESDA-resultaat wys en het genoeg tyd sedert gisteraand gehad om 'n storie te fabriseer.

"Het Irene dalk gesê waarheen sy gaan toe sy hier by jou

weg is?" Hopelik betrap sy hom onkant met die koersverandering.

"Nee. Dit het ek reeds vir Valk gesê. Ek weet net sy was baie ontsteld."

"Enigiets spesifieks?"

Hy kyk weg, see se kant toe. "Ek was nie baie aangenaam met haar nie." Hy kyk weer terug na haar toe. "Ek het my bloedig vererg toe sy beweer het ek is self lid van 'n groep gekkes wat aan UFO's glo. IPIN, of so iets. Soos jy weet, is UFO's 'n teer punt by my.

"Toe ek dit ontken en sy my nie wou glo nie, net bly aandring het ek moet Kimberley laat weet Diana moet Irene kontak, het ek my humeur verloor. Ek het gesê dis idiote soos haar suster wat Kimberley finaal die kluts laat kwytraak het en ek is die een wat met die gebakte pere en 'n moerse duur egskeiding moes sit. Dat dit mense soos haar suster is wat 'n arme meisiekind laat glo sy is 'n Crystal child terwyl sy eintlik leerprobleme het, waarskynlik sit met aandagafleibaarheidsindroom.

"En ek het gesê as ek sy was, sou ek ook wou sorg dat ek my suster daar uitkry voor die hele ding in almal se gesigte opblaas soos wat met die Heaven's Gate-groep gebeur het, maar ek kan haar nie help nie. Sy wou weet wat Heaven's Gate is en ek het gesê sy moet maar self gaan google. Sy het dit sommer op haar selfoon gedoen en dis toe dat sy in 'n toestand hier uit is."

Heaven's Gate. Ayla ril heimlik. 'n UFO-groep wat geglo het hulle kan die volgende vlak van menslike evolusie bereik en dat hulle siele deur 'n ruimtetuig wat agter die Hale-Bob-komeet verskuil was, opgeneem sou word na 'n utopiese bestaan. Om hierdie nuwe evolusionêre vlak te bereik moes hulle ontslae raak van die aardse "voertuig" waarin hulle siele gehuisves is. Nege en dertig lede het om dié rede op baie geordende wyse massaselfmoord gepleeg.

"Ayla, ek weet dit was gemeen, maar as ek nog een keer die woord 'moederskip' moet hoor, skree ek en hou nie weer op voor een my kom haal nie."

Ayla grinnik. "Jy gaan lank skree."

Hy woel met sy vingers deur sy hare en kyk haar effens desperaat aan. "Sê asseblief vir my jy glo nie in UFO's nie. En dat jy ook nie glo jy is regtig 'n donnerse alien se kind nie."

"Ek weet nie van UFO's nie. Ek kan nie sê ek is doodseker die aarde word nie besoek deur wesens uit die buitenste ruim nie. As dit wel so is, wil ek egter niks daarvan weet nie. En as ek nooit weer die woorde UFO of vlieënde piering hoef te hoor nie, sal dit my hart baie bly maak.

"Maar ja, ek glo regtig nie ek is 'n alien se kind nie. Ek dink my pa was Johan Hurter, die man met wie my ma vermoedelik 'n verhouding gehad het selfs voor hulle kortstondig getroud was, maar dit kan ook iemand anders wees. My ma het nie kuis geleef nie."

"Dis 'n verligting."

Ayla skud haar kop. "Diplomasie is regtig iets waaraan jy kan werk. Ek sou eerder wou weet wie my pa werklik is."

"Jy weet wat ek bedoel. En agterdog is nou weer iets waaraan jy kan werk."

"Soos?"

"As ek dit nie mis het nie, dink jy ek het iets met Irene se verdwyning te doen. Onder meer."

"Ek weet nie meer wat om te dink nie, Strach. Jy maak my kop deurmekaar." Dit glip net uit. Maar dis waar. Al haar nare vermoedens klink nou ongegrond.

Hy glimlag halfhartig. "En jy maak myne deurmekaar." Die glimlag verdwyn te skielik.

"Wat is dit?"

"Miskien het ek. Iets met haar verdwyning te maak, bedoel ek. Onbedoeld, natuurlik. Ek en my groot bek. Die verwysing na Heaven's Gate."

Ayla se hart slaan 'n slag oor. "Dink jy sy het Diana gaan soek?" Nee, dit kan nie wees nie. Irene sou tog sekerlik nie in die donker die Akkedisberge ingery het en op haar eie by die IPIN-eiendom probeer inkom nie, sou sy?

Haar hande begin onbedaarlik bewe toe sy haar selfoon uitgrawe. Sy kry skaars Jojo se nommer gedruk.

"Jojo, het julle Irene al opgespoor?" Sy knyp haar oë toe. Asseblief, laat Jojo net ja sê.

"Nee, en ons is mal van bekommernis. En boonop is die Bonthuyse, IPIN se bure by wie ek gister nog was, vermoor in 'n voorval wat lyk soos 'n plaasmoord."

"Wát?" Ayla voel asof sy nie kan asem kry nie. "Waar is Valk?"

"Hy is nog hier. By die kothuis. Ons probeer nog goed uitfigure."

"Jojo, die moontlikheid bestaan dat Irene gisteraand in haar ontsteltenis IPIN toe gery het om vir Diana daar te probeer uitkry."

Sy hoor hoe Jojo haar asem skerp intrek.

"Ek is op pad na julle toe en ek bring Strach saam. Hy sal beter kan verduidelik. Sien julle so oor 'n kwartier."

Strach protesteer nie toe sy na hom kyk nie.

"My kar is vinniger, los die Etios hier," is al wat hy sê.

Bientangsbaai
Jojo

"Hulle is op pad," sluit sy af nadat sy Ayla se boodskap aan Valk oorgedra het.

Valk se kake bult wit onder sy sout-en-peper-baardstoppels. Dis duidelik dat hy net met die grootste moeite kalm bly. "Dan wag ons tot hulle hier is voor ons paniekerig raak."

Jojo knik ingedagte. "Strach was 'n hele ruk gelede by die Bonthuyse om te hoor of hulle nie iets eienaardigs in die omgewing gesien het nie. En hy het probeer om by IPIN in te kom. Dis nou nadat Tiaan Nel, sy peetkind, se liggaam gevind is."

"Sy wat?"

Jojo onderdruk 'n sug en vertel hom van die Facebookblad. Sy besef nou eers hoe baie dinge daar is waarvan Valk nie weet nie. "Ek het aanvaar jy weet omdat jy oor die verdwynings ingelig is."

"Ons het nog nie werklik aandag daaraan geskenk nie. En ek

gaan liewer nie vra hoe jy weet van die verdwynings nie. Ek kan in elk geval raai. Waar dink jy het Serfontein daaraan gekom dat Tiaan met 'n blonde vrou gepraat het voor sy verdwyning?"

Jojo haal haar skouers op. "Weet nie, maar ons dink van die verdwynings het iets met IPIN te doen. Veral Susan en Soekie Hough en Jimmy Andersson s'n." Sy gaan sit weer die ketel aan voor sy verder verduidelik.

"En julle dink die meisiekind wat die briefie om die klip gevou het, is Soekie se dogter bloot omdat sy moontlik in 1994 gebore is? Liewe fok, Jojo, julle maak die grofste aannames sonder 'n flenter bewyse. En daardie uiteensetting van die briefie waarby jy en Ayla uitgekom het ..." Hy skud sy kop. "Dis alles raaiskote. En om by Antonie de Wet uit te kom op grond van wat daar staan, is totaal en al vergesog."

"Wel, iemand moes haar verwagtend gemaak het. En dit op 'n plek waar kastig net vroue bly."

"Dit kon op 'n honderd ander maniere gebeur het!"

Jojo hoor hom skaars. "Noudat ek daaraan dink, Soekie het verwag. Sterretjie het verwag. Kimberley het 'n dogter. Ek kan nog verstaan dat die vroue stilweg hulle gang gaan, maar wat word van die kinders? Sterretjie, byvoorbeeld, wat vermoedelik daar grootgeword het. Sy kan nie skryf nie. Sy is moontlik nooit skool toe nie." Jojo probeer haar gedagtes bymekaar hou. Iets wil-wil tot haar deurdring, maar sy kry dit nie vasgevat nie.

"Wat maak dit saak, Jojo? Hulle home-school hulle seker en jy het gesê die meisiekind is nie lekker nie. Dis waarskynlik waarom sy nie kan skryf nie."

"Ek weet jy dink ons interpretasie van die briefie is twak, maar sê nou dit is nie? Sterretjie het gesê sy wil die baba behou. Hoekom sê sy dit? Dit kan net beteken sy was bang die baba word van haar weggeneem. Hoekom?"

"Omdat sy verstandelik stadig is? Dalk 'n gevaar vir haar baba kan inhou of die kind nie sal kan versorg nie? Liewe bliksem, Jojo, ek het regtig nie nou die krag om oor sulke bog te spekuleer nie. Irene en die plaasmoord is waarop ons moet konsentreer en bid dat die twee nie met mekaar verband hou nie."

"Julle moet by daardie IPIN-plek inkom, Valk. Dit behoort jou eerste prioriteit te wees. Dis waar die antwoorde lê."

"Dis Sondag, ons sal nie 'n lasbrief kan kry voor môre nie, en dit ook net as ons baie gelukkig is. En op grond waarvan? Al julle spekulasies?"

"IPIN grens aan die plaas waar die plaasmoord gepleeg is. Julle sal sekerlik alle bure moet ondervra?"

"Natuurlik, maar al laat hulle ons op hulle eiendom toe, mag ons nie sommer net die plek deurkyk nie."

"Al is dit dalk waarheen Irene is? Al is sy dalk nou hulle gevangene daar?"

Jojo voel soos 'n luis toe sy sien hoe trane in Valk se oë opwel. Sy het Valk nog nooit sien tranerig raak nie. "Jammer, Valk."

Hy skud sy kop, draai weg en vee met sy hande oor sy gesig voor hy weer na haar kyk. "Die Irene wat ek ken, sal haar nie sommer laat gevange hou nie. Ongelukkig ken ek nie die Irene van die afgelope tyd nie." Hy skud weer sy kop. "Jy is reg. Ons moet toegang kry."

"Ek kan jou daarheen neem, ek weet presies ..."

"Is jy van jou verstand af? Met 'ons' bedoel ek die polisie. Speurders. En die kanse is selfs skraal dat hulle mý sal toelaat om saam te gaan." Hy haal sy selfoon uit sy hemp se sak en druk 'n knoppie. "Kaptein, dis Valk. Ek ..." Hy word klaarblyklik in die rede geval. Hy kyk na die voordeur se kant toe daar aangeklop word en stap by die agterdeur uit.

Ayla se gesig spreek van kommer. Langs haar staan 'n groot, aantreklike man in sy veertigs. Die soort man oor wie enige warmbloedige vrou sal swymel. Die gevaarlike soort wat 'n vrou kan laat kop verloor.

"Hallo, Jojo. Dis Strach."

Jojo knik en skud die hand wat uitgesteek word. "Kom binne. Valk het net gou 'n oproep gaan maak. Hy sal nou hier wees."

Die kothuis voel ineens beknop. Jojo kyk by die agterdeur uit. Valk het tot in die hoek van die tuin geloop. "Kom ons gaan sit buite. Iets om te drink?"

Strach lyk verlig. "Koffie sal lekker wees, dankie." Hy stap buitetoe.

"Groentee?" Sy kyk na Ayla.

Ayla knik. "Dankie. Kan ek help met iets?"

Jojo skud haar kop. "Lyk my julle het ten minste die indentasieding uitgesorteer?"

"Soort van. En die feit dat Irene aan hom uitgeblaker het ek is jy-weet-wie se kind. Hy voel baie sleg oor Irene. En ek voel sleg dat ek julle vertel het van Kimberley."

Jojo luister met groeiende kommer terwyl Ayla haar gesprek met Strach opsom.

"Op pad hierheen het hy gesê hy verwyt homself dat hy nie seker gemaak het Kimberley is wel terug Amerika toe en dat Shelley oukei is nie. Hy het eintlik sy frustrasie met homself op Irene uitgehaal toe hy besef in watse nes Shelley haar besmoontlik bevind en nou verwyt hy hom oor Irene ook."

Dis baie verwyte vir een man.

"Hy het ook gesê hy het geleer om sy humeur in toom te hou, frustrasies op 'n positiewe manier te verwerk, maar hy kan dit steeds nie verduur dat onskuldige mense, of mense wat nie van beter weet nie, te na gekom word nie. Soms kook hy nog oor."

Onskuldige mense? Besef Ayla nie dit klink bleddie baie soos Diana se verwysing na Onskuldiges nie? "Het hy vir jou gesê hy het destyds sy klasmaat aangerand?"

"Nee, net dat hy 'n kriminele rekord het."

"Nou toe, dra vir my die skinkbord buitetoe." Jojo gee die sware ding vir Ayla aan en stap vooruit. Strach is dalk werklik 'n komplekse man met baie deernis, maar sy kan nie help om te wonder hoeveel van die dinge wat hy Ayla vertel het waar is, hoeveel hy verdraai het, en hoeveel hy steeds verswyg nie.

Ayla

Jojo lyk maar bra skepties oor Strach, dit kan Ayla nie miskyk nie. Ook nie die stroewe uitdrukking op Valk se gesig toe sy buite kom en Strach die skinkbord by haar neem nie.

"Wat sê die kaptein?" vra Jojo.

Valk skud net sy kop en skink vir hom melk in sy koffie. Sy liggaamshouding laat haar dink hy tree net met die grootste moeite normaal op.

"Ek is jammer ek het Irene gisteraand onsimpatiek behandel." Strach se oë is op Valk gerig. "As daar enigiets is wat ek kan doen om te vergoed, sê asseblief net."

Strach moes Valk reeds ingelig het wat tussen hom en Irene gesê is terwyl sy en Jojo binne was.

Valk sit sy beker weer neer en vou sy arms. "Jy kan vir my sê waar jy gister deur die dag tussen elf en halfses was en toe weer die aand tussen sewe en nege."

"Ekskuus?" Strach kyk hom verdwaas aan.

"Jy het gehoor wat ek vra. Volgens die sekuriteit by Whale Haven is jy ongeveer elfuur daar uit en het halfses teruggekom. Irene het kort daarna opgedaag en is twintig oor ses weer daar uit. Seweuur is jy weer deur die hek en jy het net ná nege teruggekeer."

Strach vou ook sy arms. 'n Spiertjie klop langs sy oog. "Ek was die middag by my praktyk om onder meer agterstallige liasseerwerk in te haal. My ontvangsdame gaan deur 'n moeilike egskeiding en kom nie op die oomblik by alles uit nie. Daarna is ek huis toe. Ek het 'n bier op my stoep gedrink toe Irene daar aankom. Ons het ons uitval gehad en sy is daar weg. Ek het gaan stort en is dorp toe om iets te ete te kry. Ek was nie lus om self kos te maak nie en wou ook net 'n bietjie uitkom ná die onstuimige gesprek. As die hekwag sê ek was negeuur weer terug, dan is dit hoe dit was. Ek weet nie."

"Kan iemand bevestig jy was die hele middag by jou praktyk?"

"Daar was niemand anders daar nie as dit is wat jy bedoel, maar ek neem aan die alarmmense sal kan sê wanneer ek die alarm aan- en afgeskakel het met die ingaan en uitkom."

"En waar het jy die aand gaan eet?"

"Ek het twee paais en 'n halwe liter melk gekoop. 'n Ou gewoonte uit my studentedae. Ek het langs die see gaan sit om dit te eet."

"Waar langs die see?"

"Op die uitkykpunt naby die ou hawe."

"Met 'n kredietkaart betaal?"

"Nee, kontant."

"Het jy nog die strokie vir jou aankope?"

"Nee. Ek hou nie strokies vir sulke klein bedrae nie. Mag ek nou weet wat aangaan?"

"Kom ons sê maar net dis vir my vreemd dat jy ons nie ingelig het jy beoefen boogskiet as sport nie."

Strach se blik flits na Ayla toe. Sy skud haar kop verdwaas.

"Wat op aarde het dit te doen met waar ek gister was? Buitendien, ek het jare terug laas booggeskiet nie. Hoekom sal ek dit noem?"

"Dalk omdat Frederik Malan met 'n pyl en boog doodgeskiet is en jy in dieselfde tydsbestek naby die plek was waar dit gebeur het? 'n Verklaring afgelê het en dit ook nie daarin genoem het nie?"

"Ek het nie besef dis relevant nie." Valk moet kan sien hy lyk effens ongemaklik.

"Wel, gesien in die lig van die terugvoer wat ons van Spink Wooden Bows in Arkansas gekry het, 'n firma wat baie noukeurig rekord hou van waarheen hulle eksklusiewe produkte gestuur word, dink ons dis uiters relevant."

Strach skud sy kop. "Ek verstaan nie. Kimberley het vir my 'n handgemaakte boog en pyle van die VSA af bestel en vir my vir my verjaardag gegee nog voor ons getroud is, maar dit was tien jaar gelede. Sy het nie besef dat ek as gevolg van my studie en werksdruk net eenvoudig nie meer tyd sou hê vir boogskiet nie. Ek twyfel of ek daardie spesifieke boog meer as twee keer gebruik het."

"Was jy 'n goeie boogskutter?"

"Toe ek nog gereeld geoefen het, ja, maar nie uitsonderlik goed nie."

"Teiken of jag?"

"Aanvanklik net teiken, later field archery. 'n Mens kan dit seker sien as nagemaakte jag. En net met 'n gewone boog, nie kruisboë nie."

"Is jy nog in besit van die boog en pyle?"

"Dit moet êrens in my motorhuis wees. Weggepak. Die boks is waarskynlik nog nooit oopgemaak vandat ek vyf jaar gelede van Stellenbosch af Bientangsbaai toe getrek het nie."

Ayla kom agter sy vergeet om asem te haal.

"Waarom het jy dit gehou as jy toe al nie meer booggeskiet het nie?"

"Dit was baie duur. Dit was 'n geskenk van my vrou. Dis 'n besonder mooi boog. Miskien het ek gedink ek sal eendag weer meer tyd hê. Ek weet nie."

"Kan ons nou na jou huis toe ry sodat jy die boog en pyle vir my kan wys?"

"Ons kan, maar jy mors jou tyd."

"Daaroor sal ek besluit."

"Valk, wat gaan aan? Ons probeer Irene opspoor," verbreek Jojo die gespanne stilte.

"Irene is gevind. Op die Bonthuyse se perseel 'n hele ent van die huis af. Sy is tans in die teater waar hulle haar lewe probeer red nadat sy met 'n pyl geskiet en toe net daar vir dood gelos is. Dis 'n wonderwerk dat sy nie doodgebloei of in 'n skoktoestand verval het nie. Die steekwonde waaraan die Bonthuyse dood is, is vermoedelik ook nie deur 'n mes gemaak nie, maar deur pyle wat daarna verwyder is. Daaroor sal die outopsie egter eers vir ons kan uitsluitsel gee."

Die stilte wat op sy woorde volg, is dawerend.

"Liewe fok!" Strach spring met soveel geweld op dat die stoel omkantel.

Valk beweeg so vinnig dat Ayla eers sien hy het 'n pistool onder sy baadjie uitgepluk toe hy dit op Strach rig. "Staan doodstil!"

"Ek gaan nêrens heen nie!" Strach lig sy hande skouerhoogte. "Ek kan net nie sit en luister hierna nie. Ek sal in my lewe nie iemand kan doodmaak nie. En jy insinueer dis ek wat Irene geskiet het. En die Bonthuyse. Dis malligheid."

"En die regter?"

"Nee!"

Dit voel vir Ayla asof sy van ver af neerkyk op die scenario wat voor haar afspeel.

"Dan moet jy bid jou boog en pyle is nog in daardie fokken Stellenbosch-boks van jou, Serfontein, en dat ons nie die Bonthuyse se DNS daarop kry nie." Die woorde kom deur geklemde kake.

Strach haal diep asem, blaas dit langsaam uit en laat sak sy hande stadig. "Sit asseblief daardie pistool weg. Ek het uit ontsteltenis opgespring toe dit tot my deurdring wat jy insinueer. Jammer ek het jou laat skrik."

Valk laat sak die pistool, maar haal nie sy oë van Strach af nie. "Nou goed. En nou gaan jy in jou kar klim en ek gaan jou in myne na jou huis toe volg. Jy gaan só ry dat jy my heeltyd in jou truspieël kan sien. Is dit duidelik?"

Strach knik.

"Jojo, jy vat Irene se viertrek en gaan Mediclinic toe. Jy gaan vir my uitvind hoe dit met Irene gaan, maak nie saak hoe lank dit vat nie. En jy laat weet my sodra daar nuus is."

"Oukei," kwaak Jojo, haar oë koeëlrond.

"Ayla, jy gaan na jou gastehuis toe en bly daar."

"My motor is by Strach se huis."

"Jojo kan jou by die gastehuis gaan aflaai."

Ayla skud haar kop. "Dan het ek nie vervoer nie. Ek sal saam met Strach ry."

Strach vee met 'n moeë gebaar oor sy voorkop. "Ayla, ry liewer saam met Valk."

"Nee."

Valk kyk takserend van haar na Strach en weer terug voor hy knik. "Kan ons verdomp net aan die gang kom?"

Vier en twintig

"Jy maak 'n fout om jou so blindelings by my te skaar, Ayla."
Strach skakel die enjin aan en draai die motor se neus in die regte rigting voor hy in die truspieël kyk om vir Valk te wag.

"Ek het iemand wat ek vroeër as my beste vriend beskou het amper in 'n koma in geslaan. Daardie swart merk sal altyd agter my naam staan. Dis hoekom Valk my verdink." Hy trek egalig weg, sy oë kort-kort in die truspieël.

"Waarom het jy jou vriend geslaan?"

"Ek was moeg vir bliksemse boelies."

"Was jy 'n slagoffer van boelies?"

"Nee, ek was self een." Hy skakel die flikkerlig aan en draai regs. "Al was dit by verstek."

"Hoe so?"

"Ek en my krieketbuddy was van graad tien af saam in die eerste span. Wanneer ons saam 'n kolfbeurt geopen het, was die wedstryd byna sonder uitsondering ons s'n.

"Die sukses het na ons albei se koppe toe gegaan, maar ek

het langsamerhand agtergekom hy is nie net vol van homself nie, hy het in 'n boelie ontaard.

"In die begin het ek meegedoen aan die geboelie, al was dit meesal net deur stil te bly. Ek het nie geweet wat anders om te doen nie. Selfs nie toe hy met meisies ook begin mors het nie." Hy draai by die hoofstraat in en ry stadig met sy oë op die truspieël voor hy weer vinniger ry.

"Ek het al hoe minder van sy houding gehou, maar van ons twee was hy die sterkste speler. Ek kon nie bekostig dat ons tweemanskap op sportgebied verdeeld raak nie.

"In ons matriekjaar was daar 'n outjie in ons registerklas op wie hy veral gepik het. Aanhoudend. Die outjie was vrek slim, maar nogal verfynd. Almal het vermoed hy is gay.

"Die laaste dag van die matriekeksamen het my pel hom weer 'n klomp vernederende goed toegevoeg. Daardie aand het die outjie 'n spul pille gedrink.

"Ek het my krieketpel gaan inklim oor sy aandeel. Hy het my uitgelag, gevra of ek ook gay is en 'n klomp vieslike uitlatings gemaak. Vir die eerste keer was ek aan die verkeerde kant van 'n boelie en het besef hoe magteloos mens teenoor sulke varke staan. Dis toe dat ek hom gemoer het. So erg dat hy in die hospitaal beland het. Dieselfde een as waarin die gay outjie was ná sy selfmoordpoging. Gelukkig het dié reggekom en nie fisieke gevolge oorgehou nie. My gewese pel het ook reggekom, maar hy was heelwat langer in die hospitaal as die gay outjie.

"Later het ek besef ek het die woede wat ek jeens myself gevoel het omdat ek toegelaat het dat hy op die gay outjie pik, op hom uitgehaal.

"Ek is aangekla van aanranding, het skuldig gepleit en provokasie ter versagting aangevoer. Ek het 'n opgeskorte vonnis gekry op voorwaarde dat ek verpligte berading, spesifiek oor woedebeheer, ondergaan. Ek het nie 'n enkele vriend oorgehad nie. Meisies het my vermy. My pa het my 'n barbaar genoem en my uit die huis geskop. Hy het my studiegeld betaal, maar verder moes ek sien kom klaar. En toe kom die gay outjie hier in die middel van ons eerste jaar na my toe en nooi my om 'n bier saam met hom te gaan drink.

"Ons het nie dik pelle geraak nie, daarvoor was ons net te verskillend, maar daar het 'n spesiale vriendskap tussen ons ontstaan. Ons e-pos mekaar nou nog so dan en wan. Hy het nou twee doktorsgrade in goed wat ek nie eens kan uitspreek nie en werk in die VSA vir 'n megamaatskappy."

"En die krieketpel?"

"In sy tweede jaar opgeskop en polisse begin verkoop. Ryk geraak daaruit, moet ek bysê. Hy is 'n ruk terug met sy derde vrou getroud. Hy het 'n seun uit sy eerste huwelik. Dié het op sy mondigwording uit die kas geklim. Seker poetic justice, maar ek kry sy seun bitter jammer. Sy pa het hom uit die huis gejaag, onterf en weier om hom te sien."

"Miskien is die seun beter af."

Strach skud sy kop. "'n Seun het 'n pa nodig wat hom onvoorwaardelik aanvaar. Selfs wanneer hy droogmaak, of anders is as ander seuns."

"Het jy en jou pa ooit weer opgemaak?"

Hy skud sy kop. "Albei my ouers is oorlede voor ek gekwalifiseer het. Minder as 'n jaar uit mekaar."

Iets wat sy nie eens besef het snaarstyf in haar opgekrul was nie, gee skiet. Dis asof sy Strach vir die eerste keer dieper as veldiep sien. Asof sy vir die eerste keer verby die oppervlak kan kyk en die man agter sy handskrif sien. 'n Man wat vertroud is met seerkry en verwerping. "Nogal 'n span wat ons maak. Die barbaar en die alien se dogter."

Strach gee 'n snorklag. "Nou moet ons net hoop en bid Kimberley het nie daardie, en ek haal aan, 'fokken Stellenbosch-boks' ook saam met haar geneem nie."

Sy kyk vinnig na hom. "Jy weet nie?"

"Ek kan nie onthou wanneer laas ek die ding gesien het nie. En dis maar een van die redes waarom ons nie 'n span kan wees van enige aard nie. Of daardie donnerse boog en pyle nou daar is of nie, Ayla, jy moet van nou af in elke opsig van my af wegbly tot al die moorde opgelos en afgehandel is. 'n Stigma is nie iets wat jy afskud nie."

"Vra my, as 'n alien se dogter weet ek dit maar te goed."

"Ek is ernstig. As ek jou raad kan gee, gaan terug Pretoria toe en vergeet van die hele storie."

"Ek kan nie. My suster is betrokke." En sy het 'n groot aandeel aan Valk se agterdog jeens Strach. Sy moet dit probeer regstel.

"Vergeet van jou suster ook. Sy het haar eie paadjie gekies. Dit klink dalk hardvogtig, maar sorg eers vir jouself. Daarna kan jy ander probeer help."

"Daar bestaan 'n moontlikheid dat my ma ook op IPIN is."

"Wát?"

"Sy is sewentig. As sy nog leef."

Strach hou by die sekuriteitshek stil en voor hy verder praat, lig hy die wag in dat hy Valk se motor ook moet deurlaat.

"Ayla, luister asseblief vir my. Hou jou hier uit. Gaan huis toe. Daar is niks wat jy hier kan uitrig of voorkom of verander nie." Hy hou voor sy huis stil en draai na haar toe, sy elmboog op die stuurwiel. "Ek wil nie hê jy moet nog seerder kry as wat jy reeds in die lewe gekry het nie."

Sy oë hou hare. Daar is 'n magteloosheid in sy blik wat onverwags 'n sagtheid en warmte in haar binneste wakker maak. Dis asof hulle mekaar vir die eerste keer werklik raaksien. Mekaar erken en herken.

"Moenie so vir my kyk nie, Ayla." Daar is iets pleitends in sy stem.

Ayla maak haar oë toe. Sy lippe is net 'n breukdeel van 'n sekonde teen hare. Sag en ferm tegelyk.

Die klap van Valk se motordeur stuur die oomblik aan skerwe.

Strach gee 'n diep sug, druk haar hand en klim uit.

Voor sy ook uit die motor is, gaan die motorhuis se deur oop. Ayla stap onwillekeurig nader.

Die motorhuis is netjies met rakke teen die mure.

"Dankie tog," hoor sy Strach mompel voor hy na een van die kartonbokse wys. "Dis daardie boks. Die een met die rooi logo op."

Valk knik, trek latekshandskoene aan voor hy die langwerpige boks van die rak aflig. "Kan ek dit maar oopmaak?"

Strach knik. "Be my guest."

Valk vou die verpakking oop soos 'n boek. Aan die een kant pas 'n boog netjies in 'n polistireenvorm. Aan die ander kant is daar dieselfde soort verpakking waarin daar twaalf pyle kan pas, maar net een is oor.

Strach word bleek.

"Het jy enige verduideliking?" vra Valk toe hy opkyk.

Strach skud sy kop.

Valk se hand skuif onder sy baadjie in, gaan na sy armholte toe en kom daar tot rus. Sy vuurwapen, besef Ayla.

"Strach Serfontein, ek arresteer jou op aanklag van poging tot moord op Irene Richter en die moord op regter Frederik Malan. 'n Aanklag van moord op Gert en Rita Bonthuys mag volg. Ek neem jou vervolgens polisiestasie toe waar jou regte aan jou voorgehou sal word."

Strach draai sy kop na Ayla toe. "Ry, Ayla. Asseblief."

"My motorsleutels is in die huis."

Strach hou sy huissleutels na haar toe uit. "Gaan deur die voordeur. Die garage sal seker deursoek moet word."

Ayla knik, neem die sleutels en kyk vraend na Valk. Hy knik teensinnig terwyl hy die boeie om Strach se gewrigte vasklik.

In die woonkamer laat glip sy die stel spaarsleutels wat Strach vir haar ter wille van die paniekknoppie aangebied het in haar briewetas en haal haar motorsleutels daaruit. Met dié in haar hand stap sy buitetoe en sluit die deur agter haar met Strach se sleutels.

Strach sit reeds agter in Valk se motor. Hy staar net voor hom uit. Valk staan langs die bestuurderskant.

Sy gee Strach se huissleutels vir hom. "Jy maak 'n fout, Valk."

Valk pers sy lippe vlugtig opmekaar. "Hou jou hier uit, Ayla. Jy wil nie aangekla word weens dwarsboming van die gereg nie."

Nee, sy wil nie. Strach het iemand aan die buitekant nodig wat in hom glo. Al is dit blindelings.

Jojo

"Mevrou Richter het pas uit die teater gekom." Die suster wat die nuus kom meedeel, is stram van lip. "Die operasie het goed afgeloop in die omstandighede. Haar toestand is ernstig, maar stabiel. Sy is in ICU en sal waarskynlik nie in die afsienbare toekoms besoek mag word nie."

Jojo sak weer op die stoel in die wagkamer neer, onmagtig om buitetoe te stap en hier weg te ry.

Valk antwoord nie sy foon nie, dus stuur sy net 'n SMS met die nuus, karig soos dit is.

Die emosies wat sy ervaar het toe Valk sommer net so uit-blaker Irene is met 'n pyl en boog geskiet en vir dood agterge-laat, sal sy nooit kan beskryf nie. Skok en afgryse, ja, maar dis logies. Wat nie logies is nie, is dat dit gepaardgegaan het met 'n onnoembare hartseer, 'n fisieke pyn byna. Dis seker hoe 'n mens moet voel as jy hoor so iets het met 'n familielid, 'n suster gebeur. Of jou boesemvriendin.

En daardie gevoel het nog nie gelig nie. As Irene moet doodgaan ... Nee, dit klink net onmoontlik. Nie dapper Irene, die doener nie. Nie Irene met haar wakker oë, haar lang treë en vasberadenheid wat groefies om haar mondhoeke gelaat het nie. Dis ondenkbaar dat daardie skerp tong kan stil raak.

In die vier jaar sedert Valk en Irene weer in haar lewe gekom het, het alles onherroeplik verander. Van vriendskap in die kon-vensionele sin van die woord is daar nie sprake nie. En tog kan sy haar nou nie 'n lewe sonder hulle indink nie.

Jojo gryp na haar foon toe dit 'n SMS aankondig. Valk. *Dankie. Groot verligting. Geweet sy is taf. Strach in hegtenis. Net 1 van 12 pyle in verpakking. Gaan eers deur red tape. Sal daar wees so gou ek kan.*

Sal wag tot jy hier is, tik sy terug.

Valk antwoord nie.

As daar vier mense is wat waaragtig nie geskik is vir die taak om IPIN se geheime doelmatig en met presisie bloot te lê nie, is dit sy, Irene, Valk en Ayla. Emosie is die grootste vyand van redelikheid en oorwoënheid.

Eers was dit sy wat self haar oog van die bal afgehaal het omdat haar kop vol van Joachim was. Toe Irene wat haar suster ten alle koste wou beskerm om só haar skuldgevoelens te besweer. Nou Valk wat wil maak en breek oor Irene. En as sy dit nie mis het nie, het Ayla wat Strach gister nog met soveel agterdog bejeën het, gevoelens vir die man.

Jojo maak haar oë 'n oomblik toe. As dit Strach was wat Rita en Gert vermoor het, waarom? Omdat hy by IPIN betrokke is en die Bonthuyse met haar gepraat het? Om hulle stil te kry? Maar hulle het hom nêrens geïmpliseer nie. En as IPIN vir Tiaan Nel en die ander se verdwyning verantwoordelik was, maak dit net eenvoudig nie sin dat Strach deel is van hulle nie. Of het hy net voorgegee hy soek na Tiaan?

Sy dink weer aan die twee gelukkige jongmensgesigte in die foto van Tiaan en sy meisie. Albei ewe blond en blouogig. Jonk. Lewenslustig. Op die drumpel van hulle toekoms.

Jojo frons. Blond. Blou oë. Dié kombinasie het die afgelope tyd darem baie dikwels opgeduik. Sterretjie. Diana. Nimue. Tiaan. Kimberley. En Vivien was ook blond.

Jojo pluk Tabby4 uit haar handsak en soek na die foto's van die ander jongmans wat verdwyn het. Daar is geen foto van Jimmy Andersson nie, maar Danie Uys en Antonie de Wet het albei verskillende skakerings van blonde hare en ligterige oë – moontlik blou. Julian Jackson is die uitsondering. Blasserig met hare wat so kort geskeer is dat mens skaars die kleur kan uitmaak, maar dit lyk donker en sy oë ook.

Dis eintlik 'n verligting. Vir 'n oomblik het sy gewonder of dit iets te doen het met 'n voorkeur vir die sogenaamde Ariese ras. UFO's en aliens in al hulle gedaantes is al erg genoeg, hulle het nie nog 'n spul neo-Nazi's ook nodig nie.

Ayla

Die gastehuiskamer voel te klein vir haar, selfs nadat sy Jojo se SMS gekry het om te sê Irene is oukei in die omstandighede. Sy smag na ruimte, maar selfs die balkon is haar nie beskore nie. Die wind het opgekom en dis onplesierig buite.

Miskien is dit nie soseer die fisieke ruimte wat haar so vas-
druk nie. Dalk eerder die lys wat sy sit en maak het van dinge
wat teen Strach tel.

Bo en behalwe die feit dat hy die enigste persoon is wat
die rolskaatser op die kranspad gesien het, het hy boogskiet
beoefen en dieselfde pyle as dié wat die dood van die regter en
die Bonthuyse, en 'n ernstige besering by Irene Richter veroor-
saak het, was voorheen in sy besit.

Hy was vantevore op die Bonthuyse se hoewe en was
die laaste persoon waarvan hulle weet wat Irene gesien het.
Sy alibi vir die tyd voor en ná Irene by hom weg is, kan nie
gestaaf word nie. En hulle het 'n ernstige woordewisseling
gehad.

Een van die jongmans wat verdwyn het, was sy peetkind.

Daar bestaan 'n sterk moontlikheid dat sy eksvrou be-
trokke is by IPIN, en sy beskrywing is op dieselfde skryfblok
geskryf as sy vrou se brief.

Volgens hom begryp hy op 'n atavistiese vlak so 'n klein
bietjie van die motivering agter die moord op die regter. Hy
haal Einstein aan in presies dieselfde woorde as Diana, wat
vermoedelik deel is van IPIN.

Hy het reeds daardie swart kol agter sy naam te wyte aan
aggressiewe gedrag.

En dis maar net die dinge waarvan sy weet.

Die besef dat sy bygedra het tot die agterdog teen hom, ry
haar. As sy nie sy skrif ontleed en misleiding geïdentifiseer het
nie, nie bewys het hy en Kimberley het dieselfde skryfblok ge-
bruik nie, nie vir Jojo-hulle vertel het van Kimberley en haar
fassinasie met UFO's nie, sou hy nie nou onder verdenking ge-
wees het nie.

Presies wat haar daar in sy motor laat voel het sy sien
Strach werklik vir die eerste keer soos hy is, kan sy nie mooi
vaspen nie. Sy het net gevoel asof sy ineens deur 'n membraan
gebreek het. En sy hou van wat sy gesien het. 'n Man wat al
groot foute in sy lewe begaan het, maar manmoedig genoeg
is om dit te erken en daaruit te probeer leer. 'n Eensame man
omdat hy sy eie paadjie volg, sy eie norme daarstel. Norme wat

meer verg as om net onnadenkend na te volg wat die gemiddelde mens onderskryf.

Wat tussen hulle plaasgevind het in die oomblikke voor daardie soen wat so kortstondig was dat sy nie seker is dit het werklik gebeur nie, verstaan sy nie mooi nie. Sy weet net dit het 'n omwenteling in haar veroorsaak waarvan sy die aard nie ken nie en die gevolge nie wil bedink nie.

Vyf en twintig

Jojo

Sy dink nie sy het Valk al ooit in so 'n toestand gesien soos toe hy laatmiddag by die hospitaal aankom nie. Sy oë is rooi en die sakkies daaronder lyk nou soos roetkolle, sy hare deurmekaar gewoel.

Die suster besef seker dis 'n man met wie niemand nou moet sukkel nie. Sy stem in dat hy Irene kan sien, maar net vir 'n minuut.

"Sien jou by die kothuis," gooi hy oor sy skouer toe hy die suster volg.

Dis egter eers 'n uur later toe Valk by die kothuis aankom en hom by haar en Joachim aansluit.

"Sy gaan oukei wees. Sy moet net," antwoord hy die on-uitgesproke vraag. "Ek het met die chirurg gepraat. Die verwydering van die pyl was hulle grootste kopseer. Dit is toe ook 'n Spink-pyl. Die bliksemse lafaard het haar van agter geskiet terwyl sy weggehardloop het. Haar milt is sleg beskadig, maar as die pyl haar rugmurg, lewer of niere getref of deurgedring het tot in haar maag, kon dit veel erger gewees het." Hy kyk na Joachim. "Het jy dalk 'n sterk dop vir my? Whisky dalk?"

Joachim knik. "In my huis. Ek gaan haal vir jou. Stil water of borrels daarby?"

"Net ys, dankie."

Valk stut sy elmboë op die tafel toe Joachim wegstap en laat sak sy gesig in sy hande. "Sy was nog nie by haar bewussyn nie. Sy is so bleek, Jojo."

Jojo se hart gaan uit na hom, maar trooswoorde gaan hom nie help nie. "Soos jy gesê het, Valk, sy is taf." Sy huiwer 'n oomblik. "Wat gebeur nou met Strach?"

Valk skud sy kop. "Dis die ergste van alles. Kaptein Bosman het hom ondervra, toe met my kom praat en uiteindelik, nadat ek by Irene was, vir my gesê daar is nie genoeg rede vir arrestasie nie. Volgens hom was ek oorhaastig en hy het dit toegedig aan die emosionele spanning waaronder ek verkeer. Serfontein is gevra om in die omgewing te bly en vrygelaat." Hy lig sy kop en kyk na haar. "Jy dink ook ek was verkeerd."

Jojo knik. "Dit was immers 'n vrou wat die regter geskiet het."

"Hoe weet ons dit? Ons het net Serfontein se woord daarvoor en hy het self erken dat hy gelieg het oor baie dinge."

"Nie gelieg nie, stilgebly oor sekere goed."

"Dis dieselfde as lieg. En hy het dit gedoen om homself te beskerm en só ons ondersoek beduiwel. Sy verweer was glo dat hy voorheen al 'n stel met die polisie afgetrap het. Toe sy peetkind verdwyn het. Hy het alles in sy vermoë gedoen om Tiaan Nel op te spoor, selfs 'n leidraad gekry, maar die polisie het hom geïgnoreer en gevra om hulle op te hou pla. Hulle het genoeg werk sonder sy inmenging. Sedertdien vertrou hy glo nie die polisie nie."

'n Legkaartstukkie val in sy plek. "Dis seker dié dat hy later net sy foonnommer op Facebook gegee het – nie meer die polisie s'n nie. Het hy gesê wat die leidraad was?"

Valk knik. "Hy het op die hawe gaan rondvra aangesien Tiaan veronderstel was om na die viswinkel te gaan wat toe nog daar was. Serfontein het Tiaan se foto gewys vir almal wat hy teengekom het. Een van die vistermanne het vir hom gesê hy het Tiaan buite die winkel sien staan en gesels met 'n blonde vrou. Ná 'n rukkie het hulle na Tiaan se motor toe gestap, maar die visterman het nie verder aandag geskenk nie en weet nie of die vrou saam met Tiaan in die motor geklim het of nie."

"En Strach het dit vir die polisie gesê en hulle het dit geïgnoreer?"

Valk sug. "Dit was 'n somervakansie toe Tiaan verdwyn het. Perlemoenbaai wemel daardie tyd van die jaar van vakansiegangers. Dit sou 'n onbegonne taak gewees het om so 'n vae beskrywing op te volg. Dis ook die tyd van messtekery en diefstalle en 'n magdom ander misdade. Personeel was dun gesmeer. Ek maak nie verskoning vir die polisie nie, maar ek het begrip."

"Maar hy het eers 'n paar maande ná Tiaan se verdwyning op Facebook laat blyk van die blondine?"

"Die polisie het moontlik aan die begin van die ondersoek gevra dat hy dit stilhou. Wat in sy oë seker nog meer teen hulle getel het toe daar geen vordering was nie."

Joachim kom om die hoek gestap. Hy sit die bottel en 'n glas met ys voor Valk neer.

Valk skink 'n stywe dop en neem 'n diep teug.

Joachim se hand rus warm op haar skouer. "Ek sal julle alleen laat. Julle het seker baie om oor te praat." Sy oë is half hartseer toe sy opkyk. Hy voel uitgesluit, besef sy, maar daar is niks wat sy daaraan kan doen nie. "Sterkte, Valk. Ek kan my nie indink hoe jy op die oomblik moet voel nie. As dit Jojo was … Ek dink ek sou van my verstand af geraak het."

Valk neem nog 'n sluk. "Dankie, Joachim. Dis waaragtig nie 'n goeie dag vir my nie. Eers die nuus oor Irene en nou Serfontein wat weer op vrye voet is. Maar van môre af, as ek beter voel, gaan ek die bliksem se sake vir hom werk." Hy kom orent en maak sy glas leeg. "Bly, ek gaan huis toe. Dit help nie ek sit hier en verdrink my sorge nie."

"Voor jy gaan, Valk," keer Jojo. "Waarom dink jy het een pyl in die verpakking oorgebly?"

Valk frons. "Wat probeer jy sê?"

"Dink jy nie dis dalk sodat daardie agtergeblewe pyl vergelyk

kan word met dié wat die regter getref het nie? Dus, om agter-
dog jeens Strach te wek, hom in die prentjie te plaas.

"Kimberley het nog toegang tot sy huis. Gestel dis sy wat
die pyle gesteel het. Dat dit die eintlike rede is waarom sy
daarheen is. Die briefie het sy dalk net geskryf om te regverdig
dat sy in sy huis was, ingeval die sekuriteitspersoneel onthou
sy het die kompleks binnegekom. Of waarom ook al. Die punt
is, sy kon die pyle gesteel en een agtergelaat het om Strach
verdag te maak."

"Hy sou sy eksvrou tog herken het as dit sy op die rolskaat-
se was? Ás hy die waarheid praat oor wat op die kranspad ge-
beur het."

"Dis nie te sê Kimberley het self die pyle gebruik nie. Sy kon
dit namens iemand anders gesteel het."

Valk vryf oor sy voorkop asof hy die kloutjie by die oor
probeer bring, maar dit nie regkry nie.

"Valk, ek is oortuig Kimberley is nooit terug Amerika toe
nie. Dat sy en haar dogter hulle intrek op die IPIN-eiendom ge-
neem het direk ná die egskeiding. Dis hoekom sy meubels uit
haar en Strach se huis geneem het. Nie om later vir 'n vriendin
te gee nie, maar vir eie gebruik. Die briefie kan egter beteken
sy was van plan om pad te gee."

"Wat staan in die brief? Ek het nog nie daarby uitgekom
nie."

"Sy sê Shelley wil hom sien. Sy het gepraat van 'the last op-
portunity to do so'. Toe daag sy nie op nie. Streng gesproke is
Kimberley en Shelley dus ook sedert 7 Mei vermis, tensy hulle
bloot van plan verander en gebly het waar hulle is."

"Mei. Jy beweer dus sy het die pyle meer as vier maande
gelede gesteel? Lank voor die regter die Bouwer-saak uitge-
gooi het. Twee maande voor Diana haar brief vir Irene af-
gelewer het. Hoekom sou sy eks toe al pyle steel om Serfon-
tein verdag te maak as hulle nog nie geweet het wat die regter
gaan aanvang nie?"

"Miskien het hulle toe al besluit wat hulle gaan doen, maar
gewag vir die regte geleentheid. Miskien het Diana die regter al
skuldig bevind ná die Swiegelaar-saak en toe al haar wraak be-

gin beplan. En toe is die Bouwer-saak die laaste strooi wat die kameel se rug breek."

"Maar waarom die Bonthuyse vermoor nadat hulle jare langs hulle gebly het?"

"Danksy die hommeltuig het hulle my twee keer by hulle hek gesien. Besmoontlik ook dat ek by die Bonthuyse was. Hulle was dalk bang Gert en Rita weet meer as wat hulle werklik geweet het. Dis waarskynlik my skuld dat hulle die twee as 'n bedreiging gesien het."

"Jy kan nie jouself blameer nie, Jojo." Joachim se stem laat haar verras na hom kyk. Sy het skoon vergeet hy is nog hier.

Valk klaarblyklik ook. "Joachim, jy besef alles wat jy gehoor het, is baie vertroulik?"

Joachim knik, 'n afgetrokke trek in sy oë.

"Ons praat later weer, Jojo. Ek is gedaan. Kan nie onthou wanneer laas ek geslaap het nie." Valk laat rus sy hand vlugtig op haar skouer as groet. "Sien julle."

"Versigtig ry," maan Jojo.

Valk knik net voor hy wegstap.

Jojo kyk na Joachim. "Wat skort?" vra sy, al het sy 'n goeie idee.

"Jy en Valk. Julle is 'n span. Julle vorm julle eie ruimte wat ander mense uitsluit as julle eers begin praat."

Jojo kyk ietwat moedeloos na hom. "Joachim, ons probeer 'n saak uitpluis. Dis al. As Irene by was, sou dit presies dieselfde gewees het. Daar sou bloot drie van ons gewees het pleks van twee."

"Dalk, maar Jojo, ek het ook nou eers besef aan hoeveel gevaar jy jou werklik blootstel met hierdie ondersoeke van jou. Dit maak my mal as ek daaraan dink dat jy die een kon gewees het wat in die hospitaal lê, of nog erger ..."

"Dis my werk, Joachim. Daar is bitter selde gevare daaraan verbonde."

Joachim skud sy kop. "Selde is al meer as genoeg. Ek sien nie kans hiervoor nie, Jojo. Ek sien nie kans om voortdurend oor jou bekommerd te wees nie. Ek smeek jou, los hierdie ding uit. Tree terug en laat die polisie dinge uitsorteer. Gaan terug Benoni toe tot alles afgehandel is."

"Ek kan nie, Joachim. Nie noudat Irene boonop buite aksie is nie. Ek belowe ek sal versigtig wees, maar ek kan nie nou teruggaan nie. Ek kan nie hierdie ding uitlos nie."

Joachim staan op, sy oë broeiend. "Nee, jy kan nie. Want Valk het jou nodig en dis belangriker as dat ek deur hel gaan van bekommernis. Ek dink ek weet nou eers regtig waar ek met jou staan, Jojo. En waar jy en Valk met mekaar staan. Ek kan nooit 'n Valk vir jou wees nie."

Jojo kyk hom magteloos agterna. Ek wil nie nog 'n Valk in my lewe hê nie, wil sy vir hom sê. Een is meer as genoeg. Maar Joachim sal dit ook verkeerd opneem.

Ayla

Sy gaan van haar verstand af raak as sy nie iets konkreets kry om te doen nie. Sy kan dit nie verduur om te dink dat Strach in 'n aanhoudingsel tussen 'n klomp skollies en skelms sit nie. Veral nie ná die gevoelens wat daardie soen in haar wakker gemaak het nie.

Na die stemmetjie wat haar vra waarom hy juis toe besluit het om haar te soen wil sy nie luister nie. Sy wil haar eerste soen as volwasse vrou koester. Nie wonder of dit deel was van 'n poging om haar te manipuleer nie.

Strach is reg. Sy moet werk aan haar neiging tot agterdog. Sy weet dis 'n vorm van selfbeskerming. Haar vrees vir verwerping laat haar soek na redes om hom nie te vertrou nie juis omdat sy hom so graag wil vertrou.

Sy het nou al haar kamer reggepak en behalwe Sterretjie se brief is die tafel wat sy as lessenaar gebruik ook nou netjies. Sy tel die briefie op en laat haar oë weer oor die letters dwaal.

Miskien kan Carmichaels tog lig werp op die hele storie agter die briefie. Wat die arme Rita Bonthuys vir Jojo vertel het, was immers hoorsê.

Google lig haar in daar is nie 'n hospitaal in Perlemoenbaai of Birkenshire nie. In Bientangsbaai is daar 'n Mediclinic en 'n provinsiale hospitaal. Sy bel die provinsiale een.

Sy word 'n paar keer na verskillende afdelings deurgesit voor sy by die regte een uitkom.

"Ja, meneer Carmichaels was hier, maar nie meer nie."

"Is hy ontslaan?"

'n Kort huiwering volg. "Is u familie?"

"Nee, familie van sy bure. Ek doen namens hulle navraag."

"Ek is bevrees meneer Carmichaels is vanmiddag oorlede. Kort ná besoektyd."

Ayla sluk swaar. "Was daar iemand wat hom besoek het?"

"Ja, ek was nog so bly daaroor toe ek dit sien. Hy het min besoek gekry. Die meeste van die ou mensies word mos vergeet as hulle so agteruitgaan. Sy kinders was net twee keer hier. Kort ná hy opgeneem is en toe 'n week later weer, net om dokumente te laat teken."

"Weet u dalk wie hom gister besoek het?"

"Nee, dit gaan maar dol met die personeeltekort wat ons ervaar. Maar dit was 'n blonde vroutjie, as ek reg onthou."

Ayla bly net so sit nadat sy die suster bedank en gegroet het. Is dit toeval dat al IPIN se bure nou uit die prentjie is?

Jojo

Haar hart gee 'n bokspring toe 'n klop aan die deur opklink. Joachim het besef hoe ver van die kol hy is oor Valk en alles gaan regkom tussen hulle. Sy pluk die deur oop. Dis 'n groot man wat voor haar staan, maar dis nie Joachim nie.

"Strach," kwaak sy.

"Kan ek inkom?" Die wind pluk aan sy hare en aan sy hemp. Hy ruik vars asof hy pas uit die stort gekom het.

Jojo knik, maar kan nie help om ongemaklik te voel toe sy terugstaan dat hy kan verbykom nie. Sy betwyfel dalk dat hy mense met pyl en boog doodgeskiet het, maar hy is steeds 'n man met 'n humeur.

"Kom ons gaan sit buite. Dis windbeskut daar." Sy beduie na waar haar Comfortjie nog op die stoeptafel staan.

Hy gaan sit oorkant haar. "Jy lyk nie juis verras dat ek nie op hierdie oomblik in die aanhoudingselle sit nie."

"Valk was hier. Hy het my gesê die kaptein dink nie jou in-hegtenisname was regverdigbaar nie."

"Laat ons maar liewer nie daarop ingaan nie. Ayla het eer-gister al gesê ek moet met jou of Irene praat oor Kimberley en haar UFO-beheptheid. Ek het toe gedink sy is laf, maar ver-staan nou beter. Daar is so baie wat ek nie weet nie. So baie wat intussen gebeur en duidelik geword het. Ek soek agter-grondinligting."

"Wat wil jy met die inligting doen?" Gee hy nou voor hy weet niks? Of is hy eerlik?

"Probeer verstaan. Probeer agterkom wat de hel van Kim-berley en Shelley geword het." Hy vee oor sy oë. Groot hande, maar die vingers lenig asof dit kan fyn vat.

"Hoekom? Julle is tog geskei?"

"Dalk nie, as Ayla reg is oor die vervalste handtekening, maar dis nie die punt nie. Kimberley is 'n grootmens en het die volste reg om haar keuses uit te oefen. Shelley, daarenteen, is skaars veertien. Uit stiksienigheid het ek Kimberley toegelaat om te verhoed dat daar 'n band tussen my en Shelley ontwik-kel, maar sy was vir amper sewe jaar onder my dak. Al was ek nie 'n goeie pa vir haar nie, het ek 'n verantwoordelikheid teenoor haar."

"Hoekom vra jy nie liewer vir Ayla nie?"

"Jy is objektief. Ayla nie. En ek wil haar vermy tot hierdie hele gemors opgeklaar is."

"Hoe so?"

Strach glimlag. "Omdat ek vir haar omgee."

Met sy oë so direk op haar gerig, verstaan sy waarom Ayla 'n ver trek in haar oë kry wanneer Strach in die omgewing is. Dis nie net sy aantreklike voorkoms nie. Daar is iets aan Strach Serfontein wat hom uitsonderlik maak. Hy het die vermoë om 'n mens te ontwapen met die eerlikheid in sy blik. 'n Soort eer-likheid waarmee hy homself ook nie ontsien nie. Of dis ten minste die indruk wat hy skep. Sy kan ook sonder om te blik of te bloos mense in die oë kyk terwyl sy lieg.

"Wat wil jy weet?"

"Alles van hierdie danige IPIN-besigheid. En hoe Irene en Ayla se susters daarby betrokke geraak het."

"Alles reg hier?" Jojo het Joachim nie hoor aankom nie. Soms kan hy met sy groot lyf en al soos 'n skim beweeg. Sy hele gesigsuitdrukking spreek van kommer. Hy is dalk kwaad vir haar, maar hy is steeds besorg oor haar.

Sy ken 'n kans as sy dit sien. "Joachim, ontmoet vir Strach Serfontein. Strach, Joachim Weyers, my landlord wanneer ek hier is en 'n baie goeie vriend."

Die twee mans skud hande, Joachim met oë wat so ondersoekend oor Strach gaan dat Jojo eintlik verleë voel vir die jonger man se onthalwe.

"Wil jy nie vir ons al drie 'n wyntjie skink nie, Joachim? Dan kom luister jy sommer saam sodat jy ook weet wat aangaan noudat die helfte van die aap al uit die mou is. Strach wil weet van die UFO-groep."

Joachim knik net en gaan binnetoe. Sy hoor die yskas oopen toegaan, glase rinkel.

"Jou beskermengel?" Strach se glimlag is betekenisvol.

"Het ek een nodig?"

"Ons almal het, Jojo. Ek is bly jy het een, al het jy hom nie spesifiek teen my nodig nie."

"Nou toe." Joachim sit die drie glase op die tafel neer en gaan sit langs haar. "Laat ons hoor."

"IPIN staan vir Interplanetêre Intelligensie Netwerk," begin sy en verwonder haar daaraan dat haar op-sy-kop-wêreld van netnou sommer so maklik weer ewewig vind toe Joachim haar hand vat en in syne toevou.

Ayla

Haar eerste instink was om Jojo te bel met die nuus van Carmichaels se afsterwe, maar haar foon het op stempos oorgegaan en Ayla wou dit nie sommer net so in 'n boodskap uitblaker nie.

Miskien was Strach reg. Miskien moet sy Pretoria toe gaan en alles in die hande van die polisie los.

As Nimue en Vivien deel is van 'n groep mense wat hulle bure vermoor en dieselfde met Irene probeer doen het, moet die wet sy gang gaan. As hulle onskuldig is, kan sy hulle eers help as dinge tot 'n punt gekom het.

Dit sal in elk geval gekheid wees om in hierdie stadium by Nimue te probeer uitkom. Veral ná Irene se ervaring.

En sy moet seker een of ander tyd aandag skenk aan die Visagie-sage ook.

Maar sal sy regtig nou net kan huis toe gaan en meer as 'n duisend kilometer van hier af sit en wag om te hoor hoe dinge ontplooi? En daar is Strach. Sy wil eers hoor wat met hom gaan gebeur. Of hy gaan borgtog kry.

Haar verstand sê vir haar daar is net te veel vrae rondom sy moontlike betrokkenheid by IPIN. Te veel goed wat net te toevallig is. Dat daardie soen daarop gemik kon gewees het om haar aan sy kant te hou. Maar haar hart sê iets heel anders.

En dis miskien presies daarom dat sy wel terug moet gaan Pretoria toe. Haar hande was van die hele emosionele kraaines waarin sy beland het. Of minstens perspektief probeer kry.

'n Halfuur later maak Ayla Chrome amper verlig toe. Nie 'n enkele vlug van Kaapstad na O.R. Tambo of Lanseria beskikbaar nie. Nie tot Dinsdag oor 'n week nie. Sy het vergeet 'n langnaweek lê voor.

Sy gaan dit beskou as 'n teken. Aanvaar dat dit so bedoel is dat sy hierdie fiasko tot die finale ontknoping moet meemaak. En om hier te wees vir Strach.

Jojo

"Ek dink dit dek die belangrikste inligting oor Nimue, haar ma en ouma asook Diana." Sy voel al soos 'n plaat wat vasgehaak het. Eers Valk en nou Strach.

Strach knik nadenkend. "In sekere opsigte is alles nou soveel duideliker. En terselfdertyd is niks opgeklaar of logies nie. Ek

kan net eenvoudig nie glo mense kan sulke bogstories verkon-
dig nie."

"Wat vir een mens bog is, is vir die ander religie." Jojo skuif
vorentoe in haar stoel. Haar sitvlak is al gaar gesit, maar sy
moet darem ook iets hieruit kry. "Nou het ek ook 'n paar vrae."

"Is daar iets wat jy nog nie weet nie?" glimlag Strach. Hy
lyk moeg.

"Ek weet min van Kimberley af. Het jy haar familie ont-
moet?"

Strach skud sy kop. "Nee, sy was van haar ma vervreem
selfs voor dié se dood 'n paar jaar gelede. Haar pa is lank voor
die ma al dood. Eintlik weet ek bitter min van haar agtergrond
af. Ek kon aflei sy kom uit 'n gegoede huis. En ek weet sy was
die jongste van twee kinders. Haar suster is in 'n tref-en-trap-
ongeluk oorlede toe Kimberley klein was en daarna is sy oor-
beskerm grootgemaak, iets waarteen sy as tiener begin rebel-
leer het.

"Uiteindelik het sy bande met haar familie verbreek en
die wêreld vol begin swerf. Sy het in Suid-Afrika beland toe
sy saam met 'n lover hierheen gekom het vir 'n vakansie en
het besluit om langer te bly toe die verhouding hier gesneuwel
het. Dis omtrent al wat ek weet."

"Hoe het julle mekaar ontmoet?"

"By 'n funksie op 'n wynplaas. Ons het 'n bietjie gesels, dalk
'n bietjie geflirt, maar dis waarby dit sou gebly het as dit van
my afgehang het. 'n Paar dae later het sy egter as pasiënt in my
spreekkamer opgedaag en gevra dat ek na 'n moesie op haar
rug kyk waaroor sy bekommerd was. Daar was niks mee ver-
keerd nie. Sy het my uitgenooi om saam met haar te gaan uiteet
en gebieg dis eintlik waarom sy my kom spreek het."

"En die res is geskiedenis?"

"Nie heeltemal nie. Ek wou aanvanklik nie byt nie. Ek was
sku vir vroue sedert my verbreekte verlowing sewe jaar van-
tevore. My verloofde het my soos 'n warm patat gelos toe ek
uiteindelik die moed bymekaargeskraap het om haar te ver-
tel van die aanrandingsaak. Sy was bang ek ontaard in 'n
vroueslaner. Dit het niks gehelp dat ek haar daarop gewys het

die ander ou was groter en sterker as ek nie. Dat ek nooit my hand vir 'n vrou sal lig nie.

"Ek was ook nie gemaklik daarmee dat Kimberley elf jaar jonger as ek is nie, maar sy was vir my mooi, sexy, interessant en kon my laat lag. Uiteindelik het ek tog ingestem om saam met haar te gaan uiteet en haar sommer uit die staanspoor van my verlede vertel.

"Kimberley het nie 'n oog daaroor geknip nie, maar was self nie so eerlik nie. Ek het vir die grootste gedeelte van ons verhouding nie eens geweet sy het 'n kind nie. 'n Verliefde man sien egter baie dinge oor en hou hom blind vir die res."

Jojo knik. "Daar is iets wat my opgeval het ten opsigte van die mense van IPIN. Iets wat Kimberley met hulle gemeen het. Dit klink asof die hele lotjie blond is en ligte oë het."

Strach gee 'n siniese laggie. "Hoekom verras dit my nie?"

"Nee, ek weet nie, Strach. Vertel my."

Hy vleg sy vingers inmekaar en laat rus sy hande op die tafel. "Kimberley het geglo sy is 'n afstammeling van Nordic aliens."

Jojo lig haar wenkbroue. Sy het die term al 'n hele paar keer raakgelees, maar nie veel daarvan gemaak nie. "En 'n Nordic alien verskil hoe van die ander?"

"Hulle is blond met blou oë en skraal, maar atleties gebou. Wil jy die res hoor?"

Jojo knik.

"Volgens Kimberley kom die Nordic aliens oorspronklik van die Pleiades af – 'n groep van sewe baie helder sterre wat ook bekend staan as die Sewe Susters. Nordic aliens is welwillende, selfs magiese wesens wat aardbewoners bestudeer en telepaties met hulle kommunikeer. Hulle is verontrus oor die aarde se toekoms en moedig wêreldvrede aan. Nordic aliens is die oorsprong van verwysings na engele en engelagtige wesens in religieuse en spirituele geskrifte soos onder meer die Bybel.

"Akon, Elizabeth Klarer se geliefde uit die ruimte, was 'n Nordic alien. Ek dink Kimberley sou wat wou gee om 'n ma soos Vivien Venter te hê wat verkondig haar dogters se pa is

Akon se seun. Die tweede beste ding sou natuurlik wees om by 'n groep aan te sluit waar almal glo hulle is die engelagtige Nordic aliens se nageslag."

"Jy dink dus sy is by IPIN?"

"Noudat ek gehoor het wat die agtergrond is, van Nimue en Diana, dink ek 'n sterk moontlikheid bestaan." Hy druk met sy handpalms op die tafel en kom orent. "Baie dankie vir jou tyd en die inligting, Jojo. Dit het vir my 'n baie beter prentjie geskets. 'n Onrusbarende een. Ek weet nie mooi wat my te doen staan nie, maar nou weet ek ten minste waarmee ek te kampe het."

Jojo is bekommerd toe sy die glase binnetoe dra terwyl Joachim saam met Strach motor toe stap. Het hy regtig niks geweet van die dinge wat sy hom vertel het nie? Iemand wat so goed ingelig is oor Nordic aliens? Of het hy dalk net kom uitvis hoeveel hulle van IPIN weet?

Ses en twintig

Die sagte reën wat teen die ruite aansuis, hou Jojo 'n bietjie langer in die bed. Haar gedagtes dwaal dromerig na Joachim. Joachim wat gisteraand net aandagtig gesit en luister het, heeltyd haar hand in sy warm greep gehou het.

Hy is steeds bekommerd en sal dit bly, maar hy verstaan nou beter, het hy gesê voor hy haar naggesoen en toe laat gaan het. Klaarblyklik het hy besef dit was nie die aand vir meer as dit nie.

Jojo staan uiteindelik koulik op. As dit is hoe die Kaapse lente lyk, kan hulle dit maar hou. Maar vir die Wes-Kaap se onthalwe is sy darem bly dit reën. Hopelik in Kaapstad en sy opvangsgebiede ook. Die damme se vlakke wil maar net nie genoeg styg nie.

Al is hier nog net Vlak 1-waterbeperkings op Bientangsbaai, weerhou 'n skuldgevoel haar daarvan om lekker lank onder die warm stort te staan soos sy graag wou. Sy kry al weer koud nog voor sy in haar klere is.

Terwyl sy wag vir die ketel om te kook kyk Jojo vlugtig op haar foon. Ayla het gebel terwyl sy in die stort was.

Sy maak eers haar koffie en steek haar eerste sigaret van die dag aan voor sy terugbel.

"Carmichaels, die Bonthuyse se buurman op die hoewe agter IPIN s'n, is oorlede," val Ayla met die deur in die huis.

"Hoe nou?" vra Jojo oorbluf.

"Ek wou met hom gaan praat oor Sterretjie. Toe bel ek die hospitaal." Jojo luister met toenemende kommer terwyl Ayla vertel wat die suster te sê gehad het.

"Dis natuurlik nie te sê die blonde vrou het iets met sy dood te doen gehad nie, maar dit is eienaardig," mymer Jojo toe Ayla klaar gepraat het.

"Dit is, maar op die oomblik is ek bekommerder oor Strach. Ek weet daar is dinge wat daarop dui dat hy betrokke is, Jojo, maar ek kan dit nie werklik glo nie. Dink jy hy sal borgtog kry?"

"Maar Ayla, Strach is gisteraand weer vrygelaat. Ek het aanvaar hy het jou laat weet." Hoekom sy só gedink het, weet sy nie. Hy het immers gesê hy wil Ayla vermy tot alles opgeklaar is.

"Wát? Nee, hy het nie."

Jojo herhaal wat Valk vertel het. "En Strach was gisteraand by my om te hoor van Nimue en Diana."

"En hier lê ek heelnag en pieker oor hom in een of ander aanhoudingsel. Dis nou so tussendeur my gepieker oor Carmichaels en Irene. Strach kon darem waaragtig net 'n SMS gestuur het."

"Hy wil jou nie betrek nie, Ayla."

"Wel, dis dan nou die laaste strooi. Ek kan nie by Nimue uitkom nie en Strach wil nie hulp hê nie. Vir Irene kan ek nie vinniger laat gesond word nie. Ek gaan hoor of ek my terugvlug kan vervroeg en die Visagie-probleem daar bo probeer uitsorteer. Tensy jy my hier nodig het?"

"Ek sal jou mis, maar ek dink dis 'n goeie plan dat jy teruggaan. Strach kan self sy gemorse uitsorteer. En Nimue en jou ma sal ook maar self hulle heil moet uitwerk of hulle nou aan iets aandadig is of nie. Jy het meer as jou plig gedoen."

Sy hoor Ayla se sug asof sy langs haar staan. "Ek sal by 'n

reisagent moet hoor of ek 'n vlug kan kry. Op die internet lyk alles vol met die langnaweek op hande."

"Nou doen dit. En laat weet my wat jou planne is. Ek gaan Valk netnou bel om te hoor hoe dit met Irene gaan en sal jou op hoogte hou. Oukei?"

"Dankie, Jojo. Ek voel sommer al klaar beter noudat ek ten minste met iemand kon praat. En al is ek vies vir hom dat hy my in die duister gehou het, is ek bly Strach sit darem nie toegesluit saam met 'n klomp kriminele nie."

Jojo druk haar oë toe nadat sy afgelui het en vryf oor haar voorkop. Sy is bly sy kon 'n bietjie troos vir Ayla bring, maar sy wonder of Ayla mooi besef dat indien Sterretjie inderdaad probeer sê het Nimue het vir Antonie uit die weg geruim, sy niks aan haar suster en ma se heil sal kan doen nie. En as die "blonde vroutjie" dalk Nimue was, en dié Carmichaels die saligheid ingehelp het, stuit haar suster vir niks en niemand nie.

Nee, dis goed dat Ayla liewer teruggaan.

Ayla

"As jy nie omgee vir ekstra onkoste en 'n lang vlugtyd as gevolg van 'n ekstra stop nie, kan ek vir jou môremiddag 'n vlug Port Elizabeth toe kry en twee ure later op 'n aansluitingsvlug Johannesburg toe."

"Ek gee glad nie om nie. Baie dankie."

Ayla leun terug in haar stoel nadat sy haar kredietkaartbesonderhede per e-pos gestuur het. Nou is dit fait accompli. Sy gaan terug.

Dis duidelik dat Strach reken hy het haar nie meer nodig nie anders sou hy haar laat weet het hy is vrygelaat. Haar tyd hier is uitgedien. Sy moes in die eerste plek nooit hierheen gekom het nie. Daar was nog nooit enigiets wat sy aan Nimue of Vivien se saligheid kon doen nie en daar sal nooit wees nie. En dieselfde geld Strach nou.

Ayla bel Hestie en lig haar in dat sy reeds môre teruggaan.

"Ek kan ongelukkig nie die geld wat jy vooruitbetaal het

terugbetaal nie. Dis deur 'n webwerf gedoen en ek moet hulle reëls en regulasies volg."

"Ek verstaan, Hestie. Dis in die haak."

'n Tweede taak wat sy kan aftik. Die maklikste twee.

Dis net ná tien en sy is al klaar stokflou. Nie na liggaam nie, maar na gees.

Nou is Strach die volgende tree wat sy moet neem, besef sy ná die klein respyt. Sy wil hom in die oë kyk en finaal weet wat aangaan.

"The subscriber ..." Ayla druk dood en bel die spreekkamer.

"Jammer, maar Dokter is nie hier nie. Ons weet ook nie wat aangaan nie. Hy het net 'n e-pos gestuur waarin hy sy ernstige gevalle na ander dokters verwys en die res van sy afsprake onbepaald uitstel."

Dit klink nie soos iets wat Strach sommer sal doen nie. "Kan jy dalk vir my sê wanneer dit gestuur is? Ek moet hom dringend oor 'n privaat aangeleentheid kontak."

"Wag, ek kyk gou. H'm. Ja, hier is dit. Eenuur vanoggend, sien ek nou eers. Ek hoop nie hy is siek nie? Ek het hoeka sy selnommer en landlyn gebel en daar is nie by een van die twee antwoord nie."

"Baie dankie vir jou hulp. Totsiens." Sy voel sleg om so kortaf met die vriendelike vrou te wees, maar 'n knop trek pynlik saam op haar maag. Wat het hom eenuur laas nag laat besluit om te doen wat sy weet teen sy grein ingaan? Dis immers duidelik dat hy baie toegewyd is aan sy praktyk en nou kanselleer hy sommer net sy afsprake?

Was Valk dalk wel in die kol en het dit Strach laat besluit om te vlug?

Of was Strach bang sy pasiënte en personeel vind uit hy is 'n moordverdagte en sonder hy hom nou op ietwat lafhartige wyse af om verleentheid te voorkom?

Net een manier om uit te vind.

Jojo

Uiteindelik kom sy deur na Valk se nommer wat nou al wie weet hoe lank beset gelui het.

"Hallo, Jojo. Ek neem aan jy bel oor Irene? Sy is nog onder verdowing en nie honderd persent buite gevaar nie, maar toon tekens van beterskap." Hy klink doodmoeg. "Ek kan haar moontlik later vanoggend besoek."

"Dankie. Ek het al vroeër vanoggend by die hospitaal navraag gedoen. Ek bel oor iets anders. Carmichaels, IPIN se ander buurman ..."

"Ek het gehoor hy is oorlede en van die blonde vrou wat hom besoek het. Daar is dalk 'n slang in die gras. Volgens die verpleegpersoneel het die ouman volgehou hy is van die trap in sy huis afgestamp. Die polisie is juis op pad na sy eiendom om te sien of hulle iets daar kan wys word. Carmichaels se seun het gelukkig ingestem om hulle by sy huis te ontmoet en te laat inkom. Hulle gaan ook by die IPIN-eiendom 'n draai maak om uit te vind of hulle iets gehoor het toe die Bonthuyse aangeval is. Ek is verbied om saam te gaan." Frustrasie sit soos ystervylsels in sy stem.

"Het hulle 'n lasbrief?"

"Nee, nog nie. Hulle hoop maar op samewerking van IPIN se kant af. O, en Serfontein antwoord nie sy sel of landlyn nie. Volgens sy ontvangsdame het hy al sy afsprake vir 'n onbepaalde tyd gekanselleer. Ek dink die kanse is goed dat hy gatskoongemaak het.

"Kaptein Bosman het onderneem om navraag by die sekuriteitsmense by die kompleks te doen oor Serfontein se bewegings, maar hy het sy hande vol met die Akkedisbergmoorde."

"Ek wou nog vra, wat het van die hond geword? Boel. Dis 'n monsteragtige gedierte. Ek kan my nie indink iemand sou verby Boel kom nie."

"Was vasgemaak aan 'n ysterpaal en is dood aan dieselfde soort steekwond as die Bonthuyse, vermoedelik 'n pyl wat uitgetrek is."

"Die hond is op my versoek vasgemaak, maar dit was die oggend al. Elfuur se koers."

"Ons weet nog nie hoe laat die Bonthuyse dood is nie."

"As die Bonthuyse dood is kort nadat ek daar weg is, wat 'n mens ook kan aflei daaruit dat Gert nie Baardskeerdersbos toe is vir sy staande afspraak met sy drinkebroer nie, beteken dit dat die persoon wat Irene geskiet het óf op die Bonthuys-eiendom agtergebly het óf weer daarheen is."

"Dis die polisie se afleiding ook."

"'n Hommeltuig kon dopgehou het wat daar aangaan ná die Bonthuyse se moord."

"Dis seker moontlik, maar dit help nie om te spekuleer voor ons die outopsieverslag kry nie. Ons is nog nie eens seker of die Bonthuyse wel met pyle geskiet is nie. Dit kan meswonde wees."

"Nog geen uitsluitsel oor DNS op die pyle wat die regter getref het nie?"

"Daar is sweet op die een pyl gevind. Sweet op sigself bevat nie DNS nie, maar selle skilfer voortdurend van 'n mens se vel af en kan in sweet opgeneem word. Of dit gaan resultate oplewer, sal ons maar moet sien. Maar selfs al is daar positiewe resultate, gaan dit nie veel help as die DNS nie vergelyk kan word met 'n verdagte s'n nie."

"Julle sal ten minste kan uitvind of dit 'n man of 'n vrou s'n is." As hulle dit weet, weet hulle darem al of Strach gelieg het of nie. "En mitochondriale toetsing sal kan bepaal aan wie die boogskutter verwant is."

"Ja, die boogskutter se DNS kan met Ayla en Irene s'n ver-gelyk word," volg Valk dadelik die strekking van haar woorde. "As dit Diana of Nimue was. As die sweet DNS bevat."

"Ayla het gesê Faan Fortuin se verloofde spesialiseer in DNS-analise. Sy werk glo by EasyDNA in Kaapstad. Volgens hulle webwerf waarborg hulle resultate binne vyf tot sewe dae ná ontvangs van die monsters."

"'n Mens neuk nie met bewysstukke en chain of custody nie, Jojo. Jy is dalk 'n goeie navorser, maar jy sou 'n hopelose speurder uitgemaak het. Jy kan nie by die reëls hou nie."

"Mag so wees, maar ..."

"Dis nou genoeg, Jojo. Ek het werk om te doen. Volgens prosedure en protokol. Bye."

"Bye, Valk." En good luck met jou prosedure en protokol, wil sy byvoeg, maar hy het reeds afgelui.

Ayla

Die wag by die sekuriteitshek skud sy kop. "Jammer, Mevrou, maar dokter Strach antwoord nie sy foon nie. Ek kan Mevrou nie laat deurgaan nie."

Dit help net mooi niks sy het die ellendige sleutels en die alarm se afstandbeheerder maar nie 'n sekuriteitskaart vir die hek nie.

"Dis juis die ding, ek is bekommerd oor hom. Ek is bang hy is dalk siek of het seergekry, want niemand kan hom in die hande kry nie."

"Maar dan sou hy die paniekknoppie kon gedruk het."

"En as hy bewusteloos is? Dalk 'n hartaanval gekry het?" Sy raak nou nes Jojo, maar sy wil weet of Strach hom net in sy huis onttrek en of hy gevlug het. En as hy wel daar is, wil sy weet wat die waarheid is.

Die hekwag wik en weeg. "Ek sal iemand stuur om te gaan kyk."

"Kan ek saamgaan? Asseblief? Ek het die spaarsleutels en die alarm se afstandbeheerder vir die huis. Strach het dit vir my gegee."

"Ek dink nie ..."

"Asseblief, ek is baie bekommerd oor hom. En ek is 'n dokter." Hopelik maak daardie een vokaal wat verklap dat sy nie 'n mediese dokter is nie, nie 'n verskil aan die hekwag nie.

Hy kyk haar vir lang oomblikke vertwyfeld aan voor hy knik. "Nou maar goed. Ek sal sommer self saam met Dokter gaan." Hy draai weg en praat met sy kollega voor hy in die motor klim.

"Dokter moet maar verskoon, maar al daardie uitvraery oor die vrou wat die brief by die hek gelos het en dokter Strach se bewegings nou die aand, maak mens maar versigtig."

"Dis in die haak."

Ayla parkeer voor die huis. Die alarmliggie bokant die deur is nie aan nie, sien sy toe hulle naderstap. Dan moet hy tog tuis wees. Sy druk die deurklokkie.

Geen geluid van binne af nie. Nie 'n gordyn wat roer nie. Sy lui die klokkie nog twee maal met billike tussenposes. Geen reaksie nie.

Sy druk die deurhandvatsel af. Gesluit. As die sleutels aan die binnekant sit, sal sy nie kan inkom nie. Die sleutel glip egter in.

"Strach?" roep sy toe sy die deur oopdruk, maar sy kan sommer aanvoel daar is niemand in die huis nie.

"Dokter Strach?" roep die hekwag ook.

Geen antwoord nie. Die hekwag stap kombuis toe en maak die binnedeur wat na die motorhuis toe lei oop. "Die RAV is nie hier nie."

"Ek stap net vinnig deur die huis."

"Dokter, as die RAV nie hier is nie, beteken dit dokter Strach het gery. En dit beteken ons behoort nie in sy huis te wees nie."

"Oukei, maar ek moet die badkamer gebruik. Ek kan nie hou nie." Oudste truuk in die boek– waaraan sy nie sou gedink het as Jojo haar nie vertel het hoe sy die Bonthuyse kon ompraat om die badkamer te gebruik sodat sy kon rondkyk en hulle uitvra nie.

Ayla wag nie vir toestemming nie, maak net die gangdeur oop en trek dit agter haar toe. Skuins oorkant die gastebadkamer ontdek sy Strach se studeerkamer met 'n lieflike uitsig oor die see.

Lyk nie of die rekenaar afgeskakel is nie. Sy roer die muis. Die skerm vra 'n wagwoord.

"Dokter? Ons moet hier uit. Dis betreding." Die wag klink benoud aan die ander kant van die gangdeur.

Ayla maak 'n vinnige draai deur die slaapkamers. Al drie die beddens is opgemaak, nie 'n spoor van Strach nie. Sy trek die toilet voor sy terugstap.

"Jammer. Ek kon regtig nie hou nie."

Die wag glimlag net verlig en trek die voordeur agter hulle toe. Sy sluit weer.

"Jy was seker nie laas nag aan diens nie?" vra sy toe hulle terugry.

"Nee, my skof het seweuur vanoggend begin. En dokter Strach is beslis nie vanoggend hier uit nie. Hy maak altyd 'n punt daarvan om ons te groet."

"Het julle logs of iets van wie wanneer uitgaan?"

"Nie van inwoners nie, maar ons let maar altyd op. Ek kan op die dienslys gaan kyk wie nagskof gedoen het." Hy maak vir haar die valhek oop en beduie dat sy aan die ander kant daarvan uit die pad van moontlike ander verkeer moet stilhou voor hy die kantoor binnegaan. Dit duur net 'n paar minute, maar dit voel soos 'n ewigheid voor hy weer aangestap kom en by haar venster buk.

"Die man was 'n bietjie omgekrap dat ek hom wakker gebel het, maar hy het darem gesê iemand het 'n dame so net ná twaalf hier afgelaai. Sy het as besoeker vir dokter Strach ingeteken. Dokter Strach is so halftwee vanoggend hier uit en die dame was saam met hom in die motor. Hy onthou omdat die mense hier bitter min so laat uitgaan."

"Strach het dus toestemming gegee dat sy inkom?"

"Ja, hy het."

"Het jou kollega gesien hoe sy gelyk het?"

"Ek het gevra, ja. Langerige blonde hare. En ek het gaan kyk, die naam waarmee sy ingeteken het, is Ayla Hurter."

Dis asof die aarde vir 'n oomblik stilstaan om sy as.

"En dis mos wat Dokter gesê het Dokter se naam ook is toe ek dokter Strach probeer bel het vir toestemming?" Sy oë rus veelseggend op haar lang blonde hare.

"Ja, maar dit was nie ek nie. Seker my suster. Sy maak partykeer sulke grappies." Die woorde kom met moeite en die glimlag wat sy na haar lippe dwing, is bewerig. "Baie dankie vir jou geduld en moeite."

Gelukkig is sy reeds anderkant die valhek. Hy keer haar nie toe sy ry nie, maar in die truspieël sien sy die kommertrek op sy gesig toe hy haar motor agternastaar.

Sewe en twintig

Jojo

"Hy het gedink hy gee toestemming dat ék inkom, Jojo." Jojo kan sien Ayla is steeds op die rand van trane, maar sy is darem effens kalmer as toe sy so vervaard hier by die kothuis aangekom het. "Maar hoekom sou hy in die middernagtelike ure saam met Nimue gegaan het?"

"Jy aanvaar net dis Nimue. Dis nie te sê nie, Ayla."

"Seker nie." Sy skud haar kop. "Maar wie kon geweet het hy sou my daardie tyd van die nag laat inkom? Wie weet trouens ons ken mekaar? Selfs al is dit Nimue, hoe weet sy hoegenaamd dat ek hier is? En waarheen is hy saam met wie ook al? En waarom?"

Jojo skud haar kop. "Ek het nie antwoorde nie, Ayla, maar ons weet ten minste hy is nie op die IPIN-eiendom nie. Valk het gebel net voor jy hier aangekom het. Die polisie is vanoggend daarheen. Dit het heelwat oortuiging geverg en 'n hele ruk geduur, maar hulle is uiteindelik wel toegang gegee en toegelaat om deur al die geboue te gaan. Behalwe dat dit 'n vreemde opset is, en alles glo baie verwaarloos, het hulle niks verdags gekry nie.

"Daar was drie vroue op die perseel." Jojo haal diep asem. Al het hulle hul vermoedens gehad, sal dit waarskynlik steeds 'n skok vir Ayla wees. "Nimue Hurter, wat hulle laat inkom het. 'n Vrou van by die sewentig, Vivien Venter, en daar is ook 'n bedleënde vrou van byna negentig. Emsie Prinsloo, die eienaar van die eiendom. Nimue het egter gesê hulle is vier wat daar bly. Die vierde een, Diana Krause, het gaan voorraad koop vir die week, soos gewoonlik op Maandae."

Ayla lyk skoon bleek. En geen wonder nie. Sy het dalk vermoed haar ma is ook deel van IPIN, maar nou het sy bevestiging dat Vivien haar dogters net so gelos het om 'n hele nuwe lewe vir haarself te beding en nooit weer die behoefte gehad het om haar oudste dogter te kontak nie, maar wel haar jongste.

"Emsie Prinsloo ly aan demensie en kon geen vrae beantwoord nie. Volgens Nimue het sy en Diana af en toe verby die Bonthuyse gery, maar hulle nooit ontmoet nie. Vivien ook nie. Al was daar nie goeie buurmanskap tussen hulle nie, is hulle baie geskok om te verneem van die plaasmoord. Dis juis omdat hulle so bang is vir plaasaanvalle dat hulle die hommeltuig gebruik om die hek en grensheinings dop te hou.

"Die polisie het Nimue gevra of sy vir Carmichaels geken het. Sy het gesê net van sien en ook net toe hy nog die groentetuin gehad het aangesien die ingang na sy eiendom nie op dieselfde pad is as hulle en die Bonthuyse s'n nie. Hy en Emsie Prinsloo het 'n uitval gehad nog lank voor Vivien haar intrek geneem het en het mekaar al die jare soos die pes vermy. Nimue ontken dat sy of enige van die ander ooit op sy eiendom was. Hulle het nie eens geweet hy is in die hospitaal nie."

"Het hulle vir Nimue gevra van Susan en Soekie Hough? Van Sterretjie? Van Kimberley en Shelley?"

"Net van Kimberley en Shelley. Volgens Nimue het hulle wel daar gewoon, maar Kimberley het in Mei vanjaar besluit hulle keer terug VSA toe. Waarheen presies, weet sy nie. Nimue het die polisie die rondawel wat Kimberley en Shelley bewoon het, gaan wys. Kimberley se meubels is steeds daar. Sy het dit glo aan hulle geskenk toe sy daar weg is. Daar is geen teken dat iemand die afgelope maande daar gebly het nie. En ook nie in die ander rondawels nie – dis nou behalwe die een wat jou ma en Emsie Prinsloo deel en die twee wat onderskeidelik deur Nimue en Diana bewoon word."

"Maar wat van Sterretjie? Rita Bonthuys het haar immers gesien? En die briefie bewys Rita het die waarheid gepraat."

Jojo haal haar skouers op. "Dit was jare gelede. Nadat hulle seker gemaak het daar is nie ander mense in die geboue nie, het die polisie nie rede gehad om langer te bly of verder te soek nie."

"Was hulle in die driehoekgebou?"

"Ja. Dis net een groot, feitlik vensterlose saal met 'n binnenshuise swembad en verder 'n sementvloer met 'n paar stukke oefentoerusting in die een hoek. Dis glo hoofsaaklik gebou sodat die plat dak kan dien as 'n landingsplek vir 'n ruimtetuig wat hulle na die moederskip gaan neem. Hulle het onlangs gloeiklippies op die dak gestrooi om in die nag vir die ruimtetuig sigbaar te wees. Ek neem aan dit verklaar die gloed wat die Bonthuyse saans gesien het.

"Die ruimtetuig gaan hulle glo op 23 September kom haal. Nimue het pertinent gesê hulle glo nie David Meade se teorie dat die planeet Nibiru met die aarde gaan bots nie – Meade verkondig glo dat die drie-en-twintigste die begin van die einde van die aarde is – maar dis wel die datum waarop hulle na 'n ander planeet geneem sal word." Jojo probeer so neutraal as moontlik klink.

"Dis oor vyf dae." Ayla klink verslae.

Jojo frons. "Ayla, jy weet mos dis bog."

"Die ruimtetuig wat hulle dusdanig kom haal, ja, maar hulle voer iets in die mou en dit gaan op die drie en twintigste gebeur."

'n Rilling hardloop teen Jojo se rugstring af. "Gelukkig is jy teen daardie tyd terug in die noorde."

"Ek gee nie om wat die polisie sê nie, Strach is daar." Dis asof Ayla haar nie gehoor het nie. "Hy is óf ontvoer óf daarheen gelok óf hy is uit eie vrye wil daarheen omdat hy deel van hulle en hulle planne is – wat dit ook al mag wees."

"Ayla, jy gaan op daardie vliegtuig klim en die res aan my en Valk en die polisie oorlaat, hoor jy vir my?"

Ayla knip haar oë asof sy uit 'n dwaal kom. "En wat sal jy en Valk kan uitrig? Veral noudat die polisie tevrede is dat IPIN dalk vier UFO-betottelde vroumense huisves, maar verder bo verdenking is? Het hulle ooit vir rolskaatse gesoek, vir 'n boog, pyle? En niemand het in die stadium toe die polisie daar was, geweet Strach is weg nie. Hulle sou dus nie spesifiek gekyk het of daar dalk 'n plek kan wees waar hy weggesteek word of weg-kruip nie. En wie sê hy was nie agter in die voertuig waarmee Diana kastig gaan voorrade koop het nie?"

"Sy het in 'n paneelwa daar aangekom net voor hulle daar weg is. Met voorrade wat sy aangekoop het en wat 'n konsta-bel help uitlaai het. Sy is ondervra en het basies herhaal wat Nimue te sê gehad het." Jojo laat rus haar hand op Ayla se skouer. "Miskien was Strach se besoeker Kimberley. Miskien is hy saam met haar êrens heen, maar op die IPIN-eiendom is hy nie."

"Die vrou het my naam vir die sekuriteitswag gegee. As dit Kimberley was, hoe sou sy geweet het wie ek is? Wat my naam is? Dat ek Strach ken?"

"Ek weet nie, Ayla. Terloops, kaptein Bosman het 'n lyk-skouing op Carmichaels se liggaam aangevra. Miskien word hulle daaruit iets wys."

"Hulle moet Strach se huis ordentlik gaan deursoek. Ek kon net vlugtig kyk."

"Jy sal hom eers as vermis moet aangee, maar die feit bly staan hy het ná die vrou se aankoms 'n e-pos na sy praktyk gestuur. Hy was agter die stuur van sy voertuig. Hulle gaan re-deneer hy is uit vrye wil weg."

"Maar hoekom het sy my naam gebruik?" herhaal Ayla en skud haar kop. "Al die vrae gaan my nog gek maak."

Jojo word 'n antwoord gespaar toe Ayla se foon lui. "Sjerien. My ontvangsdame," prewel sy voor sy uitstap op die stoep.

Jojo het pas kookwater oor die groenteesakkies geskink toe Ayla terugkom.

"Bertie Visagie gaan 'n siviele saak teen my maak. Sy

prokureur wil my sien om te hoor of ek eerder buite die hof wil skik. Hy eis 'n miljoen rand. Dreig ook om na die Raad op Gesondheidsberoepe te gaan."

Ayla

Nadat sy die tee met ekstra heuning gedrink en Jojo haar moet ingepraat het, bewe haar hande effens minder toe sy haar motorsleutels optel.

"Dis nie nodig dat jy saamstap nie," keer sy toe Jojo mik om haar te vergesel.

Die wind ruk aan haar klere en hare toe sy uitgaan. Ayla trek haar trui stywer om haar vas.

Jojo is reg. Daar is geen werklike rede vir paniek nie. Sy sal dinge kan uitsorteer. Monica se brief behoort as bewys te kan dien dat Visagie lieg. En sy is seker die prokureur vir wie sy onlangs 'n handtekening as vals bewys het, sal haar help met die siviele saak.

Die sekuriteit by Strach se kompleks is nie naastenby so gesofistikeerd soos in groter sentra nie, maar daar is beslis kameras. Dit sal ten minste bewys dit was nie sy wat by Strach besoek afgelê het in die middernagtelike ure nie. Dat haar naam by Whale Haven deur iemand anders gebruik is. En met 'n bietjie geluk sal die persoon geïdentifiseer kan word.

Jojo

"Dit is nie Ayla wat Sondagnag by Strach was nie, Valk. Die sekuriteitskameras sal dit bevestig. Maar iemand wat Ayla se naam gebruik het, het iets te doen met sy verdwyning," sluit sy af. Sy het lank gewik en geweeg of sy Valk moet inlig oor wat Ayla haar vertel het, maar haar stilswye het voorheen al meer kwaad as goed gedoen.

"Sê jy. Ek sê hy het gevlug."

Sy kan die ongeduld in sy stem hoor. Dit help sekerlik ook nie dat hy nog nie toestemming gekry het om Irene langer as 'n minuut of twee te besoek en verbied is om haar uit te vra nie. "Die kaptein wil nie hê ek moet meer in enige opsig betrokke wees by enigiets wat met IPIN of die aanval op Irene te doen het nie. Ek het dus my eie probleme, Jojo. En jy help ook nie met jou geneul tussenin nie."

Geneul? Wag, laat sy haar liewer nie wip nie.

"Ek het vir alle praktiese doeleindes nie meer 'n saak nie, maar flenter agter allerhande los drade van ander mense se sake aan terwyl my vrou in die hospitaal lê. Dis regtig nie die ideale toedrag van sake nie. Ek sal vir oulaas by Whale Haven se sekuriteit gaan hoor of hulle op hulle kameras kan kyk wat laas nag daar aangegaan het, maar dis die einde. Oukei?"

"Dankie, Valk. Ek waardeer dit." Sy probeer bedees klink, maar heimlik brand sy van ongeduld.

Sy kan Valk se sug amper in haar oor voel blaas. "Wat is dit?" Die pes ken haar te goed.

"Hoe seker is jy die mense wat by IPIN was, het regtig behoorlik gekyk?" Sy het Ayla nou wel probeer paai, maar sy het self haar vertwyfelinge.

"Ek is so seker as wat ek kan wees dat hulle so behoorlik gekyk het as wat hulle sonder 'n lasbrief kon."

"Maar hulle het nie gevra oor Sterretjie nie. Ook nie oor Susan en Soekie Hough nie. Susan se UFO-konneksie kan nie toeval wees nie. En waarom is Kimberley onbereikbaar?"

"Liewe donner, Jojo. Hoe kan hulle vra oor die Houghs as daar geen aanduiding is dat IPIN enigiets met hulle verdwyning te doen gehad het nie? En dis bloot 'n afleiding wat julle gemaak het dat die meisiekind wat Rita Bonthuys sê sy gesien het Soekie se kind is. Op grond van 'n fokken jaartal!"

"Het hulle gesoek vir 'n boog, pyle? Rolskaatse?"

"Hulle sou hulle oë oopgehou het vir enigiets wat hulle kan sien op plekke waar hulle toegelaat is om te kyk sonder 'n lasbrief. En ek is nou gatvol om myself te herhaal. Gatvol om te probeer verduidelik wat nie binne my vermoë is om te verduidelik nie. En gatvol vir julle ryk verbeeldings. Bye."

"Ja, lekker dag verder vir jou ook," prewel Jojo in die dooie foon en gaan sit agter haar skootrekenaar.

Ryk verbeelding se agterent. Êrens is daar iets wat sy miskyk. Of daar is goed wat knoop, maar wat sy nog nie aanmekaargeknoop gekry het nie. Blond met blou oë. Nordic aliens. Soekie wat verwag het toe sy verdwyn het. Dalk Sterretjie. Vivien Venter wat toe waaragtig ook deel van IPIN is. Emsie Prinsloo wat op amper negentig demensie het. Jojo frons. Sy blaai na die tydlyn wat sy so met verdrag opgestel het. Marja Venter, as sy nog leef, sal nege en tagtig wees. Omtrent so oud soos Emsie. Kan Emsie dalk Marja wees?

Miskien is Valk reg. Miskien het sy 'n te ryk verbeelding, maar haar gedagtes bly vassteek by Emsie Prinsloo. Weduwee. Voorheen van die Uitenhage-distrik, het Irene nog gesê. Het die IPIN-eiendom in 1984 gekoop. Vyf jaar nadat Marja haar dogter en kleindogters agtergelaat en verdwyn het.

Jojo maak Chrome oop en tik in die soekvenster. Oomblikke later weet sy sewe Prinsloos in die Uitenhage-omgewing het huisfone.

Die eerste drie Prinsloos met wie sy praat, het nog nooit van 'n Emsie Prinsloo gehoor nie. Die vierde oproep wat sy maak, is belowender.

"Emsie Prinsloo? Dit klink nie bekend nie, maar as sy in die 1980's hier was, sal my oupa dalk weet, Tannie. Hy is nou in die ouetehuis." Die stem is jonk en opgewek.

"Hoe oud is hy, hartjie?"

"Laas maand twee en sewentig geword, maar sy verstand is nog baie helder."

Dis te hope. Twee en sewentig is nog nie oud as mens al sestig sien kom en gaan het nie. "Is daar 'n nommer waarop ek hom kan skakel?"

Die meisiekind huiwer. "Ek kan liewer Tannie s'n vir hom gee, dan kan hy Tannie bel."

"Dit sal baie gaaf wees." Jojo gee haar nommer, groet en staar na die rekenaarskerm.

Twee en sewentig. Hy sou dus in 1984 toe Emsie haar eiendom gekoop het, nege en dertig gewees het, Marja ses en vyftig.

Uitenhage. Hoekom wil daar êrens 'n klokkie lui? 'n Lang-dradige soektog later sit sy met die antwoord voor haar.

Op 29 September 1978 het 'n Indiër-vrou 'n skyfvormige objek sien opstyg van die Groendal Natuurreservaat naby Uitenhage in die Oos-Kaap.

Drie dae later het vier skoolseuns van Despatch tussen die ouderdomme van twaalf tot sestien in die reservaat gaan stap. Op hulle roete het hulle drie mans in silwer styfpassende oorpakke teengekom. Twee van die mans het uit die rigting van 'n blink voorwerp aangestap gekom en hulle by 'n derde man aangesluit. Hulle het op iets soos vinne teen 'n steilte op-beweeg voor hulle verdwyn het. 'n Maand later is 'n stel van nege eweredige afdrukke in die grond gevind wat vermoede-lik verband gehou het met die blink voorwerp.

Jojo sit terug. 1978. Die jaar voor Marja verdwyn het.

Sy gryp die foon toe dit lui. Vreemde nommer. "Jojo Richter, hallo?"

"Sterling Prinsloo." Bruusk. "Wat wil jy van daardie heks weet?"

A, dit klink na besigheid. "Soveel as moontlik."

"Leef sy nog?"

"Sy is bedlêend. Het demensie."

"Ek sou ook demensie gekry het as ek sy was. Sou ook wou vergeet dat ek 'n man in sy graf ingedryf en toe waaragtig nog met 'n spul geld ook weggeloop het."

"Wie het sy in sy graf ingedryf?"

"My pa. Ook Sterling. My ma was skaars dood toe sy hier op die dorp aangekom het. Einde 1979. Glad nie eens 'n oil painting nie, maar my pa was eensaam. Hy was heelwat ouer as sy en hy het gedink sy sal hom ten minste op sy oudag kan versorg. Binne maande met haar getrou."

Sterling senior klink nou nie juis na 'n romantiese held nie. "En toe?"

"Danksy Emsie het ek en my pa van mekaar verwyder ge-raak. Ek het op die plaas langs syne geboer, maar die laaste jaar van sy lewe het ek hom net op die dorp gesien. Tot van-dag toe kan ek myself nie vergewe dat ek dit toegelaat het nie.

Ek is oortuig daarvan sy het sy dood aangehelp. Skaars twee jaar ná hulle getroud is."

"Hoe dink jy het sy sy dood aangehelp?"

"Hy was 'n diabeet. My ma het hom altyd streng dopgehou en gesorg dat hy sy bloed toets en hom reg inspuit. Emsie kon nie 'n moer omgee nie. Boonop het sy koek en tert en soetkoekies en poedings gebak asof dit uit die mode gaan. En my pa het 'n soettand gehad. Ek weet my pa was 'n grootmens en moes self na sy gesondheid omgesien het, maar sy het dit vir hom baie moeilik gemaak. Hy het een nag in 'n koma verval. Sy het kastig in 'n ander kamer geslaap omdat hy gesnork het. Sy het hom eers die volgende oggend gekry en die ambulans gebel. Hy het nie weer bygekom nie.

"Toe het sy nog die bleddie vermetelheid om op die plaas aan te bly ook. Wel, volgens die testament het sy vruggebruik gehad, maar sy het geweet sy is nie welkom nie. En toe, nadat die testament afgehandel is, verdwyn sy oornag. Vyftig duisend rand ryker aan erfgeld van my pa. Weet jy hoeveel geld was dit in 1983? 'n Kakhuis vol geld. Seker maklik 'n miljoen rand in vandag se terme. Waarskynlik meer."

"Het jy ooit weer van haar gehoor?"

"Nee, dank die gode daarvoor. Spinnekopwyfie, dis wat sy was. Vir wat wil jy hierdie dinge weet?"

"Ek probeer namens 'n kliënt uitvind."

"Nou sê vir jou kliënt Emsie Prinsloo is so mal soos 'n haas. Hoeveel keer moes my pa haar nie in die Groendal Reservaat gaan soek het nie. Sy wou glo ook Marsmannetjies sien soos die seunskinders destyds. In die begin het ek nog gaan help soek wanneer sy sommer net weggeraak het. Later kon ek nie meer bodder nie en het my pa verwyt oor hy nie net die stupid vroumens wegjaag nie. Dis toe dat ons verhouding versuur het."

"Wat was Emsie se van voor hulle troue? Kan jy onthou?"

"Natuurlik. Dink jy ek is kens? Venter. Maria Catharina Venter wat haarself Emsie genoem het na aanleiding van haar voorletters."

Bingo! "Wel, Emsie Prinsloo is ook vinnig op pad na 'n afspraak met die man met die seis. Dankie vir al die inligting."

"Kan nie sê dit was 'n plesier om weer te onthou nie."

"Sterling, mag ek vra waar jy aan jou naam kom? Dis nogal uitsonderlik."

"My ouma aan moederskant was 'n nasaat van die Setlaars wat hierheen gekom het. Hulle was van Stirling in Engeland. My pa is toe Sterling genoem oor my oupa Afrikaans was en ek is na hom vernoem. En ek moet sê mevrou Richter, jy vra die eienaardigste vrae. Ek dink ek het nou genoeg beantwoord. Totsiens."

Jojo bedank hom weer, groet en lui af. Sterling. Marja moes gedink het dis 'n teken. Of was sy net agter die geld aan? Hulle sal seker nooit weet nie. Maar sy weet ten minste wel Marja Venter wat nou bekend staan as Emsie Prinsloo het IPIN gestig. Twaalf jaar later het Vivien haar by haar ma aangesluit en ongeveer nege jaar daarna het Nimue en Diana daar aangekom.

Nimue en Diana het elkeen 'n groot bedrag geld gehad toe hulle verdwyn het. Vivien waarskynlik nie. En maak nie saak hoeveel geld vyftig duisend rand destyds was nie, dit sou opgeraak het as Marja nie 'n nuwe inkomste gegenereer het nie. Dieselfde met Nimue en Diana se geld. Waarvan leef die klomp?

Susan Hough het nie geld gehad nie. Die mans wat verdwyn het, was te jonk om geld te hê. Kimberley het seker 'n kontantinspuiting meegebring, maar voor dit?

Jojo ruk van die skrik toe daar hard aan haar deur geklop word. Joachim klop nie só nie.

"Wie is dit?"

"Valk. Maak oop, dis donners koud hier buite."

Sy hare staan in alle rigtings toe hy binnekom en hy lyk behoorlik moerig toe hy 'n koevert in haar hande druk. "Jou stel afdrukke van stilbeelde van Whale Haven se sekuriteitskameras."

Jojo vou die koevert se flap oop en trek die A4-blaaie met greinerige swart-en-wit foto's daar uit.

Eers kan sy nie mooi uitmaak wat sy sien nie tot die figuur in die eerste foto begin sin maak. En juis daarom nie sin maak nie.

"Maar dis ... Dit lyk soos ..." Sy blaai vinnig na die onderste twee foto's. Die gelaatstrekke is onduidelik, maar die hare lyk nes Ayla s'n. Wat finaal haar identiteit bevestig, is die te groot heupe vir haar skraal bolyf.

"Ja, Jojo. Dit is Ayla Hurter en ek wil weet wat die fokken game is wat sy met ons speel."

Agt en twintig

Ayla

Daar is, soos gewoonlik, niemand by ontvangs toe sy die gastehuis se voordeur oopsluit nadat sy eers 'n lang ent gaan stap het in die hoop dat die koue haar verstand sal helderder maak nie.

Die oomblik toe sy die kamer binnegaan, weet sy iets voel verkeerd. Die skoonmakers was hier, dit sien sy aan die skoon handdoeke op haar bed, maar dis nie net dit nie. Sy laat haar oë deur die kamer dwaal. Niks staan uit as verkeerd of noemenswaardig anders nie. Ook nie in die badkamer nie. Sy verbeel haar. Dis net haar senuwees wat gaar is.

Dis toe sy haar rekenaar uit haar briewetas trek dat Ayla sien die klerekas se deur staan op 'n kier oop. Niks besonder eienaardigs daaraan nie, maar sy kry nie die gevoel afgeskud dat iets skort nie.

Geluide klink in die gang op, stemme en voetstappe, 'n deur wat oop- en toegaan, maar sy hoor dit skaars.

Ayla maak die kasdeur versigtig oop. Niemand bespring haar nie. Daar hang wel klere in haar kas wat nie hare is nie. Sy haak die hanger van die reling af en bekyk dit van naderby.

Dit lyk asof dit gedra is en ruik effens na deodorant. Nie die soort wat sy gebruik nie.

Die klere is in haar grootte. 'n 34- lospassende trui en 'n 40-denimbroek. Dis min of meer in die styl wat sy dra, maar sy het 'n pes aan paisley en die trui se voorkant wemel daarvan. Heldergeel pas in elk geval nie by haar gelaatskleur nie en sy het beslis nie jeans saamgebring nie.

Sy blaai vinnig deur die res van die hangers. Sy hang altyd haar stelle klere bymekaar en in die volgorde wat sy dit wil dra. Een stel klere, bedoel vir haar terugreis, ontbreek. Sy het dit nog nie aangehad sedert sy hier is nie, dus kon die skoonmakers dit nie geneem het om te was nie.

Sy kyk hoopvol na die interne foon toe dié lui. Miskien het iemand hulle fout agtergekom en is dit Hestie wat bel om die saak reg te stel.

"Ayla, hier is 'n vrou wat daarop aandring om jou te sien. Sy sê jy antwoord nie jou foon nie."

Sy het die foon op klankloos gestel terwyl sy gaan stap het en vergeet om die klank weer aan te skakel, besef sy.

"Wie is dit?"

"Jojo Richter."

"Stuur haar maar gerus in. Baie dankie. Jammer vir die moeite."

Die glimlag waarmee sy Jojo oomblikke later probeer begroet, taan baie vinnig.

"Wat skort, Jojo?"

Jojo haal 'n koevert uit haar handsak en pak afdrukke van drie foto's op die koningingrootte bed uit. "Kan jy dit verklaar?"

Teen die tyd dat sy die laaste foto bekyk het, voel haar hart asof dit te groot is vir haar borskas.

Sy kyk Jojo verslae aan en skud haar kop. "Dis nie ek nie, Jojo. Ek sweer dis nie ek nie." Sy beduie na die paisleytrui. "Ek het die trui wel so pas in die kas ontdek, maar dis nie myne nie. En een stel klere wat wel myne is, is weg."

Ayla loop na die interne foon en lui ontvangs. "Hi, Hestie. Ek wil net hoor of hier dalk iemand in my kamer was?"

"Net die skoonmakers. Kort ná jy vinnig hier ingehardloop het om ander klere aan te trek."

'n Naarheid stoot in haar op. "Dit gaan klink soos 'n simpel vraag, maar hoe laat was dit en kan jy beskryf wat ek aangehad het?"

"Ek het nie gesien toe jy uit is nie, maar met die inkom was dit 'n bonterige geel top. Dit was so 'n rukkie ná elfuur. Ek neem aan jy het toe jou sleutels opgespoor? Jammer ek kon nie die spaarsleutels vir jou gee nie, maar dis die enigste backup wat ek het. En soos ek vir jou gesê het, as jy môre op daardie vliegtuig klim met die spaarsleutels per ongeluk nog by jou, het ek groot probleme."

"Dis in die haak. Dankie vir jou hulp." Ayla sit die gehoorbuis neer en draai na Jojo toe. "Iemand was in my kamer terwyl ek vanoggend by Whale Haven was. In die paisleytrui. Ek lei af sy het gemaak asof sy haar sleutels verloor het. Hestie moes vir haar oopgesluit het, maar wou nie die sleutels gee nie. Sy is hier uit, vermoedelik in die klere wat ek nou vermis."

"Jy dink dis Nimue?" Jojo gaan sit op die punt van die bed en kyk haar skepties aan.

Sy het goeie rede. "Ek weet dit klink vergesog, Jojo, maar sy het ook altyd lang blonde hare gehad. Sy kon dit in dieselfde styl gesny het as myne. Sy het ook blou oë al is dit 'n skakering donkerder. En al is ek die lelike eendjie, is ons gesigsvorm eners. Vandat ek my tande laat regmaak en gewig aan my bolyf verloor het, trek ons ook waarskynlik sterker op mekaar. Sy het moontlik die helder kleur van die bostuk gekies sodat dit eerste aandag trek, dus die oog weglei van haar gesig af. Ons is omtrent ewe lank al lyk sy langer omdat sy skraal is. En ek weet dis waar die ware raaisel inkom. Op die foto's het sy dieselfde swaar heupe en dye as ek."

"Dit en jou hare is waaraan jy die herkenbaarste is in die foto's. Dis te dof om gelaatstrekke behoorlik uit te maak. Die heupe kan egter relatief maklik verklaar word. Ek het nou die dag 'n artikel gelees oor plusgrootte modelle wat sogenaamde fat suits gebruik om hulle kurwes te beklemtoon en te vergroot. Dis 'n spesiaal ontwerpte spanbroek wat van onder die borste tot bo die knieë kom. Gevormde kussinkies word in gleuwe gedruk – amper soos daardie opstopgoedjies wat mens saam met party bra's kry – om ekstra kurwes te gee."

Ayla gee 'n skor laggie. "Ek kan my nie indink dat enig-iemand ekstra kurwes wil hê nie."

"Ek ook nie, glo my. Die vraag is egter waarom Nimue al die moeite sou doen."

"Ek het nie die vaagste benul nie. Tensy sy vorentoe weer wil voorgee sy is ek. Dié keer in klere wat aan my behoort."

"Ayla, dit gaan heelwat meer oorreding verg om vir Valk te oortuig as vir my. Hy sal bewyse soek, 'n goeie motief."

"Hestie sê 'ek' was 'n rukkie ná elf hier. In 'n geelbont trui. Elfuur was ek egter by Whale Haven. Daar sal foto's van my wees in die klere wat ek al van vanoggend af aanhet. Miskien sal dit hom oortuig?"

"Maar ons het net Hestie se woord dat 'jy' op daardie tyd-stip hier was. Nietemin, dalk kan dit help om Valk te oortuig. Die foto's is egter net een rede hoekom ek met jou wou praat. Ek het iets oor Emsie Prinsloo uitgevind."

Ayla lig haar wenkbroue.

"Voor haar troue het sy bekend gestaan as Maria Catharina Venter."

"Wát?"

Ayla luister verslae terwyl Jojo vertel van haar gesprek met Sterling Prinsloo.

"Ek kan amper nie glo sy het getrou nie. Volgens Vivien het ouma Marja mans gehaat. Dis nou aardse mans. Sy kon Johan Hurter nie verdra toe hy die pieringrondawel gebou het nie. Ek het later jare gewonder of hy nie die eintlike rede is waarom sy besluit het om weg te gaan nie. Dalk het Vivien toe reeds gesê hulle wil trou as hy eers geskei is."

"Ten minste is die raaisel van waarheen jou ouma en ma verdwyn het, opgelos." Jojo aarsel. "Hoe het dit gebeur dat Marja 'n vroedvrou geword het?"

"Soos ek verstaan, het Marja se ma, dis nou my oumagrootjie, gereeld op die plaas gehelp om van die werkers se babas te vang. Op ander plase ook. Sy het Marja saamgeneem om te help toe dié oud genoeg was. Presies hoe dit gekom het dat dit in die Hartbeespoortdam-omgewing bekend geraak het sy kan met geboortes help, weet ek nie mooi nie.

"Ek weet wel Vivien het haar as 'n kraamverpleegster bekwaam, maar het 'n jaar of wat voor my geboorte bedank. Dis toe dat sy die rondawel met die pieringdak laat bou het. Moontlik as 'n plek waar sy en Johan Hurter mekaar kon ontmoet."

"Is die pieringplek vir enigiets anders gebruik?"

"Jy bedoel behalwe dat ek en Nimue daar verwek en gebore is?" Ayla haal haar skouers op. "Ek weet nie. Soms het my ma haar daarheen onttrek. Ons kon wel daar speel, maar net met uitdruklike toestemming en ons is nooit in die kelder toegelaat nie."

Jojo sit regop. "Kelder?"

Ayla se hand gaan na haar mond toe. "Ek het daarvan vergeet. Daar was 'n kelder. Ek en Nimue het die valdeur eendag onder 'n mat ontdek en ons 'n uittrapparade op die lyf geloop toe ons my ma daarna uitvra."

"Wat was in die kelder?"

"Ons het nooit uitgevind nie. Daardie eerste dag kon ons nie uitwerk hoe die valdeur werk nie en ná die uittrappery het ons nie weer probeer om daar in te kom nie. Nie ek nie, in elk geval. Ek het net skoon daarvan vergeet. Maar dink jy ook wat ek dink?"

"Dat een van die pieringhuise van IPIN dalk 'n kelder het?"

Ayla knik. "En dit sou 'n oppervlakkige deursoeking nie aan die lig gebring het nie. Dis waar Strach kan wees. En wie weet wie nog. Dis waar rolskaatse en 'n boog en pyle versteek kan wees."

Sy ruk van die skrik toe 'n deur êrens klap, glimlag dan bewerig. "My senuwees is nie wat dit moet wees nie."

Jojo wip van die bed af en loer by die deur uit. "Jy het bure gekry, lyk dit my."

"Ek dink ek het iemand hoor intrek net voor jy hier aangekom het," onthou Ayla vaagweg. Hestie se stem in die gang. 'n Deur wat oop- en later weer toegemaak word, maar dit het toe skaars tot haar deurgedring.

Jojo druk die deur weer toe en draai na Ayla. "Ek dink ek moet nou eers by Valk uitkom."

Sy skuif die foto's terug in die koevert. "Ek gaan jou sommer nou groet, ons sien mekaar waarskynlik nie weer voor jy môre lughawe toe ry nie. Maar ek sal jou op hoogte hou van wat hier aangaan. En kry vir jou 'n goeie prokureur. Gee daai Visagie-vent op sy baadjie."

Ayla voel half hartseer toe sy Jojo 'n laaste drukkie gee en agternakyk terwyl sy met die trap afgaan. Aan die onderpunt wuif Jojo vir oulaas.

Enersyds voel sy hartseer omdat sy so baie van Jojo leer hou het en haar seker nie weer sal sien nie. Andersyds omdat sy nie vir Jojo kan sê sy kan nie nou teruggaan nie. Nie voor sy weet wat van Strach geword het nie.

Jojo

Sy gaan die meisiekind mis, maar dis beter dat sy teruggaan. Sy vertrou dalk nie vir Bertie Visagie so ver as wat sy hom kan gooi nie, maar Nimue en haar gespuis hou veel groter gevaar vir Ayla in. Êrens het hulle 'n plan en dis nie 'n plan wat Ayla se welsyn vooropstel nie.

Jojo bel Valk toe sy in Irene se viertrek sit. "Waar is jy?" vra sy toe hy bot antwoord.

"Ek was nou net by Irene en is nou op pad Whale Haven toe om met die nagwag te gaan praat. Hopelik sal hy meer kan sê oor die vrou by Strach."

"Hoe gaan dit met Irene?"

"Beter, maar nie goed nie. Die verdowing is verminder, maar sy is baie swak. "

"Het sy enigiets gesê oor wat daardie aand gebeur het?"

"Ek is die dood voor die oë gesweer as ek enigiets sê of doen wat haar ontstel. Sy het niks uit haar eie gesê nie. Net dat sy jammer is, maar dis asof sy nie mooi weet waaroor sy jammer is nie. Ek dink die medikasie is nog te sterk vir haar om te onthou wat gebeur het."

Jojo kan hoor hy probeer sterk wees, maar sy stem kraak.

"Valk ..."

"Ek wil nie verder oor Irene praat nie. Dis te moeilik. Het jy Ayla toe in die hande gekry?"

"Ek het. Lang gesprek met haar gehad. Dis nie sy in die foto's nie."

"Bog, Jojo. Enige aap ..."

"Waar is die naaste restaurant waar ek vir jou kan wag? Ons moet praat."

"Ja, ons moet, want terwyl ek moes wag tot ek by Irene toegelaat is, was ek by die provinsiale hospitaal aan om die tyd te verwyl. Dis net om die draai. Ek het met die suster gepraat wat vir Ayla vertel het van Carmichaels se besoeker. Ek het haar die foto's gewys. Sy is redelik seker dis dieselfde vrou wat die ouman besoek het voor hy dood in sy bed aangetref is. Sy het dus vir Ayla van Carmichaels se dood vertel, salig onbewus daarvan dat dié eintlik net aan die uitvis was. Wou waarskynlik seker maak Carmichaels is toe wel dood en of die hospitaalpersoneel nie dalk iets abnormaals opgelet het nie. Wat nie dadelik die geval was nie, maar ek het nuus vir haar."

"Valk ..."

"Luister eers klaar voor jy weer vir Ayla opkom." Hy skep asem. "Die lykskouing is nog nie uitgevoer nie, maar ek het sy dokter gevra waaraan hy dink Carmichaels dood is. Hy reken die direkte oorsaak van sy dood was hartversaking, maar hy het 'petechial haemorrhages' in sy oë en op sy ooglede opgemerk. Jy weet waarskynlik wat dit beteken."

"Dit kan dui op versmoring." Dit voel omtrent of sý wil versmoor.

"Tien uit tien en 'n goue sterretjie op die voorkop."

"Valk, terwyl jy nou Whale Haven toe gaan, loer bietjie na beeldmateriaal van vanoggend en kyk of jy Ayla daarop kan sien. So elfuur se koers. Hoor of jy weer 'n afdruk van 'n stilfoto van haar kan kry wat toe geneem is."

"Jojo, jy weet dis nie meer speletjies nie. Ayla is nou 'n verdagte in onder meer Carmichaels se dood."

"Eers ná die lykskouing bevestig het dit was moord. En waarom op die aarde sou Ayla hom vermoor het?" Sy twyfel of Ayla 'n vlieg sal kan skade doen, laat staan 'n man versmoor, maar dit sal nie help om Valk oor die foon te probeer oortuig nie.

"Sy speel 'n rol in die onheilighede wat hier aangaan. Miskien nog in opdrag van Serfontein. Ek weet nie. Ek weet net dit was na alle waarskynlikheid sy wat Carmichaels besoek het."

Jojo sug diep. Die man is behoorlik die kluts kwyt. "Waar ontmoet ek jou?"

"Ek dink die Whale Crier is die naaste. By die nuwe hawe."

Dieselfde plek waar Ayla en Strach mekaar ontmoet het, onthou Jojo terwyl Valk verduidelik hoe sy moet ry.

Ayla

Die klere wat nie hare is nie, los sy in die kas. Die res pak sy in met die groeiende oortuiging dat sy so gou as moontlik hier moet wegkom. Of sy ander blyplek gaan kry met die langnaweek op hande, is 'n goeie vraag, maar sy bly nie langer hier waar Nimue dit reggekry het om te kom en gaan nie.

Hoe Nimue agtergekom het sy is in Bientangsbaai en in watter gastehuis sy bly, is 'n raaisel, maar sy gaan nie haar tyd mors om dit te probeer oplos nie. Ook nie hoe sy geweet het Strach sal haar toelaat om in die middernagtelike ure na sy huis te kom nie.

Dis nou belangriker dat sy hier wegkom.

Met die misreën wat neerstuif, voel sy soos 'n nat hoender teen die tyd dat sy haar tas in haar motor gelaai het. Nog net haar briewetas en rekenaar. Sy het niks uit die minikroeg gebruik nie, dus hoef sy nie vir Hestie te sien nie. Dit sal beter wees as niemand weet wanneer sy hier weg is nie.

Nadat sy 'n laaste blik oor die kamer en badkamer laat gaan het, skuif sy haar rekenaar in haar briewetas.

Die sleutel los sy in die deur en trek dit net agter haar toe.

"Hallo."

Ayla neem aan dis haar nuwe buurvrou wat in die gang staan. Sy groet terug.

"Ek sien jy is op pad uit?"

Ayla knik, glimlag en wil verby haar stap.

"Ek voel nou so sleg om te vra, maar ek wonder of jy my dalk kan help?"

Ayla kyk haar vertwyfeld aan. Die vrou is omtrent dieselfde ouderdom as sy. Haar vel is winterbleek, haar skouerlengte hare blond, deurspek met grys. Haar denim is effens verslete en haar trui het al beter dae geken. Aan haar uiterlike gemeet, lyk sy nie soos iemand wat hierdie redelik duur gastehuis kan bekostig nie.

"Jy ry nie dalk verby die hospitaal nie? Of kan my dalk 'n lift daarheen gee nie? My man was in 'n ongeluk. Ons enigste motor is afgeskryf. Nou sit ek sonder vervoer. Ek het hom nog nie eens gesien vandat hy vanmiddag geopereer is nie." Daar is iets weerloos aan haar mond.

"Jong, jy betrap my op 'n slegte tyd. Ek is ongelukkig baie haastig. Miskien kan Hestie jou help? Sy is baie gaaf."

Die vrou skud haar kop. "Ek kom nou net van haar af. Sy wag vir gaste en kan nie nou hier weggaan nie. Ek sal petrol-geld betaal. Asseblief, my man het sleg seergekry. Ek is baie bekommerd oor hom."

Kommer is miskien die rede vir die leegheid in haar blik. Vertraagde skok dalk ook. Ayla se gewete stoei kortstondig met haar irrasionele vrees dat Nimue iets met die versoek te doen het. Maar Nimue kan nie weet sy trek uit nie. Nimue is slinks, maar sy is nie almagtig of alwetend nie.

Die vrou laat sak haar kop. "Oukei, jammer ek het gepla. Dis seker nie so ver om te stap nie." Sy sluit haar kamerdeur oop en kyk op. "Bye."

Seker 'n goeie drie kilometer, wat inderdaad nie te ver is om te stap nie, maar in die wind en misreën gaan dit nie 'n plesier wees nie.

"Goed, ek sal jou neem, maar dan moet ons nou dadelik ry," kry Ayla se gewete die oorhand.

"Is jy seker?" Haar oë lyk sommer helderder en 'n glimlag wil deurbreek.

Ayla knik.

"Ag, dankie tog. Ek kry net gou my rugsak. Ek het 'n paar goedjies vir my man daarin."

"Ek sal onder in my motor wag. Dis die wit Etios. Maar ek is regtig haastig." Ayla berou al klaar haar besluit.

"Ek is nou daar." Die vrou vlieg by die deur in en Ayla kan hoor hoe sy binne skarrel.

Sy is reeds vasgegordel en die enjin luier al toe die vrou aangehardloop kom, inklim en die rugsak by haar voete neersit. Ayla tru by die parkering uit en draai regs in die straat af.

"Ek weet nie hoe om jou te bedank nie. Geld om 'n motor te huur is daar nie. Ek weet al klaar nie hoe ek vir langer as 'n paar dae sal kan betaal vir die gastehuis nie." Sy grawe in 'n sysakkie van haar rugsak en hou 'n verkreukelde twintigrandnoot na Ayla toe uit. "Vir die petrol."

"Dis nie nodig nie." Ayla draai weer regs.

"Nee, ek dring aan."

Ayla skud haar kop. "Dis regtig onnodig vir so 'n kort entjie."

"Jy is 'n engel." Sy druk weer die noot terug.

Twee blokke verder buk sy weer om iets in haar rugsak te soek.

Ayla sit haar flikkerlig aan om links in Hospitaalstraat af te draai. Die wit geboue is maklik nog 'n kilometer verder ondertoe. Haar ongemak vandat die vrou in die kar geklim het, neem toe.

"Wil jy 'n tjoklit hê?" 'n Lunch Bar word onder haar neus gedruk. "Ek sal weer een vir my man koop."

"Nee, dankie." Nog net vyf honderd meter.

Weer 'n gevroetel in die sak.

"Gee jy om as ek nie inry nie en jou net by die hek aflaai?" vra Ayla toe sy oor die laaste stopstraat ry.

"Eintlik gee ek om." Die stem het ineens dieper geword.

Ayla kyk vlugtig na haar passasier. Haar gelaat is stroef. "Draai by die parkeerarea in en ry tot by die verste punt."

Ayla laat sak haar blik. Die bleek hande omklem 'n dolk se hef, die lempunt is sentimeters van Ayla se midderif af.

Haar mond word droog. Te droog om enigiets te sê. Sy voer die vrou se opdrag uit.

"Hou langs die paneelwa in die hoek stil."

Ayla gehoorsaam terwyl haar hart by haar keel wil uit-spring.

"Wie is jy?" kry Ayla uiteindelik effens beheer oor haar stembande.

"Susan, maar almal noem my Soekie."

Ayla hap nog na haar asem toe iemand haar deur oop-maak.

"Jy gaan nie vir ons moeilikheid gee nie, gaan jy, Ayls?" Nimue het meer plooie as sy al is sy vier jaar jonger. Die blou oë wat so baie na hare lyk, is kliphard. Sy dra stywe jeans en 'n noupassende swart rolnektrui wat haar skraalheid be-klemtoon. Haar hare is in 'n poniestert hoog teen haar agter-kop vasgemaak. Dis duidelik dat sy so min as moontlik na Ayla probeer lyk. "Want as jy gaan probeer aandag trek, gaan sake vir Strach sleg skeefloop."

Nege en twintig

Jojo

Seemeeue baklei teen die wind en gee hulle misnoeë kry-
send te kenne. Kormorante klou verfoes aan takelwerk van
die vissersbote wat in die hawetjie lê en skommel. Kan seker
nie in hierdie weer uitgaan nie. Dis behoorlik 'n hobbelsee en
'n swaar misbank laat die afstand tot by die horison geleidelik
krimp.

In die restaurant is dit knus met 'n kaggel wat brand. Wat
wonderlik sou gewees het as sy net verdomp kon rook. "Net
buite," het die kelnerin Jojo ingelig en regtig gelyk asof sy spyt
is. Donnerse rookwette. Selfs sy sien nie kans om die elemente
buite te trotseer net ter wille van 'n dampie nie.

Jojo se irritasiedrempel is zero toe Valk uiteindelik aan-
gestap kom.

"En?" vra sy toe Valk nog skaars sit.

"Kan ek darem eers koffie bestel?" Hy lyk steeds moeg en
moerig.

"Bestel dan. En vir my 'n Comfortjie."

Gelukkig is die kelner gou by.

Valk plaas hulle bestelling voor hy weer na haar kyk. "Ek

weet nie waar sy Strach se sleutels in die hande gekry het nie, maar Ayla was inderdaad in sy huis. Saam met een van die sekuriteitswagte."

"Dit het sy reeds vir my gesê en ek het dit vir jou gesê. Wat het sy aangehad?"

"Ek het nie gevra wat sy aangehad het nie." Valk haal 'n opgevoude bladsy uit sy baadjie se binnesak en skuif dit oor die tafel na Jojo toe. "Hulle was nie lank daar nie, maar Ayla was op haar eie toe sy die gastebadkamer gaan gebruik het. Nugter weet wat sy alles kon aangevang het in daardie tydjie."

Jojo vou die afdruk van 'n foto oop. 'n Foto van Ayla agter die stuur van haar motor by Whale Haven se hek. Weer dof, maar vir haar doeleindes duidelik genoeg. "Presies dieselfde klere waarin ek haar later gesien het." Sy kyk op. "Nie 'n geel paisleytrui soos Hestie, die gastehuisvrou, gesê het sy op min of meer dieselfde tydstip aangehad het nie." Sy verduidelik vlugtig. "Ayla het nie gejok nie."

"Dis steeds nie te sê dis nie sy in die foto's van die vorige nag nie."

"Maar dit ís te sê dat iemand vanoggend by die gastehuis voorgegee het dat sy Ayla is."

"As die gastehuisvrou reg onthou. Van die tyd en die klere."

Jojo beteuel haar ongeduld met moeite terwyl die kelner hulle bestelling voor hulle neersit. Sy neem eers 'n sluk voor sy weer na Valk kyk. "Die paisleytop is nie die soort kledingstuk wat 'n mens, veral 'n vrou, sal miskyk nie. Dis te opvallend – soos dit bedoel is om te wees. Onder meer ook om die oog van die gesig af weg te lei."

"As jy reg is, as iemand probeer voorgee sy is Ayla, so ver gaan om 'n fat suit aan te skaf, wie en waarom?"

"Die waarom is wat ons moet probeer uitvind. Die wie is makliker. Nimue Hurter." Sy som vinnig Ayla se redenasie op.

Valk skud sy kop. "Kan nie wees nie. Nimue Hurter was vanoggend op die IPIN-eiendom."

"Hoe laat is die polisie daar weg?"

"Dit weet ek nou nie, maar hulle is relatief vroeg daarheen."

Jojo kyk op haar foon se lys van inkomende oproepe. "Jy het

my halftwaalf gebel oor die polisie se bevinding op die IPIN-eiendom. Was die polisie toe reeds terug daarvandaan?"

"Ja, kaptein Bosman het my van die polisiestasie af gebel."

"Dan moes hulle op die laatste halfelf daar weggery het, waarskynlik vroeër aangesien die kaptein jou sekerlik nie onmiddellik sou gebel het nie. Nimue kon dus 'n rukkie ná elf by die gastehuis gewees het."

"En hoe weet sy by watter gastehuis Ayla tuis is? Hoe weet sy Ayla is nie op daardie tydstip daar nie? Dat sy maar in haar kamer kan ingaan en klere ruil?"

"Dit sou nie onmoontlik vir haar gewees het om uit te vind nie."

"Onmoontlik seker nie, maar dis donners moeilik om navraag te doen oor die persoon wat jy voorgee om te wees."

"Sy kon hulp gehad het. Of vooraf gebel het of iets." Jojo weet dit klink maar flou en die rede waarom Nimue die risiko sou loop, bly duister. "Daar is nog iets," verander sy liewer die onderwerp. "Ayla het onthou die pieringhuis op hulle hoewe het 'n kelder gehad. Met 'n valdeur onder 'n mat. Het Bosman en sy mense vir so iets opgelet?"

"Seker nie spesifiek nie." Valk kou ingedagte aan sy onderlip. "Baie dinge kan in 'n kelder weggesteek word."

"Presies wat ek gedink het." Sy stoot haar stoel agteruit. "As ek nie nou 'n sigaret gaan rook nie, gaan my longe aan my maag begin knaag."

"Dis koud en nat buite. Jy sal siek word."

"Vertel dit vir daai dokter Zuma wat ons lewe so versuur het en rokers so gou as moontlik dood wil hê. As ons nie in bleddie wind en weer moet staan nie, moet ons mos in bleddie gaskamers vasgekluister word."

"Jy kán ophou rook, nè."

"Ja, en jy kán in jou peetjie vlieg, maar wil jy?"

Ayla

Die bagasieruim van die paneelwa waar sy lê en rondskommel, is afgeskort van die passasierskajuit. Nimue bestuur en

Soekie sit skeef gedraai in die passasiersitplek om Ayla deur 'n venstertjie dop te hou. Daar is geen syvensters in die agterste gedeelte nie. Die ruimte stink vaagweg na ou vis, gemeng met ander reuke wat sy nie kan plaas nie.

"Ek was nogal verras toe Soekie vir my sê sy het 'n vet weergawe van my saam met Strach Serfontein in 'n restaurant by die hawe gesien," het Nimue met 'n effense glimlag gesê nadat sy die kabelbinder om Ayla se gewrigte styfgetrek het.

"Gelukkig het ek daaraan gedink om haar as jou waghond aan te stel noudat sy nie meer Strach se kom en gaan hoef dop te hou nie. Ook net betyds. Dit kon dinge gekompliseer het as ek nie geweet het waar jy is nie. En toe verneem ek boonop van die vrou by die gastehuis jy is van plan om môre terug te vlieg. Dit sou my nie gepas het nie."

Soekie moes haar gister van Strach se huis af na die gastehuis gevolg het. Dis hoe Nimue uitgevind het waar sy bly.

Sy moes haar nie laat intimideer het nie. Sy moes geskree het, baklei het toe Nimue haar in die paneelwa ingedwing het. Iemand sou haar gehoor het. Hopelik gesien het wat aangaan.

Soekie sou haar sekerlik nie in die openbaar doodgesteek het met die mes nie. Maar sy het nie op haar voete gedink nie. Sy het eintlik ophou dink toe sy eers Soekie se naam en toe Strach s'n hoor. Snaaks genoeg was sy nie verras om Nimue te sien nie. Sy dink sy het in haar onderbewussyn geweet Nimue gaan haar opwagting maak vandat sy die dolk in Soekie se hand gesien het.

Die ergste van alles is dat niemand haar gaan soek nie. Nie binnekort nie. Sy het die Etios tot die ses-en-twintigste gehuur. Die motorhuurmaatskappy sal dan eers begin navraag doen.

Die hospitaal se parkeerterrein is groot en motors kom en gaan. Dit kan dae duur voor iemand begin wonder oor die wit karretjie wat so lank op een plek bly staan.

Jojo is onder die indruk sy vlieg môre huis toe. Sy sal waarskynlik nie spoedig probeer kontak maak nie.

Hestie sal nie sommer agterkom sy het vandag al uitgetrek nie. Môreoggend wanneer die skoonmakers by haar kamer ingaan en sien al haar goed is weg, sal sy net aanvaar haar gas het vroeg lughawe toe gery. Hulle sal dalk net wonder oor die klere wat nog in die kas hang.

En sy het nog nie sover gekom om vir Sjerien te laat weet sy kom vroeër terug nie. Haar briewetas met haar foon en rekenaar het Nimue in die kajuit gesit, die koffer is hier by haar agterin in die bagasieruimte. Wanneer iemand uiteindelik die Etios sonder enige bagasie opspoor, sal Valk se afleiding wees dit was inderdaad sy op die Whale Haven-foto en sy het op die vlug geslaan – moontlik omdat sy besef het sy is uitgevang dat sy iets met Strach se verdwyning te doen het. Selfs Jojo sal begin twyfel.

Die wiele van die voertuig tref 'n grondpad teen 'n te hoë spoed. Ayla se kop stamp pynlik teen die wand van die paneelwa. Die stert begin swaai, ruk Ayla rond, maar Nimue kry weer gou beheer.

Jojo

Sy voel weer soos 'n mens toe sy binnetoe stap, maar bewe behoorlik van die koue.

Valk tsk-tsk, trek sy baadjie uit en gooi dit oor haar skouers.

"Dankie. As ek eers warm is, kan jy dit terugkry."

Hy gaan sit weer en kyk haar ergerlik aan. "Dis malligheid, Jojo. Jy sal dodelik siek word. Jy kan tog nie so afhanklik wees van donnerse nikotien nie?"

Grootbek. Net omdat hy kon ophou rook, dink hy almal kan en moet. "Dit help my dink."

Valk kyk haar skepties aan. "En waaraan het jy gedink?"

"Een, vanoggend het Ayla nie eens geweet Strach is vrygelaat nie. Iets wat sy sou geweet het as sy werklik by hom was.

"Twee, selfs al het sy, waarom sal Ayla vir Strach in die middel van die nag besoek, laat staan sover kry om sy pasiënte se afsprake te kanselleer en saam met haar weg te ry?

"Drie, waarheen was hulle op pad dat hy gevoel het dis nodig om sy afsprake te kanselleer?

"Vier, waarom gaan sy vanoggend weer na sy huis toe as sy weet hy is nie daar nie?

"Vyf, as sy hom gedwing het om êrens heen gaan, sou sy tog sekerlik sy sekuriteitskaart saam met sy sleutels gevat het sodat sy ongesiens by sy huis kan inkom sonder om vir die hekwag te moet vra om daarheen te gaan. En waar is sy voertuig nou?

"Ses ..."

Valk hou sy hande in die lug. "Selfs sonder die hulp van nikotien het daardie vrae ook by my opgekom. Dis nou behalwe dat ek nie besef het sy het nie geweet van Strach se vrylating nie. En daaroor kon sy gelieg het."

"Sy het nie, daarvan is ek oortuig. Maar dit daar gelaat. Hoe sal jy die vrae beantwoord?"

"Ayla en Strach was aan die soen toe ek hulle gevolg en by sy huis aangekom het. Miskien het sy meer daarin gelees as wat hy bedoel het. Miskien het sy haar hand oorspeel. In die nag na Strach toe gegaan met romantiese bedoelings, maar hy wys haar weg. Omdat sy daar afgelaai is, vat hy haar terug huis toe. Iets gebeur tussen hulle op pad terug. Moenie so vir my kyk nie, ek spekuleer maar net, oukei?"

"Ek kyk so na jou omdat jy weet jy spekuleer twak. Wie sou haar in die eerste plek daar gaan aflaai het en hoekom? Sy het haar eie kar."

"Sy kon 'n Uber gebruik het sodat hy haar nie sommer net kan wegstuur nie."

"En wat van die e-pos wat hy na sy kantoor toe gestuur het?"

"Sy kon dit gestuur het terwyl hy sê nou maar badkamer toe gegaan het."

"En toe gebeur iets op pad na haar gastehuis toe, sê jy. Soos wat? Kom nou, Valk."

"Vreemder dinge het al gebeur, Jojo. Wrath of a woman scorned en al daai dinge. Die ding is, nie een van ons weet nie. Maar ek wil uitvind. Dis net, dis asof my verstand ophou werk het al vandat Irene vermis geraak het. En dit sal seker so bly tot sy vir my kan sê wat daardie donnerse aand in die Akkedisberge gebeur het."

"Jy staar jou vas teen daardie foto's. As jy eers daarby verby kan kyk, sal jy helderder kan dink. Sal jy besef Ayla van alle mense sal nooit 'n man kan doodmaak nie, selfs al het sy goeie rede gehad. En ek kan nie insien dat sy enige rede gehad het nie. Sy wou met hom gaan praat oor Sterretjie, maar toe is hy reeds dood."

"Sê jy. En daar gee jy 'n rede. Sy het dalk wel met hom oor Sterretjie gaan praat."

Irene sou trots gewees het op die oogrol wat sy uitvoer.

Valk drink ingedagte aan sy tweede koppie koffie wat hy moes bestel het terwyl sy buite was. "Gestel dit was Nimue, hoe het sý geweet Strach is vrygelaat?"

Jojo skommel die laaste slukkie van haar Comfortjie in haar glas rond. "Wie sê sy het in die eerste plek geweet hy is in hegtenis geneem?"

"Dis seker ook moontlik." Valk kyk op sy horlosie. "Jojo, dis al amper seweuur. Sal ons sommer iets hier eet?"

"Seweuur? Dis hierdie bleddie Kaap wat al klaar weer later donker word en my altyd van die tyd laat vergeet. Dankie, Valk, maar ek wil by die huis kom. Joachim wonder seker al wat van my geword het." Snaaks dat hy haar nog nie gesoek het nie. Sy kyk vinnig op haar selfoon. Daar is toe 'n SMS van Joachim af. Seker toe sy buite gaan rook het. *Wil jou graag uitvat vir ete. Waar is jy?*

Op pad, tik sy vinnig. Daar gaan haar plan om gou weer by Ayla se gastehuis aan te ry en vir Hestie uit te vra oor die vrou in die geel paisleytrui. Maar môre is nog 'n dag en sy wil by Joachim wees. Gekoester voel pleks van aanhoudend op die verdediging wees soos dit die geval is by Valk.

Akkedisberge
Ayla

Dis feitlik donker buite toe die agterdeur van die paneelwa oopgaan.

'n Slegte ent pad terug het hulle stilgehou en Soekie het uitgeklim. Oomblikke later het Nimue weer gery, weer stilgehou en Soekie het weer ingeklim. Dit moet die IPIN-hek wees waardeur hulle is.

'n Dowwe lig gaan aan terwyl Nimue haar met min ontsag help om uit te klim.

Ayla se bene pyn toe sy haar staan kry en 'n hoofpyn klop waar haar kop die wand van die paneelwa getref het.

Die voertuig is onder 'n afdak ingetrek. Soekie kom om die motor gestap.

'n Lang gebou, vaagweg sigbaar deur die misreën, is al wat Ayla sien net voor Nimue 'n lap oor haar oë sit.

"Staan stil," grom sy toe Ayla haar kop onwillekeurig weg-ruk.

Ayla gehoorsaam. Dit kan geen doel dien om haar teen te sit nie. Sy kan geen hulp verwag van wie ook al hier rond is nie.

Die lap word styfgetrek. Sy word aan albei haar arms beet-gekry en vorentoe gedu.

Die misreën sif koud oor haar neer toe hulle onder die af-dak uitbeweeg.

Ayla strompel gedisoriënteerd saam tot sy weer tot stilstand geruk word. 'n Kraakgeluid soos 'n deur wat op geroeste skar-niere oopgaan. Sy word oor 'n drumpel gelei. Sy bly natreën, maar dit voel effens meer beskut teen die wind. Onder haar voete voel sy iets soos plaveisel, nie meer grond nie. Hulle is seker in die binnehof.

Nog 'n deur kraak oop. Dis droog binne, maar nie veel warmer nie. Die deur kraak toe. Sy kan meer lig deur die lap oor haar oë sien.

Een hand los haar arm, die ander lei haar verder. Dit voel asof hulle in 'n sirkel stap. Nee, 'n halwe sirkel.

Nimue kom tot stilstand. Die klank wat 'n sekuriteitsdeur maak, weergalm. Hierna klink hulle voetstappe hol. Dit ruik klam en dis vrek koud. Daar is weer minder lig. As hulle in 'n gang afstap, is dit 'n ellelange, reguit een. Sy skat sy is by haar tiende tree toe sy begin tel. By vyf en twintig word sy tot stil-stand gebring. 'n Sleutel knars in 'n slot.

'n Stamp tussen haar skouerblaaie laat haar struikel, maar sy herwin haar ewewig toe haar skouer teen 'n muur skuur en sy met haar vasgebinde hande kan keer dat sy val.

"Ek sal jou hande losmaak, maar jy kan eers die blinddoek afhaal as jy die sleutel hoor draai het. Verstaan jy?"

Ayla knik.

Die kabelbinder word losgesny. Ayla vryf haar gewrigte, haar vingers prik pynlik van die bloedsomloop wat weer aan die gang kom.

Ayla wag vir die geluid van die sleutel. Sekondes sleep verby.

Nimue se lag klink op. "Nog altyd so gehoorsaam gewees. Mooi so." Die skemering van lig deur die lap doof uit. 'n Deur gaan toe, die sleutel draai.

Haar vingers voel dom toe sy die lap van haar oë afskuif. Dis pikdonker. Sy voel-voel na die muur waarteen sy so pas geval het. Met haar vingerpunte teen die konkawe muur, skuifel sy in die rigting van waar sy die sleutel hoor draai het. Uiteindelik kry sy die ligskakelaar.

Sy moet haar oë herhaaldelik knip teen die skerp neonlig wat aanflikker. Eers toe haar oë die lig gewoond raak, draai sy stadig in die rondte. Reg oorkant die deur is 'n piepklein venster met ingemesselde ysterstawe omtrent ses sentimeter uit mekaar – die enigste venster wat die rondawelmuur onderbreek. Sy probeer uitkyk, maar al wat sy vaagweg kan uitmaak, is 'n turksvybos wat teen die ruit aanleun.

Ayla staan terug en kyk op in die plafonlose dak wat in die vorm van 'n vlieënde piering oor haar koepel. Dis asof sy in 'n tydmasjien beland het wat haar terugneem na haar jeug, na die vlieëndepieringhuis in Melodie.

Hierdie rondawel is net kleiner en veel kariger gemeubileer. Daar is 'n goedkoop houtenkelbed met 'n grou sponsmatras. 'n Grysgewaste laken, 'n dun kombers en 'n platgeslaapte kussing sonder sloop lê op die voetenent. Geen mat op die sementvloer nie. Nie 'n stoel of 'n bedkassie of 'n tafel nie. Net die bed. Geen boeke of enigiets wat 'n mens se aandag kan aftrek van die somber omgewing nie.

'n Kwart van die rondawel is afgeskort met veselbord. Daaragter is 'n stort sonder 'n gordyn, 'n gevlekte toilet en 'n gekraakte wasbak. Bokant die wasbak is daar 'n spyker waar

CHANETTE PAUL **333**

daar moontlik eens op 'n tyd 'n spieël gehang het. Dit dien nou as 'n haak vir 'n flenter wat seker moet deurgaan as 'n handdoek. Die stukkie seep wat al baie lywe gewas het, het droog geword en begin kraak. Die toiletrol is half en van die goedkoopste op die mark.

Ayla gebruik die toilet en was haar hande. Sy gooi die laken oor die matras en sprei die kombers daarop oop, sit die kussing aan die bokant neer. Sy kan kies. Die laken bo-oor haar of onder haar. Sy weet nie waarvoor sy die meeste gril nie – 'n vuil matras of die growwe kombers wat ook nie alte skoon lyk nie.

Sy gaan sit op die voetenent en laat sak haar kop in haar hande.

Die aanvanklike skok het emosies afgestomp, nou neem vrees oor.

Sy is gewelddadig ontvoer. Dit kan nie met goeie bedoeling wees nie. Wat Nimue se rede is, kan sy egter nie raai nie en dit maak die hele ervaring nog skrikwekkender.

Boonop is die polisie tevrede dat hier net vier vroue bly. Niemand sal haar hier kom soek nie, selfs al kom hulle dalk tog agter sy het nie uit vrye wil verdwyn nie. Wat onwaarskynlik is.

Dertig

Joachim probeer ontspanne voorkom, maar sy oë verklap dat iets hom pla. En hy het seker rede. Eers skeep sy haar werk af ter wille van hom en nou skeep sy hom af ter wille van al die raaisels wat sy probeer ontrafel.

Hulle is weer by die restaurant waar hulle 'n bietjie meer as 'n jaar gelede die heel eerste keer saam uitgeëet het. Die aand toe sy carpaccio bestel het, onbewus daarvan dat dit bleddie rou vleis is, en Joachim erken het hy het gevoelens vir haar.

Dis weer 'n stormaand, nes daardie een was. En tog is alles so anders. Tussen haar en Joachim. Tussen haar en Valk. En daar is Irene wat steeds nie buite gevaar is nie. Dis maar goed 'n mens weet nie wat die toekoms inhou nie.

Joachim vou sy hand oor hare nadat hulle wyn geskink is en elkeen hulle eerste sluk weg het. "Jojo, ek weet nie mooi hoe om dit vir jou te sê nie, veral omdat ek so lank stilgebly het daaroor, dus gaan ek dit nou maar net uitblaker."

Jojo word yskoud. Hy wil haar nie meer hê nie. Hy is moeg vir haar streke. Hy het iemand anders ontmoet. Iemand wat hom waardeer. En noudat hy weet hoe sy regtig sonder klere lyk ...

"Ek het 'n oproep uit Amerika gekry. 'n Maand gelede al."

Boonop 'n Amerikaanse vroumens? Maar dis haar eie skuld. Hoe kon sy so stiksienig gewees het? Hoe kon sy hierdie man deur haar vingers laat glip het? As sy net haar volle aandag aan hulle verhouding gegee het, kon sy hom dalk nog behou het.

"Die editor, seker redakteur in Afrikaans maar hulle werk anders daar oorkant, van my laaste twee boeke wil my sien. Sy het reeds die vliegkaartjies gestuur voor ek nog geweet het jy gaan hier wees."

Editor? Natuurlik sal hulle 'n gemeenskaplike belangstelling hê. Laaste twee boeke? Dan ken hulle mekaar al 'n paar jaar terwyl sy en Joachim mekaar eers 'n bietjie meer as 'n jaar gelede ontmoet het. Jojo pluk haar hand uit syne.

"Wat nou? Dis net vir drie weke. En jy is natuurlik welkom om in die kothuis te bly so lank as wat jy wil. Die buurtwag sal mooi na jou kyk. Dis juis waarom ek ekstra skofte gedoen het."

Sy staar hom net aan.

"Jojo, ek is jammer, maar as ek haar nie gaan sien nie, gaan hulle dalk nie my nuwe manuskrip uitgee nie. Sy het 'n probleem met my manlike hoofkarakters. Sy sê hulle is nie sterk genoeg vir die kontemporêre leser nie. Ons gaan saam deur die nuwe manuskrip werk en kyk wat ek kan verander."

Oukei, dan het sy hom seker verkeerd verstaan. Maar vir drie weke alleen saam met 'n Amerikaanse vrou wat die guts het om te sê sy helde is wimps? Sy sal besef dis nie omdat Joachim self 'n wimp is nie, dis dat hy net ordentlik en sagsinnig is. Sy krag lê net nie in vertoon nie. En hy het êrens die idee gekry dat vroue sterker as mans is. En hoe kan enige vrou so 'n man weerstaan?

"Jojo, sê net iets, asseblief?"

"Jy's myne. Sy kan jou nie kry nie." Die woorde glip net uit.

Joachim se gesig is 'n studie van onbegrip en verwarring.

"Ek sal verander. Ek sal vir jou navorsing doen en die ander goed laat staan. Ek hoef nooit weer vir Valk te sien nie, as dit is wat jy wil hê."

"Jojo?"

"Moenie my los nie, asseblief, Joachim." Sy kan hom skaars deur die tranewaas sien.

"Jou los? Liewe hemel, Jojo, waarom sal ek jou wil los? Ek doen juis alles in my vermoë om jou net te behou. Dis hoekom ek jou nie voorheen hiervan wou sê nie. Ek was bang jy besef my skryfloopbaan is dalk op 'n einde, bang jy sou dink ek is 'n mislukking."

"Jy is g'n 'n mislukking nie. Die wêreld misluk omdat mense nie saggeaardheid en opregtheid verstaan nie. Dit afmaak as wimpgeit. Aggressie en selfgelding sien as kragdadigheid pleks van selfsug en eiewaan." Jojo weet nie wanneer sy hierdie insigte gekry het nie, maar êrens het sy en nou moet dit uit.

Joachim vat weer haar hand, hou dit styf in albei syne vas. "Jojo, kom ons ruim 'n paar goed uit die weg. Ek gaan jou nie los nie. Nie nou nie en so lank jy my wil hê, nooit nie.

"Dis vir my moeilik om heeltyd oor jou bekommerd te wees, maar ek wil jou nie verander nie en jou werk is deel van wie jy is, deel van die vrou wat ek liefgekry het. Ek is jaloers op Valk omdat julle soveel deel, maar een persoon kan nie alles vir 'n ander wees nie. Jy het Valk ook in jou lewe nodig. En al is ek dalk jaloers, voel ek nie bedreig nie, want ek weet julle het nie meer die soort verhouding wat ons s'n in gevaar kan stel nie.

"En, Jojo, ek wil niks doen wat ons verhouding moontlik skade kan berokken nie. As jy nie wil hê ek moet Amerika toe gaan nie, kanselleer ek."

Jojo kyk hom lank net stil aan, laat sy woorde insink. "Nee, jy moet gaan. Jou editor is reg. Jy is nie in enige opsig 'n wimp nie, maar jou helde is. En jy kan gerus jou heldinne 'n bietjie aarde toe bring ook. Hulle is te beeldskoon, te sexy en te feekserig. Hulle waardeer nie die helde nie."

"Jy hou nie van my boeke nie?"

"Sterk stories, regtig goed geskryf, maar die held in jou laaste boek sal ek 'n oorveeg gee en vir die heldin het ek 'n hele paar dinge te sê en dis nie 'how do you do' nie."

Joachim begin skud van die lag. "Miskien het ek nie meer 'n editor nodig nie, jy kan sommer die takie verrig."

Jojo grinnik. "Nie my game nie. Wanneer vlieg jy?"

"Vrydagaand al, die twee-en-twintigste. Ek vlieg weer Saterdag die veertiende Oktober terug hierheen en land die vyftiende."

"So gou? Oor vier dae? Wat van jou visum en alles?"

"Ek het reeds aansoek gedoen nadat ek die eerste oproep gekry het. Ek moet juis my paspoort met die visum Woensdag in die Kaap gaan afhaal. Miskien kan jy saamry?"

"Ek sal graag wil. Moet net sien hoe dinge vorder. Daar is 'n paar mense met wie ek nog wil gaan praat. Hestie van die gastehuis is eerste op my lys. En dit sal afhang wat ons uitvind van Strach."

"Jojo, kan ons dalk net een aand nie ... Wat van Strach?"

Jojo skud haar kop spytig. "Nee, jy is reg. Kom ons vergeet een aand van alles waarmee ek my ophou. Maar ek sal graag wil hoor wat jy van Strach dink. Net vinnig."

Joachim dink 'n oomblik na. "Ek dink ek kan hom dalk gebruik as 'n rolmodel vir die held in my boek. Jy weet, 'n man met tekortkominge, maar een wat teen sy swakhede veg en die regte ding probeer doen al kry hy dit nie altyd reg nie. Inherent is hy egter eerbaar. En dis dalk juis daarom dat Strach vir die verkeerde vrou geval het. Omdat hy dink almal het maar foute, maar is uiteindelik eerbaar. En daardie Kimberley was dit beslis nie. Ayla, daarenteen, sal 'n goeie pasmaat vir hom wees."

Jojo moet ineens swaar sluk. "Dis hoekom ek so lief is vir jou, Joachim. Jy het gisteraand net gesit en luister, skaars 'n woord gesê, en hier kom som jy Strach op soos ek hom ook sien, al het ek my vertwyfelinge gehad. Hy gaan 'n wonderlike held vir jou boek uitmaak. En jy kan gerus jou heldin ook maar 'n ordentlike paar heupe gee."

Joachim bring haar hand na sy mond. Die ferm lippe sluit warm om haar kneukels, sy sagte baard kielierig teen die ouderdomsvlekkies. "Ek moet bieg, ek het niks gehoor ná daardie 'dis hoekom ek so lief is vir jou' nie. Maar ek is seker jy is reg." Die warmte in sy oë ontlok 'n warmte in haar lyf.

"Dalk moet ons maar bestel en klaar geëet kry, Joachim," sê sy skor.

"Goeie plan. 'n Baie, baie goeie plan," grinnik hy.

Akkedisberge
Ayla

Die klam koue wat van die sementvloer opslaan, dring deur murg en been. Die kombers waaronder sy ingekruip het, maak skaars 'n verskil. En dit gaan nog kouer word namate die ure aanstap, weet sy. Dis nog nie eens tienuur nie. Die hele nag lê nog voor. En hier is niks wat haar aandag kan aftrek van haar ongerief nie, laat staan haar vrese.

Haar honger het sy met roeskleurige water uit die kraan probeer stil. Sy het nog nie weer geëet ná 'n beskuit saam met haar rooibostee voor sy Whale Haven toe is nie.

Dit voel soos 'n ewigheid gelede.

Is Strach ook in 'n rondawel soos hierdie een? Dalk nie te ver van haar af nie?

Sy probeer die Google Maps-foto van die IPIN-eiendom voor haar geestesoog oproep. Een groot en drie effens kleiner ronde geboue bokant die punt van die driehoek en drie aan weerskante van die driehoek se sye. Die grootte van haar tronk en die lang gang waarin hulle afgestap het, laat haar vermoed sy is in een van die driehoek se ses satellietrondawels.

Die feit dat Nimue haar hierheen gebring het en hier aanhou, beteken dat sy haar vir iets nodig het. Voorlopig. Dit gee haar ten minste 'n bietjie van 'n voordeel.

Ayla gooi die kombers van haar af, stap na die deur toe en begin met haar plathand daarteen hamer. Sy hou eers op toe haar palms te erg brand en fyn druppeltjies bloed uit die kneusplekke om haar gewrigte syfer.

Nêrens hoor sy iets nie. Nie 'n voetstap nie. Niemand wat in antwoord ook teen 'n deur begin slaan nie. As Strach hier is, kan hy haar óf nie hoor nie óf is nie in staat daartoe om ook teen die deur te klap nie. Of hy is werklik kop in een mus met hulle.

Beweeg. Sy moet aanhou beweeg. Dit help nie sy gee haar oor aan vrees en lê en verkluim op die simpel bed nie. Dié kan 'n ander doel ook dien. Ayla gaan lê op haar rug en begin opsitte doen tot haar maagspiere brand en haar asem jaag.

Dalk is dit die gekraak van die houtkatel en haar jaende asem wat die geluid verdoesel het. Sy hoor eers die voetstappe toe dit amper by die deur is.

"Staan weg van die deur af. By die venster. Ek het 'n Taser. Moenie iets stupids probeer aanvang nie." Dis nie Nimue se stem nie. Ook nie Soekie s'n nie.

Ayla vlieg van die bed af op, wik en weeg vir 'n oomblik en gaan staan dan tog voor die venster. "Jy kan maar inkom!" roep sy, steeds uitasem van haar desperate poging om warm te word en by haar positiewe te bly.

Die skarniere skree toe die deur versigtig oopgestoot word.

"Bly net waar jy is. Glo my, jy gaan 'n onaangename verrassing kry as ek jou hiermee skok." Die skokstok word soos 'n vermanende wysvinger in haar rigting geswaai. Die vrou hou die deur oop vir iemand agter haar. 'n Meisiekind van so elf jaar oud kom binne met 'n skinkbord in haar hande. Sy hou haar oë afgewend, haar gesig verskuil agter lang witblonde hare wat tot op haar stuitjie hang. Sy sit 'n bord kos en 'n plastiekvurk op die bed neer, 'n plastiekfles op die vloer langs die bed.

"Dankie, Nettie. Kamer toe."

Die meisiekind knik en verdwyn.

Die vrou se oë bly op haar. Dit moet Diana wees, maar Ayla herken haar skaars. Dieselfde bleek velkleur as Soekie. Van die aantreklike jongvrou wat sy soveel jare gelede een of twee keer vlugtig ontmoet het, het daar niks oorgebly nie. Sy lyk ten minste tien jaar ouer as wat sy is. Haar lyf is egter, soos Nimue s'n, steeds atleties en gespierd. Nes Soekie s'n ook, noudat sy daaraan dink.

"Bring in, Jules."

'n Opgeskote bruin seun met 'n mankstappie dra 'n kleinerige drasak binnetoe sonder om na Ayla te kyk en sit dit by die voetenent van die bed neer voor hy kop onderstebo uit die kamer vlug.

Dus is daar beslis meer as net vier vroulike inwoners en dis nie net Soekie wat ook hier bly nie.

Jules kom weer in, dié keer met 'n wit plastiekstoel.

"Wag buite, Jules." Diana trek die stoel sodat dit oorkant die voetenent van die bed staan en gaan sit. "Toe, eet."

Ayla is te honger om te stry.

Die rys is 'n taai homp en soutloos, maar die groente smaak vars en is nie doodgekook nie. Diana hou haar in stilte dop terwyl sy die kos verorber asof dit 'n gourmetmaal is.

Toe sy die laaste kriesel geëet het, neem Diana die skinkbord weg en sit dit langs die deur neer. "Jy kan jou tee drink terwyl ons praat, maar die fles moet ook terug."

Ayla skink die koppietjie vol en drink dorstig aan die netnet warm rooibostee.

"Eet jy nou nog só?" Diana beduie na die leë bord.

"Ons het só grootgeword. My ma het al kort ná my geboorte 'n vegetariër geword. Ek maak net my kos smaakliker gaar."

Diana se mondhoeke krul ondertoe. "Ek het darem vir Nimue sover gekry om vir my en die ander vis by die spyskaart te sit. Gelukkig eet julle kaas en free range-eiers en so aan, anders het ek nog meer gesukkel om daaraan gewoond te raak."

"Jy is al elf jaar hier?"

"Amper twaalf."

"Hoekom, Diana? Veral jy wat jou dieet moes aanpas en 'n baie gerieflike lewe moes prysgee?"

"Daar is belangriker goed as gerief en lekkerbekkigheid."

"Die moederskip wat julle kom haal?"

"Dis net die uiteinde. En gelukkig is ons harde werk en opoffering op die punt van voltooiing. Op hierdie hool wat ons Aarde noem, in elk geval."

"Waarheen neem die moederskip julle?" Inligting kan haar dalk help om haar situasie beter te verstaan. Planne te probeer maak.

"Na die planeet Eumin, die nuwe Aarde, wat nou uiteindelik bevolk kan word met die Geëvolueerdes wat ons hier geproduseer het."

"Geproduseer?" Ayla weet sy slaag nie daarin om haar ge-
sigsuitdrukking neutraal te hou nie.

"Om te verstaan wat ons bereik het, moet jy die agtergrond
verstaan."

"Ek luister. Ek gaan immers nêrens heen nie." En as sy dit
nie mis het nie gaan sy nooit weer êrens heen nie. Haar ver-
stand het klaar die som gemaak, maar dis asof die besef nie
insink nie.

Diana wik en weeg. "Jy was nou wel nie geskik as 'n voort-
bringer nie, maar miskien kan jy tog 'n bydrae maak deur ons
aardse geskiedenis op te teken."

Voortbringer? Sy vra liewer nie.

"En dié geskiedenis begin reeds by die manier waarop die
aarde aanvanklik bevolk geraak het."

Ayla lig net haar wenkbroue vraend.

"Kort nadat die aarde bewoonbaar geraak het, maar voor
hier mense was, het Lyra, 'n planeet bevolk met aggressiewe
bewoners, een van die planete in die Pleiades-stelsel binnegeval.
Dit was 'n geweldige stryd, maar uiteindelik het die Pleiadiërs die
Lyra-invallers verslaan. Vir hulle eie behoud moes die Pleiadiërs
ontslae raak van die oorblywende aggressors, maar omdat hulle
glo dat die goeie altyd die kwade oorwin, het hulle die invallers,
onder toesig van 'n paar rehabiliteerders, na die jong Aarde
gestuur eerder as om die invallers te vernietig. 'n Mens kan dit
vergelyk met die Engelse wat hulle gevangenes na Australië ge-
stuur het eerder as om almal te hang."

"Die aarde is dus iets soos 'n strafkolonie van die Pleia-
des?" Ayla hou haar stem egalig.

"Dis reg, maar die doel was eerder rehabilitasie as straf.
Ongelukkig het die rehabilitasie van die begin af skeefgeloop.
Die Pleiadiër-rehabiliteerders – in die Bybel word hulle engele
genoem – het wel 'n groep van die Lyra-invallers min of meer
gerehabiliteer gekry, maar die kwaadwilliges soos Kain was al-
tyd meer as die gerehabiliteerdes. Dis hoekom die aarde vandag
nog so 'n kriminele nes is.

"Deur die eeue heen het die Pleiadiërs gereeld vrywilligers
gestuur om te probeer orde skep. Daar was Jesaja, Jeremia,

Esegiël en die ander Ou Testamentiese profete. Esegiël het selfs die tuig beskryf wat hom aarde toe gebring en later kom besoek het. Daar was ook Nostradamus en meer onlangs onder andere Helena Blavatsky, Aleister Crowley en Edgar Cayce. Sommige is weer spesifiek gestuur om kennis en vakmanskap te bring, soos Galileo, Newton, Leonardo da Vinci en ander. Aristoteles, Plato, Sokrates was 'n paar van die wysgere wat gestuur is. Die belangrikste gesante was natuurlik Boeddha, Mohammed en veral Jesus. Maar die aardbewoners het selfs húlle boodskap van liefde en vrede omgekeer in haat en nyd en aggressie. Die afgevaardigdes van die Pleiades het uiteindelik wel 'n impak gemaak, maar die inherente boosheid kon nie uitgewis word nie."

Ayla kan Diana net aanstaar.

"Die gesante van die Pleiades en ook hulle nageslag het telkens nuwe tydperke ingelei soos die Renaissance, die Industriële Revolusie en meer onlangs die tegnologiese ontploffing, maar die aardbewoners het telkens die goeie geneem en die kwade daaruit ontgin. Kyk maar wat met die internet gebeur het.

"Nietemin, die Pleiadiërs het in die vorige eeu begin besef hulle stry nou al vir duisende aardse jare 'n verlore stryd. Die misdadige, skelm element word net al hoe groter. Hulle het hulle afstammelinge woonagtig in die Alpha Centauri-stelsel genader om hulp aangesien dié net vier en 'n half ligjaar van die aarde af is. In 1946 is 'n gesant gestuur om jou ouma te bevrug en Vivien was die resultaat. Vivien was die eerste boublok van die Geëvolueerdes.

"In 1965 is nog 'n gesant na die aarde toe gestuur in 'n poging om Vivien te bevrug, maar dit was nie suksesvol nie omdat sy menstrueer het. In 1974 het Akon vir Ayling van Meton af gestuur en jy was die gevolg. Ongelukkig het jy nog baie Aardse eienskappe gehad soos geblyk het uit jou voorkoms, maar met Nimue het Ayling en Vivien daarin geslaag om 'n tussendimensionele kind voort te bring. Die perfekte Aardeling, gebore om te red wat daar te redde is."

Behoede die aarde as Nimue die perfekte aardbewoner is, wil Ayla sê, maar hou haar in.

"Nimue was die bewys dat die kweek van Geëvolueerdes wel 'n haalbare projek kan word. Ongelukkig was sy steeds blootgestel aan bose aardewoners se invloed. Akon en Ayling het besef dat Geëvolueerdes in isolasie sal moet grootword tot hulle op die nuwe Aarde geplaas kan word.

"Hulle het jou ouma en later jou ma hier na die Akkedisberge gelei waar daar goeie telepatiese geleiding is. In vervloë tye was hier 'n gemeenskap van Sauriërs, ook bekend as Chitauri of die Akkedismense. Die bergreeks is juis na hulle vernoem en dis vermoedelik ook hulle wat die telepatiese geleiding, wat interplanetêre kommunikasie moontlik maak, hier ontwikkel het."

Diana is doodernstig, besef Ayla. Sy kan haar skaars indink wat die pragmatiese Irene se reaksie op haar suster se oortuigings sou wees.

"Ons is hierheen gelei om onskuld en ongeskondenheid te kweek. Ons skep 'n nuwe, suiwer ras vir 'n nuwe, suiwer planeet. Op Eumin sal hulle bekend staan as die Euminsi. Hulle is die laaste evolusie wat begin het met Indigo children, en gevolg is eers deur Crystal- en nou Rainbow children."

Geen wonder Kimberley was bereid om hierheen te kom met haar Crystal child nie.

"Julle ouma het die voorbereiding en eksperimentering gedoen, Vivien het haar werk voortgesit toe Emsie, soos sy hier bekend staan, te oud geword het. Toe die tyd ryp was, het Vivien die taak aan Nimue oorgedra om dit te voltooi en Nimue het my as haar regterhand aangestel.

"En nou is ons op die vooraand van die besending Euminsi na Eumin wat tans nog onbewoon is. 'n Nuwe Aarde sonder Skuldiges of gekontamineerde Onskuldiges. Die Lyra-gene is finaal oorwin. Daar lê baie werk voor, maar ons is begeester."

Besete is dalk nader aan die waarheid. Hierdie waansin strek veel verder as iemand met 'n persoonlikheidsversteuring wat onder die invloed gekom het van 'n beheervraat wat glo sy is 'n ruimtewese se dogter. Diana is nie net 'n volgeling nie, dit klink asof sy 'n aktiewe miteskepper is. En dit lyk waaragtig asof sy haar eie verdigsels glo.

"'n Groep Pleiadiërs is op pad hierheen in die moederskip. Die sonsverduistering wat op 21 Augustus plaasgevind het, is juis veroorsaak toe die moederskip die buitenste baan van ons sonnestelsel binnegedring het. Dit was ons teken dat hulle ons drie en dertig aardse dae later sal kom haal."

"Om julle Eumin toe te neem?"

"Dis reg."

"En is Eumin in die Pleiades- of Alpha Centauri-stelsel?" Diana lyk vir 'n oomblik onseker. "Pleiades." Sy kry weer 'n besliste trek om haar mond. "Hierdie groep Pleiadiërs sal die Engele van Eumin wees. Daar is onder meer uitgesoekte Pleiadiër-voortplanters wat die Euminsi sal help om Eumin te bevolk tot daar verskillende stamme is wat inteelt sal voorkom. Soos die twaalf stamme van Israel. Daarna sal die Engele onttrek na hulle eie planete en ons net leiding gee."

"Die moederskip sal dus Saterdag hier op IPIN land?"

"Nie die moederskip self nie. Omdat daar baie voorraad is wat saamgeneem moet word, is dié te groot. 'n Kleiner ruimtetuig sal ons en die Euminsi na die moederskip neem. En ja, dit gebeur Saterdag, die drie-en-twintigste. Ons is net nie seker of dit om 03:20, 09:23 of 23:09 gaan gebeur nie, maar Nimue sal binnekort ingelig word."

Diana neem die fles by Ayla, die skokstok steeds in haar hand. "En nou moet ons albei in die bed kom. Die dag begin vroeg hier."

"Wat is Strach se rol hier?" waag Ayla.

"Voortplanter. Gaan staan weer by die venster en bly daar tot ek gesluit het."

"Het hy reeds voortgeplant?" vra sy oor haar skouer terwyl sy venster toe stap.

"Hy het nog vier dae om sy saad te saai. Sy kinders sal die eerstes wees wat op Eumin gebore word. Hy is 'n bevoorregte man. Sy naam sal in die annale van Eumin se geskiedenis opgeteken word. Hy sal waarskynlik as 'n godheid gesien word, die vader van Eumin se sondelose Adams en Evas." Diana maak die deur oop, druk die fles onder haar linkerarm in en trek die stoel saam met haar terwyl sy steeds die skokstok in haar regterhand gereed hou. Jules glip in en kry die skinkbord. Die geknars van die deur wat toegaan, skeur deur Ayla se hoofpyn. Maar die pyn is niks in vergelyking met die wete dat sy haar in 'n plek bevind wat enige psigiatriese hospitaal na 'n Kinderkranspartytjie laat klink nie.

Een en dertig

'N klop aan die deur ruk haar uit 'n sluimering.
"Sorg dat jy oor 'n halfuur reg is," kom Diana se stem.
"Waarvoor?" vra Ayla verward.
"Oefening." Hol voetstappe verklap dat nog 'n vraag vergeefs sal wees.

Wonder bo wonder het sy tog nou en dan aan die slaap geraak, besef Ayla toe sy badkamer toe strompel. Waarskynlik uit pure moegheid. Sy was nie soseer fisiek moeg nie, eerder op geestelike vlak uitgeput van al die gedagtes en redenasies en pogings om te verstaan wat nou eintlik aangaan. En vrees vir die onbekende put 'n mens ook uit.

Genadiglik het die drasak gisteraand haar broodnodigste toiletware, slaapklere en onderklere opgelewer, maar niks wat moontlik as wapen ingespan kan word nie. Ook geen klere nie behalwe 'n swart sweetpak wat opsigtelik al voorheen gedra is, maar darem skoon lyk.

Op die kop halfsewe klink daar weer voetstappe op.

"By die venster," kom Diana se opdrag.

Ayla gehoorsaam.

'n Vreemde geluid klink van êrens agter Diana op toe die deur oopgaan. 'n Oneweredige gedruis en in die agtergrond 'n gespat van water.

Diana beduie met haar kop dat Ayla moet naderkom.

"Net 'n oomblik. Ek wou nog gisteraand vra. Is Nettie een van die Euminsi?"

Diana frons geïrriteerd. "Daar is nie nou tyd vir praatjies nie."

"Maar as ek julle geskiedenis moet opteken, moet ek weet wat aangaan."

Diana sug en trek die deur toe. "Ja, sy is. Eintlik is haar naam Antoinette, soos al Antonie se dogters bekend staan."

"Dis nou Antonie de Wet wat in 2001 verdwyn het?"

Diana knik.

"Hoe het hy hier beland?"

"Triton het Vivien laat weet hy het 'n blonde man by die riviermonding gesien. Hy het geweet ons soek 'n nuwe voortplanter. Soekie is gestuur om hom hierheen te lei. Ek en Nimue was toe nog nie hier nie."

"Triton?" Haar kop draai behoorlik.

"Nimue moet jou maar van Triton vertel."

"Verstaan ek reg? Voortplanters soos Antonie word hierheen gebring om Euminsi te verwek?"

"Dis reg. Uiteindelik was Antonie die produktiefste – agt kinders in die agt jaar wat hy hier was. Dit kon veel meer gewees het, maar daar was nie genoeg voortbringers nie. Aanvanklik net Soekie. Ek en Nimue het eers vyf jaar later hier aangekom. En Sterretjie het eers ná ons koms bekwaam geraak. Ongelukkig het Antonie se boosheid hom ingehaal net mooi toe ons onder die nuwe leiding van Nimue op dreef gekom het.

"Voor Antonie het Danie ook goed gevaar met beperkte voortbringers, vier kinders by Susan en Soekie in vier jaar. Maar met meer voortbringers het Tiaan statisties die beste gevaar. Hy het daarin geslaag om vyf kinders in minder as vier jaar te verwek. Kleinjim het nog net een verwek."

"Wie het Tiaan hierheen gelei?"

"Kimberley."

Haar man se peetkind. Dit kon seker nie te moeilik gewees het nie. Tiaan het haar immers geken.

Ayla frons. "Maar Tiaan het einde 2011 verdwyn. Toe was Kimberley nog nie hier nie."

"Nee, maar Nimue het haar aan die begin van daardie jaar ontmoet. Aanvanklik op die internet. Een of ander webwerf oor Crystal children. Kimberley en haar man het elke Desember op Bientangsbaai kom vakansie hou en sy het aangedring om hier 'n draai te maak.

"Nimue het laat val dat ons 'n nuwe voortplanter soek nadat Antonie ons gefaal het. Kimberley was baie besiel met ons projek. Ek dink sy wou haar as waardig vir opname hier bewys. Dis sy wat vir Tiaan se ma gesê het daar is vars vis in Perlemoenbaai se viswinkel. Sy het Tiaan kastig toevallig op die hawe raakgeloop. Gesê sy wil by 'n vriendin in die berge gaan kuier, maar is bang om alleen op 'n grondpad te ry. Tiaan het aangebied om haar daar af te laai as die vriendin haar sal kan terugbring na haar motor toe."

Ayla wil nie eens dink hoe Strach daaroor gaan voel as hy uitvind nie.

"Aanvanklik het hy ons baie moeilikheid gegee, maar hy het later bedaar."

"Hoeveel kinders is hier gebore?"

"Altesaam drie en twintig, maar Jules tel nie as Euminsi nie. Julian het donker hare en oë gehad en Jules se voortbringer was van Akkedis-bloed. Dit het in die kind uitgeslaan."

"Hoekom is Julian dan in die eerste plek hierheen gebring?"

"Vivien het iemand nodig gehad om onderhoud aan die geboue te doen ná Danie. Dié was glo baie handig. Sy het aanvanklik gedink Julian kan moontlik sommer ook aan die teelprogram deelneem, maar toe Jules boonop met 'n gebreklike voet gebore is, het sy besef dit gaan nie werk nie. Jules het egter sy eie talente en help ons baie met alles wat hier gedoen moet word. Hy kon van kleins af werkies hier rond doen en is nou heel vaardig."

"Wat het van Julian geword?"

"Soos ek gesê het, Vivien het besef dit gaan nie werk nie." Die trek om haar mond laat Ayla besef Diana gaan niks verder daaroor sê nie. Dit sal ook geen doel dien om aan te dring nie. Julian se liggaam is sestien jaar gelede al in die vissershawe gekry. Niks gaan hom terugbring nie.

"Hoeveel Euminsi het jy ... voortgebring?" Die woord word dik in haar mond.

"Vier. Een meer as Nimue." Diana klink trots daarop. "Soekie hou natuurlik die rekord, maar dis omdat sy van die begin af hier was. Agt altesaam. Susan drie en Sterretjie ook. Kimberley was die swakste voortbringer. Net een."

"Is al die Euminsi hier gehuisves?" Liewe hemel, drie en twintig kinders en jong volwassenes. Hoe gaan enigiemand sorg dat hulle ongeskonde uit hierdie malhuis kom? Maar waar was hierdie kinders toe die polisie hier was? En Soekie? En wie weet wie nog.

"Nee. Ons het besef hulle kan mekaar kontamineer. Op enkele uitsonderings na word hulle net ná geboorte na veilige plekke geneem waar hulle nie besmet kan word nie. Nimue gaan gereeld daarheen om seker te maak hulle floreer."

"Onder wie se sorg is hulle?" Die kanse is skraal dat sy hier sal uitkom, maar as die wonderwerk gebeur, sal sy darem hopelik die kinders se lot onder iemand se aandag kan bring.

"Nordic aliens wat ten volle bewus is van die hoër roeping wat hulle vervul."

Dit is nie wat sy wou hoor nie. "Maar Nettie bly hier?"

"Ons het haar hier gehou vir ingeval dit nog lank sou duur voor die moederskip kom sodat ons haar as voortbringer kon gebruik wanneer sy bekwaam raak. En Kleinjim het ook hier grootgeword sodat ons 'n permanente voortplanter kan hê, maar ons moes vir hom voortbringers kry wat nie, soos Nettie, bloed van sy bloed is nie. Shelley was aanvanklik vir Kleinjim geoormerk, maar sy was nog nie bekwaam toe sy hier aangekom het nie. Tiaan was Kimberley vyandiggesind omdat sy hom hier laat beland het en sy het toe verkies dat Kleinjim haar bevrug."

Sy kan haar indink dat Tiaan Kimberley meer as net vyandiggesind was. "Shelley word dus ook beskou as Euminsi?"

"Nee, maar aanvanklik wel as Onskuldige. Ek het van die begin af gesê dit gaan nie werk nie al is sy 'n Crystal child, maar Nimue het haar 'n kans gegee. Een wat Kimberley verbrou het."

"Is Kimberley en Shelley nog steeds hier?"

"Hulle was albei te diepgaande gekontamineer." Diana lig die skokstok. "Nou toe, kom. Ons moet aan die oefen kom."

"Sê net gou eers, waar bly die Nordic aliens wat na die ander Euminsi omsien?"

"Net Nimue weet. Die voortbringers raak soms moeilik ná 'n geboorte. Selfs ek het moeilik afstand gedoen van my eersteling, al het ek geweet dis vir 'n grootse saak. My moederdierreaksie het getoon dat ek as Indigo child nog nie volkome geëvolueer was nie.

"Die Euminsi sal uiteindelik ver genoeg geëvolueer wees om te verstaan dat voortbringing en die fisieke daad wat daartoe lei, net 'n plig is wat uitloop op voortbestaan. Omdat mans soveel laer af op die ontwikkelingskaal van primate staan as vroue, is dit ongelukkig moeilik vir hulle om die konsep te verstaan. Dis waarom daar so 'n verskeidenheid voortplanters hierheen gelei moes word en hulle funksionaliteit net beperk was."

Diana maak die deur oop en die vreemde geluide klink weer op. "Stap voor." Sy beduie met die skokstok na die gang toe. "Maak die deur aan die oorkant van die gang oop."

'n Vlugtige op- en afkyk in die donker gang laat Ayla vermoed haar rondawel is dalk die middelste een van die drie wat aan die regtersy van die driehoek gekoppel is.

"Toe, maak oop." Diana is reg agter haar.

Die deur is stram, maar Ayla kry dit oopgetrek. Die gedruis vermenigvuldig tienvoudig. Vir 'n oomblik verstaan sy nie wat sy sien en hoor nie. Figure vlieg voor haar verby. Eers Soekie, toe Nettie, toe Jules en daarna 'n jongman in sy twintigs met 'n lang, amper wit poniestert. As dit Kleinjim is, is sy naam ironies. Hy is lank en gespierd met 'n paar skouers wat 'n lewensredder hom sal beny.

Eers toe hulle verby is, besef Ayla hulle rolskaats om en om in 'n ovaal sirkel in die middelste gedeelte van die driehoekige gebou. In die middel van die ovaal is 'n kru weergawe van 'n voëlverskrikker, of 'n gedrog wat daarna lyk.

Links is daar 'n paar verroeste stukke oefenapparaat. Regs 'n lang, smal swembad met vuilbruin water. 'n Ouer vrou draai om vir nog 'n lengte en stuur druppels die lug in.

"Vivien is nie meer vas genoeg op haar voete vir rolskaats nie. Sy kan dus nog net swem."

Vivien? Die vrou in die swembad? 'n Ouvroulyf en grys hare wat nat teen haar kop gepleister is, is al wat sy kan sien. In haar gedagtes is haar ma steeds vyftig en lyk minstens vyf jaar jonger.

"Nimue sê jy kan nie rolskaats nie. Jy kan dus kies tussen swem en die oefenapparaat. Ons oefen elke dag minstens 'n uur lank, meesal langer. Ons mag nie onnodig buite rondbeweeg nie, maar hier in die driehoek kry ons al die oefening wat ons nodig het om fiks en paraat te bly."

"Waar is Nimue?"

"Sy is nie op die oomblik hier nie."

"Dit kan ek sien. Waar is sy?"

"Dit het niks met jou te make nie. Sy sal binnekort terug wees."

Ayla kyk rond, maar daar is net die vier op die rolskaatse, sy en Diana, en Vivien steeds in die swembad. "Waar is Strach?"

"Hy berei hom voor vir voortplanting."

Sy kan sweer Diana lieg, maar dalk wil sy maar net nie glo Strach is gewillig om as voortplanter op te tree nie.

"Ná Tiaan het ons die program tydelik gestaak, maar dit sal voordelig wees as daar van ons in 'n vroeë stadium van swangerskap is wanneer ons op Eumin aankom."

"Hoe is Tiaan dood?"

"Hy was ongehoorsaam en is gestraf, maar hy was nie veronderstel om dood te gaan nie. Hy het self sy dood veroorsaak."

"Ongehoorsaam? Hoe bedoel jy?"

"Volgens Kimberley was Kleinjim baie onbeholpe. Daarom

moes Tiaan Shelley inwy, maar hy het geweier. Gesê sy is te jonk."

'n Naarheid stoot in haar keel op. "Wat was Tiaan se straf?"

"Afsondering. En dis nou meer as genoeg vrae vir een dag. Begin met jou oefening. Vivien is klaar, sien ek. Jy kan sommer haar swemklere gebruik of jy kan die oefenmasjiene aanvat."

Ayla kyk om na die vrou wat op die rand van die swembad staan. Sy bibber van die koue, haar lippe het 'n blou skynsel. Plooie kriskras oor haar gesig. Haar skouers het krom geword, haar hare yl en 'n slap magie stoot teen die swemklere aan.

Ouderdom is wreed. Dit lê bloot wat mens voorheen kon verberg. Dis asof Vivien se selfsug, haar selfgesentreerdheid, haar gebrek aan empatie aan haar gebeitel het tot net haar ware aard nou wys. En dis nie mooi om te sien nie.

Hulle oë ontmoet kortstondig voor Vivien wegdraai, haar toevou in 'n dun handdoek en by 'n ander deur uitstap asof sy Ayla nie herken nie.

"Swem of masjiene?" por Diana aan.

"Masjiene," kies Ayla. Niemand gaan haar in haar ma se verrekte, sopnat swemklere inkry nie. Selfs al sou dit gepas het. Selfs al was die water helderblou en verwarm. 'n Mens trek nie enigiets aan wat van 'n lewende kadawer af kom nie en dis hoe Vivien vir haar lyk.

Bientangsbaai
Jojo

Die wind waai minder sterk as gister, maar dis nog maar vrek koud buite. Jojo gooi haar warmste poncho oor haar kaftan. Dis nie lente se dinges nie, maar daar is lente in haar hart.

Sy en Joachim het in die vroeë oggendure wakker geword, nog steeds in mekaar se arms. Dit was die wonderlikste gevoel denkbaar. Net jammer hy moes opstaan omdat hy so baie reëlings het om te tref vir sy reis Amerika toe, maar ná gisteraand kan sy daarmee saamleef.

Enige nuus oor Irene? sms sy Valk terwyl sy wag vir die ketel om te kook.

Haar foon lui feitlik dadelik.

"Sy is steeds swak, maar beter. Ek mag haar vanmiddag vir die eerste keer langer as 'n paar minute sien. Moontlik selfs 'n halfuur." Valk klink vir 'n verandering weer 'n bietjie soos die Valk wat sy ken.

"Dis wonderlike nuus, Valk."

"Ek kan nie vir jou sê hoe verlig ek is nie. Dis hoekom ek sommer gebel het. Ek moet net vir iemand hardop kan sê sy is beter. Sodat ek dit ook weer regtig kan glo. Ek was so bang sy gaan verdomp dood."

"Sê vir haar baie groete en hoor sommer ook wanneer ek kan gaan hallo sê." Sy mis Irene, besef Jojo. Haar lewendigheid, haar aweregse humor, haar onortodoksheid. Haar energie.

"Ek maak so. Luister, Jojo, ek het nagedink oor ons gesprek gisteraand. Oor Ayla en haar bewering dat haar suster voorgegee het sy is Ayla.

"Die ding is, ek het haar vanoggend probeer bel, maar ek kry geen antwoord nie. Toe bel ek die gastehuis en die vrou daar sê sy antwoord ook nie haar kamerfoon nie. Sy het gaan kyk en al Ayla se goed is weg, behalwe 'n trui en jeans wat sy in die kas moes vergeet het. Die bed is nog net soos haar skoonmakers dit gister opgemaak het. Die vrou sê hulle het 'n spesifieke manier waarop hulle dit doen en dis vir haar duidelik dat Ayla nie daar geslaap en die bed self opgemaak het nie."

Jojo frons. "Haar vlug noorde toe is eers vanmiddag. Hoekom sou sy gister al daar uitgetrek het?"

"Sy het seker haar redes gehad, maar as sy jou kontak, laat weet my."

"Ek sal kyk of ek haar in die hande kan kry. Dalk antwoord sy nie 'n oproep van jou af nie omdat sy weet jy verdink haar van allerlei booshede en is sy nie lus om weer beskuldigings te ontken nie."

"Ek hoop net nie sy is al op pad lughawe toe nie. Ek sal graag van aangesig tot aangesig met haar wil praat en ek gaan nie Kaap toe ry daarvoor nie. Nie terwyl ek Irene later vandag kan sien nie."

"Natuurlik nie. Nou toe, laat ek haar bel en kyk wat word."

"Dankie, Jojo. Jy is 'n ster."

Ster, nogal. Sy weet nie of sy ooit weer iets van sterre en planete wil weet na dese nie. Jojo maak eers gou vir haar koffie voor sy Ayla bel.

Nie eens die stempos skakel aan nie. Jojo druk dood. Kommer stoot in haar op soos sooibrand.

Sy bel die gastehuis se nommer. Dit lui 'n paar keer voor Hestie antwoord.

"Hestie, dis Jojo Richter."

"Moenie vir my sê jy soek ook vir Ayla nie?" Die vrou wat altyd so vriendelik is, klink ietwat nors.

"Ja, ek wil juis hoor of ek nie gou 'n draai by jou kan maak nie. Is daar fout? Jy klink nie lekker nie."

"Jy kan maar kom. Ag, dis net nie my dag vandag nie. Toe ek nou in Ayla se kamer gaan kyk het ná daardie speurder my gevra het om dit te doen, kom ek 'n ander ding agter. My enigste ander gas voor die langnaweek se mense kom, is hier weg sonder om te betaal. Boonop het die bleddie vroumens die honesty bar geraid. Al die koeldranke, tjoklits en chips. Moet seker bly wees sy het nie die alkohol ook gevat nie, maar dis nog steeds 'n helse verlies. Die sepies en sjampoe en goed is ook weg."

"Wie was die gas?"

"Dis die ergste van alles. Ek weet nie. Haar man was in 'n ongeluk en haar beursie en ID was in die kar, het sy gesê. Sy het my hand en mond belowe sy sal kom regmaak sodra sy dit teruggekry het. Ek het die skepsel jammer gekry en kyk nou."

"Het sy nie gesê wat haar naam is nie? Het jy haar nie laat inteken nie?"

"Sy sou later kom inteken het. As sy eers haar kredietkaart weer terug het. Ek dink amper sy het gesê haar naam is Suzie. Seker nog gelieg ook."

"Het sy in haar bed geslaap?"

"Nee, maar die bleddie duvet cover is besmeer. Lyk my sy het Coke daarop gemors."

"Hestie, ek is nou daar. Moenie enigiemand in haar kamer laat ingaan nie, oukei? Ook nie in Ayla s'n nie."

"My skoonmakers is klaar in die danige Suzie se kamer besig."

"Kry hulle daar uit en los alles verder net so, oukei? Albei kamers."

"Oukei, maar ek kan dit nie vir lank só los nie. Ek wil die kamers reg hê ingeval daar walk-ins is. Ek het net vier kamers en die ander twee is bespreek."

"Ek is nou daar."

Kry my by Ayla se gastehuis. Iets is verdag, sms sy Valk voor sy haar handsak en die viertrek se sleutels gryp.

Akkedisberge
Ayla

Verroes soos dit is, is die oefenmasjiene in werkende orde. Ayla is sopnat gesweet ná 'n uur van roei, draf, fietsry en met gewigte werk.

Diana kom aangeskaats.

"Nie sleg vir iemand van jou bou nie," glimlag sy.

"Ek het 'n gim by my huis." Die masjiene het dit ontgeld, maar het die woede wat in haar bly opbou nie geblus nie. Eerder aangewakker en al hoe feller gemaak. Hoe durf Nimue haar na hierdie gestig ontvoer? 'n Plek waar mans soos teelramme aangehou word. Gedwing word om 'n jong meisietjie "in te wy"?

"Sê my net een ding, Diana, hoekom is ek regtig hier?" Sy weet sy raak roekeloos, maar dis asof die oefening haar kop weer helder gemaak het. "Is dit oor die geld wat ek vir haar belê het dat Nimue my ontvoer het? Want sy kan dit kry net wanneer sy dit wil hê. Die bedrag het intussen meer as verdubbel. Dit het laas jaar losgekom en ek hou dit sedertdien in 'n meer toeganklike rekening vir haar."

Diana begin lag. "Liewe hemel, Ayla, wat sal Nimue met geld wil maak vier dae voor ons opvaar? Op Eumin kry ons alles wat ons nodig het. Aardse geld gaan niks beteken nie."

"Waar is Nimue dat ek haar self kan vra?"

"Ek het reeds vir jou gesê sy is nie hier nie. Kom, kamer toe met jou. Ek sal oor 'n halfuur vir jou ontbyt bring."

Agter Diana bedaar die geluid van die rolskaatse. Soekie trek haar verslete sweetpak uit en duik met 'n boog in die swembad. Jules gaan haal haar rolskaatse wat sy op die rand gelos het en samel ook die ander s'n in.

"Wat is dit met julle en rolskaats?"

"Stap." Diana beduie na die deur waar hulle ingekom het. Ayla gehoorsaam.

"Ons moes 'n plan maak om oefening te kry en oefentoestelle en swem is nie genoeg nie. Nimue het op 'n dag hier aangekom met rolskaatse vir my, Vivien en vir haar. Ons al drie het voorheen ysskaats geniet en dit was nie te moeilik om aan te pas nie. Later wou die ander ook leer. Soekie het besonder gou reggekom al het sy geen ondervinding gehad nie. Sy is nogal talentvol. Sy is ook ons veerpyltjiekampioen."

Ayla druk die deur na die gang oop en steek voor die deur na haar rondawel vas. "Wie het julle leer skiet met pyl en boog?"

"Kimbe…" Diana gee haar 'n verwoestende kyk en druk die deur met geweld oop. "In!" Diana gee haar 'n stamp teen die blad. Ayla struikel die vertrek binne.

Die genoegdoening dat sy Diana sover gekry het om haar te verspreek, is kortstondig.

Dit help haar net mooi niks dat sy nou sonder twyfel weet iemand op IPIN het die regter uit die weg geruim nie.

Bientangsbaai
Jojo

Hoekom is sy nie verbaas die gas wat pad gevat het, is blond met ligte oë nie? Verbaas, nee, maar haar kommer het die hoogte ingeskiet toe sy dit hoor, al weet sy daar is seker honderde duisende blonde vroue met ligte oë in Suid-Afrika.

Hulle sit in die sitkamertjie by ontvangs, die skoonmaaksters se aandag op haar en Valk gevestig. Hestie sit agter die ontvangstoonbank, 'n ongelukkige trek op haar gesig.

"Sy het saam met die ander een gery."

Jojo se kop swaai in die rigting van die kleinste van die drie vroue in hulle uniforms. "Wie?"

"Ek was in die ander kamer. Toe hoor ek hulle praat. Die wegloper het die ander mevrou gevra om haar 'n lift hospitaal toe te gee. Oor haar man daar is. Eers wou die ander mevrou nie, maar toe het sy gesê dis oukei."

"Het Ayla Hurter haar bagasie by haar gehad?"

"Ek het niks gesien nie, net gehoor. Maar ek het gehoor sy is 'n paar keer met die trap af voor sy saam met die wegloper weg is."

"Hoe laat was dit?'

"Laatmiddag se kant."

Jojo kyk weer na Hestie. "Het jy gesien toe hulle hier weg is?"

Hestie skud haar kop. "Ek is ná lunch Pick n Pay toe."

"Weet jy dalk watter motorhuurmaatskappy Ayla gebruik het, Jojo?" vra Valk.

"Die karsleutels het 'n Avis tag gehad," antwoord Hestie nog voor Jojo kan probeer nadink. "Ek het dit gesien toe sy ingeboek het."

Valk knik, kom orent en haal sy selfoon uit sy sak voor hy buitetoe stap.

"Kyk, ek is jammer die kamers was al skoongemaak teen die tyd dat julle hier aangekom het, maar my meisies weet hulle moet wikkel. Hulle was klaar nog voor ek hulle kon sê om te wag."

Jojo knik net. Daar is niks wat enigiemand nou daaraan kan doen nie. Alle vingerafdrukke wat daar kon gewees het, is daarmee heen. Hestie se span is besonder deeglik.

Die klere wat agtergebly het, is toe die gewraakte paisley-trui en 'n denim wat die skoonmakers netjies opgevou en in 'n supermarksak gesit het.

Valk se gesigsuitdrukking is effens minder gespanne toe hy weer binnetoe kom. "Ek dink ons kan maar ontspan. Ayla het reeds haar motor op die Kaapstadse lughawe ingelewer."

"Maar hoekom so vroeg? Haar vlug vertrek eers vanmiddag."

"Sy bespaar 'n dag se huur as sy dit inlewer voor die tyd van die dag waarop sy die motor uitgeteken het. Die afsnytyd was twaalfuur. Sy het haar seker misgis met die tyd of verkeer."

"Maar hoekom antwoord sy nie haar foon nie? Hoekom skakel die stempos nie aan nie?" Sy het seker al ses keer gebel. Elke keer met dieselfde resultaat.

"Miskien het sy vergeet om haar selfoon te laai. Dankie vir julle samewerking." Hy knik in die rigting van die skoonmakers en groet Hestie met 'n lig van sy hand voor hy omdraai en uitstap.

Jojo groet haastig en loop vinnig agter Valk aan. "Valk!" roep sy toe sy sien hy is al by sy motor en reg om in te klim.

"Waarmee wil jy my tyd hierdie keer mors, Jojo?"

Sy kry eers haar asem terug. "Sê nou dit was nie Ayla wat die motor teruggegee het nie? Sê nou dit was Nimue, weer vermom as Ayla?"

Valk sug so diep soos net hy kan. "Jojo, jy sal die waarheid in die oë moet kyk oor twee dinge. Strach het jou waarskynlik oor IPIN kom uitvra sodat hy presies kan weet wat jy, en dus ons, weet. Toe hy agterkom hoeveel ons wel weet, het hy gat gevat omdat hy by minstens die moord op die regter betrokke is, al is dit dalk net as medepligtige.

"Wat Ayla betref, sal jy moet aanvaar sy het besluit sy het genoeg gehad en stel nie meer belang in wat word nie. Of sy weet sy gaan binnekort vasgetrek word vir die moord op Carmichaels. Dis besmoontlik hoekom sy gesorg het dat sy onbereikbaar is voor sy ondervra kon word."

"Maar hoekom sou sy Carmichaels ...?"

"Jojo, ek gee nie 'n moer om nie. Ek is nou klaar met hierdie hele spulletjie. Ek gaan vanmiddag vir Irene sien en dis al wat nou vir my saak maak. En ek raai jou ten sterkste aan om jou neus ook verder uit enige sake hier te hou.

"Kuier by Joachim voor hy VSA toe vlieg, maar gaan dan huis toe en laat die polisie verder die saak uitpluis. So by so het ek en Irene met hierdie saak by verskeie geleenthede ons naam totaal en al gat gemaak. Ek sal verbaas wees as ons besigheid nog enige geloofwaardigheid oorhou ná hierdie

gemors. Dis nou die einde. Op die oomblik is Irene my priori-
teit. Oukei?" Hy klim in die kar en die deur klap effens te hard
toe.

Nee, dis nie oukei nie, maar sy kan sien daar is net mooi
boggerôl wat sy kan doen om Valk van plan te laat verander.
Maar dis nie te sê sy kan nie probeer nie.

Sy klop teen die venster toe hy die enjin aanskakel. Hy
maak net op 'n skrefie oop, duidelik teensinnig. "Valk, kan jy
nie net later vanmiddag minstens probeer uitvind of Ayla haar
vlug gehaal het nie?"

"Hoe? Rederye gee nie daardie soort inligting uit nie. En wat
gaan jy daarmee bereik, selfs al vind jy uit? Volgens jou kan dit
nog steeds haar suster wees wat maak asof sy Ayla is. Jam-
mer, Jojo. Hou maar net aan bel, dalk antwoord sy as sy eendag
weer haar selfoon aanskakel. Bye." Valk tru by die parkering uit
sonder om weer na haar te kyk.

Jojo kyk hom ingedagte agterna. Is dit hoekom Nimue Ayla
se klere gesteel het? Want waar ook al haar beeld nou op
sekuriteitskameras vasgevang word, sal iemand wat haar goed
ken, iemand soos Sjerien, kan bevestig dat dit Ayla in Ayla se
klere is.

Twee en dertig

Akkedisberge
Ayla

Diana straf haar seker vir die slinkse vraag, want die beloofde ontbyt daag nie op nie.

En sy is nie net honger nie, sy mis ook die suurlemoentee wat sy altyd soggens drink. En daar is net mooi niks om te doen nie behalwe om haar gedagtes te probeer beheer sodat paniek nie oorneem nie. Deur te probeer agterkom wat hier aangaan, kan sy dalk die vrees dat sy nooit hier gaan uitkom nie, tydelik besweer.

By tye wonder sy of sy dalk hallusineer. Of in die kloue van 'n nagmerrie is waaruit sy net nie kan wakker word nie. Maar nee, sy voel die koue. Sy voel haar spiere protesteer van die oefening. En die hongerpyne.

Die vrae bly kolk en maal. Hoe het hulle hierdie mans, wat teen hulle sin hier was, sover gekry om … wel, om die voortplantingsdaad uit te voer? Haar preutse huiwering om die daad selfs in haar gedagtes by die naam te noem, is eintlik lagwekkend. Sy het dalk nog nooit self seks gehad nie, maar sy weet ten minste 'n man moet … wel, gereed wees.

En êrens in hierdie vervalle geboue berei Strach hom voor om voort te plant. Sy druk haar hande teen haar oë asof dit die gedagte sal wegneem.

Hoe? Tensy dit vrywillig is? Is hy dalk tog deel van die hele sogenaamde projek? Nee, Strach kan nie uit vrye wil hier wees nie. En hy kan sekerlik nie vrywillig gaan staan en seks hê met Soekie en die ander sodat hulle swanger op planeet Eumin kan aankom nie. Dit druis in teen alles wat sy van hom weet.

Kan 'n man verkrag word? Ja, deur 'n ander man. Maar deur 'n vrou? Sy weet nie. En sy wil ook nie weet nie. Veral nie hoe so iets sou uitspeel nie.

Hy kan seker afgepers word. Maar waarmee en hoe bereik hy in sulke omstandighede … gereedheid?

Haar wange brand. Nee, sy kan nie meer aan sulke dinge dink nie. Sy is 'n totale aap wanneer dit by seks kom.

As Nimue net haar opwagting wil maak, kan sy hopelik uitvind wat werklik hier aangaan. Nimue beplan iets, maar dis sekerlik nie 'n reis na Eumin of watter ander planeet ook al nie. Diana leef in 'n waan. Of sy alles self uitgedink het of oor die jare geïndoktrineer is, maak geen verskil nie.

Wat haar planne ook al is, Nimue het nou toegang tot alles wat Ayla s'n is. Haar foon, haar skootrekenaar, haar ID en 'n spul ander dokumente. Op die rekenaar is alles wat sy verder kan nodig kry. Onder meer haar testament met al haar bankrekeninge en beleggings daarop aangedui. 'n Testament wat melding maak van die belegging wat Nimue toekom, maar nie van haar 'n begunstigde maak van haar suster se boedel nie. Dit sal Nimue beslis nie aanstaan dat Ayla die grootste deel van haar geld en bates aan welsynsinstansies bemaak het nie. Nog minder dat Joyce en Sjerien elkeen 'n stewige kontantbedrag kry.

Maar Nimue kan al die beleggings en rekeninge leegmaak. Of sy sou kon as sy die PIN's en wagwoorde gehad het. En die wagwoord van haar rekenaar.

Ayla sit regop. Dis waarvoor Nimue haar nog nodig het.

Nie dat sy al haar PIN's en wagwoorde gememoriseer het nie. Daar is wel 'n hele paar wat sy uit haar kop ken – goed wat sy gereeld gebruik – maar ander het sy aangeteken op 'n lys

wat sy in haar kantoor se kluis hou. En vir haar beleggingsre-
keninge is 'n handtekening nodig om te kan onttrek.

Skrik ruk deur haar toe daar aan die deur gestamp word.
"Venster toe!" Dis nie Diana se stem nie. Soekie s'n, as sy dit
nie mis het nie.

Ayla gaan staan by die venster. "Kom in."

Die deur word behoedsaam oopgemaak. Nettie glip ver-
by Soekie en sit 'n skinkbord op die bed neer voor sy weer
uithardloop.

Soekie maak 'n fles op die skinkbord staan, die skokstok
waarskuwend voor haar. Sy retireer en beduie met haar ken
na die skinkbord. "Nou toe, eet."

Ayla stap nader. 'n Opgekrulde stuk roosterbrood met 'n
gebakte eier daarop wat die ene rubber lyk.

"Dit het koud geraak. Diana was kwaad vir jou en het dit
net daar in die kombuis gelos. Vivien weier om nog te maak.
Vat of los, dis vir my om 't ewe."

Ayla gaan sit, tel die skinkbord op haar skoot en begin lang-
tand eet. Ook maar net omdat sy haar kragte moet opbou. Die
tee is ten minste warm en help haar met die afsluk van die kos.
Soekie moes dit vars gemaak het. "Dankie. Vir die warm tee."

Soekie knik net.

Ayla vou albei haar hande om die warm koppie. Die hitte
bring 'n klein bietjie behaaglikheid.

"Hoe voel jy oor julle reis Eumin toe?" probeer sy Soekie
aan die praat kry.

"Kan net beter wees as hier."

"Hoe ver is Eumin? Hoe lank sal die reis duur?"

"Vier honderd ligjaar. Volgens Nimue drie en dertig dae."

"Waarna sien jy die meeste uit?"

Soekie se gelaatstrekke versag. "Om my kinders te sien.
Party vir die eerste maal vandat hulle gebore is. Maar veral my
oudste, Sterretjie. Sy is al drie en twintig. En om van voor af te
kan begin op 'n sondelose planeet."

Dan is dit nie net Diana nie. Die res glo waaragtig ook die
fantasmagoriese waansin. "Sterretjie het hier grootgeword,
nie waar nie?"

"Ja, maar Nimue moes haar twee jaar gelede hier wegneem. Sterretjie het 'n bietjie onbeheerbaar geraak. Sy kon nie verstaan dat haar babas weggeneem moes word nie." Soekie sug. "Dis oor sy so lief vir kinders is. Sy het Nettie so te sê grootgemaak. Die twee was gek oor mekaar. Ongelukkig was dit moeilik om met Sterretjie te kommunikeer. Te verduidelik waarom sy nie die babas kon hou nie."

"Omdat sy hardhorend is?"

Soekie kyk vlietend weg, haar kake bult. "Ek het nie geweet Nimue bespreek ons sake met jou nie?"

"Sy is my suster. Natuurlik vertel sy my wat aangaan. Sy het egter nie gesê of Sterretjie só gebore is nie." Sy hoop net haar bluf werk.

"Sy is nie. Sterretjie was perfek voor Vivien haar geklap het dat sy doer trek. En sy was maar vier jaar oud." Haar oë spoeg vonke. "Dit sal ek haar nooit vergewe nie."

"Hoe het jy hier beland?"

Soekie kyk haar agterdogtig aan. "As Nimue nie iets vir jou vertel het nie, moet daar 'n rede wees."

"Ek weet darem jy, jou ma en Jimmy Andersson het saam hierheen gekom. Dat hy Sterretjie se pa is. En ek weet jou ma het 'n ruimtetuig gesien, maar ek ken net nie die detail nie."

Soekie frons. "Kyk, êrens is hier iets wat ek nie verstaan nie. Ek weet Nimue het 'n doel met jou, maar hoekom moes sy jou met my hulp ontvoer as julle sulke gawe susters is dat sy jou soveel vertel? En wanneer het dit gebeur? Volgens haar het julle vir meer as elf jaar nie kontak gehad nie."

"Ek het aanvanklik geweier om hierheen te kom, maar nou is ek hier en dis oukei, al waardeer ek nie die hardhandigheid waarmee ek hierheen gebring is nie. Het sy jou vertel wat haar doel met my is?"

"Nee. Nimue deel net wat sy wil deel."

Dis jammer, maar daar lê gelukkig ook 'n voordeel in. "Dis natuurlik hoekom jy nie weet dat ons al 'n geruime tyd kommunikeer nie. Ongelukkig nie lank genoeg vir haar om my alles te vertel nie. Soos ek verstaan, is dit my taak om julle

geskiedenis op te teken. Sodat die Euminsi weet hoe alles be-
gin het." Hopelik klink dit oortuigend genoeg.

"Daar is baie wat Nimue nie van daardie eerste dertien jaar
weet nie. Ek dink sy wil eintlik nie weet wat Emsie alles aan-
gevang het nie."

Of sy gee net eenvoudig nie om nie, voeg Ayla in haar ge-
dagtes by. "Ek wil graag so deeglik as moontlik wees en, soos
jy weet, het ek net drie dae om dit te doen. Ek sal bly wees as
jy kan help." As sy dan nou moet doodgaan, wil sy darem min-
stens weet wat alles daartoe gelei het. Doodgaan. Vir 'n oom-
blik kry sy nie asem nie. Nee, sy wil nie dink aan hoe en waar
en waarom nie.

Soekie leun met haar rug teen die muur en stut haar met
een voet daarteen, albei hande is om die skokstok gevou. "My
ma hét iets gesien daardie aand. 'n Vreemde, silindervormige
vlieënde voorwerp met ligte wat draai. Niemand wou haar
glo nie. Sy is gespot en verkleineer. En toe raak ek boonop
swanger." Soekie skud haar kop. "Sy was op breekpunt toe sy
'n brief kry van Emsie Prinsloo wat sê sy het die berig in *Die
Burger* gesien en stel belang om meer uit te vind. Emsie het
self op haar dag 'n ervaring met ruimtewesens gehad en haar
dogter ook. Sy het gevra of my ma haar nie wil kom besoek
nie.

"My ma wou gaan, maar daar was nie geld vir petrol nie en
dit was ver om in een dag heen en weer te ry. Geld vir êrens
oorslaap, was daar ook nie. Ons motor was ook nie meer van
die beste nie.

"My ma was so ontsteld. Uiteindelik is daar iemand wat
haar glo en nou kan sy nie by haar uitkom nie. Ek het vir Jim-
my gevra of hy nie vir haar petrolgeld kan leen nie. Natuurlik
niks gesê van die vlieëndepieringbesigheid nie. Net dat ons
swaar trek en by iemand naby Perlemoenbaai wil gaan kuier.
Jimmy het met sy oom gaan praat. En dis toe dat die oom met
die plan vorendag kom dat ons sy karavaan leen en vakansie
gaan hou by Perlemoenbaai. Dit was Jimmy se Kersgeskenk.
Jimmy was in die wolke. Gesê só kan hy vergoed vir die ekstra
stres wat my swangerskap op my ma geplaas het. Jimmy was

'n goeie ou. Ongelukkig het hy duur daarvoor betaal. Ek hoop net hy is gelukkig waar hy ook al nou is."

"Toe gaan julle Perlemoenbaai toe?" Is dit moontlik dat Soekie nie weet hy is dood nie?

Soekie knik. "Ons is 'n paar dae voor my ma se afspraak met Emsie daarheen. Lekker vakansie gehou soos gewone mense. Op die dag wat my ma met Emsie afgespreek het, het ons nog reggemaak vir 'n visbraai die aand. Ons sou my ma tienuur by Emsie gaan aflaai en haar vieruur die middag weer gaan haal." Soekie sluk swaar aan een of ander emosie.

"Ek weet nie wat sou gebeur het as ek nie swanger was nie. Miskien sou dit net by 'n kuier gebly het en sou alles afgeloop het soos dit beplan was. Miskien nie. Maar toe ons hier aankom, het Emsie my ma skaars gegroet. Sy het net heeltyd na my gekyk. Uitgevra hoe ver ek is. Hoe my gesondheid is. Heen en weer van my na Jimmy gekyk. Uitgevra oor waar hy aan sy voorkoms kom. Hy was lank en het die mooiste blou oë gehad. Witblonde hare. Sy pa was 'n Sweed. Dit het sy ma eers kort voor haar dood vir hom vertel. Sy pa het nie eens van Jimmy se bestaan geweet nie.

"Maar dit daar gelaat. Emsie het vir my gesê sy het babaklere wat sy graag vir my sal wil gee. Klere wat haar kleinkind ontgroei het en hier gebêre is. Party daarvan nog nuut.

"Ons het juis gewonder hoe ons die baba ooit sal kan versorg. Jimmy se oom het nou wel gehelp, maar Jimmy het nog net 'n jaar by hom gewerk en ek het nie matriek gehad nie. My ma was werkloos. Hoe ook al, klere vir die baba sou baie welkom gewees het.

"Emsie het my ma en Jimmy in die binnehof laat sit en vir hulle tee gegee terwyl ons kastig 'n paar goed vir my baba gaan uitsoek."

Soekie sug sidderend. "Ek was so onnosel. Die babaklere is in die kelder, het sy gesê. En sy klim moeilik met die trap af. Ek kan gaan kyk en vat net wat en soveel ek wil. Ek moes geweet het iets is nie lekker nie. Maar ek het eers besef daar is fout toe ek sien die kelder lyk amper soos 'n hospitaalkamer. Ek was skaars onder, toe gaan die valdeur toe. Daar was natuurlik geen babaklere nie.

"Later het ek gehoor sy het Jimmy onder een of ander voorwendsel na een van die ander rondawels geneem en hom ook toegesluit. Daarna was dit maklik om my ma te manipuleer."

Daar was natuurlik toe nog nie selfone nie, besef Ayla. Nie dat selfone die ander gehelp het nie.

"Ek het in daardie bleddie kelder gebly tot ek die dag gekraam het. Daarna was dit Sterretjie waarmee sy ons almal afgepers het. Ons was elkeen in 'n ander rondawel toegesluit. Sterretjie was bedags by my, maar saans is sy weggeneem. As een van ons sou probeer ontsnap, sou die ander dit ontgeld." Sy skep 'n oomblik asem.

"Jimmy is een keer per maand na my toe gestuur om seks te hê. Toe ek besef ek is weer verwagtend en vir Jimmy vertel, het hy in trane uitgebars. Hy het gebieg dat Emsie hom gedwing het om ook met Susan seks te hê en dat my eie ma ook nou sy kind verwag.

"'n Jaar nadat ons daar aangekom het, het Jimmy gesê hy kan dit nie meer verduur nie. Dat hy voel hy het my ma verkrag al het sy haar nie teengesit nie. Haar kind was ook skaars gebore toe wou Emsie hom weer dwing. As hy Susan nie weer swanger maak nie, het sy gesê, gaan sy kinders nie na 'n nuwe planeet toe nie, maar sal verkoop word om vir ons verblyf hier te betaal.

"Soos ek gesê het, Jimmy was 'n goeie mens, maar hy was nie emosioneel sterk nie. Iets het in Jimmy gebreek. Wat presies gebeur het, sal ek seker nooit weet nie. Emsie het gesê hy het sy polse gesny, maar vir haar kan 'n mens oor niks glo nie. Maar wat ook al regtig gebeur het, ek en my ma en Sterretjie was toe op ons eie en ek was ver swanger met Kleinjim."

"Wat het van jou ma se kind by Jimmy geword?"

"Emsie het haar na 'n Nordic alien-egpaar toe geneem om haar groot te maak volgens Pleiades-norme."

"Het jy en Susan dit regtig geglo?"

Soekie stoot haar van die muur af weg, dis asof sy nou eers weer besef waar sy is. Haar oë kry 'n harde trek. "Natuurlik. Emsie se metodes was afstootlik, maar dis die een ding waarin sy opreg was. Sy wou die beste hê vir die kinders wat na die nuwe, toe nog naamlose, planeet toe moes gaan.

"En dis nou genoeg. Venster toe," kom die opdrag in 'n kil stem.

Ayla word ook teruggeruk na die onwerklikheid van haar nuwe werklikheid. Sy gehoorsaam.

Die agterdog waarmee Soekie haar aankyk nadat sy Nettie geroep en dié die skinkbord en fles daar uitgedra het, is amper tasbaar. "Hoekom teken jy kastig gebeure op vir iets waarin jy nie glo nie?"

Ontken kan sy dit nie. Sy het gepraat sonder om te dink. "Ek vermoed dis Nimue se manier om my te oortuig. Sy wil hê julle moet my ... noem dit maar bekeer."

Soekie kyk haar lank stil aan. "As ek nie in die nuwe Aarde glo nie, beteken dit ek het drie en twintig jaar van my lewe vermors. Al my jongmensjare. Beteken dit dat ses van my agt kinders nie is waar ek glo hulle is nie. Dit móét waar wees. Dit ís waar. En my ma hét 'n ruimtetuig gesien."

Die deur klap agter haar toe. Die sleutel knars in die slot.

Bientangsbaai
Jojo

Natuurlik kon sy nie net sit en wag tot Ayla weer op haar foon beskikbaar is nie.

Jojo se oë brand teen die tyd dat sy weer deur haar aantekeninge gegaan het om te kyk of iets na haar toe uitspring. Net 'n paar goed het.

Die eerste een toe sy weer Diana se brief gelees het. *Voor die Geëvolueerdes binnekort met die moederskip na die nuwe Aarde geneem word, sal Amanda gewreek word en die bloed wat gestort word, sal aan die hande wees van die Onskuldiges wat nie gesorg het dat Skuldiges vir hulle booshede gestraf word nie.*

Dis seker wat volgens IPIN op die drie-en-twintigste gaan gebeur. Maar wie is hierdie Geëvolueerdes? En hoe verskil hulle van die sogenaamde Onskuldiges?

Die ander ding wat haar opgeval het, is weer eens dat Julian

Jackson die enigste een is wat nie voldoen aan die beskrywing van Nordic aliens nie.

Hy was ook 'n inwoner van Perlemoenbaai, nie 'n vakansieganger nie. En hy het niks te doen gehad met vis of die see soos die res nie, behalwe dat sy oorskot by die vissershawe uitgespoel het. Wat eintlik nogal snaaks is met dié dat die omgewing bekend is vir witdoodshaaie. Sy wil nie weet wat van hom oorgebly het nadat die see en seediere met hom klaar was nie.

Nietemin, hy bly die uitsondering op vele vlakke. En sy familie woon moontlik nog in hierdie omgewing.

Jojo pluk Tabby4 nader. Jackson & Sons Plumbing is nie in die geelbladsye nie, kom sy gou agter. Sy soek die foto van die Jacksons by hulle trokkie met die besigheid se naam daarop. Daar is 'n nommer, maar dis te onduidelik om te lees.

In die witbladsye is daar drie Jacksons in Perlemoenbaai gelys. Sy probeer J.J. Jackson eerste. 'n Engelsman met 'n Britse aksent antwoord. Hy het nog nooit van Jackson & Sons Plumbing gehoor nie.

By die A.J. Jackson-nommer antwoord 'n jeugdige meisiestem.

"Nee, Antie, my pa is nie in meer plumbing nie. Maar hy en my oupa was lank terug."

"Kan ek met jou pa praat?" Dis seker te veel gevra dat die kind se pa Julian se ouer broer kan wees.

"My pa is by die werk, maar my oupa is hier. Hy bly by ons."

"Kan ek met hom praat, asseblief?"

"Gaan nie help nie, hy is dowerig, Antie."

"Sê my skatlam, bly julle by ..." Jojo kyk vinnig na die adres en lees dit af.

"Ja, Antie."

"Dink jy ek kan daar kom inloer en met jou oupa kom praat?"

"Sal seker oukei wees, Antie." Sy klink nie baie entoesiasties nie, maar 'n gaping is 'n gaping.

"Dankie, hartjie, ek sien jou so 'n bietjie later."

"Oukei. Bye, Antie."

Jojo gryp die viertrek se sleutels nog terwyl sy groet.

Drie en dertig

Akkedisberge
Ayla

Waar sy op haar rug op die bed lê, koepel die vlieënde-pieringvorm van die dak hoog bokant haar. 'n Hol stuk aanmekaargeflanste aluminium met patryspoorte wat so vuil is dat min lig deurskemer. Marja moes die dakkonstruk-sieplanne van die rondawel op die hoewe saam met haar ge-neem het. Planne wat Johan Hurter seker laat optrek het.

Dis net 'n terloopse gedagte tussen 'n horde ander deur. Gedagtes wat haar vertwyfeld laat.

Dis alles goed en wel dat die besete spul oortuig is hulle is op pad Eumin toe en dat Strach hierheen gebring is om kinders te verwek wat op Eumin gebore moet word.

Maar as haar vermoede reg is – naamlik dat Nimue haar eie agenda het wat niks te make het met enige ander planeet as die aarde nie; 'n agenda waarvoor Nimue haar eie en waar-skynlik ook haar suster se geld nodig het – waarom het sy Soekie gestuur om Strach dop te hou? Waarom bring sy Strach hierheen?

Is hy dalk hierheen gebring omdat hy die een was wat gesien het hoe die boogskutter op rolskaatse lyk? Of ook oor geld?

Strach is werklik welaf, daarvan spreek sy huis, alles wat daarin is, sy motor. Hy is 'n dermatoloog met 'n florerende praktyk. Maar as Nimue besluit het die Hurter-susters se geld is nie genoeg om haar lewe mee te slyt nie, hoe sal sy haar hande op Strach s'n kan lê?

En wat is Nimue se planne met die res van die IPIN-bewoners?

Voetstappe in die gang laat Ayla regop sit.

"Venster toe!" Diana se stem.

Ayla gehoorsaam teensinnig. Miskien word een van hulle mak as hulle gewoond raak daaraan dat sy opdragte gehoorsaam. Maar wat sy sal doen as die geleentheid om te vlug hom voordoen, weet sy ook nie. Sy is fiks, maar hulle ook. En sy is veel lomper as hulle. Sy ken nie die uitleg van die geboue nie en benewens die deur na haar rondawel is daar êrens 'n sekuriteitshek en nog twee deure voor sy buite sal wees. Om na die driehoek toe te gaan, is futiel. Die enigste uitgange is na die gang waarlangs die rondawels aan die driehoek gekoppel is. En as sy eers buite is, is daar die doringdraadheining beplant met turksvye.

"Nimue soek 'n lys van jou wagwoorde en PIN-nommers." Diana gooi 'n aantekeningboek op die bed neer. 'n Stomp potlood volg.

"Ek dag julle het nie geld nodig op Eumin nie?"

"Skryf!"

"Ek ken net die PIN en wagwoord van die bankrekening wat ek gereeld gebruik uit my kop uit. Daar is nie veel geld in nie." Wat waar is, maar ongelukkig is haar kredietkaart ook daaraan gekoppel en sy is baie kredietwaardig.

"Skryf neer."

Ayla stap na die bed toe en gehoorsaam. As dit lyk asof sy saamspeel, sal Diana dalk glo wanneer sy nie die volle waarheid praat nie.

"Wat is die wagwoord vir jou rekenaar?"

"Dit sal Nimue niks help nie. Die PIN- en wagwoordelys is nie op my rekenaar nie."

Diana lyk momenteel onkant betrap, maar ruk haar gou reg. "Jy lieg."

"Net 'n idioot sal dit waag met al die kuberkrakery en diefstalle van skootrekenaars."

"Waar is die lys dan? En Nimue wil in elk geval jou rekenaar se wagwoord hê."

"Nimue moet my maar self kom vra."

"Nimue is nie hier nie."

"Dan sal sy maar hierheen moet kom."

"Die wagwoord vir jou rekenaar. Nou!"

"Nee. Ek sal dit vir Nimue gee. Net vir haar en net van aangesig tot aangesig."

Diana lig die skokstok. "Het jy enige idee hoe dit voel as vyftig duisend volts deur jou trek?"

"Het jy enige idee hoe vinnig ek my wagwoord permanent gaan vergeet as jy dit sou waag?" Vrees krul deur haar, maar sy hou Diana se blik.

Diana skud haar kop. "Jy gaan soooo spyt wees. Nimue sal nie helfte van die nonsens opvreet wat ek laat verbygaan nie."

"Watse nonsens? Ek het niks verkeerd gedoen nie."

"Nie? Soekie is in 'n toestand ná al jou uitvraery vanoggend."

"Maar jy het dan gesê ek moet julle aardse geskiedenis opteken?"

"Net wat ek en Nimue sê jy moet opteken!"

"Dis in elk geval 'n klomp bog dat ek kastig hier is om wat ook al op te teken, Diana. Nimue gaan my vlammetjie snuit sodra sy haar hande op my geld en bates gelê het." Sy bedwing die rilling wat deur haar trek. Dis een ding om feitlik seker te wees jou einde is in sig, dis 'n ander ding om dit hardop te sê. "En sy gaan dit nie met julle deel nie, glo my. Nie hier nie en beslis nie op die danige Eumin nie."

"Jy weet so min, Ayla. Jy is so geïndoktrineer deur aardse-euwels, jy kan nie 'n hoër waarheid herken as dit jou in die gesig staar nie. Ek het klaar verduidelik dat geld vir ons niks beteken nie en dit nog minder gaan beteken op Eumin."

"Nou waarvoor het Nimue dan my PIN-nommers nodig? Die wagwoord vir my rekenaar?"

"Emsie moet na 'n inrigting toe gaan en Vivien na 'n oord vir bejaardes. Daarvoor het ons geld nodig. Genoeg sodat hulle hul lewensjare in gerief en met goeie versorging kan slyt."

Ayla lig haar wenkbroue. "Die twee mense wat IPIN moontlik gemaak het, hulle lewe opgeoffer het sodat julle Eumin toe kan gaan, word agtergelaat?" Nimue en Diana moet in kontak wees. Hoe anders sou Diana nou skielik weet waarom Nimue geld nodig het?

"Ongelukkig het dit vir hulle te lank geduur. Hulle is nou te oud. Ons kan net die sterkstes Eumin toe neem."

"En wat gebeur as jy en Nimue sewentig word? Tagtig? Of het die Pleiadiërs 'n manier om ouderdom te genees?"

"Op Eumin verouder ons net tot op vyftig in aardse jare. Daarna stabiliseer jou ouderdom. Elizabeth Klarer het mos gesê die mense van Meton word nog as jonk beskou op die ouderdom van twee duisend aardse jare. Dit sal ook die geval op Eumin wees."

"Gaan 'n mens daar dood?"

"Nee, maar in sekere gevalle sal jy toegelaat of gevra word om jou liggaam te laat verstryk. Jy sal self kan besluit jy het genoeg bygedra, of wanneer die bevolking die drakrag van die planeet begin oorskry, kan jy gevra word om dit te doen. Eumin is tien persent kleiner as die aarde. Ons reken die drakrag is vier honderd miljoen, dus sal dit nog lank duur voor dit noodsaaklik raak."

"Verstryk? Soos genadedood? Of is dit selfdood?"

"Ayla, jy kan nie aardse begrippe op Eumin toepas nie. Daar is geen salf aan jou sinisme te smeer nie, dus help dit nie ek probeer verduidelik nie."

"En Strach? Gaan hy saam Eumin toe?"

"Ons laat geen aggressors op Eumin toe nie."

Moord en ontvoering is nie dade gebore uit aggressie nie? Laat sy liewer nie vra nie. "Wat gaan van hom word?"

"Hy bly net eenvoudig agter. En hy sal, soos jy, die ooggetuie wees van 'n wonderbaarlike gebeurtenis. Julle sal kan sien hoe ons in die tuig opvaar en daaroor kan verslag doen. Dis 'n groot voorreg."

"Dis dus jy, Nimue en Soekie wat gaan. En Nettie en Kleinjim."

"En die res van die Euminsi wat op die oomblik nog by hulle Nordic alien-voogde is."

"Wat word van Jules?"

"Jules bly saam met Emsie en Vivien agter. Hy sal sorg dat hulle by hulle nuwe tuistes kom, daarna is hy vry om te doen en te gaan waar hy wil."

"En wat gaan jou rol op Eumin wees?"

"Nimue sal uiteraard die oppergesag wees, maar saam met haar sal ek en Soekie die drie wyse vroue wees wat die Euminsi sal lei tot hulle by ons kan oorneem."

"Die drie Fates van 'n nuwe planeet. Sjoe, dis 'n enorme verantwoordelikheid."

"Fates?" Haar sarkasme gaan Diana klaarblyklik verby.

"Die skikgodinne uit die Griekse mitologie. Wewers van die mens se lot. Kloto, wat die lewensdraad spin; Lagesis, wat besluit hoe lank die spindraad moet wees en elke mens se lot bepaal; en Atropus, wat die lewensdraad op die gegewe tyd met haar skêr afknip."

Diana kyk haar onseker aan.

"Ek reken Soekie is Kloto, sy het die meeste kinders voortgebring, Nimue is Lagesis en jy Atropus. En terloops, Diana is in die Romeinse mitologie ook die naam van die godin van jag. Dis dus gepas dat jy die een is wat die lewensdrade knip."

"Ek weet wat my naam beteken. En jy kan maar jou slimpraatjies vir jouself hou. Feite is feite. Waar die Pleiadiërs die aarde gebruik het as stortingsterrein vir misdadigers, skep ons 'n nuwe samelewing met net die suiwerstes van gees. Om met so 'n skoon lei te kan begin, moes mense opgeoffer word, maar dit was net Skuldiges of Gekontamineerdes. Op Eumin sal geen lewensdrade geknip word nie."

"Het jy gehelp om hulle 'op te offer'?"

"Ek is 'n Indigo child. Ons maak 'n verskil. Ons is krygers. Gooi wêreldorde omver ter wille van beter balans tussen goed en kwaad. Die res is detail."

"Wie is almal opgeoffer ter wille van julle 'balans'?"

Diana se oë vernou. "Ek sal vir Nimue sê jy weier om die wagwoord vir jou skootrekenaar te gee. Jy sal weldra uitvind wat sy besluit met jou moet gebeur. Venster toe!"

Ayla stap op haar tyd daarheen. Teen die tyd dat sy omdraai, klap die deur agter Diana toe.

Perlemoenbaai
Jojo

Van die man wat op die foto trots langs die bakkie staan wat sy welvarende loodgietersbesigheid adverteer, is net 'n skadu oor. Nols Jackson is waarskynlik jonger as sy, maar lyk lewensvoos.

"Ja, Julian was my seun," knik hy toe sy kleindogter wat vir hulle tee gebring het by die netjiese, maar karig gemeubileerde sitkamer uitstap.

"'n Laatlam. Bederf gewees. Hy was nie lekker daaroor om 'n plommer te wees nie. Dis nie speletjies om mense se dreine en septic tanks skoon te maak nie. Dit stink – in alle opsigte. Maar ons was 'n familie van plommers. My oupa het die besigheid op die been gebring. My pa het by hom oorgeneem en ek by hom." Hy sug diep. "En kyk waar sit ons nou."

"Wat het gebeur, meneer Jackson?"

"Jy sal harder moet praat."

Jojo herhaal die vraag harder.

"Is jy van die koerant?"

Jojo skud haar kop en neem 'n slukkie tee. "Nee, ek is deel van 'n ondersoekspan wat weer na die verdwyning van jongmans in die omgewing ondersoek instel."

Nols snork. "Sewentien jaar te laat. En Julian is mos gevind. Verdrink. Sê hulle. Veronderstel om ons 'closure' te gee. Wat dit ook al is. Niks maak die wond wat 'n kind se dood laat toe nie."

"Was daar enige teorie oor waar hy die veertien maande was tussen sy verdwyning en sy dood?"

Nog 'n sug. "Die polisie kon nie eintlik bodder nie, maar my seun, die oudste, reken Julian wou wegkom van plommer wees af en 'n nuwe lewe begin. Vat toe die geiser om te verkoop en trek al sy geld sodat ons hom nou nie kan opspoor as hy daarvan trek nie. Toe kom hy agter dis nie so maklik nie. Toe begin hy seker maar met perlemoenstropery. Seker op tone daar getrap. Toe raak een van die kartelle ontslae van die onwelkome kompetisie."

"Verstaan ek reg? Hy het al sy geld onttrek? Wanneer?"

"Die dag toe hy weg is. Nog voor hy die geiser gelaai het. Nie dat dit 'n fortuin was nie. 'n Paar duisend rand. Hoe hy gedink het hy en sy girl, boonop met 'n bybie op pad, daarop gaan oorleef, weet geen mens nie."

"Sy girl? 'n Bybie?" Jojo se nekhare staan ineens orent.

"Ja. Na haar is nooit eens gesoek nie. Nie eens ná Julian uitgespoel het nie. Was al die danige Nuwe Suid-Afrika, maar bruin mense tel mos nog steeds nie. Maar ek moet bysê haar mense het ook nie te veel geworry nie. Een mond minder om te voed. Sy was oulik, maar haar oom en antie by wie sy grootgeword het, was nie van die goeie soort nie."

"Sy was bruin en sy was verwagtend?"

"Ja, so amper op die nipper van kraam."

"Was sy ook in die bakkie saam met Julian?"

"Nie toe hy hier weg is nie, maar hy het haar by haar huis gaan haal ná hy die geiser gelaai het. Sy het partykeers so saam met hom gegaan as hy 'n skoon jop het. Maar dié keer het hulle ander planne gehad."

"Jy glo dus wat jou oudste seun beweer?"

Hy bly lank stil, bestudeer sy afgekoude naels voor hy opkyk. "Jy sien, ek sou dit alles kon glo, behalwe drie dinge wat niemand kan verklaar nie. Wat het van die meisiekind en die bybie geword? Hoekom het sy nooit teruggekom hierheen nie? Haar mense wou haar dalk nie gehad het nie, maar ons kon darem vir hulle probeer sôre het. Dis my kleinkind.

"Nommer twee. Hoekom het die haaie nie in daardie ses

weke klaargespeel met Julian se ... met die liggaam nie?" Sy
ooglede word rooierig.

"En die ander ding." Sy stem breek effens. "Die groot ding.
As Julian in die see verdrink het, hoekom het hy vars water in
sy longe gehad?"

"Dit was in die nadoodse verslag?"

Nols knik. "Niemand kon of wou dit verklaar nie." Sy oë
raak waterig.

"Waarom het julle nie meer die loodgietersaak nie?" ver-
ander Jojo liewer die onderwerp.

Nols snuif en kry klaarblyklik weer sy emosies onder be-
heer. "Met al ons bekommernisse en die vrae oor Julian het
die besigheid agteruitgegaan. Ons het duur foute begin maak.
Ons klante het later elders heen gegaan. Ons skuld het opge-
hoop. Ná Julian se liggaam gevind is, was ons op die rand van
bankrotskap en het ek net nie meer kans gesien om van nuuts
af te begin nie. My oudste seun wou ook nie meer plommer
wees nie.

"Hy het ander werk gekry, maar ek was toe reeds te oud
en te wit. Toe pas ek maar die kinders op nadat die seun se
vrou hom 'n paar jaar ná ons die besigheid toegemaak het net
so met kinders en al gelos het. Ryk boyfriend gekry wat nie
lus was vir 'n ander man se kinders nie, sien. Noudat al die
kinders behalwe die jongste een uit die huis is, doen ek darem
'n bietjie handymanwerk hier op die dorp."

Jojo voel gedreineer toe sy weer in die viertrek sit. 'n Hele
familie verwoes as gevolg van een kind wat verdwyn het. 'n
Kind wat later met vars water in sy longe in die see gevind is.
En iemand kom sewentien jaar lank al daarmee weg.

Akkedisberge
Ayla

Dis Soekie wat eers ná nege vir haar aandete bring.

"Jy moes Diana baie kwaad gemaak het." Dié keer het sy
ook vir Jules gekry om 'n stoel in te bring. "Sy wou aanvanklik
niks hoor dat jy kos kry nie."

"Dankie dat jy jou oor my ontferm het. Nimue is waarskynlik nog kwater."

"As dit so is, moet jy bly wees Nimue is nie hier nie. Maar ek ontferm my nie oor jou nie. Ek weet net ek is die enigste een wat vir jou kan sê hoe dit hier was voor Vivien en later Nimue en Diana hier aangekom het. Die Euminsi moet weet dat party van ons meer gely het as die ander sodat hulle die nuwe Aarde kan beërwe."

Ayla knik. "Hulle moet. Hopelik leer hulle uit die geskiedenis, anders as ons hier op die aarde. Waar is Nimue?"

"Sy kry al die kinders van heinde en verre bymekaar. Daar is negentien, onthou. Ek verstaan sy kom eers Vrydagaand terug." 'n Sagte glimlag speel om haar mond. "Ek kan nie wag nie."

Ayla sit haar plastiekmes en -vurk in die leë bord neer. "Ek lei af Jules is nie jou kind by Julian nie?"

Soekie skud haar kop. "Julian het gehoor van Emsie se ander besigheid. Desjare."

"Watse besigheid?"

Soekie lyk ongemaklik. "Ek dag jy weet. Sy het swanger meisiekinders gehelp."

Ayla se wenkbroue wip op. "Aborsies?"

"Nee. Emsie het bruin meisies teen 'n fooi hier laat bly tot hulle kraam en dan vir hulle goeie aanneemouers vir die baba gekry. Dié het natuurlik ook betaal."

"Emsie het dus die ma's geld gevra sodat sy hulle babas kon verkoop?" Goeie aanneemouers in die tagtigs en vroeë negentigs vir bruin babas? Nie in Suid-Afrika nie. Nie toe nie.

"Dit kos baie geld om 'n plek soos hierdie een op te bou en te onderhou. Jy laat dit baie koelbloediger klink as wat dit was. Sy het 'n diens gelewer beide kante toe, ook om fondse op te bou vir die nuwe missie."

"Waarom het Emsie dan hierdie 'diens' gestaak?"

"Toe ek en my ma en Jimmy hier aangekom het, het sy besef die tyd het aangebreek om haar ware lewenstaak te loods. Sy kon nie bekostig dat iemand daarvan uitvind nie. Dis net ons wat hier is wat verstaan hoe edel die taak is wat ons hier verrig. Maar toe Danie hier weg is, het dinge baie agteruitgegaan.

"Die geiser in Vivien se pieringhuis het opgepak. Dis die een waarin Nimue nou bly en waar Emsie voorheen gebly het. Dit was April en al koud en die winter het voorgelê. Vivien moes maar die kans waag om 'n loodgieter te bel. Natuurlik onder Emsie Prinsloo se naam. Sy het by Julian uitgekom.

"Toe herken sy meisie die naam, want onder die bruin mense van die omgewing, was Emsie nog nie vergete nie. Sy meisie het vir hom gesê sy wens Emsie het nog haar diens gelewer, want die baba was beslis ongewens. Hy was skaars mondig, sy meisie agtien. Hulle was nog nie lus vir huis opsit en kinders grootmaak nie en het ook besef 'n verhouding oor die kleurgrens heen maak die lewe moeilik vir hulle albei; in daardie tyd nog, in elk geval. 'n Kind sou dit net verder kompliseer.

"Hy het toe vir 'Emsie' wat eintlik Vivien was, gevra of hulle 'n ooreenkoms kon aangaan. Lang storie kort, Vivien sê toe as hy vir haar 'n nuwe geiser installeer en vyf duisend rand gee, sal sy sorg dat die baba na 'n goeie egpaar gaan. Sy het die hulp nodig gehad en Vivien het aangeneem albei is wit aangesien Julian wit was. As die kind blond met ligte oë was, kon sy dié na 'n Nordic-voog stuur. Indien nie, kon sy die baba teen 'n goeie prys verkoop.

"Toe kom hy hier aan met die ma van sy kind op haar laaste en sy is bruin. 'n Week of wat later is Jules gebore en daar het hy toe nog 'n gebreklike voetjie ook. Dit het later beter geword, hy kan nou selfs rolskaats al loop hy bietjie mank, maar geen Nordic-voog sou hom inneem nie en niemand sal 'n baba met 'n gebrek koop nie. Nie teen 'n prys wat die risiko die moeite werd maak nie. Toe bly hy maar.

"Vir Julian kon Vivien ook nie laat teruggaan nie. Veral nie toe die meisie dood is kort ná die kind se geboorte nie. Vivien het vir Julian gesê hy moet eers die verlies aan inkomste afwerk aangesien sy nie die baba kon laat aanneem met sy gebrek nie. Sodra al die instandhoudingswerk hier afgehandel is, kan hy gaan. 'n Bietjie meer as 'n jaar later het hy besef hy sal nooit toegelaat word om weg te gaan nie en het probeer ontsnap."

Ayla knik terwyl rillings op en af teen haar rug hardloop. "Dit kon julle nie toelaat nie. Wat het gebeur?"

"Kom ons sê maar net hy het 'n bietjie te lank in die swembad vertoef. En dit was winter."

"Vivien?"

"Hy was te jonk en sterk vir haar. Ek moes help. Jy moet verstaan dit kon nie anders nie. Ons hele projek was in die weegskaal."

"Maar hy is eers ses weke ná sy dood in die vissershawe gevind." Ayla sukkel om te verwerk wat sy hoor, maar sy het daarmee begin, nou moet sy enduit luister.

"Daar was storms. Triton moes wag tot hy die boot kon uitvat. En toe die storms bedaar, het hy hom seker te naby die hawe oorboord gegooi."

"Triton?" Dis nou die tweede keer dat dié naam opduik.

"Hy is ons buitekontak. Hy was een van die bouers wat die rondawels opgerig het. Hy het ook in die begin verwagtende ma's na Emsie gestuur. Teen 'n fooi. Later het hy 'n skuit gekoop, maar steeds vir Emsie en later eers vir Vivien en toe Nimue take verrig. Spoor kandidate op, en doen 'n paar ander goed."

Soos lyke oorboord gooi. Ayla probeer ongemerk sluk aan die naarheid wat in haar keel opstoot. "Waar het julle Julian se liggaam gebêre voor die storms opgeklaar het?"

"In die swembad gelos. Blokke droëys daarin gegooi. Dit was 'n hele gemors. Ons het eers weer die swembad begin gebruik toe Nimue-hulle hier aangekom en dinge begin regruk het."

"Maar voor Julian was Danie Uys hier?"

"Ja, Danie." Soekie glimlag effens. "Maar ek dink dis nou genoeg. Hoe gaan jy in elk geval alles onthou? Ek sien jy maak nie aantekeninge nie."

"Waarmee? Nimue het my rekenaar en ek is nie van papier en pen voorsien nie. Ek neem aan omdat 'n pen moontlik as 'n wapen gebruik kan word. Soos 'n stoel. Of 'n mes en vurk wat nie van plastiek is nie. Gelukkig het ek 'n baie goeie geheue."

Soekie knik. "Nimue het gesê jy is slim." Sy sug effens. "Jy sal dit dalk nie glo nie, maar ek het ook op skool goed gedoen."

"Ek glo dit maklik. Ek kan dit hoor aan die manier waarop jy praat." En dis waar. Soekie gebruik volsinne, druk haar goed uit in 'n amper outydse Afrikaans wat nie tred gehou het met hoe mense deesdae praat nie. Min Engelse woorde. En sy vloek nie. Soos mense seker nog in 1993 gepraat het. Veral ouer mense soos Emsie en Susan.

Maar hoekom sal 'n opsigtelik intelligente vrou haar van soveel ongeloofwaardighede laat oortuig? Selfs al was sy destyds net sewentien. Is Soekie dalk 'n slagoffer van Stockholmsindroom?

"My biologiese pa is 'n ingenieur. Seker sy gene, want my ma was nie dom nie, maar beslis nie 'n Einstein nie."

"Wat het van Susan, jou ma, geword?"

Soekie versomber. "Sy is dood met die geboorte van haar tweede kind by Danie. Vivien was nie so 'n goeie vroedvrou soos Emsie nie al is sy 'n gekwalifiseerde kraamverpleegster. Soms was sy nalatig. Of dalk was my ma maar net te oud vir nog 'n baba. Sy was toe so oud as wat ek nou is, een en veertig. En sy het vier kinders gehad in vyf jaar."

"Is jy nie bang dat jy dalk ook 'n bietjie oud is om kinders te hê nie? Soos ek verstaan, is dit waarom Strach hierheen gebring is. Om julle te probeer bevrug voor julle Eumin toe vertrek."

"Ek het vir Diana gesê dis nie 'n goeie plan om verwagtend te wees terwyl ons vervoer word in 'n ruimtetuig wat die fetus moontlik aan radiasie kan blootstel nie."

"En sy het saamgestem?"

"Nee, maar sy het gesê dis my eie besluit as ek nie wil onthou word as een van die eerste moeders op Eumin nie." Sy skud haar kop. "Ek kan mos nie geboorte skenk op 'n planeet wat ek nie ken nie? Alles wat ons van Eumin weet, is net wat Nimue vir ons vertel. Wie weet of dit regtig so lyk daar? So perfek is." Dit lyk asof sy vir haar eie woorde skrik. "Moenie vir Diana sê wat ek nou gesê het nie. Sy is al klaar kwaad vir my."

Ayla skud haar kop. "Ek sal nie. Maar Soekie, as jy onseker is, hoe kan jy jou kinders daarheen neem?"

Soekie se oë lyk ineens wondbaar. Haar onderlip tril. Sy spring van die stoel af op en gaan staan by die deur. "Jules!"

Oomblikke later kom Jules in, vat die stoel en die skinkbord en glip weer uit.

"Soekie ..."

"Nag." Die deur dawer agter haar toe.

Vier en dertig

Woensdag 20 September
Akkedisberge
Ayla

As sy enige bevestiging nodig gehad het dat sy nie weer hier gaan uitkom nie, kry Ayla dit toe Diana haar met 'n bot uitdrukking op haar gesig na die driehoek neem vir die daaglikse oefening. Soekie en Kleinjim maak beurte om pyle af te skiet na die drogding in die middel van die ovaal area terwyl hulle al in die rondte skaats.

"Soekie is goed," waag sy om vir Diana te sê nadat drie pyle kort ná mekaar die kopgedeelte tref voor Soekie die boog weer vir Kleinjim gee.

"Sy het 'n natuurlike aanvoeling om teikens te tref. Sy was op skool glo al goed in netbal as doelskieter." Diana gaan sit en begin haar rolskaatse aantrek.

Kleinjim skiet drie pyle een na die ander af. Twee sak diep weg in die onderlyf van die gedrog, die derde spat oor die sementvloer. Hy het krag, maar sy koördinasie laat hom in die steek.

"Hoe het dit gebeur dat julle begin boogskiet het?"

Diana kyk met 'n suur gesig op na haar. "Jy het nie einde nie, nè?"

"Ek moet mos julle geskiedenis opteken." Sy weet eintlik nie of sy nog wil hoor nie, maar dis asof iets haar dryf om alles uit te vind wat sy moontlik kan oor wat in hierdie aardse Hades aangaan en aangegaan het. Hoop sy dalk nog heimlik dat sy hier sal uitkom en die nes kan ontmasker? Sy weet tog dit is 'n ydele hoop. Dat Pandora se kissie hier dolleeg is. Miskien is dit net beter om dinge te probeer uitvind as om heeltyd te dink aan haar uiteinde hier.

Diana haal haar skouers op. "As jy dan nou moet weet, Nimue het vir Kimberley gesê sy moet goed saambring om haar en Shelley te vermaak. Iets wat ons almal ook kan gebruik. Een van die goed waarmee sy hier aangekom het, was 'n boogskutstel.

"Soekie is kompeterend van geaardheid en het vinnig reggekom. Kimberley was vrot daarmee en het gou belangstelling verloor. Kleinjim het toe by haar oorgeneem. En later het ek ook begin saamoefen. Nogal gou reggekom, maar Soekie was van die begin af die bekwaamste." Diana kom regop. "Toe, gaan oefen."

"Hoekom? Moet ek fiks doodgaan?" Die verblindende brandpyn op haar wang kom van nêrens af nie. Eers toe sy weer na Diana kyk, besef sy dié het haar geklap.

"Ek is nou keelvol vir jou. Gaan oefen."

Ayla gehoorsaam. Haar wangbeen klop, skrik sit nog in haar lyf. Haar hande bewe toe sy op die oefenfiets klim, die stang vasvat en begin trap.

Bientangsbaai
Jojo

Toe Ayla steeds nie haar foon gisteraand beantwoord het ná sy geland het nie, kon Jojo haar daaraan troos dat die foon se battery dalk pap is en sy seker nog nie kans gehad het om dit te laai nie. Of sy het dit nog nie weer aangeskakel nie. Of besef dalk nie haar foon is af nie.

Maar nou antwoord Ayla nog steeds nie. Ook nie haar huis se landlyn nie.

Jojo weet Joachim is nie lekker daaroor dat sy toe nie saam met hom Kaap toe wou gaan om sy visum te gaan afhaal nie, maar hoe kan sy hier weggaan as sy die enigste een is wat probeer uitvind wat van Ayla geword het? En van Strach is daar ook nog geen spoor nie, moes sy hoor toe sy die praktyk gebel het. Elke stukkie intuïsie waaroor sy beskik, staan nou permanent op aandag.

Die enigste goeie nuus was toe Valk haar gistermiddag laat gebel het om te sê Irene is nou beslis op pad na herstel. Sy kon of wou egter nog nie praat oor die aand wat sy geskiet is nie.

Jojo kyk op haar selfoon hoe laat dit is. Net ná nege. Ja, Ayla se ontvangsdame behoort al op kantoor te wees. Sjerien, as sy reg onthou.

'n SMS kom deur net voor sy kan bel. *Irene wil jou sien. Besoekure is buigbaar, reël net eers met suster. En jy bel my dadelik daarna. Asb.*

Die "asseblief", vermoed Jojo, is op die nippertjie bygelas. *Maak so*, antwoord sy.

Selfs 'n paar dae gelede nog het sy nie gedink sy sal haar soveel oor Valk se tweede vrou kon bekommer nie.

Maar eers Ayla se kantoor.

Jojo kom eers met die vierde probeerslag deur.

"Môre, dis Jojo Richter hier, 'n vriendin van Ayla Hurter. Is sy dalk op kantoor of kan ek 'n boodskap laat?"

"Nee, Mevrou, sy is nie hier nie en dis chaos hier. Kan ek Mevrou dalk later terugbel?"

"Watse soort chaos?"

"Doktor Hurter het gebel om te sê sy kom nie weer in nie, sy sluit haar deure en ek moet die huurkontrak en goed vir haar e-pos, sy wil dit kanselleer. En ek moet haar persoonlike goed, alles wat in die kluis is en alle dokumentasie, vir haar inpak sodat dat sy dit kan laat optel. Sy sal glo later iemand stuur om die toerusting in die lab te kom haal." 'n Snik breek deur. "Ek kan nie glo sy behandel my so kortaf ná al die jare nie. Kom groet my nie eens nie. Seker maar haar ontsteltenis oor die saak wat daardie man teen haar wil maak, maar nogtans."

"Hartjie, jy doen niks van die aard nie. Moenie vir my vra hoekom nie, maar ek dink nie dis Ayla, doktor Hurter, wat jou gekontak het nie."

"Nie doktor Hurter nie?" Die meisiekind snuif effens. "Mevrou weet, sy het vir my snaaks geklink. Ek het gedink dis seker maar oor sy upset is, maar nou wonder ek."

"Dis juis waaroor ek jou bel. Ek wil vra, as sy weer bel, dat jy vir doktor Hurter sê sy moet my baie dringend kontak."

"Ek sal die boodskap oordra, Mevrou, maar ek weet nie of sy weer gaan bel nie."

"Sy sal een of ander tyd moet, want ek wil ook vra dat jy alles wat aan Ayla behoort, veral alle dokumente, in die kluis moet sit. Moenie dit uit die kantoor laat gaan tensy Ayla dit self kom haal en jy doodseker is dis sy nie."

"Ek maak so, maar Mevrou, die e-posadres wat sy vir my gegee het, is hare. Die foonnommer waarvandaan sy gebel het ook. Hoe kan dit nie doktor Hurter wees nie?"

"Ek weet self nie, maar dankie, hartjie, en hou moed."

Jojo is skoon duiselig toe sy aflui. Sit sy die pot mis? Hoe sou Nimue Ayla se foon in die hande gekry het? Maar as dit Ayla was wat gebel het, waarom beantwoord sy nie haar foon nie?

Toe sy dié keer bel, gaan die foon oor na 'n nuwe stempos.

"Ayla Hurter hier. Ek gaan op die oomblik deur 'n moeilike tydjie. Wees asseblief so vriendelik om my kans te gee tot volgende week wanneer ek almal wat 'n nommer laat, sal terugskakel. Dankie vir jou begrip."

Dit klink amper soos Ayla, maar nie heeltemal nie. Jojo laat nie 'n boodskap nie. Sy trek haar rekenaar nader en maak die e-posprogram oop. *Hallo, Ayla. Kan jy my dringend laat weet waar jy is, asseblief?*

Die e-pos genereer feitlik onmiddellik 'n outomatiese reaksie. *Dankie dat jy my gekontak het. Ek is ongelukkig tans om persoonlike redes nie beskikbaar nie. Ek behoort teen volgende week op jou e-pos te kan antwoord. Ayla Hurter.*

Akkedisberge
Ayla

"Is dit jy wat Danie Uys hierheen gelok het?" vra Ayla vir Soekie toe die hele ontbytscenario hom weer feitlik nes gister afspeel. Haar wang is darem nou net seer wanneer sy daaraan raak.

Soekie skud haar kop. "Net vir Antonie. Toe Danie hier by ons aangekom het, was hy voos geslaan. Hy het nie besef hy was in die stropers se gebied toe hy gaan perlemoen duik het nie. Triton het net betyds gekeer anders was hy dood. Triton het natuurlik ook 'n yster in die perlemoenvuur, maar hy het geweet hy kan ekstra geld uit Emsie maak en boonop sy makkers die moeite spaar om van die liggaam ontslae te raak.

"Emsie en my ma het Danie se lewe gered, en hom nooit toegelaat om dit te vergeet nie. Toe hy weer gesond was, wou hy huis toe gaan. Emsie het gesê hy kan gaan op voorwaarde dat hy my en my ma verwagtend maak en aanbly tot die babas gebore is. Hy het eers teen die prikkels geskop, maar later, nadat Emsie hom 'n ruk in afsondering gehou het, het hy ingegee."

"Wat behels 'afsondering'?"

"In die kraamkelder. Net-net genoeg kos om aan die lewe te bly tot jy instem om te doen wat van jou gevra word."

Dis seker wat met Tiaan Nel ook gebeur het. Maar hoor sy reg? Kraamkelder?

"Ná sy afsondering het hy alle opdragte sonder teenstribbeling uitgevoer. My ma het verwagtend geraak. 'n Ruk later ek. As 'n kraan gelek het of 'n toilet nie meer wou spoel nie, of 'n drein verstop was, het hy dit reggemaak. Selfs die swembad skoongehou. Hy het net een keer, ná sy eerste twee kinders gebore is en na die Nordic-voogde toe gestuur is, gevra of hy nou kan teruggaan huis toe. Maar dit was so half willoos, asof hy geweet het wat die antwoord gaan wees. Vivien het intussen hier aangekom en by Emsie oorgeneem en uiteraard geweier. Hy het nooit weer gevra nie.

"Ná my ma dood is met haar tweede kind by hom, het dinge egter verander. Hy het vir my gevra of ek nie hier wil wegkom nie. Ek was teen daardie tyd ook weer swanger. Hy het gesê ons kan ons kind saam grootmaak. Ons kan trou. Hy sal niks vir enigiemand sê van die tyd wat hy hier deurgebring het nie. Ons kan 'n storie opmaak. Of net onder ander name 'n hele nuwe lewe begin."

Soekie kyk op na die pieringdak. Toe sy weer na Ayla kyk, is haar wimpers nat. "Ek het dit oorweeg, maar wat sou van my kinders word? Van Sterretjie. Sy was maar vier. Van Kleinjim, toe amper drie jaar oud. Van Danie se kind wat na die Nordic-voogde toe is. My ma se kinders by hulle voogde.

"Danie het gesê hy sal Sterretjie en Kleinjim later kom haal, maar ek kon hulle nie alleen by Emsie en Vivien agterlaat nie. Nie eens voorlopig nie. Teen daardie tyd het ek egter ook besef hoe groots ons taak hier is. Emsie was altyd baie vaag daaroor, maar nadat Vivien by ons aangesluit het, het dié in meer detail verduidelik wat die plan agter die program is.

"Vivien het my meer vertel van die planeet wat in gereedheid gebring word. Van Ayling en sy visie vir die nuwe Aarde. As ek hier sou weggaan, sou ek my kinders die voorreg ontsê het om deel te wees van die nuwe Aarde. Die kinders by die voogde waarskynlik ook. Emsie en Vivien sou nie skroom om my en my ma se kinders aan die program te onttrek as ons nie hulle opdragte uitvoer nie.

"Danie het een aand die hek se slot oopgebreek en is hier weg. Vivien het vir Triton gekry om hom te soek. Dit was ook in Triton se belang om hom vinnig op te spoor. Danie het geweet van sy betrokkenheid by ons. Triton het hom gekry. Daar was 'n geveg. Danie het glo met sy kop teen 'n klip geval. Triton het hom bewusteloos hier aangebring." Soekie knip haar oë 'n paar keer terwyl sy weer na die dak staar. "Hy het dit nie oorleef nie.

"Ek het vroeg in kraam gegaan, maar wonder bo wonder het alles goed afgeloop. Net nie vir Sterretjie nie. Sy het aanhou vra waar Danie is. Dis toe dat Vivien haar geklap het en Sterretjie was nooit weer dieselfde nie. Nie net haar gehoor nie. Sy was net anders."

Soekie kyk weer na Ayla. "Ek weet dit was 'n ongeluk. Vivien was gefrustreerd, maar daarna ... Ek het ook iets van myself verloor. Iets wat ek nou nog soms soek, maar ek weet nie eens meer wat dit was nie. Van toe af het ek net een dag op 'n slag gevat. Gesorg dat my kinders buite Vivien se bereik bly. Maar dit was moeilik met Sterretjie. Sy het nie opdragte verstaan nie. In haar eie droomwêreld beweeg."

"Waar kom die naam Sterretjie vandaan?"

"Eintlik is haar naam Ester. Jimmy se troetelnaam vir haar was Sterretjie. Ons het haar later almal so genoem."

"En jy glo Sterretjie leef nog?"

Soekie se oë raak mistig. "Moet dit nie aan my doen nie, Ayla. Moenie aanhoudend my greep op wat ek wil aanhou glo, probeer ondermyn nie. Dis al wat ek het." Sy staan op en begin deur toe beweeg.

"Soekie, jy weet ek gaan nie weer hier uitkom nie. Nimue sal dit nie toelaat nie."

Soekie draai om, kyk haar fronsend aan. "Sy is jou suster. Natuurlik sal jy. Sy het iemand nodig om verslag te doen oor ons lewe hier, ons opofferinge. En iemand om ooggetuie te wees. Wat kan staaf wat Saterdag hier gaan gebeur."

Sy praat teen 'n muur vas, besef Ayla. As Soekie haarself sou toelaat om haar oortuigings te bevraagteken, moet sy alles wat hier gebeur het in heroënskou neem. Sal sy haar aandeel aan moord moet erken. Minstens Julian s'n.

"Dis nie slim om Diana kwaad te maak nie. Nimue hou die leisels, maar Diana se invloed is sterk. Sy kry soms selfs haar sin as sy lank genoeg volhou. Soos met ..." Soekie byt haar lip vas.

"Soos met die regter?"

"Venster toe. Jules!"

"En Antonie?" probeer Ayla vinnig koers verander. "Jy het my nog nie van hom vertel nie."

"Venster toe!"

Ayla gehoorsaam.

Jules kom kry die skinkbord en stoel en draf weer mankmank uit.

Soekie huiwer, kyk na Ayla. "Antonie was die beste ding wat nog met my gebeur het. Die ander wat hy bevrug het, was vir hom net voortbringers. Ek en Antonie ..." Sy skud haar kop, glip uit en dié keer maak sy die deur saggies agter haar toe.

Bientangsbaai
Jojo

Sy skrik toe sy Irene se privaat kamer binnestap. Irene was nog altyd skraal, nou is sy brandmaer. Die ene wangbene en eie-wyse ken.

"Jojo." Die stem is skor, haar oë onrustig.

"Hallo, Irene." Jojo gaan sit op die stoel langs die bed. "Jy het ons laat skrik, dêmmit."

Irene glimlag flouerig. "'n Jaar gelede sou ek gedink het jy sou dalk verlig wees as ek die tydelike met die ewige verwissel."

"Ek is bly jy weet nou van beter."

"Jy en Joachim? Alles oukei?" Dit lyk asof dit vir haar pynlik is net om te praat.

"Alles is wonderlik tussen ons. Skawe nog net aan 'n paar rande."

"Dan is ek bly." Irene skuif effens regopper teen die kussings. "Jojo, jy sal vir my 'n guns moet doen."

"En dit is?"

"Diana daar wegkry."

Sy hoef nie te sê waar "daar" is nie.

"Wat het daardie aand gebeur, Irene? Valk sê jy kan nog nie onthou nie, maar dit lyk my …"

"Hy sal nie verstaan nie. Dis hoekom ek vir jou moet vra."

"Wil jy my vertel wat gebeur het?"

Irene knik. "Ek was 'n bietjie van my kop af toe ek by Strach weg is. Ek wou Diana met alle geweld sien. Met haar praat al is daar 'n hek of heining tussen ons. Haar waarsku." Irene se hand bewe toe sy na die glas water op die bedkassie rondtas. Jojo gee dit vir haar aan en Irene drink dorstig.

"Ek is na IPIN toe. Aan die hek geruk en geskree, maar niks het gebeur nie. Ek het weer in die bakkie gespring. Na die bure toe gery. Gehoop ek kan van hulle eiendom af Diana of iemand op IPIN se aandag trek. Selfs daaraan gedink om die donnerse heining plat te ry, al sou die bakkie dit seker nie eens tot by die heining gemaak het nie, laat staan deur die turksvybosse en doringdraad." Sy drink nog 'n slukkie water.

"Ek het die hond eerste gesien. Dit was skemer, maar die kopligte het oor hom beweeg toe ek voor die huis stilhou. Sy lyf was vol bloed. As dit nie daarvoor was nie, sou ek seker nie uitgeklim het nie. Daar was geen ligte in die huis aan nie en geen voertuig sigbaar nie, ek sou net aanvaar het die Bonthuyse is nie daar nie." Sy maak haar oë toe en bly 'n oomblik net so stil lê voor sy weer na Jojo kyk.

"Aangeklop, maar geen antwoord nie. Die deur was nie gesluit nie. Ek het ingegaan en die ligte aangeskakel. Geroep. Hulle was in die kombuis." Sy skud haar kop. "Ek het al baie moordtonele gesien. Dit was nie eens een van die wreedstes nie, maar as mens uitgeroep word na 'n moordtoneel weet jy wat om te verwag. Hierdie keer ... Ek was nie voorbereid nie. Ek kon net na hulle staar. Ek weet nie hoe lank nie. Niks daarvan het sin gemaak nie. Ek het daarheen gegaan om hulle hulp te vra om by Diana uit te kom, en hier lê hulle vermoor. Die brommers ..." Sy drink weer van die water.

"Toe ek weer tot my sinne kom, het ek iets buite gehoor. 'n Snaakse geluid. Weet nou nog nie wat nie."

"Dalk 'n hommeltuig?" raai Jojo.

"Dalk. Ek het besef ek het nie my foon by my nie. In die bakkie gelos. So stupid. Ek het uitgegaan. Die kopligte van die bakkie was nog aan. Het my verblind, maar ek het vaagweg figure uitgemaak. Tussen my en die bakkie. Ek het weer in die huis ingehardloop, by die agterdeur uit. Net gehardloop om weg te kom. Ek kon nog nie mooi in die donker sien nie. Het kort-kort gestruikel. Dit het seker van my 'n moeiliker teiken gemaak, maar my ook vertraag.

"Iemand het 'nee!' geskree. En toe skree iemand anders: 'Sy gaan alles opmors!'.

"Toe voel ek asof ek van agter af gestamp word en daar is hierdie ondraaglike brandpyn in my rug. Ek het gegil. Geval. Oomblikke later was daar iemand by my. Sy het langs my gekniel. Aan my nek gevoel. Seker vir die slagaar. 'Sjt,' het sy gesê en toe na die ander een toe geskree: 'Sy is fokken dood!'. Ek het Diana se stem herken." Irene haal diep en sidderend asem.

"Die een wat my geskiet het, het geskree sy moet die pyl terugbring. Diana het nie aan die pyl geraak nie maar geantwoord sy kry dit nie uit nie. 'Lê net stil,' het sy gefluister. 'Iemand sal jou hier kry.' Dit was asof sy 'n magic spell oor my uitgespreek het. Ek het aan daardie woorde vasgehou. Die hele nag deur. Kort-kort my bewussyn verloor. En toe kom daar iemand, maar ek was nie eens bewus daarvan nie. Het eers ná die operasie bygekom."

"Die skut, was dit Nimue?" Ayla gaan platgeslaan wees.

"Nee. Diana het haar Soekie genoem." Irene neem die laaste slukkie water.

Jojo vul die glas uit 'n kraffie en gee weer vir haar aan. Soekie? Is Soekie Hough sowaar nou nog daar?

"Jojo, Diana is onskuldig. Dis hierdie Soekie-feeks wat die regter geskiet het. Die Bonthuyse. Dit moet wees."

Soekie se ouderdom val binne die perk van die rolskaatser wat Strach gesien het, besef Jojo.

"Jy moet Diana vir my daar uitkry. Asseblief."

"Hoe, Irene? En hoekom vertel jy nie vir Valk nie? Hy staan 'n baie beter kans om haar daar uit te kry of minstens te sorg dat die polisie weet sy is onskuldig."

"Valk is eers 'n wetstoepasser voor hy mens is. Hy sou sy eie ma en pa uitlewer as hulle die wet oortree. Selfs vir my. Hy moenie eens weet sy is deel van daardie spul nie."

"Maar die polisie het reeds bevestig Diana bly daar, Irene. Hulle was reeds op die IPIN-perseel."

Irene kyk haar met groot grysblou oë aan waarin die trane opwel.

"Maar as sy onskuldig is, is alles mos reg," probeer Jojo vergoed. Pleks sy net haar mond gehou het, soos Valk klaarblyklik het.

"Asseblief, Jojo. Ek sal jou nooit weer 'n guns vra nie, nooit weer in enigiets inboelie nie. Doen net hierdie een ding vir my. Kry Diana daar uit voor die paw-paw die fan strike. Sy het my lewe gered. Ek is dit aan haar verskuldig om haar te probeer beskerm."

Sy gaan liewers nie nou vir Irene daarop wys dat daar van

UIT DIE BLOUTE

onskuld nie sprake kan wees nie. Hoogstens 'n flenter gewete
gebore uit bloed wat dikker as water is.

"Jy, van alle mense sal 'n plan kan bedink, Jojo. Belowe my
jy sal minstens probeer? En moet asseblief nie vir Valk enig-
iets vertel voor Diana daar uit is nie." Die trane loop nou vrylik.
Êrens begin 'n masjien harder piep. 'n Verpleegster kom
haastig in. "Jammer, maar u sal moet gaan," gooi sy oor haar
skouer in Jojo se rigting toe sy oor Irene buk.

Jojo kyk nog een keer in Irene se pleitende oë voor sy teen-
sinnig knik en uitgaan.

Vyf en dertig

Akkedisberge
Ayla

Dit lyk asof die son uitgekom het as sy so na die patrys-poorte bokant haar kyk. Nie dat sy blou lug kan sien nie. Net meer lig.

Dis asof die pieringdak die doek word waarteen haar gedagtes afspeel. Enige gedagtes behalwe dié aan wat vir haar voorlê. Sy weet van moorde wat hier gepleeg is en dat Nimue haar geld wil hê. Daar is net mooi geen rede om te dink sy gaan ooit lewend hier uitstap nie. Maar sy kan nie toelaat dat sy eens begin dink aan doodgaan nie.

Dis nie dat die dood self so 'n skrikwekkende konsep is nie. Die mens word gebore om te sterf. Dis alles wat onvoltooi agtergelaat word wat pynlik is om aan te dink. En natuurlik wat die dood voorafgaan.

Wat sou Nimue se plan met haar wees? Verhongering? Dis amper nog erger as die angs wat Julian moes deurgegaan het in die swembad.

Soekie was so emosieloos toe sy daaroor gepraat het. Asof sy nie besef sy is aandadig aan moord nie. Asof moord net eenvoudig die enigste oplossing was en dus geregverdig is binne die konteks van die situasie.

Dis duidelik dat sy antagonisties is teenoor Emsie en Vivien, dus identifiseer sy nie met hulle soos in die geval van Stockholm-sindroom nie, maar wel met die sogenaamde projek.

Soos Yvonne Ridley, die Britse joernalis wat gevange gehou is deur die Afghaanse Taliban en nadat sy vrygelaat is 'n toegewyde Moslem geword het. Volgens Ridley het sy nie 'n emosionele band met die mense wat haar gevange gehou het gevorm nie, net die lig gesien.

In Soekie se geval kan die projek waarin sy glo net suksesvol wees as sy saamwerk met die mense wat haar gevange geneem het. Die projek is al wat haar lewe betekenisvol maak. 'n Lewe wat sy al veel langer binne IPIN lei as daarbuite.

Haar oorlewingsinstink het veroorsaak dat sy die projek geassimileer het as haar lewensroeping. Daarom dat sy vreesbevange raak wanneer Ayla enigiets rakende die projek bevraagteken. Geloof in en toewyding aan die projek is die enigste manier waarop Soekie kan regverdig wat in die afgelope vier en twintig jaar hier met haar en haar kinders gebeur het.

Sy moes dit haar waarheid maak om te kan oorleef. En as daardie waarheid bevraagteken word, plaas dit haar emosionele oorlewing in die weegskaal.

Die mag wat sekere mense oor ander kan uitoefen, het Ayla nog altyd verstom. Vroue wat teruggaan na hulle mans net om weer verniel te word, mans terug na vroue toe wat hulle misbruik. 'n Ma wat ontken haar kind word gemolesteer al weet sy van beter, want dit stel haar eie oorlewing in gevaar as sy dit sou erken. 'n Vrou soos Poppie van der Merwe se ma wat toegelaat het dat haar kinders deur die stiefpa mishandel word. Soms, soos in die Springs-gruwelhuisgeval, neem die ma selfs deel aan die molestering, mishandeling en seksuele wanpraktyke, want sy weet nie hoe anders om te oorleef nie.

Soekie weet ook nie hoe om te oorleef as sy nie aanhou glo in Eumin en die rol wat sy glo haar kinders daar gaan speel nie. Anders sou sy haar kanse om te ontsnap benut het. Toe sy Strach moes dophou, of toe sy in die gastehuis was. Sy het waarskynlik menige geleentheid gehad.

Ja, haar kinders is die afpersmiddel, maar sy moet tog besef sy kan hulp van buite vra. Juis haar kinders kan red. Maar "buite" is onbekende, en daarom vyandige gebied. Ná amper 'n kwarteeu hier, weet sy nie meer hoe "buite" opereer nie. Of wat normaal is nie.

Sy moes aan die slaap geraak het, besef Ayla toe sy wakker skrik van die klop en uitroep buite haar deur.

Die deur swaai oop net toe sy haar staan by die venster kry. Die skarniere knars al effens minder, asof dit gewoond raak aan gebruik.

Soekie is alleen. Geen kos of tee nie.

"Ek het besef ek moet jou van Antonie vertel. Nettie se pa." Soekie leun weer met haar rug teen die muur en beduie met die skokstok na die bed. "Jy kan maar sit."

Ayla gehoorsaam soos 'n outomaat.

"Wat skort?"

Ayla kyk op na Soekie. "Ek is net moeg van niksdoen. Wat maak julle hier om die tyd te verwyl?"

"Ons het almal ons take. Vivien maak vir ons kos. Die res van ons maak beurte met voorbereiding, skottelgoed was, wasgoed doen, skoonmaak in die algemeen. En ons kry gereeld nuwe leesstof oor die Pleiades, gedokumenteerde besoeke van ander planete en dies meer."

"En Nettie, Jules en Kleinjim moet seker ook geskool word? Darem leer lees en skryf en somme maak en so aan."

"Dis beter as hulle nie kan lees en skryf nie. Só behou hulle hul onskuld. Op Eumin sal dit in elk geval nie nodig wees nie. Die atmosfeer is van so 'n aard dat ons almal telepaties met mekaar sal kan kommunikeer."

Soekie sug. "Ons het ons les met Sterretjie geleer. Antonie het haar leer letters maak, meer om haar besig te hou as iets anders, maar al kon sy nie woorde vorm nie, het dit haar in die moeilikheid gebring. Sy het sogenaamde briefies geskryf, om klippe gevou en oor die heining begin gooi. Dit het ons eers agtergekom nadat Nimue en Diana hier aangekom en die grensdrade geïnspekteer het. Ons weet nie hoe lank sy dit toe al gedoen het nie, maar gelukkig het die bure nooit die briefies gesien of hulle nie daaraan gesteur nie anders het Nimue haar seker toe al weggestuur."

Hulle weet dus nie van Rita en Carmichaels wat wel die briefies gekry het nie. Nie dat die arme Sterretjie se pogings op iets uitgeloop het nie. "Jou oë word sag as jy van Antonie praat en tog het jy gesê dit is jy wat hom hierheen gelok het en ek neem aan dat hy teen sy wil hier moes bly. Vir agt jaar, as ek reg verstaan."

"Dit was 'n paar maande ná Julian ... Ná hy hier weg is. Triton was in groot moeilikheid by Vivien omdat Julian se liggaam gevind is.

"Triton het geweet hy sal moet vergoed vir sy flater. Hy het ook geweet ons het 'n man hier nodig. Vir onderhoud sover dit hom aangegaan het, maar ook vir voortplanting. Die projek het al stilgestaan vandat Danie weg is.

"Triton was in sy skuit toe hy Antonie by die riviermonding gesien stap het. Fors en blond, soos hy geweet het ons norm is al weet hy niks van Nordic aliens nie. Hy het vir Vivien laat weet daar is 'n kandidaat en ook presies vertel waar."

"Hoe maak hy kontak met julle?"

"Vivien het 'n selfoon gehad. Die eerste een wat ek ooit gesien het. Dit was eers later, toe Nimue-hulle hier aangekom het, dat ons gehoor het 'n mens kan deur 'n selfoon opgespoor word. Van toe af het net Nimue en Diana selfone en hulle haal telkens die battery uit en gebruik dit net as dit regtig nie anders kan nie. Selfs al is die fone ... ag, ek weet nie mooi hoe dit werk nie. Iets van voorafbetaalde goed. Die eerste keer wat ek self een gebruik het, was toe ek Strach moes dophou en later vir jou. Ek haat die goed."

"In elk geval, Vivien vat my toe na 'n plek naaste aan waar Antonie opgemerk is. Dit was wonderlik so by die see. Ek het gestap en gestap en gestap. En toe sien ek hom in die verte. Vir Antonie." 'n Glimlag speel om haar mond. "Ek het nog nooit 'n aantrekliker man gesien nie. Hy het my eers opgemerk toe ek al naby was. Hy het regop gekom waar hy met 'n pompie of 'n ding aas uit die sand getrek het.

"Ek het gevra wat hy maak en toe wys hy my en ons begin gesels. En hy vra my of ek nie bang is om alleen rond te stap nie. Sê toe dis gevaarlik vir 'n meisie op haar eie, veral as sy so mooi is soos ek. En ek sê hy sal my maar moet beskerm. En toe sê hy dalk maak ek van wolf skaapwagter. En ons lag. Toe sê hy ek hoef nie bekommerd te wees nie. Hy het 'n meisie en hulle trou binnekort. Ek het gevra of hy uitsien daarna om getroud te wees. Hy het nie dadelik geantwoord nie.

"Uiteindelik gesê hy weet nie of hy al gereed is daarvoor nie. En hy sê hy weet eintlik hy is nie en ek is die bewys daarvan. Toe vra ek wat hy bedoel en hy sê as hy gereed was vir 'n huwelik sou hy nie die behoefte gehad het om my te soen nie. Toe sê ek hy is darem nog nie getroud nie.

"Ek kon sien hy stry 'n innerlike stryd. Toe sit ek my arms om sy nek en soen hom. Ons het ampertjies net daar in die duine seks gehad, maar ek het hom oortuig die risiko is te groot dat iemand op ons sal afkom. Toe vra hy of ek my eie blyplek het. Ek het gesê ek bly in 'n kommune, maar het my eie rondawel. Ek het net nie vervoer nie, want my vriendin het my hier afgelaai en sal my eers later weer hier kom oplaai. Maar ek kan haar laat weet dis nie nodig nie, as hy my huis toe wil neem. Só het hy hier beland."

"Ek neem aan hy was nie beïndruk toe hy hier aankom nie?"

"Jy neem verkeerd aan. Hy het gedink dis cool. Dis die eerste keer wat ek gehoor het iemand sê iets is cool. Ons is na my rondawel toe en het die res van die dag daar gebly. Hy kon nie genoeg van my kry nie. Gesê sy verloofde is godsdienstig en glo nie in seks voor die huwelik nie.

"Toe hy die aand wou teruggaan, het ek hom gesmeek om te bly. Hy wil graag, het hy gesê, maar hy kan nie. Sy mense sal bekommerd raak. Ek het gesê ek wil net by my vriendin gaan hoor of die hek se alarm wat saans geaktiveer word al aangeskakel is.

"Ek het 'n ruk buite gewag en hom toe in die rondawel toegesluit. Ek het natuurlik intussen al sy selfoon gegaps sonder dat hy eens agtergekom het. En Triton het reeds sy motor kom haal. Dié was waarskynlik toe al klaar in die chop-shop waarin hy 'n aandeel het.

"Antonie het die hele nag aan die deur gehamer, dit probeer oopskop en oopstamp, maar vergeefs. Die eerste paar weke was hy moeilik en het Vivien haar hande vol gehad met hom. Ek kon nie hand bysit nie, want hy moes glo Vivien was die een wat hom gevange hou, nie ek nie. Toe hy nie wou bedaar nie, stuur ek vir Sterretjie in. Sy was toe sewe en het soos 'n engeltjie gelyk met haar lang wit hare en ligblou oë. Sy was 'n pragtige kind. En het 'n beeldskone jongvrou geword ook." Soekie kry 'n veraf uitdrukking in haar oë. "Ai, ek mis haar so."

Sy sug en kyk weer vir Ayla. "Dit het gewerk. Antonie het bedaar. Toe is ek vir die eerste keer weer na hom toe. Al waaroor hy wou praat, was ontsnapping. Ek het gesê ons kan nie, want Vivien sal Sterretjie seermaak as ons probeer. Geleidelik het ek hom ingewy in die omvang van ons projek. Hy het geluister, maar ek kon sien hy glo niks daarvan nie, wag net sy kans af om hier weg te kom. Dit was eers toe my swangerskap begin wys het dat hy sy lot min of meer aanvaar het. Wat sy huweliksdag sou gewees het, het gekom en gegaan. Ons liefde vir mekaar het gegroei al kon hy nooit vrede maak daarmee dat ons gevangenes van ons omstandighede was nie.

"Hy het min of meer berserk geraak toe ons eerste baba weggeneem is, maar dit beter aanvaar toe dit met die tweede een ook gebeur het. Dit was asof hy uiteindelik die leisels aan my oorgegee het. Nie meer sy eie wil gehad het nie, en net op my gesteun het." Soekie versomber. "En toe kom Nimue hier aan en Diana kort ná haar – 'n rukkie voor Nettie gebore is.

"Aanvanklik het ek nie besef wat die implikasies sou wees nie. Net gedink dis goed dat Nimue by Vivien oorneem. Sy het dadelik positiewe veranderinge aangebring en dinge begin regruk. Maar toe besef ek Antonie moes sorg dat hulle ook nakomelinge het vir die nuwe Aarde. Ek en Antonie was ewe verpletter. Eers toe Nimue sê ons kan ons baba hou as Antonie sy pligte nakom, het ons ingestem. Dit was so moeilik. Vir ons albei. Maar toe Nettie eers gebore is en ons kon haar regtig hou, was dit tog die moeite werd.

"Dit was eers toe ..."

'n Stamp teen die deur laat Ayla ruk van die skrik.

Diana lyk behoorlik omgekrap toe sy inkom. "Wat de hel gaan hier aan? Soekie, wat maak jy hier?"

Soekie druk haar regop waar sy teen die muur geleun het. "Ek sorg dat ons geskiedenis opgeteken word."

"Dis my en Nimue se taak."

"Julle was nie die eerste dertien jaar hier nie."

"Niemand stel daarin belang nie. Vivien soek jou. Jy is veronderstel om die groente vir vanaand te skil."

"Ayla stel belang en ek sál haar vertel."

Diana haal haar skouers op. "As dit jou gelukkig maak, maar as jy jou lewe liefhet, sal jy sorg dat jy nou in die kombuis uitkom. Jy weet hoe raak Vivien."

Soekie knik en gee die skokstok vir Diana. Sonder om om te kyk verdwyn sy by die deur uit.

"Seker op jou skouer gehuil oor Antonie? Haar mos verbeel sy was sy groot liefde." Sy snork. "Anyway, ek wou kom sê ek is nie gewoonlik die klapperige soort nie, maar jy werk nou al op my senuwees vandat jy hier aangekom het. Gedra jou, en jy sal nie weer seerkry nie."

"Ek dag daar word niemand met aggressiewe tendense op Eumin toegelaat nie?" Die klap wat sy weghet, bekommer Ayla minder as die feit dat dit klaarblyklik weinig aan Diana saak maak hoeveel van IPIN se donker geheime aan haar geopenbaar word.

Diana gee haar 'n kyk. "Op Eumin sal ek geen rede tot aggressie hê nie. En terloops, Nimue het laat weet sy het nie meer die wagwoord vir jou rekenaar nodig nie. Sy het iemand gekry om dit te omseil."

Die deur klap vir die soveelste keer toe. Die sleutel knars vir die soveelste keer in die slot.

Bientangsbaai
Jojo

Sy staar na die bedding fynboslelies, maar sien skaars die fyn blommetjies raak. Was sy heeltemal van haar verstand af toe sy Irene met die knik van haar kop belowe het om Diana uit daardie onheilsnes te probeer kry? Maar Irene het so hulpeloos gelyk. So magteloos.

Jojo wip van die skrik toe haar foon lui. Valk. Sy het vergeet om hom te bel nadat sy by Irene was. Hoe kon sy in elk geval verslag doen as sy tot geheimhouding gedwing is?

"Carmichaels is versmoor en die Bonthuyse is tussen half-twaalf en vieruur die middag van Saterdag 16 September met pyle deurboor," val hy met die deur in die huis. "Laasgenoemde val net mooi binne die tydraamwerk waarin Serfontein kastig alleen liasseerwerk ingehaal het."

"Jy het die outopsieverslae gekry."

"Ek het. Is dit nou nie eienaardig dat al twee verdagtes skoonveld is nie?"

"Valk, gaan druk jou gesig in 'n bak vol yswater dat jy kan wakker word. Ek weet nou nie van Strach nie, maar Ayla is verdomp vermis omdat haar bleddie suster iets met haar aan-gevang het en haar nou voordoen as Ayla."

"Volgens my is Ayla tans onbereikbaar omdat sy wil wees en Serfontein het gevlug nadat hy by jou gehoor het wat julle alles weet."

"Wel, volgens my is Ayla, en dalk Strach ook, ontvoer en nie-mand doen enigiets daaraan nie omdat jy stiksienig is. As daardie twee mense iets oorkom, gaan ek jou nooit vergewe nie, Valk. En jou gewete gaan jou ook vir die res van jou lewe ry. Al glo jy my nie, doen verdomp iets. Net ingeval ek reg is. Asseblief!"

"Bosman weier …"

"Bosman se agterent. Ek vra vir jou. Al ons antwoorde lê by IPIN. Die polisie se magte was net te beperk om daarby uit te kom. Kry êrens versterkings vandaan en dan gaan ons in persoonlike hoedanigheid of enige bleddie hoedanigheid IPIN toe." Die paniek wat sy voel as sy aan Ayla dink, is op die oomblik sterker as haar gewete oor 'n belofte aan Irene. Dis die aard van 'n dilemma dat iemand aan die kortste end gaan trek. In die geval moet dit maar sy wees, want as Diana geïmpliseer gaan word in die moord op die Bonthuyse, sal Irene haar nooit vergewe nie. Maar sy sal haarself nog baie minder vergewe as Ayla iets sou oorkom.

"Jojo, jy is nou net so irrasioneel as wat Irene was en kyk waar het dit haar laat beland. Het jy al gehoor wanneer jy haar kan besoek?"

"Ek was reeds by haar."

"En jy sê my nou eers? Wat het sy vir jou gesê? Ek weet sy steek iets vir my weg en ek vermoed sy wou jou daarvan vertel."

Tussen die duiwel en die diep blou see. Dis waar sy is. Sy is verbied om die waarheid te praat, maar kan ook nie aan 'n enkele liegstorie dink nie.

"Irene sê dit was Soekie Hough wat haar met die pyl geskiet het." Hopelik vra hy nie verder uit nie.

"Wát?"

"Jy het gehoor."

"Maar hoekom sal Irene dit nie vir my sê nie? En wat soek Soekie Hough daar?"

"Ons het al lankal vir jou gesê Soekie Hough is waarskynlik daar. Jy moet Irene maar self vra waarom sy jou nie wou sê nie, maar toe ek daar weg is, was sy ontsteld genoeg om die masjiene waaraan sy gekoppel is te laat begin piep."

"Fok tog! Die idee was dat Irene rustiger sal raak as sy jou gesien het, nie dat jy haar donnerswil gaan ontstel nie."

"Ek doen my bleddie bes, Valk Richter. Op verskillende vlakke. En al waarin ek slaag, is om uitgeskel te word en uitgemaak te word as te verbeeldingryk. Vlieg in jou hel in." Jojo plak die foon neer en druk haar hande oor haar oë. Dit help niks nie, die trane drup deur die pienk gleuwe.

Miskien hou susterskap Ayla ook veilig. Miskien is bloed tog dikker as water. Miskien sal Nimue ook vir Ayla beskerm soos Diana met Irene gemaak het. Dis al hoop waaraan sy nog kan vasklou.

Ses en dertig

Donderdag 21 September
Akkedisberge
Ayla

Honger knaag aan haar toe sy wakker word. Dié keer het Soekie haar nie weer oor haar ontferm nie en Diana is seker weer kwaad vir haar. Nadat sy hier weg is, was daar nog nie weer 'n beweging voor haar deur nie. Dus, geen aandete nie.

Sy wens sy kan vir 'n slag skoon klere kry om aan te trek, maar in vergelyking met haar ander probleme is dit 'n vulletjie.

Aan die een kant vererger die honger die paniek wat in haar aan die opbou is. Aan die ander kant laat dit haar besef dat sy nie net moet aanvaar sy kan nie hier uitkom nie. Sy moet aan iets kan dink. Iets doen voor sy dalk te swak is.

Sy wil nie doodgaan voor sy nog regtig die geleentheid gehad het om te leef nie. Nou eers besef sy hoe sy gemors het met haar lewe. Dat sy haarself van 'n vervulde, ryk lewe vol belewenisse ontneem het deur haar te isoleer. Te bang was om die lewe aan te gryp. Sy wil die geleentheid hê om dit reg te stel. Sy wil nie met so 'n ondeurleefde lewe agter haar die dood tegemoetgaan nie.

As sy dit nie mis het nie, begin sy Soekie se vertroue wen. Boonop is dit duidelik dat Soekie en Diana nie juis ooghare vir mekaar het nie. Miskien kan dit tot haar voordeel strek.

Maar haar tyd raak kort. Wat dit ook al is wat gaan gebeur, dit gebeur oor twee dae.

Iets wat haar moed 'n bietjie breek, is dat Strach al langer hier is as sy en tog nie daarin kon slaag om weg te kom nie. Anders sou daar al hulp opgedaag het.

Word hy afgepers om hier te bly? Of is hy dalk nie eens hier nie? Of nie meer nie. Of hy is al uit die weg ger...

Nee, daardie gedagte kan sy nie dink nie. Al moet sy seker. Nie een van die mans het lewend hier uitgestap nie. Nie eens Soekie se geliefde Antonie nie. Wat ook al van hom geword het, hy is opgevolg deur Tiaan Nel.

Bientangsbaai
Jojo

Slaap is nie net 'n wondersoete ding nie. Dit laat die brein genoeg rus om weer helder te word. Al was dit nie 'n goeie nagrus nie. En dis nie net haar bekommernis oor Ayla wat haar aanvanklik laat rondrol het nie.

Sy het so gehoop Joachim sal haar op een of ander manier kan gerusstel, maar hy was skaars terug van die Kaap af of hy moes weer gaan patrollie doen vir die buurtwag om op te maak vir die tyd wat hy in Amerika gaan wees.

En toe was sy seker 'n bietjie kortaf met hom. Maar dit was uit frustrasie.

Tog het sy meer moed as gister toe sy Valk bel.

"Ja, Jojo?" Sy kan hoor hy is nie lus om met haar te praat nie. Sy probleem.

"Dag, Valk. Kan ek jou 'n vraag vra?"

Die sug kom sekerlik uit sy tone uit, dis so diep. "Vra maar."

"Jy het mos 'n getuie wat sê dat Ayla by Carmichaels was kort voor sy dood. En volgens die outopsie is hy versmoor. Dis tog moord. Hoekom arresteer julle haar nie?"

"En waar kry ons haar in die hande om dit te kan doen? Sy is nie by haar huis nie. Dit het ons intussen uitgevind."

"Die IPIN-eiendom. Dis waar sy is."

"En waar kom jy daaraan?"

"Haar ma en suster is op IPIN. Hoekom sou sy Carmichaels vermoor as sy nie kop in een mus met die spul is nie? Dis logies dat sy daarheen is."

"Jojo, dink jy ek is onnosel? Jy wil net hê ons moet daarheen gaan omdat jy glo hulle hou haar daar gevange."

"En moontlik vir Strach ook. Julle kan hom sommer ook dan arresteer."

"Jy sal dus eerder vir Ayla en Serfontein in die tronk wil sien as op IPIN."

Hy ken haar te goed. "Valk, kry ten minste 'n hofbevel om uit te vind waar Ayla se foon is. Sy antwoord nog nie, maar dit gaan oor na 'n nuwe stempos en haar ontvangsdame is van daardie nommer af gebel. Dis dus minstens by tye aangeskakel."

Nog 'n diep sug. "Ek sal met Bosman praat. En ek sal jou laat weet as daar nuus is."

Overgeset synde, don't phone me, I'll phone you.

"Julle ondersoek seker wat Soekie Hough op IPIN maak nadat sy vier en twintig jaar gelede verdwyn het, of hoe, Valk?"

"Moenie jou luck push nie, Jojo. Irene ontken ten sterkste dat sy so iets vir jou gesê het. En ek hoop jy is tevrede dat sy weer 'n terugslag gehad het ná jou besoek. Sy is weer in spesiale sorg."

"Sy ontken dit omdat sy Diana wil beskerm." Sy het haar nog altyd daarop beroem dat sy dalk soms lieg – wel, oukei, dikwels – maar dat beloftes vir haar heilig is. Sekere beloftes moet egter verbreek word. En hierdie is een van hulle. "Valk ..."

"Genoeg, Jojo. Jy veroorsaak meer probleme as wat jy help. Ek hoop jy is môre op pad terug huis toe sodra Joachim op sy vliegtuig is. Hier is geen nut meer vir jou nie. En dis die einde van die saak."

Akkedisberge
Ayla

Oefentyd het gekom en gegaan sonder dat iemand haar kom haal het.

Geen ontbyt het tot dusver opgedaag nie.

Ayla kan nie onthou dat sy al ooit in haar lewe so honger was nie. Nie eens toe sy op haar eerste streng dieet was nie. Die brakkerige water stil nie meer die voltydse geknaag aan haar maag nie. En dit laat haar nie minder lighoofdig voel nie. Lae bloedsuiker maak só, weet sy uit ondervinding.

Hou die honger ooit op? Hoe lank het dit geduur voor Tiaan Nel dood is aan verhongering?

Toe Soekie 'n baie lang halfuur later binnekom met 'n toebroodjie en 'n fles tee, verstaan Ayla vir die eerste keer werklik hoe Stockholm-sindroom werk. Hoe 'n aangehoudene so dankbaar kan wees oor 'n klein welsynsdaad van die persoon wat haar aanhou, dat sy dié amper enigiets kan vergewe.

Dis net met die grootste wilskrag dat sy die toebroodjie bietjies-bietjies eet en nie op een slag verorber nie.

"Soos ek gesê het voor Diana ons so wreed onderbreek het, ek en Antonie het daarmee vrede gemaak dat hy met Diana en Nimue ook moes seks hê wanneer hulle ovuleer tot hulle verwagtend is. Ons het aanvaar dis deel van die projek en Nettie was ons vergoeding. Dit het 'n ruk geduur, maar uiteindelik was hulle albei swanger en het ek Antonie weer vir myself gehad. En toe begin Sterretjie menstrueer. Sy was al amper veertien."

Die laaste happie van die toebroodjie wat op pad na haar mond toe is, bly in die lug hang. Nee. Sy wil nie die res hoor nie.

Trane wel op in Soekie se oë. "Natuurlik het Antonie geweier. Nimue was vir 'n ruk geduldig, gesê sy besef hy moet gewoond raak aan die gedagte, maar dis onvermydelik. Toe Sterretjie vyftien word, was haar geduld op. As Sterretjie nie haar potensiaal vervul nie, word sy weggestuur en Nettie ook. Dit was haar ultimatum."

Die brood stoot in Ayla se keel op en sy kry dit net met die grootste moeite teruggesluk.

"Antonie het gemaak asof hy instem. Gemaak asof hy wel seks met haar gehad het, maar Nimue was dit seker te wagte. Sy het Sterretjie uitgevra oor Antonie se besoeke aan haar. Sy was te onskuldig om te kan jok. Nimue het haar ultimatum herhaal. Uiteindelik was dit ek wat Antonie gesmeek het om tog maar aan haar eise te voldoen en klaar te kry."

Ayla sluk en sluk en sluk. Hoe kan 'n ma … haar eie kind … die man wat sy liefhet?

"Hy het hom laat ompraat, maar …" Sy skud haar kop. "Daarna het hy nie weer 'n woord gepraat nie. Nie met my of enigiemand anders behalwe Sterretjie nie. Hy het sy pligte teenoor Nimue en Diana nagekom, maar geweier om aan my te raak. Dit het ek stilgehou. Twee maande later was dit duidelik dat Sterretjie verwag."

Hoe kan enigiemand 'n ander oortuig om so 'n gruweldaad te pleeg? Teen 'n vyftienjarige kind? Hoe is dit moontlik?

Soekie vee haar trane met haar kneukels af, amper ergerlik. "Sy was so vier maande swanger toe Antonie hom een aand in sy rondawel met stukke wat hy van sy laken afgeskeur het, opgehang het." Soekie staar nikssiende na die skokstok in haar hande. Toe sy opkyk, is haar oë soos twee rou wonde. "'n Maand of wat later het dit geblyk dat sowel Nimue as Diana ook verwagtend was."

Soekie beduie woordeloos met die skokstok in die rigting van die venster. Ayla retireer traag, amper in 'n dwaal.

Sy moet Soekie omgepraat kry om haar hier te help wegkom. Sy moet iets doen. Iets om uit hierdie gruwelplek te ontsnap. Hier waar Nimue haar aan elke denkbare menslike vergryp skuldig gemaak het. Hier waar mense tot waansin gedryf word deur onmenslikheid. Hierdie nes moet blootgelê word. Nimue en Diana moet gekeer word. "Soekie, asseblief…"

Soekie skud haar kop. "Moenie eens probeer nie. My vierjarige kind was nooit weer dieselfde nadat jou ma haar geklap het nie en jou suster is die duiwel geïnkarneer, Ayla. Moet dus nooit enige simpatie of hulp van my verwag nie."

Sy moet hier uit. Uit! Uit! Die wete galm deur haar kop,

neem oor by rasionaliteit. Ayla dink nie verder nie, sy storm net op die halfoop deur af.

Bientangsbaai
Jojo

Geen nut vir haar nie. Ná alles wat sy van Valk en Irene verduur en verdra het. Vir Irene kan sy nog vergewe, maar Valk se houding is waaragtig ongevraag en onregverdig.

"Jojo?"

Sy kyk op na die oop kombuisdeur. "Hallo, Joachim."

"En as jy so mismoedig lyk?"

"Ag, sommer Valk wat met my goor is en Irene wat die onmoontlike van my verwag. En ek bekommer my dood oor Ayla."

Hy hou sy arms oop. Sy staan op en leun teen hom aan, koester die gevoel van tuiskoms toe sy arms om haar vou.

"Ek is jammer ek moet juis nou weggaan."

"Dis oukei."

"Sal jy hier wees wanneer ek terugkom?"

Jojo skud haar kop. "Ek glo nie. Ek moet een of ander tyd teruggaan." Sodra sy weet wat van Ayla geword het.

"Sal jy weer kom kuier? Dalk net kuier sonder werk? Sommer gou?"

Jojo knik met haar wang steeds teen sy borskas.

Hy hou haar 'n entjie van hom af weg. "Ek het vanoggend eers besef waarom jy eintlik vir my vies is."

Sy kyk op na hom. "Ek is teleurgesteld, maar ek is nie vies nie. Jy kon mos nie geweet het ek gaan hier wees toe jou vlug bespreek is nie."

"Nee, maar ek moes besef het jy verjaar Saterdag. En nou vlieg ek al môre."

Verjaar? Ja, wraggies. Saterdag word sy een en bleddie sestig. Geen wonder sy het self daarvan vergeet nie. Wie wil nou so iets onthou. "Dit maak nie saak nie, Joachim."

"Natuurlik maak dit saak. En ek is regtig jammer."

"Dis 'n nothing verjaardag, Joachim. Nie 'n mylpaal nie.

Eintlik wil ek nie eens daaraan herinner word dat ek nou op die afdraand ná sestig is nie."

"Ons gaan dit nietemin vanaand vier. Oukei?"

"Dit sal lekker wees, maar ek wil nie uitgaan nie. Kan jy nie net weer vir ons hier op die stoep braai of iets nie? Die weer het hoeka mooi opgeklaar ná die kouefront."

"Your wish is my command, my dear. Ek gaan sommer nou kyk of ek nie vir ons 'n vis van 'n aard kan kry nie."

Dis dan hoe dit voel om liefgehê te word, dink Jojo tranerig toe hy haar ná 'n sagte soen styf vasdruk. Dis mooi en dis lekker, maar 'n klein bietjie seer ook. Want verlang is 'n seer ding en sy weet sy gaan haar doodverlang na hom.

Akkedisberge
Ayla

Daar was 'n oomblik dat sy gedink het sy het daarin geslaag om die skokstok uit Soekie se hand te klap. Dit was net voor die skokpunte eers met haar skouer kontak gemaak het en toe met haar sy.

Die elektriese skokke wat deur haar getrek het, is nie 'n gevoel wat sy ooit weer wil ervaar nie. Sy was so gedisoriënteerd, sy het steeds nie die vaagste benul waarvandaan Kleinjim ewe skielik sy opwagting gemaak het nie. Alles aan haar was te lam om terug te veg toe hy en Soekie haar hierheen gebring het.

Sy voel steeds asof sy in 'n dwaal is. Asof die woonkamer in die ruim rondawel waar sy nou vasgebind op 'n regop stoel sit, nie werklik is nie.

Dis luuks maar sonder smaak gemeubileer. 'n Yslike plasma-TV is teen die binnemuur gemonteer. Eenkant staan 'n lessenaar met 'n indrukwekkende rekenaar.

Soekie kom staan met haar hande in haar sye voor haar, die skokstok steeds in een hand. "Hoekom maak jy die lewe vir jouself soveel moeiliker, Ayla?"

Ayla sluk swaar, haar mond droog, 'n metaalsmaak op haar tong. "Ek moet hier uitkom, Soekie. Ek sal mal word. Soos Jimmy. Soos Antonie. Help my."

"En my plek op Eumin verbeur en dalk my kinders s'n ook? Dit is buite die kwessie. En dit sou gewees het selfs al wou ek jou help. Wat nie die geval is nie. Jy is bloed van Nimue en Vivien se bloed." Sy hark haar hare agteroor. "As jy só voel ná drie aande hier, kan jy dink hoe die ander gevoel het? Ek ook daardie eerste jare? Voor ek die projek begin verstaan het. En die projek moet daarbuite ook verstaan word. Jy moet sorg dat dit gebeur, maar eers ná ons vertrek het."

Ayla dwing haarself met die grootste moeite tot kalmte. "Is dit jou rondawel dié? Met al hierdie toerusting kan jy self jou storie en die geskiedenis van IPIN die wêreld instuur."

"Dis Nimue se plek. Ek sal nie eens weet hoe om 'n rekenaar aan te skakel nie. Net sy het toegang tot enigiets elektronies. En soms Diana, maar net wanneer Nimue weg is. Hulle is ook die enigste twee wat weet hoe werk die vlieënde kamera waarmee ons grense dopgehou word."

"En as Diana en Nimue gelyk weggaan?"

"Dit gebeur selde. En net vir kort rukkies. Dan hou Kleinjim die hek met 'n verkyker dop."

"Hoekom het jy my hierheen gebring?" Kalm bly. Ten alle koste kalm bly. Nie dink aan wat wag nie. Nie weer paniekerig raak nie.

"Jy het bewys ek kan jou nie meer vertrou nie. Kleinjim maak 'n plek gereed waar jy beter beheer kan word. Hy sal jou netnou daarheen neem."

Ayla kom agter sy bewe. "Soekie, daar kom nie 'n ruimtetuig nie. Nimue lieg vir julle. Sy het haar eie planne. Asseblief..."

"Stil! Jy weet nie waarvan jy praat nie." Soekie kyk haar 'n oomblik priemend aan. "Vivien wil jou sien. Dit sal nou moet gebeur, voor jy geskuif word."

'n Deur gaan oop. Daar is geen tyd om haar daarop voor te berei om ná een en twintig jaar weer met haar ma te praat nie.

In 'n langbroek en trui lyk Vivien nie so sleg soos toe sy uit die swembad geklim het nie, maar die jare het met stootskraperwiele oor haar gelaat geloop. Haar kopvel skemer deur die yl grys hare, haar skouers is gekrom.

Soekie gee vir Vivien die skokstok. "Versigtig. Sy het meer

pit as wat ons gedink het. Roep vir Kleinjim as sy moeilikheid maak."

"Jy lyk aansienlik beter as toe ek jou laas op Melodie gesien het," sê Vivien toe Soekie uit is. "Jou skaars herken die oggend in die driehoek." Haar stem is rasperig.

"Ek vir jou ook amper nie." Maar om die teenoorgestelde rede, sou sy kon sê.

"Ouderdom is 'n nare ding," volg Vivien die strekking van wat nie gesê is nie.

Ayla voel vreemd emosieloos. Dis 'n vreemdeling wat voor haar staan. Nie die vrou wat aan haar geboorte geskenk en daarna behandel het soos 'n lastige brak vol vlooie nie.

"Daar is seker goed wat jy my wil vra voor ons paaie finaal skei."

"Daar is so baie, ek weet nie waar om te begin nie." Ayla se verstand wil nog nie lekker werk nie. Seker dié dat sy gedink het Vivien wil dalk vergifnis vra dat sy haar oudste dogter van kleins af verwerp het.

"Jy sal moet besluit. Ons tyd is beperk."

"Wie is werklik my pa?"

"Ayling, al kon ek destyds nie glo dat ons so 'n lelike kind kon verwek het nie." Haar glimlag is smalend.

"Nee, die waarheid. Nie jou opgemaakte storie nie. Is ek Johan Hurter se kind?"

Vivien snork. "As dit nie Ayling was nie, en ek glo vas dit is, kon dit seker Johan ook gewees het. Maar daar was ander mans ook."

"Jy moes jou promiskuïteit by jou pa, wat toevallig ook jou oom is, geërf het." Ayla is spyt toe die woorde uit is. Dis onnodig wreed. "Jammer. Dis net ..."

"Dis nie waar nie. Emsie, oftewel Marja, se broer het haar wel probeer verkrag, maar sy het teruggeveg en uit die huis uitgevlug. Sy het die mielielande ingehardloop. Dit was donker, maar die maan het tog lig verskaf. En toe is daar skielik iets wat soos 'n reuseboemerang lyk voor haar. 'n Wit lig het aangegaan en direk in haar oë geskyn. Iemand het na haar toe aangestap gekom. Daarna onthou sy niks nie." Dit klink asof sy 'n resitasie opsê.

"'n Boemerang. Wat het van 'n gewone vlieënde piering geword?" Dit voel so onwerklik ná al die jare om weer met haar ma te praat.

"Nie alle besoeke word in dieselfde soort tuie afgelê nie. Sommige is silindervormig, ander rond, soos die een wat ek gesien het, en ander driehoekig. Hoekom dink jy is ons oefenlokaal in 'n driehoekvorm gebou? Daar was in April 1991 verskeie mense wat 'n driehoekige tuig met wit steragtige ligte op elke punt en 'n rooi lig in die middel gesien het. In Pretoria, Harare, oor Karibadam en later selfs in België. Emsie glo vas die soort tuig wat sy gesien het, sal haar kom haal. Dis waarom sy op 'n driehoek as landingsplek besluit het. Ons sal Saterdag sien of sy reg is."

Glo Vivien dit, of hou sy net by die storie?

"Waarom het jy vir my en Nimue aan ons eie lot oorgelaat?"

"Jou ouma het my nodig gehad. Sy kon nie meer alles op haar eie behartig nie. En vir my was maniere om geld te maak vinnig aan die opdroog."

"Jy het al die jare geweet waar Marja was?"

"Nee, maar ek het geweet waarheen sy op pad is toe sy by ons weg is. Sy het net nou en dan van haar laat hoor."

"Hoekom is sy juis Oos-Kaap toe?"

Vivien se skaars sigbare wenkbroue lig. "Hoe weet jy?"

"Maak dit saak?"

"Seker nie. Daar was die Groendal-voorval naby Uitenhage die jaar voor sy weg is. Vier seuns het Nordic aliens gesien. En toe vind die Mindalore-insident in Krugersdorp plaas. Sy was oortuig dit was eintlik vir haar wat die Nordics kom soek het. Sy wou sorg dat sy in die regte omgewing is, sodat hulle haar kan opspoor wanneer hulle weer kom en het besluit die Groendal Natuurreservaat is 'n beter opsie as in beboude gebied."

"En toe haar Nordics haar nie opspoor nie, kom sy hierheen."

Vivien knik. "En sy bou hierdie plek van die grond af op toe sy al diep in die vyftig is."

Met 'n wewenaar wat sy die graf in gedryf het se geld, dink Ayla, maar swyg liewer.

"Alles wat jou ouma gedoen het, was daarop gemik om kontak te maak met die Nordic wat my verwek het."

Geen wonder Vivien het ook die pad byster geraak nie.

"Maar hoekom neem sy toe die Houghs en Jimmy Andersson gevange?"

"Dit was nie haar plan nie. Sy wou net by Susan hoor presies wat sy en haar verloofde gesien het en presies waar, sodat sy daarheen kon gaan. Maar toe is daar Soekie. En sy verwag. En Marja besef sy sal die kind kan verkoop om haar kwynende fondse aan te vul. 'n Blonde kind met blou oë het selfs destyds 'n baie goeie prys behaal as kinderlose ouers kortpaaie wou loop met 'n aanneming."

Verkoop?

"Nie dat sy dit toe gedoen het nie, want Emsie het ... noem dit maar 'n Damaskus-oomblik gehad. Sy het besef sy kan haar 'gaste' beheer as sy nie die kind verkoop nie. Sy sou een kind moes inboet, maar hulle kan nog kinders maak wat sy wel kan verkoop."

Ayla kom agter haar mond het effens oopgesak. "Niks te doen met Eumin en 'n nuwe Aarde nie? Sy was net 'n kinderhandelaar?"

"Sy moes op een of ander manier geld maak. En sy het die game geken. Van die plot se dae af al. Daar het sy eers aborsies uitgevoer, later besef dis baie lonender om babas te verkoop. Ongelukkig het die polisie snuf in die neus gekry. Hier het sy begin met bruin babas aangesien die risiko veel laer was, maar wit babas sou baie winsgewender wees."

Ayla se duiseligheid het weinig te doen met die elektriese skokke. "Wie het die bruin babas gekoop?"

"Daar was 'n oorsese mark."

"En hoe het sy hulle oorsee gekry?"

"Triton het kontakte gehad deur sy perlemoenbedrywighede. So iets. Ek was toe nog nie hier nie."

Ayla wil nie eens probeer dink waar die bruin babas uiteindelik beland het nie.

"Ons mark vir die wit babas is gelukkig plaaslik. Jy sal nie die bedrae glo wat mense bereid is om te betaal vir blonde blouoogbabas nie."

"Babas soos Soekie en Susan s'n."

Vivien knik. "Emsie was redelik vaag oor waarheen die babas gegaan het. Sy kon uiteraard nie sê hulle word verkoop nie. Sy het net gesê die babas gaan na Nordics toe en word daar met die regte waardes grootgemaak. Toe ek hier gekom het, was Danie hier en het net te veel vrae begin vra. Maar Danie was vir ons baie werd. Ek het Emsie se storie uitgebrei en verfyn. En dis toe dat die nuwe planeet wat Geëvolueerdes nodig het, gebore is.

"Later het Nimue en Diana by ons aangesluit en dié twee het dit veel verder gevat. Veral Diana, wat ons waaragtig geglo het en later ook haar eie teorieë begin verkondig het."

"Dis dus eintlik een groot scam. Julle kweek doodgewoon 'n 'produk' hier om dit op die swartmark te verkoop? Die res weet dit net nie?"

Vivien grinnik. "Net Emsie, ek en Nimue. Jy kan ons bababoere noem. Ons stam mos uit 'n familie van boere. Hulle het net met mielies geboer terwyl ons met babas boer."

"Maar Nimue ... Sy het ook babas gehad?"

"Drie ja. Ongelukkig was daar tussenin 'n miskraam."

"Sy het toegelaat dat haar kinders verkoop word?"

"Teen daardie tyd het sy die onderhandelings hanteer. Ek was nie so goed daarmee soos Emsie nie. Nimue het haar eie kinders verkoop. Baie goeie prys gekry ook."

Ayla kan haar net sprakeloos aanstaar.

"Daar is 'n goeie rede waarom ek so verskriklik eerlik is met jou."

"En dit is?" Die woorde moet sy uitforseer.

"Ek het baie gelieg in my lewe, oordryf ook, maar vandag vertel ek vir jou net die waarheid. Ek wil hê jy moet weet, daardie aand naby Mooinooi ... Wat ek daar gesien het, alles wat ek daaroor gesê het, dis die heilige waarheid." Sy hou haar hand op toe Ayla wil praat.

"Luister eers klaar. En op 'n aand, tien jaar later, het daar weer iets gebeur. Die pieringhuis op die plot was pas klaar gebou. Ek was buite. Die een oomblik het ek nog op die stoep gestaan en kyk hoe die maan opkom en op die blink dak skyn. Gewonder of ek ooit weer 'n ervaring sal hê soos die een by Mooinooi.

"Die volgende oomblik het ek op die gras gesit en was die maan hoog in die lug. Dit was twee ure later. En twee maande daarna het ek besef ek verwag. Al was ek op Die Pil.

"En ja, daar was Johan en ook ander mans. Maar toe is jy so anders. Nie net buitengewoon slim nie. Ayla, jy kon gedagtes lees voor jy die ABC geken het. Jy het my bang gemaak met goed wat jy weet sonder dat jy dit kon geweet het. Goed wat nie ek of jou ouma kon verklaar nie. En daar was 'n totale gebrek aan kwaadwilligheid. Ons was bang vir jou. Vir jou andersheid.

"Jy het siek geraak van enigiets wat nie vars en gesond is nie. Jy het geweier om jou mond aan vleis te sit lank voordat jy eens geweet het wat vleis is. Jy ..."

Ayla lig haar hand asof sy só kan keer dat die woorde by haar uitkom. "Kry end! Ek glo jou nie. Jy kry alles uit daardie Klarer-vrou se boek. Jy wil net ..."

"Toe jy gebore is, het ek nog skaars geweet van Elizabeth Klarer. Ek is eers jare later na een van haar praatjies toe."

"Vivien, óf jy lieg blatant om een of ander obskure rede óf jy hou aan 'n illusie vas omdat jou lewe niks beteken as jy die illusie laat vaar nie. Dit kan ek verstaan, maar moenie van my verwag om vir jou leuens of illusie te val nie."

Vivien kry 'n grimmige trek om haar mond. "Vir my ma was ek die oorsaak van haar miserabele lewe – iets wat sy my nooit vergewe of toegelaat het om te vergeet nie. Albei my dogters verag my en dit nadat ek geweier het dat julle ouma julle verkoop. Ek kon, behalwe Johan, nooit 'n man behou vir langer as 'n paar maande nie, en selfs hy het my later gelos. Niemand het my ooit geglo oor enigiets nie – of ek nou lieg of die waarheid praat. My lewe het uiteindelik in elk geval niks beteken nie al het iets buitengewoons met my gebeur."

Ayla skud haar kop. "'n Mens se lewe word nie gedefinieer

deur 'n ma, 'n man of kinders nie. Jy is self die definisie van jou lewe. Jy kies self tussen lig en donker, reg en verkeerd. Waarheid en onwaarheid."

Vivien se glimlag laat Ayla weer onthou hoe mooi haar ma was voor die ouderdom toegeslaan het. Dis asof die glimlag 'n skeurtjie maak in die membraan tussen oud en jonk, hede en verlede. "Jy wil dit dalk nie weet nie, maar jy klink nou nes 'n Nordic. En terloops, ek het een nag terwyl ek jou verwag het, wakker geword, jou voel skop en die naam Ayla het by my opgekom. Vanself. En dis hoe ek jou genoem het voor ek geweet het van Ayling. Elizabeth Klarer se boek is die eerste keer vyf jaar ná jou geboorte uitgegee. Ek het eers later, nadat ek die boek gelees het, besef dit kon net hy wees wat my besoek het, en toe jou naam telepaties na my gestuur het."

Ayla maak haar oë 'n oomblik lank toe, probeer sin maak uit die waansin. Toe sy weer na Vivien kyk, lyk sy nog ouer as toe sy hier ingestap het. Dit help nie om verder te stry nie, Vivien sal net by haar storie hou. Al weet sy sekerlik ook Elizabeth Klarer se bewerings het opspraak verwek lank voor haar boek verskyn het. "Wat is veronderstel om Saterdag te gebeur?"

"O, die ruimtetuig kom. Uiteindelik. Ons gaan opvaar. Net sonder die kinders wat uiteraard nie meer opspoorbaar is nie en nooit bedoel was om saam te gaan nie. Die Pleiades-storie is natuurlik nonsens, ons gaan Meton toe. Ek en jou ouma verdien albei nog 'n kans. Op Meton gaan ons die ouderdom fnuik en die kans op 'n nuwe begin aangryp. Sy sal daar van haar demensie genees word."

"Jy glo dit regtig?"

"Dis hoe dit is."

"En hoe weet julle dit? Dat die tuig kom?"

"Die sonsverduistering. En Nimue het met al die nuwe antennas boodskappe opgevang. Hoe nader hulle kom, hoe duideliker raak dit."

Niks gaan Vivien van die teendeel oortuig nie. Dit kan sy sien aan die amper koorsige uitdrukking in haar ma se oë. "Vivien, al kom daar werklik 'n ruimtetuig, jy en Emsie gaan nie saam nie. Nimue gaan julle agterlaat."

Vivien sug. "Nogal ironies dat jy jou ouma se lyf gekry het en Nimue haar geaardheid. Maar gelukkig weet ek dit. Moenie oor my en my ma bekommerd wees nie. Ayling en Akon sal vir ons sorg. Ons is die eintlike rede waarom hulle hierheen kom. Ons geduld word uiteindelik beloon."

"Wie is Nimue se pa?" probeer sy deurdring tot iets wat minder fantasmagories is, al verwag sy die geykte antwoord.

"Dis een van die goed waaroor ek gelieg het. Ná jou geboorte was daar vir meer as vier jaar lank net een man in my lewe. Johan Hurter. Daar was ook geen ander voorval soos met jou nie. Ek wou nie hê Nimue moet afgeskeep voel nie, toe sê ek maar Ayling is haar pa ook. Dit kon egter net Johan gewees het. Sonder twyfel."

Vivien klop teen die buitedeur. "Soekie, ons het klaar gepraat."

Dis egter Kleinjim wat by 'n binnedeur vanuit 'n ander vertrek inkom en die skokstok oorneem.

"Miskien sien ek jou nog eendag op Meton, Ayla. Miskien kom haal jou pa jou wanneer jy eers ons geskiedenis hier opgeteken het." Met 'n lig van die hand, stap Vivien moeisaam by die deur uit. Asof sy negentig pleks van sewentig is.

Dis die laaste keer wat sy haar ma sien. Ayla weet nie hoe sy dit weet nie. Sy weet net.

"Kom." Kleinjim kry haar ru aan die arm beet, lei haar in 'n kort gang af na 'n tweede vertrek in die ruim rondawel. 'n Slaapkamer, baie gerieflik gemeubileer. Dit lyk te goed om waar te wees.

Dit is ook, besef sy toe hy 'n gemakstoel wegskuif en 'n valdeur blootlê.

Sewe en dertig

Akkedisberge
Ayla

Sy vryf haar polse waar die kabelbinders in haar vel ingevreet het. Gelukkig moes Kleinjim dit lossny sodat sy met die touleer kon afklim. Darem een met breë sporte, wat weer opgetrek is toe sy onder gekom het.

Die enigste aanduiding dat die kelder as kraamkamer gebruik is, is 'n hoë hospitaalbed en 'n heuphoogte kas met 'n vlekvryestaalblad. Miskien die sterk lig reg bokant die bed ook.

Daar is geen ander toerusting nie. 'n Sementbankie teen 'n muur ingebou, is die enigste sitplek benewens die bed met net 'n kombers op. 'n Wasbak, ook van vlekvryestaal, met 'n kraan daarbo verskaf dieselfde roeskleurige water as in haar rondawel.

Is dit hoe die kelder van die pieringhuis in Melodie desjare ook gelyk het? Vir hoe lank het haar ouma en ma destyds al ongewenste babas in die lewe help bring om te verkoop? Aborsies uitgevoer?

Twee deure lei uit die keldervertrek. Agter een deur is daar 'n toilet en 'n stort. Die ander een is gesluit. Waarheen dit lei, kan sy nie raai nie.

Dit moet ook hier wees waar Antonie de Wet en seker van die ander in afsondering gehou is tot hulle wil gebreek is. Hier waar Tiaan Nel verhonger het. Kon sy wil nie gebreek word nie? Het hy eerder gesterf as om te doen wat hulle hom wou dwing om te doen? Hy het geweier om by Shelley voort te plant, gesê sy is te jonk, het Diana gesê. Soos Antonie aanvanklik geweier het met Sterretjie.

Ayla maak haar oë toe. Bababoere, het Vivien hulle genoem. Sy maak die toilet net betyds. Met net die toebroodjie en 'n bietjie tee in haar maag, is dit gou verby, maar haar lyf bly kokhals.

Sy was haar gesig en spoel haar mond uit toe die sametrekkings van haar maag uiteindelik bedaar.

Terug in die kamer, gaan staan sy en hou haar kop skeef. Sy kan sweer sy het 'n dowwe klopgeluid gehoor.

Sy kyk op. Die valdeur bly toe.

Haar oë dwaal na die ander deur en sy stap nader. Die klopgeluid raak beter hoorbaar.

Sy klop in antwoord. "Hallo? Wie is daar?"

Geen antwoord nie, net nog 'n klop of dalk eerder 'n stamp.

Die sleutelgat is sonder sleutel. Sy probeer daardeur loer, maar dis donker aan die ander kant.

Sy hou haar lippe by die sleutelgat. "Wie is daar?" vra sy so hard as wat sy durf waag en hou haar oor by die gat.

Net 'n kreungeluid is hoorbaar, maar sy kan sweer dis 'n manstem. Strach s'n?

Bientangsbaai
Jojo

Die manier waarop Joachim die rooster met foelie bedek en toe die geskropte patats ook in foelie toevou, laat haar onwillekeurig dink aan die Houghs en Jimmy Andersson wat gereed gemaak het om die aand by hulle woonwa saam te kuier en toe net nooit weer gesien is nie.

En ná meer as twee dekades is Soekie Hough volgens Irene

nou iemand wat mense met pyl en boog skiet. Hoe verstaan mens dit?

Net so min soos Irene se versoek. Hoe op aarde dink Irene kan sy Diana uit daardie nes kry as Irene self nie eens daarin kon slaag nie?

Noudat sy weer Joachim se arms om haar gevoel en kalmeer het, besef sy van nuuts af hoe verregaande Irene se versoek is. Wil Irene regtig hê sy moet gevaar loop om ook met 'n pyl deurboor te word?

Dis sal kranksinnig wees om alleen IPIN toe te gaan.

"Ek is bietjie bekommerd oor jou veiligheid hier." Joachim kom staan voor haar. "Daar was onlangs 'n inbraak nie te ver hiervandaan nie." Hy haal iets toegedraai in 'n sagte lap uit die binnesak van sy baadjie. "Valk het op 'n keer gesê jy is 'n goeie skut. Ek gaan my pistool hier by jou los. Net vir die wis en die onwis. Daar is 'n kluisie in die ingeboude klerekas. Jy kan dit daar bêre wanneer jy teruggaan. Ek sal dit weer daar kry. Maar dan het jy intussen darem iets om jou te verdedig as ..." Hy skud sy kop. "Ek wil nie eens daaraan dink nie, maar dit sal my laat beter voel as jy jou ten minste kan verdedig."

"Ons sal albei in groot moeilikheid wees as ek dit wel moet gebruik."

"Ek weet, maar eerder dit as dat jy jou nie kan verdedig nie. Kom ek gaan wys jou waar die kluisie is en dan bêre ons die ding. Maar van môre af sorg jy dat jy dit veral saans byderhand hou, oukei?"

Die pistool pas net mooi in die piepklein kluisie. Jojo sluit dit en hang die sleutel op by haar motorsleutels terwyl Joachim 'n bottel vonkelwyn uit die yskas haal.

"Sal ek dit beskaafd laat uitfloep of dit op die lekker manier doen en die prop laat uitskiet?" vra Joachim toe hulle op die stoep kom.

"Wie wil nou beskaafd wees?" grinnik Jojo.

"Ek stem." Die prop vlieg tot anderkant die grasperkie in die bedding fynboslelies.

Joachim gee haar glas aan en hou syne na haar toe uit om te klink. "Ek hoop dis 'n lieflike jaar wat voorlê, Jojo. Een waarin ons mekaar veel, veel beter gaan leer ken en dikwels saam-kuier."

Tjing-tjing. Die geluid van glas teen glas smelt saam met die geknetter van die vlamme in die braaiplek. In die bome kweel voëls. Êrens blaf 'n hond. Sy kan die see ruik. Perfek. Dis wat hierdie aand is. Sy moet net nie verder dink as hier en nou nie.

"Jojo?"

Sy kyk op na Joachim wat 'n toegedraaide pakkie na haar uithou.

"Dit was nie nodig nie."

"Natuurlik is dit. Mens verjaar net een keer 'n jaar."

Die parfuum is duur, kan sy aan die fênsie bottel sien toe sy die papier af het, maar sy ken dit nie. Duur parfuum het nog nooit in haar begroting geval nie.

"Ek het vir die vrou beskryf hoe jy lyk en hoe jou geaard-heid is en toe het sy hierdie een gekies. Dit het vir my lekker geruik. Ek hoop jy hou daarvan."

Jojo spuit 'n spoegseltjie aan haar polse. "Dis heerlik," kan sy gelukkig in alle opregtheid sê.

"En dié is nie 'n verjaardaggeskenk nie." Hy haal 'n bitter klein boksie uit sy baadjie se sak. "Jy het drie weke om na te dink of jy dit wil dra."

'n Klip sak tot onder in haar maag. "Joachim ..."

"Of eintlik kan jy dink so lank as wat jy wil. Die dag wan-neer jy dit dra of vir my gee om aan te sit sal jy my die geluk-kigste man op aarde maak, maar as jy nie kans sien nie, sal ek verstaan. Maak ten minste oop toe?"

Jojo huiwer 'n oomblik, maar druk dan tog die dekseltjie oop. Dis die bontste knoets van 'n ring wat sy nog in haar lewe gesien het. Pers, blou, rooi en groen steentjies met tussenin die flikkering van diamantjies.

"Dit het my aan jou laat dink. Kleurvol en lewendig."

"Joachim, dis verskriklik kitsch."

Sy adamsappel wip op en weer af.

"En dis vir my ook die heel, heel mooiste ring in die hele wêreld."

"Regtig? Ek dag jy sê dis kitsch?"

"Dit is. En juis daarom is dit perfek. Vir my." Sy kyk op.

"Maar as dit 'n verloofring is, kan ek dit nie dra nie. Nog nie."

"Dit is. En soos ek gesê het, jy kan self besluit wanneer jy reg is daarvoor."

Jojo staan op haar tone en slaan haar arms om sy nek. "Jy, Joachim Weyers, is 'n wonderwerk."

Akkedisberge
Ayla

Wie ook al daar is, sy kan nie enige woorde aan die ander kant van die deur uitmaak nie. Dit klink eerder soos steungeluide. Sy het nou elke laai en hoekie en oppervlak deurgesoek vir 'n sleutel of iets om die deur mee te probeer oopmaak, maar daar is niks. Dit verras haar nie, maar dit frustreer haar eindeloos.

Die enigste voordeel is dat haar soektog haar aandag afgetrek het van die gegrom van haar maag. Uiteindelik moet sy egter tou opgooi.

Sy gaan lê op die bed, trek die kombers oor haar, krul haar op. Probeer die angs in haar onderdruk. Dit troos allermins om te weet daar is nog iemand in skynbaar ellendiger omstandighede as sy. As dit Strach is, beteken dit dat selfs 'n groot, sterk man soos hy nie daarin kon slaag om hier uit te kom nie. Sy mag egter nie toelaat dat paniek weer die oorhand kry nie. Sy mag nie weer knak onder die spanning nie. Kyk waar het dit haar laat beland. Of sou sy in elk geval uiteindelik hier beland het?

Haar hele lewe lank het sy haar probeer isoleer. Van haar familie, van mense, van die lewe. Wel, hier is sy nou in perfekte isolasie. Net die mense wat haar aanhou, weet waar sy is. En wie aan die buitekant gee werklik om? Daar is nie 'n familielid of 'n vriendin of enigiemand wat regtig deur haar afwesigheid geraak word nie. Dalk Jojo – iemand wat sy skaars 'n week ken. En dis waarop sy haar kan beroem ná twee en veertig jaar. Hoe kon sy so kortsigtig gewees het? So weggekruip het vir alles wat eintlik die lewe die moeite werd maak?

Kan 'n mens ruilhandel aangaan met wie ook al aan die stuur van hierdie planeet is?

Ek sal nooit weer oor my heupe kla nie en ophou skaam wees daaroor, as ek net hier kan uitkom. Ek sal elke dag aangryp en die meeste daarvan maak. Ek sal goed wees vir ander mense. Só probeer om Nimue se boosheid uit te kanselleer. Nee, probeer vergoed, want dis te boos om uitgekanselleer te kan word.

Hoe voel dit om dood te gaan? Gaan die hongerpyne ooit weg of bly dit tot die einde daar soos iets wat aan jou binneste vreet?

Sou hier ooit enige ventilasie wees? spring 'n nuwe vrees na die voorgrond. Moet wees. Soekie moes maande lank hier gebly het voor Sterretjie gebore is. Tiaan is dood aan verhongering, nie versmoring nie. Sy is te moeg en te honger en te platgeslaan om te kyk vir ventilasiegate.

Slaap sluk haar vir kort periodes in asof siel en liggaam ook net so lank soveel spanning kan hanteer. Elke keer as sy egter weer bewus word van haar omgewing, raak sy meer beangs. En elke keer kry sy kouer. Voel sy die honger sterker knaag. Amper nog sterker as vrees.

Toe sy vir die soveelste keer wakker word en haar oë oopmaak, is dit stikdonker. Die lig word dus van elders af beheer. Soos alles in hierdie verengde bestaan wat net tot haar dood kan lei. En die dood van die man aan die ander kant van die deur.

Agt en dertig

Dit was moeilik om afskeid te neem ná hulle wonderlike tyd-
jie gisteraand en veral die nag wat hulle ook saam deurge-
bring het, maar toe sy Joachim se motor agternakyk, weet Jojo
dit dien geen doel om langer te bly nie.

Nie met Joachim in Amerika en Valk wat haar vir alle prak-
tiese doeleindes weggejaag het nie. Haar planne is op. Sy sal
bly om te sien of daar wel iets môre gebeur, of sy uiteindelik
iets van Ayla hoor, maar Sondag wil sy teruggaan huis toe.

Jojo gaan sit voor die rekenaar. Eers toe sy agterkom daar
is geen vlugte voor Dinsdag beskikbaar nie, onthou sy Ayla
het dieselfde probleem gehad. Die ellendige langnaweek. Selfs
Port Elizabeth, Durban en George om is alle vlugte vol.

Uiteindelik bespreek sy maar 'n vlug vir Dinsdag en betaal
grimmig met haar kredietkaart. Boonop sal sy 'n pendeldiens
of iets moet kry om haar lughawe toe te neem.

Nog 'n paar duisend rand dieper in die rooi en geen mens
weet wanneer en of Irene haar gaan betaal nie.

424   UIT DIE BLOUTE

Uit die mag van die gewoonte klik sy op Netwerk24. Hoekom sy nog elke dag bodder om te kyk wat nuus is, weet geen mens nie. Sy het gister oorgeslaan en die wêreld het nie vergaan nie. Sy kan gerus minder gesteld wees om op hoogte van sake te bly. Dit maak mens in elk geval net neerslagtig.

Sy laat rol die muis sonder geesdrif oor die opskrifte. Politiek. Brande. 'n Plaasmoord. 'n Verkragtingsaak uitgestel. 'n Man wat in 'n hospitaal vermoor is. Waterskaarste in die Kaap. Gru-ongeluk eis ...

Jojo frons en gaan terug na die moord in die hospitaal. Sy herken die naam van die slagoffer dadelik. Die berig is al gister geplaas, sien sy toe sy op die skakel klik.

Verskeie getuies, pasiënte in dieselfde saal, het gesien hoe 'n swanger vrou ingestap kom, 'n vleismes uit haar handsak haal en 'n medepasiënt, Albertus Visagie, etlike male in sy bolyf steek.

"Hy wou my kind verkoop!" het sy gegil toe sy by die saal uitgestap het.

'n Noodoperasie is op Visagie uitgevoer, maar hy het aan sy wonde beswyk.

Monica Walters is kort daarna in hegtenis geneem.

Visagie sou die dag van sy dood ontslaan word, nadat Walters hom tien dae gelede ook 'n meswond toegedien het.

Jojo voel soos 'n luis toe sy besef die eerste ding waaraan sy dink, is dat Ayla ten minste nou van die vent ontslae is.

Akkedisberge
Ayla

Eers toe die lig aangaan, kry Ayla weer begrip van tyd. Haar polshorlosie sê dis tienuur. Dit kan seker ook tienuur in die aand wees, maar dis waarskynlik oggend.

Haar maag voel soos 'n halfgevulde ballon nadat sy water gedrink het om die knaagdier wat in haar buik tuisgaan te probeer versadig.

Aan die ander kant van die deur is daar nou net stilte. Selfs haar geklop ontlok geen geluid nie.

Sy doen halfhartig 'n paar oefeninge, maar raak te lighoofdig om lank daarmee vol te hou.

Minute sleep verby, word angsgevulde ure.

Sy moes weer ingesluimer het, want sy skrik wakker van 'n skuifgeluid êrens bokant haar. Die valdeur gaan oop. Diana loer in, die skokstok voor haar uitgestrek.

"In die hoek."

Ayla gehoorsaam op wankelrige bene.

Diana laat sak die leer. Kleinjim se gesig verskyn in die gat van die valdeur. Hy hou sy oë op Ayla terwyl Diana afklim.

Ayla wil in trane uitbars toe sy sien hy gee vir Diana twee appels aan, maar sy hou haar gesig stoïsyns.

"Vang." 'n Appel trek deur die lug.

Sy vang mis en die appel rol onder die bed in. Diana skop dit in haar rigting. Ayla se selfbeheer gee mee en sy skarrel agter die vrug aan. Vat 'n hap sonder om eens daaraan te dink om die stof af te vee, laat staan dit onder die kraan af te was.

Ayla kou stadig, met haar oë toe. Toe sy haar oë weer oopmaak, hou Diana 'n sleutel in die lug. Sy kan net daarna staar.

"Dis vir die babakamer." Sy beduie met haar kop in die rigting van die deur waaragter Ayla die klopgeluide gehoor het. "Jy kan self besluit of jy die deur wil oopsluit en jou tweede appel met Strach wil deel, of dit vir jouself wil hou. Maar eers as ek uit is."

Dan is dit Strach. Het hy geweier om voort te plant? Maar hoe het hy in hierdie situasie beland?

Diana sit die sleutel en die tweede appel op die vlekvryestaaltoonbank neer. "En net om die besluit makliker te maak: Twee appels is al wat jy vandag te ete gaan kry of jy deel of nie."

"Geniet jy dit?" Dit kom skor uit.

"Wat?"

"Om mense voor jou oë te sien verhonger. Om totale beheer uit te oefen. Om my voor 'n keuse te stel wat gaan beslis of ek menslik is in die sin dat ek mededoë met ander het, of menslik is in die sin dat 'n mens eerder na jouself omsien selfs ten koste van ander."

"Geniet? Nee. Dit sal egter wel vir my interessant wees om te sien watter soort menslikheid jy gaan kies."

"Wat sou jy gekies het?"

"Kom ons stel dit so: Strach is al van Maandag af sonder kos en vandat jy hier onder is ook sonder water. Gaan een appel enige verskil maak aan sy lot?"

"Eintlik is die vraag of dit enige verskil gaan maak of ek een of twee appels eet. Môre is my laaste dag, is dit nie?"

"Selfs al sou dit wees, sal jy ten minste beter voel op jou laaste dag. Maar nee, ek is seker jy sal 'n plan kan maak om hier uit te kom nadat ons vertrek het. Die polisie sal waarskynlik een of ander tyd weer hier kom rondsnuffel, dus behoort jy dit te oorleef as hulle ordentlik soek. Dis net 'n kwessie van hoe lank jy sal kan uithou en jy het ten minste water. Ek verstaan mens kan hoogstens 'n week daarsonder oorleef, maar langer as drie weke sonder kos."

Durf sy hoop Diana praat die waarheid? "Hoe lank was Tiaan sonder kos voor hy dood is?"

"Dit was sy eie skuld. Ons het vir hom nou en dan iets gegee om te eet, maar hy het geweier om sy mond daaraan te sit. Seker gedink hy kan ons só beheer. Ons só van besluit kan laat verander."

"Waarom is hy gestraf?"

"Dis nie straf nie. Ons moes hom net oorreed om te doen wat die beste is vir ons doelstelling."

"En dit was?"

"Hy moes Shelley bevrug."

"'n Kind van dertien?"

"Amper veertien. Sy het al op twaalf begin menstrueer. Ons het haar meer as 'n jaar gegun. Ek en Nimue het gevoel ons het ons plig gedoen wat betref kinders kry. Soekie was oor haar vrugbaarste tyd en Kimberley het pas geboorte geskenk. 'n Moeilike geboorte wat haar gesondheid geknou het. Shelley was die beste opsie."

Ayla voel die naarheid weer in haar opstoot. "En toe weier Tiaan. Sterf eerder as wat hy 'n kind verkrag."

"As hulle albei net gewillig was, sou dit nie verkragting gewees het nie. Maar Shelley het blou moord geskree as hy net naby haar kom. Sy en Kimberley het ons baie moeilikheid gegee. Ons moes ook die heel bleddie tyd Engels met hulle praat, wat ons almal irriteer het. En sowat van veeleisend! Niks was goed of het gedeug nie. En dit nadat hulle vrywillig by ons aangesluit het. Die geld het nou wel baie handig te pas gekom, maar om met hulle opgeskeep te sit was 'n hoë prys om te betaal."

"Dis nou die geld wat sy uit haar egskeiding gekry het."

"Ja, en amper het sy van plan verander voor die egskeiding deur was."

"Is dit hoekom een van julle die handtekening op die egskeidingsdokument moes vervals?"

"Dit was die enigste oplossing. Sy het in trane uitgebars toe die balju daar by haar meenthuis aankom en wou nie teken nie. Dit het tot haar begin deurdring dat haar dae van gemaksug getel is. Dat ons hier doelgerig is en sy haar kant sou moes bring. Gelukkig was Nimue daar om 'n oog oor haar te hou en het toe maar gemaak asof sy Kimberley is. Sy het al by 'n vorige geleentheid haar handtekening nagemaak. Toe Kimberley nie wou geld trek wat ons nodig gehad het nie."

"Lyk hulle dan na mekaar?"

"Nie juis nie, maar Nimue is net 'n bietjie langer as wat Kimberley was, albei blond, blou oë. As jy een blondine gesien het, het jy almal gesien. En jy weet hoe lyk ID-foto's."

"Waarom het Kimberley die pyle by Strach gaan steel?"

"Dit was haar toets, al het sy dit nie besef nie. Ook maar goed ons het Shelley hier gehou toe sy na Strach se plek toe is, want dit was 'n toets wat sy uiteindelik gedop het."

"Hoe so?"

"Sy het twee dae later saam met Shelley probeer wegkom. Sy moes die dag toe sy die pyle gaan haal het êrens 'n spaarsleutel laat maak het vir die paneelwa en het deur die hek probeer jaag. Nie besef hoe sterk die hek is nie, al lyk dit verroes. Toe sy nie daarin kon slaag nie, was sy histeries. Gesê Strach sal hulle kom soek. Na 'n bietjie van Nimue se oorredingstaktieke het sy erken sy was op pad om hom te ontmoet en gesê waar sy hom sou kry. Die paneelwa het sleg gelyk, maar kon darem nog ry.

Nimue is na die ontmoetingsplek en sowaar, daar het Strach op die strand gesit en wag – seker twee, drie ure nadat Kimberley veronderstel was om daar te wees. Toe weet sy hy weet nie waar om te soek nie. Daaroor het Kimberley gelieg."

"Waar is Kimberley en Shelley nou?"

"Ons kon hulle nie weer vertrou nie. Gaan staan in die hoek."

Ayla retireer tot sy die muur teen haar rug voel.

"Kleinjim!" roep Diana. Die bleek, uitdrukkinglose gesig verskyn in die oop luik.

Diana klim boontoe. Die leer word opgetrek en die valdeur klap weer agter haar toe.

Bientangsbaai
Jojo

Sy hou Netwerk24 met 'n arendsoog dop. Daar moet darem sekerlik vandag 'n opvolgberig op gister s'n wees. Koerante sal nie so 'n sappige stukkie nuus laat verbygaan nie.

Jojo het pas vir haar nog 'n koppie koffie gemaak toe haar voorspelling bewaarheid word.

Ek wou net my kind beskerm, is die opskrif. Jojo lees twee maal deur die berig voor sy terugsit en probeer verwerk wat daar staan.

Alhoewel Monica Walters se regte aan haar voorgehou is, het sy sonder skroom erken sy het Albertus Visagie in 'n woedebui doodgesteek nadat sy 'n oproep van 'n onbekende vrou ontvang het. Volgens die vrou het Bertie laat blyk Monica sal bereid wees om haar ongewenste kind aan 'n ouerlose egpaar te verkoop. Die vrou het gesê sy het die verkoop van Bertie se vorige buite-egtelike kinders ook hanteer en wou weet wanneer Monica se baba verwag word sodat reëlings getref kan word aangesien 'n geskikte ouerpaar reeds geïdentifiseer is.

Monica het vir die vrou geskree haar kind is nie ongewens nie. Sy erken sy het die vleismes gegryp, na die hospitaal toe gery en Visagie daarmee gesteek sonder om eens vrae te vra.

Jojo skud haar kop. Soms wonder sy of die mensdom

nie net een eindelose sepie is nie. En die span skrywers wat die storielyne bedink, is seker van die verbeeldingrykstes en ook gevoelloosstes wat daar is. Of dalk is die aarde regtig 'n strafkolonie, bevolk deur die misdadige bewoners van 'n verre planeet.

'n SMS onderbreek haar gedagtes. Valk.

Ayla se foon het gisteroggend êrens naby Struisbaai van 'n toring af gepieng. Struisbaai-polisie reeds op die uitkyk vir haar. Sal in kennis gestel word sodra foon weer aangeskakel word. Hoop jy het nou rus vir jou siel.

Jojo staar fronsend na Valk se woorde. Rus vir haar siel? Allesbehalwe. Hy moet sekerlik ook wonder wat op aarde Ayla op Struisbaai sal maak? Of aanvaar hy bloot sy het daar gaan wegkruip? *Dankie, Valk,* tik sy en stuur. Sy verwag nie 'n antwoord nie en kry dit ook nie.

Ná 'n oomblik van huiwering bel sy Sjerien en vra of Ayla weer in kontak was.

"Nog nie, Mevrou."

"Luister, Sjerientjie, ek soek dringend 'n foto van haar. 'n Duidelike een. Jy het nie dalk een êrens op julle stelsel nie?"

"Net die een wat op haar ou webwerf was. Sy het dit afgehaal toe 'n man haar gebel en gevra het vir 'n date. Mens kry mos crazies ..."

"Stuur dit asseblief vir my?" knip Jojo haar kort. "So gou moontlik. Dis regtig baie dringend." Jojo gee haar e-posadres.

Sy drink haar koffie klaar en google 'n paar goed voor die foto deurkom. Dank die gode, dis 'n duidelike een. Nou moet sy net hoop en bid die twee susters trek nie te sterk op mekaar nie. En sy sal nie weet nie, want sy het Nimue nog nooit gesien behalwe op die foto waar sy veertien jaar oud was nie.

Ná 'n oomblik se huiwering besluit sy finaal. Sy was nog nooit op Struisbaai nie. Google Maps beweer dis net 'n uur en 'n half se ry. 'n Bietjie sightseeing het niemand nog ooit skade gedoen nie.

Akkedisberge
Ayla

Die reuk van urine en ou sweet slaan in haar neus op toe sy die deur oopstoot. Sy moet haar oë knip om te kan uitmaak wat in die donker vertrek aangaan. Die lig van die kraamkamer skyn net 'n entjie in.

Toe haar oë eers daaraan gewoond is, herken Ayla skaars die man wat op die vloer sit, sy gewrigte bo skouerhoogte aan 'n bababed vasgemaak asof hy gekruisig is. 'n Muilband is styfgetrek om sy mond. Hy moes die bababed saam met hom gesleep het om teen die deur te kon skop.

Strach is bleek en lyk uitgemergel agter die baardstoppels. Sy oë lyk koorsig.

Ayla haal heel eerste die muilband af.

"Dors," kom dit skor.

Sy draf wasbak toe, spoel die lap vinnig uit voor sy dit deurweek en met 'n bakhand onder die bondel om die druppels op te vang, na hom toe neem. Hy buig sy kop agteroor en maak sy mond oop sodat sy die water kan laat indrup. Sy wring die lap so ver as moontlik uit en gaan deurweek dit weer om die proses te herhaal.

"Dankie," sê hy ná die soveelste keer in 'n sterker stem.

"Hier is niks om die kabelbinders mee deur te sny nie." Sy hou die appel voor sy mond en help hom om 'n stuk daaruit te byt.

Hy kou met toe oë. Hap nog twee keer voor hy sy kop skud. "Nou-nou weer. Die dag is nog lank."

Dit moet ysere wilskrag verg, besef sy. Hy het waarskynlik Sondagaand laas geëet.

Hy maak sy oë oop. "Is jy oukei? Ek bedoel, ek weet jy is nie, maar het hulle jou seergemaak of iets?"

"Net een keer 'n klap gekry dat ek sterre sien en het twee keer vyftig duisend volts deur my voel trek, maar dis al. En jy?"

"'n Paar keer meer met die skokstok kennis gemaak, maar ek is nie geklap nie. Kan ek nog water kry, asseblief?"

"Natuurlik." Sy bring weer vir hom die deurdrenkte lap, herhaal die prosedure en gee vir hom nog 'n happie van die appel.

"Dankie. Jy is 'n engel." Hy lek sy lippe af. "Ek moet hier loskom. As ek weer in my broek moet pie, gaan ek gek raak." Hy grynslag. "Skuus."

"Ek weet net nie hoe nie."

Hy sit 'n rukkie stil met sy oë toe asof hy sy kragte bymekaar probeer maak voor hy weer na haar kyk. "Ek hoop jy kan dalk die style van die bababed breek. Al is dit net my regterhand s'n. Daarna kan ek dalk self regkom. As jy die stortkop afdraai, kan jy daarmee teen die hout kap."

Ayla bekyk die vertikale houtplanke waarvan die bedjie gemaak is skepties. Dit lyk baie stewig. "Ons kan probeer."

Hy is aanvanklik in die kraamkamer aangehou, besef sy toe sy na die badkamer stap, dié dat hy weet van die stort. Dis hoekom hy volgens Diana toegang tot water gehad het tot Kleinjim haar hierheen gebring het.

Die stortkop is toe nie so maklik om af te draai nie. Eerstens omdat sy bokant haar kop moet werk, en tweedens omdat daar kalk rondom opgebou het.

In een stadium is haar arms en hande so lam dat sy wil moed opgee, maar uiteindelik gee iets mee. Sy gryp weer vas en draai met al haar krag, ruk gefrustreerd daaraan. Die volgende oomblik staan sy nie net met die stortkop in haar hande nie, maar ook die armpie bokant die kop wat by 'n roesplek morsaf gebreek het.

Dis 'n bedekte seën. Die pyp vorm 'n handvatsel en gee haar meer hefkrag toe sy begin kap aan die las waar die vertikale styl in die horisontale balkie inpas.

Haar skouerspiere brand teen die tyd dat die hout meegee en sy Strach kan help om sy regterhand los te kry. Dit neem hom skaars 'n minuut om reg te kry wat haar seker 'n kwartier geneem het.

Strach stap met wankelrige treë heel eerste badkamer toe en trek die deur agter hom toe.

Sy hoor die toilet 'n rukkie later spoel en toe 'n gespat van water.

Sonder die stortkop en die armpie moet dit seker 'n gesukkel afgee om te stort. En om skoon te kom sonder seep. En daar is nie 'n handdoek nie.

Ayla vou die kombers op en sit dit op die vloer by die deur neer. Dis nou belangriker dat Strach sy gevoel van menswaardigheid terugkry as om 'n droë kombers te hê.

Struisbaai
Jojo

Struisbaai is 'n regte vakansiedorp, sien Jojo terwyl sy straatop en straataf ry. En verstommend Afrikaans, kom sy agter toe sy vinnig 'n vissie met tjips by die hawe gaan eet.

Die kelnerin skud net haar kop toe Jojo vir haar Ayla se foto wys nadat sy betaal het. "Nee, Mevrou, ek kan nie onthou dat ek daardie mevrou al hier gesien het nie."

Jojo ry weer stadig in die hoofstraat op en trek by 'n winkelsentrumpie in. Niemand herken Ayla by die tuisnywerheid nie. Sy stap die supermark binne. Gelukkig is daar min mense. Die kassiere kyk een na die ander na die foto.

"Ek is nie seker nie, Mevrou," sê die tweede laaste een. "Maar dit lyk soos 'n mevrou wat so eergister se koers 'n paar goedjies hier kom koop het. Nie heeltemal nie, maar bietjie."

"Kan jy onthou hoe haar lyf gelyk het?"

Die kassier kyk haar snaaks aan. "Nou hoekom sal Mevrou dit vra?"

"Was sy maer?"

"Verbeel my sy het 'n paar groot boude gehad, met permissie gesê."

"Was sy vriendelik?"

"Nee. Sy was omgekrap oor die groente nie vars genoeg was nie, maar ons het juis gewag vir die vars goed wat voor die naweek moes inkom."

"Enigiets anders wat jy onthou?"

Sy skud haar kop. "Net dat sy gevra het waar sy 'n gasbottel kan koop. Het haar beduie na die hardewarewinkel hier om die blok."

Die kassier by die hardewarewinkel knik toe Jojo Ayla se foto wys. "Moet 'n ou foto wees, maar dit lyk nogal soos die vrou wat 'n gastenk kom koop het."

"Het sy met 'n kredietkaart betaal?"

Die kassier skud haar kop. "Kontant."

En kontant is onopspoorbaar. Jojo is op die punt om uit te stap toe sy vassteek en omdraai.

"Kan ek Mevrou help?"

Jojo kyk op na die verkoopsassistent. "Weet jy, ek onthou nou net. Ek het 'n hangslot wat ek nie kan oopkry nie. Die sleutel is weg. Is daar iets waarmee mens die ding kan oopbreek?"

"'n Bolt cutter is wat Mevrou nodig het."

Laat ons hoop Mevrou het dit nie nodig nie, dink Jojo, en volg die gawe jongman.

Nege en dertig

"Nou het jy niks om jou warm te hou nie." Strach het die kombers om hom gedraai.

"Jy kon nie daardie klere weer aantrek nie." Hulle het sy hemp, bokser en broek só probeer hang dat dit die vinnigste droog word, maar dit sal lank vat. Hy kon dit net met water uitspoel en daar hang steeds 'n ryperige reuk in die lug.

"Maar goed ek het nie kos gekry nie." Hy grinnik wrang. "Anders het ek nie net na pie en angssweet gestink nie."

Ayla gaan sit op die bed. Die matras is hard, maar ten minste nie so koud soos die sementbankie nie. "Het jy glad nie kos gekry nie?" vra sy toe hulle albei die laaste van hulle appels, klokhuis en al, geëet het.

"Een appel per dag terwyl ek hier was. Niks sedert ek na die sogenaamde babakamer toe geskuif is nie." Hy kom sit langs haar en draai hom skuins sodat hy na haar kyk.

Diana het dus gelieg, al tel 'n appel per dag amper nie as kos nie. "Hoe het jy hier beland?"

"Uit onnoselheid. Die hekwag het laat weet ene Ayla Hurter wil my sien. Ek het aanvaar dit moet een of ander krisis wees as jy my in die middernagtelike ure opsoek. Toe ek die deur oopmaak, het ek vlugtig gedink dis jy, maar toe die vroumens eers binne is waar daar meer lig is, het ek dadelik my fout agtergekom.

"Sy het gesê sy het haar vermom om soos jy te lyk omdat sy bang was ek laat haar nie toe om in te kom nie en sy soek dringend hulp. Sy vrees vir haar lewe, maar kon nie toelaat dat dinge só aangaan nie. Diana Krause het naamlik die kluts totaal en al kwytgeraak. Sy hou Kimberley en Shelley teen hulle wil en in gure omstandighede aan – reeds vandat Kimberley die afspraak met my gemaak het in 'n poging om van IPIN af weg te kom."

"Jy het haar geglo?"

"Miskien omdat sy op jou trek, al het sy al minder na jou gelyk hoe langer sy gepraat het. Miskien omdat my verstand toegeslaan het uit bekommernis oor Shelley. Miskien omdat sy geweet het van die afspraak.

"Nietemin, Nimue het gesê sy sal my help om Kimberley en Shelley te bevry sonder dat Diana agterkom, maar dan moet ons dit dadelik doen. Daar sal nie weer 'n kans wees om my in te smokkel nie en ek sal miskien 'n rukkie moet bly en wag vir die regte geleentheid. Dis waarom ek die e-pos moes skryf." Hy roer sy skouers. "Soos jy weet, het ek skuldgevoelens oor Shelley. Ek het ook gedink ek sal my naam op een of ander manier kan skoonkry by Valk Richter. En ek het boonop sleg gevoel oor Irene. Ná alles wat gebeur het, het ek seker net nie meer helder gedink nie en ewe onnosel ingestem.

"Nimue is badkamer toe net nadat ons in haar rondawel aangekom het. Toe daag daardie skarminkel met die lang wit hare en nog twee vroue op. Hulle het my hier in die kelder ingeboender, my selfoon afgevat. Ek het probeer uitkom, maar die luik was te hoog – selfs as ek op die bed staan – en in elk geval te stewig."

"Wie was die twee vroue?"

"Ek weet nie wat hulle name is nie, maar een was die rolskaatser wat ek op die kranspad teengekom het. Sy het bleek geraak toe sy my sien."

Soekie? Of Diana?

"'n Hele ruk daarna het Nimue ingeloer van daarbo af. Vir my gesê sy is jammer die ander het op my afgekom, maar ek moenie moed verloor nie. Sy sal 'n plan maak om my hier uit te kry. Met of sonder Kimberley en Shelley.

"Kort daarna het die skarminkel my aangesê om na die babakamer te gaan. Dis waar ek my eerste skok met die skokstok weg het. Hy het die deur gesluit. Gelukkig was die lig aan. Ek het geluide aan die ander kant van die deur gehoor. Ek het begin klop maar die skarminkel het gesê ek moet shut up of ek kom nooit weer daar uit nie. Daar was mense, omtrent 'n uur of langer, maar hulle was stil. Toe is daar weer geluide. Toe dit weer stil word, is die deur vir my oopgesluit en kon ek weer by water uitkom."

"Dit was seker toe die polisie hier was," raai Ayla. "Die enigste mense wat hulle hier teengekom het, was vir Nimue, my ma, ouma en Diana. Die res moes hier weggekruip het."

"As ek geweet het die polisie was hier, het ek my keel stukkend geskree, maar ek dink in elk geval die plek is redelik klankdig. Nietemin, nog 'n ewigheid later het Nimue kom sê sy probeer nog aan 'n plan dink, maar dis moeilik aangesien sy nou ook 'n gevangene hier is. Sy het ook gesê Kimberley en Shelley het ongelukkig die prys betaal vir ons poging om hulle te red.

"Ek het so stadigaan van my verstand af begin raak. Tred met tyd verloor. Al onderbreking ná Nimue se laaste besoek was die daaglikse appel wat ek gekry het. Sommer van bo af ondertoe gegooi. En toe kom die skarminkel en die rolskaatser en maak my in die sogenaamde babakamer aan die cot vas, muilband my en sluit my daar toe. Dis in daardie proses dat ek 'n hele paar keer duisende volts deur my lyf gekry het. Van toe af was daar ook geen water of lig nie."

Strach lig sy hand en vee oor haar hare. "En jy? Hoe het hulle jou hier gekry?"

Sy vertel hom van die ontvoering en ook alles wat dit voorafgegaan en daarna gebeur het.

Toe sy uiteindelik stilbly, skud hy sy kop. "Is Nimue jou erfgenaam?"

"Nee, sy kry net die geld wat ek vir haar belê het."

"Weet sy dit?"

"Teen dié tyd wel. Sy het my skootrekenaar. My testament is daarop."

"Wel, as ons nie lewend hier uitkom nie, erf wie ook al jou erfgename is alles wat ek het. En dis nogal baie."

Ayla kyk ontsteld na hom. "Hoe so?"

"Toe Nimue vir my kom sê het Kimberley en Shelley ..." Sy stem kraak. Hy maak sy keel skoon. "Sy het gevra of ek 'n geldige testament het. Net ingeval sy nie daarin slaag om my te red nie."

"Ek was al deurmekaar van die lang donker ure met 'n lig wat aan- en afgaan net wanneer hulle so voel. Die gebrek aan kos, die gedagte dat ek verantwoordelik is vir Kimberley en Shelley se dood ...

"Toe ek vir haar sê ek het ná die egskeiding en my peetkind se dood nie kind of kraai nie, het sy gesê ek wil sekerlik nie hê my geld moet na die regering gaan nie en voorgestel dat ek alles aan jou bemaak. Ek het gedink dit kan nie kwaad doen nie. Nie daaraan gedink sy aanvaar dalk sy erf by jou nie. Nou is ek net verlig dit gaan nie na haar toe nie."

Sy verligting is ongeldig, besef Ayla toe sy ineens begryp waarop Nimue in werklikheid so sekuur afstuur.

'n Geluid bokant hulle koppe laat hulle gelyk opkyk.

Dis Nimue wat met die leer afklim terwyl Kleinjim hulle eers dophou en, toe sy onder is, volg. Hy bly by die onderpunt van die leer staan. Albei hou skokstokke vas.

Ayla voel Strach se arm troostend om haar skouers vou.

Nimue gaan staan 'n ent weg van hulle, 'n honende glimlag om haar lippe. "Toe is julle 'n bietjie slimmer as wat ons gedink het. Nie gedink julle sal hom loskry nie. Ek het vir Diana gesê sy speel met vuur, maar sy hou van haar sielkundige speletjies en soms moet ek haar maar haar sin gee. Hier is min vermaak."

Dis nie net Diana wat van sielkundige speletjies hou nie. Nimue het waarskynlik self met die voorstel gekom en was seker teleurgesteld dat sy toe wel bereid was om haar kos te deel.

Nimue kyk na Strach en beduie met die skokstok in die rigting van die badkamer. "Soontoe. Ek wil alleen met my suster praat. En vat jou klere saam, die goed stink."

"Wat maak dit saak of ek hoor?"

"Niks nie, maar dit maak saak wat ek wil hê. En ek wil alleen met my suster praat. Toe, loop, of sy ontgeld dit." Sy mik die skokstok na Ayla toe.

Strach verstyf asof hy gereed maak om op te spring, maar Kleinjim moes dit gesien het, want hy beweeg nader.

"Dis oukei," sê Ayla sag al weet sy niks gaan ooit weer oukei wees nie.

Strach se lyf ontspan effens. "Ek sal gaan, maar een ding wil ek eers by jou weet. Hoe het jy dit bewimpel dat ek die vrou op die rolskaatse sien voor sy die regter geskiet het?"

Nimue grimlag. "Nadat ek jou op die strand vir Kimberley sien wag het, het ek jou van tyd tot tyd dopgehou. Ek het agtergekom jy draf elke Sondag om en by drieuur ewe getrou na daardie strand toe, kyk of jy iemand daar sien – Kimberley, neem ek aan – en draf dan verder. Jy maak jou draai op die blouvlagstrand, draf terug en kyk weer. Ek was uiteraard nie elke Sondag daar nie, maar genoeg kere om af te lei dit het jou vaste gewoonte geword. Dis die soort goed wat ek in my geheue wegbêre. Soms is dit nuttig, ander kere nie noodwendig nie.

"Toe Diana vir my kom sê die regter is terug op Bientangsbaai en gaan elke middag saam met sy klein slet na een van die strandjies naby die een waar jy Kimberley sou ontmoet het, het ek van jou gewoonte onthou. Aanvanklik wou ek nie ons hele missie in gevaar stel met die teregstelling van die regter nie, maar Diana was onwrikbaar: Voor ons Eumin toe gaan, moet die regter boet vir sy sondes.

"Ek het ingestem op twee voorwaardes: Dit moet drieuur op 'n Sondag gebeur en sy moet dit op rolskaatse met pyl en boog doen. Sy is immers die jaggodin. Buitendien, so iets sal baie meer aandag trek in die media en haar boodskap sal gehoor word tussen al die ander misdade deur.

"Maar eintlik het ek daarop gereken dat jy haar sal teenkom. Die kanse was skraal dat jy haar op heterdaad sou betrap, maar jy sou iemand op rolskaatse onthou en dit sou my pas as ek die swaard oor haar kop kon hou dat jy haar sal kan herken. Sy het te voortvarend geword. En ek wou hê sy moet pyl en boog gebruik sodat jy geïmpliseer kan word."

Strach knik. "Dus was dit 'n setup beide kante toe. Maar die pyle is meer as vier maande voor die moord gesteel. Jy kon dit nie toe al beplan het nie? Jy kon nie geweet het die regter gaan in Bientangsbaai kom vakansie hou nie."

"Nee, ek het nie aan die regter gedink toe ek Kimberley gestuur het om die pyle te steel nie. My hoofdoel was om te sien of jy intussen kodes en slotte verander het. Of Kimberley se sekuriteitskaart nog werk. Indien sy ongesiens by jou huis kon inkom, sou ek ook kon en dit sou my allerlei opsies gee. Ongelukkig het Kimberley die sekuriteitskaart vernietig in 'n powere poging om my te treiter. Gelukkig was Ayla gaaf genoeg om op te daag, wat my toegang gegee het toe dit nodig geword het."

Sy kyk na Ayla. "Jy het werklik my lewe vergemaklik, Ayls. In meer as een opsig. Dit sou baie moeiliker gewees het om jou te laat verdwyn as jy nie Bientangsbaai toe gekom het nie."

Om te dink sy het hierheen gekom omdat sy bekommerd was oor Nimue. Haar teen Diana wou waarsku.

Nimue kyk weer na Strach. "Verder was daar 'n praktiese oorweging. Die pyle waarmee Kimberley aanvanklik hier aangekom het, was al verweer en ek het geweet ons gaan een of ander tyd wapens nodig hê. Ek kan nie onbetroubare getuies bekostig vir die grand finale nie. Die Bonthuyse was net te naby. En ek glo nie in vuurwapens nie. Dis te naspoorbaar. Nuwe pyle – veral joune – sou dus gaaf wees. Soos jy kan agterkom, hou ek van twee of meer vlieë met een klap en dink ver vooruit.

"Toe Diana nou vir die soveelste keer kom kerm oor die regter, het ek 'n plan beraam wat my pas. En dis nou genoeg. Badkamer toe." Sy hou weer die skokstok nader aan Ayla.

Strach staan stadig op. Kleinjim staan nader.

Hy moet besef al kan hulle Nimue en Kleinjim oorweldig, wat reeds nie baie realisties is nie, is daar nog Diana en Soekie om mee rekening te hou en veral hulle bedrewenheid met pyl en boog.

Met 'n laaste, magtelose kyk in Ayla se rigting beweeg Strach na die badkamertjie toe.

"Vat jou klere en maak die deur agter jou toe."

Strach gehoorsaam.

Kleinjim stap tot by die deur, druk sy hand in sy broeksak, maar Ayla besef eers wat hy uit sy sak gehaal het nadat hy reeds die sleutel gedraai het.

Strach moes die geluid gehoor het want hy slaan teen die deur. Ayla kan hoor hy roep iets uit, maar dis dof.

"Boontoe," is al wat Nimue hoef te sê om Kleinjim uit te stuur.

Nimue kyk Ayla op en af toe die valdeur toegaan. "Die gesiggie lyk darem nie meer soos 'n gebakte poeding wat sleg gerys het nie, maar van daardie groot gat sal jy nooit ontslae raak nie."

"En as jy my lewe oorneem, jy ook nie. Want jy wil my nie net doodmaak en my geld vat nie, jy wil Ayla Hurter word. Waarskynlik sodat jou sondes jou nie inhaal nie."

Nimue grinnik net.

"Ongelukkig vir jou, sal jy vir die res van jou dae ook met my lyf moet saamleef. Elke dag van jou lewe 'n fat suit moet aantrek." Die gedagte verskaf Ayla wrange genoegdoening.

"Ek moes seker gedink het jy sal kan raai wat my plan is, slim Ayla. Al het jy die rede daarvoor verkeerd. En gelukkig kan 'Ayla' later geleidelik van haar vet gat ontslae raak."

"Dis nie vet waarvan jy ontslae kan raak nie. My sogenaamde 'vet gat' is geneties oorgeërf van ouma Marja af. Nes jy haar gebrek aan gewete geërf het."

"Jy kon dalk nie daarvan ontslae raak nie, maar ek kan wel. En as jy dink jy beledig my, dink weer. 'n Gewete baat 'n mens net so min soos 'n vet gat. Dit hou jou terug om jou volle potensiaal te bereik."

"En jou volle potensiaal wil jy vervul deur bekend te staan as Nimue, die vrou na wie die planeet Eumin vernoem is, al leef jy my lewe."

"A, jy het agtergekom."

"Jou grootheidswaan is so enorm, dit verstom my eintlik dat jy jou naam agterstevoor gespel het en nie net die planeet Nimue genoem en klaargekry het nie. Maar die kersie op die koek is die bewoners van die planeet wat jy die Euminsi noem. 'Is Nimue' agterstevoor. Vivien het jou megalomanie gevoed, maar ek moet jou dit ter ere nagee, jy het dit vervolmaak."

"Eumin klink meer misterieus en sal op 'n internetsoektog dadelik na die regte webwerwe gaan. In 'n soektog na Nimue sou die hele Lady of the Lake, Merlin- en King Arthurding enige UFO-site oordonder het. Jy sien, die naam Nimue Hurter sal in die annale van internasionale UFO-geskiedenis opgeteken word as die vrou wat 'n geëvolueerde ras na 'n nuwe planeet geneem het. In vergelyking daarmee sal Elizabeth Klarer en haar eweknieë net aantekeninge in 'n kantlyn wees." Nimue se glimlaggie is nydig. "En jy sou 'n vergeetbare vet blob gebly het as ek nie besluit het om iets van jou naam te maak nie."

Sy wil liefs nie weet wat dit is nie. "Wat word van die res wanneer jy my lewe oorneem? Soekie, Diana, Kleinjim ..."

Nimue maak haar met 'n handgebaar stil. "Kom ons sê maar net, it was fun while it lasted. My doel is om op veertig ryk en vry en wêreldbekend te wees. Almal sal weet wie Nimue, dogter van Ayling en die heerseres van Eumin is. Kinders sal na my vernoem word. Jy en die res het my gehelp om daarin te slaag. Ek sal julle ewig dankbaar wees."

"Wat gaan jy doen sonder die PIN's en wagwoorde van my rekeninge?"

"Jou ontvangsdame pak al jou goedjies vir my in, as we speak. Alles wat in jou kantoor en kluis is. Ek is seker ek sal daar regkom, maar selfs al is alles nie daar nie, is die saak nie verlore nie. Jou huis het ek reeds in die mark gesit. Sodra dit verkoop is, sal die verhuisingsmense elke liewe ding inpak en by die plek van my keuse aflaai. Dit sal 'n rukkie duur voor ek alles in my besit het en deur alles kan gaan, maar êrens sal ek dit vind. Selfs jy kan nie elke liewe rekening se toegangs-inligting net memoriseer nie. Voorlopig het ek genoeg geld om my aan die gang te hou. En dan is daar ook die jackpot in die vorm van Strach se testament.

"Kan jy glo die man het die visie gehad om derduisende Naspers-aandele te koop toe dit nog net 'n paar rand gekos het? En hy het 'n slag geslaan met Sanlam ook. Ongelukkig was daardie geld verskans in sy huwelikskontrak. Kimberley het nie besef daardie geld is in 'n trust vir sy peetkind gesit nie, die onnosele vroumens."

"Jy was dus van die begin af agter Strach se geld ook aan? Dis hoekom die peetkind ongewens was?"

"Slimkind, jy. Maar die geld gaan maar net my lewe gerief-liker maak. Dis net 'n middel tot die hoofdoel."

"Jy het dus nog nooit werklik geglo 'n ruimteskip gaan julle kom haal nie?"

"Ook nie in die Tandmuis of die Paashaas nie. Ek was dalk naïef toe ek jonk was, maar by die End-of-Days-groep het ek alles geleer wat ek nodig gehad het. Die leier was my lover. Ons pillow talk het gegaan oor hoe om mense te laat glo wat jy wil hê hulle moet glo, en hoe om die meeste daarvan te maak. Ook op finansiële gebied."

"En toe pleeg jou lover selfmoord?"

"Hy wou sy vrou los en met my trou. Dit het my nie gepas nie. Veral nie toe hy wou gehad het ek moet my geld aan hom oorteken nie."

"Maar daar was 'n selfmoordbrief. Iets oor hoe sy dood ge-sien moet word as die een manier waarop hy hom volkome aan die Here kan gee?"

Nimue grinnik. "So goed soos jy klaarblyklik daarmee is om handskrifte te ontleed, so goed is ek met handskrifte na-maak. Ek het reeds jou handtekening ook vervolmaak. Nie eens jy sal nie die verskil kan sien nie."

Dis asof Nimue dit geniet om haar te skok. Hoe is dit moontlik dat sy nooit die ware Nimue agter die masker ge-sien het nie? Sy wat veronderstel is om mense so goed te kan interpreteer. "Jy sal nietemin dalk 'n miljoen rand van my geld moet afstaan. Daar is 'n hofsaak wat vir jou wag." Ayla sou kon lekkerkry as dit nie beteken het dat sy teen daardie tyd nie meer die ondermaanse sal bewandel nie.

"Ja, Sjerien het so iets genoem, maar dis uitgesorteer."

Ayla frons. "Hoe?"

"Visagie is dood. Sy liewe Monica kon nie die gedagte verduur dat hy haar kind wou verkoop nie. Sy gaan lank agter die tralies sit."

Ayla kyk haar verward aan.

"Die vrou het net 'n hupstoot nodig gehad om klaar te maak wat sy begin het. Een oproep van 'n gesteelde pay-as-you-go-foon is al wat nodig was. Wispelturige, aggressiewe mense is maklik om te manipuleer – tree amper meer voorspelbaar op as ewewigtige mense. Jy moet net die regte knoppies druk."

Ironies dat sy juis hierheen gekom het omdat Monica en Visagie haar kommer oor Nimue laat toeneem het. Dis verby ironies dat haar kommer oor Nimue dit soveel makliker vir Nimue gemaak het om Ayla Hurter se lewe oor te neem.

"En nou, my liewe suster, moet ek eers gaan rus. Ek moet môre vars wees wanneer ek 'n ruimtetuig laat land." Nimue klim halfpad met die leer op en tik met die skokstok teen die valdeur. Kleinjim wag tot sy uit is voor hy afklim.

"Babakamer."

"Ekskuus?"

"Babakamer. Gaan in." Hy hou die skokstok dreigend in haar rigting.

Ayla kyk op na die oop luik bo. Nimue waai vir haar – 'n triomfantlike glimlag om haar lippe, gif in haar oë. Al val sy nou op haar knieë neer en begin pleit, sal Nimue haar net daarin verlekker. Al waarop sy en Strach in hierdie stadium kan hoop, is hulp van buite. En die kanse daarop is nul.

"Kan ek iets kry waarin ek kan water saamvat?" vra sy vir Kleinjim.

Hy kyk boontoe.

Nimue skud haar kop. "Maar sy kan vir oulaas drink."

Ayla drink by die vlekvryestaalwasbak se kraan tot sy nie

meer kan nie, maak die lap waarmee Strach gemuilband was so nat as moontlik en hou dit in albei hande vas.

Kleinjim kry haar aan die arm beet en stoot haar die onwelriekende donkerte binne. Sy het net genoeg tyd om te sien waar die stukkende bababed staan voor alle lig afgesluit word en sy die sleutel hoor draai.

Voel-voel en versigtig om nie haar kosbare nat lap te verloor nie, gaan sit sy op die koue sementvloer. Sy wag dat haar oë gewoond raak aan die donker, maar dit gebeur nie. Alles om haar bly net eenvoudig gitswart nag. Is dit hoe dit voel om dood te wees? Net die ondeurdringbare duister om jou?

Hoe lank sy só gesit het voor 'n pieperige straaltjie lig deur die sleutelgat sukkel, kan sy nie raai nie. Die lig langsaan moes af- en weer aangegaan het. Sy spits haar ore toe sy geluide aan die ander kant van die deur hoor. Ayla sukkel regop en begin aan die deur hamer al weet sy dis waarskynlik vergeefs.

Geen sleutel draai in die slot toe sy haar lam arms uiteindelik laat sak nie. Al wat sy hoor, is vreemde skaafgeluide. Sy probeer nog uitmaak wat sy hoor toe die sleutelgat donker word. Die skaafgeluide gaan egter voort.

Eers 'n ewigheid later besef sy waaraan die geluide haar herinner. Aan die tyd toe sy haar huis laat opknap het en een muur oorgepleister is. Die geluid van 'n messelaar aan die werk.

En ja, vaagweg, as 'n ondertoon tot die urine- en sweetreuk wat nog sterk hier hang, ruik sy ook nat sement.

Haar lappie wat al aan die uitdroog is, gaan haar net mooi niks help nie. Net die onafwendbare dalk met 'n uur, dalk enkele minute uitstel. Nou is daar werklik geen hoop meer nie. En wanneer hoop wegval, bly net gelatenheid en 'n gevoel van verlatenheid oor.

Veertig

Vandag is haar eerste tree op die trap wat van sestig af ondertoe loop tot by die einde van 'n mens se lewe, besef Jojo toe sy op die stoep sit met haar koffie en sigaret. En 'n mens weet nie eens hoeveel trappe daar is nie. Wat dalk goed is.

Sy is dankbaar sy het dit ten minste tot hier gemaak. Baie mense wat fikser is as sy en gesonder leef, byt in die stof nog voor hulle sestig haal. Sy is een van die gelukkiges.

Dis boonop 'n pragtige dag, dié dat sy sommer vroeg-vroeg opgestaan het. Aangesien die weerpatrone klaarblyklik 'n bietjie agting het vir haar toetrede tot ware ouderdom, kan sy dit netsowel geniet. Veral in hierdie plek waar seisoene binne minute kan verwissel.

Sy wens net Joachim was hier om dit met haar te deel. Wanneer sy in Gauteng sit, mis sy hom, maar hier waar alles haar aan hom herinner, verlang sy intens en aanhoudend. Miskien ook omdat hulle nou ... wel, nie meer net platoniese vriende is nie. En omdat sy vir hom eerlik kon sê wat sy van sy boeke dink. Dis darem twee weerstande wat uit die weg geruim is. Nou is dit net die verloofring waaroor sy baie mooi moet nadink. Nie dat sy iets teen 'n verlowing het nie, maar dis 'n belofte om te trou en net die gedagte aan trou laat haar keel toetrek.

Jojo staan op en skiet die res van haar koue koffie die bedding in. Nee wat, dit sal nie deug om hier te sit soos 'n verliefde swaap nie. Dis tyd dat sy iets daadwerkliks doen.

Die planne wat sy gisteraand ná 'n paar Comfortjies beraam het, klink nie meer so briljant soos toe nie, maar stilsit en wag tot Valk eendag sy oogklappe afhaal, kan sy nie meer nie.

Dis duidelik dat hulle nog nie 'n lasbrief vir IPIN gekry het nie en dis langnaweek. Dit sal waarskynlik nie voor Dinsdag gebeur nie.

Op haar selfoon sien sy dis net ná agt toe sy die pistool en die boutsnyer in haar handsak druk, dié langs die kamera, botteltjie water en selfoon op die passasiersitplek neersit en die viertrek uit die motorhuis laat tru.

Akkedisberge
Ayla

Sy kan nie besluit wat die ergste is nie. Die koue, die pyne nadat sy op die vloer aan die slaap geraak het, die honger, die dors of die feit dat sy nie meer vir lank gaan kan hou voor sy êrens in die donkerte sal moet wieps nie. En dis net die fisieke ongemak.

Die emosies waardeur sy die afgelope ure is, het gewissel van moedeloosheid tot woede tot intense angs en alle nuanses daarvan tussenin. Sy het al gehuil en geskree: Eenkeer soos 'n mal mens aan die lag gegaan oor haar onnoselheid wat haar hier laat beland het.

Ayla staan sukkel-sukkel op van die koue vloer. Nadat sy haar tronk al herhaaldelik met haar vingerpunte al langs die mure verken het, weet sy die kamertjie is minder as drie meter by drie meter. Die deur is haar enigste punt van oriëntasie.

Met haar vingerpunte weer teen die muur beweeg sy tot by die hoek, skuifel verder tot by die volgende hoek. Dis die verste punt van die deur af.

Sy werk versigtig met die hurkery, maar die sweetpak wat sy nou al hoe lank dra se broekspype is natgespat toe sy regop kom. Hoe kan 'n mens so dors wees en tog geforseer word om van kosbare vog ontslae te raak? Hoe lank voor die gebrek aan water die werking van 'n mens se blaas stuit? Sy sal weldra uitvind.

Al met die mure langs loop sy weer tot by die deur. 'n Dowwe geluid bring haar tot stilstand.

"Hallo?" kwaak sy. Sy voel na die sleutelgat en druk haar oor daarteen. Sy verbeel haar sy hoor iets, maar kan dit nie eien nie. Sy kry weer die sementreuk. Nog iets het bygekom. Verf.

Wat ook al vandag gaan gebeur, Nimue wil baie seker maak niemand kry haar hier nie. Ook nie haar liggaam nie. Hoe sal die nuwe Ayla Hurter immers so iets kan verklaar?

Is Strach bewus van wat aangaan? Probeer hy dalk die pleisteraar-verwer se aandag trek? Ten minste het Strach 'n toilet en water. En 'n kombers. Maar dit kan ook 'n langer lyding beteken met uiteindelik dieselfde resultaat wat sy in die oë staar.

Nimue moet egter besef hoe langer Strach leef, hoe groter is die moontlikheid dat hy lewend gevind kan word. En ja, Nimue sal sekerlik wil hê sy liggaam moet gevind word sodat sy sy erfporsie kan opeis, maar die voordele wat Strach geniet, die water en die kombers, beteken hy kan nog twee, drie weke leef.

Tensy die watertoevoer afgesluit word. En hy is reeds verswak. Behalwe die sporadiese appels is dit vandag sy sesde dag sonder kos.

En sy? Sy is ook verswak al is sy nie so lank sonder kos soos Strach nie. Sonder water gaan sy dit nie eens 'n week maak nie.

Ayla sak op die vloer neer en druk haar gesig in haar hande. Hoe lank duur dit voor waansin oorneem by honger?

Jojo

Sy het al van die R326 op die grondpad ingedraai toe sy die SMS stuur wat sy reeds ingetik het voor sy gery het.

Jojo het lank gewik en geweeg oor hoeveel sy moet verduidelik, maar het die boodskap uiteindelik kort gehou: *Iets gaan vandag by IPIN gebeur. Is op pad daarheen.*

'n SMS pieng sekondes later deur. Jojo loer net vlugtig om te sien van wie dit is. Ja, Valk. Nog drie volg met kort tussenposes. Sy ignoreer al drie. Ook die oproep wat kort daarna kom. En die een daarna ook.

Wat sy nou eintlik gaan aanvang wanneer sy daar aankom, weet sy nie. Sy sal maar moet sien wat die dag van oomblik tot oomblik oplewer. Met Joachim se pistool by haar voel sy ten minste weerbaar. Daarsonder sou sy waarskynlik nie die moed gehad het om IPIN toe te gaan nie. Sy moet net nie toelaat dat dit tot 'n valse gevoel van veiligheid lei nie. Sy sal haar ore en oë moet oophou, gereed wees vir enige gebeurlikheid en bereid wees om die wapen te gebruik. En sy het juis lanklaas by 'n skietbaan uitgekom. Jare laas, noudat sy daaraan dink.

Dit voel soos déjà vu toe sy by die koppie kom waarvandaan sy skaars 'n week gelede deur die kameralens probeer kyk het of sy ronde geboue kan sien. Sy hou op die hoogste punt stil en laat gly die syvenster oop. Die geur van fynbos en natgereënde grond ruik amper lekkerder as die dure parfuum wat sy netnou nog aan haar polse gespuit het.

Die berge, die blou lug en die groen vallei lyk soos 'n panoramiese poskaart.

'n Hele ent vorentoe is die IPIN-hek. As sy eers daar is, is daar geen omdraai nie. Sien sy regtig kans daarvoor? En sê nou Valk besluit sy kan maar opsnork as sy domastrant wil wees? Want dit is domastrant van haar om alleen hierheen te kom, maar wat anders kon sy doen?

Met 'n sug sit sy weer die viertrek in rat. Die engele moet nou maar net hulle vere regskud, hulle lendene omgord en sorg dat dinge goed uitwerk.

Ayla

Sy vermoed 03:20 het al gekom en gegaan. Die tweede moont-like tydstip wat Diana genoem het, was 09:23. Dit kan ure of minute van nou af wees – of ook al verby. Vanaand se 23:09 lê 'n donker ewigheid ver.

Dors pla nou meer as honger. Haar lyf pyn. Of sy nou sit, staan of lê. Die reuk van urine maak haar naar. Sy is tot in haar murg in koud. Sy stap kort-kort om en om die bababed, haar hand op die relings, weet al presies hoeveel treë dit neem voor sy haar hand moet oplig om die gebreekte deel se splinters te vermy. Maar sy bly koud kry. En dors. Veral dors.

Waar sou almal nou wees? Hou hulle die lug dop om te sien wat uit die bloutes gaan neerdaal om hulle Eumin toe te neem? Wonder Soekie wanneer haar kinders gaan aankom?

Hoe lank sal hulle aanhou wag vir die ruimtetuig? Hoe lank voor hulle agterkom hulle is belieg? Wat beplan Nimue? Gaan sy dalk net verdwyn? Die res aan hulle lot oorlaat en vir haar 'n nuwe lewe as Ayla Hurter skep?

Nee, Nimue sal nie net kan verdwyn nie. Soekie en Diana weet te veel. Gaan sy hulle in 'n selfmoordpakt inpraat soos die mense van Heaven's Gate? Soos Jim Jones gemaak het? Het sy dalk reeds?

Ayla gaan staan, haar hande om die bababed se houtreling geknel.

Oorlewing. Die sterkste instink wat daar is. En terwyl haar uurglas leegloop, verknies sy haar oor wat van die mense wat haar aanhou, gaan word. Kan sy nie aan 'n enkele moont-likheid dink om self te probeer oorleef nie.

Dis nou 'n feit. Sy gaan nooit weer in haar huis wakker word en luister na die voëlgeluide buite haar venster nie. Sy gaan nooit weer oor die dam uitstaar en die seiljaggies dophou ter-wyl hulle die wind wat deur die poort kom, probeer uitoorlê nie. Sy gaan nooit weer Sjerien se vrolike laggie hoor nie. Ook nie Jojo s'n nie. Sy gaan nooit weer Griet se sagte pels teen haar wang voel of haar hoor spin nie. Nooit weer vir Strach sien nie. Nooit weet of hy haar dalk weer sou gesoen het nie.

Woede, intenser as wat sy al ooit beleef het, syg deur haar. Hoe durf Nimue haar lewe kortknip? Hoe durf sy God speel? 'n Rou gil bou in haar op en skeur deur haar keel. "Nee! Nee! Nee!"

Sy laat sak haar kop in haar hande, magteloosheid 'n witwarm vlam in haar binneste.

Jojo

Die hek staan nog sy staan. Geen teken van 'n hommeltuig nie.

Jojo hang haar handsak oor haar linkerskouer toe sy uitklim. Die pistool is in die sysakkie wat teen haar lyf aandruk. Só sal sy dit min of meer ongesiens met haar regterhand kan bykom.

Die slot is aan die buitekant, sien sy toe sy naderstap. Iemand moes êrens heen gery het. Of dalk het die hele spul gevlug.

Of het wat ook al veronderstel was om te gebeur, reeds gebeur? Glo ruimtereisigers dalk oggendstond het goud in die mond?

Jojo kyk op haar horlosie. Veertien minute oor nege. Die dag is nog relatief jonk, maar baie kon reeds gebeur het van dagbreek tot nou toe. Of voor dagbreek selfs.

Sy loer weer 'n slag om haar rond. Nie 'n roering nie. Sy bespied die lugruim. Steeds geen hommeltuig nie. Ook nie enige ander vreemde vlieënde voorwerp nie.

Sê nou sy sien waaragtig vandag 'n tuig uit die ruimte? Sy kry skaam dat sy selfs daaraan dink.

Jojo kry die boutsnyer uit haar handsak. Die mannetjie in die hardewareplek het haar gewys hoe dit werk, maar uiteraard nie op 'n slot getoets nie. Sy klem die bek van die ding om die slot se staaf en druk die handvatsels na mekaar toe. Toe nie so maklik nie. Jojo kreun en steun, maar sy is net-net nie sterk genoeg nie.

Sy sit haar handsak langs haar op die grond neer, vat die handvatsels vas, staan wydsbeen vir balans en probeer vir oulaas. Haar boarms bewe en haar rumatiekduime pyn. En toe woeps, deurgeknip. Die ketting raas in die stilte toe dit te-rugval teen die hek. Jojo kyk vervaard rond. Niks beweeg nie. Steeds geen hommeltuig nie.

Daar is nog 'n groter lawaai toe sy die ketting loshaak van die hekpaal en die hek oopstoot. Iets is nie lekker nie. Die vorige twee kere was daar geen geluide behalwe dié van die bakkie se enjin nie en tog het die hommeltuig binne oom-blikke sy opwagting gemaak.

Sy kyk weer op haar horlosie. Agtien minute oor nege. As Valk agter haar aankom, behoort hy binne die volgende vyf minute of so hier te wees. As hy jaag. Sy het stadig gery. As hy nie agter haar aankom nie, gaan sy waarskynlik vandag haar ouma vir 'n eendvoël aansien.

Jojo klim terug in die viertrek en ry stadig in die afgekampte paadjie op. Daar is nie naastenby genoeg ruimte vir twee mo-tors langs mekaar nie, geen uitwykplekke om verby 'n ander motor te kan kom nie. Die viertrek is nou 'n prop in 'n bottel-nek.

Seker 'n goeie drie honderd meter verder word die paadjie effens wyer na regs. As daar geboue is, is hulle steeds verskuil agter boom en struik.

Sy laat die viertrek behoorlik kruip, meter vir meter, haar oë soekend na 'n gebou of iets wat beweeg.

Die opening kom skielik om 'n effense draai. Sy rem. Haar oë flits heen en weer voor sy die eienaardige geboue voor haar bekyk. Lyk asof 'n spul vlieënde pierings op die rondawels ge-land en toe daar bly vassit het.

Enigiemand wat buitetoe kyk, sal haar nou kan sien. Maar daar is geen vensters wat hierdie kant toe wys nie. Net vaal patryspoorte soos dooie oë in die snaakse dakke.

Haar hart gaan staan amper toe 'n beweging haar oog trek. Iemand staan op die plat dak wat 'n driehoek vorm tussen ses pieringdakke. Gelukkig met die rug na haar kant toe.

Jojo laat gly die venster halfpad af en trek haar oë op skre-fies teen die skerp lig van die oggendson. Sy voel-voel na die kamera op die passasiersitplek sonder om haar blik van die figuur af te haal, kry dit in die hande.

Selfs deur die lens weet sy nie mooi wat sy sien nie. Die persoon op die dak het iets soos 'n ruimtepak aan, maar nie 'n helm nie. 'n Vrou. Blond. Haar arm steek die lug in. Sy hou iets vas in haar hand. Lyk amper soos die DStv remote in die kothuis.

Jojo leun vorentoe en neem 'n foto. Die volgende oomblik spat die kamera uit haar hand. Die aarde dreun. Die viertrek skud, begin dans. Die laaste wat Jojo sien, is 'n enorme stofwolk en vlamme wat die lug inskiet voor 'n pyn deur haar kop bars en alles donker word.

Ayla

Die stukkende bababed agter haar ratel net voor 'n oorverdowende geluid van 'n ontploffing die stilte skeur. Alles om haar sidder.

Sy vou haar arms oor haar kop terwyl sand en stukke sement op haar neerreën. Stof slaan in haar neusgate op. Sy ruk haar sweetpakbostuk op en trek dit oor haar mond en neus. Nog 'n siddering volg, maar sy hoor niks. Net die gesing in haar ore van die vorige ontploffing.

Iets tref haar teen die nek. Op die skouer. Iets swaars en skurfs beland op haar linkervoet. 'n Pyn skiet in haar been op.

Sy weet sy skree, maar kan haar stem nie hoor nie.

'n Derde siddering. Dit voel asof al die suurstof uit die vertrek gesuig word.

Alles word nog swarter as wat dit reeds om haar is.

Jojo

Hoe lank sy uit was, weet sy nie, maar toe Jojo haar oë oopmaak, staan Valk en ruk aan die viertrek se deur, 'n selfoon teen sy oor gedruk. Sy mond beweeg, maar sy hoor net dofweg hier en daar woorde.

Jojo kom regop en voel aan haar slaap. Dit moes die pilaar tussen die voor- en agtervenster getref het. Daar is bloederigheid aan haar hand toe sy kyk.

Sy kyk weer deur die halfoop venster op na Valk. Die verligting in sy oë is kortstondig.

"Wat de fok het jou besiel!" Sy hoef nie te hoor om te weet wat hy sê nie. Liplees is meer as genoeg.

Jojo druk haar neus toe en blaas. Een van haar ore gaan oop en ná die tweede blaasslag die ander een ook.

Miskien moes sy nie. Die tornado van woorde wat Valk op haar loslaat, sal 'n matroos respekte laat voel.

Valk slaan op die dak toe sy nie reageer nie. "Sluit die fokken deur oop en klim uit dat ek kan sien of jy oukei is. Net tot ek jou donnerswil doodbliksem oor jou fokken onnoselheid."

Valk ruk die deur oop toe die slotte oopspring en help haar uit.

"Liewe fok, Jojo." Sy arms gaan om haar, druk haar styf teen sy seningrige borskas.

'n Oomblik lank koester Jojo die warmte van sy lyf, die troos wat dit ná die skrik bring, voor sy terugstaan. Dit het gehelp vir die skok, maar dis nie die regte paar arms nie.

"Ek is oukei, Valk, maar ek dink nie die mense in die geboue is nie."

Die driehoekgebou het in die middel inmekaargesak. Die satellietrondawels lyk asof die pieringdakke dit platgedruk het. Êrens agtertoe is daar vlamme. Dit moet een of meer van die losstaande rondawels wees.

"Die brandweer is op pad. Ambulanse ook. Bosman se mense behoort enige oomblik hier te wees. Ek het hom al gebel toe jy nie jou bliksemse foon wou antwoord nie. Hy kon nie self kom nie, maar het my tydelik in beheer geplaas en belowe hy stuur backup."

"Kry die honde-eenheid, Valk. Daar is mense onder hierdie bourommel en ek dink daar is meer as net vier vroue. En ons moet op die uitkyk wees vir 'n kelder."

"Wat het jy gesien voor die ontploffings?"

"'n Vrou op die dak." Sy gee 'n kort beskrywing. "As die kamera nog hier êrens is en nie te stukkend nie, sal daar dalk 'n foto op wees."

Valk raak bedrywig op die foon, praat met iemand terwyl hy in en om die viertrek rondsoek.

Jojo loop om na die passasierskant, kry haar botteltjie water waar dit op die vloer lê en drink 'n paar slukke. Sy trek die Google Maps-drukstuk van die uitleg van die geboue uit haar handsak en kry haar selfoon voor sy koers kry op bene wat maar bra bewerig voel.

"Jojo! Bly waar jy is!" skel Valk.

Sy kyk om net toe hy langs die viertrek orent kom met die kamera in sy hand. "Daar kan nog ontploffings kom."

"Hier is mense wat beseer is, Valk. Ons kan nie net hier staan en niks doen nie. En ons moet daardie kelder soek." Sy stap verder, hoor dofweg sirenes wat al hoe luider word.

Agter haar swets Valk soos 'n ketter.

Een en veertig

Jojo

Dis die rondawel verste weg van die driehoekgebou wat brand. Dit sien sy toe sy by 'n poortjie ingaan na 'n groot binnehof. Daar sal sy niks kan uitrig nie, die brandweer moet eers hulle werk doen.

Die twee ander rondawels wat los staan van die driehoek lyk onbeskadig, maar die grootste rondawel wat aan die punt van die driehoek vasgebou is, se dak is skoonveld en een muur het inmekaargetuimel.

Iemand gaan eendag in die veld op daardie dak afkom en dink dis 'n UFO-crash. Die ligsinnige gedagte kom en gaan terwyl haar oë soek na iets wat beweeg en sy haar ore spits. Die geknetter van vlamme agter haar maak dit egter onmoontlik.

Hitte stu teen haar aan toe sy na die eerste onbeskadigde rondawel stap. Dis nie gesluit nie. Jojo gaan binnetoe, maak 'n vinnige draai, maar daar is niemand nie. Sy trek matte en meubels weg. Geen valdeur nie. Die tweede rondawel lewer ook geen siel of toegang tot 'n kelder op nie.

Jojo gaan staan voor die beskadigde rondawel sonder dak. Die deur hang skeef aan sy skarniere. Binne is dit dynserig van die stof wat in die stil oggendlug hang. Dit kan seker gevaarlik wees om in te gaan.

In die verte, aan die ander kant van die driehoek, hoor sy stemme. Valk wat bevele gee. Moet die polisie wees wat aangekom het. Veraf kan sy nog 'n sirene hoor. Brandweer seker. Of 'n ambulans.

Jojo tree versigtig oor die drumpel. Links van haar is 'n deur. Sy druk die handvatsel af. Gesluit. Geen sleutel nie. Regs is 'n kombuisie. Niemand daar nie. Sy stap 'n bietjie dieper in. Voor haar is 'n woonkamer. Of dit was een.

'n Plasma-TV hang skeef teen die muur, die skerm aan flarde. Op 'n tafel staan 'n rekenaar. Die kanse dat dit ooit weer sal werk, is nul.

Sy skuif meubels heen en weer. Lig twee los matte. Niks nie.

Uit die woonvertrek loop 'n kort gangetjie na 'n slaapkamer met 'n en suite-badkamer. Stukke pleister en gebreekte bakstene lê oor die dubbelbed gestrooi. Die vollengtespieël teen die muur is die ene krake en splinters blink op die vloer.

Jojo sukkel tot op haar knieë en kyk onder die bed in. Baie stof, niks wat lyk soos 'n valdeur nie.

Sy klik haar tong toe haar selfoon lui, sukkel regop en gaan sit op die bed.

"Ja, Valk?" Haar oë gaan oor die chaos in die woonkamer waarvan sy 'n gedeelte deur die oop slaapkamerdeur kan sien.

"Waar de bliksem is jy?"

Van hier af kan sy die deur sien wat links van die ingang moet toegang gee tot 'n gang wat al saam met die ronding van die rondawel loop.

"Ek is in die rondawel sonder dak."

"Bly net daar, ek is op pad. Ons het iemand hoor skree en 'n seunskind gekry. So sestien jaar oud." Sy kan hoor hy is aan die stap. "Hy is beseer en onsamehangend, maar klaarblyklik het hy met die ontploffing in 'n binnenshuise swembad geval. Dis wat sy lewe moes gered het. Hy is op pad hospitaal toe. Die paramedic sê die seunskind hou aan praat oor 'n babakamer. In 'n kelder."

"Ek soek juis daarna."

Jojo lui af en staan op toe Valk oomblikke later die woonkamer binnegestap kom. "Hier, in die slaapkamer."

Valk kyk om. "O, daar is jy."

Jojo stap nader. "Kyk hierdie deur." Sy wys na die een by die ingang. "Ek dink dit lei na 'n gang toe en die gang kan die reddingspan dalk binne-in die driehoekgebou kry. Maar dis gesluit. Geen sleutel aan die buitekant nie."

Valk bel weer, gee opdrag dat iemand 'n deur moet kom afbreek.

'n Gillende sirene word stilgemaak. Buite is daar uitroepe, bevele.

Valk laat sak sy foon. "Die brandweer, maar ek dink dis te laat as daar iemand in daardie rondawel was."

Jojo knik. "Ons moet die kelder soek." En bid dis nie in die brandende rondawel nie, voeg sy in haar gedagtes by. "Dis nie in die woonkamer nie." Sy stap terug na die slaapkamer. "Ook nie onder die bed nie." Sy skuif 'n trousseaukis met moeite eenkant toe. "Niks."

Valk kry 'n leunstoel beet en stoot dit weg. "Fokkit. Hier is dit." Hy kniel en trek die skuifslot oop, lig die swaar deksel met moeite. "Skyn bietjie met die lig van jou selfoon ook hier in, dis pikdonker hieronder."

Jojo stap nader en laat die liggie ondertoe skyn.

"Hier is 'n optrekleer." Valk vroetel met 'n tou, swets en gee dit weer 'n pluk.

Die leer sak met 'n geratel ondertoe.

Valk druk weer sy selfoon teen sy oor. "Bring vir my 'n flits. 'n Sterke. Die rondawel sonder dak."

Dit voel soos 'n ewigheid later voor 'n polisieman aangedraf kom met 'n flits. Valk klim ondertoe.

"Sien jy iets?" roep Jojo van bo af.

"'n Bed en ingeboude kaste, maar niemand hier nie. Wag, hier is 'n deur."

Sy hoor 'n harde stamp, nog 'n string kragwoorde. "Kry iets om die donnerse ding mee oop te kap."

Die polisieman hol uit, kom lang minute later terug met 'n

brandweerbyl en gee dit vir Valk, wat weer halfpad teen die leer opgeklim het.

Jojo druk haar ore toe teen die kapgeluide wat volg, knyp haar oë toe uit vrees vir wat dalk agter die deur kan wees.

"Kry die paramedics!" hoor sy Valk skree. "My foon werk nie hieronder nie."

Jojo kyk na die polisieman wat knik en met sy foon teen sy oor weer uithardloop.

"Is dit Ayla? Leef sy?" roep sy ondertoe.

"Serfontein. Hy leef, maar die man lyk sleg. Hy is bewusteloos. Iets het hom teen die kop getref en hy lyk uitgemergel."

"Soek vir Ayla! Sy moet ook daar wees."

"Hier is niemand anders nie, Jojo."

Jojo gee pad buitetoe toe die ambulansmanne met 'n draagbaar opdaag. Oomblikke later sluit Valk by haar aan.

"Jammer, Jojo, maar daar is geen teken dat Ayla ooit daar onder was nie."

"Lyk dit soos 'n babakamer?"

Hy skud sy kop. "'n Hospitaalbed en 'n paar leë kaste. Strach was in 'n badkamertjie toegesluit. Stort en toilet. Dis al wat daar onder is."

"Maar hoekom het die seunskind dan gepraat van 'n babakamer in 'n kelder?"

"Daar kan meer as een kelder wees." Hy kyk vlugtig na die brandende rondawel en laat sak sy oë.

Jojo sluk swaar.

Tyd staan stil terwyl die paramedici planne maak om Strach te probeer ophys. Sy stap na die kombuisie toe waar sy toekyk hoe 'n konstabel die deur langs die ingang met 'n byl toetakel en dit uiteindelik oopkry. "Dit ís toe 'n gang!" roep hy oor sy skouer.

Valk staan nader. "Versigtig vir bourommel wat val."

Die man verdwyn in die gang wat om die rondawel kronkel. Oomblikke later is hy terug. "Daar is 'n sekuriteitsdeur, maar ek dink as ons dié eers oop het, het ons toegang na die driehoek. Maar dit lyk sleg aan die ander kant. Baie debris."

"Kry 'n paar manne om jou te help." Valk kyk na die woonka-mer se kant. "Uit die pad uit, hier kom die paramedics."

Jojo wring haar hande inmekaar toe sy Strach op die draag-baar sien lê. Valk het nie oordryf nie, Strach lyk sleg.

"Net 'n oomblik," keer sy toe hulle verby haar gaan. "Strach? Strach kan jy my hoor? Waar is Ayla?"

"Hy is bewusteloos, Jojo. Jy pla die manne in hulle werk."

Sy ignoreer hom en vat Strach se hand. "Ayla. Waar is Ayla?"

Strach se ooglede flikker, maar gaan nie oop nie.

"Jammer, Mevrou, ons moet gou maak. Hy moet by 'n dok-ter uitkom. Dringend."

Valk trek haar weg van die draagbaar en slaan sy arm troostend om haar. "Jojo, sy is nie hier nie en ek dink nie sy was ooit nie. Dis sy wat in Struisbaai is. Aanvaar dit nou."

Sy skud haar kop, maar laat toe dat hy haar na 'n sement-bankie toe lei.

"Sit. Kry jou bearings bietjie bymekaar en dan gaan jy huis toe, oukei? Jy het Strach se lewe gered. Waarskynlik die seun s'n ook. Ons sou nie eens geweet het van die ontploffing as jy nie gek genoeg was om hierheen te kom nie. Jy het meer as genoeg gedoen."

Jojo kyk deur haar trane op na hom toe. "Sy is hier, Valk. Sy is hier êrens. Ek weet dit. Ek voel dit."

"Ons gaan in, meneer Richter."

Jojo kyk om. Drie manne van die reddingspan staan gereed om by die gangdeur in te gaan. "Let op vir valdeure na kelders, asseblief?"

"Ja, Mevrou."

"Meneer Richter?"

Valk draai om toe een van die brandweermanne hom roep en stap na hom toe. Die vuur lyk min of meer geblus, maar die hitte is steeds voelbaar, selfs hier.

Jojo kom agter haar slaap het begin klop. Sy voel versigtig oor die gevoelige knop. Dit bloei darem nie meer nie.

"Jojo?" Sy weet nie hoe lank sy half gedagteloos net daar op die bankie gesit het voor sy weer Valk se stem hoor nie.

"Die span het vir body bags gevra. Jy wil dit nie sien nie. Gaan nou huis …" Valk frons. "Jojo?"

Sy gesig begin snaakse hoeke en strepe maak.

"Medic!" hoor sy hom skree voor sy begin omkantel.

Jojo

Wie haar hierheen gebring en in die viertrek se passasiersitplek laat teruglê het, kan sy nie onthou nie. Soos 'n bleddie Victoriaanse damsel flou geval. Kan jy nou meer. Sy het ook geen idee hoe lank sy uit was en, nadat sy bygekom het, net daar gelê en haar kop bymekaar probeer kry het nie.

Sy sukkel regop toe Valk by die venster inloer en haar bekommerd aankyk. "Sodra ek een van die manne kan spaar, sal ek jou laat huis toe neem. Sal jy oukei wees tot dan?"

"Vergeet dit, Valk. Ek gaan nêrens heen nie." Sy voel-voel aan die pleister by haar slaap.

"Jy het dalk harsingskudding, dêmmit."

"Ek bly hier." Sy leun met haar kop teen die kopstut. "Wat het intussen gebeur?"

Valk gee 'n grom. "Nou goed, maak wat jy wil. Maar moenie by my kom kla as jy …"

"Valk. Wat het gebeur?"

Hy sug soos net Valk kan sug. "Daar is liggame onder die bourommel gevind. Drie lê glo bymekaar. 'n Blonde vrou, vroeë veertigs. 'n Jongman met lang wit hare. 'n Meisietjie van so elf wat lyk asof sy dalk sy sussie kan wees." Hy maak keel skoon. "En die vrou wat jy op die dak gesien het … wel, wat van haar oor is, is 'n ent weg van die gebou gekry."

"Dink jy dis Nimue?"

Hy skud sy kop. "Daar is baie skade aan haar gesig, maar ek glo nie dis sy nie. Nie as sy sterk op Ayla trek nie."

"Kon die brandweer al …?" Sy laat die sin in die lug hang, asof dit sal help as sy dit nie klaarmaak nie.

Valk knik. "Twee liggame. Onherkenbaar."

Sy foon begin lui. Valk stap weg.

Jojo hou hom dop terwyl hy op en af stap terwyl hy eers

luister, toe praat en beduie en toe weer luister. Weer praat. Dit duur 'n ewigheid voor hy die foon laat sak.

"Valk!" roep sy toe hy koers kry weg van haar af. Sy skuifel uit die viertrek se sitplek en loop agter hom aan. Hy kyk ergerlik om, maar wag haar tog in.

"Wat is dit? Wat het nou weer gebeur?" vra sy effens uitasem.

"'n Brief van Diana is in een van die onbeskadigde rondawels gevind. Sy wou bieg voor sy na die ander planeet toe vertrek."

"Waaroor?"

"Kom daarop neer sy was verantwoordelik vir Carmichaels se dood. Dit was 'n ongeluk, maar sy wil nie hê iemand anders moet die blaam dra nie en wil met 'n skoon gewete na die nuwe Aarde toe gaan."

Jojo skud haar kop. "Nou verstaan ek niks meer nie. Sy bieg oor Carmichaels, maar sê niks van die regter nie?"

Valk kyk om toe die geluid van 'n enjin opklink. "Hopelik is dit die hondehanteerder. Daar is 'n deel van die gebou wat ons nie kon binnedring nie en ons weet nie hoeveel mense was hier bymekaar nie."

"En …"

"Ja, Jojo, ek sal hom sê ons soek na nog 'n kelder. Al dink ek jy bekommer jou verniet. Boonop is jou Ayla nou kwytgeskeld van skuld aan Carmichaels se dood."

"En Visagie is saliger, danksy sy girlfriend se voorliefde vir haar vleismes. Sy is reeds agter tralies. Dis nou die mense in Pretoria wat Ayla wou hof toe vat."

Valk lig sy wenkbroue. "Nê? Dan is al Ayla se probleme mos nou netjies opgelos."

Heeltemal te netjies, is wat hy bedoel en sy moet saamstem.

"Meneer Richter?" 'n Man met 'n baldadige wolfhond aan 'n leiband kom nadergestap.

"Dis ek ja." Hy vryf oor die hond se kop. "Is sy opgelei in soek-en-redding?"

Die man knik. "Air scenting. Gecrosstrain. Lewendes en dooies."

"Kom ek wys jou waar ek wil hê julle moet begin soek."

Jojo kyk hulle agterna. Babakamer. Die woord dawer weer deur haar kop.

Sy draf op wankelende bene kar toe en kry haar foon. Waarheen sou hulle die seun geneem het? Perlemoenbaai is die naaste, maar het nie 'n hospitaal nie. Bientangsbaai is tweede naaste. Of is Bredasdorp dalk?

Sy probeer die provinsiale hospitaal in Bientangsbaai eerste. Ja, daar is slagoffers van 'n ontploffing. Dokter Strach Serfontein is oorgeplaas na die Mediclinic toe nadat een van die susters hom herken het. Die seun het agtergebly. Sy toestand is stabiel. Hy slaap nou.

"Hartjie, ek wil 'n guns vra. Die kind het vir ons iets probeer sê van 'n babakamer. Ons vermis nog 'n persoon. Dit kan 'n lewe red as hy vir ons kan sê waar die babakamer is."

"Mevrou, hy moet rus. Hy het baie bloed verloor, amper verdrink en is hoeka baie deurmekaar. Praat van ruimtetuie wat na 'n nuwe planeet sou gaan en wat nog."

"Asseblief, vra hom net. Dis 'n saak van lewe en dood. Ek sal aanhou."

'n Diep sug word gevolg deur die klik van 'n tong. "Oukei, hou aan."

Lang minute draal verby. Sy kan hospitaalgeluide hoor, dus is sy darem nog nie afgesny nie.

"Mevrou?"

"Ja?"

"Hy het begin huil. Gesê hy wou nie die deur toemessel nie, maar Nimrod of Nemo of iemand het hom gedwing. Dis glo onder hierdie Nemo of wat ook al se huis en ... kyk, ek herhaal nou maar net wat die deurmekaar kind sê al klink dit vir my na bog. Hy sê die babakamer is in die kelder langs die kraamkamer. Wat hy ook al daarmee bedoel."

"Jy's 'n engel, 'n absolute skat!"

Jojo druk dood en bel Valk. "Gaan terug kelder toe. Sy is daar. Agter 'n toegemesselde deur. Vat die hond af." Sy druk weer dood en begin draf. "Hou uit, Ayla, hou uit," prewel sy hardop.

Jojo is natgesweet en heeltemal uitasem toe sy by die daklose rondawel kom.

Valk staan buite. "Die hond stem klaarblyklik saam met jou. Die brandweermanne is aan die werk met die muur. Die sement is glo nog klam en die verf ook. Dele van die pleister het van die muur afgeval, maar niemand het besef dis vars pleister nie." Valk lyk stroef.

"Maar dis wonderlike nuus. Wat byt jou? Die hond sal mos nie ..." Dan tref dit haar. Die hanteerder het gesê die hond is opgelei om lewendes sowel as dooies uit te ruik.

"Ek dink nie jy moet hier wees nie."

"Ek bly." Sy sak op die bankie neer. Haar bene wil haar nie meer dra nie. "Het julle nog 'n ambulans laat kom?"

"Ek het vir 'n helikopter gevra." Hy huiwer 'n oomblik. "Jojo, een van die brandweermanne het opgelet die enigste moontlike ventilasiegat is deur die ontploffing geblokkeer en ek dink nie die ventilasie was te watwonders selfs voor dit toegeval het nie. Jy moet jou gereed maak vir die ergste."

Jojo kyk op haar horlosie. Ses ure vandat sy hier aangekom en die ontploffing plaasgevind het. Alles hang af van hoe groot die kamer is, hoeveel suurstof daar was om mee te begin, maar veral hoe vinnig koolstofdioksied gegenereer word. Hoe vinniger Ayla sou asemhaal, hoe vinniger sou die koolstofdioksied opbou.

'n Uitroep van die kelder af laat haar opspring. Valk druk haar terug op die bankie en hardloop binnetoe.

Sy staan weer op, maar haar bene is ineens te lam om eens te probeer beweeg. Veraf hoor Jojo die wapperklank van helikopterrotors.

Toe Valk uitkom, is hy bleek. Dié keer vat hy nie nonsies nie. Hy kry haar aan die arm beet en lei haar weg. Die lawaai van die helikopter is oorverdowend. Valk bring haar tot stilstand en praat teen haar oor. "Sy leef, maar net-net. Gelukkig het die brandweermanne suurstof by hulle."

Jojo druk haar hande oor haar ore en loop sommer net die veld in. Die lawaai maak haar mal. Trane loop oor haar wange en drup teen haar kaak af. Sy probeer nie eens keer nie.

Toe sy ver genoeg is dat sy die geraas kan hanteer, draai sy om. Daar is 'n heen-en-weer-geskarrel. Uiteindelik kom die draagbaar uit die daklose rondawel. Iemand hou 'n drup vas, die ander 'n masker oor Ayla se gesig.

Die helikopter sluk haar in, die geloei bereik weer 'n hoogtepunt. Die naaldekoker lig, wankel effens en raak uiteindelik al hoe kleiner.

Jojo kyk op toe die hondehanteerder aangestap kom. "Sjoe, dit was hittete. Maar ek het geweet sy leef. Sasha het getjank, nie net gaan sit nie. Dis hoekom ek gesê het hulle moet solank 'n helikopter kry." Hy vryf die hond se ore. "Wil jy bietjie hardloop, nonna?" Hy laat glip die leiband los en die hond draf ruik-ruik in 'n paar sirkels voor sy koerskry.

"Enige ander oorlewendes in die puin?"

Hy skud sy kop. "En ek dink al die liggame wat hier in die geboue was, is ook gevind. Sasha het niks opgetel nie, behalwe nou in die kelder." Hy kyk oor sy skouer na die hond, fluit vir haar.

Jojo volg sy oë toe hy frons. Die hond sit omtrent twee honderd meter verder doodstil, voorpote bymekaar.

Die hanteerder fluit weer. Sasha beweeg nie.

"O, fok," prewel hy. "Ons sit met 'n kadawer."

Twee en veertig

H et sy net gedroom sy is in 'n helikopter?
Sy is dan weer terug in die babakamer? So donker.

Hoe weet mens of jy by jou bewussyn is as alles steeds swart om jou bly? Het sy gedagtes gehad in die ruk wat sy nie onthou nie? Is sy nou in 'n sone waar sy netnou weer nie haar huidige gedagtes kan onthou nie?

Alles pyn. Haar voet veral. Haar kop wil bars. Die sement onder haar is vol klippies en grint, maar sy is te moeg om iets daaraan te doen. Dis net 'n ander soort seer waar dit in haar vel indruk.

Haar vingers is nat toe sy aan haar nek voel. 'n Taai nat. Sy lek aan haar vingerpunt. Bloed. Kan 'n mens jou eie bloed drink? Sal dit haar dors les?

Asem. As sy net genoeg asem kan kry. So benoud hier. So dors. So verskriklik dors.

"Ayla? Ayla, word wakker." Die woorde dring van ver af deur die doofheid.

Die vrou se gesig is dof. Haar hand is koel teen haar voor-kop.

"Jy het gedroom, Ayla. Jy is veilig."

"Dors."

Glas teen haar lippe. Water. So koel. So soet. Niks so soet soos water nie.

Jojo

Dit voel asof sy in 'n boksgeveg was toe sy op die stoep uitstap met haar koffie en pakkie sigarette.

Jojo is bly Valk het haar toe omgepraat om maar huis toe te kom toe hulle begin grawe het. Sy weet nie of sy boonop 'n ontbinde lyk sou kon hanteer het nie. En sy was in elk geval klaar met die wêreld. Sy het selfs gesukkel om terug te bestuur. Nie dat sy dit aan enigiemand sal erken nie.

Nou nog is daar oomblikke dat dit voel asof die aarde so ef-fens kantel. Al het sy langer en dieper geslaap as in 'n baie lang ruk.

Sy sou waarskynlik nou nog geslaap het as Joachim haar nie wakker gebel het nie. Dit was so wonderlik om sy stem te hoor, sy moes net keer of sy het begin tjank. Vir Joachim het sy gesê sy is nog bietjie deur die slaap en dat sy maar net na hom verlang, dié dat sy nie haarself klink nie. Gelukkig was hy ook doodmoeg ná sy lang vlug en het nie te veel gekarring nie. Sy kan hom nie opsaal met alles wat hier gebeur het nie. Hy is kapabel en vlieg terug.

Valk se SMS gisteraand en die een wat sy vanoggend ge-kry het, stel haar darem min of meer gerus. Sowel Ayla as Strach is ernstig, maar stabiel. Hulle kan nog nie besoek ont-vang nie.

Sy bel Valk terwyl sy haar tweede koppie koffie maak.

"Is jy oukei?" vra hy sonder om te groet.

"Ek is fine. Enige nuus?"

Valk se sug ruis in haar oor. "Dit was Diana wat op die dak gestaan het."

"Weet Irene?" Sy gaan verpletter wees.

"Irene het haar vanoggend geïdentifiseer as die vrou op die foto wat jy geneem het."

"Is sy oukei?" Stupid vraag, besef sy dadelik.

"Nee. Sy is in 'n toestand. Maar daardie foto het ons ook ander inligting gegee. Op 'n vergroting lyk die voorwerp in haar hand soos 'n detonator. Waarom sy gedink het 'n ruimtepakkostuum gaan haar teen die ontploffing beskerm, kan ons egter nie begryp nie. Volgens die plofstofdeskundiges lyk dit asof een van die ploftoestelle direk onder haar in die driehoeksaal afgegaan het. Maar ons sal meer weet wanneer hulle die ondersoek voltooi het."

"As ek moes raai, het Diana nie geweet sy hou 'n detonator vas nie."

"Dis my gevolgtrekking ook, maar dit verklaar nie wat sy gedink het sy vashou nie."

Sy wil amper nie vra nie, maar kan ook nie haar weetgierigheid beteuel nie. "En die ... e ... kadawer?"

"Kadawers. Meervoud. Hulle grawe nog maar daar is reeds twee gedeeltelik ontbinde liggame gevind en volgens die hondehanteerder reken Sasha daar is meer."

"Enige idee wie se liggame dit is?"

"Die patoloog reken die een is 'n vrou in haar vroeë tot middel dertigs. Die ander is 'n meisiekind van ongeveer veertien." Hy maak keel skoon. Kinderslagoffers het hom nog altyd die ergste geaffekteer. "Ons dink dit kan Kimberley en Shelley wees. Hulle was bymekaar begrawe en, volgens die patoloog se voorlopige skatting ter plaatse, nie veel langer as ses maande dood nie, waarskynlik minder."

"Kimberley het op 5 Mei haar briefie aan Strach geskryf. Enige idee hoe hulle dood is?"

"Nee. Ons sal vir die outopsie moet wag. En nou moet ek gaan. Dit lyk asof ... Ja, daar is nog 'n liggaam gevind."

"Sterkte, Valk. Dink jy ek kan Irene gaan besoek?"

"Gee haar nog 'n bietjie kans. Terloops, sy het my vertel wat sy van jou gevra het. En sy het gesê ek moet vir jou sê sy is jammer daaroor. Sy is bang dis omdat jy na Diana gaan soek het dat jy amper saam met die res die lug ingeblaas is."

"Sy was nie haarself nie, Valk, en ek is oor Ayla daarheen, nie oor Diana nie. Laat weet maar wanneer jy dink ek kan na haar toe gaan. Hopelik kan ek haar gerusstel daaroor."

"Dankie, Jojo. Ek sal laat weet."

"Enige nuus oor Nimue?" vra sy al is sy amper seker sy weet wat die antwoord gaan wees.

"Niks," bevestig Valk haar vermoede.

"Is daar iets wat ek kan doen? Mee kan help?"

"Miskien kan jy die seunskind gaan besoek. Hy is glo baie verward, maar jy sal dalk iets kan uitvind. Sy naam is Jules."

'n Pennie val ineens in 'n gleufie. "Hoe oud het jy gesê is hy?"

"Omtrent sestien. Kyk, ek ..."

"Ja, ek weet jy moet gaan, maar Valk, ek dink ek weet wie se kind hy dalk kan wees. Julian Jackson s'n. Die loodgieter wat in 2001 verdwyn het."

Êrens in die agtergrond is daar 'n uitroep. Sy kan hoor hoe Valk haastig êrens heen stap. "Fok! Dis nog 'n jongvrou. Lang wit hare. Jojo, kyk wat jy by Jules kan uitvind. Bye."

Die kind lê met groot bruin oë na die plafon en staar toe Jojo die saal binnestap. Sy kop en arms is verbind, maar hy is darem nie aan masjiene gekoppel nie. Die saalsuster het haar heel geredelik toegelaat al is dit nie besoektyd nie.

Hy kyk verskrik na haar toe sy langs sy bed kom staan.

"Hallo, Jules. My naam is Jojo."

"Is ons al op Eumin?" vra hy in 'n skor stem. "Niemand wil vir my sê nie."

Jojo gaan sit op die stoel wat langs sy bed staan. "Jy is in die hospitaal. Daar was 'n ongeluk."

"Wat is 'n hospitaal? Wie is al die mense hier? Is ons op Eumin?"

"Ek weet nou weer nie wat Eumin is nie. Maar 'n hospitaal is waarheen mens gaan as jy seergekry het. Die mense wat jou versorg, is verpleegsters en dokters. Hulle is opgelei om jou gesond te maak."

"Dan is dit nie die nuwe Aarde nie?"

Uiteindelik kliek sy. "Nee, dis die gewone ou aarde. Is Eumin 'n planeet?"

Hy knik. "Die ruimteskip het ons kom haal, maar iets moes verkeerd geloop het. Al wat ek kan dink, is dat die driehoek se dak nie sterk genoeg was nie. Of Diana het iets verkeerd gedoen. Sy moes hulle wys waar om te land."

"Hoe moes sy dit doen?"

"Met die seintoestel wat Nimue vir haar gegee het. Sy moes op die kop 09:23 'n sein na die tuig stuur. Ons moes almal in die driehoek bly tot dit geland het. Oor die bestraling. Diana het 'n spesiale oorpak gekry om die bestraling te keer, maar Nimue het gesê ons sal oukei wees solank ons in die driehoek bly. So naby aan Boosheid as moontlik."

"Boosheid?"

"Ja, die pop wat Soekie gemaak het sodat hulle met die pyl en boog kan oefen. Diana het dit Boosheid genoem. Dink jy dis omdat ek gaan pie het en nog 'n ent weg was van Boosheid dat die tuig verongeluk het?" Trane wel in sy oë op.

"Nee, Jules. Dit het juis jou lewe gered."

"Ek het eers gedink die ander het dalk sonder my opgevaar. Toe dink ek weer ons het seker almal opgevaar, maar Eumin is net anders as wat ons gedink het. En toe dink ek aan die vrou in die babakamer. My kop is so deurmekaar!" Trane rol oor sy wange. "Hoekom moes ek die deur toemessel? Die vrou het so hard teen die deur geslaan. Nimue het gesê sy is minder bestand teen bestraling, maar hoe sou sy kon uitkom om in die tuig te klim? En waarom mag Vivien en haar ma nie saam opgevaar het nie?"

Uit so 'n jong mond val die kind se taalgebruik vreemd op die oor. Hy klink soos 'n grootmens uit 'n ander era.

"Ons het die vrou in die babakamer gekry, Jules. Jy het haar lewe gered toe jy vir jou redders gesê het van die babakamer. Sy is ook in die hospitaal, net 'n ander een hier naby."

Sy lyf ontspan effens. "Dan is ek bly. Ek het gedink ek is al een van ons wat oor is. En dis so snaaks hier. Die mense hier eet dele van diere! En hulle druk skerp goed in 'n mens. En dan sê hulle nog dit sal my beter laat voel."

"Jules, daar is baie goed wat jy nie gaan verstaan nie. Maar noudat jy weg is by IPIN, gaan jy elke dag 'n bietjie meer verstaan."

"Maar ek wil nie. Ek wil teruggaan. Nee, ek wil Eumin toe gaan."

"Dis ongelukkig nie moontlik nie, maar daar is miskien 'n plek waarheen jy wel kan gaan as jy eers gesond is. Weet jy wie jou pa en ma is?"

Hy kyk weg. "My pa het skaamte gebring. Hy het gedros toe ek nog 'n baba was. Dis al wat Vivien gesê het."

"Weet jy dalk wat sy naam was?"

"Julian."

"Julian Jackson?"

Hy frons. "Ek weet nie wat Jackson beteken nie."

"Ek dink dis wat jou van is."

"Wat is 'n van? Ek is van IPIN."

"Toemaar, dit maak nie nou saak nie." Jojo sug heimlik. Sy beny die Jacksons nie hulle taak om hierdie arme, verwarde kind in te wy in gewone aardse dinge nie. "Sê my, wanneer het jy Nimue die laaste keer gesien?"

"Triton het haar kom haal. Sy moes van 'n ander plek af 'n sein stuur. Vroeg die oggend. Vir 'n kleiner tuig waarin die Euminsi reeds versamel was. Die kleiner tuig sou haar optel, dan IPIN toe kom en op ons tuig land en dan gekoppel word sodat ons almal saam van IPIN af kan opstyg en na die moederskip gaan. Hulle is seker nou alleen op pad moederskip toe."

"En die Euminsi is?"

"Almal wat op IPIN gebore is en wit hare het. Nimue het gesê ek is nie Euminsi nie, maar kan die Euminsi dien."

"Mevrou?"

Jojo kyk op na die verpleegster in die deur. "Suster sê jy kan weer kom, maar dis nou voorlopig lank genoeg. Ons het pligte om uit te voer."

Jojo knik en kom orent. "Dankie."

Sy vou haar hand oor Jules s'n. 'n Growwe hand, gewoond aan werk. "Ek kom weer sodra ek kan, oukei?"

"Asseblief. Die ander hier rond sê ek ... Wat beteken ha-loe... haloseer?"

"Hallusineer?" Sy gee sy hand 'n drukkie. "Laat hulle maar so dink. Ons weet van beter. Sê net gou vir my wie is Triton?"

"Die skipper. Diana koop by hom vis, maar hy help ons ook met ander goed. Hy bring vir ons voortplanters en vat hulle karre weg."

"Wat is 'n voortplanter?"

"Hulle maak Euminsi saam met Nimue en die ander. En hulle leer my onderhoud doen aan die geboue."

"Wat was die voortplanters se name?"

"Mevrou?" Die verpleegster beduie ongeduldig met haar kop deur toe.

"Ek het net twee geken. Tiaan was die laaste een. En voor hom was Antonie."

"Oukei. Sien jou later."

Jojo stap so vinnig as wat sy kan uit. Toe sy buite kom, bel sy dadelik vir Valk. "Valk, julle moet met 'n skipper met die naam van Triton praat. Hy was betrokke by IPIN se mense. Jules sê hy het ook iets te doen met karre wegvat. Onder andere. En Nimue is saam met hom weg van IPIN af."

"Klink soos 'n bynaam, maar dankie, ek sal so maak."

"En, Valk, Tiaan Nel en Antonie de Wet was toe wel op IPIN."

Hy bly 'n ruk stil. "Lyk my hier was baie mense op IPIN. Die telling staan nou al op sewe kadawers."

Dinsdag 26 September
Jojo

Valk is seker toegegooi onder die werk, maar hy moet maar verstaan dat sy ook wil weet wat aangaan. Sedert Sondag het sy nog niks van hom gehoor nie.

Al wat hy in sy laaste oproep gesê het, is dat die polisie die skipper ondervra. En ook dat 'n vrou wat die roomysstalletjie op die hawe by Perlemoenbaai het, sê sy het 'n blonde vrou met 'n rugsak op een van die vissersbote sien klim. Dit was glo nie die eerste keer nie.

Jojo verwag eintlik dat hy haar oproep gaan ignoreer, maar ná drie luie antwoord hy tog.

"Hallo, Jojo. Ek wou jou nog bel, maar dit gaan dol."

"Ek verstaan. Enige nuus oor Triton?"

"Sy regte naam is Titus Jantjies. Hy sê die vrou het hom net gevra vir 'n geleentheid Struisbaai toe en was bereid om te betaal. Hy ken haar nie en weet ook nie wat haar naam is nie. Hy het haar net daar afgelaai. Sy chop-shop is egter opgespoor en daar is verdoemende bewyse gekry. Dele van die bakkie waarmee Irene na die Bonthuyse toe is, was nog daar. En dis besmoontlik ook waar die ploftoestelle vervaardig is."

"En Nimue?"

"Skoonveld. Ons het wel 'n huis in Struisbaai geïdentifiseer wat gehuur is deur A.H. Enterprises, maar daar is niemand nie. Die bure het egter die afgelope paar weke by tye 'n blonde vrou daar gesien. Een met 'n groterige onderlyf. Die laaste keer was laas Woensdag of Donderdag toe sy met 'n motor met 'n Noordwes-registrasienommer daar aangekom het. Ons wag vir 'n lasbrief."

"Julle besef sekerlik dit kan onmoontlik Ayla wees."

"Ons is darem nie geheel en al onnosel nie, maar as ons Ayla nie gevind het nie, sou ons en die res van die wêreld wel so gedink het."

"Nimue moes in die koerante gesien het Ayla leef. Dié dat sy nou wegkruip."

"Ons het probeer om dit stil te hou, maar dit het uitgelek. Maar ons sal die vroumens kry, al is dit die laaste ding wat ek doen, Jojo. As dit nie vir haar was nie, was Irene nie nou in die hospitaal nie en het Diana nog geleef." Valk se stem is skoon skor.

"Sal jy laat weet as daar nuus is?"

"Wanneer ek kans kry. Maar is jy nie veronderstel om vandag terug te vlieg nie?"

"Ek het my vlug gekanselleer. Ek kan Ayla nie alleen hier los nie. Sodra ek toegelaat word, wil ek haar besoek. En vir Irene ook, as sy my wil sien."

"Dis edel van jou, Jojo, maar tot Nimue gevind is, is Ayla

onder polisiebewaking en mag sy nie besoek word nie. Irene het nog 'n bietjie tyd nodig, dink ek. En vergewe my, maar ek dink jy is eerder nuuskierig om te sien wat hier uitbroei." Sy kan 'n grinnik in sy stem hoor. "En nou moet ek gaan."

Hy gee haar nie kans om te antwoord nie. Wat dalk maar beter is.

Vrydag 29 September
Jojo

Irene is nog bleek en maer, maar dis die verpletterde kyk in haar oë wat Jojo eerste opval. Asof die blou tot pers gekneus is.

"As jy ook vir my enigiets gaan sê in die lyn van sorry for your loss, jaag ek jou hier uit." Haar stem is hees en bitter.

Jojo gaan sit op die stoel langs die bed. "Wat wil jy hê moet ek vir jou sê?"

"Waar was jy toe jou suster jou nodig gehad het? Dis wat jy moet vra."

"Jammer, Irene, maar ek gaan nie jou selfbejammering verder aanwakker nie."

"Selfbejammering? Se moer. Daardie brief was 'n noodroep, Jojo. Diana het daarmee probeer sê help my, keer my dat ek uiting gee aan hierdie woede teen die regter en almal soos hy. Doen iets aan die onregverdigheid van die lewe. Jy is in 'n posisie om te kan optree.

"En wat maak ek? Ek wik en weeg ses weke lank oor wat my te doen staan en stuur die bleddie ding na 'n handskrifdeskundige toe. As ek dadelik werk daarvan gemaak het, Diana dadelik begin soek het, sou sy en die regter en 'n spul ander mense dalk nog geleef het."

"Oukei, nie selfbejammering nie, maar selfverwyt. Ewe nutteloos. Wat sou jy gemaak het as jy haar gekry het?"

"Haar daar weggevat het. Sense in haar kop gepraat het. Al moes ek haar in 'n gestig gedruk het. Daar gehou het tot sy weer haar gesonde verstand teruggekry het."

Asof dit moontlik sou wees. "En hoe sou jy haar daar weggevat het?"

"As ek dadelik vir Valk vertel het van die brief sou hy my gehelp het. Of minstens dadelik nadat ek by Ayla was. Gehoor het sy het 'n persoonlikheidsversteuring. In daardie geval sou die regter nie ontkom het nie, maar daardie onheilsnes sou ten minste oopgevlek gewees het en die res sou nog geleef het. Nie net die IPIN-mense nie, die Bonthuyse ook.

"Maar nee, ek glo Ayla nie, want 'n Krause kan mos nie 'n persoonlikheidsversteuring hê nie. 'n Krause kan mos nie van haar kop af wees nie. 'n Krause kan nooit 'n fokken regter vermoor nie, dis onfokkendenkbaar."

Valk moes Irene vertel het die DNS-toets van die sweet op een van die pyle wat die regter deurboor het, het toe finaal bewys Diana was die skut.

"En toe wil ek jou nog boonop daar instuur. Sodat 'n Krause tog net nie betrek word by so 'n gemors nie."

"Diana was nie net 'n Krause nie, Irene. Sy was jou suster. Ek laat my nie vertel dat jy net oor julle goeie naam bekommerd was nie."

"Natuurlik nie, maar ver in my agterkop was ek tog bekommerd oor die skande."

"En nou sit jy met die skande."

Irene sug. "Ja, ek sit met die skande, maar weet jy, ek gee nie 'n moer om daaroor nie. Dis die ironie. Ek dink aan die meisiekind wat Diana was voor Amanda selfmoord gepleeg het. Ek dink aan haar as die meisietjie wat met haar maer beentjies kon hardloop soos 'n vlakhaas. Aan haar kunssinnigheid en sterk verbeeldingskrag. Ek dink aan haar as kleuter, as tiener. Ek dink aan al die potensiaal wat sy gehad het. En ek dink aan hoe ek Hugo Swiegelaar kan opwek uit die dood sodat ek hom van voor af kan vermoor."

"Swiegelaar was dalk die katalisator, maar Diana het self haar keuses gemaak, Irene. Neem haar kwalik daarvoor pleks dat jy skuld soek by jouself en ander mense. Ja, daardie brief was dalk 'n noodroep, maar dit was die noodroep van iemand wat nie rasioneel was nie. Wat dink jy wou sy regtig gehad het moet jy doen? Self die regter uit die weg ruim?

"Of is die brief dalk geskryf uit 'n gevoel van meerderwaardigheid? Vermakerigheid amper. Jy, wat 'n offisier in die polisie was, wat nou nog aan cold cases werk en mense aan die pen laat ry, jy kan nie eens regstel wat moet reggestel word nie, daarom sal ek maar die taak verrig want ek vervul 'n hoër roeping as jy. Dink jy nie dis wat sy eintlik probeer sê het nie?"

Irene laat sak haar oë.

"En toe jy die brief gekry het, was daar geen manier dat jy kon raai sy wou regter Malan vermoor nie. Jy is nie heldersiende nie. Ja, jy moes dadelik die brief vir Valk gewys het, of minstens ná die moord, maar jy kon ook nie geweet het hoe siek Diana en daardie spul was nie. En die DNS-toetse wat op die pyl gedoen is, sou Diana in elk geval as die moordenaar uitgewys het, met of sonder brief. Jy sou haar nie kon beskerm het nie."

Die stilte rek voor Irene opkyk. "Dink jy dit is verskriklik gemeen dat ek op 'n sekere vlak half verlig is Diana is dood?"

Dis dan wat haar die heel meeste pla, besef Jojo.

"Nee, want jy is waarskynlik verlig omdat jy weet Diana sou die res van haar lewe in 'n tronk of inrigting moes deurbring en dis geen lewe vir enigiemand nie. Veral nie vir iemand wat vas glo wat sy gedoen het, was edel nie. Sy het immers die Onskuldiges beskerm, namens hulle wraak geneem. Boonop het sy geglo sy gaan 'n nuwe lewe op 'n nuwe planeet tegemoet en in stede daarvan sou sy haar lewe moes slyt in 'n sel tussen misdadigers. Dit sou vir haar erger as die hel self gewees het."

Irene sug diep. "Gelukkig glo ek nie in die hel nie. Maar as daar 'n hel is, hoop ek Nimue Hurter gaan na die diepste, donkerste deel daarvan. Sonder haar het Diana nog 'n kans gestaan om reg te kom, maar ná daardie Naweek van Gebed was dit asof Nimue Diana se siel besit het."

Diana het dit toegelaat en sy wou waarskynlik hê haar siel moet besit word, maar dit sal sy liefs nie hardop sê nie.

"Het julle al uitgevind wie van Carmichaels ontslae geraak het? Valk het net gesê dis moontlik dat Nimue die brief geskryf het om Ayla se naam skoon te kry vir wanneer sy haar lewe oorneem."

"Wanneer Ayla genoegsaam herstel het, sal sy die skrif kan ontleed. Ek reken dit was Nimue wat Diana se skrif nagemaak het, Nimue wat Carmichaels versmoor het."

"Weet julle al waarom?"

"Carmichaels het 'n maand of wat gelede by die munisi-
paliteit gekla oor 'n stank van die buurplaas af en aangedring
dat gesondheidsinspekteurs daarheen gaan. Die munisipaliteit
het egter net 'n brief geskryf en gesê die eienaar moet iets aan
die stank doen. As hulle weer 'n klagte kry, sal hulle inspek-
teurs uitstuur.

"Dit was natuurlik Kimberley en Shelley se ontbindende
liggame. Die graf was redelik vlak. Nimue kon nie bekostig dat
inspekteurs daar uitkom nie."

"Wat staan in die brief?"

"Sy het Carmichaels gaan sien omdat hy hulle 'geteister'
het. Sy sê niks van die stank nie, net dat sy daarheen is om
hom te vra om op te hou met die teistering. 'n Skermutseling
het ontstaan. Sy het hom per ongeluk te hard weggestamp en
hy het van die trap afgeval. Sy het in haar skok, en tot haar
spyt, weggehardloop. Later het sy gehoor hy is in die hospitaal
opgeneem en is daarheen.

"Sy het hom gesmeek om vir niemand te vertel dit was sy
wat hom gestamp het nie. Hy het net oor en oor bly skree: 'It
was you, it was you, you tried to kill me.' Sy het hom probeer stil
kry deur haar hand oor sy mond te sit en toe sy weer sien, is hy
dood.

"Volgens ons is Nimue egter na Carmichaels se huis toe
met die doel om hom te gaan stilmaak, maar het nie besef die
ouman het die val van die trap oorleef nie. Dis 'n foutjie wat sy
toe in die hospitaal gaan regstel het. Toe ek nou verder daar-
aan dink, het dit my laat wonder of Carmichaels se Jack Rus-
sell nie dalk in 2009 op Antonie se liggaam afgekom het nie.
Ek dink ek het jou vertel dat die hond volgens Rita so onver-
klaarbaar weggeraak het."

Irene bly weer lank stil, kyk by die venster uit en toe weer
terug na Jojo. "Dankie, Jojo."

Jojo knik. Sy weet Irene sê nie dankie oor die Carmichaels-
storie nie. En sy weet Irene het nog 'n taai stryd voor, maar
dis asof daar tog 'n verskuiwing is. Asof haar oë net effentjies
minder gekneus lyk.

Drie en veertig

Trollies wat gestoot word, verpleegsterskoene wat soms haastig en soms onhaastig kerm op die vloere. Die polisievrou se ander soort voetval wanneer sy nou en dan inloer, soms nuus bring, ander kere vrae vra. Besoekers wat kom en gaan. Die geklingel van eetgerei of teegerei afhangende van waar die ellelange dae trek. Die hospitaalgeluide word uiteindelik alles een wit geruis.

Sy het haar gehoor geleidelik teruggekry, maar dis asof sy nie eintlik wil hoor nie. Ook nie sien nie. Meesal lê sy met toe oë of staar na die plafon. Sy wens net sy kan haar gedagtes ook afsluit. As sy maar net in slaap kon ontsnap, maar selfs daar dring herinneringe deur. Hoor sy Vivien weer sê hulle is bababoere. Soekie en Diana besoek gereeld haar drome. Nimue altyd minstens in die agtergrond, meesal op die voorgrond van die beeldmallemeule, die klank van haar smalende stem soos 'n liedjie wat in mens se kop vasgesteek het.

Snaaks genoeg dink sy in haar wakker tye die meeste aan Soekie. Miskien omdat sy nie aan Nimue wil dink tot hulle weet wat van haar geword het nie. Of miskien omdat Soekie – van almal op IPIN – eintlik die grootste slagoffer was. Selfs al was sy skuldig aan moord en ontvoering, aan onmenslikheid en wreedheid. Selfs al het sy Irene, en waarskynlik die Bonthuyse ook, koelbloedig met pyle uit haar boog deurboor.

Watse kans het Soekie gestaan toe sy op sewentien in so 'n benarde posisie daar aangekom het? En nadat sy geboorte geskenk het, was daar Sterretjie wat Emsie se afpersmiddel geword het.

Emsie het vir Jimmy en die Houghs in haar mag gehad. En Soekie het die storie dat haar kinders vir 'n lewe op 'n nuwe planeet bedoel is, aangegryp omdat selfs die ongeloofbare geloofwaardig word as dit is waarvan jou en jou kinders se oorlewing afhang. Nie net fisieke oorlewing nie maar ook oorlewing op emosionele en geestelike vlak

Die simpatie wat sy voel vir 'n vrou wat haar help ontvoer en aangehou het, verras haar. Is dit net oor Soekie se klein welwillendhede? Of is dit omdat sy gedurende hulle gesprekke – hoe absurd die onderwerp ook al was – Soekie die mens agter die monster sien deurskemer het? Besef het Soekie is nie 'n monster gebore nie, maar moes een word. Dat sy net 'n ma was wat die beste vir haar kinders wou hê, al was "die beste" bisar.

Wat weer bewys selfs goeie, intelligente mense kan geïndoktrineer word om te word wat hulle nie inherent is nie as dit is wat dit verg om te oorleef.

En toe besluit Nimue in elk geval dat hulle nie sal oorleef nie. Maar selfs al het Soekie lewend daar uitgekom, hoe sou sy ooit weer in 'n gewone samelewing kon ingepas het? Veral met die wete dat haar kinders verkoop is aan mense wat dit nooit sal erken nie. Met die wete dat sy meegedoen het aan wreedhede wat dikwels op moord uitgeloop het, ter wille van 'n illusie gegrond op leuens.

Jules is 'n ander saak. Hy is nog jonk. En hy het nie gruweldade gepleeg nie. Maar sal hy ooit werklik kan inpas en aanpas by sy nuwe omstandighede?

Die geluid van 'n rolstoel dring tot Ayla deur. Dis 'n bekende geluid in die gange, maar hierdie keer klink dit naby.

"Ayla?"

Haar oë vlieg oop.

Sy wange is nog versonke en daar is donker kringe onder sy oë, maar om Strach se mond speel 'n flouerige glimlag.

"Ek moes net kom seker maak jy is regtig oukei."

Ayla skuifel regopper teen die kussings. "Ek is. Soort van. En jy?"

"Herstellende." Hy vou sy hand oor hare. "Ek wou ook kom sê ek is so jammer ek was so useless. Dat ek jou nie teen Nimue en die res kon beskerm nie."

"Hemel, Strach. Hoe op aarde sou jy my kon beskerm in die situasie wat ons was?"

"As ek net nie so stupid was om in die eerste plek saam met Nimue te gaan nie, sou jy dalk ook nie daar beland het nie. Of as ek net, toe ek agterkom wat aangaan, vergeet het sy is 'n vrou en haar oor die kop gemoer het by die eerste beste geleentheid, sou ek dalk kon uitkom en die onheilige nes ontmasker het."

Ayla skud haar kop. "Dis maklik om in nabetragting te sien wat 'n mens moes gedoen het. Wanneer jy in 'n situasie vasgevang is en blitsbesluite moet neem terwyl jy nie die agtergrond of konteks ken nie, kan jy net doen wat reg voel vir die oomblik. Ek is die een wat om verskoning moet vra. Dis my familie wat soveel leed veroorsaak het. Soveel gruweldade gepleeg het."

"Jy het nie skuld aan die goed wat jou familie aangevang het nie, Ayla."

"Nie direk nie, maar ek moes my nie so van alles en almal onttrek het nie. Ek moes minstens met Nimue probeer kontak hou het, haar elf jaar terug al gaan soek het – of laat soek het – toe ek sien sy het haar bankrekening leeggetrek. Ek moes geweet het dit kan net beteken sy het onheilige planne."

"En jy preek vir my oor 'in nabetragting'? Jy kon nie geweet het wat die omvang van haar planne is nie. En wat sou verander het, selfs al het jy haar opgespoor? Wat in elk geval onwaarskynlik is."

Sy poging om haar te verontskuldig, slaag nie daarin om die donkerte in haar gemoed te lig nie. "Hoe kan 'n mens willens en wetens drie ploftoestelle plant en met 'n leuen jou boesemvriendin 'n detonator in die hand stop? Die mense saam met wie jy meer as 'n dekade gebly het, die lug in opblaas?" "Niemand behalwe Nimue sal dit ooit verstaan nie, Ayla. Moenie eens probeer nie." Hy vryf met sy duim oor haar kneukels. "Ons albei sal dinge een tree op 'n slag moet vat. Daar lê nog moeilike tye voor, veral vir jou, maar vir my ook.

"Op die oomblik ... Ek weet nie wat om te maak met hierdie woede in my oor Tiaan nie. Om van die kinders wat hy verwek het nie te praat nie. En ek sal nooit uitvind wat met hulle gebeur het nie. As daar enige rekords was, het dit saam met Vivien en Emsie in hulle rondawel opgegaan in vlamme. Valk reken dis waarskynlik waarom Nimue seker gemaak het daardie rondawel brand af. Sy het glo 'n gasbottel oopgedraai voor sy Vivien en Emsie daar toegesluit het"

"Boonop het Nimue die hardeskyf van haar rekenaar op IPIN vernietig. Hulle sal die IT-afdeling kry om te kyk of iets herwinbaar is, maar hulle het nie veel hoop nie. Daar is ook geen selfone gevind nie. Die hommeltuig het ook niks opgelewer nie. Die geheuekaarte is weg, waarskynlik vernietig. Nimue het deeglik agter haar skoongemaak."

Hy skud sy kop. "Die enigste ding waaraan ek my troos, is dat mense wat bereid is om 'n fortuin vir 'n baba te betaal sekerlik goed vir die kinders sal wees. Aan die ander kant is dit mense wat bereid is om elke soort wet in die boek te oortree. Ongeskrewe morele wette ook."

Tiaan en sy verlore nageslag gaan vir die res van sy lewe 'n wond in Strach se binneste wees, besef Ayla.

Strach druk sy voorkop teen hulle hande. "Om te dink dit was Kimberley wat Tiaan daarheen gelok het." Sy oë is rooi toe hy opkyk. "As dit nie daarvoor was nie, sou ek nog simpatie met haar kon gehad het, maar nou kan ek net afgryse vir haar voel."

"Dokter Serfontein? Ek het gesê net tien minute." Die polisievrou kyk vermanend na hom vanuit die deur.

Strach knik en gee Ayla se hand 'n drukkie. "As ons albei eers weer volkome herstel het, sal alles rooskleuriger lyk. Ons het oorleef, Ayla, en dis die belangrikste. Ons het 'n tweede kans gekry."

Ayla sluit haar oë toe hy uit haar sig verdwyn. As Strach afgryse vir Kimberley voel, wil sy nie weet wat hy vir Nimue voel en nog vorentoe gaan voel nie. En sy sal hom altyd aan Nimue herinner.

Sondag 1 Oktober
Ayla

Vandat sy netnou wakker geword het, het sy nog nie 'n bewaker met 'n oog gesien nie. Gewoonlik het een van die polisievroue wat by haar diens doen teen dié tyd al 'n paar keer ingeloer.

Die verpleegster wat haar medikasie kom toedien het, is nuut en kon nie 'n antwoord op Ayla se navraag gee nie. Sy het nie eens geweet Ayla is onder bewaking nie.

Aan die een kant is sy verlig dat sy weer haar ruimte vir haarself het, aan die ander kant kan sy nie help om heeltyd met 'n knop op haar maag die deur dop te hou nie.

Vinnige voetstappe wat in die gang aankom, laat haar effens regopper skuif teen die kussings.

"Jojo!" roep sy verras uit toe dié in haar paradysvoëlgewaad die privaat kamer binnegewarrel kom.

"Hallo, Aylatjie. Jene, is ek bly om jou weer te sien." Sy druk 'n soen op Ayla se voorkop en vee dan die lipstiffiemerk met haar duim af. "Kom ek sit gou dié in die water." Sy hou 'n gerfie fynboslelies in die lug.

Eers toe Jojo in die stoel langs die bed kom sit, sien Ayla die erns in haar oë raak, die gespannenheid om haar mondhoeke.

"Wat is dit, Jojo?"

Jojo vat haar hand in albei hare. "Dis Nimue."

Ayla sluk swaar.

"Ons het uitgevind wat van haar geword het."

Dis hoekom sy nie meer onder bewaking is nie. "Wat het gebeur?"

"Ek sal by die begin moet begin."

Ayla knik en luister in stilte terwyl Jojo vertel van die huis wat Valk-hulle in Struisbaai geïdentifiseer het. Dat hulle uiteindelik 'n lasbrief gekry het.

"Jou motor was in die garage. Hulle lei af Nimue het jou gehuurde motor teruggeneem Avis toe en met jou kaartjie O.R. Tambo toe gevlieg. Sy het jou motor op die lughawe gekry, 'n paar sake afgehandel, soos om jou huis in die mark te sit, en toe 'n dag of wat later Struisbaai toe gery. Sy was reg om haar lewe as Ayla Hurter te begin. Sy moes nog net ontslae raak van IPIN en die mense daar."

Jojo skep 'n oomblik asem voor sy vertel van die roomysvrou wat 'n blonde vrou op die vissersboot sien klim het. Van Triton alias Titus Jantjies.

"Jantjies het aanvanklik alles ontken, maar het uiteindelik gecrack toe dit onder sy aandag gebring is dat hy op die minste sal moet pa staan vir die moorde op Jimmy, Julian en Tiaan as Nimue nie opgespoor kan word nie."

Ayla trek haar asem sidderend in. Sy weet sy sal moet luister, maar eintlik wil sy nie hoor nie.

"Is jy oukei?" Jojo kyk haar bekommerd aan. "Wil jy water hê?"

Ayla knik, onmagtig om haar stembande te gebruik. Jojo skink vir haar in. Ayla se hande bewe toe sy die glas by haar neem en diep daaraan teug. Water sal nooit weer vir haar net water wees nie. Die gedagte laat haar van voor af besef hoe gevoelloos Nimue werklik was. "Dankie. Ek is nou oukei. Praat maar verder."

"Seker?"

Ayla knik.

"Jantjies het erken hy werk al jare vir die vroue in beheer van IPIN, maar ontken dat hy vir enigeen van die mans se moorde verantwoordelik was. Hy het net van die liggame ontslae geraak.

"En toe het hy ook erken dat hy Nimue by 'n paar geleenthede met sy skuit na en van Struisbaai vervoer het. En dat Nimue die dag van die ontploffing op sy boot was.

"Eers het hy gesê hy het haar afgelaai en weet nie wat van haar geword het nie, maar toe Valk-hulle vir hom sê hulle het bewyse dat sy boot nie daardie dag in die Struisbaai-hawe was nie en dat Nimue beslis nie daar afgeklim het nie, het hy sy storie verander."

Ayla neem nog 'n sluk water.

"Volgens Jantjies het Nimue vir hom gesê dis nou die laaste keer dat hulle sake doen en as hy ooit enigiets kwytraak, sal hy en sy hele familie dit vir ewig berou. Hy was ontsteld dat sy bron van inkomste opgedroog het en het haar probeer afpers vir 'n afskeidsbonus – soos hy dit noem.

"'n Woordewisseling het ontstaan. Nimue het hom geklap en toe stamp Jantjies haar uit die kajuit uit. Sy het op die nat dek gegly en geval. Die deining was baie sterk. Hy het 'n oordeelsfout begaan toe hy weer die stuur vat. Die skuit het skerp gekantel terwyl Nimue probeer regop kom het. Sy het dié keer met haar kop teen die kant van die boot geval en die volgende oomblik was sy oorboord."

Ayla sluk swaar. Sy knik toe Jojo haar vraend aankyk. "Ek is oukei." Sy weet eintlik nie wat sy voel nie, sy weet net sy moet weet wat gebeur het.

"Met die sterk deining het Jantjies gesukkel om die skuit tot by haar te kry. Hy was nog 'n entjie van haar af en wou nog die reddingsgordel uitgooi, toe begin sy sink asof iets haar van onder af ingetrek het. Eers het hy gedink dis 'n haai, maar daar was nie bloed of enige teken van 'n haai nie. Sy het net eenvoudig soos 'n sak klippe gesink en nie weer boontoe gekom nie."

Ayla vee oor haar branderige oë. "Glo Valk-hulle hom?"

"Hulle vermoed die meeste daarvan is die waarheid."

"Maar hoekom sou sy gesink het? So vinnig?"

Jojo haal haar skouers op. "Hulle dink sy was dalk bewusteloos, maar niemand weet vir seker nie."

Ayla huiwer 'n oomblik. "Hulle is seker Nimue is dood?" Die Ayla wat sy was voor sy Nimue weer gesien het, hoop haar suster lewe nog. Die Ayla wat op IPIN was, hoop sy hoef nie vir die res van haar lewe in vrees vir haar suster te leef nie.

"Haar liggaam is nie gevind nie, maar hulle was in diep water, Ayla. Daar was geen ander bote in die omgewing nie. Jantjies sê hy het nog lank in sirkels gery om te sien of sy nie boontoe kom nie, maar niks. Uiteindelik het hy teruggegaan Perlemoenbaai toe."

Ayla kan agterkom Jojo weet nie mooi of sy simpatie moet betuig of nie.

"Ek het vir Valk gevra hoekom Jantjies Nimue sou wou red," vervolg Jojo uiteindelik sonder om 'n moordkuil van haar hart te maak. "Dit klink immers nie asof hy van medemenslikheid aanmekaargeslaan is nie. Maar die rede is nogal geloofwaardig. Sy het hom nog geld geskuld.

"Jantjies kon uiteraard nie die NSRI inroep nie. Dit sou vir hom meer probleme geskep as opgelos het – of hulle haar nou lewend of dood gevind het, of glad nie. En hy het seker eintlik geweet dis te laat. Toe bly hy eerder stil en hoop niemand kom agter sy was op sy boot nie."

Dit voel so onwerklik om te dink dat Nimue net nie meer daar is nie. Miskien omdat sy nog nie gereed is om te verwerk wie en wat Nimue werklik was nie. Miskien omdat haar liggaam nie gevind is nie. Miskien omdat sy geen emosie voel op hierdie oomblik nie. Nee, nie geen emosie nie. Eerder 'n warboel van botsende emosies wat mekaar neutraliseer.

"Die IT-manne kyk nog wat op jou laptop aangegaan het sedert dit in Nimue se besit was," stuur Jojo die gesprek weg van die verdrinking. "Sy het klaarblyklik iemand gekry om die wagwoord te omseil."

Ayla knik. "Sy het so gesê, ja." Sy maak haar oë toe, ineens doodmoeg.

"Aylatjie, ek gaan die verpleegster roep dat sy vir jou iets kan gee. Ek besef dis 'n klomp traumatiese inligting wat jy moet verwerk."

Ayla skud haar kop. "Hoe gouer ek sonder medikasie daardeur werk, hoe beter."

Jojo vou weer haar pofferhandjies om Ayla s'n. Haar palms is warm en vertroostend teen Ayla se koue vel. "Onthou net een ding, Ayla. Nimue het self haar lot bepaal tot net voor sy

oorboord geval het. Ek reken sy sou in elk geval die dood ver-
kies het bo lewenslange tronkstraf. Nes Diana."

Ayla gee haar hand 'n drukkie. "Dankie, Jojo. Ek weet nie
wat ek sonder jou sou gedoen het nie. Maar nou wil ek liewer
alleen wees."

"Ek verstaan." Jojo streel oor haar hare voor sy haar hand-
sak optel en met 'n laaste wuif uitstap.

Vier en veertig

Sy glimlag flouerig toe Jojo om die deur loer.
"Hallo. Kom binne."

"Hallo, Aylatjie." Jojo sit 'n fles op haar bedkassie neer. "Groentee met heuning."

"Dis dierbaar van jou."

"Plesier. Hoe gaan dit?"

Ayla weet sy verwys nie na haar beserings nie. "So goed as wat dit kan." En dis waar. Sy sal nog baie dinge moet deurdink en verwerk, maar sy hoef dit nie alles op een slag te doen nie.

"Strach stuur groete; ek was nou net by hom. Ek kan amper nie glo julle is albei so goed aan die herstel nie. Hoe gaan dit met die voet?"

"Ek sal nog 'n ruk 'n moon boot moet dra, maar ek behoort teen die einde van die week ontslaan te word."

"Dis wonderlike nuus. Irene is toe Vrydag ontslaan. Sy is nog glad nie haarself nie – meer oor Diana as iets anders – maar dit sal beter gaan noudat sy by die huis is."

"Hoe gaan dit met Jules?"

"Laas week al ontslaan. Hy is ook fine. Wel, so fine as wat hy kan wees tussen 'n klomp vreemdelinge al is hulle familie. Die Jacksons doen hulle bes, maar hy het nog baie om aan gewoond te raak. Gelukkig ontferm sy niggie haar oor hom sedert hy by hulle ingetrek het. Sy wys vir hom allerhande TV-programme sodat hy kan verstaan hoe ons wêreld werk en is vas van plan om hom te leer lees en skryf."

"Nou wat pla jou dan?"

Jojo gee 'n laggerige suggie. "Mens kan ook niks vir jou wegsteek nie."

"As dit die Sondagkoerante is ... Ek weet van albei berigte." By die een is 'n foto van IPIN ná die ontploffing. Kaptein Bosman se voorlopige persverklaring bevat die minimum inligting aangesien hulle nog die saak ondersoek, dus word daar in die berig meer gespekuleer as enigiets anders.

In die tweede berig word elke liewe detail wat hoegenaamd van die twee Venter-vroue en Hurter-dogters opgegrawe kan word, breedvoerig weergegee. Haar naam word amper net so dikwels soos Nimue s'n genoem.

Jojo skud haar kop. "Soms is die internet 'n ondier."

Ayla knik. Dis duidelik waar die joernaliste aan hulle inligting gekom het. "Ek sal nooit weer my naam êrens sonder stigma kan gebruik nie."

"Dan moet jy baie bly wees Nimue se ander plan het nie geslaag nie." Jojo haal haar tablet uit, maak dit wakker en soek iets daarop voor sy dit aangee. "Dit was bedoel vir 'n blog wat sy reeds geskep het, maar waarin sy nog niks geplaas het nie. Die dokument was op jou rekenaar wat hulle in die Struisbaai-huis gekry het. Ek neem aan sy sou dit die dag ná die ontploffing geplaas het."

Die opskrif laat Ayla regop sit. *Kronieke van Eumin (1): Nimue Hurter op pad na die sondelose Nuwe Paradys deur Ayla Hurter.*

My naam is Ayla. Ek en my suster Nimue is die nakomelinge van 'n ras wat bekend staan as Nordic aliens.

Ek is uiteindelik bereid om hierdie feit rugbaar

te maak nadat ek Nimue se opvaart na Eumin, die nuwe planeet wat deel is van die Pleiades-groep, persoonlik waargeneem het.

Die Pleiadiërs het hierdie planeet, wat pas bewoonbaar geraak het, na Nimue vernoem en met haar saamgewerk om die Euminisi, 'n geëvolueerde nuwe geslag Nordic aliens, van die planeet Aarde af Eumin toe te neem.

Nimue se volgelinge sou ook deel gewees het daarvan. Ongelukkig het hulle op die nippertjie kop uitgetrek. Hulle het geskrik vir die oorweldigende grootte van die ruimtetuig en bang geraak vir die nuwe lewe wat op hulle wag. Hulle het geweier om die ruimtetuig te betree en moes agtergelaat word aangesien die tuig sy skedule moes volg om interstellêre sferiese tonnels, oftewel inen uitgange deur die aarde se mesosfeer en veral termosfeer, binne 'n beperkte tydgleuf te kan benut.

Daar is berig dat daar 'n ontploffing was, maar dis 'n leuen, opgedis deur instansies wat wil verhoed dat aardbewoners uitvind hulle word van ander planete af besoek. Dit was in werklikheid die uitwerking van die Pleiadiërs se kragtige tegnologie, wat die dak van die gebou waarop die ruimtetuig geland het, laat meegee het. Ongelukkig het almal wat in die gebou agtergebly het, selfs dié wat hulself uit vrees toegesluit het, gesterf toe die gebou op hulle ineengestort het. As hulle maar net dapperder was, sou hulle ongeskonde, en nou ook op pad na Eumin toe gewees het.

Dit was my hartsbegeerte om saam met Nimue te gaan, maar my roeping is om verslag te doen van dit wat werklik op 23 September plaasgevind het, alles wat aanleiding gegee het tot hierdie wonderbaarlike gebeurtenis, asook joernaal te hou van wat van nou af gebeur.

Op 23 September het ek van 'n veilige afstand af deur 'n verkyker gekyk en persoonlik gesien dat negentien Euminsi tussen die ouderdomme van een en 'n half en drie en twintig jaar, saam met Nimue in die ruimteskip opgevaar het. Hulle het nog vir my gewaai oomblikke voor die gebou in duie gestort het.

Skeptici sal vra waarom ek nie foto's van die tuig geneem het nie. Hulle begryp nie dat die Pleiadiërs se tegnologie so ver gevorderd is dat beelde van hulle tuie nie op ons primitiewe fotografiese toerusting vasgevang kan word nie.

Ek voel bevoorreg dat ek gekies is om die mensdom in te lig oor Nimue se grootsheid en haar dapper bereidwilligheid om die nuwe sondelose Eva op die nuwe sondelose planeet Eumin te wees.

Die tweede aflewering van hierdie blog volg binnekort.

Please go here for the English version of this blogpost about Eumin, the new planet, and new home to Nimue and nineteen innocent, pure, untouched beings born on Earth, raised here by Nordic Aliens, but meant for perfect Eumin.

Ayla voel naar toe sy na Jojo opkyk. "Dis voor die ontploffing geskryf. Sy het presies geweet wat gaan gebeur nog voor sy teruggekeer het IPIN toe. En daar het sy die mense wat sy beplan het om uit te wis sonder skroom in die oë gekyk."

Jojo knik. "En dit ruim alle moontlike twyfel uit die weg oor waarom sy wou sorg dat jou liggaam nooit gevind word nie. Daarenteen sou sy seker teen dié tyd in angs en spanning gewag het dat Strach se liggaam opgespoor word sodat sy haar erfporsie daar kon opeis. Dis seker ook hoekom sy daarop sinspeel dat sommige van haar volgelinge hulself toegesluit het."

"Geld was net een sy van die saak, Jojo. Sy het in soveel woorde vir my gesê haar eintlike doel is om die naam Nimue

Hurter te verewig in die annale van internasionale UFO-geskie-
denis as dogter van Ayling en die heerseres van Eumin. Dit het
net nie tot my deurgedring sy wou my naam gebruik om haar
eie beuel te blaas nie."

Jojo neem die tablet weer by haar. "In Afrikaans en Engels.
Die tweede aflewering is ook reeds geskryf met 'n belofte van
'n derde een wat op pad is, maar dié was nie op jou rekenaar
nie. Dis waarskynlik toe nie geskryf nie."

"Ek sien nie kans om dit te lees nie, maar wat sê sy in die
tweede aflewering?"

"Dis 'n lang een. Sy vertel van Marja se ondervinding en
daarna gaan sy weer aan oor 'haar suster Nimue'. Hoe sy dit
betreur dat hulle mekaar nooit weer sal sien nie, maar geluk-
kig is sy wel van tyd tot tyd in telepatiese verbinding met haar.
Nimue-hulle is nog op reis na Eumin, maar wanneer hulle eers
daar is, sal die telepatiese verbinding beter wees.

"Nimue en die Eumnsi sal oor minder as 'n maand op die
ongerepte planeet aankom en dit kan begin ontdek. 'n Planeet
wat hulle ongerep gaan hou sonder om al die foute wat die
aardbewoners begaan het te maak. Almal wat op pad is Eu-
min toe is Afrikaanssprekend en Afrikaans sal die taal van die
planeet wees – en ek haal aan – 'vir solank Eumin om sy eie
son draai en sy maan die naglandskap belig'. Die Euminsi sal
floreer in die suiwerheid waarin hulle leef. En 'Ayla' sal verslag
doen oor alles wat hulle ervaar."

Ayla gee 'n magtelose laggie. "Ek sou self nie omgegee het
om op 'n nuwe planeet van voor af te begin nie. Nogal 'n Afri-
kaanse een."

"Ek dink nie een van ons sal omgee nie. Maar ongelukkig
sit ons nou op planeet Aarde waar die toring van Babel ons
verdeel het, en wat ons self aan die vernietig is. En hier sal ons
maar moet voortploeter."

Dit lyk asof Jojo nog iets wil sê, maar byt dan net haar
onderlip.

"Sê maar, Jojo?"

"Ek wil jou nie nog meer ontstel as wat ek reeds het nie."

"Ek dink nie enigiets kan my nog verder skok nie."

"Daar was toe 'n agste graf, in 'n heel ander hoek van hoewe."

Ayla se hart krimp ineen as sy net aan al die grafte dink. Nog net Kimberley en Shelley se liggame is geïdentifiseer, maar sy het die speurder wat haar kom ondervra het ingelig die ander is waarskynlik Susan, Jimmy, Danie, Antonie en Sterretjie s'n. Volgens hom dui die nadoodse verslae op verhongering en ontbering in al sewe gevalle.

"Weet hulle wie s'n dit is?"

"Nog nie amptelik nie, maar hulle vermoed sterk dis Jules se ma."

"Natuurlik. En 'n 'Akkedis-mens' mag nie by die ander begrawe word nie. Liewe hemel, Jojo, hoe is dit moontlik dat ek my ma en suster so swak geken het?" Dit het al 'n retoriese vraag by haar geword.

"Ken een mens ooit werklik 'n ander? Maar in jou geval is dit soveel verstaanbaarder, Ayla. Geen normale, goedgeaarde mens kan hom ooit indink in die koppe van die monsters wat hulle was nie. En hulle was te na aan jou. Jy kon nie objektief na hulle kyk nie."

Dis waar, besef Ayla nadat Jojo uit is. So ironies as wat dit klink, was sy te na aan hulle. Dis asof haar hele jeug een groot leuen was. 'n Leuen waarop sy haar volwasse lewe gebou het. Geen wonder dit was so 'n doellose lewe nie.

Saterdag 7 Oktober
Ayla

Uiteindelik by die huis. Wil jy 'n draai kom maak?

Ayla huiwer net 'n oomblik lank voor sy Strach se SMS antwoord. *Ek maak so. Oor so 'n halfuur?*

Perfek.

Jojo het haar gelukkig gehelp om 'n paar stukke klere en toiletware te koop toe sy ontslaan is. Ook om 'n kamer in 'n gastehuis te kry en 'n motor te huur. Outomaties, aangesien haar linkervoet nog in 'n moon boot is. Sy wens daar was 'n ander naam vir die ding wat haar enkel moet beskerm, maar dis wat almal by die hospitaal dit genoem het.

Die sekuriteitswag laat haar deurgaan sonder om Strach eens te bel. Hy moes laat weet het sy is in aantog.

Die deur staan oop en Strach sit voor die TV toe sy inkom. Hy skakel dit dadelik af, maar Ayla het klaar die beelde van die IPIN-puin agter die TV-joernalis herken.

"Nie nodig om op te staan nie," keer sy toe hy orent wil kom. Sy weet hy het nog nie sy kragte ten volle herwin nie. Strach lyk egter aansienlik beter as toe sy hom Donderdag vlugtig in die hospitaal gesien het net nadat sy ontslaan is.

Ayla gaan sit in die stoel skuins oorkant hom. "Enigiets nuuts?" Sy knik in die rigting van die TV wat hulle nou doods aanstaar.

Hy skud sy kop. "Tas steeds in die duister rond. Gebruik nog steeds alles wat op die internet beskikbaar is oor julle."

Miskien moes sy maar 'n personderhoud toegestaan het soos Valk haar aangeraai het, maar sy het net nie kans gesien om antwoorde te gee op vrae wat sy self nog probeer verwerk nie. En sy weet mos teen die tyd hoe joernaliste gaan inzoem op die sensasionele. Hoe hulle 'n mens buite konteks kan aanhaal.

Die hoop dat haar stilswye 'n demper op haar sy van die saak sal plaas, het egter tot dusver beskaam.

Strach kyk haar 'n oomblik stil aan. "Ek gaan nie vir jou sê ek is jammer oor Nimue se dood nie. Want as ek dit sê, sal dit wees omdat ek jammer is sy boet nie vir haar dade nie. Nie uit simpatie nie."

Ayla knik net.

"Is jy oukei in die gastehuis?" verander hy dadelik die onderwerp. "My aanbod bly staan, jy kan in my gastekamer bly tot jy huis toe gaan."

"Dankie, Strach, maar dis beter as jy nie enigsins verder met die hele siek spul geassosieer word nie. Gelukkig het die polisie nog my selfoon en net jy en Jojo het die pay-as-you-go-nommer, maar 'n mens weet nooit hoe slinks die joernaliste is nie. Ek het selfs onder 'n vals naam by die gastehuis ingeteken."

"Jy kan nie vir altyd wegkruip nie, Ayla."

"Ek gaan my bes doen. Dit sal wel oorwaai."

Hy kyk haar skepties aan, gee dan 'n sug. "Ek verstaan. Ek het ook 'n onderhoud geweier. Familie van Antonie de Wet en Danie Uys het wel onderhoude toegestaan, maar ek wou nie eens daarna kyk nie."

Dit kan sy nou weer verstaan. Dit moes vir hulle hartverskeurend gewees het om uit te vind waar hulle liggame gevind is en hulle pyn sal Strach te veel aan Tiaan herinner.

"Ek is jammer, Strach. Oor Tiaan en alles wat nog daaruit gaan voortspruit." Haar stem kraak.

"Liewe donner, Ayla, dit was nie jy wat my en Tiaan by IPIN betrek het nie. My eksvrou het. As dit nie vir Kimberley was nie, sou Nimue nooit eens van my geweet het nie."

Seker nie, maar die hel waardeur hy is, het nog steeds alles met haar familie te doen.

Dit was 'n fout om hierheen te kom. Die ongemak tussen hulle is amper tasbaar. Waaroor praat hulle as hulle nie oor die nagmerrie praat nie? En dis 'n mynveld in sigself. Tiaan se dood en sy kinders se lot sal altyd tussen hulle staan.

"Ek het eintlik net kom groet. Ek vlieg môre terug."

Strach kyk haar 'n oomblik stil aan voor hy knik. "Jy het seker baie om daarbo te gaan uitsorteer. Ek moet dieselfde aan hierdie kant doen. Onder meer sien wat aangaan in my praktyk. By Tiaan se ouers uitkom."

"Is hulle familie van jou?"

"Nee. Sy ma het saam met my begin swot en ons het af en toe saam koffie gedrink. Sy het verwagtend geraak by iemand met wie sy nie wou trou nie en was te bang om vir haar ouers te sê. Ek het met haar ouers gaan praat en alles het goed uitgewerk. Sy het met hulle hulp die baba alleen grootgemaak tot sy 'n paar jaar later getroud is.

"Ek het grotendeels kontak met haar en haar man verloor toe Tiaan nog klein was en hulle Oudtshoorn toe getrek het. Ons vriendskap het eintlik net gehou omdat ons almal somervakansies Bientangsbaai toe gekom het en selfs dan het ons mekaar nie doelbewus opgesoek nie. Ons het die eerste keer weer werklik kontak gehad ná Tiaan se verdwyning. Hulle het gecrack en ek het vir hulle probeer instaan al het ek Tiaan nie eens baie goed geken nie. Kimberley se aandeel het die vriendskap seker nou finaal vernietig."

Ayla weet nie wat om daarop te sê nie en staan op. "Ek moet nog gaan pak en 'n paar reëlings tref." Sy het feitlik niks om te pak nie en al haar reëlings is getref. Sy het Jojo ook reeds gaan groet. Maar dis pynlik om hier te bly en Strach in die oë te moet kyk.

Strach stap saam met haar uit.

"Ayla?" vra hy toe sy agter die stuur sit.

Sy kyk op. Sy blik is onpeilbaar. "Ek weet alles is vir ons albei nog baie deurmekaar. Daar is so baie emosies. Soveel implikasies. Maar ek hoop nie dis die laaste sien nie?"

"Strach, ek dink nie ..."

"Sj." Hy laat sy wysvinger liggies op haar mond rus. "Ek sal wag tot jy voel jy is gereed daarvoor dat ons mekaar beter leer ken. Kyk of ons gevoelens vir mekaar tot meer kan lei. Want gevoelens is daar, dit kan jy nie ontken nie." Hy wag nie vir 'n antwoord nie, druk net die motordeur sagkens toe.

Gevoelens? Meer as dit, maar die moontlikheid dat dit tot meer kan lei, is doodgebore.

Sy kan skaars deur die tranewaas sien toe sy wegtrek.

Vyf en veertig

D is asof die gebeure van die afgelope weke haar hele uitkyk op die lewe verander het. Selfs haar huis, haar holte vir die voet, het sy magic verloor. Sy voel soos 'n vreemdeling in 'n vreemde, te groot plek.

Griet troos darem. Die arme kat weet seker nie waarom sy so dikwels opgetel en vasgedruk word nie. En Joyce verstaan seker nou nog nie hoekom Ayla haar om die hals geval en in trane uitgebars het toe sy haar die eerste keer weer gesien het nie. Sjerien wonder seker ook oor die oordadige blomruiker wat Ayla vir haar gestuur het.

Fisiek het sy, soos Irene en Strach, feitlik volkome herstel, maar dikwels is dit juis die dieperliggende dinge wat nie herstelbaar is nie.

Al voel sy egter hoe vuisvoos, al voel dit asof elke emosie in haar afgestomp is, moet haar lewe nou weer koers kry. 'n Koers weg van alles wat die afgelope weke gebeur het.

Sy sal moet ophou pieker oor Nimue se liggaam wat nie gevind is nie, oor wat haar so onverklaarbaar kon laat sink het. Ophou wonder of dit nie een of ander truuk was wat sy met Triton se hulp uitgevoer het nie.

Sy sal ook moet ophou koerante lees. Een of ander tyd moet die hele hoe-ha oorwaai. Dit moet net. En dan eers sal sy weer daaraan dink om haar werk te hervat. As sy nog kliënte oorhet.

Maandag 23 Oktober
Ayla

Sy skrik toe sy die vreemde nommer op haar selfoon sien. Dis nog steeds net enkele mense wat haar nuwe foonnommer het.

"Hallo?" antwoord Ayla huiwerig.

"Praat ek met Ayla Hurter?" 'n Heserige vrouestem. Een wat gelukkig klink.

"Wie wil weet?" Dom van haar, besef sy dadelik. Nou het sy klaar erken dis sy.

"Ayla, ek het jou nommer by Gertjie Niemand gekry. Moet asseblief nie neersit nie. My naam is Xanthe Augustine. Ek skryf vir *In Diepte*. Ken jy die tydskrif?"

As dit enige ander tydskrif was, het sy afgelui, maar *In Diepte* is 'n nuustydskrif wat omtrent al elke moontlike joernalistieke prys gewen het. Die tydskrif se integriteit is bo verdenking. "Ek is ingeteken daarop."

"Dan sal jy miskien onthou ek het jare gelede vir hulle begin artikels skryf oor goed soos Wicca, die Bimini-klippe, Edgar Cayce se bewerings en dies meer."

Oorwoë, goed nagevorste artikels wat mites blootlê sonder veroordeling of hoon. Ja, sy onthou nou die naam.

"Hoe ken jy vir Gertjie Niemand?"

"Onthou jy dalk die Paradyskloof-insekmoorde? Ek was daar. Dis 'n lang storie, maar Faan Fortuin het my lewe gered en Gys en Gertjie het ook 'n groot aandeel daaraan gehad. Ons het in kontak gebly deur die jare. Ek en my man was gister by hulle en toe gesels ons oor die hele IPIN-ding en ek sê ek sal so graag jou kant van die saak wil hoor. Toe sê Gertjie jy het al vir haar werk gedoen. Sy het glo laas week nog vir jou weer 'n dokument gekoerier en jy het ontvangs per SMS bevestig. Daarom het sy jou nuwe nommer."

Dom van haar, maar Gertjie sou nie haar nommer vir Xanthe gegee het as sy haar nie onvoorwaardelik vertrou nie.

"Ayla, Gertjie reken jy hoop waarskynlik hierdie hele affêre gaan net verdwyn, maar ná gister se koerant moet jy besef dit gaan nie gebeur nie."

Waar hierdie naweek se Sondagkoerant aan daardie ge- wraakte foto van haar, Vivien en Nimue gekom het, kan sy nie raai nie. Sy kon net in afgryse daarna staar. Selfs sy kan nie glo sy was werklik so 'n lelike eendjie in matriek nie. Pleks sy by haar voorneme gehou het om op te hou koerant lees, maar Jojo het gebel om haar te verseker dis nie sy wat die foto laat uitlek het nie en toe wou sy natuurlik uitvind na watter foto Jojo verwys.

"Ek kan 'n artikel skryf wat jou kant van die saak stel, Ayla. Selfs 'n reeks artikels."

Ayla sug diep. Xanthe is reg en eintlik het sy dit al besef voor die foto. Die "affêre" gaan nie vanself verdwyn nie. "Ek wil jou eers ontmoet. En as ek instem, wil ek elke woord wat jy skryf, sien voor dit gepubliseer word."

"Natuurlik. Fantasties. Ek is op die oomblik in die Kaap, maar ek laat weet jou sodra ek 'n vlug gekry het. Hopelik som- mer môre al."

Ayla sak op die naaste stoel neer. Sien sy werklik kans hier- voor? Maar sy het nie juis 'n opsie nie. Of nee, sy het, maar sy kan nie langer toelaat dat sy so verguis word nie.

Donderdag 2 November
Ayla

"Dis natuurlik nog net 'n rowwe beplanning, maar dis hoe ek voorlopig reken die reeks kan werk."

Ayla knik. "Ek hou van die konsep." Sy het Xanthe in die loop van die afgelope dae alles vertel wat sy moontlik kan. Soms chronologies, maar meesal het alles net uitgeborrel in een groot deurmekaarspul. Dat Xanthe al die inligting so ef- fektief kon indeel in 'n reeks, bewys hoe bekwaam sy is.

Xanthe tik met haar wysvinger op een van die bladsye wat voor hulle op die tafel uitgesprei lê. "Hierdie een gaan 'n hoogtepunt wees, maar dit gaan die moeilikste een wees. Jy het so baie inligting bekom terwyl jy aangehou is, maar ek kan net een artikel afstaan aan die aanhouding self en ek het 'n streng woordtellingbeperking." Sy sit terug in haar stoel. "Ek het juis gewonder of ons nie tog maar eerder net een oorsigtelike artikel moet doen en daarna aan 'n boek moet dink nie."

"'n Boek?"

"Ja, sodat ons in meer detail kan ingaan. Die konteks behoorlik kan skep. En die publiek kan bedag maak op die koelbloedigheid van hierdie soort mense. En hoe hulle dit regkry om hulle slagoffers aan die neus te lei."

"Ek weet nie, Xanthe. Dis 'n enorme projek en ons sal baie dieper moet grawe as wat die geval sou wees vir net 'n reeks artikels."

"Dit is so en ek sal verstaan as jy nie kans sien nie, maar dink daaroor." Sy kyk weer op haar notaboek. "O ja, daar is een ding waaroor ons nog nie gepraat het nie. Die sleutelgebeure wat Jojo Richter geknoop het aan opgetekende UFO-insidente. Dit kon tog nie alles net toeval gewees het nie?"

"Ek het nogal daaroor nagedink. Ek vermoed dit het begin met Marja wat van die Johannesburg-insident in 1946 gelees of gehoor het en toe besluit het sy kan haar swangerskap só verklaar. Ek is nie seker of sy haarself deur die jare wysgemaak het die eerste insident het werklik gebeur nie, maar vir die res van haar lewe het sy vas geglo sy sal eendag 'n ruimtetuig sien en 'n Nordic ontmoet.

"Vivien het nou weer gelees van die voorval op die Pretoria-Bronkhorstspruitpad daardie jaar en toe besluit sy gaan haar eie fabriseer. Moontlik om haar ma te beïndruk. Vivien kon klaarblyklik min reg doen in Marja se oë. Of dalk om Marja 'n punt te steek. Of haar te toets om te sien of sy haar sal glo – wat sy net sal doen as sy self werklik een gesien het."

"Dis dus elke keer na aanleiding van 'n insident dat hulle hul eie opgemaak het?" vra Xanthe.

"In die meeste gevalle. Marja het dit weer gedoen in 1979.

Sy het ses maande ná die Mindalore-insident verdwyn, maar sy het dit ook verder geneem.

"Sy is Uitenhage toe nadat sy van die Groendal-insident gelees het in die hoop dat haar droom om 'n ruimtetuig te sien vervul sal word. Toe dit nie gebeur nie, het sy in die Akkedisberge dieselfde truuk probeer as Vivien op die hoewe by Hartbeespoortdam. Sy wou met die dakke in die vorm van vlieënde pierings ruimtereisigers lok. Ek dink Marja het werklik geglo dat sy besoek sal word as sy net hard genoeg probeer."

Xanthe knik. "En toe wag jou ma tot julle relatief onafhanklik is en ná die insident in 1996 naby die Adriaan Vlok-polisiestasie doen sy haar disappearing act agter jou ouma aan. Maar daarna? Die verdwynings?"

Ayla haal haar skouers op. "Ek het al gewonder of hulle gehoop het iemand sal die verband raaksien tussen die verdwynings en UFO-aktiwiteit. Dat hulle gehoop het die verdwynings word toegeskryf aan UFO-abductions. Indien wel, het hulle die verbeelding van die Suid-Afrikaanse publiek en pers oorskat, maar ek dink as Nimue se plan gewerk het en sy haar blog eers aan die gang gekry het, sou sy daardie datums en die gebeure wat daarby aansluit op een of ander manier gebruik het. Minstens as bewys dat hulle al jare voor hulle 'opvaart' in kontak was met die buitenste ruimte.

"Sy sou ook waarskynlik ontken het dat daar grafte op IPIN is en gesê het die mense wat na bewering begrawe is, was abductees en dis Men in Black wat valslik beweer hulle is dood. Haar 'bewys' sou gewees het dat daar opgetekende UFO-insidente was rondom die datums wat hulle verdwyn het."

"Men in Black. Dis nou die ouens wat mense glo besoek en dreig as hulle oor hul UFO-ervarings praat? Volgens een teorie is hulle ook aliens, maar ander sê dis regeringsagente of selfs 'n internasionale groep wat contactees die swye oplê."

Ayla knik. "Jy het jou huiswerk gedoen."

"My jop." Xanthe staar na haar aantekeninge. "Maar dis net die UFO-gemeenskap wat haar sou geglo het. Dalk."

"Dis net hulle wat vir haar van belang was, Xanthe. Dis in hulle geledere waar sy beroemd wou wees."

"Maar wat sou sy vir die polisie gesê het oor die agt grafte?"

"Dat Vivien dit dalk sou kon verklaar het as sy nog geleef het, of Marja voor sy demensie opgedoen het, maar Nimue het beslis nie daarvan geweet nie."

Ayla wil haar foon ignoreer toe dit lui, maar dis Jojo. "Skuus, ek moet hierdie oproep neem."

Sy stap venster toe. "Hallo, Jojo."

"Aylatjie, ek weet nou nie of dit vir jou goeie of slegte nuus gaan wees nie, maar dis Nimue."

Die bloed vries in haar are.

"Jy weet seker 'n liggaam … wel, kom ons sê maar net dit begin dryf ná 'n ruk. Nimue s'n het uitgespoel."

Dit voel asof haar hart 'n hik gee voor sy weer haar asem terugkry. "Dan is sy regtig dood?"

"Sy is en ons weet nou ook hoekom sy gesink het."

"Ja?"

"Sy het die fat suit aangehad. Dit het die water geabsorbeer en haar ná 'n rukkie soos 'n stuk lood afgetrek ondertoe."

Ayla kan aan niks dink om te sê nie.

"Jantjies sê sy het altyd die fat suit op die boot aangetrek as hy haar Struisbaai toe geneem het en weer uitgetrek as hy haar Perlemoenbaai toe neem. Op Struisbaai was sy mos Ayla. Ironies, nè?"

Ja, dit is ironies. Om Ayla te word moes Nimue lyk soos Ayla en juis dit het haar dood veroorsaak. Dis asof haar swaar onderlyf waaroor Nimue haar altyd so getreiter het, wraak geneem het.

"Ayla? Is jy nog daar?"

Ayla moet eers keel skoonmaak voor sy kan antwoord. "Ja, ek is hier."

"Ek is bevrees jy sal haar moet kom uitken. Hulle gaan dit vir jou so maklik moontlik maak."

"Is jy hierbo of in Bientangsbaai, Jojo?" Ayla weet nie of sy kans sien om hierdie ding op haar eie te doen nie.

"Op Bientangs. Ek kuier bietjie by Joachim. Ek sal jou op die lughawe kan kom haal. Jy wil nie met so 'n vooruitsig alleen hierheen ry nie."

"Dankie, Jojo. Dis baie bedagsaam van jou. Ek sal reëlings tref en jou laat weet wanneer ek land."

Ayla staar lank by die venster uit voor sy weer na Xanthe toe draai. "Jy kon seker aflei my suster se liggaam is gevind." Ayla hou haar hand op toe Xanthe se oë simpatiek raak. "Moenie. Dit klink dalk gevoelloos, sy was immers my suster, maar dis 'n verligting."

"Dis heeltemal verstaanbaar. Dit sou vir jou hel gewees het om altyd in jou agterkop te wonder of sy nie dalk wel nog leef nie. Dalk êrens anders haar duiwelswerk voortsit. Dalk planne beraam om steeds jou lewe oor te neem."

Ayla knik. "Dis presies wat die afgelope weke deur my gedagtes gegaan het." Sy skep diep asem. "En die feit dat jy dit verstaan, sê vir my baie. As jy dink daar is genoeg vir 'n boek en as jy bereid is om dit te skryf, sien ek kans daarvoor. Mense moet weet hoeveel boosheid daar op die aarde is. En die mense wat kinders wederregtelik koop, moet weet wat daaragter lê."

"Daar is meer as genoeg stof en ek sal met graagte die skryfwerk doen."

Ayla knik. "Dankie." Miskien kan daar tog 'n einde aan die nagmerrie kom. En miskien kan daar selfs iets opbouends daaruit voortspruit. Nie net deur die waarheid agter soveel verdigsel te deurgrond nie, maar ook om alles wat gebeur het uit haar sisteem te kry. Ter wille van haar eie welsyn te verwerk en te verwoord wie en wat sy werklik is.

Saterdag 4 November
Ayla

Sy frons toe sy haar blik nog 'n keer oor die aankomsaal laat dwaal. Nêrens is 'n bont kaftan of 'n kop met vlamrooi krulle te bespeur nie. Eers toe sy die lang man na haar toe aangestap sien kom, besef sy dat sy te laag rondgekyk het vir haar geleentheid Bientangsbaai toe.

Strach het nog nie weer al die gewig wat hy verloor het, opgetel nie, maar lyk amper weer soos toe sy hom leer ken het.

Die plooitjies langs sy mond is egter dieper en iets in sy oë is anders. Iets soos behoedsaamheid het ingesluip.

Hy kom reg voor haar tot stilstand. Sy is nie gebore in staat om te beweeg of iets te sê nie.

"Lot se vrou het in 'n soutpilaar verander toe sy omgekyk het. Nie terwyl sy vorentoe kyk nie." Hy buk af en soen haar liggies op die mond. "Dit het vir Doringrosie gehelp. Hallo, Ayla."

"Waar is Jojo?" herwin sy weer 'n mate van teenwoordigheid van gees.

"Wat van 'Hallo, Strach. Dankie dat jy my kom haal het'?"

Die glimlag kom vanself. "Hallo, Strach. Dankie dat jy my kom haal het. Waar is Jojo?"

"Red 'n volk met soveel ondankbaarheid." Hy neem die stang van haar wieletjiestas by haar. "Jojo het my laat weet jy kom vandag en toe het ek aangebied om haar 'n rit te spaar en jou te kom haal."

Sy val langs hom in toe hy begin aanstap. "Hoekom?"

"Omdat ek jou graag wou sien. Ek weet jy is hier vir 'n nare rede, maar ek het nogtans gehoop jy sal dalk bly wees om my ook weer te sien."

Sy loer op na hom. "Ek is."

Hy glimlag. "Dan is ek ook bly." Asof dit iets is wat hy elke dag doen, vat hy haar hand en los dit nie weer voor hulle by die betaalpunt vir die parkering uitkom nie.

Die RAV is vervang met 'n nuwer model, sien sy toe hy dit oopsluit met die afstandbeheerder.

"Fancy."

Hy grinnik suurderig toe hy die deur vir haar oophou. "My oue ry waarskynlik êrens in Swaziland rond. Titus Jantjies was 'n besigheidsman van formaat voor hy in die tronk beland het."

"Jojo sê die lys aanklagte teen hom groei amper daagliks. Sy reken hy gaan baie lank sit. Veral vir sy aandeel in die kinderhandelsindikaat."

Strach knik net voor hy omstap na die bestuurderskant.

"Ek is jammer jy het so 'n onaangename taak wat voorlê,"

sê hy toe hulle by die parkeergarage uit is. "Ek het aangebied, maar dit moet glo 'n naasbestaande wees, indien moontlik."

Sy kyk verras na hom. Geen mens wil so iets doen as daar 'n ander uitweg is nie. "Dankie, ek waardeer dit."

"Wanneer moet jy die identifikasie doen?"

"Vanmiddag. Ek wil dit verby kry."

"Ek kan saam met jou gaan as jy wil. Vir morele ondersteuning."

Dis asof 'n klip van haar hart af gelig word. "Asseblief. As jy kans sien. Dit sal baie help."

"Ayla, jy het my water met 'n lappie gevoer. Vir my 'n appel gegee al was jy self hoe honger. Jy het my help loskom van daardie bababed. Daar is nie 'n klip wat ek nie uit jou pad sal probeer rol as dit enigsins binne my vermoë is nie."

"Jy sou dieselfde vir my gedoen het."

Hy grinnik. "Ek weet nie mooi of ek my appel sou opgeoffer het nie."

Maar hy sou. Dit weet sy sonder twyfel.

"Daar is iets wat ek jou wil wys," sê hy toe hulle die Somerset-Wes-deurpad vat. "Miskien trek dit sommer ook bietjie jou aandag af van wat voorlê." Hy verwissel van bane voor hy vlugtig na haar kyk. "Kyk in die paneelkissie."

Ayla leun vorentoe en maak die kissie oop. "Hierdie brief?"

"Lees dit, asseblief."

Strach se naam en sy spreekkamer se adres is in 'n sterk manlike handskrif op die koevert geskryf. Ayla trek die enkelvelletjie uit en vou dit oop. Dieselfde handskrif. 'n Kragdadige man as sy so vinnig kyk. Iemand wat weet wat hy wil hê en sorg dat hy dit kry.

Toe sy klaar gelees het, gaan sy in haar gedagtes weer oor die inhoud.

Die skrywer bieg dat hy en sy vrou ná baie jare van kinderloosheid 'n baba gekoop het omdat hulle so gesmag het na 'n kind dat hulle letterlik enigiets sou doen. Hulle was onder die indruk dat dit met toestemming van die biologiese ouers was – 'n brandarm egpaar wat reeds 'n klompie kinders het en die geld goed kan gebruik. Dit was 'n groot skok toe hy in die koerant gelees het wat die ware toedrag van sake is. Volgens die kind se geboortedatum kan sy een van Tiaan se kinders wees.

Hy het Strach se besonderhede op Facebook gesien, daarom skryf hy vir hom en nie vir Tiaan se ouers nie. Strach moet besluit of hy die brief met die ouers wil deel of nie.

Die skrywer wou net hê Strach moet weet Tiaan se dogter is in goeie hande. Die kind is gesond en gelukkig, ontvang armsvol liefde en bring vir die aanneemouers groot vreugde. Strach word daarop gewys dat hy waarskynlik die briefskrywer sal kan opspoor juis op grond van die brief en, as hy sou wou, hulle sal kan hof toe vat. In dieselfde asem vra hy egter of Strach werklik dink dit sal in die beste belang van die kind wees.

Daar is geen naam onderaan geteken nie.

"Hoe voel jy daaroor?" vra sy uiteindelik.

"Aanvanklik het ek nie geweet wat ek voel nie. Woede dat mense kinders koop en só 'n mark skep. Simpatie omdat dit regtig erg moet wees om so graag 'n kind te wil hê. Verligting dat die kind goed versorg en gelukkig is – as die man die waarheid praat. Op die oomblik voel ek alles tegelyk.

"Maar die man waag 'n baie groot kans om my te kontak. Te probeer gerusstel. Dit sê vir my dat daar opregtheid is."

"Ek dink jy is reg. Gaan jy Tiaan se ouers inlig?"

"Ek weet nie. Ek het gewonder of jy bereid sou wees om die skrif te ontleed. Kyk of hy 'n betroubare mens is. Miskien kan dit my help besluit."

"Met graagte, maar ek het nie my instrumente hier nie."

"Daar is geen haas nie." Hy steek 'n motor verby voor hy vlugtig na haar kyk. "Ons het 'n ver pad gekom as ek jou nou al vra om 'n man se persoonlikheid uit sy handskrif te probeer aflei."

Ayla glimlag net. Hy besef sekerlik nie hoe ver die pad is wat sy gestap het voor sy 'n man kon leer vertrou nie. En sy vertrou Strach, al verstaan sy hom nog glad nie.

Ayla voel naar en bewerig nadat sy met 'n kopknik bevestig het die liggaam onder die laken was eens op 'n tyd haar suster Nimue.

Gelukkig kon sy Nimue uitken aan 'n litteken op haar heup wat sy opgedoen het toe sy as kind van haar fiets afgeval het, maar sy kon steeds nie die skade aan die liggaam miskyk nie.

Ayla volg die geregtelike lykskouer met onseker bene, dankbaar vir Strach se arm om haar skouers.

Selfs in die kantoor waarheen hy hulle neem, is die lykshuisreuk oorweldigend.

"Die outopsie het 'n paar dinge aan die lig gebring," begin hy toe hulle sit. "Daar was 'n lelike sny aan haar slaap. Die afleiding is dat dit gebeur het toe sy haar kop teen die rand van die boot gestamp het. Dit kon veroorsaak het dat sy haar bewussyn verloor het en sal verklaar waarom sy nie kon baklei teen die gewig van die kledingstuk wat haar ondertoe getrek het nie."

Ayla sluk. "Die kledingstuk wat haar laat sink het ... Laat spons mens nie eerder dryf nie?"

"Ons moes die kledingstuk oopsny. Sy was baie opgeblaas. Dit was 'n tuisgemaakte een. Wattering en ander waterabsorberende materiale is gebruik, nie spons nie." Hy kyk betekenisvol op sy horlosie.

Ayla haal diep asem toe hulle buite kom, maar dit voel asof die lykshuisreuk aan die binnekant van haar lugpyp vassit.

"Ek weet nie van jou nie, maar ek het 'n dop nodig." Strach hou die motordeur vir haar oop.

"Ek ook. 'n Lang glas wyn. Daar behoort in die gastehuis te wees. Ek dink dit het 'n minikroeg." Sy het net inderhaas die eerste die beste plek bespreek en het geen idee hoe die kamer lyk nie. Sy hoop net die plek het 'n balkon.

Hy skakel nie dadelik die enjin aan toe hy sy sit agter die stuur kry nie. "Jy kan nie nou stoksielalleen in 'n gastehuiskamer gaan sit nie, Ayla. Nie ná so 'n traumatiese episode nie. En ek dink nie een van ons sal op hierdie oomblik 'n restaurant met kosgeure waardeer nie."

"Jy het my genoeg gehelp, Strach. Ek sal regkom."

Hy skud sy kop en draai die sleutel. "Nee. Ek vat jou na my huis toe. Ons kan op die stoep sit. Die seelug sal ons goed doen ná daardie onuitstaanbare plek. Ek kan jou later gastehuis toe vat of jy kan my gastekamer gebruik. Jy kan besluit."

"Strach, dankbaarheid oor 'n appel strek net so ver. Jy het meer as genoeg gedoen om daarvoor te vergoed."

Hy skakel die enjin weer af en draai skuins in sy sitplek. "Dankbaarheid oor 'n appel? Jy dink dis waaroor dit gaan?" Hy skud sy kop ongelowig. "Ja, ek is dankbaar. Ek is dankbaar ons leef. Daar is niks wat die lewe in helderder perspektief sit as 'n paar dae waarin jy dink jy is op die drumpel van die dood nie.

"Ek is so dankbaar dat ek die lewe van nou af in sy volle omvang wil ondersoek, met oorgawe wil herontdek ná die doodsheid wat al jare in my ingekanker was tydens en ná my huwelik. Iets wat veroorsaak het dat ek my in my werk begrawe het.

"En ek sal bitter graag wil uitvind of daar nie 'n moontlikheid bestaan dat ek die herontdekking saam met jou kan aanpak nie. Ek weet ons was skaars 'n paar weke in mekaar se geselskap, maar dit was intense dae en dis wanneer 'n mens mekaar baie vinnig en baie deeglik leer ken. En my instink sê vir my dit wat so spontaan tussen ons ontstaan het, selfs voor ons dae in daardie hool, is die moeite werd om te ondersoek.

"En as my instink reg is, sal ek graag saam met jou wil uitvind hoe dit voel om op volwasse, opregte manier lief te hê en daardie liefde uit te leef. Waar ook al en hoe dit ons ook al behaag. En ek weet dis waarskynlik die slegste tyd denkbaar om al hierdie dinge nou vir jou te sê, maar dit moet gesê word."

Ayla kan hom net verdwaas aankyk.

"En jy dink dit gaan oor 'n donnerse appel?"

Sy woorde verbreek die houvas wat verdwasing op haar gehad het. Sy probeer die senuweeagtige laggie onderdruk, maar sy kry dit nie reg nie. "'n Donnerse appel het al die skuld gekry vir groter dinge. Vra maar vir Eva."

Sy hande is warm toe dit om haar wange vou. Sy mond onverwags teer toe hy haar soen. "Ons gaan dit kalm vat, Ayla Hurter," sê hy uiteindelik met sy lippe 'n huiwering van hare af weg. "Baie kalm, maar ons gaan nie hierdie kans verspeel net omdat dit op 'n onmoontlike tyd oor ons pad gekom het nie. Oukei?"

"Oukei." En dit is. Al weet hy nog nie hy is die eerste man wat haar nog ooit gesoen het nie. Aan die res kan sy nie nou al dink nie.

Epiloog

Saterdag 20 Oktober
Jojo

Daar het baie water in die see geloop in die afgelope jaar of wat, maar vandag, hier in die ou klipgeboutjie met die geur van lenteblomme in die lug, gaan sy net dink aan alles wat goed en mooi en opwindend is. En daar was vele hoogtepunte. Soos die nuus dat Joachim se nuutste boek op die kortlys is vir een van die Dagger-pryse in Brittanje. Soos Valk wat laat weet het hy en Irene het hulle huweliksbeloftes op die QE II herbevestig en weet nog nie wanneer hulle terugkeer nie.

Dis miskien goed hulle kan nie hier wees nie. Enige herinnering aan Diana en alles wat daarmee saamhang, hoort nie hier nie.

Xanthe en Steve is 'n ander saak. Sy is bly om hulle en hulle pragtige dogtertjie tussen die gaste te sien.

Die opspraakwekkende boek wat Xanthe Augustine uit Ayla se UFO-geïnfekteerde lewe gedistilleer het, was 'n dapper maar sover baie suksesvolle projek. Ayla, Xanthe en die vertaler moes amper dag en nag werk om die Afrikaanse en Engelse weergawes betyds klaar te kry sodat albei op 23 September, presies 'n jaar ná die ontploffing, bekendgestel kon word.

Jojo kan amper nie glo die Ayla wat sy gister vir die eerste keer ná die boektoer in die VSA gesien het, is dieselfde menssku meisiekind wat sy ontmoet het nie. Haar selfvertroue het swaartekrag gekry, haar skoonheid diepte.

Gisteraand het Ayla vir haar gesê sy kan nie verander wie haar familie was nie, nes sy nie kan verander dat sy geneties daartoe verdoem is om groot heupe te hê nie. Sy het egter besef sy kan haar houding verander. Uiteindelik sal sy met Strach se hulp iets aan haar onderlyf doen, maar die afgelope jaar was dit belangriker om op te hou wegskram en die lewe in die oë te kyk soos dit is. Haarself te sien vir wie sy werklik is ongeag waarvandaan sy kom en aan wie sy verwant is. En sy glo die boek het baie daartoe bygedra dat sy daarin geslaag het.

Die boek was egter nie net vir Ayla 'n persoonlike katarsis nie. Dit word uit talle oorde geprys. Onder meer vir die ewewigtigheid waarmee dit geskryf is, die eerlikheid waarmee Ayla en Xanthe hulle taak aangepak het en die waarskuwing wat dit inhou teen die gevare van manipuleerders wat hulle akoliete belieg en bedrieg.

"Soms voel dit vir my asof ek met kosmiese oë op die aarde afkyk. Op 'n afstand sien watse gemors die mensdom van sy planeet gemaak het en steeds maak," het Ayla gisteraand amper dromerig gesê toe Jojo vir haar 'n nuwe resensie gewys het wat die boek lof toeswaai. "Maar nou voel dit asof ek en Xanthe darem 'n bietjie waarde kon toevoeg om daardie gemors te probeer teenwerk."

Waardering is ook uitgespreek oor Ayla nie antwoorde probeer gee nie, net die feite wat sy tot haar beskikking het. En waar sy nie weet nie, sê sy so. Miskien het haar ma 'n ruimtetuig gesien, sy kan nie die teendeel bewys nie. Sy weet net Vivien het dit vas geglo.

Haar verklaring van waarom VVV-voorvalle met sleutelgebeure in die Venters se lewe en ook die verdwynings saamgeval het, maak sin. Sommige insidente wat met sekere sleuteldatums ooreenstem, kan egter niks meer as blote toeval wees nie. Soos onder meer Ayla se konsepsie- en geboortedatum.

En een voorval is uiteindelik bewys as niks anders as 'n leuen nie. Toe Xanthe gaan navraag doen het by die plaas waar Marja se ouers geboer het om agtergrondinligting in te win, moes sy hoor die Venters het jare gelede al uitgeboer. Die bure het die plaas gekoop. En by die bure het sy gehoor dat die destydse buurseun, Marja se tydgenoot, op sy sterfbed gebieg het hy is die pa van Marja se kind.

Toe Marja besef sy is verwagtend, het hy haar gesmeek om hulle geheim te bewaar en belowe hy sal met haar trou en vaderskap erken sodra hy sy landbougraad voltooi het. Maar toe verloor hy sy hart op 'n ander meisie en verbreek sy belofte. Sy gewete het hom gery tot die dag van sy dood.

Jojo sit regop toe die houtdeur met die outydse koperskarniere oopgaan. Strach kom ingestap met 'n half verleë glimlag om sy mond en gaan staan aan die eindpunt van die gang wat na die kerkie se voordeur loop.

Die strykkwartet val weg met die troumars en Jojo staan saam met die res van die gaste op. Sy vee 'n paar lastige trane af toe Ayla aan Joachim se arm die paadjie afgestap kom, stralend asof sy 'n engel uit die hemel self is.

Sy kan skaars deur die tranewaas sien hoe Joachim Strach se hand skud, maar die uitdrukking op Strach se gesig toe hy diep in Ayla se oë kyk en haar kneukels met soveel teerheid soen, is 'n prentjie wat sy nooit sal vergeet nie.

Teen die tyd dat Joachim sy plek langs Jojo ingeneem het, stroom die trane behoorlik.

Joachim vroetel in sy sak en gee 'n sakdoek aan. Sal niks help nie, weet sy. Hierdie soort huil het nie einde nie, maar sy druk maar droog en absorbeer haar maskara en rouge sover sy kan in die katoen wat so na Joachim ruik.

Die groot, warm hand wat oor hare vou, troos darem 'n bietjie al bly die trane loop.

"Jojo?" fluister Joachim amper te hard.

Sy kyk op in sy sagte oë. Verwonderde oë. En toe af na haar

hand wat hy in die lug hou. Die gekleurde steentjies vonkel in die kerkie se lig.

"Verstaan ek reg?" Sy stem is skor.

"Net verloof, oukei?" fluister sy terug en voel die behaaglikheid deur haar vloei toe hy haar so styf onder sy blad intrek dat sy sommer klein en fyn voel. En amper jonk.

Outeursnota

Lesers wat al 'n lang pad saam met my stap, sal 'n hele paar karak-ters uit van my vroeëre boeke herken. So het Xanthe uit *Fortuin* (Gys Niemand-reeks #2) nadergestap as joernalis en het Faan Fortuin (ook uit die Gys Niemand-reeks) weer sy buiging gemaak. Ander word ook vlugtig genoem soos Profeet Sias uit *Meetsnoer* (Gys Niemand-reeks #4) en 'n paar ander karakters uit onder meer *Paaiboelie* (Jojo Richter #4). Ek hoop julle geniet die vlugtige herontmoetings.

Soos *Paaiboelie* speel *Uit die bloute* af in 'n fiktiewe ruimte wat afgestem is op 'n werklike ruimte in die Overberg.

Ek het hierdie ruimte hoofsaaklik gebruik omdat *Uit die bloute* soveel drade optel wat van *Paaiboelie* af oorgekronkel het.

Vir die doeleindes van my storie moes ek weer eens baie verdraai, heelwat aanpassings maak en so baie bylieg of weglaat, dat die werklike ruimte noodwendig 'n fiktiewe ruimte moes word.

Die Akkedisberge is nie deel van die lieg nie, maar alles daarrondom is. Na die beste van my wete het daar nooit Akkedismense wat uit die buitenste ruim kom, geleef nie. Ook nie 'n groep soos IPIN nie.

Uit die bloute is niks meer as 'n verbeeldingsvlug nie en selfs aspekte wat op die werklikheid gebaseer is, moet dus as gefiksionaliseer beskou word.

Ek wil egter noem, die VVV-voorvalle waarna in die verhaal verwys word, is almal werklik in Suider-Afrika en elders opgeteken en daar is vele meer. Dit sluit egter Vivien, Marja en Susan Hough se ervarings uit. Dié het ek uit my duim gesuig na aanleiding van vele soortgelyke voorvalle wat wel opgeteken is.

Mense wat met die skryf van *Uit die bloute* vir my en my storie ontsaglik baie beteken het en vir wie ek uit die diepte van my hart bedank vir hulle aandeel is:

My lankmoedige uitgewer, Cecilia Britz, en die hele span by LAPA Uitgewers wat so mooi sorg vir elke boek wat uit hulle stal kom.

Wilna Adriaanse, my uitstekende keurder. Waar die storie steeds mank gaan, is dit omdat ek nie in elke opsig na haar geluister het nie.

Ernie Blommaert, die man in my lewe, wat verstaan dat ek soms nie in die gees aanwesig is nie omdat my kop met storiedinge besig is. Dankie, Blom – vir alles.

My verdraagsame vriende wat my ondersteun wanneer ek hulle nodig het en vergewe wanneer ek hulle afskeep.

Medeskrywers wat 'n mens onderskraag en weer moed gee om aan te hou.

Soos altyd my wonderlike lesers wat bly vra het vir nog 'n Jojo-storie. Ek hoop julle geniet *Uit die bloute* ondanks die ietwat vreemde tema.

I would also like to thank Sandra Fisher for her insightful blog and downloadable documents. Her kindness in sending me her document on ugly writing for free, inspired Strach's handwriting and added to his personality. (http://graphology-world.com/)

And my heartfelt gratitude to the person(s) responsible for publishing Cynthia Hind's pamphlets on the internet where it can be downloaded as PDF-documents. Whether one believes in UFOs or not, Cynthia Hind had clearly been an amazing and sincere woman. AfriNews Pamphlets 1-22 (http://www.ufoafrinews.com)